BASTEI
LÜBBE

Mika Waltari

IN DIESEM ZEICHEN

Übersetzung von Josef Tichy
nach der bei Werner Söderström, Helsinki
erschienen finnischen Originalausgabe
unter Mitbenutzung von
Naomi Walfords englischer Übertragung

BASTEI LÜBBE

BASTEI-LÜBBE-TASCHENBUCH
Band 10 636

Übersetzung von Josef Tichy
nach der bei Werner Söderström, Helsinki, mit dem Titel
»VALTAKUNNAN SALAISUUS« erschienenen
finnischen Originalausgabe unter Mitbenutzung von Naomi Walfords
englischer Übertragung.

1. Auflage 1985
2. Auflage 1987

Lizenzausgabe: Gustav Lübbe Verlag GmbH,
Bergisch Gladbach
Printed in Western Germany
Einbandgestaltung: Manfred Peters
Satz: ICS Computersatz GmbH, Bergisch Gladbach
Herstellung: Ebner Ulm
ISBN 3-404-10636-9

1

Marcus Mezentius grüßt Tullia.

In meinem vorigen Briefe, Tullia, schrieb ich Dir von den Reisen, die mich den Strom Ägyptens entlangführten. Bis zum Einbruch der Herbststürme habe ich vergebens auf Dich gewartet und bin dann wintersüber in Alexandria geblieben. Die Liebessehnsucht machte mich kindisch; kein noch so reicher Kaufmann und kein noch so neugieriger Bummler hätte bei jeder Einfahrt von Seglern aus Ostia oder Brundisium eifriger zum Hafen eilen können. Solange noch Schiffe verkehrten, habe ich mich Tag für Tag an den Länden herumgetrieben, so daß ich schließlich mit meinen Fragen den Wächtern, Zöllnern und Hafenbeamten lästig fiel.

Sicherlich ist dabei mein Wissen bereichert worden, und ich habe vielerlei über fremde Länder erfahren. Aber wer lange vergebens auf das Meer hinausgeblickt hat, dem beginnen schließlich die Augen zu tränen; als das letzte Schiff eingelaufen war, mußte ich mir gestehen, daß Du wortbrüchig geworden bist. Es ist jetzt ein Jahr her, Tullia, seit wir uns das letztemal sahen; und nun stellt sich heraus, daß Du mich damals mit falschen Beteuerungen und Zusagen dazu gebracht hast, Rom zu verlassen.

Ich war von Bitterkeit erfüllt, als ich Dir jenen Brief schrieb, worin ich Dir für immer Lebewohl sagte und die Absicht kundtat, nach Indien – dort herrschen in fremdartigen Städten noch heute griechische Könige, Abkömmlinge der Heerführer Alexanders – auszuwandern. Doch schon neige ich zu der Annahme, daß es mir mit dem, was ich schrieb, kaum ernst gewesen sein mag; ich konnte einfach den Gedanken nicht ertragen, Dich, Tullia, niemals mehr wiedersehen zu sollen.

Ein Mann, der das dreißigste Lebensjahr hinter sich hat, darf nicht mehr der Sklave seiner Liebe sein. Ich bin bestimmt ruhiger geworden, und die Flammen der Leidenschaft lodern nicht mehr so hoch. In Alexandria hatte meine Unrast mich in zwielichtige Gesellschaft getrieben, und dieses Leben hat meiner Gesundheit sehr zugesetzt. Ich bedaure das nicht; niemand kann den Lauf der Dinge rückgängig oder Getanes ungeschehen machen. Aber da nichts mich befriedigen konnte, weiß ich jetzt um so bestimmter, daß ich Dich liebe. Deshalb möchte ich Dich daran mahnen, geliebte Tullia, daß eines Tages auch Deine blühende Jugendlichkeit welken, Dein glattes Gesicht Runzeln bekommen und der Blick Deiner Augen sich trüben wird, daß Dir die Haare ergrauen und die Zähne ausfallen werden. Vielleicht wird es Dir dann leid tun, Deine Liebe dem Ehrgeiz und politischem Einfluß geopfert zu haben. Denn daß Du mich liebtest, davon bin ich überzeugt. An Deinen Schwüren kann ich nicht zweifeln; sonst würde mir nichts auf der Welt jemals mehr etwas bedeuten. Du hast mich geliebt; ob Du es aber noch tust, weiß ich nicht.

In meinen besseren Augenblicken glaube ich, daß Du wirklich nur mir zuliebe – um mich vor Gefahren zu schützen, die mein Eigentum und vielleicht sogar mein Leben bedrohten – mich mit trügerischen Versprechungen bewogen hast, Rom zu verlassen. Ich wäre nie gegangen, wenn Du mir nicht gelobt hättest, auch nach Alexandria zu kommen und den Winter dort mit mir zu verbringen. Viele andere hochgestellte Damen sind schon, ohne ihre Ehemänner, für den Winter nach Ägypten gereist und werden es, falls meine Kenntnis der Römerinnen mich nicht ganz täuscht, auch weiterhin so halten. Jetzt, da der Schiffsverkehr wieder aufgenommen wurde, hättest Du heimfahren können. Eine Reihe von Monaten aber wären wir beisammen gewesen, Tullia.

Statt dessen habe ich mir während dieser Monate Körper und Geist zerrüttet. Eine Zeitlang war ich auf Reisen, bis ich es müde wurde, Deinen Namen und meine Liebe auf uralten Denkmälern und Tempelsäulen einzuritzen. Aus lauter Überdruß ließ ich mich sogar in die Isis-Mysterien einweihen; aber offenbar war ich älter und verhärteter als in jener unvergeßlichen Nacht zu Baiae, da wir beide, Du und ich, uns dem Dionysos weihten. Die damalige Entzückung blieb mir nun versagt. Ich vermochte nicht, diesen Priestern mit ihren kahlgeschorenen Köpfen Glauben zu schenken. Nachher hatte ich bloß die Empfindung, ein sehr belangloses Endchen Wissen weit überzahlt zu haben.

Denke indessen keineswegs, daß ich nur mit Isispriestern und Tempelfrauen Umgang pflog! Auch mit Schauspielern und Sängern habe ich Bekanntschaft angeknüpft, und sogar mit Stierkämpfern aus der Arena. Ferner habe ich mir einige alte griechische Theaterstücke angesehen, die es wert wären, daß jemand sie, wenn ihn nach dieser Art Ruhm gelüstet, ins Lateinische übersetzt und für unsere Bühne einrichtet. Ich erwähne das alles, um zu zeigen, daß mir die Monate in Ägypten nicht zu lange wurden. Alexandria ist eine Weltstadt – verfeinerter, abgelebter, kräfteverschleißender als Rom.

Immerhin habe ich die meiste Zeit im Museion verbracht, in der Bibliothek nahe dem Hafen. Eigentlich handelt es sich um eine Anzahl von Bibliotheken, um eine Gebäudegruppe, die ein ganzes Stadtviertel bildet. Die alten Beamten dort, die noch in der Vergangenheit leben, haben mir darüber geklagt, wie armselig die Büchersammlung jetzt sei; nie mehr könne sie ihren alten Glanz wiedergewinnen, seit Julius Cäsar hier belagert wurde und die ägyptische Flotte im Hafen in Brand schoß. Bei diesen Kämpfen gingen auch einige Bibliotheksgebäude in Flammen auf und mit ihnen an die hunderttausend unersetzliche Bücherrollen mit Werken der alten Schriftsteller.

Trotzdem brauchte ich Wochen, ehe ich auch nur die Kataloge benützen lernte und den Dingen, nach denen ich forschte, auf die Spur kam. Es gibt allein Zehntausende von

Rollen mit Anmerkungen zur Ilias, gar nicht zu reden von den in je einem eigenen Gebäude untergebrachten Kommentaren zu Plato und Aristoteles. Darüber hinaus liegen hier zahllose Rollen, die nie in einem Katalog verzeichnet und wahrscheinlich seit ihrer Aufnahme in die Sammlung kaum je von einem Menschen gelesen wurden.

Aus naheliegenden politischen Erwägungen gaben die Beamten sich keine besondere Mühe, mir die alten Weissagungen zugänglich zu machen oder auch nur bei der Suche darnach zu helfen. Ich war gezwungen, mich auf Umwegen vorzutasten und das Vertrauen der Bibliothekare durch Geschenke und Bewirtungen zu gewinnen. Diese Leute sind kärglich entlohnt und selber vermögenslos, so wie gewöhnlich die großen Gelehrten und wie stets jene Männer, die Bücher höher schätzen als ihr Leben, höher als ihr Augenlicht.

Derart gelang es mir schließlich, in verborgenen Winkeln der Bibliothek eine ganze Reihe teils berühmter, teils vergessener Prophezeiungen aufzustöbern. Natürlich wurden zu allen Zeiten und bei allen Völkern gleichartige Vorhersagen gemacht. Sie sind durchwegs dunkel und von ärgerlicher Vieldeutigkeit, wie die Aussprüche eines Orakels. Häufig habe ich, offen gestanden, diesen ganzen Kram beiseite geschoben und mich in eine griechische Erzählung vertieft, mit ihrem unbeschwerten Geflunker über Reisen und Abenteuer. Und dann faßte mich das Verlangen, jene einander widersprechenden Prophezeiungen auf sich beruhen zu lassen und nach dem Muster dieser Fabeleien selbst ein Buch ganz eigener Erfindung zu verfassen. Aber trotz meiner Abkunft bin ich zu sehr Römer, um irgend etwas frei Erdachtes niederzuschreiben.

In der Bibliothek gibt es auch Schriften über die Liebeskunst, bei deren Lektüre unser guter Ovid sich wie ein Waisenknabe vorgekommen wäre. Einige davon sind griechischen Ursprungs, andere stellen Übersetzungen alter ägyptischer Bücher ins Griechische dar, und ich weiß wirklich nicht, welchen der Vorzug gebührt. Aber wenn man ein paar dieser Bücher gelesen hat, bekommt man bald genug von ihnen. Seit den Tagen des göttlichen Augustus werden diese Werke in besonderen Geheimräumen verwahrt, und man darf sie nicht abschreiben. Auch das Lesen ist nur zu Forschungszwecken gestattet.

Um jedoch auf die Prophezeiungen zurückzukommen – es gibt da alte und neue. Die alten hat man schon auf Alexander bezogen und jetzt selbstredend auch auf Cäsar Augustus, der die Welt befriedet hat. Aus den verschiedenen Deutungen dieser Vorhersagen wird mir immer klarer, daß es für einen Gelehrten keine größere Versuchung gibt als die, solche Sprüche im Lichte seiner eigenen Zeit und seiner eigenen Erwartung zu sehen.

Trotzdem bin ich von einem überzeugt, und alles, was wir selbst erlebt haben, bestärkt nur diese Überzeugung, die sogar von den Sternen bekräftigt wird: die Welt tritt in eine neue Ära, deren Zeichen sie von allen vergangenen Zeitaltern unterscheiden. Diese Tatsache ist so klar und augenscheinlich, daß Astrologen in Alexandria und Chaldäa, Rhodos und Rom sich darüber einig sind; ihnen allein scheint es natürlich und sinnvoll, mit dem Sternbild der Fische die Geburt eines Weltherrschers in Verbindung zu bringen.

Vielleicht ist damit Cäsar Augustus gemeint, der in den Provinzen schon bei Lebzeiten als Gott verehrt wurde. Aber wie ich Dir in Rom erzählte, hat mein Pflegevater Marcus Manilius in seinem Werke ›Astronomica‹ eine Konjunktion von Saturn und Jupiter in den Fischen erwähnt. Bei der Herausgabe seines Buches hat er zwar diesen Hinweis aus politischen Gründen gestrichen; aber auch in Ägypten beziehen die Sterndeuter sich auf diese Konstellation. Allerdings müßte der künftige Weltherrscher, wenn er damals zur Welt gekommen wäre, jetzt siebenunddreißig Jahre alt sein, und inzwischen hätte man sicherlich etwas von ihm gehört.

Du wirst Dich wohl darüber wundern, daß ich jetzt so

offen, in einem Briefe, auf etwas zu sprechen komme, was ich Dir, als in Baiae die Rosen blühten und ich glaubte, niemand in der Welt verstünde mich so gut wie Du, Tullia, eines Morgens als tiefstes Geheimnis ins Ohr geflüstert habe. Aber jetzt bin ich erfahrener und kann zu solchen Prophezeiungen als erwachsener Mann Stellung nehmen. Ein halbblinder Greis in der Bibliothek hat spöttisch zu mir bemerkt, Vorhersagen seien etwas für junge Leute. Wenn man einmal tausend Bücher gelesen habe, beginne einem eine niederschmetternde Wahrheit aufzudämmern; nach dem zehntausendsten werde man trübsinnig.

Auch aus einem anderen Grunde schreibe ich offen, und zwar deshalb, weil heutzutage ohnedies niemand etwas geheimzuhalten vermag. Selbst das vertraulichste Gespräch kann belauscht und weitererzählt werden, und es gibt keinen Brief, den nicht ein Unberufener lesen und nötigenfalls abschreiben könnte. Wir leben in einer Zeit des Mißtrauens, und ich bin zu dem Schluß gelangt, daß man am besten durchkommt, wenn man freimütig spricht und schreibt, genau so, wie man denkt.

Dank der letztwilligen Verfügung, von der Du weißt, bin ich so wohlhabend, daß ich mir alles Nötige leisten kann, aber nicht so reich, daß es sich verlohnte, mich umzubringen. Infolge meiner Abkunft kann ich mich um kein Staatsamt bewerben, und ich würde es auch gar nicht wünschen. Diese Art von Ehrgeiz ist mir fremd.

Ostwärts wiesen mich die Sterne. Um mich loszuwerden, hast Du, falsche Tullia, mich dazu beredet, Rom zu verlassen, weil ich Dir lästig geworden bin. Habe ich nicht schon seinerzeit voll trotziger Verwegenheit geschworen, den künftigen Weltbeherrscher ausfindig zu machen, weil es hoch an der Zeit sei, daß er kommt? Ich wollte einer seiner ersten Gefolgsleute sein; ich wollte in seinen Dienst treten und seinen Sold nehmen, um eines Tages würdig zu sein, Dein vierter oder fünfter Gatte zu werden. Wie mußt Du mich innerlich ausgelacht haben!

Sei übrigens unbesorgt! Nicht einmal dieses mein Vorhaben wird irgendwen veranlassen, mir nach dem Leben zu trachten. Vorderhand hat man keinerlei Anzeichen für einen Weltherrscher gesehen oder gehört. So etwas wäre sofort bekannt geworden, besonders in Alexandria, dem Nabel der Welt, dem Mittelpunkt allen Klatsches und Ränkespiels und aller Philosophie. Nebenbei bemerkt, auch Tiberius selbst kennt diese Konjunktion von Jupiter und Saturn vor siebenunddreißig Jahren. Und jener Mann, dessen Name in einem Brief nicht erwähnt zu werden braucht, weiß ebenfalls von all dem. Aber er ist fest davon überzeugt, daß dieser König nicht aus dem Osten kommen wird.

Tullia, Geliebte, mir ist sehr wohl bewußt, daß dieses Studium der Weissagungen für mich nur ein Lückenbüßer war, bloß ein Mittel, um von Dir wegzudenken. Wenn ich morgens erwache, bist Du mein erster Gedanke, wenn ich abends einschlafe, mein letzter. Ich habe von Dir geträumt und lag Deinetwegen wach. Keinem Manne ersetzt eine Bücherrolle die Frau, die er liebt.

Aus den Prophezeiungen bin ich an die heilige Schriften der Juden geraten. In Alexandria wirkt ein jüdischer Philosoph namens Philo, der diese Schriften symbolisch deutet, wie Griechen und Römer es mit Homer tun. Er meint, die jüdische Religion derart, mit Hilfe der griechischen Philosophie, verständlich machen zu können.

Du kennst die Juden und ihren Glauben. Auch in Rom sondern sie sich ja ab und opfern unseren Göttern nicht. Deshalb empfinden manche Leute ehrfürchtige Scheu vor ihnen, und eine Anzahl Familien hat schon die Sitte übernommen, jeden siebenten Tag nach Judenart als Ruhetag zu halten. Im allgemeinen jedoch verachtet man die Juden, weil sie nur einen einzigen Gott haben und von ihm, soviel man weiß, nicht einmal ein Abbild besitzen.

Jedenfalls ist in ihren heiligen Büchern eine Weissagung von den ältesten Zeiten her lebendig geblieben: sie bezieht sich auf einen künftigen Weltherrscher. Ihre Propheten haben sie mehrfach wiederholt, so daß sie unter allen Vorhersagen am getreulichsten überliefert ist. Den erwarteten Weltherrscher nennen sie Messias. Sobald er zur Macht gelangt, werden die Juden, so erhoffen sie sich, über die gesamte Erde gebieten. Diese Anmaßung entspringt zweifellos den Wunschtäumen des ganzen Volkes, dessen Schicksal so unglücklich und beschämend war: eine Zeit der Sklaverei in Ägypten und dann eine ähnliche Knechtschaft in Babylon, bis die Perser ihnen die Rückkehr in ihre Heimat gestatteten. Auch ihr Tempel ist einigemal zerstört worden, erst jüngst wieder durch Pompeius, obwohl das unabsichtlich geschehen sein mag. Sie unterscheiden sich von anderen Völkern auch dadurch, daß sie bloß einen einzigen Tempel haben; er steht in ihrer heiligen Stadt, in Jerusalem. Die Synagogen, die sie allerwärts besitzen, sind keine Tempel, sondern Versammlungshäuser, wo sie ihre heiligen Schriften gemeinsam in lautem Gesange rezitieren und einander auslegen.

Diese Weissagung, unter den Juden werde ein Weltkönig geboren werden, durch den sie dereinst die ganze Erde beherrschen würden, trägt ihnen viel Haß ein. Darum rühmen sie sich nicht mehr ihres Wissens, sondern behalten es im allgemeinen bei sich und schließen sich von anderen Völkern ab.

Andererseits machen sie aus der Prophezeiung kein Geheimnis. Wenn ihre Gelehrten einem Fremden wirkliches Interesse anmerken, helfen sie ihm bereitwillig bei der Ergründung ihrer heiligen Schriften. Zumindest in Alexandria verhält es sich so. Manche Autoritäten, darunter Philo, legen die Messiasverkündung als Gleichnis aus; andere jedoch haben mir versichert, sie sei buchstäblich aufzufassen. Ehrlich gesagt, man müßte wohl von Kind auf in ihrer Religion aufgewachsen sein, um diesen vieldeutigen Schriften irgendwelchen wirklichen Glauben entgegenzubringen. Im Vergleich mit den verworrenen Wahrsagereien der übrigen Welt muß ich allerdings gerade die erwähnte jüdische Prophezeiung als die klarste anerkennen.

Die jüdischen Gelehrten in Alexandria sind Freidenker, und zweifellos gibt es unter ihnen echte Philosophen, die sogar bereit sind, sich mit einem Fremden an einen Tisch zu setzen. Mit einem von ihnen bin ich gut Freund geworden, und wir haben gemeinsam ungewässerten Wein getrunken. Solche Dinge gibt es in Alexandria! Als er bezecht war, sprach er sehr begeistert vom Messias und von der künftigen Weltherrschaft der Juden.

Zum Beweis dafür, wie buchstäblich die Juden, auch ihre Führer, an die Messias-Weissagung glauben, erzählte er mir, ihr großer König Herodes habe ein paar Jahre vor seinem Tode in einer ganzen Ortschaft alle kürzlich geborenen Knaben hinmorden lassen. In diese Ortschaft waren nämlich, einem Sterne folgend, Weise aus Chaldäa gereist und hatten dann dem Herodes ganz harmlos berichtet, dort sei der künftige König zur Welt gekommen. Herodes aber wünschte, den Thron für seine eigene Familie zu sichern. Diese Geschichte deutet darauf hin, daß er so mißtrauisch war wie ein gewisser anderer Herrscher, der sich als alter Mann auf eine Insel zurückzog.

Du wirst verstehen, Tullia, daß die grausige Mär mir im Kopf herumgegangen ist. Aus dem Todesjahr des Herodes kann man leicht zurückrechnen, daß die Metzelei gerade zur Zeit der Begegnung von Saturn und Jupiter stattgefunden haben muß. Der Vorfall beweist, daß die Sternkonstellation unter den Juden und den Weisen des Ostens ebensoviel Aufsehen erregte wie in Rhodos und Rom.

Ich fragte: »Glaubst du also, daß der künftige Messias schon in der Wiege umgebracht wurde?«

Der jüdische Gelehrte mit seinem weinfeuchten Bart lachte und sagte: »Wer könnte den Messias töten? Herodes war krank und ein Wirrkopf.«

Immerhin erschrak er ein wenig und fügte, um sich blickend, hinzu: »Du darfst aber nicht meinen, daß damals wirklich der Messias zur Welt kam. Ein Zeitpunkt dafür ist in der Prophezeiung nirgends angegeben. Unterdessen hätten wir bestimmt schon etwas von ihm gehört. Übrigens taucht in jeder Generation irgendein falscher Messias auf und stiftet in Jerusalem unter den einfältigen Leuten Unfrieden.«

Doch der von mir aufgeworfene Gedanke ließ ihn nicht los, und als wir noch mehr Wein getrunken hatten, sagte er beziehungsvoll: »In jenen Tagen sind aus Jerusalem und anderen Orten viele Menschen hierher nach Ägypten geflohen. Manche blieben, die meisten aber gingen nach dem Tode des Herodes wieder heim.«

»Zielst du darauf ab«, fragte ich, »daß der Messias vielleicht doch zur Welt gekommen ist und vor Herodes nach Ägypten in Sicherheit gebracht wurde?«

Er antwortete: »Ich bin ein Sadduzäer.« Damit wollte er andeuten, er sei ein Mann von Welt und fühle sich an die überlieferten Bräuche der Juden nicht allzusehr gebunden.

»Deshalb betrachte ich die Dinge kritisch«, fuhr er fort. »Ich glaube auch, im Gegensatz zu den Pharisäern, nicht an die Unsterblichkeit der Seele. Wenn der Mensch stirbt, welkt er hin und hat keinen Bestand. So steht es geschrieben. Da wir nur dieses eine Mal auf der Erde leben, ist es bloß vernünftig, dem Dasein einiges Vergnügen abzugewinnen. Unsere großen Könige haben sich nichts versagt; ein Übermaß an Lebensgenuß hat allerdings schließlich des weisen Salomo Gemüt verdüstert. Indes gibt es auch bei dem gebildetsten Menschen einen Winkel des Herzens, wo sich noch kindliche Frömmigkeit birgt. Und besonders wenn man – was ja zu den verbotenen Genüssen gehört – ungewässerten Wein getrunken hat, glaubt man Sachen, die man bei klarem Kopf ablehnen würde. Darum will ich dir jetzt eine Geschichte erzählen, die ich gehört habe, als ich zwölf Jahre alt und ein junger Mann geworden war.«

Er begann: »An unserem Ruhetag darf niemand körperliche Arbeit verrichten. Nun war zur Zeit des Königs Herodes auch aus Bethlehem im Lande Judäa ein alter Handwerker geflohen, mit seinem jungen Weibe und einem neugeborenen Kind. In Ägypten, mitten in den Balsamgärten, hatten sie sich niedergelassen und wohnten dort. Durch seiner Hände Arbeit erhielt der Mann sich und seine Familie, und niemand konnte den Leuten etwas Übles nachsagen. Eines Sabbats aber ertappten einige Juden des Dorfes den drei Jahre alten Flüchtlingsjungen dabei, wie er Tonfiguren von Schwalben formte und brannte. Die Männer holten die Mutter herbei, weil er gegen das Gesetz der Sabbatruhe verstoße. Aber der Knabe blies die tönernen Gebilde an, und sie flogen auf und davon wie lebendige Vögel. Bald darauf verließ die Familie die Ortschaft.«

»Erwartest du von mir, daß ich ein solches Ammenmärchen glaube?« fragte ich verwundert; ich hatte meinen Bekannten für einen aufgeklärten Menschen gehalten.

Er schüttelte den Kopf und starrte mit seinen gewölbten Judenaugen vor sich hin. Er war ein stattlicher, selbstbewußter Mann, so wie viele Juden aus alten Geschlechtern. »Keineswegs«, versicherte er mir. »Nur beweist meiner Meinung nach die Entstehung einer solchen Fabel, daß zu Herodes' Zeiten eine besonders fromme oder aber, bei aller äußerlichen Bescheidenheit, unter den Leuten besonders angesehene Familie hierher nach Ägypten geflohen ist. Wenn man eine vernunftgemäße Erklärung für den Ursprung einer derartigen Legende wünscht, so mag vielleicht die Mutter des kleinen Sabbatschänders ihn mit so treffenden, so beflügelten Worten aus den heiligen Schriften verteidigt haben, daß die Ankläger zum Schweigen gebracht wurden. Aber die richtige Deutung kann derart verwickelt sein, daß sie in Vergessenheit geriet. Mit Hilfe unserer Schriften läßt sich ja alles Erdenkliche beweisen. Und später, als die Familie wieder verschwand – ebenso unbemerkt, wie sie aus Judäa gekommen war –, wurde die Begebenheit auf eine Weise umgemodelt, daß sie auch für die Kinder verständlich wurde.«

Er schloß mit den Worten: »Ach, hätte ich bloß noch das Gemüt eines Kindes und könnte die Worte der Schrift nach

Kinderart glauben! So zu leben wäre leichter, als an der Grenzscheide zweier Welten dahinzutorkeln. Ein Grieche kann ich nie werden, und ein Sohn Abrahams bin ich in meinem Herzen nicht mehr.«

Am nächsten Tag tat mir der Kopf weh, und ich fühlte mich elend, nicht zum erstenmal in Alexandria. Ich verbrachte den Tag in den Thermen. Nach Bad, Massage, Gymnastik und einem guten Essen überkam mich ein traumhafter Zustand. Die Außenwelt schien sich von mir zurückgezogen zu haben, und mein eigener Körper wurde schattenhaft. Dieses Gefühl kenne ich sehr gut; es rührt von meinen Ahnen her. Nicht umsonst führe ich den Namen Mezentius, der in mythische Vorzeit zurückweist. In einem solchen Zustand ist man überaus empfänglich für Vorzeichen, obwohl es auch da außerordentlich schwer ist, Wirklichkeit und Täuschung zu unterscheiden.

Als ich aus der kühlen Säulenhalle der Thermen trat, überfiel mich die Hitze der Straße, und die Abendsonne gleißte mir in die Augen wie ein Blitz. Meine merkwürdige Gemütsverfassung hielt an. Ich ging durch die menschenerfüllten Straßen, ohne auf den Weg zu achten. Als ich so, wie geistesabwesend, im Sonnenlicht dahinwanderte, faßte mich ein Fremdenführer, der in mir einen Vergnügungsreisenden vermutete, am Mantel und begann mir zungenfertig den Besuch von Sehenswürdigkeiten zu empfehlen: die Freudenhäuser in Kanopos, den Leuchtturm auf der Insel Pharos, den Apis-Stier in seinem Tempel. Der Mann war hartnäckig, und ich wurde seinen Wortschwall erst los, als ein lautes Rufen ihn unterbrach. Dann wies der Mann mit einem schmutzigen Finger auf den Schreienden und rief lachend: »Schau dir diesen Juden an!«

An der Ecke des Gemüsemarktes stand ein in Felle gekleideter Mann, mit struppigem Bart und Kopfhaar, vom Fasten abgemagertem Gesicht und wundgelaufenen Füßen. Ständig wiederholte er laut auf aramäisch die gleiche eintönige Botschaft, und in seinem Gesicht rollten die Augen.

Der Fremdenführer meinte: »Wahrscheinlich verstehst du nicht, was er sagt.«

Aber, wie Du weißt, spreche ich, seit meiner Jugend in Antiochia, das Aramäische gut. Damals, ehe ich in Rhodos zur Schule ging und meine Ansprüche an das Leben klarer erkannte, hatte ich ernstlich daran gedacht, bei irgendeinem Prokurator im Osten Sekretär zu werden.

Darum verstand ich sehr wohl, was dieser jüdische Sektierer aus der Wüste verkündete. Er schrie immer wieder mit vor Anstrengung schon heiserer Stimme: »Wer Ohren hat zu hören, der höre! Das Reich ist nahe. Ebnet die Pfade!«

Der Fremdenführer erläuterte: »Er kündet das Auftreten eines jüdischen Königs an. Solche Hohlköpfe schwärmen derart viele aus der Wüste in die Stadt, daß die Polizei sich nicht einmal mehr die Mühe nimmt, alle wieder hinauszupeitschen. Überdies ist es politisch sehr geschickt, die Juden in Streitigkeiten untereinander zu verwickeln. Solange sie sich gegenseitig in den Haaren liegen, haben wir Gymnasion-Leute Ruhe vor ihnen. Es gibt keine mordgierigeren Menschen als die Juden. Zum Glück hassen ihre verschiedenen Parteien einander mehr als uns Heiden, wie sie uns nennen.«

Unterdessen rief die heisere, brüchige Stimme stets von neuem die gleichen Worte, so daß sie sich schließlich meinem Gedächtnis unvergeßlich einprägten. Diese Stimme verkündete die baldige Gründung eines Reiches, und in meinem augenblicklichen Seelenzustand konnte ich den Ruf nur als ein für mich bestimmtes Vorzeichen auffassen. Mir war, als hätten plötzlich jene Weissagungen, die ich den ganzen Winter über studiert hatte, die Masken dunkler Ausdrucksweise abgeworfen und stünden vor mir, zu einer einzigen klaren Aussage vereint: »Das Reich ist nahe.«

Noch immer hielt der Fremdenführer mich am Mantelzipfel fest und schwatzte weiter. »Bald kommt Passah, das jüdische Osterfest«, erzählte er. »In Kürze verlassen die letzten Karawanen und Schiffe mit Pilgern nach Jerusalem unsere Stadt. Ich bin schon neugierig, was für Keilereien es dieses Jahr wieder dort drüben geben wird.«

Unwillkürlich bemerkte ich: »Interessant wäre es ja, einmal die heilige Stadt der Juden zu sehen.«

Diese Worte brachten den Mann derart in Schuß, daß er loslegte: »Ein sehr kluger Wunsch, Herr! Der Tempel des Herodes ist nämlich eines der Weltwunder. Wer den auf seinen Reisen nicht besucht hat, der hat überhaupt nichts gesehen. Und wegen Keilereien, wie ich es ausdrückte, da brauchst du dich keineswegs zu ängstigen; ich habe nur einen Scherz gemacht. In ganz Judäa ist man auf den Straßen sicher, und in Jerusalem herrscht römische Zucht. Eine ganze Legion liegt im Lande, um die Ordnung aufrechtzuerhalten. Komm nur ein paar Schritte mit mir! Durch meine guten Beziehungen kann ich dir bestimmt noch einen Platz auf einem Schiff nach Joppe oder Cäsarea verschaffen. Natürlich wird man zuerst sagen, daß wegen des Passahfestes alles voll besetzt ist; aber ich werde mich schon für dich verwenden. Das wäre doch wirklich ein Skandal, wenn ein so vornehmer Römer wie du nicht auf einem Passagierschiff unterkäme.«

Er schleppte mich so eifrig am Mantel mit sich, daß ich fast ohne mein Zutun hinter ihm her in das Kontor eines syrischen Reeders gelangte, das tatsächlich bloß einige Schritte vom Gemüsemarkt entfernt lag. Bald stellte ich fest, daß ich nicht der einzige Fremde war, der über Ostern nach Jerusalem wollte. Neben Juden aus allen Teilen der Welt gab es hier auch viele Vergnügungsreisende, die gerade nur etwas Neues sehen wollten.

Nachdem der Fremdenführer eine Zeitlang meinetwegen so wutentbrannt gefeilscht hatte, wie nur ein Grieche mit einem Syrer feilschen kann, wurde ich plötzlich gewahr, daß ich eine Koje in einem nach Judäa bestimmten Pilgerschiff gemietet hatte. Man versicherte mir, es sei das einzige und letzte noch vor Ostern von Alexandria abgehende

Schiff. Das Auslaufen habe sich deshalb verzögert, weil der Segler funkelnagelneu sei und auf einige letzte Ausrüstungsstücke habe warten müssen. Am nächsten Morgen aber werde er seine Jungfernfahrt antreten. Mit meiner Buchung für dieses Schiff sei ich auch der Angst vor dem dickkrustigen Schmutz und dem Ungeziefer enthoben, die sonst Seereisen an der Küste so widerwärtig machten.

Mein Fürsprecher knöpfte mir für seine Dienste fünf Drachmen ab; aber ich gönnte sie ihm, weil ich ein Vorzeichen empfangen und eine Entscheidung getroffen hatte. Er blieb im Kontor und freute sich schon darauf, auch dem Angestellten der Reederei eine Provision abpressen zu können. Am gleichen Abend suchte ich meinen Bankier auf und ließ mir einen in Jerusalem einzulösenden Kreditbrief ausstellen, da ich als erfahrener Reisender nicht überflüssigerweise große Summen Bargeld unterwegs bei mir tragen wollte. Ich zahlte meine Rechnung im Gasthof und beglich verschiedene andere Schulden. Im Laufe des Abends verabschiedete ich mich noch von jenen Bekannten, die ich nicht gut ohne ein Lebewohl verlassen konnte. Um mir spöttische Bemerkungen zu ersparen, sagte ich niemandem, wohin ich fuhr, sondern erklärte einfach, ich ginge auf Reisen und würde spätestens im Herbst zurückkommen.

In der Nacht lag ich lange wach und spürte stärker denn je, wie sehr der hektische Winter in Alexandria mir Geist und Körper gelähmt hatte. Diese Stadt mag, mit allen ihren Sehenswürdigkeiten, ein Weltwunder sein; dennoch kam mir vor, daß ich sie gerade noch verließ, bevor es zu spät wurde. Wäre ich länger geblieben, so hätte mich jene Seuche ergriffen, die in dieser so genußgierigen, so von der Weisheitslehre Griechenlands angekränkelten Stadt umgeht. Wer wie ich in Alexandria zu erschlaffen begonnen hat, kann, wenn er zu lange zaudert, leicht sein ganzes restliches Leben dort tatenlos verdämmern.

Deshalb dachte ich, eine Seereise und ein paar Tage unbeschwerten Wanderns auf den Römerstraßen Judäas würden mir an Leib und Seele wohltun. Aber es kam so wie gewöhnlich in solchen Fällen: als ich am nächsten Morgen, um das Schiff zu erreichen, in aller Frühe, nach allzu kurzem Schlaf, geweckt wurde, konnte ich nur fluchend mich selber einen ausgemachten Esel heißen, weil ich alle Annehmlichkeiten eines gesitteten Lebens aufgab, um das fremde, feindliche Judenland aufzusuchen und dort einem aus ein paar dunklen, orakelhaften Aussprüchen entsprungenen Hirngespinst nachzujagen.

Es trug keineswegs zu meiner Besänftigung bei, als ich, am Hafen angekommen, feststellen mußte, daß ich unvorstellbar schändlich hineingelegt worden war. Erst nach langem Suchen und Herumfragen entdeckte ich das Schiff und konnte zunächst nicht glauben, daß dieser erbärmliche, morsche, alte Kasten jenes ›funkelnagelneue‹ Schiff sein sollte, von dem der Syrer behauptet hatte, es werde gerade erst für seine Jungfernfahrt ausgerüstet. Daß es gestern noch nicht reisefertig gewesen war, mochte allerdings zweifellos zutreffen; denn es hätte sich kaum schwimmend erhalten, wäre es nicht bis zum letzten Augenblick kalfatert und geteert worden. Auf dem Schiff roch es wie in den Freudenhäusern von Kanopos; der Reeder hatte nämlich billigen Weihrauch verbrennen lassen, um die anderen Düfte an Bord zu übertäuben. Über die verrotteten Schiffsflanken waren farbige Tücher gehängt, und man hatte vom Markt eine Ladung welkender Blumen gebracht, um das Auslaufen festlich zu gestalten.

Kurz gesagt, dieser in aller Eile überteerte und zur Not seetüchtig gemachte Kasten sah in seiner Ausfahrtsvermummung einer alten Hafendirne gleich, die sich erst dann ans Tageslicht wagt, wenn sie sich rasch von Kopf bis Fuß in buntscheckige Fähnchen gehüllt, ihre Wangenrunzeln übermalt und dafür gesorgt hat, daß der Duft ihres billigen Parfüms sich längs ihres Weges verbreitet. Und den verschlagenen, hoffnungslos ernüchterten Blick eines solchen Wesens glaubte ich auch in den Augen des Zahlmeisters zu entdecken, als er mich mit der feierlichen Beteuerung, ich sei schon auf dem richtigen Schiff, empfing und zu meiner Koje führte, mitten zwischen Menschen, die schrien und johlten, weinten und zankten und in vielen verschiedenen Sprachen Abschiedsworte riefen.

Trotz alledem konnte ich mich nachgerade nicht einmal mehr ärgern; ich mußte einfach lachen. Schließlich braucht niemand sich aus eigenem Antrieb in Ungelegenheiten zu stürzen; er kann ihnen kraft seines gesunden Menschenverstandes ausweichen. Andererseits wird das Leben, wenn man jedes Wagnis scheut, unerträglich. Ich habe die Vorträge einer ganzen Anzahl von Philosophen gehört, die mich in der Überzeugung bestärkten, daß der Mensch auch durch die größte Vorsicht die ihm zugeteilte Daseinsfrist nicht um einen Augenblick verlängern kann.

Wohl gibt es sogar heutzutage noch selbstsüchtige und abergläubische Geldleute, die das römische Gesetz mißachten und der dreiköpfigen Göttin einen jungen Sklaven opfern, um durch die ihm entzogene Lebensspanne ihr eigenes Dasein zu verlängern. In allen größeren Städten des Ostens kann man einen Magier oder einen abtrünnigen Priester finden, der die zugehörigen Zauberworte kennt und gegen beträchtliches Entgelt bereit ist, diese Art von Opfer zu vollziehen. Meiner Ansicht nach ist das jedoch glatte Selbsttäuschung und grausamer Irrwahn. Gewiß hat das Menschengeschlecht eine unbegrenzte Fähigkeit, sich selbst zu betören und zu glauben, was man erhofft; aber mich dünkt, auch wenn ich ein hohes Alter erreichen sollte, werde ich den Tod nicht so sehr fürchten, daß ich einer solchen Verblendung anheimfiele.

In meiner lächerlichen Lage tröstete ich mich damit, daß das Schiff längs der Küste fahren würde und daß ich ein guter Schwimmer bin. Übermütiger Frohsinn bemächtigte sich meiner, und ich hegte keinen Groll mehr wegen des Betrugs, dem ich zum Opfer gefallen war. Ich beschloß, allem die beste Seite abzugewinnen und die Reise zu genießen, um später – mit den gebührenden Übertreibungen – eine ergötzliche Geschichte über die durchgemachten Mühsale und Unbilden erzählen zu können.

Die Anker wurden gelichtet, die Ruder begannen zu schwingen und klapperten regelmäßig gegeneinander, das Schiffsheck löste sich vom Kai, und der Kapitän goß eine Schale Wein über Bord, als Trankopfer für die Glücksgöttin. Er hätte keiner passenderen Gottheit die Spende darbieten können; offenbar wußte er selber am besten, daß wir Glück brauchten, um überhaupt an unseren Bestimmungsort zu kommen. Die jüdischen Fahrgäste hoben die Arme und riefen in ihrer heiligen Sprache ihren Gott um Beistand in den Gefahren des Meeres an. Auf dem Vorderdeck begann ein girlandengeschmücktes Mädchen die Saiten einer Lyra zu zupfen, während ein junger Mann dazu eine Flöte blies, und es dauerte nicht lange, so war der neueste alexandrinische Schlager mit Gesang und Musikbegleitung in vollem Gange. Die jüdischen Pilger stellten mit Schaudern fest, daß wir eine Truppe wandernder Schauspieler an Bord hatten; aber sich darüber zu beschweren, hätte jetzt nichts mehr genützt. Übrigens bildeten wir, die in ihren Augen Unreinen, die Mehrheit der Passagiere, und die verspäteten Pilger waren keine reichen Juden. Sie mußten sich mit den Schatten, die wir auf sie warfen, abfinden und darauf beschränken, unablässig ihre Speisegeschirre zu reinigen.

Heutzutage ist Einsamkeit der kostbarste aller Genüsse. Deshalb konnte ich es nie leiden, daß Sklaven sich um mich herumdrehen und jeden meiner Schritte, jeden meiner Blicke beobachten. Mir tun die Menschen leid, die ihre Stellung oder ihre Bequemlichkeit dazu zwingt, ihr ganzes Leben, Tag und Nacht, von Sklaven umgeben zu verbringen. Während der Schiffsreise allerdings mußte ich Wasser in den Wein meiner Einsamkeitsliebe gießen und die Schlafstätte mit den verschiedenartigsten, zum Teil sehr zweifelhaften Leuten teilen. Glücklicherweise hatten die jüdischen Passagiere ihren abgesonderten Schlafraum und auch besondere Feuerstellen in Sandkisten, wo sie ihre eigenen Speisen bereiten konnten. Sonst wären sie an der judäischen Küste derart gründlich verunreinigt angekommen, daß sie sich kaum getraut hätten, die Reise in ihre heilige Stadt fortzusetzen.

Wären uns nicht günstige, sanfte Winde und die Segel zustatten gekommen, so hätten wir, glaube ich, nie unser Ziel erreicht; denn die Ruderer – Wracke wie das Schiff selbst – waren alte Leute, atemlos keuchend, lahm oder verkrüppelt. Es handelte sich nicht einmal ausschließlich um Sklaven, sondern auch um noch niedriger stehendes Hafengesindel, das mangels anderer Beschäftigung sich für diese schwere körperliche Arbeit hatte anheuern lassen. Wahrlich, diese Rotte von Ruderern hätte den Chor für ein Satyrspiel abgeben können! Selbst der Rudermeister, der auf seiner erhöhten Plattform den Takt schlug, lachte sich krank, wenn er sah, wie seine Leute einander und sich selbst mit den Ruderstangen anschlugen oder immer wieder mitten in der Arbeit hinsanken und einschliefen. Ich denke, er gebrauchte seine Peitsche nur der Form halber; denn es wäre einfach unmöglich gewesen, aus den armen Kerlen mehr herauszuschinden, als sie hergaben.

Von der Fahrt selbst habe ich nichts weiter zu erzählen, als daß sie meines Erachtens in keiner Weise dazu angetan war, eine andächtige Stimmung zu fördern oder meine Seele auf die heilige Stadt der Prophezeiungen vorzubereiten. Man mußte schon die jüdische Glaubenshingabe und Tempelverehrung haben, um morgens, mittags und abends die Arme betend zu heben und unentwegt schwermütige oder freudige Psalmen zum Preise Gottes zu singen. Zu den anderen Tageszeiten erklangen vom Vorderdeck her, wo die Schauspieler probten, griechische Gassenhauer. Und wenn die Ruderer eine Zeitlang für ihre Arbeit eingespannt wurden, stieg unablässig ihr heiser wehklagender Chor gedämpft von den Ruderbänken herauf.

Das Griechenmädchen, das die Ausfahrt des Schiffes

damit eingeleitet hatte, daß es mit bekränztem Kopf sang und die Lyra zupfte, hieß Myrina. Die Kleine war ein schmächtiges, kurznasiges Geschöpf mit kühl forschenden, grünen Augen. Trotz ihrer Jugend konnte sie nicht nur singen und ihr Instrument spielen, sondern war auch eine vollendete Tanzakrobatin. Ihren täglichen Übungen auf dem Vorderdeck zuzusehen war ein Vergnügen; die frommen Juden allerdings verhüllten ihre Gesichter und jammerten laut über das Ärgernis.

Myrina ist ein Amazonenname. Die Tänzerin gestand mir ganz freimütig, ihn wegen ihrer Magerkeit und Flachbrüstigkeit erhalten zu haben. Sie war schon in Judäa und jenseits des Jordans in den griechisch-römischen Städten Peräas aufgetreten. Sie erzählte, in Jerusalem gebe es zwar ein von Herodes erbautes Theater, aber die Truppe habe wenig Hoffnung, dort spielen zu können, weil wegen Besuchermangels nur selten Vorstellungen stattfänden. Die Juden mißachteten das Theater ebenso wie die ganze griechische und römische Zivilisation, sogar einschließlich der Aquädukte; und an gebildeteren Bewohnern habe die Stadt zu wenig, um ein Theater zu füllen. Deshalb wollten die Schauspieler jetzt nach dem Ostjordanland reisen, wo die Römer eine Urlaubersiedlung für die zwölfte Legion errichtet hätten und wo es stets ein begeisterungsfreudiges, wenn auch etwas rauhes Publikum gebe. Die Truppe hoffe, auch in Tiberias, der Hauptstadt Galiläas am See Genezareth, auftreten zu können; und auf ihrer Rückreise wollten die Leute ihr Glück in Cäsarea, dem Sitz des römischen Statthalters an der judäischen Küste, versuchen.

Nachdem ich so freundschaftlich mit Myrina geplaudert hatte, schlich sie in der folgenden Nacht an meine Seite und flüsterte mir zu, ich könnte sie mit ein paar Silbermünzen glücklich machen; sie und ihre Gefährten seien recht arm, und die Anschaffung aller für die Bühne nötigen Kleider und Schuhe falle ihnen schwer. Sonst hätte sie sich als anständiges Mädchen nicht in dieser Weise an mich gewandt.

Als ich in der Finsternis in meinem Geldbeutel kramte, kam mir ein gewichtiges Zehndrachmenstück zwischen die Finger, und das gab ich ihr. Sie freute sich über die Maßen, umarmte und küßte mich und sagte, weil ich so nett gewesen sei, würde sie sich nicht gegen mich sträuben, und ich möge mit ihr tun, was ich wolle. Als sie merkte, daß ich nichts von ihr wollte – offen gestanden, ich hatte während meines alexandrinischen Winters die Frauen satt bekommen –, war sie höchst erstaunt und fragte ganz unbefangen, ob ich vielleicht lieber neben mir ihren Bruder hätte, der noch jung und bartlos sei. Für dieses griechische Laster habe ich nie etwas übrig gehabt, obwohl ich natürlich während meiner Studienjahre in Rhodos auch meine platonischen Verehrer hatte. Als ich Myrina versicherte, mir genüge vollauf ihre Freundschaft, nahm sie offenbar an, ich hätte aus irgendeinem Grunde für eine gewisse Zeit ein Keuschheitsgelübde abgelegt, und bedrängte mich nicht mehr.

Dafür erzählte sie mir von den Sittenbegriffen der Juden und behauptete, die Aufgeklärten unter ihnen betrachteten Unzucht mit Ausländerinnen nicht als Sünde; nur von jüdischen Frauen hielten sie sich fern, weil das ihr Gesetz so gebiete. Zum Beweise tuschelte sie mir in der Dunkelheit des Schlafraumes ein paar Geschichten ins Ohr; aber ich glaubte ihr nicht recht. Immerhin hatte ich ja während meines Umgangs mit jüdischen Gelehrten in Alexandria dieses Volk achten gelernt.

Als die Berge Judäas schon wie eine Fata Morgana über dem juwelenglitzernden Meer auftauchten, vertraute Myrina mir ihren Zukunftstraum an, wie ein junges Mädchen manchmal einem älteren Bekannten das Herz ausschütten mag. Sie wisse sehr wohl, daß eine Tänzerin nur kurze Zeit auf der Höhe bleiben könne; deshalb hoffe sie, sich Geld zu ersparen und zu gegebener Zeit in einer vorurteilslosen Küstenstadt einen bescheidenen Parfümladen aufmachen und dazu ein verschwiegenes Vergnügungshaus betreiben zu können. Mit unschuldsvollen Augen sah sie mich an, während sie darlegte, die Wartezeit bis dahin könnte sie sich verkürzen, wenn es ihr gelänge, einen reichen Liebhaber zu finden. Ich wünschte ihr von Herzen viel Glück dazu.

Mochte es nun an den Opfern des Kapitäns gelegen haben oder an einem günstigen Zufall oder an den beharrlichen Glaubensübungen der jüdischen Pilger, jedenfalls liefen wir – von Ungeziefer geplagt, hungrig, durstig und schmutzig, aber ansonsten unversehrt – in den Hafen von Joppe ein, drei Tage vor dem Hauptfesttag des jüdischen Passah, der diesmal nach dem amtlichen Kalender der Juden auf einen Sabbat fiel und ihn zu einem besonders großen Feiertag machte. Die Juden hatten es so eilig, daß sie sich knapp Zeit nahmen, sich einer rituellen Reinigung zu unterziehen und bei ihren Landsleuten in der Hafenstadt eine Mahlzeit einzunehmen, ehe sie sich, obwohl schon die Nacht hereinbrach, auf den Weg nach Jerusalem machten. Doch die Luft war milde, zahllose Sterne brannten über dem Meer, und bei Mondlicht wanderte es sich leicht. Der Hafen war mit Schiffen vollgepfropft, darunter großen Seglern aus Italien, Spanien und Afrika. Daraus hätte ich, wäre mir das nicht schon früher klargeworden, entnehmen können, daß die Liebe der Juden zu ihrem Tempel für alle Reeder der Welt ein einträgliches Geschäft ist.

Du weißt, daß ich kein Vornehmtuer bin; aber ich hatte doch keine Lust, am nächsten Morgen meine Reise in Gesellschaft der griechischen Schauspielertruppe fortzusetzen, so eindringlich die Leute mich auch darum baten, in der Hoffnung, derart meinen Schutz – kein einziger von ihnen war römischer Bürger – zu erlangen. Ich beschloß vielmehr, in Joppe diesen Brief fertigzuschreiben, den ich schon an Bord des Schiffes begonnen hatte, um damit die

Zeit zu verbringen und Dir zu erklären, welch merkwürdige Eingebung mich zu dieser Reise bewogen hat.

Ich nahm also ein Privatzimmer, wo ich mich jetzt nach der elenden Seefahrt ausruhe und diese Zeilen niederschreibe. Ich habe gebadet und große Mengen Insektenpulver verbraucht. Die auf dem Schiff getragenen Kleider habe ich, als ich bemerkte, daß meine Absicht, sie zu verbrennen, Anstoß erregte, armen Leuten geschenkt. Langsam fange ich an, mich wieder als Mensch zu fühlen; ich habe mir die Haare frisieren und einölen lassen und mir neue Kleider gekauft. Da ich ziemlich anspruchslos bin, führe ich wenig Gepäck mit mir, bis auf eine Menge neuen Papyrus, Schreibzeug und ein paar Andenken aus Alexandria, als Geschenke zu passenden Gelegenheiten.

Hier auf dem Marktplatz von Joppe können hoch und niedrig Beförderungsmittel für die Reise nach Jerusalem finden. Ich hätte eine Sänfte mit Geleit nehmen oder in einem Ochsenwagen fahren oder sogar auf ein von einem Treiber geführtes Kamel klettern können. Aber, wie ich schon erwähnte, Einsamkeit bedeutet für mich den kostbarsten aller Genüsse, und so gedenke ich morgen in aller Frühe einen Esel zu mieten, ihn mit meinen wenigen Habseligkeiten, einem Weinschlauch und einem Proviantsack zu beladen und zu Fuß nach Jerusalem aufzubrechen, wie es einem friedlichen Pilger geziemt. Nach den Zeiten der Verweichlichung in Alexandria begrüße ich diese körperliche Übung; vor Räubern brauche ich keine Angst zu haben, da die Straßen von Leuten, die zum Feste wollen, wimmeln und durch Streifen der zwölften Legion bewacht werden.

Tullia, meine Geliebte, nicht, um Dich zu quälen oder eifersüchtig zu machen, habe ich Dir von Myrina und den Alexandrinerinnen erzählt – falls Dich das überhaupt schmerzlich berührt, falls es Dein Herz auch nur im geringsten verwundet. Aber ich fürchte sehr, Du empfindest nichts als Befriedigung darüber, daß Du Dich meiner geschickt entledigt hast. Immerhin kenne ich Deine Gedanken nicht, und es mag ja sein, daß Dich irgend etwas an der Reise nach Ägypten gehindert hat. Deshalb gelobe ich Dir, daß ich Dich im Herbst wieder in Alexandria erwarten werde, bis zur winterlichen Einstellung des Schiffsverkehrs. Alle meine Sachen sind dort geblieben; nicht einmal ein Buch habe ich mitgenommen. Sollte ich bei Deiner Ankunft nicht am Hafen sein, so kannst Du meine Anschrift im römischen Reisebüro oder bei meinem Bankier erfragen. Doch im Herzen weiß ich, daß ich wieder zu jeder Schiffsankunft aus Italien an die Mole gehen werde, genau so wie im vergangenen Herbst.

Ich bin mir nicht einmal sicher, ob Du Dir die Mühe nehmen wirst, diesen Brief zu Ende zu lesen, obwohl ich ihn so abwechslungsvoll wie möglich zu gestalten versuchte. Übrigens bin ich in viel gesetzterer Stimmung, als man aus meinen Zeilen schließen könnte. Mein Leben lang habe ich zwischen den Lehren des Epikur und denen der Stoiker geschwankt, zwischen Genuß und Entsagung. Alexandrias maßlose Vergnügungen, die unsinnige Gefräßigkeit von Körper und Geist haben meine Seele ausgedörrt. Daß Sinnlichkeit und Liebe zwei ganz verschiedene Dinge sind, weißt Du ebenso wie ich. In der Wollust kann man sich eine gewisse Fertigkeit erwerben, wie im Laufen oder Schwimmen; aber bloße Wollust führt zu Trübsinn. Dagegen ist es etwas Ungewöhnliches, ja Unglaubliches, jenen Menschen zu finden, für den man geboren wurde. Ich bin für Dich, Tullia, geboren, und mein törichtes Herz sagt mir noch immer, daß auch Du für mich geboren bist. Denke an die Nächte in Baiae, zur Zeit der Rosenblüte!

Jedenfalls nimm, was ich über Weissagungen geschrieben habe, nicht allzu ernst! Dein stolzer Mund mag ruhig lächeln und flüstern: »Marcus ist noch immer der gleiche unverbesserliche Träumer!« Indes, wenn ich anders wäre, würdest Du mich vielleicht nicht lieben – falls Du es überhaupt noch tust, was ich nicht weiß.

Joppe ist eine uralte Hafenstadt, ganz syrisch. Aber während ich Dir schrieb, habe ich mich hier heimisch gefühlt. Tullia, meine Geliebte, vergiß mich nicht! Ich nehme diesen Brief mit und schicke ihn von Jerusalem aus weg; vor dem Ende des jüdischen Passahfestes fahren ohnedies keine Schiffe nach Brundisium ab.

2

Marcus an Tullia.

Ich schreibe diesen Brief am Passah-Sabbat der Juden in deren heiliger Stadt Jerusalem, in der Burg Antonia. Etwas völlig Unvorhergesehenes ist mir widerfahren, und ich bin selbst noch nicht im klaren darüber, was es eigentlich war. Tullia, ich bin ganz verstört. So schreibe ich Dir denn, um – für mich selbst und für Dich – sorgfältig zu erhellen, was sich tatsächlich zugetragen hat.

Ich verachte nun nicht länger Vorzeichen; in tiefstem Herzen tat ich es ja nie, so spöttisch ich auch über sie geredet und geschrieben haben mag. Mit bestürzender Unbeirrtheit glaube ich jetzt daran, daß mein Weg auf diese Reise gelenkt wurde und daß ich sie, auch beim ernstesten Willen, nicht hätte vermeiden können. Aber welche Mächte die Hand dabei im Spiele hatten, das weiß ich nicht. Ich will der Reihe nach erzählen.

Auf dem Markt von Joppe mietete ich also, ohne mich durch die Lockungen aller anderen Reisebequemlichkeiten beirren zu lassen, als Wandergefährten einen Esel und machte mich, zusammen mit den letzten Pilgern, auf den von der Küste her ansteigenden Weg nach Jerusalem. Mein Esel war ein gut abgerichtetes, williges Tier, so daß ich während der ganzen Reise kein einziges Mal Ungelegenheiten mit ihm hatte. Anscheinend war er so oft von Joppe nach Jerualem und zurück getrottet, daß er jeden Brunnen und auch jedes Rastplätzchen, Dorf und Wirtshaus unterwegs kannte. Ich hätte mir keinen besseren Führer wünschen können; und mir kommt vor, daß auch er freundschaftliche Gefühle für mich zu hegen begann, weil ich ihn niemals, auch bergab nicht, ritt, sondern immer zu Fuß ging, um meinen Körper wieder zu stählen.

Von Joppe nach Jerualem sind es für römische Truppenverbände nur knappe zwei Tagesmärsche. Zwar ist in diesem hügeligen Gelände das Gehen anstrengender als in einer Ebene; dafür jedoch wird der Weg um so abwechslungsreicher, und Judäa ist ein schönes, fruchtbares Land. In den Tälern waren die Mandelbäume schon abgeblüht; aber an allen Hügeln längs der Straße wuchsen Blumen, deren bittersüßer Duft mich die ganze Reise über begleitete. Ich war ausgeruht, ich fühlte mich verjüngt, und es machte mir Freude, meine Glieder durchzuarbeiten, ganz wie in meiner Jugend auf den Sportplätzen.

Meine Erziehung ebenso wie die Zurückhaltung, die, wie Du weißt, die Wechselfälle des Lebens mir aufzwangen, haben mich gelehrt, alle Äußerlichkeiten zu verachten. Weder durch mein Auftreten noch durch meine Kleidung wünsche ich mich von der Umgebung abzuheben. Über derlei Eitelkeiten kann ich nur lachen. Ich brauche keine Bediensteten und keine Läufer, die mein Kommen künden. Während meiner Reise habe ich, wenn hohe Herrschaften, ihre Sklaven und Tiere zur Eile antreibend, vorbeihasteten, meinen Esel bescheiden an den Straßenrand geführt. Mir bereitete die kluge Art, wie das Tier die Ohren spitzte, den Kopf drehte und mich anblickte, mehr Vergnügen, als wenn die Reichen und Mächtigen grüßend haltgemacht und mich eingeladen hätten, mich ihnen anzuschließen.

Die Juden tragen an den Zipfeln ihrer Obergewänder Quasten, und daran erkennen sie einander überall auf der Welt, auch wenn sie sich sonst so kleiden wie wir. Doch der Verkehrsweg von der Küste zur Hauptstadt, den Rom verbessert und in eine ausgezeichnete Militärstraße umgewandelt hat, ist so alt und so sehr an viele Völkerschaften gewöhnt, daß ich trotz der fehlenden Zipfelquasten niemandem auffiel. In der Nachtherberge, zu der mein Esel mich führte, bekam ich wie alle anderen Reisenden Wasser zum Tränken meines Tragtiers und zum Waschen meiner Hände und Füße. Bei dem Andrang fand das Gasthausgesinde keine Zeit, zwischen Fremden und Juden Unterschiede zu machen. Es war, als befänden sich neben den Landesbewohnern sämtliche Rassen der Erde unterwegs, um mit Frohsinn und Fröhlichkeit die Befreiung der Juden aus der ägyptischen Knechtschaft zu feiern.

Wenn ich etwas rascher gewandert wäre, hätte ich leicht am Abend des zweiten Tages Jerusalem erreichen können. Aber ich war Ausländer, unberührt von der Eile der Juden. Mit Behagen atmete ich die frische Bergluft Judäas, und die Blütenpracht auf den Hängen entzückte mein Auge. Nach dem fiebrigen Treiben in Alexandria fühlte ich mich seelisch entspannt und genoß jeden Augenblick, so daß schlichtes Brot mir besser schmeckte als irgendein Leckerbissen Ägyptens. Ja, ich hatte auf dieser Reise nicht einmal Lust, meinem Trinkwasser Wein beizumischen, weil ich meine Sinne nicht abstumpfen wollte; vielmehr ließ ich mir reines Wasser vortrefflich munden.

So schlenderte ich absichtlich langsam meines Weges und war noch ein gehöriges Stück von Jerualem entfernt, als mich der Klang von Rohrflöten überraschte, mit denen Hirten auf einem Hügel ihre Herden für die Nacht zusammenriefen. Ich hätte ohne weiteres eine Zeitlang rasten und später bei Mondlicht weiterziehen können; aber ich hatte von dem wundervollen Anblick gehört, der den Wanderer erwartet, wenn er sich der Hauptstadt bei Tage nähert und sie jenseits eines Tales aufsteigen sieht, mit ihrem Tempel, der auf einem Hügel im Sonnenlicht glänzt, blendend marmorweiß und golden.

Auf diese Weise wollte auch ich die heilige Stadt der Juden zum erstenmal sehen. Deshalb verließ ich, zum Erstaunen meines Esels, die Straße und redete einen Hirten an, der mit seiner enggescharten Schafherde zu einer Höhle im Berghang schritt. Er sprach die ländliche Mundart, verstand aber mein Aramäisch und versicherte mir, in dieser belebten Gegend gebe es keine Wölfe. Er habe nicht einmal einen Hund zum Schutz der Herde gegen Raubtiere, schlafe aber vor dem Eingang zur Höhle, aus Sicherheitsgründen, für den Fall, daß Schakale sich anschleichen sollten. Sein Mundvorrat bestand aus rußigem Gerstenbrot und kugelförmig geknetetem Ziegenkäse; darum war er höchst erfreut, als ich für ihn ein Stück Weizenbrot abbrach und es ihm zusammen mit einer Honigwabe und einer Handvoll getrockneter Preßfeigen anbot.

Fleisch nahm er, da er sah, daß ich nicht Jude war, keines von mir; sonst jedoch zeigte er sich frei von jeder Scheu. Wir setzten uns vor den Höhleneingang und aßen miteinander, während mein Esel eifrig die Dornsträucher an der Böschung abknabberte. Dann wurde die ganze Welt für eine Weile so purpurrot wie ein mit Küchenschellen bewachsener Hang; die Dunkelheit brach herein, und am Himmel entbrannten die Sterne. Gleichzeitig kühlte die Luft sich ab, und ich spürte, wie aus der Höhle die gesammelte Wärme der Schafe strömte. Es roch sehr stark nach Wolle und Talg. Aber ich fand den Geruch nicht unangenehm; vielmehr gab er mir ein Gefühl der Geborgenheit, wie ein Hauch von Kindheit und Heimat. Zu meiner Verwunderung traten mir plötzlich Tränen in die Augen. Sie galten nicht Dir, Tullia. Ich sagte mir, es seien Tränen der Müdigkeit, weil die Fußreise meinen geschwächten Körper ermüdet habe. In Wirklichkeit weinte ich aber wohl über mich selbst, über alles, was hinter mir lag und unwiederbringlich vergangen war, aber auch über alles, was noch vor mir liegt. In dieser Stunde hätte ich mich furchtlos zu Boden geneigt und aus dem Quell des Vergessens getrunken.

Ich schlief auf dem Boden vor der Höhle, mit dem Sternhimmel als Dach über mir, wie der ärmste Pilger. So tief war mein Schlaf, daß bei meinem Erwachen der Hirt schon seine Schafe auf die Weide geführt hatte. Ich konnte mich keines einzigen beängstigenden Traums entsinnen, und doch dünkte mich alles rings umher, Luft und Erde, anders als am Abend zuvor. Der Hang fiel gegen Westen ab und lag noch im Schatten, während auf die gegenüberliegende Talseite schon die Sonne schien. Ich fühlte mich wie gerädert, schlaff und lustlos; und der Esel stand neben mir und hielt mit trauriger Miene den Kopf gesenkt. Es war mir ein Rätsel, wie sich mein Stimmungsumschwung vollzogen haben mochte; denn so verweichlicht war ich denn doch nicht, daß zwei Tage Fußmarsch und ein Nachtlager auf hartem Boden mich derart erschöpft haben sollten. Ich vermutete, daß eine Wetteränderung bevorstand; für solche Einflüsse bin ich seit jeher ebenso empfänglich wie für Träume und Vorzeichen.

Ich war so niedergeschlagen, daß ich nicht einmal Lust hatte, etwas zu essen. Mir kam vor, ich würde keinen Bissen hinunterbringen. Ich nahm ein paar Schlucke Wein aus dem Lederschlauch, spürte aber kaum eine belebende Wirkung und fürchtete schon, ich hätte verunreinigtes Wasser getrunken und mir eine Krankheit zugezogen.

Drüben auf der Straße sah ich andere Reisende die nächste Steigung erklimmen; doch es dauerte ziemlich lange, ehe ich mein Widerstreben überwinden, den Esel beladen und selbst zur Straße zurückkehren konnte. Mit großer Anstrengung mühte ich mich die Höhe hinauf; als ich aber endlich oben war, erkannte ich die Ursache meiner Benommenheit. Ein sengend heißer, trockener Wind blies mir ins Gesicht, jener hartnäckige Wüstenwind, der, sobald er sich einmal erhoben hat, Tag um Tag anhält und den Menschen derart zusetzt, daß alle Kopfweh bekommen und die Frauen sich übergeben müssen; jener Wind, der durch die Ritzen der Häuser pfeift und nachts an den Fensterläden rüttelt.

Dieser Sturm dörrte mir augenblicklich die Gesichtshaut, und die Augen begannen mich zu schmerzen. Die schon hoch am Himmel stehende Sonne war zu einer rotglühenden Scheibe getrübt. Und nun sah ich jenseits des Tales die heilige Stadt der Juden aufsteigen, mauerumgürtet. Mit brennenden Augen und einem salzigen Geschmack im Munde erblickte ich die Türme des herodianischen Palastes, das Häusergewirr der großen Stadt auf den Hängen, die

Theater- und Zirkusanlagen und, über all dem, den weiß und golden aufragenden Tempel mit seinen Mauern, Gebäuden und Säulenhallen.

Unter dieser verdüsterten Sonne leuchtete jedoch der Tempel meinen Augen nicht so, wie man es mir geschildert hatte. Der Marmor war fahl, und den Vergoldungen fehlte der Glanz. Fraglos handelte es sich um einen mächtigen, festgegründeten Bau, um ein unvergleichlich hoheitsvolles Wunderwerk neuer Baukunst. Aber das, was die Juden bei diesem Anblick empfinden, verspürte ich nicht. Im Banne einer ausgesprochenen Unlust betrachtete ich den Tempel nur aus Pflichtgefühl, weil es sich nach der langen Reise so gehörte. Ich war nicht mehr jener junge Mann, der einst den Tempel von Ephesus zum erstenmal gesehen hatte. Die Ehrfurcht vor dem Wunder der Schönheit kam jetzt, da ein heißer Wind mir Staub in die Augen trieb, nicht in mir auf. Als ich meinen Esel wieder antrieb, wandte er den Kopf und sah mich erstaunt an. Er war aus eigenem Willen am Scheitel der Straßensteigung stehengeblieben, auf dem besten Aussichtspunkt, und hatte offenbar erwartet, ich würde mich einige Zeit vor Bewunderung und Freude in Ausrufen, Preisliedern und Gebeten ergehen. Ich schalt mich selbst blasiert und einen Sklaven des Körpers, weil ich einem Anblick, der für zahllose Menschen der Gipfel weihevoller Erbauung war, nichts abzugewinnen vermochte, bloß, weil mein Leib müde und der Wind lästig war. Der Esel zuckte ärgerlich mit den Ohren und begann die nun in Windungen hinabführende Straße weiterzutrotten. Ich schritt neben dem Tier und hielt mich an dem Zaumzeug fest, so schwach in den Knien fühlte ich mich.

Je tiefer die Straße sich senkte, desto weniger quälend wurde der Wind, und unten spürte man ihn überhaupt kaum mehr. Gegen Mittag erreichte ich den Punkt, wo die Straße aus Joppe sich mit der aus Cäsarea vereinigt und zur römischen Heerstraße wird. Eine große Menschenmenge wanderte stadtwärts. Nächst dem Tore sah ich, daß Leute in

Gruppen stehenblieben und auf einen nahen Hügel starrten, während andere die Gesichter verhüllten und weitereilten. Mein Esel wurde störrisch. Als ich die Augen hob, sah ich auf dem mit Dornengebüsch bedeckten Hügel drei Kreuze aufgerichtet und konnte die zuckenden Leiber der Verurteilten erkennen. Auf der zur Stadt abfallenden Böschung hatte sich eine ansehnliche Menschenschar versammelt und sah zu.

Auch die Straße war gedrängt voll von Leuten, und ich wäre, selbst wenn ich es gewollt hätte, kaum bis zum Tore durchgekommen. Natürlich habe ich schon öfter in meinem Leben gekreuzigte Verbrecher gesehen und ihre Qualen beobachtet, um mich gegen den Anblick von Leiden abzuhärten. In der Arena hatte ich noch grausamere Todesarten erlebt, aber daran war etwas Spannendes gewesen. Eine Kreuzigung bietet dem Beschauer nichts dergleichen; sie ist bloß ein entehrendes, langwieriges Verfahren der Todesstrafe. Wenn ich einigermaßen froh bin, römischer Bürger zu sein, so unter anderem deshalb, weil ich, sollte ich je durch ein Verbrechen mein Leben verwirken, sicher sein kann, mit einem raschen Schwertstreich hingerichtet zu werden.

In jeder anderen Gemütsverfassung hätte ich wahrscheinlich einfach den Kopf abgewandt, das üble Omen zu vergessen gesucht und mich, so gut es gehen mochte, auf der Straße vorwärtsgedrängt. Doch der Anblick der drei Gekreuzigten verstärkte, obwohl ihr Schicksal mich nichts anging, auf unerklärliche Weise in mir das wetterbedingte Gefühl der Beklemmung. Ich weiß nicht, was mich dazu bewog, aber ich führte den Esel ein paar hundert Schritte von der Straße weg und schob mich langsam durch die schweigende Menge den Hügel hinauf.

In der Nähe der Kreuze kauerten auf dem Boden einige syrische Soldaten der zwölften Legion, würfelten und tranken sauren Wein. Ganz gewöhnliche Sklaven oder Verbrecher konnten übrigens die Verurteilten offenbar nicht sein;

denn in einiger Entfernung von den Soldaten hielt auch ein Zenturio Wache.

Zunächst warf ich nur einen flüchtigen Blick auf die krampfhaft zuckenden Gestalten. Dann jedoch bemerkte ich auf dem mittleren Kreuz, über dem Kopfe des daran hängenden Mannes, eine Tafel, auf der in griechischer, lateinischer und der Landessprache geschrieben stand: »Jesus von Nazareth, der König der Juden«. Anfangs erfaßte ich in meiner Benommenheit nicht den Sinn des Gelesenen. Dann aber sah ich, daß der schlaff herabhängende Kopf des Mannes einen tief in die Haut gedrückten Dornenkranz in der Art einer Königskrone trug. Über das Gesicht des Gekrönten zogen sich Streifen geronnenen Bluts, das aus den Dornwunden gesickert war.

Im nächsten Augenblick konnte ich die Inschrift und auch die Gesichtszüge des Gekreuzigten nur mehr undeutlich erkennen; die Sonne verschwand vom Himmel, und es wurde, obwohl es Mittag war, so dunkel, daß ich selbst die mir zunächst stehenden Leute nur mit Mühe sah. Die Vögel hörten zu singen auf, wie während einer Sonnenfinsternis, und auch die Menschen verstummten, so daß man schließlich nichts mehr hörte als das Rollen der Würfel auf den Schilden der Soldaten und das keuchende Atmen der Verurteilten.

Wie ich Dir, Tullia, in meinem letzten Brief halb im Scherz schrieb, hatte ich mich auf die Suche nach dem König der Juden begeben. Und nun fand ich ihn auf einem Hügel außerhalb der Stadtmauer von Jerusalem, an ein Kreuz geheftet, aber noch lebend. Nachdem ich den Sinn jener Inschrift begriffen und die Dornenkrone gesehen hatte, zweifelte ich keinen Augenblick mehr daran, daß ich vor dem Gesuchten stand, vor jenem Manne, dessen Geburt durch eine Sternbegegnung angekündigt worden war, dem König der Juden, der sich nach ihren heiligen Büchern zum Weltherrscher hätte aufschwingen sollen. Wie es kam, daß ich diese Gewißheit so plötzlich gewann, kann ich unmöglich erklären; sicherlich hat aber die Niedergeschlagenheit, die ich seit dem frühen Morgen verspürte, mich für den düsteren Anblick besonders empfänglich gemacht.

Ich war froh, daß der Himmel sich verdunkelt hatte und es mir ersparte, die Schmach und Qual des Verurteilten in aller Deutlichkeit mit anzusehen. Ich hatte schon gemerkt, daß man ihm heftig ins Gesicht geschlagen und ihn nach römischer Sitte gegeißelt hatte. Er befand sich deshalb in wesentlich schlechterer Verfassung als seine beiden Leidensgenossen, kräftige, rauhe Männer aus dem Volke.

Nach der Verdunkelung der Sonne waren für eine Weile alle Stimmen der Menschen und der Natur verstummt. Dann jedoch ertönten aus der Zuschauermenge Ausrufe der Bestürzung und Angst. Sogar der Zenturio hob den Blick und musterte den Himmel nach allen Richtungen. Unterdessen hatten meine Augen sich an die Finsternis gewöhnt, und ich begann wieder einigermaßen die Umrisse der Landschaft und die Leute um mich her zu sehen. Einige hochgestellte Juden, die das Entsetzen der Menge bemerkt hatten, mischten sich jetzt in das Gewühl. An ihren Kopfbedeckungen erkannte ich, daß es sogenannte Schriftgelehrte und Älteste des Volkes waren; an den Zipfeln ihrer Obergewänder trugen sie mächtige Quasten. Sie schrien den Leuten laut und aufmunternd zu und fingen an, den gekreuzigten Jesus zu verspotten, indem sie ihn aufforderten, sich als König zu erweisen und vom Kreuz herabzusteigen. Auch andere Hohnworte riefen sie ihm zu, offenbar Anspielungen auf Dinge, die er früher öffentlich gesagt hatte.

Derart versuchten sie, die Menschenmenge auf ihre Seite zu bringen, und tatsächlich wurden da und dort vereinzelte Schmährufe laut. Die meisten Zuschauer aber wahrten ein hartnäckiges Schweigen, als wollten sie ihre Empfindungen für sich behalten. Nach Kleidung und Gesichtszügen zu schließen, handelte es sich überwiegend um arme Leute, darunter viele Bauern, die zum Passahfest in die Stadt gekommen waren. Ich gewann den Eindruck, daß sie ihrem gekreuzigten König günstig gesinnt waren, diese Einstellung aber angesichts der Legionäre und ihrer eigenen Würdenträger nicht zu zeigen wagten. In der Menge gab es auch eine Anzahl Frauen, von denen einige die Köpfe verhüllt hatten und weinten.

Als der Gekreuzigte die Rufe hörte, hob er den zitternden Kopf und reckte sich auf seinen nageldurchbohrten Füßen hoch. Er war mit gebeugten Knien an das Kreuz geheftet worden, um nicht zu rasch durch Ersticken zu sterben. Jetzt rang er keuchend nach Atem, und krampfhafte Zuckungen schüttelten seine blutigen Glieder. Er öffnete die matten Augen, drehte den Kopf und blickte um sich, als suchte er etwas. Auf die Spottworte aber erwiderte er nichts; offenbar machten ihm die körperlichen Schmerzen genug zu schaffen.

Seine beiden Leidensgenossen hatten noch recht beträchtliche Kräfte. Der eine zur Linken fand es angebracht, den Zuschauern Gesichter zu schneiden. Um seine ungebrochene Zähigkeit zu beweisen, wandte er den Kopf dem König zu und stimmte – vermutlich im Bestreben, sich auf so jämmerliche Art ein Gefühl der Überlegenheit zu verschaffen – in die Spottrufe der Menge ein. »Bist du denn nicht der Gesalbte? So rette dich doch selbst und uns!«

Der zur Rechten aber schalt ihn von seinem Kreuze her, ergriff die Partei des Königs und sagte: »Wir leiden für unsere Missetaten. Dieser aber hat nichts Böses getan.« Dann wandte er sich demütig und zerknirscht an den König und bat: »Jesus, gedenke meiner, wenn du in dein Reich kommst!«

In einem solchen Augenblick, angesichts eines qualvollen Todes, konnte dieser Mann noch etwas von einem ›Reich‹ erhoffen! Über einen so beharrlichen Glauben hätte mein früheres Ich wahrscheinlich unbändig gelacht; nun aber war mir nicht nach Lachen zumute. Die von dem rechten Schächer gesprochenen Worte hatten viel zu mitleiderregend und erschütternd geklungen. Indes wuchs mein Staunen, als der Judenkönig seinem reuigen Schicksalsgenossen liebevoll den schmerzenden Kopf zuwandte und mit halb erstickter Stimme tröstend sagte: »Heute noch wirst du mit mir im Paradiesgarten sein.«

Ich wußte nicht, was er damit meinte. Da kam gerade, mit forschenden Augen argwöhnisch die Menge musternd, ein jüdischer Schriftgelehrter vorbei. Ich hielt ihn an und fragte: »Was für ein Garten ist das, von dem euer König da sprach? Warum wurde er ans Kreuz geschlagen, wenn er nichts Böses getan hat?«

Der Schriftgelehrte brach in spöttisches Gelächter aus und entgegnete: »Bist du fremd in Jerusalem? Schenkst du den Worten eines Räubers mehr Glauben als dem Hohen Rat oder dem römischen Statthalter, die ihn verurteilt haben? Er ist nicht der König der Juden. Nur er selber hat sich so genannt und damit Gott gelästert. Sogar jetzt noch, am Kreuz, lästert er Gott, indem er vom Paradiesgarten redet.«

Er hüllte sein Oberkleid enger um sich, damit ja nicht eine Quaste an mich streife. Aufgebracht rief ich: »In dieser Sache werde ich mir Klarheit verschaffen!«

Er warf mir einen drohenden Blick zu und erwiderte warnend: »Kümmere dich lieber um deine eigenen Angelegenheiten! Du bist doch hoffentlich kein Anhänger von ihm? Er hat viele betört; aber jetzt ist ihm das Handwerk gelegt. Mit ihm brauchst du kein Mitleid zu haben. Er ist ein Volksverhetzer, ein Aufrührer; er ist ärger als die beiden Verbrecher neben ihm.«

Da machte sich meine Niedergeschlagenheit in einer zornigen Aufwallung Luft. Ich schob den Mann beiseite, schritt, ohne an meinen Aufzug und den hinter mir angebundenen Esel zu denken, auf den Zenturio zu und sagte grüßend, sicherheitshalber auf lateinisch: »Ich bin römischer Bürger, aber dieser Jude dort« – ich wies mit dem Finger auf den Schriftgelehrten – »bedroht mich.«

Der Hauptmann musterte mich im Halbdunkel forschend, seufzte verdrossen, ging waffenklirrend ein paar

Schritte am Rand der Menschenansammlung hin und zwang sie, zurückzuweichen und vor den Kreuzen mehr Platz zu lassen. Dann erwiderte er, um seine Bildung zu zeigen, meinen Gruß auf lateinisch, wechselte aber sofort ins Griechische hinüber und meinte: »Nur immer mit der Ruhe, guter Freund! Wenn du wirklich römischer Bürger bist, so ist es unter deiner Würde, mit Juden Händel anzufangen, noch dazu am Vortage des Sabbats.«

Dann drehte er sich zu den Leuten um und rief, ohne seine Worte im besonderen an die Schriftgelehrten und Ältesten zu richten: »Jetzt verkrümelt euch aber, marsch nach Hause! Ihr habt lange genug eure Schnäbel gewetzt. Wunder gibt es hier keine mehr zu sehen. Trollt euch zu euren Lammbraten, und mir soll's recht sein, wenn euch jedem ein Knochen im Halse steckenbleibt!«

Aus dieser Zurechtweisung entnahm ich, daß es in der Menge außer feindseligen Gaffern auch Leute gab, die wirklich ein Wunder erwarteten und darauf hofften, ihr König würde aus eigener Kraft vom Kreuze steigen. Aber sie mußten sich schweigend im Hintergrund halten, aus Angst vor den eigenen Würdenträgern. Viele kamen jetzt der Aufforderung des Hauptmannes nach und kehrten in die Stadt zurück. Auch auf der Straße hatte die Menschenmenge sich gelichtet.

Der Hauptmann stieß mich vertraulich an und sagte: »Komm, trinken wir einen Schluck Wein! Diese Sache da geht uns beide persönlich nichts an. Ich bin nur dienstlich hier. Die Juden pflegen seit jeher ihre Propheten umzubringen; und wenn sie sich mit aller Gewalt darauf versteifen, daß ihr König mit römischer Hilfe gekreuzigt wird, so hat kein Römer Anlaß, ihnen in den Arm zu fallen.«

Er führte mich zu einem Platz hinter den Kreuzen, wo die Kleider der Verurteilten auf dem Boden lagen. Die Soldaten hatten die Gewänder unter sich aufgeteilt und in Bündel geschnürt. Der Zenturio hob den Weinschlauch seiner Abteilung auf und reichte ihn mir; aus Höflichkeit nahm ich einen Schluck von dem sauren Legionärswein, und auch der Offizier trank. Dann stöhnte er und sagte: »Am besten, man holt sich einen Schwips! Zum Glück ist mein Dienst am Abend zu Ende. Morgen ist Sabbat, und bei den Juden ist es nicht Brauch, Leichen über Nacht hängen zu lassen.«

Dann fuhr er fort: »Dieses ganze Jerusalem ist ein Riesenkorb voll zischender Vipern. Je näher ich die Juden kennenlerne, desto überzeugter bin ich davon, daß der beste Jude ein toter Jude ist. Darum kann es nicht schaden, wenn vor dem Fest am Straßenrand ein paar Vogelscheuchen hängen, als Abschreckung, damit nicht einer dieser Radaubrüder jemandem von uns unversehens das Messer in den Leib rennt. Aber der Mann dort am Kreuz ist unschuldig und wirklich ein Prophet.«

Die Finsternis hielt an; nur zeitweise erhellte sie sich zu einem rötlichen Schein, verdüsterte sich jedoch dann wieder. Die Luft war sengend heiß und erstickend. Der Hauptmann blickte auf und sagte: »Anscheinend hat der Wüstenwind Sand aufgewirbelt; aber eine so dichte Staubwolke habe ich bisher nie gesehen. Wenn ich Jude wäre, würde ich denken, die Sonne verhülle ihr Gesicht und der Himmel betrauere den Tod eines Gottessohnes. Für einen solchen gibt sich nämlich dieser Jesus aus, und deshalb hat man einen so qualvollen Tod über ihn verhängt.«

Allzu großer Hochachtung befleißigte er sich im Gespräch mit mir nicht; dabei musterte er in dem Halbdunkel angestrengt meine Kleidung und mein Gesicht, um herauszubekommen, welche Art Mensch ich sein mochte. Er versuchte zu lachen; aber das Lachen blieb ihm in der Kehle stecken, und wieder blickte er den Himmel an.

»Auch die Tiere sind unruhig«, meinte er. »Hunde und Füchse fliehen in die Berge. Und die Kamele stehen seit dem Morgen störrisch vor den Toren und lassen sich nicht in die Stadt hineintreiben. Ein böser Tag heute, für die ganze Stadt!«

»Ein böser Tag für die ganze Welt«, erklärte ich, von unbestimmten Vorgefühlen bewegt.

Der Hauptmann erschrak über meine Worte. Abwehrend hob er die Hände und widersprach: »Diese Hinrichtung ist ganz offenkundig Sache der Juden und nicht der Römer. Der Prokonsul wollte den Mann nicht verurteilen, sondern hätte ihn laufen lassen. Aber die Leute schrien wie aus einem Munde: ›Kreuzige ihn, kreuzige ihn!‹ Ihr Hoher Rat drohte, die Angelegenheit dem Cäsar zu hinterbringen und sich darüber zu beschweren, daß man einem Aufrührer Vorschub geleistet habe. So hat dann der Stadthalter seine Hände in einem Becken mit geweihtem Wasser gewaschen, um sich von unschuldigem Blute zu reinigen. Die Juden aber heulten und schrien, sie würden es gern auf sich nehmen, wenn das Blut dieses Propheten über sie und ihre Kinder komme.«

»Wer ist denn jetzt Statthalter in Judäa?« fragte ich. »Ich sollte es allerdings selbst wissen, aber ich bin hier fremd. Ich komme aus Alexandria, wo ich den ganzen Winter über studiert habe.«

»Pontius Pilatus«, antwortete er und warf mir einen geringschätzigen Blick zu. Zweifellos hielt er mich für einen wandernden Sophisten.

Ich war überrascht. »Aber den kenne ich ja!« rief ich. »Zumindest mit seiner Frau bin ich in Rom bekannt geworden. Heißt sie nicht Claudia und mit dem Familiennamen Procula?«

Vor langer Zeit war ich einmal im Hause des Proculus eingeladen gewesen, wo ich mir eine langweilige Vorlesung aus einem Werk anhören mußte, das dartun sollte, wieviel die Familie in der Provinz Asia zum Besten Roms geleistet habe. Aber der Wein und was sonst geboten wurde, war ausgezeichnet, und mit Claudia Procula habe ich mich, obwohl sie beträchtlich älter ist als ich, angeregt unterhalten. Sie machte auf mich den Eindruck einer gefühlvollen Frau, und wir haben beide die Hoffnung ausgedrückt, einander einmal wiederzusehen. Das war keine bloße Höflichkeitsfloskel. Aber in Wirklichkeit haben wir uns aus dem oder jenem Grunde nie mehr getroffen. Mir kommt dunkel vor, daß sie erkrankt ist und Rom verlassen hat. Du, Tullia, bist wahrscheinlich zu jung, als daß Du Dich an sie erinnern könntest. Vor der Übersiedlung des Kaisers nach Capreae war sie öfter an seinem Hof.

Jetzt beeindruckte die Nennung des Namens mich derart, daß ich für eine Weile Zeit und Ort vergaß und mich in eine Rückschau auf meine Jugend und die ersten großen Enttäuschungen meines Lebens verlor. Der Offizier brachte mich in die Wirklichkeit zurück, indem er sagte: »Wenn du ein Bekannter des Prokonsuls, römischer Bürger und in dieser Stadt fremd bist, würde ich dir aufrichtig raten, dich in der Passahzeit auf den Umgang mit Römern zu beschränken. Während ihrer religiösen Feste sind die Juden immer außerordentlich fanatisch. Deshalb ist auch der Prokonsul von Cäsarea nach Jerusalem gekommen, um allfällige Unruhen im Keime zu ersticken. Vielleicht werden die Leute jetzt, wo sie die Kreuzigung des heiligen Mannes erreicht haben, sich beruhigen. Aber bei ihnen kennt man sich nie aus. Jedenfalls haben seine Anhänger sich verkrochen und dürften jetzt kaum Unfrieden stiften. Und der dort wird nicht mehr vom Kreuz heruntersteigen.«

Er ging um die Kreuze herum, blieb vor ihnen stehen, blickte aufmerksam den dornengekrönten König und die beiden Verbrecher an und erklärte mit sachverständiger Miene: »Der wird bald tot sein. Zuerst haben die Juden ihn mißhandelt, in der vorigen Nacht, als er gefangengenommen und vor ihren Rat gebracht wurde. Dann hat der Prokonsul ihn nach römischem Brauch geißeln lassen, damit das Volk Mitleid mit ihm hat oder wenigstens sein Tod beschleunigt wird. Du weißt ja, daß eine ausgiebige Geißelung vor der Kreuzigung ein Werk der Barmherzigkeit ist. Aber den beiden anderen werden wir die Knochen brechen müssen, damit sie frei, ohne die Füße aufstützen zu können, baumeln und noch vor dem Abend ersticken.«

In diesem Augenblick hörte ich ein ganz schreckliches

Tiergeschrei, eine Art Wiehern, wie ich es noch nie vernommen hatte. Gleichzeitig lichtete sich das Dunkel ein wenig und wich einem gespenstigen roten Schimmer, so daß die Menschenmenge verängstigt hin und her wogte. Und nun bemerkte ich, daß mein Esel sich losgerissen hatte und, vollbeladen, wie er war, auf der Landstraße zurückgaloppierte, fort von Jerusalem. Einige Passanten fingen ihn ein und hielten ihn mit aller Anstrengung fest. Er streckte den Hals und iahte nochmals, in so schauerlichem Tone, als schrie er die Qual aller Kreatur hinaus. Ich lief zur Straße hinunter. Das Tier bockte jetzt nicht mehr, zitterte aber am ganzen Leibe und war in Schweiß gebadet. Ich tätschelte es und bemühte mich, es zu beruhigen; aber mein bisher so sanftmütiger Reisegefährte schnappte zornig und versuchte, mich zu beißen. Und einer der Männer, die den Esel eingefangen hatten, bemerkte, heute gebärdeten sich alle Tiere wie behext. Das komme manchmal vor, wenn der Wüstenwind blase.

Von seinem Platz am Stadttor kam der Obmann der Eseltreiber gelaufen, untersuchte das Zaumzeug und die Ohrkerben des Tieres und rief erbost: »Das ist einer unserer Esel. Was hast du dem Tier angetan? Wenn es krank wird und vertilgt werden muß, bist du ersatzpflichtig!«

Ich war selbst über das Verhalten des Tieres bestürzt; nie habe ich ein solches Geschöpf in einer derart merkwürdigen, schreckhaften Verfassung gesehen. Ich begann es abzuladen und sagte zu meiner Rechtfertigung: »Hier in Jerusalem ist alles wie verrückt. Ich habe dem Tier nichts getan. Scheu geworden ist es durch den Geruch von Blut und Tod, weil ihr euren König gekreuzigt habt.«

Aber unsere Auseinandersetzung wurde unterbrochen, und die Traglast fiel mir aus den Händen; denn in diesem Augenblick erfüllte ein seltsames Tönen die ganze Erde, wie ein tiefes Seufzen, und der Boden bebte unter meinen Füßen. Solche Dinge hatte ich schon erlebt, und ich glaubte nun zu verstehen, warum die Sonne sich verfinstert, warum die Tiere gebockt und warum ich selbst vor Angst gekeucht hatte. Mir wurde klar, daß es jetzt nicht besonders klug gewesen wäre, sich in die Stadt hinein und unter ein Dach zu begeben, obwohl ich mir nichts sehnlicher wünschte, als mich auf ein Bett zu werfen, eine Decke über den Kopf zu ziehen und die Welt um mich her möglichst zu vergessen.

Ich gab dem Obmann der Eseltreiber einen Silberdenar und sagte: »Wir wollen doch nicht streiten – in einem solchen Augenblick, wo die Erde vor Angst zittert. Nimm meine Sachen in Verwahrung! Ich hole sie mir später bei dir am Stadttor ab.«

Mit Schlägen und Fußtritten versuchte der Mann, seinen Esel anzutreiben. Aber das Tier rührte sich nicht von der Stelle, und er mußte sich damit begnügen, ihm die Vorderbeine zu fesseln. Er nahm die Traglast auf seine eigenen Schultern und kehrte zu seinem Standplatz beim Tor zurück.

Ich weiß nicht, was mich stärker vom Betreten der Stadt abhielt: die Furcht vor dem Erdbeben oder ein zwingendes Verlangen, zu dem Hügel und den Gekreuzigten zurückzukehren, so grauenhaft mir auch der Anblick ihrer Leiden war. Im Herzen betete ich zu den Göttern, den bekannten und den noch unbekannten, und auch zu den für meinesgleichen auf ewig verschleierten Gottheiten: »Die Weissagungen habe ich aus eigenem Antrieb erforscht. Aber aus Alexandria geführt und genau zu dieser Stunde gerade an diesen Ort geleitet haben mich eure Zeichen. Ich bin hierhergekommen, um den König der künftigen Zeiten zu suchen, mich ihm zur Seite zu stellen und dafür Lohn zu finden. Laßt mich wenigstens soviel Seelenstärke aufbringen, ihm bis zu seinem Tode zu huldigen, auch wenn mir nun gar keine Belohnung zuteil wird.«

So stieg ich zögernd den Hang hinauf und mischte mich wieder unter die Zuschauer. Die Volksmenge hatte sich gelichtet, und weiter oben sah ich eine Gruppe von Frauen weinend stehen. Ihre Gesichter konnte ich nicht erkennen, weil sie verhüllt waren. Nur ein junger Mann, dessen hübsche Züge von Angst und Qual verzerrt waren, hatte sich als Schützer und Tröster zu den Frauen gesellt. Ich fragte, wer sie seien. Der Diener eines Schriftgelehrten erzählte mir bereitwillig, sie hätten immer Jesus begleitet, schon von Galiläa her, wo er das Volk aufgewiegelt und gegen das Gesetz gefrevelt habe.

»Der junge Mann ist einer seiner Anhänger. Aber gegen ihn darf niemand einschreiten; er und seine Familie sind mit dem Hohenpriester bekannt, und er ist bloß ein irregeleiteter Jüngling«, erklärte der Diener. Dann wies er abschätzig mit dem Finger auf eine Frau, die der junge Mann stützte, und sagte: »Das ist, glaube ich, die Mutter des Aufrührers.«

Nach diesen Auskünften hatte ich nicht das Herz, zu der Gruppe hinzugehen und Fragen zu stellen, obwohl ich gerne etwas über diesen Jesus aus dem Munde seiner eigenen Gefolgsleute erfahren hätte. Aber der Gedanke, daß die eigene Mutter Augenzeugin des schmählichen Todes ihres Sohnes wurde, erfüllte mich mit Grauen. Selbst die Widersacher des Königs schienen so viel Achtung vor ihrer Seelenpein zu empfinden, daß sie die trauernden Frauen nicht behelligten.

Deshalb blieb auch ich stehen, wo ich war, mitten unter den Zuschauern, und die Zeit verging. Wiederum verdunkelte sich der Himmel, noch tiefer als zuvor, und die ausgedörrte, heiße Luft erschwerte das Atmen. Lästige Fliegen und Mücken hatten sich um die Augen und Wunden der Gekreuzigten gesammelt, und die an den Nägeln hängenden Leiber zuckten krampfhaft. König Jesus reckte sich nochmals an seinem Kreuz empor, öffnete die glasigen Augen, warf heftig den Kopf hoch und schrie laut: »Meine Kraft, meine Kraft, warum hast du mich verlassen?«

So verstand wenigstens ich die Worte, die mit derart entstellter Stimme gesprochen waren, daß man den Sinn kaum erfassen konnte. Die Zuschauer rückten hin und her und fragten einander, was der Mann gerufen habe. Einige meinten, er beklage sich darüber, daß Gott ihn verlassen habe; andere erklärten, er hätte sich an Elias gewandt. Elias soll ein jüdischer Prophet sein, der mit einem feurigen Wagen zum Himmel fuhr. Darum begannen die böswilligsten unter den Zuschauern, Jesus wiederum zu höhnen und riefen ihm, wenn ich sie richtig verstand, zu, er möge auch wie Elias in den Himmel auffahren. Aber die Erwartungsvollen und Wundergläubigen in der Menge flüsterten miteinander und schienen allen Ernstes zu hoffen, ihr Prophet Elias würde vom Himmel herabschweben und dem Judenkönig zu Hilfe eilen. Bei dieser Vorstellung wurde vielen so bange, daß sie voll heiliger Scheu von dem Kreuz zurückwichen und sich anschickten, ihre Gesichter zu verhüllen.

Wiederum sagte der König etwas, und die Zunächststehenden riefen, er klage über Durst. Ein gutherziger Mann eilte herbei, tränkte einen Schwamm in saurem Wein aus dem Lederschlauch der Soldaten, steckte den Schwamm auf eine Stange und hielt ihn dem Sterbenden an den Mund. Weder die Soldaten noch ihr Hauptmann behinderten diesen Liebesdienst. Ich weiß nicht, ob der Mann am Kreuz noch zu trinken vermochte; es war so dunkel geworden, daß man seine Züge nicht unterscheiden konnte. Jedenfalls wurden seine Lippen befeuchtet; denn seine Stimme tönte jetzt klarer, und selbst in diesem entsetzlichen Todeskampf klang in ihr etwas wie Erleichterung auf, als er sich nach einer kleinen Weile wieder auf die Füße stemmte und ausrief: »Es ist vollbracht.«

Von neuem begannen die Leute darüber zu streiten, was er gesagt hatte. Der eine behauptete dies, der andere jenes. Aber in der Finsternis hörte ich ein Knacken, als der Körper des Gekreuzigten an den ausgestreckten Armen niederglitt, während der Kopf auf die Brust sank. Dieses Geräusch klang ganz furchtbar in der Stille. Ich wußte, daß der Mann nicht mehr imstande sein würde, den Kopf wieder zu heben, und jetzt sterben mußte. Seinetwegen freute ich mich darüber; er hatte wahrhaftig genug gelitten, wie schwer er sich auch gegen die Gesetze seines Volkes vergangen haben mochte.

Daß er wirklich tot war, wurde mir zur Gewißheit, als die Erde wiederum aufstöhnte und unter meinen Füßen zu zittern begann. Ein dumpfes, unterirdisches Grollen, schwächer, aber unheimlicher als das Dröhnen eines Donnerschlags, drang zu mir herauf und entfernte sich dann stadtwärts. Ich hörte das Bersten eines Felsblocks und das Poltern herabkollernder Steine, und ich warf mich, wie alle anderen, zu Boden. Denn dieses Erdbeben war zwar kurz und zog rasch vorbei, doch es verbreitete überall panischen Schrecken.

Dann legte sich Totenstille über die Erde. Dieses tiefe Schweigen wurde erst durch das Hufgetrappel von Zugtieren unterbrochen, die sich auf der Straße losgerissen hatten. Langsam hellte sich der Himmel auf, der Tag wurde wieder verhältnismäßig licht. Die Leute erhoben sich mühsam und schüttelten den Staub von den Kleidern. Die Kreuze standen aufrecht; Jesus von Nazareth aber, der König der Juden, hing an seinen Armen, zermartert und zerquält, und atmete nicht mehr. Selbst die Soldaten standen auf, blickten scheu und verwundert zu dem Toten empor und flüsterten miteinander.

Der Zenturio gab wohl auch ihren Gefühlen Ausdruck, als er unerschrocken sagte: »Das war wirklich ein gerechter Mann.« Dann starrte er die eingeschüchterten Juden an, voll Zorn über sie und voll Abscheu über seine eigene Rolle, und bezeugte: »Wahrlich, dieser war Gottes Sohn!«

Ich aber rief mir die Weissagungen, die ich im Winter erforscht hatte, ins Gedächtnis, wunderte mich sehr und murmelte vor mich hin: »Friede sei mit dir, Herrscher der Welt, König der Juden! Dein Reich ist uns nun nicht zugekommen.«

In diesem gleichen Augenblick aber beschloß ich, so genau wie möglich herauszufinden, wie und warum all dies sich so zugetragen hatte und für welche Taten dieser Mann ans Kreuz genagelt und auf so schmähliche Art hingerichtet worden war, ohne daß jemand einen Finger zu seinem Schutze rührte. Offenbar mußten seine politischen Pläne sehr stümperhaft gewesen sein; auch dürfte er keinen in der Staatskunst erfahrenen Berater gehabt haben, was an sich verständlich ist, weil sich ja kaum ein halbwegs vernünftiger Mensch mit einem Juden zur Erlangung der Weltherrschaft zusammentun würde.

Nun kam die Sonne wieder hervor. Doch ihr Licht war noch immer ganz seltsam, und die von ihr beschienenen Gesichter der Menschen sahen bleich und gespenstisch aus. Ja, etwas will ich Dir gestehen, Tullia. Es muß an mir selber liegen, aber ich kann Dir den Judenkönig nicht beschreiben. Ich habe ihn mit eigenen Augen gesehen und müßte mich seines Gesichtes, so verzerrt es von den entsetzlichen Qualen gewesen sein mochte, entsinnen können. Aber beim besten Willen vermag ich nicht mehr darüber zu sagen, als daß es von Schlägen blau und verschwollen und von der Dornenkrönung blutüberrieselt war. Indes muß in seinen Zügen etwas Erhabenes gelegen haben, da ich nach dem Lesen der Kreuzesinschrift keinen Augenblick daran zweifelte, daß er wirklich der Judenkönig war.

Jetzt, nachdem alles vorbei ist, sage ich mir, der Mann habe eine Art liebevoller Würde besessen; doch ich fürchte sehr, das sind Worte, die ich mir hinterher ausgedacht habe. Besser im Gedächtnis geblieben ist mir ein Ausdruck demütiger Entsagung, als Zeichen dafür, daß er sich willfährig in sein Schicksal ergeben hatte. Aber wie kann ein König, der von seiner Bestimmung zum Weltherrscher überzeugt ist, gelassen und gefügig zur Kenntnis nehmen, daß seine Mission gescheitert ist und daß er eines schmachvollen Todes sterben muß? Auch seine letzten Worte verfolgen mich. Was hatte er als vollbracht gewähnt? Oder bezog sich der Ausspruch bloß darauf, daß er die unmittelbare Nähe des Todes spürte?

Natürlich habe ich seine Gesichtszüge nicht als scharfer

Beobachter gemustert; ich war ja selbst innerlich ganz aufgewühlt. Außerdem schien es, als hindere ein Gefühl der Ehrerbietung mich daran, während seiner Leiden genau hinzusehen. Dazu kam noch, daß es die ganze Zeit über ziemlich dunkel war, zeitweise so finster, daß man die Gekreuzigten kaum erkennen konnte. Als die Sonne wieder hervortrat, war Jesus tot, und jetzt verbot mir erst recht der Anstand, ihm schnöde in das leblose Antlitz zu starren.

Als der König gestorben war, hatten sich zahlreiche Leute entfernt, so daß nun rund um die Kreuze viel freier Raum lag. Auch die jüdischen Schriftgelehrten und Ältesten waren davongegangen, um sich für den Sabbat zu rüsten, und hatten nur einige Diener als Beobachter zurückgelassen. Einer der gekreuzigten Verbrecher begann in seiner Qual herzzerreißend zu jammern. Zwei mitleidige Frauen nahmen einen Krug, gingen zu dem Hauptmann und erbaten sich von ihm die Erlaubnis, dem schmerzgemarterten Mann noch etwas von dem mit einem Betäubungsmittel versetzten Wein zu reichen. Sie benützten den gleichen Schwamm und die gleiche Stange, wie sie zuvor verwendet worden waren, tauchten den Schwamm in den Krug und gaben beiden Missetätern zu trinken.

Nach dem Sonnenstand war schon die neunte Stunde vergangen. Der Zenturio fing an, ungeduldig zu werden; seine Hauptaufgabe war erledigt, und er wollte auch die beiden Räuber so bald als möglich tot wissen. In diesem Augenblick kamen von der Burg Antonia her zwei Männer, ein Soldat und ein Henkersknecht, der ein Brett trug. Mit sachkundigem Blick musterte der Henker Jesus und sah, daß er schon gestorben war; dann begann er gleichmütig, die Schienbeine der beiden anderen mit dem Brett zu zerschmettern. Das Krachen der splitternden Knochen war schrecklich anzuhören, und die beiden Opfer schrien und stöhnten; aber der Henker tröstete sie damit, es geschehe aus reiner Barmherzigkeit. Der Begleitsoldat, den ich Longinus nennen hörte, begnügte sich nicht mit dem Augenschein des Henkers, sondern stieß eine Lanze dem König in die Seite und durchbohrte ihm auf geschulte Art das Herz. Als er die Lanze zurückzog, rannen Blut und Wasser aus der Wunde.

Die Wachsoldaten begannen ihre Ausrüstungsstücke und auch die Kleider der Hingerichteten griffbereit hinzulegen; sie riefen sich Scherzworte zu, froh darüber, daß ihr lästiger Dienst zu Ende ging. Als aber das Schreien der gekreuzigten Räuber allmählich verstummte, benützten einige Hitzköpfe, die sich unter die Zuschauer gemischt hatten, die Gelegenheit zu römerfeindlichen Rufen. Die Soldaten gingen lässig gegen die Menge vor und drängten sie mit ihren Schilden zurück. Bei dem daraus entstandenen Handgemenge trug einer der Hetzer einen Kieferbruch davon. Das schüchterte die übrigen ein, und so machten sie sich aus dem Staube, drohten aber, sie würden, sobald sie Waffen zur Hand hätten, alle Römer und auch deren Handlanger im Tempel umbringen. Diese Unruhestifter waren, wie der Hauptmann mir erklärte, keine Anhänger Jesu, sondern nur Spießgesellen der beiden hingerichteten Verbrecher.

Der Offizier bemühte sich jetzt sichtlich, möglichst höflich zu mir zu sein; er trat näher an mich heran, entschuldigte sich wegen des kleinen Tumultes und gab der Hoffnung Ausdruck, daß ich bemerkt hätte, wie behutsam er die Sache beigelegt habe. Der Prokonsul habe den Truppen aufgetragen, Juden gegenüber nur im äußersten Notfall von ihren Waffen Gebrauch zu machen. Bei gewöhnlichen Krakeelern lohne sich nicht einmal eine Verhaftung, weil sich dabei immer eine Menschenmenge zusammenrotte, dem Festgenommenen zur Burg folge und dort lärmend und aufbegehrend vor dem Tor lagere. Überhaupt seien Ruhestörungen möglichst hintanzuhalten, besonders an den jüdischen Feiertagen. Das sei gegenwärtig die Politik des Statthalters; zuerst allerdings habe er gewaltsamere Methoden versucht, mit ihnen jedoch nichts eingeheimst als Verdruß und sogar einen Rüffel von seiten Cäsars. Schließlich sagte der Hauptmann:

»Mein Name ist Adenabar. Sobald mein Dienst hier erledigt ist, nehme ich dich gern in die Burg mit und stelle dich dem Prokonsul vor, wenn ich mich zum Rapport melde. Es ist nicht ratsam für dich, allein durch die Stadt zu bummeln. Diese Halunken haben uns miteinander sprechen sehen und wissen, daß du kein Jude bist. Es würde nur Unannehmlichkeiten geben, wenn sie dich mißhandeln oder gar einen römischen Bürger umbringen sollten. Man müßte die Schuldigen ausforschen und bestrafen, und in dieser verdammten Stadt gibt es hunderttausend Schlupfwinkel.«

Er lachte und beeilte sich, seine Worte abzuschwächen. »Jedenfalls vermeiden wir damit überflüssige Schwierigkeiten. Aber abgesehen davon gefällt mir dein Gesicht, und ich habe Respekt vor gebildeten Leuten. Übrigens kann ich auch selbst lesen und schreiben; nur mein Latein steht auf etwas schwachen Füßen. In der Burg ist es zwar ziemlich beengt; aber ich denke, wir können dich noch anständig unterbringen.«

Der Prokonsul lebe sehr bescheiden, fügte er zur Erläuterung bei; und wenn er Jerusalem besuche, begnüge er sich meist damit, bei der Besatzung in der Antonia zu wohnen. Der mächtige Palast, den Herodes erbaut habe, wäre zwar eine unvergleichlich prächtigere Residenz; aber die Besatzung sei ein so kleiner Truppenkörper, daß der Statthalter sie nach einigen unangenehmen Erfahrungen nicht mehr auf zwei Standorte aufteilen wolle. Antonia sei eine unbezwingbare Festung, die den Tempelbereich beherrsche; und vom Tempelvorhof gingen stets alle Unruhen aus.

Adenabar wies mit dem Daumen hinter sich auf den Leichnam am Kreuze, lachte laut und sagte: »In meinem Leben habe ich nie etwas so Drolliges gesehen wie damals, als dieser Prophet Jesus sich aus Stricken eine Geißel knüpfte, die Taubenverkäufer aus dem Tempelvorhof trieb und die Tische der Wechsler umstieß. Damals trauten die jüdischen Ältesten sich nicht, ihm entgegenzutreten, weil ihn eine ganze Schar Anhänger begleitete. Als er damals auf einem Esel in Jerusalem einritt, waren die Leute derart außer sich vor Freude, daß sie ihre Kleider auf seinen Weg breiteten, Palmzweige schwenkten und ihn als Sohn Davids begrüßten. Nur durch diesen Gruß wagten sie ihm zu zeigen, daß sie ihn als ihren König betrachteten. Und tatsächlich war er von väterlicher ebenso wie von mütterlicher Seite ein Nachkomme Davids.«

Er wies mit einem verstohlenen Kopfnicken auf die Frauengruppe, die etwas unterhalb der Hügelkuppe geblieben war, und erklärte: »Dort ist seine Mutter.«

Als der Volksandrang abgeebbt war, hatten die Frauen sich auf den Boden gekauert, wie von übermächtiger Qual erschöpft. Aber nun verbargen sie nicht mehr ihre Gesichter; sie blickten zum Kreuz auf, und es fiel mir nicht schwer zu erraten, welche von ihnen Jesu Mutter war. Sie schien noch nicht alt, und in diesem Augenblick dünkte mich ihr Gesicht am schönsten unter allen, die ich je gesehen hatte. Es war zwar vom Schmerz wie versteinert, doch dabei irgendwie entrückt und zugleich unnahbar, ganz, als würden diese Lippen niemals mehr ein überflüssiges Wort sprechen. Diese Frau hatte es nicht nötig, ihre königliche Abkunft zu beweisen; ihr Gesicht war Zeuge genug, mochte auch ihre Kleidung so schlicht sein wie die der anderen Landfrauen.

Ich hätte gewünscht, ihre Begleiterinnen sollten sie von diesem Platz wegführen. Gern wäre ich selbst zu ihr hingegangen, um sie zu trösten und ihr zu sagen, ihr Sohn sei nun tot und brauche nicht mehr zu leiden. Aber so überirdisch schön und in Kummer versunken war ihr Antlitz, daß es mir unmöglich wurde, mich ihr zu nähern. Zu ihren Füßen kauerte am Boden eine andere Frau, deren schwärmerisches Gesicht wie im Fieber unablässig bebte und deren Augen nach dem Kreuze starrten, als hätte sie noch nicht ganz erfaßt, was geschehen war. Eine dritte Frau war älter als die beiden anderen. Ihre harten, stark jüdischen Züge drückten eher Zorn und Enttäuschung aus als Trauer. Es schien, als hätte sie bis zum letzten Augenblick ein Wunder erwartet und als könnte sie sich noch nicht mit der Tatsache abfinden, daß nichts dergleichen geschehen war. Die übrigen Frauen hielten sich im Hintergrund.

Meine Augen kehrten zu Jesu Mutter zurück, und ich blickte sie wie verzaubert an, ohne zu hören, was Adenabar sagte. Erst als er meinen Arm berührte, wich der Bann von mir. »Mein Auftrag ist nun durchgeführt, und ich gedenke nicht länger an diesem trübseligen Ort zu bleiben«, erklärte er. »Die Juden müssen sich selber darum kümmern, wenn sie nicht wollen, daß die Leichen den Sabbat über hängenbleiben. Uns Römer geht das nichts mehr an.«

Immerhin ließ er einige Soldaten als Wache bei den Kreuzen zurück. Daß er sich jetzt entfernte, geschah vermutlich auch dem Scharfrichter zuliebe, der es nicht wagte, ohne größeres Geleit in die Burg zurückzukehren, weil die Spießgesellen der Räuber ihm leicht unterwegs auflauern konnten. Die Straße lag jetzt leer da, und auch am Stadttor gab es keine Menschenansammlung. Aus den Häusern drang Bratengeruch bis zum Hügel; aber ich war alles eher denn hungrig.

Nach einem Blick auf die Sonne bemerkte Adenabar: »Bis zum Abend dauert es noch eine Zeitlang. Der jüdische Sabbat fängt erst an, wenn man drei Sterne am Himmel erkennen kann. Heute abend essen sie ihr Passahlamm; eine Sekte hat es allerdings schon einen Tag früher getan. Ihr Tempel ist jetzt ein großer Schlachthof. Gestern und heute hat man dort Tausende und aber Tausende Lämmer ausbluten lassen, wie das bei ihnen der Brauch ist. Von jedem Schlachttier bekommen die Priester ein Schulterstück und ihr Gott das Fett.«

Meine Habseligkeiten lagen noch wohlverwahrt beim Stadttor, und Adenabar befahl dem dort müßig hockenden Eseltreiber in barschem Tone, den Pack zu schultern und zur Burg zu tragen. Der Mann wagte nicht zu widersprechen. So machten wir uns auf den Weg nach Antonia; die eisenbeschlagenen Stiefel der Legionäre dröhnten im Marschtakt auf dem Pflaster. Offenbar waren die Soldaten sehr gut gedrillt; denn keiner schien unterwegs nennenswert atemlos zu werden. Mir dagegen ging, noch ehe wir die Festung erreichten, der Atem aus, weil die Straße stellenweise sehr steil war. Der Jude legte meine Sachen unter der Torwölbung hin und weigerte sich weiterzugehen. Ich gab ihm als Entgelt ein paar Münzen, obwohl Adenabar das als völlig überflüssig bezeichnete. Zum Dank für meine Freigebigkeit machte der Kerl in sicherer Entfernung vom Tore halt, schüttelte zornig die Faust und verfluchte laut alle Römer. Sobald aber die Wachtposten drohend ihre Speere hoben, verzog er sich schleunigst, und die Legionäre brüllten vor Lachen über den davonhastenden Mann.

Als wir das stattliche Steinpflaster des Festungshofes betraten, blieb Adenabar unschlüssig stehen und musterte mich von oben bis unten. Mir wurde bewußt, daß ich nicht besonders vertrauenerweckend aussah und in diesem Aufzug kaum vor dem Statthalter erscheinen konnte. Mochten der Hauptmann und ich uns an der Hinrichtungsstätte noch so gut verstanden haben, hier in diesem Hof herrschten römische Zucht und Ordnung, und ich atmete Kasernenluft. Dieser Geruch nach Metall, Leder, Reinigungsmitteln und Rauch ist nicht unangenehm; aber wenn man ihn in die Nase bekommt, schielt man unwillkürlich auf seine staubigen Schuhe und zupft die Mantelfalten zurecht. Hier im Hof stand auch der Altar der Legion, und ich grüßte ihn ehrerbietig. Nirgends jedoch sah ich ein Standbild des Kaisers.

Adenabar bemerkte zu mir, leider gebe es in der Burg nur wenige Waschgelegenheiten, weil mit dem Wasser gespart werden müsse. Aber er führte mich in den Offizierstrakt und trug den Sklaven auf, dafür zu sorgen, daß ich mich reinigen und umkleiden könne. Inzwischen wolle er zum Prokonsul gehen und ihm Meldung erstatten, erklärte er und versprach, dabei meine Ankunft zu erwähnen.

Ich zog mich aus, wusch und salbte mich und kämmte mir die Haare; dann schlüpfte ich in eine reine Tunika und warf mir den inzwischen ausgebürsteten Mantel um. Schließlich fand ich es auch angezeigt, meinen goldenen Daumenring anzustecken, den ich sonst gewöhnlich nicht trage, weil es mir zuwider ist, öffentlich unnötige Aufmerksamkeit zu erregen. Ich tat dies alles in Eile und begab mich dann wieder in den Hof, wo ich gerade zurechtkam, als der Prokurator Pontius Pilatus mit seinem Gefolge die Turmtreppe hinunterstieg. Er schien ungehalten: ein reicher Jude wünschte ihn zu sprechen, wollte aber, um sich nicht am Vorabend des Sabbat zu verunreinigen, keinesfalls weiter gehen als bis in den Burghof.

Offenbar handelte es sich um einen einflußreichen Mann, der mit den Römern auf gutem Fuße stand, da der Statthalter sich dazu herbeiließ, ihn derart in der Abenddämmerung zu empfangen. Ich trat näher und stellte mich zu den gaffenden Soldaten. Die Vorsprache hing mit den Ereignissen des Tages zusammen; gelassen und würdevoll bat nämlich der reiche alte Mann um Erlaubnis, den Leichnam des Nazareners vor Sabbatbeginn vom Kreuze abzunehmen und in seinem Garten, nahe der Hinrichtungsstätte, beizusetzen.

Pontius Pilatus fragte erst die Umstehenden, ob der Judenkönig tatsächlich tot sei, und sagte dann: »Mit diesem Mann haben wir schon genug Ärger und Verdruß gehabt. Meine Frau ist ganz krank von dem übertriebenen Getue. Nimm seinen Leichnam und schaffe ihn weg, damit ich nichts mehr mit dieser lästigen Sache zu tun habe!«

Der Jude gab dem Sekretär des Statthalters ein Geschenk und ging davon, mit ebensoviel Würde, wie er gekommen war. Erstaunt fragte Pilatus sein Gefolge: »Ist dieser Joseph von Arimathia nicht selbst Mitglied des Hohen Rates, der

Jesus gekreuzigt haben wollte? Wenn der Verurteilte wirklich insgeheim über so mächtige Gönner verfügte, so hätten sie ihren Einfluß rechtzeitig geltend machen und uns ein Verfahren ersparen sollen, mit dem wir wenig Ehre einlegen.«

Adenabar gab mir ein Zeichen. Ich trat mit achtungsvollem Gruß vor, sprach Pilatus als Prokonsul an und nannte meinen Namen. Er erwiderte meinen Gruß ziemlich achtlos und sagte dann, um sein gutes Gedächtnis zu beweisen: »Ja, natürlich, natürlich! Ich kenne dich. Dein Vater ist der Astronom Manilius; aber auch mit der vornehmen Maecenas-Familie bist du verwandt. Für deine Ankunft in Jerusalem hast du dir allerdings einen ungelegenen Tag ausgesucht. Glücklicherweise hat wenigstens das Erdbeben in der Stadt keinen nennenswerten Schaden angerichtet. Na, und diesen Jesus von Nazareth hast du auch mit eigenen Augen sterben sehen. Aber genug von ihm! In einem Jahr wird kein Hahn mehr nach ihm krähen.«

Ohne meine Antwort abzuwarten, fügte er hinzu: »Meine Frau wird sich sehr freuen, dich zu treffen. Sie ist etwas unpäßlich, wird aber bestimmt gern aufstehen, um mit uns zu speisen. Ich selber fühle mich auch nicht hervorragend. Mein alter Rheumatismus plagt mich wieder; und dabei bestehen meine Obliegenheiten in Jerusalem, wie du selbst siehst, hauptsächlich darin, steile Treppen auf und ab zu laufen.«

Trotz der Beschwerden, über die er klagte, bewegte er sich sehr lebhaft und mühelos und war von solcher Unrast erfüllt, daß er kaum stillstehen konnte. Er ist hager und bekommt eine Glatze, die er dadurch zu verdecken sucht, daß er sich die Haare über den Scheitel nach vorn kämmt. Seine Augen sind kalt und forschend. Ich wußte, daß seine Laufbahn anfangs keineswegs glänzend gewesen war; aber dank seiner Heirat hatte er sich schließlich doch den immerhin sehr einträglichen Posten eines Statthalters gesichert. Ein wirklicher Prokonsul ist er allerdings nicht, sondern untersteht dem Prokonsul von Syrien. Alles in allem dürfte er kein übler Mensch sein. Er kann mit trockenem Humor lächeln und sich über die eigene Person lustig machen. Ich glaube, er hat einen sehr wachen Sinn für seine Verpflichtung als Römer, unter streitsüchtigen Fremdvölkern Rechtlichkeit zu gewährleisten, und deshalb bedrückt ihn dieser Fall des Jesus von Nazareth in so starkem Maße.

Verbittert sagte er: »Ich könnte wetten, daß die Juden, sobald ich nur in meinen Gemächern oben bin, gleich wieder geschäftig mit irgendwelchen Feiertagsanliegen daherkommen und mich zwingen werden, von neuem in den Hof hinunterzurennen. Rom hat es leicht, mir Rücksichtnahme auf ihre Sitten und Gebräuche einzuschärfen; aber auf diese Weise werde ich mehr ihr Knecht als ihr Herr.«

Er begann, ruhelos im Hof hin und her zu gehen, gestattete mir aber durch eine Handbewegung, ihm zur Seite zu bleiben. »Hast du ihren Tempel schon gesehen?« fragte er mich. »Zum Vorhof haben auch wir Heiden freien Zutritt; aber in die Innenhöfe darf bei Todesstrafe kein Unbeschnittener seinen Fuß setzen. Man würde nicht glauben, daß wir hier im römischen Reich leben. Nicht einmal Cäsars Bildnis dürfen wir öffentlich aufstellen. Und die Androhung der Todesstrafe ist kein leeres Gerede; darüber haben wir traurige Erfahrungen. Manchmal setzt ein närrischer Reisender sich aus purer Neugier in den Kopf, sich als Jude zu verkleiden, um das verbotene Tempelinnere zu besichtigen, wo es übrigens gar nichts Besonderes zu sehen gibt. Im ärgsten Festestrubel mag er durchrutschen; doch wenn man ihn erwischt, wird er erbarmungslos gesteinigt. Dazu haben sie das Recht, und es ist keine angenehme Todesart. Ich hoffe, du trägst dich nicht mit derartigen Absichten.«

Dann erkundigte er sich behutsam, was es in Rom Neues gebe, und war sichtlich erleichtert, als ich ihm erzählte, ich hätte den Winter in Alexandria mit dem Studium der Philosophie verbracht. Daraus erkannte er, daß ich politisch ungefährlich war, und führte mich, zum Zeichen seiner

Gewogenheit, sein Rheuma vergessend, in den zweiten Hof und auf den Wachtturm der Burg, von dem aus man den ganzen Tempelbezirk überblickt. Im Abendlicht bot sich der Tempel mit seinen vielen Höfen und stattlichen Säulenhallen den Augen als prachtvolles Bauwerk dar. Pilatus zeigte mir die Halle der Händler und Wechsler, den sogenannten Vorhof der Heiden, den Frauenhof und den Männerhof sowie schließlich das mitten im heiligen Gelände aufragende eigentliche Tempelgebäude, wo sich das Allerheiligste befindet, ein Raum, den sogar der Hohepriester nur einmal im Jahr betreten darf.

Ich erkundigte mich, ob die Erzählungen, im Allerheiligsten der Juden werde ein goldener Wildeselkopf verehrt, irgendeine Grundlage hätten. Auf diese tief eingewurzelte Meinung stößt man nämlich bei allen Völkern. Pilatus erklärte, daran sei nichts Wahres. Er versicherte mir: »Im Allerheiligsten befindet sich überhaupt nichts. Der Raum ist völlig leer. Als im früheren Tempel schon die Flammen wüteten, ging Pompeius mit einigen Offizieren hinter den Vorhang und fand dort gar nichts. Das ist eine feststehende Tatsache.«

Inzwischen waren wieder Leute gekommen, die den Statthalter sprechen wollten, und wir kehrten in den äußeren Hof zurück. Dort wartete, von jüdischen Tempelwächtern begleitet, ein Abgesandter des Hohepriesters und verlangte mit vor Übereifer quengelnder Stimme, die Leichen der Gekreuzigten sollten vor Tagesanbruch abgenommen werden. Pontius Pilatus stellte ihm anheim, abzunehmen, was noch abzunehmen war; der Form halber erörterten sie die Frage, ob das Sache der Juden oder der Römer sei, obwohl der Abgesandte sich offenbar schon auf die Übernahme der lästigen Aufgabe eingestellt und deshalb die Tempelwächter mitgenommen hatte. Sie gedachten die Leichen zum jüdischen Kehrichtplatz zu bringen und in das Feuer zu werfen, das dort Tag und Nacht zur Müllbeseitigung brennt.

Der Statthalter machte mit einiger Schärfe darauf aufmerksam, daß die Leiche des Jesus von Nazareth nicht angerührt werden dürfe, falls sie nicht schon, wie er jemand anderem gestattet habe, begraben worden sei. Das war keine erfreuliche Nachricht für den Abgesandten; aber er konnte darüber nicht zu rechten beginnen, da er bloß den allgemeinen Auftrag erhalten hatte, für die Entfernung der Leichen vor Sabbatbeginn zu sorgen. Er versuchte jedoch herauszubekommen, wer sich für Jesu Leichnam interessiert hatte, und wie und warum das geschehen war. Aber Pilatus wurde des Mannes überdrüssig, knurrte kurz: »Was ich gesagt habe, habe ich gesagt« und kehrte ihm den Rücken, zum Zeichen, daß die Unterredung zu Ende war. Also mußte der Jude sich samt seinen Tempelwächtern zurückziehen.

Ich bemerkte: »Noch als Toter scheint der Judenkönig Ungelegenheiten zu bereiten.«

Pontius Pilatus versank in tiefes Nachdenken und erwiderte dann: »Da hast du wohl recht. Ich bin ein erfahrener Mann und zerbreche mir im allgemeinen nicht zwecklos den Kopf. Aber dieses Fehlurteil verdrießt mich mehr, als ich gedacht hätte. Heute früh hat er, dieser Jesus, vor mir selber behauptet, er sei zwar der König der Juden, doch sein Reich sei nicht von dieser Welt. Daraus habe ich entnommen, daß er politisch harmlos war, und ich wollte nicht die Todesstrafe an ihm vollziehen lassen. Aber die Juden zwangen mich dazu.«

Er schlug mit der Faust gegen die Innenseite der anderen Hand und rief wütend: »Ja, wahrhaftig, ich bin das Opfer jüdischer Winkelzüge und Ränke. Mitten in der Nacht haben die Kerle den ihnen verhaßten Wanderprediger gefangengenommen und noch während der gleichen Nacht in aller Eile so viele Mitglieder des Hohen Rates zusammengetrommelt, daß die Stimmenzahl zu seiner Verurteilung reichte. Es fehlte nicht viel, so hätten sie ihn selbst gesteinigt, wegen Gotteslästerung. Sie haben zwar nicht das

Recht, ein derartiges Todesurteil zu vollstrecken; aber solche Dinge sind schon vorgekommen, und dann haben sie sich jedesmal heuchlerisch damit herausgeredet, sie seien gegen den gerechten Zorn des Volkes machtlos gewesen. Aber diesmal haben sie das, offenbar aus Rücksicht auf dieses selbe Volk, nicht gewagt und fanden es wünschenswert, Rom in die Sache zu verwickeln. Ja, ich habe den Mann, weil er in Galiläa aufgewachsen ist und hauptsächlich dort gepredigt hat, zur Aburteilung zum jüdischen Tetrarchen von Galiläa geschickt. Aber dieser schlaue Fuchs, dieser Herodes Antipas, hat bloß seinen Spott mit ihm getrieben und mir ihn dann wieder zurückgeschickt, um die Verantwortung auf meinen Nacken abzuwälzen.«

»Was mag er wohl«, erlaubte ich mir zu fragen, »damit gemeint haben, daß sein Reich nicht von dieser Welt sei? Ich bin nicht abergläubisch; Tatsache jedoch ist, daß bei seinem Tode die Erde bebte. Und der Himmel hat sich barmherzig verdunkelt, damit man sein Leiden nicht allzu deutlich sieht.«

Der Statthalter warf mir einen grimmigen Blick zu und fuhr mich in höchst unfreundlichem Tone an: »Ich hoffe, daß du als eben erst hier Hereingeschneiter nicht auch anfangen wirst, das wiederzukäuen, was meine Frau seit heute morgen ununterbrochen im Munde führt. Und den Zenturio Adenabar lasse ich einsperren, wenn er weiter von einem Sohne Gottes faselt. Diese syrische Legendengläubigkeit ist unausstehlich. Vergiß nicht, daß du Römer bist!«

Ich dankte meinem guten Stern, daß ich während des kurzen vertraulichen Gesprächs auf dem Turm nichts von den Weissagungen erwähnt hatte, derentwegen ich nach Jerusalem gereist war. Aber der Zornausbruch des Prokurators bestärkte mich in dem Entschluß, so tief wie möglich in die Hintergründe dieser ganzen Angelegenheit hineinzuleuchten. Für gewöhnlich nimmt sich ein römischer Statthalter die Kreuzigung eines jüdischen Volksaufwieglers nicht sehr zu Herzen. Dieser Judenkönig mußte ein ganz besonderer Mensch gewesen sein.

Pontius Pilatus begann die Treppe zu seinen Gemächern hinaufzusteigen, erklärte aber, er werde sich freuen, mich nach Einbruch der Dunkelheit beim Abendessen als Gast begrüßen zu können.

Ich kehrte in den Offizierstrakt zurück, wo man jetzt, nach Dienstschluß, im Speiseraum eifrig dem Weine zusprach. Judäa sei ein gutes Weinland, erzählten mir die Offiziere, und ich konnte ihrem Urteil nach einer Kostprobe nur beipflichten. Mit Wasser vermischt, ist dieser Wein erfrischend, bekömmlich und nicht zu süß.

Ich unterhielt mich mit Offizieren, Technikern und Fachbeamten der Legion, und es wurde mir bestätigt, daß der Statthalter tatsächlich widerstrebend und nur unter dem Druck der Juden deren König hatte kreuzigen lassen. Allerdings sei Jesus im Burghof gegeißelt und von den Soldaten verhöhnt worden, aber bloß zu ihrer Belustigung und weil es so Sitte ist. Nachher sei man willens gewesen, ihn freizulassen. Alle diese Männer hier schien ein Schuldgefühl zu bedrücken; denn sie bemühten sich durchwegs, den Hingerichteten zu verteidigen und die Verantwortung den Juden zuzuschieben. Das Erdbeben hatte tiefen Eindruck auf sie gemacht, und einige gaben, als sie trunken wurden, Geschichten zum besten, die sie von den Juden über Wundertaten des Königs gehört hatten. Er habe Kranke geheilt und böse Geister ausgetrieben; und erst vor ein paar Tagen habe er, nicht weit von Jerusalem, einen Toten, der schon seit mehreren Tagen im Grab lag, zum Leben erweckt.

Mir erschienen diese Geschichten als Musterbeispiele dafür, wie rasch sich um ein aufregendes Ereignis Legenden ranken. Ich konnte kaum ein Lächeln unterdrücken über die Bereitwilligkeit, mit der diese doch recht gebildeten Menschen solche breitspurig erzählten Albernheiten anhörten und glaubten. Jemand wußte sogar den Namen des aus dem Totenreich Zurückgekehrten zu nennen. Überdies wurde allen Ernstes behauptet, gerade diese Wiedererwekkung – von der die Kunde sich in ganz Jerusalem verbreitet hatte – sei der letzte Anstoß dafür gewesen, daß die jüdische Obrigkeit den Wundertäter ums Leben zu bringen beschloß.

Als weiteres Beispiel jüdischer Unduldsamkeit erzählte der Kommandant einer für die Osterzeit vom Wüstenrand her nach Jerusalem beorderten Kameltreibertruppe, erst vor ein, zwei Jahren habe der Tetrarch Herodes von Galiläa die Enthauptung eines Propheten angeordnet. Dieser Mann habe in der Wüste gepredigt und viele Menschen dazu bewogen, sich im Jordan taufen zu lassen und so Bürger eines künftigen Reiches zu werden. Der Offizier hatte den Mann mit eigenen Augen gesehen; er trug einen Überwurf aus Kamelhaar und aß kein Fleisch.

Ich hörte auch, in einer kaum zugänglichen Wüstengegend unfern dem Salzmeer hätten sich einige hundert Juden zu einer Gemeinschaft zusammengeschlossen, um in den heiligen Schriften zu forschen und auf das neue Reich zu warten. Diese Asketen haben angeblich einen anderen Kalender als die rechtgläubigen Juden und kennen verschiedene Grade der Einweihung in ihre Geheimlehre.

Die Dunkelheit brach herein, die Lampen wurden angezündet, und es wurde Zeit für mich, beim Statthalter zu erscheinen. Wegen dieser Einladung hatte ich mir manche Neckerei anhören müssen. Die Offiziere teilten mir aber auch im Vertrauen mit, es sei ihnen gelungen, zwei syrische Tänzerinnen und Musikanten einzuschmuggeln; sobald der Prokonsul sich zurückgezogen hätte, möge ich wieder zu ihnen kommen und an der allgemeinen Lustbarkeit teilnehmen. Nachdem das jüdische Osterfest bisher der Legion so viel Mühsal gebracht habe, hätten die Leute sich etwas Unterhaltung redlich verdient.

In den Wohnräumen des Statthalters hatte man versucht, die Düsterkeit der Turmgemächer durch kostbare Matten und Wandteppiche zu mildern, und die Kissen der Speiselager waren mit feinen Geweben bezogen. Das Tafelgeschirr war syrischer Herkunft, und der Wein wurde in Glasbechern gereicht. Neben mir saß ein zweiter Gast, der Festungskommandant, ein fast bis zur Stummheit schweigsamer Mann, der ein hervorragender Stratege sein mochte, sich aber in Gegenwart der Hausfrau und ihrer Gesellschaftsdame so befangen fühlte, daß er nicht den Mund zu öffnen wagte. Auch Adenabar und der Sekretär des Prokurators waren anwesend. In den Lampen brannte feinstes Öl, mit dessen Wohlgeruch die Salbendüfte der beiden Frauen wetteiferten.

Ich freute mich, Claudia Procula wiederzusehen; allerdings hätte ich sie, offen gestanden, kaum erkannt, wenn ich sie zufällig auf der Straße getroffen hätte. Sie war abgemagert und blaß und hatte ihr Haar, um zu verbergen, daß es grau wurde, mit Henna rot gefärbt. Nur wenn ich in ihre Augen – eigentlich das einzige an ihr, was mir von früher her vertraut war – blickte, bemerkte ich die gleiche rastlose Empfindsamkeit, die mich einst in meiner Jugend einen ganzen Nachmittag lang im Proculus-Haus in Rom entzückt hatte.

Sie streckte mir ihre beiden schlanken, gepflegten Hände entgegen und blickte mir lange in die Augen. Dann schlang sie, zu meinem maßlosen Erstaunen, ihre Arme um meinen Hals, drückte mich an sich, küßte mich auf beide Wangen und schluchzte mit Tränen in den Augen: »Marcus, Marcus! Wie froh bin ich, daß du gekommen bist und mich an diesem schrecklichen Abend ein bißchen aufheitern kannst!«

Der Festungskommandant wandte den Blick ab, ebenso um meines Gastgebers willen wie meinetwegen beschämt. Pontius Pilatus brummte unmutig: »Aber, aber, Claudia! Nimm dich doch zusammen! Wir wissen alle, daß du nicht gesund bist.«

Claudia Procula löste die Arme von meinem Hals. Ihre Schönheit hatte einigermaßen dadurch gelitten, daß blaue

Augenschminke und Tränen ihr über die bemalten Wangen geronnen waren. Aber sie stampfte mit den Füßen auf den Boden und fauchte: »Es ist nicht meine Schuld, wenn böse Träume mich quälen. Habe ich dich nicht gewarnt, du solltest mit jenem heiligen Mann nichts zu schaffen haben?«

Als ich sah, wie verärgert Pontius Pilatus war, wurde mir klar, daß er einen hohen Preis für die Stellung bezahlen mußte, die seine Gattin ihm durch ihre Beziehungen verschafft hatte. Ein anderer Mann hätte zweifellos seiner Gattin aufgetragen, sich zurückzuziehen, bis sie ihre Fassung wiedergewänne; der Prokurator aber streichelte ihr nur verlegen die Schultern und bat sie, sich zu beherrschen. Die Gesellschaftsdame, ein auffallend hübsches Wesen, begann rasch, die Wangenbemalung ihrer Herrin instandzusetzen.

Der Statthalter nahm aus den Händen eines Sklaven einen Schöpflöffel und goß eigenhändig Wein aus dem Mischgefäß in die gläsernen Becher, auf die er stolz zu sein schien, mit Recht übrigens. Den ersten Becher reichte er, an dem Festungskommandanten vorbei, mir. Daraus schloß ich, daß er mein Gepäck hatte durchsuchen lassen. Mit Bedacht hatte ich jenen kurzen Empfehlungsbrief obenauf gelegt, der mir – zugleich mit einem Wink, ich könnte nichts Klügeres tun, als den Staub Roms von den Füßen zu schütteln – zugekommen war. An der Spitze dieses Briefes steht ein Name, den ich hier nicht festhalten will, der sich jetzt aber auch in den östlichen Ländern als machtvoll erweist. So muß ich Dir, Tullia, gar noch danken, weil Du mir, als Du mich aus Rom abschobst, diesen Namen zu meinem Beistand verschafft hast.

Als wir uns zutranken, setzte Pontius Pilatus mühsam ein schwaches Lächeln auf und sagte halblaut, wenigstens einen Brauch der Juden beginne er jetzt zu verstehen, den nämlich, der es den Frauen verbietet, zusammen mit den Männern ihre Mahlzeiten einzunehmen. Aber Claudia Procula hatte sich inzwischen beruhigt und forderte mich auf, neben ihr bei Tisch Platz zu nehmen, damit sie mir das Haar streicheln könne. »Das kann niemand übel auffassen«, erklärte sie. »Dem Alter nach könnte ich ja leicht deine Mutter sein. Und du, armes Waisenkind, hast nie eine Mutter gekannt.«

»Bei den Göttern ist kein Ding unmöglich«, erwiderte ich. »Nehmen wir also an, du hättest mit fünf Jahren einen Sohn zur Welt bringen können.« Da unser Altersunterschied in Wirklichkeit mindestens fünfzehn Jahre betrug, war meine Bemerkung natürlich eine plumpe Schmeichelei; aber so haben die Frauen es ja gern. Claudia Procula beäugte mich kokett unter ihren Brauen, nannte mich einen Heuchler und warnte ihre Gesellschaftsdame, sie möge ja kein Wort von dem glauben, was ich sage. Ich gelte als einer der durchtriebensten Verführer unter den jungen Männern Roms und hätte mit vierzehn Jahren schon meinen Ovid auswendig gekonnt. Glücklicherweise machte sie keine Andeutung über das Testament, durch das ich wohlhabend geworden bin.

Der Statthalter nahm meinen Scherz nicht übel. Ich hatte im Gegenteil die Empfindung, daß er alles begrüßte, was seine Frau in frohe Stimmung bringen konnte. Er riet mir bloß, mich zurückzuhalten und daran zu denken, daß die Gattin eines Prokonsuls – so nannte er sich wahrhaftig selbst! – unantastbar ist. Übrigens sei, so versicherte er, seine Frau durch ihren Aufenthalt unter den Juden gesetzter geworden und habe die Leichtfertigkeit der römischen Gesellschaftskreise abgelegt.

Während wir derart dummes Zeug schwatzten, begann das Mahl. Ich habe schon besser gegessen. An den Speisen war jedoch, mochte die Lebensführung des Statthalters noch so bescheiden sein, nichts auszusetzen. Zumindest erwies sich alles, was aufgetragen wurde, als frisch und aus guten Rohstoffen zubereitet, was bestimmt die Grundvoraussetzung aller Kochkunst ist. Am vergnüglichsten allerdings war der Höhepunkt der Mahlzeit, als ein großer, zugedeckter Topf hereingebracht und auf die Tafel gestellt wurde, worauf der Hausherr die Sklaven hinausschickte. Eigenhändig hob er den Deckel ab, und dem Topf entströmte ein köstlicher Braten- und Rosmarinduft. Adenabar und der Festungskommandant gaben ihrer Freude durch laute Rufe Ausdruck. Pontius Pilatus erklärte mir lachend:

»Da sieht man, wie sehr wir unter der Fuchtel der Juden stehen. Der römische Prokonsul ist gezwungen, sein Schweinefleisch aus dem Ostjordanland in die Antonia einzuschwärzen.«

Ich erfuhr, daß östlich des Genezareth-Sees ganze Schweineherden für die Besatzungstruppen gehalten werden, daß es aber, um die Gefühle der Juden zu schonen, streng verboten ist, das Fleisch dieser Tiere nach Jerusalem zu bringen. Die Zöllner müssen, so wohlgesinnt sie den Römern auch sein mögen, dieses Verbot handhaben. Deshalb wird das Schweinefleisch für die Tafel des Statthalters in die Burg als Kuriergepäck eingeschmuggelt, unter dem römischen Staatssiegel.

»Da fällt mir ein«, bemerkte Adenabar, um auch etwas zu dem Gespräch beizutragen, »daß dieser Jesus, der Judenkönig, nur ein einziges Mal wirklichen Schaden angerichtet hat, zu Gadara im Ostjordanland. Er war im allgemeinen vorurteilslos; oft genug hat er die jüdischen Vorschriften und sogar die Sabbatruhe gebrochen. Den jüdischen Widerwillen gegen Schweinefleisch aber muß er geteilt haben; denn als er vor einigen Jahren durch die Gegend von Gadara wanderte, hat er eines Tages mit Hilfe seiner Schüler eine ganze, tausendköpfige Herde dieser Tiere über eine steile Felswand ins Wasser getrieben. Die Schweine ertranken alle, und ihr Eigentümer erlitt einen schweren Verlust. Die Übeltäter aber entflohen über die Grenze nach Galiläa. Es wäre schwerlich gelungen, ihnen den Prozeß zu machen, und Schadenersatz hätte man ohnedies nie von ihnen bekommen, weil es lauter arme Leute waren. Sie lebten hauptsächlich von den Gaben ihrer Anhänger; nur von Zeit zu Zeit arbeiteten sie ein bißchen. Dem Schweinezüchter blieb nichts übrig, als gute Miene zum bösen Spiel zu machen. Ich glaube, man hätte nicht einmal Zeugen für den Vorfall aufgebracht; der Ruf des Heiligen war ja auch über die Grenze gedrungen, und die Leute fürchteten sich vor ihm wegen seiner Wundertaten.«

Adenabar hatte sich am Rande seines Speisesofas aufgesetzt und erzählte seine Geschichte sehr eifrig; zum Schluß brach er in lautes Gelächter aus. Erst dann bemerkte er, daß seine Anekdote uns keineswegs ergötzt hatte; denn nun waren wir glücklich wieder bei jenem Jesus angelangt, den wir mit leerem Gesellschaftsschwatz für eine Weile – allerdings auch vielleicht nicht ganz – vergessen hatten.

Adenabar stutzte verlegen, und sein Lachen erstarb jäh. Pontius Pilatus knurrte: »Nachgerade dürften wir genug von diesem Mann gesprochen haben.«

Claudia Procula begann zu zittern, verlor ihre Selbstbeherrschung und rief: »Er war ein Heiliger – ein Krankenheiler und Wundertäter, wie die Welt bisher keinen gesehen hat! Wenn du ein Mann und ein richtiger Römer wärest, hättest du ihn nie verurteilt. Vergebens hast du dir nachher die Hände gewaschen; das entsühnt dich nicht. Du hast selbst zugegeben, daß du keine Schuld an ihm findest. Wer herrscht eigentlich in Jerusalem – die Juden oder du?«

Der Prokurator wurde blaß vor Wut, und er hätte seinen Weinbecher zu Boden geschmettert, wäre ihm nicht im letzten Augenblick eingefallen, daß nichts damit getan war, wenn er ein wertvolles Glas in Scherben schlug. Er bedachte sich und blickte umher; da die Tischgesellschaft klein und zuverlässig war und keine Sklaven im Zimmer weilten, antwortete er mit erzwungener Gelassenheit:

»Ich glaube nur, was ich mit eigenen Augen sehe. Vor mir hat er kein Wunder gewirkt, auch vor Herodes nicht, obwohl der Judenfürst ihn ausdrücklich aufgefordert hatte, ihm durch ein Zeichen seine Macht zu beweisen. Die ganze Sache hat einen bösen politischen Einschlag bekommen, und ich sah keinen anderen Ausweg, als den Mann zu verurteilen. Juristisch betrachtet, habe ich übrigens kein Urteil gesprochen, sondern bloß den Juden freie Hand gelassen. Politik ist Politik, und auf diesem Gebiet wird der Ausgang stets von Zweckmäßigkeitserwägungen bestimmt, nicht durch einen formalen Richterspruch. Und es ist eben zweckmäßig, den Juden in Kleinigkeiten ihren Willen zu lassen; das befriedigt ihr Bedürfnis nach nationalem Eigenleben. In allen wichtigen Dingen liegt die Macht ausschließlich in meiner Hand.«

»Wie war denn die Sache mit der Wasserleitung für Jerusalem?« warf Claudia Procula mit weiblicher Bosheit ein. »War das nicht deine glorreiche Idee, dein Stolz, zum erhabenen Denkmal deiner Amtszeit bestimmt? Zeig mir bloß, wo dieses Bauwerk ist! Es waren ja schon alle Pläne eingereicht, und überall hat man das Gefälle bereits gemessen.«

»Ich konnte doch das Geld dazu nicht gewaltsam aus dem Tempelschatz entwenden«, verteidigte sich Pilatus. »Wenn die Juden ihren eigenen Vorteil nicht erkennen, so ist das für sie beschämend und nicht für mich.«

»Mein Herr und Gebieter!« sagte Claudia Procula spöttisch. »All die Jahre hindurch hast du den Juden gegenüber, sobald es hart auf hart ging, immer wieder nachgeben müssen, in jeder Sache, ob klein oder groß. Gerade dieses eine Mal hat es sich jetzt so ergeben, daß du dich leicht hättest als Mann erweisen können, und das Recht wäre auf deiner Seite gewesen. Warum hast du meine Mahnung, nicht einen Unschuldigen zu verurteilen, in den Wind geschlagen?«

Adenabar versuchte die Lage zu retten, indem er scherzend bemerkte: »Der Aquädukt ist an der Starrköpfigkeit der Jerusalemer Frauen gescheitert. Das Wasserholen ist nämlich für sie die einzige Gelegenheit, bei den Brunnen zusammenzukommen und zu plaudern. Je länger und anstrengender der Weg ist, desto mehr Muße finden sie zu albernem Geschwätz.«

Claudia Procula erwiderte: »Die Jerusalemer Frauen sind keineswegs so einfältig, wie du glaubst. Wäre nicht alles derart rasch und überstürzt abgelaufen, derart gesetzwidrig, und hätte nicht einer seiner eigenen Jünger ihn für Geld dem jüdischen Synedrium verraten, so wäre es nie zur Verurteilung gekommen. Wenn du, mein verehrter Gatte, wenigstens Manns genug gewesen wärest, die Entscheidung bis nach Ostern zu verschieben, würden die Dinge jetzt ganz anders aussehen. Dieser Jesus hatte die Werktätigen auf seiner Seite und ebenso auch alle jene rings im Lande, die sich die Stillen nennen und ein neues Reich erwarten. Deren gibt es mehr, als du ahnst. Sogar ein Angehöriger des Hohen Rates ist erschienen und hat dich um den Leichnam des Gekreuzigten gebeten, um ihn in seine eigene Grabstätte zu legen. Ich weiß vieles, was dir entging. Ich weiß sogar Dinge, die nicht einmal den schlichten Jüngern Jesu bekannt sind. Aber nun ist alles zu spät. Du hast den Mann ums Leben gebracht.«

Pontius Pilatus hob die Hände, rief alle Götter Roms und den Schutzgeist Cäsars zu Zeugen an und beteuerte: »Wenn er nicht ans Kreuz geschlagen worden wäre, so hätten die Juden in Rom Klage geführt, ich sei kein Freund Cäsars. Habe ich dir nicht verboten, Claudia, dich mit diesen Frauen zu treffen, die nach Art der Zauberinnen in krankhafte Verzückungen fallen? Die Wahnvorstellungen dieser Hexen steigern nur noch deine Unrast. Männer, Römer, ich frage euch in aller Form: Was hättet ihr an meiner Stelle getan? Hättet ihr eure Stellung und eure ganze Laufbahn aufs Spiel gesetzt – nur einem Juden zuliebe, der Glaubenswirren anzettelte?«

Endlich öffnete auch der Festungskommandant den Mund und sagte: »Jude bleibt Jude. Heimtückische Kerle, einer wie der andere! Peitsche, Speer und Kreuz sind das einzige politische Konzept zu ihrer Befriedung.«

Adenabar bemerkte: »Als er starb, bebte die Erde. Ich glaube, er war ein Gottessohn. Aber du konntest nicht anders handeln. Jetzt ist er tot und kommt nicht mehr zurück.«

Ich sagte: »Gerne wüßte ich mehr über sein Reich.«

Claudia Procula blickte uns mit weit aufgerissenen Augen an und fragte: »Und wie, wenn er doch wiederkommt? Was tut ihr dann?«

Sie sprach diese Worte so leidenschaftlich, daß mir ein Schauder über den Rücken lief und jedes Härchen an meinem Körper sich sträubte. Mit Gewalt mußte ich mir ins Gedächtnis rufen, daß ich mit eigenen Augen den Judenkönig am Kreuz hatte sterben sehen.

Pontius Pilatus blickte seine Frau mitleidig an, schüttelte den Kopf und sagte, wie zu einer Schwachsinnigen: »Meinetwegen mag er ruhig wiederkommen, meine Liebe. Aber darüber wollen wir uns erst zu gegebener Zeit Sorgen machen.«

Ein Diener trat behutsam ein und bat den Sekretär hinaus. Erleichtert seufzte der Prokurator auf und meinte: »Bald werden wir die letzten Neuigkeiten erfahren. Unterdessen aber lassen wir dieses leidige Thema!«

Wir beendeten das Mahl in gedrückter Stimmung; das Tafelgeschirr wurde abgetragen, und wir tranken noch Wein. Zur Aufheiterung der Damen summte ich die letzten Schlager aus Alexandria, und Adenabar steuerte, mit recht geschulter Stimme, ein in der zwölften Legion entstandenes Liedchen bei.

Der Sekretär kam zurück, und Pilatus forderte ihn, zum Beweis seines Vertrauens uns gegenüber, auf, in unserer Gegenwart seinen Bericht zu erstatten. Offenbar waren die Spione, die der Statthalter unter den Juden hielt, nach Einbruch der Dunkelheit in die Burg zurückgeschlichen und hatten ihre Beobachtungen gemeldet. Der Sekretär erzählte uns folgendes:

»Das Erdbeben hat unter den jüdischen Priestern große Bestürzung hervorgerufen, weil dabei der Tempelvorhang von oben bis unten entzweiriß. Der Mann, der den Nazarener verraten hat, kam heute wieder in den Tempel und warf den Gottesdienern die dreißig Silberstücke, die er bekommen hatte, vor die Füße. Im Hause des Hohenpriesters herrscht helle Empörung, seit an den Tag kam, daß zwei Mitglieder des Synedriums, Joseph und Nikodemus, den Leichnam Jesu vom Kreuze nehmen und in einem neu aus dem Felsen gehauenen Grab in der Nähe des Hinrichtungsplatzes bestatten ließen. Nikodemus hat dazu das Grablinnen beigestellt und auch hundert griechische Pfund einer Mischung von Myrrhe und Aloe. Ansonsten ist es in der Stadt ruhig, und der Vorabend des Passahfestes wurde in gewohnter Weise begangen. Die Anhänger Jesu haben sich zerstreut wie verwehte Asche. Der Rat hat folgende Parole ausgegeben: ›Es ist besser, ein einziger Mensch stirbt für das Volk, als daß die ganze Nation zugrunde geht.‹ Dadurch hat sich die Lage in der Stadt entspannt. Jedenfalls redet niemand mehr laut über den Gekreuzigten. Die abergläubische Volksverehrung, die er genoß, scheint sich zu verflüchtigen, nachdem er kein Wunder gewirkt hat, sondern eines schmachvollen Todes gestorben ist.«

Der Sekretär blickte uns an, räusperte sich, lachte kurz auf und fuhr fort: »Dann ist da noch eine Sache, die ich nicht einmal der Erwähnung wert gefunden hätte, wäre sie mir nicht von zwei verschiedenen Seiten hinterbracht worden. Er, dieser Jesus, soll nämlich angekündigt haben, er werde am dritten Tag nach seinem Tode auferstehen. Woher die Geschichte stammt, konnte ich nicht herausbekommen. Aber auch im Hause des Hohenpriesters ist sie bekannt; dort berät man darüber, wie man sich da vorsehen könnte.«

»Was habe ich gesagt!« rief Claudia Procula triumphierend.

Der Sekretär beeilte sich richtigzustellen: »Ich meine natürlich nicht, daß die Priester tatsächlich an eine solche Möglichkeit glauben. Aber die Anhänger des Gekreuzigten könnten versuchen, den Leichnam zu stehlen, um dann einfältigen Leuten etwas vorzumachen. Deshalb ärgert es die Priester und die anderen Ratsmitglieder, daß die Leiche nicht, wie es mit den beiden anderen Missetätern geschah, am Müllplatz verbrannt wurde.«

Pilatus murmelte erbittert: »Darauf hätte ich mich eigentlich gefaßt machen müssen, daß dieser Mann mich nicht einmal als Toter ruhig schlafen lassen würde.«

Er geriet über dieses alberne Gerücht in derartige Bestürzung, daß er Adenabar und mich beiseite nahm und sich nochmals den Tod den Judenkönigs bestätigen ließ. Wir waren Augenzeugen seines Sterbens gewesen und hatten auch beobachtet, wie der Soldat seine Lanze in das Herz des Leblosen gestoßen hatte. Darum beteuerten wir beide: »Dieser Mann hat am Kreuze sein Leben ausgehaucht und wird bestimmt kein Glied mehr rühren.«

Nach dem Mahle verbrachte ich eine unruhige Nacht. Der Wein und alles, was ich erlebt hatte, rumorte mir im Kopf, so daß ich trotz meiner Müdigkeit schlecht schlief und böse Träume hatte. Auch das trunkene Gegröle aus der Offiziersmesse störte mich die ganze Nacht über. Schließlich weckten mich, sobald der Morgen graute, Hornrufe, die vom Tempelbezirk her kamen und über die ganze Stadt schallten. Augenblicklich fiel mir wieder ein, was ich am Vortag gesehen und gehört hatte. Von neuem begann ich, über den Judenkönig und sein Reich nachzugrübeln.

Um meine Gedankengänge zu klären und mir alles so zu vergegenwärtigen, wie ich es mitgemacht hatte, setzte ich mich zum Schreiben hin und schrieb ununterbrochen, bis Adenabar hereinkam, mit verquollenen Augen und noch einigermaßen benebelt. Er forderte mich auf, hinunterzukommen und mir etwas Unterhaltsames anzusehen. Und in der Tat, im Hofe stand, obwohl es Sabbat war und noch dazu ein ganz großer Sabbat, eine Abordnung des Rates und der Priesterschaft, die den Statthalter sprechen wollte. Pilatus ließ die Leute eine Zeitlang warten und schalt sie dann mit bitteren Worten wegen all der Ungelegenheiten, die man ihm bereitete.

Aber die Leute waren wirklich verängstigt und beteuerten, der letzte Betrug würde ärger sein als der erste, wenn es den Anhängern Jesu gelänge, seinen Leichnam aus der Grabkammer zu stehlen; dann würden sie überall ausposaunen, er hätte seine Ankündigung wahr gemacht und wäre am dritten Tag von den Toten auferstanden. Deshalb baten und beschworen sie den Statthalter, für ein paar Tage eine Legionärswache – ihren eigenen Wächtern trauten sie nicht ganz – vor das Grab zu stellen und für alle Fälle überdies am Grufteingang sein persönliches Amtssiegel anbringen zu lassen, das zu verletzen kein Jude wagen würde.

Pilatus nannte sie alte Weiber und Schwachköpfe und verspottete sie mit den Worten: »Mir scheint, ihr fürchtet euch vor dem Toten noch mehr als vor dem Lebenden.«

Doch sie versprachen, ihm gleich nach dem Sabbat reiche Geschenke zu schicken. Am Sabbat sei es ihnen als Juden verboten, etwas bei sich zu tragen. Schließlich gab Pilatus nach und entsandte zwei Soldaten sowie den Legionsschreiber zum Grab. Der Schreiber erhielt den Auftrag, den Grufteingang zu versiegeln, jedoch nicht mit dem Siegel des Statthalters, sondern mit dem der zwölften Legion, das den Juden wohl genügen werde. Er gab Weisung, während der Nacht sollte die Wachmannschaft nach Ermessen des Wachkommandanten auf vier oder acht Personen verstärkt werden; er wußte ja, daß zwei römische Legionäre allein sich nachts außerhalb der Stadtmauern nie sicher fühlen konnten.

Ich hatte die Empfindung, daß etwas Bewegung mir guttun würde, und so begleitete ich den Schreiber zu dem Grabe. An der Hinrichtungsstätte ragten noch düster die blutbefleckten Kreuzespfähle auf, während die Querbalken bei der Abnahme der Leichen entfernt worden waren. Nicht weit davon befand sich ein schöner Garten und darin ein in einen Felshöcker gehauenes Grab. Den Eingang dazu verstellte ein großer Mühlstein, der aufrecht in einer Bodenrille stand. Ihn wegzurollen hätte zwei kräftige Männer erfordert, und der Tag war heiß. Der Schreiber fand es nicht nötig, das Grab öffnen zu lassen, da die jüdischen Wächter ihm versicherten, niemand habe hier etwas angerührt, seit die beiden treulosen Ratsmitglieder Joseph und Nikodemus den Stein durch Diener vorwälzen ließen.

Während der Schreiber den Eingang versiegelte, schien mir ein starker Myrrhenduft aus dem Grabe zu dringen. Aber es mochten auch nur Gartenblumen gewesen sein, die rings um mich so würzig rochen. Die beiden Legionäre machten rohe Späße über ihre Aufgabe; aber sie waren sichtlich froh darüber, daß sie ihren Wachdienst bei Tage hatten und abends abgelöst werden sollten.

Auf dem Rückweg wollte ich den Judentempel besuchen; ich trennte mich deshalb von dem Schreiber, der mir noch sagte, in den äußeren Hof könne ich ungefährdet gehen. Ich querte auf einer Brücke das Tal, aus dem der heilige Hügel aufstieg; durch einen mächtigen Torbogen betrat ich, zusammen mit einer großen Menge anderer Besucher, den Vorhof der Heiden. Seit dem Morgen strömten aus der Stadt Leute herbei; noch immer aber war Platz im Hofe, und ich bewunderte seine Säulenhallen. Auf die Dauer jedoch wurden der endlose Singsang und das laute Beten, der Geruch der Opfer und die leidenschaftliche Verzückung der Juden mir zuwider. Ich dachte an den Leichnam des Gekreuzigten, der in der kalten Felsengruft lag, und mein ganzes Mitgefühl gehörte dem Judenkönig, so wenig ich von ihm wußte.

Ich kehrte zur Burg Antonia zurück, und schreibe nun schon bis tief in die Nacht hinein, um meine traurigen Gedanken loszuwerden. Aber ich fühle mich jetzt keineswegs erleichtert, Tullia, denn diesmal habe ich während des Schreibens nicht wie sonst Deine Nähe gespürt.

Für mich ist die Geschichte des Judenkönigs jedenfalls

noch nicht zu Ende. Ich sehne mich darnach, mehr über sein Reich zu erfahren, und ich habe mir schon verschiedene Möglichkeiten ausgedacht, wie ich mit seinen Anhängern Verbindung aufnehmen könnte, um von ihnen zu hören, was er im Laufe seines Lebens gelehrt hat.

3

Marcus Mezentius Manilianus an Tullia.

Als Briefanfang habe ich meinen Namen hingeschrieben und den Deinen, Tullia. Aber wenn ich den eigenen Namen auf dem Papyrus sehe, muß ich mich verwundert fragen, ob tatsächlich ich es bin, der da schreibt, oder ob es irgendein Fremder in mir ist. Ich bin nicht mehr der gleiche wie früher; und manchmal argwöhne ich während dieser längsten Tage meines Lebens, jüdische Zauberkunst hätte mich verhext. Wenn sich all das wirklich so zugetragen hat, wie ich es zweifelnd und prüfend sich zutragen sah, dann habe ich entweder Dinge erlebt, die sich nie zuvor ereignet haben, oder ich werde auch viele Berichte, die uns durch Philosophen und Skeptiker seit langem als sinnbildlich gemeint dargelegt wurden, wörtlich glauben müssen.

Ich weiß noch nicht, ob ich mich je dazu aufraffen werde, Dir dieses Schreiben zu senden. Auch meine beiden früheren Briefrollen liegen noch immer unabgeschickt hier. Und vielleicht ist es gut so; denn wenn Du jemals diese Zeilen lesen solltest, würdest Du Dich kaum des Eindrucks erwehren können, der arme Marcus habe den letzten Rest seines Verstandes verloren. Aber ich selbst halte mich nicht für einen Phantasten, obwohl ich seit jeher – mit stets wachem Argwohn und kritisch abwägendem Sinn – nach etwas in dieser Welt gesucht habe, das jenseits aller Freuden der Sinnlichkeit und auch der Tugenden liegt. Ich gestehe, daß ich infolge meiner Abkunft als junger Mann zu allerlei Maßlosigkeit neigte und nie den Mittelweg des wirklich Weisen zwischen Enthaltung und Sinnentaumel finden konnte. Solche Maßlosigkeit lag in meinen Nachtwachen, Fasten und körperlichen Übungen während der Schulzeit in Rhodos. Maßlos wurde auch meine Liebe zu Dir, Tullia; auch darin war ich unersättlich.

Trotz allem liegt, das kann ich Dir versichern, im Grunde meines Wesens etwas Kühles, Beobachtendes, das mich vor der Selbstzerstörung bewahrt. Ohne diesen nüchternen Wächter hätte ich kaum Rom verlassen; eher hätte ich meinen Besitz und vielleicht selbst mein Leben verwirkt, als mich von Dir zu trennen. Jetzt, während ich schreibe, ist dieser Wächter ganz besonders rege; die ganze Zeit über bemühe ich mich nämlich auseinanderzuhalten, was ich selbst gesehen, was ich bloß gehört habe und was ich in ausreichendem Maße als schlüssig bewiesen betrachten kann.

Es drängt mich, meine Erlebnisse genauer aufzuzeichnen, auch wenn ich diese Briefe Dir nie schicken sollte. Ich werde auch viel Überflüssiges einbeziehen, weil ich noch nicht zwischen dem Belanglosen und dem Wesentlichen unterscheiden kann. Aber ich glaube, ich bin Zeuge der Herabkunft eines Gottes auf unsere Welt geworden. Diese Behauptung wird natürlich jedem, der die Dinge nicht selbst miterlebt hat, als Wahnwitz erscheinen. Für den Fall jedoch, daß ich mit meiner Meinung recht habe, mögen sich späterhin die geringsten Kleinigkeiten als bedeutungsvoll erweisen. Nimm das als Rechtfertigung dafür, daß ich so viele Worte mache! Denn falls meine Annahme zutrifft, wird diese Welt sich wandeln oder hat sich schon gewandelt – und ein neues Zeitalter ist angebrochen.

Indes bleibt mein Wächter rege und warnt mich, Dinge zu glauben, die bloß Ausgeburten meiner eigenen Erwartungen sein könnten. Aber hätte ich je etwas so Unvorstellbares erwarten können? Nein. Es wäre mir unmöglich gewesen, etwas Derartiges zu ersinnen oder zu erträumen. Wenn ich überhaupt an etwas Bestimmtes dachte, so an ein neues Reich auf dieser Erde; aber von derlei kann überhaupt keine Rede sein. Es handelt sich um etwas anderes, mir noch Unverständliches.

Ich sage mir selbst vor, daß ich, vielleicht aus bloßer Eitelkeit, geneigt bin, mehr in die Dinge hineinzudeuten, als sie wirklich enthalten. Wer bin denn ich, Marcus, daß gerade mir solches widerfahren sollte? Ich gebe mich keinen Täuschungen über meine Bedeutung hin. Andererseits kann ich nicht meine eigenen Erlebnisse verleugnen. Darum erzähle ich sie.

Als ich meinen vorigen Brief beendet hatte, war es spät geworden. Meine Finger krampften, und zuerst konnte ich nicht einschlafen. Dann schlief ich fest, aber nur kurze Zeit; denn noch vor dem Morgengrauen weckte mich ein zweites Erdbeben, das länger und unheimlicher war als das erste. Das Klirren zerbrochener Tonkrüge und das Poltern von den Wandgestellen fallender Schilde riß alles in Antonia aus den Betten. Unter meinen Füßen schwankte der Steinboden so heftig, daß ich beim Verlassen des Zimmers der Länge nach hinfiel. Die Wachen im Hof bliesen Alarm. Ich konnte nur die Manneszucht der Legionäre bewundern; denn trotz ihrer Schlaftrunkenheit und der Finsternis rannte keiner der Soldaten ohne Waffen hinaus, obwohl ihr erster Gedanke gewesen sein mußte, sich vor einsturzgefährdeten Dächern ins Freie zu retten.

Es war noch so dunkel, daß im Hof Fackeln angezündet werden mußten. Als der erste Wirrwar und Trubel sich legten, stellte man fest, daß zwar die Mauern an einigen Stellen Risse abbekommen hatten, jedoch kein Todesopfer in der Festung zu beklagen war. Nur einige harmlose Verstauchungen, Beulen und Wunden wurden gemeldet; und sogar diese Verletzungen rührten eher von dem Gehaste in der Dunkelheit her als von dem Erdbeben selbst. Der Festungskommandant schickte unverzüglich Patrouillen in die Stadt, um festzustellen, ob Schäden entstanden waren, und ließ die Legionsfeuerwehr alarmieren. Oft richten ja die nach Erdbeben ausbrechenden Brände mehr Unheil an als die Bodenerschütterungen selbst.

Der Prokurator kam geradewegs aus dem Bett ins Freie, hatte nur einen Mantel umgeworfen und stand barfuß auf der Treppe, ohne in den Hof hinunterzugehen oder seine Stimme in die Kommandorufe zu mengen. Da die Erdstöße sich nicht wiederholten und von der Stadt her die ersten Hahnenschreie ertönten, hielt er es nicht für nötig, die Frauen aus der Festung hinaus in Sicherheit bringen zu lassen. Indes verspürte nach diesem Schreck begreiflicherweise niemand Lust, sich nochmals ins Bett zu legen. Der Himmel wurde lichter, und sobald die Sterne verblaßten, schmetterten vom Judentempel wiederum die mächtigen Hornrufe, zum Zeichen dafür, daß die gottesdienstlichen Verrichtungen begannen, als wäre nichts geschehen.

Die Soldaten wurden aus der Alarmaufstellung entlassen und zu ihren regelmäßigen Obliegenheiten zurückgeschickt, erhielten aber nur kalte Verpflegung, da die Köche vorsichtshalber noch keine Feuer anzünden durften. Eine Patrouille nach der anderen kehrte zurück, und alle meldeten, in der Stadt herrsche zwar große Bestürzung und Verwirrung, viele Leute seien in das offene Gelände außerhalb der Stadt geflohen, doch bis auf ein paar zusammengestürzte Hausmauern sei kein ernstlicher Schaden entstanden. Offenbar hatte sich das Erdbeben auf einen ganz kleinen Bereich, hauptsächlich auf die Gegend der Festung und des Tempels, beschränkt.

Die Wachen wurden abgelöst, und mit bloß geringfügiger Verspätung marschierte die erste Kohorte durch die Stadt zum Exerzieren in das Amphitheater. In diesem kostspieligen Gebäude werden seit Jahren keine Gladiatorenkämpfe oder Tierhetzen mehr veranstaltet; die Arena dient ausschließlich als Truppenübungsplatz.

Am Boden liegende Scherben von Tongefäßen zertretend, ging ich in mein Zimmer zurück, wusch mich und kleidete mich sorgsam an. Während ich noch damit beschäftigt war, kam ein Bote und forderte mich auf, zum Prokonsul zu kommen. Pontius Pilatus hatte sich am Fuß der Treppe einen Stuhl für die Audienz des Tages hinstellen lassen. Obwohl nichts an seiner Miene irgendwelche Besorgnis vor einer Wiederkehr des Erdbebens verriet, glaube ich doch, daß auch er ganz gern im Freien saß.

Vor ihm standen der Festungskommandant und der Legionsschreiber, ferner Adenabar und zwei Legionäre, die nach syrischer Art beim Reden zur Unterstützung ihrer Aussagen und Erklärungen heftig gestikulierten, während sie sich gleichzeitig bemühten, aus Ehrerbietung vor ihrem Oberbefehlshaber Haltung zu bewahren. Der Statthalter wandte sich gereizt zu mir und sagte:

»Am Morgen hat sich wegen des Erdbebens die Wachablösung verzögert. Diese beiden syrischen Tölpel hätten als neue Wache an dem verwünschten Grab dort drüben aufziehen sollen. Sechs Soldaten waren dort die ganze Nacht, und es sollten immer zwei Dienst tun, während die anderen schliefen. Jetzt sind die beiden Syrer zurückgekommen mit der Meldung, das Legionssiegel sei erbrochen, der Stein vom Grufteingang weggewälzt und die abzulösende Wachmannschaft spurlos verschwunden.«

Er wandte sich an die Legionäre und fuhr sie an: »War der Leichnam noch im Grab?«

Die beiden Einfaltspinsel antworteten wie aus einem Munde: »Ins Grab sind wir nicht gegangen. Dazu hatten wir keinen Auftrag.«

Pilatus fragte: »Warum ist nicht wenigstens einer von euch dort geblieben, während der andere mit seiner Meldung zurücklief? Jetzt kann jeder, der nur will, in die Grabkammer hinein.«

Ohne Ausflüchte gestanden sie: »Wir hätten uns keiner getraut, allein an diesem Ort zu bleiben.«

Der Festungskommandant fühlte sich verpflichtet, für seine Leute einzutreten, weil die letzte Verantwortung ihn traf. Er sagte kurz: »Die Soldaten haben strengen Befehl, außerhalb der Burg immer nur paarweise aufzutreten.«

Aber von den Mienen der beiden Legionäre konnte ich leicht ablesen, daß sie nicht um ihr Leben gebangt hatten; was sie erschreckt und mit abergläubischem Grauen erfüllt hatte, war sichtlich das offene Grab gewesen und das Verschwinden ihrer Kameraden. Der Statthalter schien der gleichen Ansicht zu sein; denn er sagte in ungestümem Tone:

»An dem, was sich da zugetragen hat, ist nichts Übernatürliches. Den Stein vom Grabe weggeschoben hat selbstverständlich das Erdbeben. Die Wachtposten, diese abergläubischen syrischen Feiglinge, haben sich ihrem Dienst entzogen und wagen nicht zurückzukommen. Man muß sie als Fahnenflüchtige verfolgen; sie haben strengste Bestrafung verdient.«

Er wandte sich zu mir und erklärte: »Hier geht es um die Ehre der Legion, und ich kann mich deshalb auf niemanden, der ihr angehört, verlassen. Andererseits wünsche ich keine Beschönigungsversuche welcher Art immer. Was wir brauchen, ist eine unparteiische Zeugenschaft. Du, Marcus, bist ein aufgeklärter Mensch und hinreichend gesetzeskundig. Nimm Adenabar und diese beiden Soldaten mit dir – meinetwegen könntest du die ganze Kohorte als Bedeckung mit haben, zur Absperrung und Bewachung des Geländes, damit nicht auch noch diese beiden Helden durchgehen – und stelle am Grab selbst fest, was geschehen ist! Dann komm zurück und berichte mir!«

Sofort rief der Festungskommandant laut nach seinem Hornisten. Das machte den Statthalter noch zorniger, als er schon war; er schlug mit der Faust auf seine Handfläche und schrie: »Seid ihr denn samt und sonders von Sinnen? Das mit der Kohorte war doch nicht ernst gemeint. Ihr braucht nur einige verläßliche Männer. Es wäre verrückt, die allgemeine Aufmerksamkeit zu erregen und so diese für uns schmähliche Angelegenheit erst recht an den Tag zu bringen. Jetzt aber macht euch gefälligst auf die Beine!«

Adenabar wählte rasch zehn Mann aus, ließ sie im Hof antreten und dann im Laufschritt abmarschieren. Pilatus mußte Halt gebieten und uns klarmachen, daß ein Eilmarsch durch die Stadt das beste Mittel war, uns eine ganze Schar neugieriger Juden an die Fersen zu heften. Ich war froh über diese Mahnung; denn, ungeübt, wie ich jetzt bin, hätte ich, auch ohne Gepäck, kaum mit rasch marschierenden Legionären Schritt halten können, obwohl wir keinen weiten Weg hatten.

Unterwegs trafen wir viele Leute, die wegen des Erdbebens aus der Stadt geflohen waren und nun zurückkehrten. Aber sie hatten an ihren eigenen Gedanken genug, und wir fielen nicht weiter auf. Die Juden vergaßen sogar, hinter den Legionären auszuspucken und ihnen die üblichen Fluchworte nachzurufen.

Der Garten des Joseph von Arimathia entzog das Grab zum Teil unseren Blicken; doch schon aus einiger Entfernung konnten wir sehen, daß aus der offenen Gruft zwei Juden kamen. Zweifellos waren es Anhänger des Nazareners; denn in dem einen glaubte ich mit ziemlicher Wahrscheinlichkeit den stattlichen jungen Mann zu erkennen, den ich am Hinrichtungshügel die trauernden Frauen beschützen sah. Der andere war ein stämmiger, bärtiger, rundköpfiger Mann. Als sie uns bemerkten, ergriffen sie die Flucht und waren bald, obwohl wir sie riefen, wie vom Erdboden verschwunden.

»Da haben wir jetzt die Bescherung!« wetterte Adenabar, schickte aber niemanden den beiden nach. Er fand es klüger, unsere Kräfte nicht zu verzetteln, zumal er wußte, daß die Juden in diesem Gewirr von Gärten und Hürden, Kuppen und Hohlwegen jeden Verfolger in die Irre führen konnten.

Aber wir hatten immerhin genug gesehen, um sicher zu sein, daß die beiden Männer nichts weggetragen hatten.

Als wir die Grabstätte erreichten, stellten wir fest, daß der Stein offenbar durch sein eigenes Gewicht den Rand der Bodenrille ausgebrochen hatte und von der Gruft weg auswärts umgekippt sein mußte; dann war er den Hang hinuntergeglitten, bis er an einen Felsblock prallte und zerschellte. Wir konnten keine Spuren der Anwendung von Werkzeugen entdecken. Jeder, der etwa das Grab von außen öffnen wollte, hätte den Stein, wie es bezweckt war, in der Bodenrille zur Seite gerollt. Von dem abgerissenen Legionssiegel baumelten nur noch Schnurstücke am Rande der Gruftöffnung. Zweifellos hatte das Erdbeben den Stein losgerüttelt. Aus dem dunklen Grabesinneren drang ein starker Geruch nach Myrrhe und Aloe in die feuchte Morgenluft.

»Geh du voraus, ich komme nach«, bat Adenabar. Er war grau im Gesicht vor Angst und zitterte am ganzen Leibe. Die Legionäre hatten in respektvollem Abstand vom Grabe haltgemacht und drängten sich zusammen wie ein Häuflein Schafe.

Wir traten hintereinander in den Vorraum und dann durch eine schmälere Öffnung in die eigentliche Gruftkammer. Solange unsere Augen sich an die Dunkelheit nicht gewöhnt hatten, konnten wir die weißen Totenlinnen auf der Steinbank nur verschwommen erkennen. Anfangs meinten wir beide, der Leichnam liege ohnedies noch an Ort und Stelle. Als wir jedoch allmählich deutlicher sahen, stellten wir bald fest, daß der Körper aus seiner Umkleidung geglitten und verschwunden war. Die harzgesteiften Hüllen zeigten noch die Umrisse des Rumpfes, der darin gelegen hatte; davor bauschte sich, durch einen kleinen Spalt getrennt, das Schweißtuch, das über den Kopf gebreitet worden war.

Zuerst traute ich meinen Augen nicht und schob die Hand zwischen Körperhülle und Schweißtuch. Ich griff ins Leere; der Tote lag nicht mehr da. Aber das Linnen war nicht auseinandergewickelt, sondern nur etwas eingesunken und wahrte weiterhin die Körperformen. Es wäre unmöglich gewesen, den Leichnam zu entfernen, ohne die Hüllen zu öffnen. Und doch hatte er sich spurlos verflüchtigt. Unser eigener Augenschein bezeugte es.

Adenabar flüsterte: »Siehst du das gleiche wie ich?«

Meine Zunge gehorchte mir nicht. Ich nickte bloß. Wieder flüsterte er: »Habe ich nicht gesagt, er war ein Gottessohn?«

Dann ermannte er sich, unterdrückte sein Zittern, trocknete sich den Schweiß von der Stirn und sagte: »So ein Zauberkunststück habe ich im Leben noch nicht gesehen. Es ist vielleicht am besten, wir bleiben vorläufig die einzigen Zeugen dieses Geschehnisses.«

Übrigens hätten selbst Drohungen die mit uns gekommenen Legionäre kaum dazu gebracht, das Grab zu betreten; derart großer Schreck hatte sich ihrer bemächtigt, darüber, daß ihre Kameraden auf rätselhafte Weise verschwunden waren, ohne daß man in der Umgebung irgendwelche Spuren eines Kampfes entdecken konnte.

Adenabar und ich brauchten einander nicht zu erklären, daß kein menschliches Wesen imstande sein konnte, aus versteiften Grablinnen zu schlüpfen, ohne sie zu sprengen. Und wenn andererseits diese so fest durch Myrrhe und Aloe verklebten Tücher auseinandergerissen worden wären, hätten wir bestimmt Anzeichen dafür bemerkt. Ich glaube, nicht einmal die geschickteste Hand hätte sie nachher so zurechtlegen können, daß sie wieder die Körperformen nachbildeten.

Sobald ich das voll begriffen hatte, überkam mich ein Gefühl tiefen Friedens, und ich hatte nicht mehr die geringste Angst. Adenabar schien Ähnliches zu empfinden. Woher jedoch unsere Furchtlosigkeit kam, könnte ich keineswegs erklären, hatten wir doch eben erst ein Wunder festgestellt, über das wir nach allen Maßstäben unserer menschlichen Logik heftiger hätten erschrecken müssen als je im Leben. Völlig gelassen traten wir aus dem Grabe und teilten den Legionären mit, daß der Leichnam verschwunden war.

Die Soldaten zeigten nicht die geringste Lust, in das Grab zu treten und sich von dem Sachverhalt zu überzeugen; wir hätten sie auch gar nicht hineingelassen. Einige entsannen sich jetzt, daß es um die Ehre der Legion ging, begannen umherzublicken und wiesen darauf hin, daß auch von zwei alten, aus dem gleichen Felsen gehauenen Gräbern die Steine weggerollt waren. Offenbar sei gerade hier das Erdbeben am heftigsten gewesen – ein Umstand, der mich persönlich nicht überraschte. Sie schlugen vor, wir sollten aus einem der alten Gräber einen Leichnam nehmen und anstelle des Judenkönigs hinlegen. Ich verbot ihnen in schroffem Ton, an solche Schliche auch nur zu denken.

Während wir noch überlegten, was wir tun sollten, tauchten aus einem Gebüsch zwei Legionäre auf und kamen zögernd heran. Adenabar erkannte sofort, daß sie zu den vermißten Ausreißern gehörten, und schrie ihnen zornig zu, sie sollten die Waffen niederlegen. Aber die beiden begannen sich leidenschaftlich zu verteidigen; sie beschworen, sie hätten ihre Pflicht genau erfüllt und die Grabstätte von einem sicheren Platz aus fest im Auge behalten. Tatsächlich hatte niemand angeordnet, wie nahe dem Grab sie stehen müßten.

Sie berichteten: »Wir beide und zwei andere schliefen, während die beiden übrigen Wache standen, als in den ersten Morgenstunden das Erdbeben losging. Dieser Stein hier löste sich vom Grabe und kam mitten zwischen uns gesprungen. Wir können von Glück reden, daß niemand zermalmt wurde. Daraufhin zogen wir uns – noch immer in Sichtweite – etwas zurück, weil wir neue Erdstöße befürchteten. Vier von uns liefen weg, um den Hohenpriestern zu erzählen, was geschehen war; den Juden zuliebe haben wir ja das Grab bewacht, und nicht im Interesse der Legion.«

Sie rechtfertigten sich mit solchem Übereifer, daß man schon daraus den Eindruck gewann, sie redeten nicht frei von der Leber weg. Unter anderem sagten sie noch: »Später haben wir zwar zwei Gestalten als Ablösung kommen sehen. Trotz ihrer Rufe zeigten wir uns aber nicht, weil wir die Rückkehr unserer Kameraden abwarten wollten, mit denen wir gemeinsam, einer für alle und alle für einen, das Grab bewachten. Wenn in dieser Sache etwas aufzuklären ist, so werden wir das alle sechs im Einvernehmen tun und uns vorher darüber besprechen, was wir sagen sollen und was nicht.«

Adenabar und ich fragten sie aus und erfuhren, sie hätten bei Tagesanbruch zwei bündeltragende Jüdinnen bemerkt, die sich zum Grabe schlichen. Vor dem Eingang hätten sie gezögert; eine sei dann eingetreten, aber bald wieder herausgekommen. Gerade in diesem Augenblick sei die Sonne aufgegangen und habe die Augen der Soldaten geblendet; doch eines könnten sie beeiden: daß nichts hinein- oder herausgetragen worden sei. Ihre Bündel hätten die Frauen draußen hingelegt, dann aber wieder genommen und damit eilends das Weite gesucht, obwohl die Soldaten nichts gegen sie unternommen hätten.

Knapp vor unserem Eintreffen seien zwei Juden, auch in Eile, hier aufgetaucht; zuerst ein Jüngling, der sich aber nicht allein in das Grab getraut, sondern nur durch die Öffnung gespäht habe, und kurze Zeit später ein atemloser älterer Mann, der gleich eingetreten sei, worauf auch sein Begleiter sich dazu aufgerafft habe, ihm zu folgen. Zweifellos seien sie von den Frauen herbeigeholt worden, hätten aber nur kurz in der Gruft verweilt und nichts hinausgetragen. Die Soldaten versicherten uns, sie hätten die beiden Männer von ihrem Versteck aus genau im Auge behalten, um sie sofort festzunehmen, falls sie den Leichnam zu stehlen versuchten.

»Wir sind ja hierher beordert worden, um den Leichnam zu bewachen, und das haben wir nach bestem Wissen und Gewissen vorschriftsmäßig getan. Nicht einmal durch das Erdbeben ließen wir uns vertreiben. Wir haben uns nur in sichere Entfernung vom Grabe zurückgezogen«, erklärten sie wie aus einem Munde.

Aber ich beobachtete sie scharf und entnahm ihren Mienen und unsteten Blicken, daß sie etwas verhehlten. »Jedenfalls ist der Leichnam weg!« bemerkte ich barsch.

Daraufhin begannen sie auf syrische Art mit den Händen umherzufuchteln und riefen: »Dafür können wir nichts. Wir haben die Gruft keinen einzigen Moment lang aus den Augen gelassen.«

Mehr war aus ihnen nicht herauszubringen. Außerdem wurde das Verhör dadurch unterbrochen, daß jetzt von der Stadt her die vier anderen Wachsoldaten kamen, in Begleitung dreier jüdischer Ältester, die von weitem an ihren Kopfbedeckungen zu erkennen waren. Als die vier Legionäre ihre beiden Kameraden im Gespräch mit uns sahen, schrien sie ihnen schon aus ziemlich großer Entfernung warnend zu: »Hütet eure Zungen und plappert nicht darauf los! Die Sache ist schon mit den Juden vollkommen bereinigt. Wir haben alles einbekannt, und sie waren so verständig, unseren Fehler nachzusehen.«

Die drei Juden waren offenbar Ratsmitglieder; denn als sie herankamen, grüßten sie uns würdevoll und sagten: »Wir erscheinen hier recht spät. Aber zuerst wollten wir rasch den Rat zusammenberufen und die Sache unter uns besprechen. Die Legionäre haben das Grab für uns auf unser Ansuchen bewacht, und wir wünschen nicht, daß sie für ihren Unverstand bestraft werden. Wie konnten sie ahnen, daß die Jünger dieses verdammten Nazareners so hinterlistig sein würden? Wir haben die Sache einvernehmlich beigelegt und lassen die Wachsoldaten in Frieden gehen. Und geht jetzt auch ihr in Frieden! Weder wir noch die Römer haben hier noch etwas zu tun. Die Nachlässigkeit ist nun einmal geschehen, und wir wollen es dabei bewenden lassen, um Aufsehen und überflüssiges Gerede zu vermeiden.«

Ich entgegnete: »Nein, nein. Für diese Angelegenheit ist

römisches Heeresrecht zuständig, und wir müssen eine regelrechte Untersuchung durchführen. Der Leichnam eures Königs ist verschwunden, und diese Wachmannschaft trägt die Verantwortung dafür.«

Sie fragten: »Wer bist du? Wie kommst du dazu, uns ins Wort zu fallen? Du bist glattwangig und noch ein junger Mann. Du solltest Rang und Alter hochachten. Wenn die Sache schon erörtert werden muß, so wollen wir das mit dem Statthalter tun und nicht mit dir.«

Aber nach dem Anblick, der sich mir eben in der Grabkammer geboten hatte, fühlte ich nur Widerwillen gegen diese schlauen Alten, die ihren König verurteilt und den Prokurator gezwungen hatten, ihn kreuzigen zu lassen. Deshalb beharrte ich auf der Feststellung:

»Euer König ist aus dem Grab verschwunden, und dieser Fall muß mit aller Gründlichkeit untersucht werden.«

Aufgebracht wandten sie ein: »Er war nicht unser König. Er hat sich nur so genannt. Und untersucht haben wir den Fall schon selbst. Törichterweise haben die Wachsoldaten sich schlafen gelegt, und während sie schliefen, sind seine Jünger herangeschlichen und haben den Leichnam gestohlen. Die Legionäre sind bereit, das zu bestätigen und ihren Fehler nach Kräften wiedergutzumachen. Deshalb verzeihen wir ihnen und verlangen keine Bestrafung.«

Ihre Behauptungen widersprachen derart dem gesunden Menschenverstand und meinem eigenen Augenschein, daß ich die bestimmte Empfindung hatte, die Ratsherren müßten irgendwelche Ränke ausgeheckt und sie Soldaten für sich gewonnen haben. So sagte ich zu Adenabar: »Nach römischem Recht werden Soldaten, die auf ihren Wachposten einschlafen oder ihn unerlaubt verlassen, zu Tode geknüttelt oder enthauptet.«

Unsere beiden Legionäre zuckten vor Schreck zusammen und beäugten einander. Die vier mit den Juden gekommenen Soldaten stießen jedoch ihre Kameraden an, zwinkerten ihnen zu und bedeuteten ihnen mit allerlei Gesten, sie hätten nichts zu befürchten. Die Juden wiederholten: »Die Leute haben für uns Wache gestanden und nicht für Rom. Es ist also unsere Sache, ihre Bestrafung zu verlangen oder Nachsicht walten zu lassen.«

Plötzlich packte mich übermächtig der Wunsch dahinterzukommen, was sich wirklich zugetragen hatte, und nun beging ich einen Fehler. Um den Juden bange zu machen, schlug ich ihnen vor: »Geht in die Grabkammer, seht selbst nach und befragt dann die Wachen wieder, wenn ihr wollt – und euch traut!«

Adenabar war klüger als ich und rief rasch: »Warum solltet ihr, so fromme Männer, euch zwecklos durch das Betreten einer Begräbnisstätte verunreinigen?«

Indes schlossen die Juden aus meiner Aufforderung und Adenabars Einwurf, daß in der Gruft etwas Besonderes zu sehen sein mußte. Nachdem sie sich in ihrer heiligen Sprache, die ich nicht verstehe, beraten hatten, traten sie hintereinander in gebückter Haltung ein, und natürlich konnten wir sie jetzt nicht mehr daran hindern. Obwohl der Raum für drei Personen sicherlich sehr eng war, blieben sie lange drinnen. Schließlich ging ich hin und blickte in die Felskammer. Ich sah die gekrümmten Rücken der Juden und hörte ihr lebhaftes Reden.

Endlich tauchten sie, mit roten Gesichtern und unsteten Blicken, wieder auf und sagten: »Jetzt haben wir uns verunreinigt, um bezeugen zu können, daß alles genau so verlaufen ist, wie die Wachsoldaten geschildert haben. Und da uns nun nichts mehr unreiner machen kann, als wir schon sind, wollen wir gleich zum Statthalter gehen und die Sache mit ihm durchsprechen, um falschen Gerüchten und lügenhaften Darstellungen vorzubeugen.«

Von schlimmen Vorahnungen erfüllt, eilte ich in das Grab. Sobald ich mich an das Dunkel gewöhnt hatte, stellte ich fest, daß die Juden in ihrer Erregung bei der vergeblichen Suche nach dem Leichnam alle Grabtücher auseinandergerissen hatten.

Heftige Wut packte mich über meine eigene Dummheit, die den Verlust des einzigen Beweisstückes für die übernatürliche Auferstehung des Königs verschuldet hatte. Im selben Augenblick aber begann mir der Kopf zu schwindeln, wohl ebensosehr aus Erschöpfung und Schlafmangel wie durch den betäubenden Myrrhengeruch in der kleinen Grabkammer. Ein schattenhaftes Gefühl der Unwirklichkeit überkam mich, und ich glaubte ganz stark die Gegenwart einer höheren Macht zu spüren. Es war, als hielten unsichtbare Hände mich an den Schultern fest und hinderten mich daran, hinauszustürzen und den Juden sinnlose Vorwürfe zu machen. Ich gewann meine Selbstbeherrschung und damit meine Gemütsruhe wieder, so daß ich mit gesenktem Kopf ins Freie trat, ohne die Juden anzureden oder auch nur anzublicken.

Mit kurzen Worten erzählte ich Adenabar, was sie angerichtet hatten. Er sah mich unschlüssig an, als wollte er fragen, was wir jetzt am besten tun sollten. Schließlich begnügte er sich damit, resigniert auf syrische Art die Finger zu spreizen. Nochmals forderte er die Soldaten auf, ihre Waffen niederzulegen. Aber sie fingen wieder an, sich herauszureden, und sagten: »Ist das als Befehl aufzufassen? Wenn wir unsere Waffen niederlegen, sieht es so aus, als würden wir eine Pflichtverletzung zugeben. Im Namen des Stiergottes, wir haben doch hier ein jüdisches Grab auf jüdisches Ersuchen bewacht. Da kann es kein Verbrechen gewesen sein, wenn wir auf unserem Posten schliefen. Im Gegenteil, es beweist, daß wir tapfere Leute sind und uns vor der Finsternis nicht fürchten. Wenn du uns unsere Waffen beläßt und es den Juden anheimstellst, die Sache beim Prokonsul aufzuklären, sollst du das nicht bedauern. Dafür bürgen wir, und auch die Juden.«

Wieder warf Adenabar mir einen verstohlenen Blick zu, als wollte er mir nahelegen, auch selbst ein wenig Nutzen aus einer Lage zu ziehen, an der nichts mehr zu ändern war; aber den Mund zu öffnen wagte er doch nicht. So marschierten wir alle wohlgeordnet durch die Stadt in die Burg zurück. Die Juden folgten uns, da ihnen eine weitere Bewachung des Grabes überflüssig erschien, nachdem der Leichnam, wie sie weiterhin steif und fest behaupteten, inzwischen gestohlen worden war. Die sechs Soldaten der Wachmannschaft schritten in einer geschlossenen Gruppe und tuschelten miteinander.

Als wir den Burghof erreichten, saß Pontius Pilatus noch in seinem schweren, rot überzogenen Richterstuhl am Fuße der Turmtreppe. Er hatte einen Tisch neben sich stellen lassen, kaute eben an einem Stück Brathuhn und warf die Knochen hinter sich. Auch Wein war aufgetragen worden, und die Stimmung des Statthalters schien sich völlig gewandelt zu haben.

»Nur heran, ihr alle!« forderte er uns in leutseligstem Tone auf. »Du, Marcus, stelle dich hier neben mich! Du bist ja ein gebildeter Mann und ein unparteiischer Zeuge. Aber halte dir immer vor Augen, daß die Juden großzügige Leute sind! In geschäftlichen Dingen kann man wirklich sehr gut mit ihnen auskommen. Bringt Stühle für diese ehrwürdigen Ratsherren, die uns Römer nicht verachten! Mein Privatsekretär wird selbst das Protokoll führen. Und ihr, ihr Sündenböcke der Legion, kommt näher! Habt keine Angst vor mir, sondern erzählt mir unbeschönigt, was euch widerfahren ist!«

Die Soldaten glotzten bald ihn, bald die Juden an; dann trat ein breites Grinsen auf ihre verstockten syrischen Gesichter. Sie schoben einen Sprecher vor, der seine Geschichte mit feierlichen Beteuerungen einleitete:

»Bei Cäsars Schutzgeist und beim Stiergott, dies sind Worte der Wahrheit. Mit deiner Genehmigung haben die Juden uns zur Bewachung des Grabes, in das der gekreuzigte Nazarener gelegt worden war, gedungen. Gestern abend sind wir alle sechs hinmarschiert. Nachdem wir uns davon überzeugt hatten, daß das Siegel unverletzt war, ließen wir die Tageswache abrücken, lagerten uns auf dem

Boden vor der Gruft und machten es uns gemütlich. Dank der Freigebigkeit der Juden hatten wir reichlich Wein, um uns die Nachtkälte vom Leibe zu halten. Zuerst wollten wir es so machen, daß immer zwei Nachtwache hielten und die vier anderen schliefen. Aber an diesem Abend hatte niemand Lust zum Schlafengehen. Wir würfelten, sangen und unterhielten uns, und eigentlich fehlten nur ein paar Mädel zu unserem vollen Glück. Daß die jüdischen Weine heimtückisch sein können, weißt du ja, Herr. Im Verlaufe der Nacht geriet uns die Reihenfolge der Ablösungen durcheinander, und wir kamen in Streit darüber, weil niemand mehr bestimmt sagen konnte, wer von uns wachen mußte und wer schlafen durfte. Offen gestanden waren wir so beschwipst, daß wir anscheinend alle sechs eingeschlafen sind, wobei jeder glaubte, zwei von den anderen wären wach und auf Posten.«

Er wandte sich zu seinen Kameraden, die eifrig nickten und dreist bestätigten: »Genau so war es. Das ist die volle Wahrheit.«

Der Sprecher setzte seinen Bericht fort: »Wir erwachten erst durch das Erdbeben, und da sahen wir, daß die Jünger des Gekreuzigten in die Gruft eingedrungen waren und gerade den Leichnam heraustrugen. Es war ihrer ein ganzer Haufen – grimmige Kerle, die zu jeder Bluttat fähig schienen. Als sie bemerkten, daß wir aufgewacht waren, wälzten sie den Stein vom Grufteingang auf uns hinunter und konnten so entkommen.«

Pilatus tat sehr interessiert und fragte: »Wie viele waren ihrer?«

»Zwölf«, erklärte der Sprecher ohne Zögern. »Sie ließen ihre Waffen klirren und brüllten fürchterlich, um uns Angst einzujagen.«

Einer der jüdischen Ratsherren mischte sich ins Gespräch mit der Bemerkung: »Es können kaum mehr als elf gewesen sein. Den zwölften, den Mann, der sich von ihnen losgesagt hatte, haben sie nämlich aus Rache ermordet. Zumindest fanden heute früh die Hirten seine Leiche in der Nähe der Stadtmauer. Man hat ihn mit seinem eigenen Gürtel erdrosselt und ihn in eine Schlucht geworfen, so daß sein Bauch barst und alle Eingeweide herausquollen.«

Pilatus fragte: »Trugen die Jünger den Leichnam des Gekreuzigten so weg, wie er dagelegen hatte, oder haben sie vorher in der Gruft die Totenlinnen abgestreift?«

Der Sprecher geriet etwas aus der Fassung, warf seinen Kameraden einen Seitenblick zu und sagte dann: »Ach, die Leiche muß wohl noch eingehüllt gewesen sein. Die Räuber hatten es ja eilig, wegen des Erdbebens.«

Die Juden sprangen von ihren Stühlen auf und riefen erregt: »Nein, nein, das stimmt nicht. Sie haben das Linnen in der Grabkammer losgewickelt, um die Leute glauben zu machen, der Mann wäre von den Toten auferstanden. Wir haben das Zeug selber dort liegen sehen, wirr durcheinandergeworfen.«

Der Soldat erwiderte: »Mag sein. Wie hätten wir das in der Finsternis erkennen sollen, wo wir noch dazu vom Wein und vom Erdbeben benommen waren?«

»Aber sonst habt ihr trotz der Dunkelheit alles, was vorging, deutlich gesehen und beobachtet«, bohrte Pilatus. »Ihr seid tüchtige Burschen und macht der zwölften Legion alle Ehre.«

Seine Worte klangen so hämisch, daß die Soldaten einander ansahen, dann die Köpfe senkten und von einem Fuß auf den anderen traten. Schließlich stießen sie ihren Sprecher an, der schuldbewußt zu den Juden hinüberschaute und stammelte: »Nun, eigentlich . . .« Dann wiederholte er: »Eigentlich . . .« Aber die Worte blieben ihm in der Kehle stecken.

»Gestatte, Herr«, begann ich. Doch Pilatus winkte mir zu schweigen und verkündete seine Entscheidung.

»Ich habe den Bericht dieser vertrauenerweckenden Männer angehört, und gewichtige Gründe veranlassen mich zu der Annahme, daß sie rückhaltlos die Wahrheit sagten

Auch unsere jüdischen Freunde sind zufriedengestellt und verzichten auf eine Sühne. Ich sehe also keinen Anlaß, persönlich in Fragen der soldatischen Zucht innerhalb der Legion einzugreifen. Habe ich recht gesprochen?«

Die jüdischen Ältesten bestätigten wie aus einem Munde: »Wirklich sehr recht!« Und die Soldaten trampelten beifällig und riefen: »Richtig hast du gesprochen! Mögen die Götter Roms und unsere Götter dir alles Gute bescheren!«

Der Prokurator sagte: »Nun, ich habe also die Sache vollkommen geklärt und halte sie für abgeschlossen. Falls aber jemand noch etwas vorzubringen hat, möge er es jetzt tun und nicht später.«

»Gestatte mir eine Bemerkung!« bat ich. Dieses Zerrbild einer Untersuchung schien mir eher eine Szene aus einer derben oskischen Komödie als eine wirkliche Begebenheit.

Mit vorgetäuschter Verwunderung wandte Pilatus sich zu mir und fragte: »Ach, du bist also auch die ganze Zeit über dort gewesen und hast alles miterlebt?«

»Natürlich nicht«, entgegnete ich. »Das behaupte ich auch keineswegs. Aber du selbst hast mich nachher als Zeugen hingeschickt; du selbst wolltest, ich möge feststellen, was sich zugetragen hat.«

»Gesehen hast du also nichts«, wehrte der Statthalter ab. »Die Soldaten dagegen waren Augenzeugen, und du tätest also besser, über Dinge, die dir unbekannt sind, nicht zu reden. Als ich dich hinschickte, war ich der Meinung, die Soldaten wären fahnenflüchtig geworden und der gute Ruf der Legion könnte in Gefahr kommen. Aber da stehen ja die Ausreißer, fromm wie Lämmer, und haben alles offen einbekannt.«

Mit einer spöttischen Verbeugung erhob er sich, um den Juden zu zeigen, daß er von ihnen genug hatte. Sie dankten ihm und zogen sich zurück. Als sie durch den Torbogen verschwanden, wollten auch die Soldaten sich entfernen. Doch der Prokurator winkte ihnen lässig und befahl:

»Wartet ein bißchen!« Dann wandte er sich an den Festungskommandanten mit den Worten:

»Aus deiner finsteren Miene schließe ich, daß der Schatzmeister des Hohenpriesters es nicht nötig fand, sich deiner Freundschaft zu versichern. Wie schon gesagt, es ist nicht meine Sache, in disziplinäre Angelegenheiten der Legion einzugreifen. Ich habe mich zwar diesen Burschen gegenüber nachsichtig erwiesen; aber das braucht dich nicht daran zu hindern, gegen sie geeignete Verfügungen zur Wahrung der Zucht zu treffen. Meiner Meinung nach wäre es angezeigt, sie vorerst einmal in Haft zu setzen, damit sie darüber nachdenken können, was tatsächlich vorgefallen ist.«

Mit leiser Stimme fügte er hinzu: »Ebenso spricht nichts dagegen, daß du feststellst, wieviel Geld der jüdische Rat ihnen als Unterpfand für die Wahrheitsliebe gegeben hat.«

Das angespannte Gesicht des Kommandanten ging in einem fröhlichen Grinsen auseinander. Er gab einige Befehle, und ehe die Wachsoldaten recht begriffen, wie ihnen geschah, waren sie entwaffnet. Man führte sie in den Arrestkeller hinunter, und der Kommandant folgte, um sich zu vergewissern, daß die Geldbeträge, die sie bei sich trugen, einwandfrei gezählt würden.

Als sie gegangen waren, lächelte der Prokurator vor sich hin und sagte: »Adenabar, du bist selbst ein Syrer. Geh jetzt und versuche, aus diesen Halunken herauszubekommen, was sie wirklich gesehen haben!«

Steifbeinig stieg Pilatus die Treppe hinauf und winkte mir höchst leutselig, ihm zu folgen. Ich ging mit in seinen Amtsraum. Er befahl den anderen, sich zurückzuziehen, setzte sich stöhnend hin, rieb seine Knie, erlaubte auch mir, Platz zu nehmen, und sagte anspornend: »Sprich! Ich merke es dir an, daß du vor Mitteilungsdrang am Bersten bist.«

Zerstreut zog er einen Lederbeutel hervor, riß die versiegelte Schnur auf und ließ sich die mit dem Kopf des Tiberius geprägten Münzen aus purem Gold in die Hand und durch die Finger gleiten.

»Herr«, sagte ich nach kurzer Überlegung, »ich weiß nicht, warum du so gehandelt hast, wie du es eben tatest; aber ich nehme an, du hast deine Gründe dafür. Es steht mir nicht zu, Maßnahmen zu bekritteln, die du als römischer Amtsträger ergreifst.«

Er klimperte mit den Goldmünzen und antwortete: »Wie ich dir eben andeutete, habe ich schwerwiegende Gründe dafür – die gewichtigsten Gründe auf Erden, solange die Welt bleibt, wie sie ist. Du weißt selbst, daß die Zensoren jetzt den Statthaltern auf dem Nacken sitzen. In den Provinzen reich zu werden, ist heutzutage nicht mehr so leicht wie zu Zeiten der Republik. Aber wenn die Juden mir, aus purer Freundschaft, mit Gewalt Geschenke aufzwingen, wäre ich verrückt, sie abzulehnen. Ich muß an meine alten Tage denken. Selbst bin ich nicht begütert, und Claudia hält auf dem, was ihr gehört, fest die Daumen. Soviel ich weiß, bist du so wohlhabend, daß du mir sicherlich meine Geschenke nicht neiden wirst.«

Natürlich beneidete ich ihn um nichts; aber ich war derart erfüllt von dem in Jesu Grab Gesehenen, daß ich ausrief: »Solange die Welt bleibt, wie sie ist – hast du gesagt. Ich glaube, sie wird nicht lange so bleiben. Denn der Judenkönig, den du gekreuzigt hast, ist von den Toten auferstanden. Das Erdbeben hat den Stein vom Grufteingang weggeschoben, und der Tote ist aus seiner Umhüllung von Grablinnen und Schweißtuch herausgeglitten und hat seine Felskammer verlassen. So war es wirklich – da mögen die Legionäre lügen und die Juden schwatzen, so viel sie wollen.«

Pilatus blickte mich forschend an, ohne seine eigenen Gedanken preiszugeben. Ich erzählte ihm, was Adenabar und ich festgestellt hatten, als wir den Boden vor dem Grab und dann die Gruft selbst untersuchten. »Die übereinandergewickelten Lagen des Linnens waren unversehrt und klebten noch zusammen«, rief ich. »Um dieses Beweismittel zu vernichten, haben die jüdischen Ältesten die Grabtücher wütend auseinandergerissen. Sonst hättest du dich selbst überzeugen müssen, daß Jesus, seiner Voraussage gemäß, am dritten Tage von den Toten auferstanden und aus dem Grab gestiegen ist. Adenabar kann meine Angaben bestätigen.«

Pontius Pilatus lächelte mit unverhohlenem Spott und meinte: »Hast du dir wirklich vorgestellt, ich würde mich so weit erniedrigen, selbst hinzugehen und mir die Taschenspielerstücke der Juden anzugucken?« Er sagte in derart mitleidigem Tone, daß ich einen Moment lang dem eigenen Augenschein mißtraute und mir alle die Gauklerstücke ins Gedächtnis rief, mit denen in Ägypten einfältige Leute betört werden.

Der Statthalter tat die Münzen wieder in den Beutel, zog die Verschlußschnur zu und schleuderte den Beutel beiseite, daß es klirrte. Dann sagte er in ernstem Tone: »In Wirklichkeit bin ich mir ja völlig im klaren darüber, daß die Wachsoldaten sich diese Geschichte, als Gegenleistung für jüdische Bestechungsgelder, aus den Fingern gesogen haben. Kein Legionär schläft auf seinem Posten, wenn er das Siegel der eigenen Truppe zu bewachen hat. Überdies sind die Syrer von Natur aus so abergläubisch und nachtscheu, daß sie es schon deshalb kaum gewagt hätten einzuschlafen. Gewiß, es muß, wie du sagtest, das Erdbeben gewesen sein, das den Grufteingang freilegte. Was ich aber wissen möchte, ist, wie die Dinge sich nachher abspielten.«

Er stützte die Ellbogen auf die Knie und sein schmales Kinn in die Hände und starrte vor sich hin. »Natürlich hat er mich sehr beeindruckt, dieser jüdische Wundertäter«, gestand er. »Tiefer, als du glauben würdest – tiefer, als Claudia meint. Wundertäter, Propheten und angebliche Messiasse sind ja in Judäa auch schon früher aufgetreten; sie haben alle das Volk aufgewiegelt und Verwirrung gestiftet, bis man sie unschädlich machte. Doch dieser Jesus war kein solcher Aufrührer. Er war derart demütig, daß ich ihm bei meinem Verhör kaum in die Augen schauen konnte. Du mußt wissen, ich hatte Gelegenheit, ihn zu befragen, ohne daß ein Hebräer zugehört hätte. Dabei nannte er sich, so wie die Juden in ihrer Anklage behauptet hatten, einen König und stellte sich damit gegen Cäsar. Aber es war offenkundig, daß er sein Königtum als bloß sinnbildlich betrachtete; und soviel ich weiß, hat er sich auch nie geweigert, die Steuern an den römischen Staat zu entrichten. Sein Reich sei nicht von dieser Welt, so erklärte er mir; und dann sagte er auch, er sei dazu geboren worden und dazu in die Welt gekommen, um für die Wahrheit Zeugnis abzulegen. Selbstverständlich hat mich das tief ergriffen, so abgebrüht ich auch sonst sein mag. Indes haben die Sophisten längst bewiesen, daß es auf der Welt keine absolute Wahrheit gibt, daß alle Wahrheiten nur bedingt gelten und gegeneinander abgewogen werden müssen. Übrigens habe ich ihn selbst gefragt, was Wahrheit sei. Aber darauf wollte oder konnte er nicht antworten.«

»Nein, ich fand keine Schuld an diesem Menschen«, fuhr Pilatus nachdenklich fort. »In seiner jämmerlichen Verfassung nach den Mißhandlungen der Juden schien er mir im Gegenteil der harmloseste und, in edlem Sinne, schlichteste Mensch, dem ich je begegnet bin. Er hatte gar keine Angst vor mir; er verteidigte sich nicht einmal. In ihm war echte Seelenstärke. Ich muß gestehen, daß ich mich, trotz meiner hohen Stellung als Prokonsul, ihm gegenüber irgendwie als der Schwächere empfand. Aber das war kein demütigendes Gefühl. Eher könnte ich sagen, daß es mir wohltat, mit ihm zu sprechen und seine gelassenen Antworten zu hören. Er versuchte nie, sich zu rechtfertigen, und wurde nie ausfällig.«

Pilatus blickte mich an, lächelte wieder und fügte in versöhnlichem Tone hinzu: »Ich hielt es für angezeigt, dir das alles zu sagen, damit du mich nicht falsch beurteilst. Ich wollte sein Bestes; aber die politischen Umstände hatten sich unerbittlich gegen ihn verschworen. Es war unmöglich, ihn zu retten, da er selbst keinen Finger zu seinen Gunsten rührte. Im Gegenteil, es war, als hätte er nur auf sein Schicksal gewartet und es im voraus genau gekannt.«

Sein Gesicht wurde hart; er starrte mich finster an und sagte schließlich: »Ein außergewöhnlicher Mann, vielleicht sozusagen ein Heiliger! Aber Gott war er keiner, Marcus – gib dich da nicht einer Täuschung hin! Er war ein Mensch, ein lebendes Menschenwesen, so wie wir alle. Du selbst hast ihn nach Menschenart sterben sehen. Nicht einmal die Furien selber könnten mir die Wahnvorstellung einflößen, daß ein Toter auferstehen und durch die Leichenhüllen in die Luft entschwinden kann. Alles auf dieser Welt findet eine natürliche – und gewöhnlich ziemlich einfache – Erklärung.«

So sprach er zu mir, weil die Angelegenheit ihn ständig beunruhigte und weil er sich als römischer Beamter auf greifbare Tatsachen beschränken wollte. Er mußte es tun. Ich sah das ein und widersprach ihm nicht, sondern schwieg hartnäckig. Später bereute ich dieses Schweigen; denn hätte ich ihn gefragt, so wäre er in diesem Augenblick der Gewissenserforschung sicherlich bereit gewesen, mir alles zu erzählen, was während des Verhörs vorgegangen war und was der Nazarener ihm geantwortet hatte.

Nun aber trat Adenabar ein. Der Prokurator nickte ihm zu und sagte: »Sprich!«

Der Zenturio rieb sich aufgeregt die Hände und fragte: »Herr, was willst du, daß ich dir berichte?«

Pilatus entgegnete barsch: »Es handelt sich hier nicht um ein gerichtliches Verhör, sondern um eine vertrauliche Unterredung von Mensch zu Mensch. Ich fordere dich nicht auf, die Wahrheit zu reden; Wahrheit ist etwas, worüber wir beide, du und ich, wenig wissen. Erzähle mir einfach, was diese Burschen tatsächlich gesehen zu haben glauben!«

»Sie haben jeder dreißig Silberstücke bekommen«, begann Adenabar. »Dafür legten ihnen die Juden in den

Mund, was sie aussagen sollten. In Wirklichkeit hatten sie während der Nacht Angst und trauten sich kaum, in der Nähe des Grabes zu schlafen, aus Furcht vor Gespenstern. Als die Erde zu beben anfing, waren bestimmt zwei der Soldaten ordnungsgemäß auf Wache. Der Erdstoß warf sie zu Boden. Sobald der Stein vor der Grufttür losbrach, wachten alle auf und hörten in der Finsternis etwas Schweres auf sich zukollern. Und dann . . .«

Adenabar hielt verlegen inne und meinte entschuldigend: »Ich wiederhole nur, was mir gesagt wurde. Die Burschen mußten nicht einmal ausgepeitscht werden, so redselig waren sie von selbst, wohl aus Bedauern darüber, daß wir ihnen das Geld weggenommen hatten. Als sie dem rollenden Stein entgangen waren, zitterten sie alle vor Entsetzen, und sie sahen ein blendend weißes Licht, einem Blitze gleich, obwohl kein Donner zu hören war. Der Blitzstrahl schleuderte sie wieder zu Boden, so daß sie eine Zeitlang des Augenlichtes beraubt und betäubt dalagen, wie Tote. Als sie es endlich wagten, sich dem Grabe wieder zu nähern, vernahmen sie keine Bewegung, kein Geräusch, keine Schritte. Sie sahen auch keine menschlichen Gestalten und sind der festen Meinung, niemand hätte, ohne von ihnen bemerkt zu werden, in die Gruft eintreten und sie wieder verlassen können. Nachdem sie untereinander beraten hatten, ließen sie zwei Männer als Wache zurück, während die vier anderen – ohne den Mut aufzubringen, sich durch eigenen Augenschein Gewißheit darüber zu verschaffen, ob der Leichnam noch vorhanden war – sich eilends davonmachten, um den Juden das Geschehene zu melden.«

Pilatus sann über diesen Bericht nach. Dann wandte er sich an mich und fragte: »Marcus, welche Version hältst du für glaubwürdiger: die von den Juden für wahr hingestellte oder die uns eben geschilderte?«

Ich antwortete freimütig: »Ich kenne die Logik der Sophisten und die Wahrheit der Kyniker. Ich bin auch in Mysterien eingeweiht worden, für die ich mich übrigens, bei aller

Schönheit ihrer Sinnbilder, nicht erwärmen konnte. Die Philosophie hat einen Zweifler aus mir gemacht. Aber die Frage nach dem Wahrheitsgehalt dieser Welt hat mir immer wie ein Dolch im Herzen gebohrt. Jetzt durchschaue ich diese Dinge völlig. Mit eigenen Augen habe ich Jesus sterben sehen. Und mit eigenen Augen habe ich mich heute davon überzeugt, daß keine irdische Macht ihm den Weg aus dem Grabe geöffnet hat. Wie du selbst vorhin sagtest: die Wahrheit ist einfach. Heute morgen kam das Reich dieses Heiligen zur Erde herab. Die Erde bebte und legte das Grab frei. Als er sich erhob und die Gruft verließ, blendete sein Glanz die Wachen. Wie einfach ist das alles! Warum sollte ich statt dessen irgendwelche zusammengebrauten Geschichten glauben, die nichts mit den Tatsachen zu tun haben?«

»Marcus, mach dich nicht lächerlich!« wehrte der Prokurator ab. »Denke daran, daß du römischer Bürger bist! Und du, Adenabar, für welche Auffassung bist du?«

»Herr, in dieser Sache habe ich keine eigene Meinung«, erwiderte der Zenturio diplomatisch.

»Marcus«, beschwor der Statthalter mich, »willst du ernstlich, daß ich mich zum allgemeinen Gespött mache, indem ich die Legion, alle Besatzungen in Judäa, zur Gefangennahme eines aus seinem Grabe Entwichenen aufbiete? Das wäre ja, wenn du recht hättest, meine Pflicht. Besondere Merkmale: eine bis ins Herz reichende Stichwunde an der Seite; Nägelmale an Händen und Füßen; nennt sich König der Juden.«

Etwas ruhiger fuhr er fort: »Aber ich will dir die Wahl erleichtern. Ich habe dich nicht gefragt, was du für die Wahrheit hältst, sondern, welche der beiden Versionen dir für die Welt, in der wir leben, glaubwürdiger erscheint. Oder, noch besser, welche von den beiden politisch sachdienlicher ist, sowohl vom jüdischen wie vom römischen Gesichtspunkt. Du wirst gewiß verstehen, daß ich ohne Rücksicht auf meine eigene Meinung den politisch zweckmäßigsten Weg einschlagen muß.«

»Ja, und jetzt verstehe ich auch deine Frage an ihn: ›Was ist Wahrheit?‹«, entgegnete ich erbittert. »Mag es also bei deiner Auffassung bleiben! Jedenfalls bist offenbar du damit zufrieden. Die Juden haben sich auf deine Seite geschlagen und dir zweierlei ins Haus geliefert: eine glaubwürdige Geschichte und ein Geschenk, damit die Fabel dir süßer eingeht. Natürlich ist ihre Version sachdienlicher. Ich gedenke nicht, den Kopf in deine Schlinge zu stecken und die Gelegenheit zu bieten, mich politischer Ränke zu zeihen. So töricht bin ich nicht. Aber vielleicht gestattest du mir, persönlich bei meiner eigenen Ansicht zu bleiben. Ich werde sie nicht austrompeten.«

»Dann sind wir alle drei der gleichen Meinung«, erklärte Pilatus sehr gelassen. »Je rascher wir die Sache vergessen, desto besser. Du, Adenabar, und der Festungskommandant könnt euch jeder ein Drittel des Judengeldes nehmen – das ist nur recht und billig. Gebt aber den Wachsoldaten je zehn Silberstücke, um ihnen die Mäuler zu stopfen. Morgen soll man sie freilassen und zu gelegener Zeit über die Grenze abschieben, womöglich nach verschiedenen Himmelsrichtungen. Falls sie jedoch unangebrachterweise alberne Gerüchte zu verbreiten anfangen, müssen wir raschest einschreiten.«

Ich nahm diese Bemerkung als Wink, daß auch ich gut daran tat zu schweigen, zumindest, solange ich in Judäa bleiben wollte. Aber wenn ich es recht überlege, könnte ich ohnedies nirgends in der ganzen gesitteten Welt offen von meinen Erlebnissen reden. Man würde mich sonst entweder für einen Wirrkopf halten oder für einen Aufschneider, der sich wichtig machen möchte. Im schlimmsten Falle könnte Pilatus mich als politischen Unruhestifter anzeigen, der sich zum Schaden Roms in jüdische Angelegenheiten mische. Heutzutage kommt es vor, daß aus nichtigeren Gründen Bürger um einen Kopf kürzer gemacht werden.

Diese Erwägungen bedrückten mich. Doch ich tröstete mich damit, daß ich die Wahrheit in erster Linie für mich selbst herausfinden wollte und nicht, um sie anderen zu erzählen.

Als Adenabar gegangen war, fragte ich den Prokurator in aller Bescheidenheit: »Aber nachgehen darf ich doch dieser Sache mit dem Judenkönig? Nicht seiner Auferstehung; darüber will ich schweigen. Aber über seine Taten und Lehren möchte ich etwas erfahren. Vielleicht kann ich einigen Nutzen daraus ziehen. Du sagst ja selbst, er sei ein außergewöhnlicher Mensch gewesen.«

Pilatus rieb sich das Kinn, blickte mich wohlwollend an und erwiderte: »Ich glaube, am besten tätest du, diesen Mann ganz zu vergessen und dir mit dieser jüdischen Religion nicht das Hirn zu zermartern. Du bist noch jung, du bist wohlhabend und ungebunden, du hast einflußreiche Freunde, und das Leben lächelt dir zu. Aber des Menschen Wille ist sein Himmelreich. Solange du also deine Neugierde behutsam und unauffällig befriedigst, werde ich dir nichts in den Weg legen. Augenblicklich ist in Jerusalem dieser Jesus noch in aller Munde; aber du ahnst nicht, wie kurz das Gedächtnis der Menschen ist. Seine Schüler werden bald in alle Winde zerstreut sein und nach Hause zurückkehren. Glaube mir, in ein paar Jahren redet kein Mensch mehr von dem Manne.«

Ich verstand, daß damit unser Gespräch beendet war, und ging, da der Statthalter mich nicht zu sich eingeladen hatte, in die Offiziersmesse essen. Mich quälte solche Unrast, daß ich kaum hörte, was man zu mir sprach, und nach dem Mahle konnte ich nicht wie die anderen der Muße pflegen. Unschlüssig verließ ich die Burg und streifte planlos in der Stadt umher. Die Straßen waren voll Menschen, die nach dem Fest heimkehrten. Ich sah Vertreter sämtlicher Rassen der Erde und versuchte, mir in den jüdischen Läden die Waren aus aller Herren Länder anzuschauen. Aber dergleichen hatte ich schon in anderen großen Städten gesehen, und ich fand keinerlei Vergnügen daran.

Nach einiger Zeit merkte ich, daß mein Blick sich nur auf

eines heftete: auf die an den Häuserwänden kauernden Bettler, auf ihre verkrüppelten Glieder, blinden Augen und schwärenden Beulen. Darüber wunderte ich mich; denn an Bettler gewöhnt der Reisende sich derart, daß er sie ebensowenig beachtet wie die ihn umschwirrenden Fliegen. Die armen Kerle saßen reihenweise beiderseits der Straße vor dem Tempel, und jeder schien seinen angestammten Platz zu haben. Sie streckten die Hände aus, riefen laut mit weinerlicher Stimme und stießen und knufften einander.

Es schien, als wäre mit meinen Augen irgend etwas nicht in Ordnung; denn statt der Putzläden, statt der Pharisäer mit ihren mächtigen Mantelquasten und der morgenländischen Händler, statt des anmutigen Schreitens der Wasserträgerinnen erblickte ich allenthalben nur Bettler, verstümmelte, jammervolle Gestalten. So wurde ich der Stadtstraßen müde, trat durch ein Tor der Rundmauer ins Freie und sah wiederum den Hinrichtungshügel vor mir. Ich eilte an ihm vorbei und trat in den Garten, wo das Grab war. Ich bemerkte, daß dieser Platz mit seinen Obstbäumen und Kräuterbeeten sich lieblicher ausnahm, als ich gedacht hatte. Jetzt, während der Mittagsruhe, war es hier menschenleer. Meine Schritte führten mich zu der Felsengruft; nochmals betrat ich sie und sah mich darin um. Die Linnen waren entfernt worden, und nichts mehr Ungewöhnliches fiel dem Betrachter auf, außer vielleicht dem Geruch nach Spezereien.

Sobald ich das Grab verließ, übermannte mich so ungeheure Müdigkeit, wie ich sie noch nie empfunden zu haben glaube. Ich hatte zwei Nächte nicht richtig geschlafen, und die vergangenen beiden Tage schienen mir, ebenso wie der jetzige dritte, die längsten meines Lebens. Vor Erschöpfung taumelnd schleppte ich mich in den Schatten eines Myrtenstrauches, warf mich ins Gras, hüllte mich in meinen Mantel und schlief sofort ein.

Als ich erwachte stand die Sonne tief, und es war schon die zehnte Stunde. Vogelgezwitscher umgab mich; der

Wohlgeruch von Reseden und die Kühle frischer Luft hüllten mich ein. Ich setzte mich auf und fühlte mich wunderbar ausgeruht. Meine Unrast war verflogen, und ich spürte keinen Drang mehr, mich mit törichten Gedanken abzuquälen. Ich sog die würzige Luft ein; die ganze Welt schien mir verjüngt. Und plötzlich bemerkte ich, daß der trockene, lästige Wüstenwind sich gelegt hatte und daß alles auf Erden erquickt war. Der Wind mochte schon am Morgen abgeflaut sein, ohne daß ich etwas davon gemerkt hatte. Aber jetzt schmerzte mir der Kopf nicht länger, meine Augen brannten nicht mehr vor Schläfrigkeit, ich hatte keinen Hunger, keinen Durst. Ich spürte nur, daß es herrlich war, zu atmen, zu leben, da zu sein als Mensch in der Menschenwelt.

Ich sah einen Gärtner durch den Garten wandeln, die Äste der Obstbäume heben und die Fruchtansätze betasten. Er war wie ein Mann aus dem Volke gekleidet, in einen schlichten Überwurf mit kleinen Quasten, und zum Schutz vor der Sonne hatte er den Kopf bedeckt. Ich dachte mir, der Mann könnte böse werden darüber, daß ich mich unerlaubt in seinem Garten schlafen gelegt hatte; die jüdischen Bräuche sind ja sehr verwickelt, und ich wußte wenig davon. Deshalb erhob ich mich rasch, ging auf den Gärtner zu, grüßte ihn und sagte: »Dein Garten ist prächtig, und ich hoffe, du nimmst es mir nicht übel, daß ich hier geruht habe, ohne um Erlaubnis zu fragen.« In diesem Augenblick hätte ich niemanden auf der ganzen Welt kränken wollen.

Er wandte sich mir zu und lächelte so gütig, wie noch kein Jude mir zugelächelt hatte, mir, einem glattwangigen Römer. Mehr noch aber überraschte mich seine Antwort. Er entgegnete freundlich, fast verlegen: »In meinem Garten ist auch für dich Platz. Ich kenne dich ja.«

Ich nahm an, er sei vielleicht kurzsichtig und verwechsle mich mit irgendwem anderen. Erstaunt sagte ich: »Wie du bemerken wirst, bin ich Ausländer. Woher solltest du mich denn kennen?«

In der rätselvollen Art der Juden entgegnete er: »Ich kenne die Meinen, und die Meinen kennen mich.«

Er winkte mir zu, mit ihm zu kommen. In der Meinung, er wolle mir etwas zeigen oder mir irgendwie seine Gastfreundschaft erweisen, folgte ich gerne der Aufforderung. Er schritt voraus, und ich bemerkte, daß er stark hinkte, obwohl er mir noch keineswegs alt vorkam. An einer Wegbiegung hob er wieder einen herabhängenden Ast, und ich sah, daß seine Hand verletzt war. Er hatte eine häßliche Wunde an der Handwurzel, die noch nicht verheilt schien. Bei diesem Anblick blieb ich wie versteinert stehen, und für eine Weile versagten die Beine mir den Dienst. Nochmals ließ der Gärtner vertraulich den Blick auf mir ruhen und setzte dann seinen Weg fort, um einen steilen Abhang herum.

Sobald ich mich wieder in der Gewalt hatte, lief ich laut rufend dem Manne nach; doch als ich um die Böschung bog, war er verschwunden. Obwohl das Weglein sich fortsetzte, konnte ich ihn nirgends entdecken, ebensowenig aber eine Stelle, wo er sich in so kurzer Zeit hätte verstecken können. Die Knie schlotterten mir, und ich setzte mich ratlos mitten auf den Weg.

Den ganzen Vorfall habe ich hier genau so geschildert, wie er sich zutrug. Nun, da diese Zeilen niedergeschrieben sind, will ich ehrlich gestehen, daß ich eine Zeitlang fest daran glaubte, in der Gestalt des Gärtners dem auferstandenen Judenkönig begegnet zu sein. Die häßliche Wunde an seiner Handwurzel war genau an der Stelle gewesen, wo bei der Kreuzigung der Henker den Nagel einschlägt, damit die Knochen das Gewicht des an ihnen zerrenden Körpers aushalten. Der Mann hatte behauptet, er kenne mich. Wie wäre das anders möglich gewesen als dadurch, daß er mich vom Kreuz herab erblickt hatte?

Aber die kurze Spanne seelischer Entrückung ging vorbei, die Erde verblaßte vor meinen Augen wieder zu stumpfem Grau, und die Vernunft meldete sich. Ich saß auf einem staubigen Weg, und ein freundlicher Jude hatte mir zugelächelt. Weshalb war ich dadurch so außer Rand und Band geraten? Es mochte wohl noch manche Juden geben, die zu Fremden höflich waren. Lahme hatte ich in der Stadt mehr als genug gesehen, und an den Händen verletzt ein Gärtner sich bei der Arbeit leicht. Seine Gebärde muß ich mißverstanden haben; wahrscheinlich hatte er mich damit gar nicht auffordern wollen, ihm zu folgen, und war schließlich in eine ihm bekannte Höhle oder dergleichen getreten.

Vor allem: wenn er der Judenkönig gewesen wäre, warum hätte er sich ausgerechnet mir zeigen sollen? Wer bin ich, daß er so etwas täte? Und andererseits: falls er es doch war und irgendeinen besonderen Grund für sein Erscheinen hatte, wäre er sicherlich mir gegenüber auf seine Absichten und Anliegen zu sprechen gekommen; sonst entbehrte ja sein Sichtbarwerden jeden Sinnes.

Zunächst nahm ich an, ich hätte einfach geträumt. Als ich mich jedoch aufrappelte und den Weg zurückging, fand ich die Stelle, wo ich unter dem Myrtenstrauch im Grase geschlafen hatte. Nein, Traum war es keiner gewesen. Ich streckte mich wieder hin, und mein durch Schulung geschärfter Verstand lehnte sich gegen die Unsinnigkeit meines Hirngespinstes auf. Natürlich wäre ich überglücklich gewesen, den gekreuzigten König auferstanden und lebend zu sehen; aber ich hatte kein Recht, meinen Wunsch für Wahrheit zu nehmen und mir einzureden, ich hätte tatsächlich in Gestalt des Gärtners Jesus erblickt.

Derart teilten sich meine Gedankengänge, und mich erfaßte das erschreckende Gefühl, in zwei verschiedene Wesen gespalten zu sein, von denen das eine zu glauben begehrte, während das andere sich über solche Leichtgläubigkeit lustig machte. Der Spötter hielt mir vor, ich hätte einfach an Jugendlichkeit und Spannkraft verloren. Die Belastungen jenes alexandrinischen Winters, den ich abwechselnd mit Weingelagen in leichtfertiger Gesellschaft und mit dem Studium dunkler Weissagungen verbracht hatte, seien Gift für meine Seele gewesen. Die Fußwanderung von Joppe hierher, die erschütternden Vorfälle, deren Zeuge ich durch eine Laune des Zufalls geworden war, seien zusammen mit durchwachten Nächten und übertriebener Schreibwut der bekannte letzte Tropfen zum Überlaufen eines randvollen Bechers gewesen oder die vielberufene Feder der Sophisten, die einem Kamel das Rückgrat bricht. Ich könne meinen eigenen Sinnen nicht mehr trauen, geschweige denn meiner Urteilskraft. Pontius Pilatus sei älter als ich und dazu ein erfahrener, klarsichtiger Mensch. Wenn ich klug wäre, müßte ich mich an seinen Rat halten: mich ausruhen, die heilige Stadt Jerusalem besichtigen und meine Erlebnisse vergessen.

Mir fielen die bösen Geister ein, die nach jüdischen Sagen in schwachmütige Menschen fahren und von ihren Körpern Besitz ergreifen. Ich hatte bei Gräbern geschlafen und mich den dort lauernden Gefahren ausgesetzt. Das Schwierige für mich war nur, zu entscheiden, was in meinem Innern einem solchen Dämon entstammen mochte: jene Stimme, die mich glauben ließ, der Judenkönig sei von den Toten auferstanden und ich hätte ihn, als Gärtner verkleidet, gesehen, oder aber die Stimme, die mit all dem nur ätzenden Spott trieb.

Ich hatte kaum Zeit, diese Gedankengänge zu verfolgen; denn schon begehrte der Lästerer in mir auf: ›So weit bist du also, daß du an die jüdischen Dämonen glaubst! Du hast doch den Ärzten in Alexandria beim Zerstückeln menschlicher Leichen zugeschaut und hast gehört, daß sie auch zum Tode verurteilten Verbrechern bei lebendigem Leibe den Rumpf aufgeschnitten haben, um ihre Seele zu suchen. Gefunden haben sie nichts. Du gaukelst dir vor, daß ein Mensch, den du am Kreuze sterben sahst und dem ein verhärteter Legionär das Herz mit einer Lanze durchbohrt hat, als einziger unter allen Menschen von den Toten auferstanden sein könnte. Solche Dinge sind unmöglich; und Unmögliches ereignet sich nicht.‹

Aber mein glaubensbereites Ich widersprach: ›Marcus, wenn du jetzt aufgibst und dich zurückziehst, wirst du nie mehr im Leben Frieden finden. Unablässig wirst du dich mit dem Gedanken quälen, vor deinen Augen sei etwas geschehen, was nie zuvor geschah. Laß dich nicht zu sehr von der Vernunft leiten! Alle Vernunft ist beschränkt und irreführend, wie die Sophisten bewiesen haben. Nichts hindert dich daran, unvoreingenommen und sachlich alles zu erforschen. Erst wäge, dann wage! Die Tatsache, daß sich etwas dergleichen bisher nie zugetragen hat, beweist nicht, daß es sich nie zutragen kann. Hier geht es um etwas weit Größeres als bei den Anzeichen und Vorboten, an die du stets wenigstens halb und halb geglaubt hast. Verlaß dich mehr auf dein Gefühl als auf deinen Verstand! Du bist nicht einer der sieben Weltweisen, und niemand hat, auf welchem Gebiet immer, Erfolg gehabt, wenn er den Verstand allein sprechen ließ. Sulla hat sich auf sein Glück verlassen; Cäsar aber glaubte nicht, daß die Iden des März ihm Verderben bringen würden. Sogar die vernunftlosen Tiere verhalten sich unbewußt klüger als der Mensch. Denke daran, wie vor dem Erdbeben die Vögel zu singen aufhörten und der Esel scheu wurde! Denke an die Ratten, die das Schiff verlassen, weil es bei der nächsten Ausfahrt dem Untergang geweiht ist!‹

Ein solcher innerer Zwiespalt läßt sich schwer beschreiben, und ich glaube, niemand, der ihn nicht selbst erlebt hat, wird ihn verstehen. Es ist ein schreckliches Erlebnis, und ich hätte wohl darüber den Verstand verloren, würde nicht in meinem Innersten eine kühle Gelassenheit wohnen, die mich stets auch durch die schwersten Stürme der Seele schützend geleitet hat. Aus Erfahrung wußte ich, daß es in diesen Fällen am besten ist, stillzuhalten und sich vor unnützem Grübeln zu hüten.

Als ich mich wieder gesammelt hatte, war der Abend schon nahe, und die Schatten der Hügel fielen in die Täler; oben aber, hoch über dem Häusergewirr, leuchtete der

Judentempel purpurn in der Sonne. Ich ging in die Stadt und machte mich auf die Suche nach dem Hause des jüdischen Bankiers, um meinen Kreditbrief einzulösen; ich sah voraus, daß ich für meine Nachforschungen ziemlich viel Geld brauchen würde. Das Gebäude befand sich in der Nähe des Theaters und des Hohenpriester-Hauses in einem erst kürzlich aufgebauten Stadtviertel.

Nachdem ich mein Anliegen dem mir öffnenden Bedienten mitgeteilt hatte, empfing mich der Bankier selbst. Nach all der jüdischen Ruppigkeit, der ich bisher gewöhnlich begegnet war, wurde sein Betragen zu einer wirklichen Überraschung für mich. Er forderte mich gleich auf, ihn mit seinem griechischen Namen, Aristainos, anzureden, und sagte:

»Ich habe schon von dir gehört. Ein Brief aus Alexandria hat dich mir angekündigt; und als du nicht gleich kamst, fürchtete ich schon, du wärest unterwegs Räubern in die Hände gefallen. Gewöhnlich sprechen ausländische Reisende zuallererst bei mir vor, um ihr Geld einzuwechseln und sich zu erkundigen, wie man es am besten loswerden kann; während des Festes ist nämlich Jerusalem, so trübselig es aussehen mag, eine recht fröhliche und vielseitige Stadt. In der Regel erscheinen dann die Kunden ein zweitesmal bei mir: um sich Geld für die Heimreise auszuborgen. Und bei dieser Gelegenheit verdiene ich, offen gestanden, mehr als bei der Einlösung eines Kreditbriefes. Falls du während deines hiesigen Aufenthaltes in irgendwelche Schwierigkeiten gerätst, so besuche mich ohne Zögern! Mich setzt nichts in Erstaunen, was lebenslustige junge Männer auf Reisen tun. Nach den Festtagen kommt es vor, daß in der Frühe, wenn die Tempelhörner blasen und meine Haustür geöffnet wird, auf der Schwelle einer meiner Kunden liegt, der in der Nacht sogar Mantel und Sandalen durchgebracht und dann zum Schlafen den Kopf auf die nackten Steine gebettet hat.«

Er sprach lässig, wie ein Mann von Welt. Trotz seiner

angesehenen Stellung war er nicht viel älter als ich. Der Form halber trug er einen kurzen Bart, und seine Mantelquasten waren so winzig klein, daß man sie fast nicht bemerkte. Sein Haar war auf griechische Art gekräuselt und roch nach kostbaren Ölen. Er war in jeder Beziehung ein stattlicher, ansehnlicher Mann.

Ich erzählte ihm, daß ich in der Burg Antonia als Gast des Statthalters wohnte, weil mir die Römer aus Furcht vor Unruhen abgeraten hatten, während des Passahfestes in der Stadt Quartier zu nehmen. Aristainos breitete bestürzt die Arme aus und rief:

»Das ist eine Verleumdung! Das ist falsches, böswilliges Gerede! Unser Hoher Rat verfügt über eine Polizeitruppe, die durchaus in der Lage ist, die Ordnung aufrechtzuerhalten. Ich glaube, mit Aufwieglern und Fanatikern werden unsere eigenen Priester sogar besser fertig als die Römer. Natürlich kann die Stadtbevölkerung die syrischen Legionäre nicht leiden; aber der Grund hierfür liegt hauptsächlich in dem herausfordernden Betragen der Soldaten. Ein reisender Ausländer jedoch, der Geld in die Stadt bringt, unsere Bräuche achtet und die Ordnungsvorschriften einhält, kann der besten Aufnahme sicher sein. Man hegt und pflegt ihn; Fremdenführer wetteifern darin, ihm die Sehenswürdigkeiten zu zeigen, während viele Schriftgelehrte bereit sind, ihm unsere Glaubenswahrheiten darzulegen. Er kann sich einen Gasthof in jeder beliebigen Preislage wählen, vom teuersten bis zum bescheidensten; und innerhalb der Mauern gewisser Häuser sind alle erdenklichen Vergnügen ägyptischer, griechischer oder babylonischer Art erlaubt und den Fremden zugänglich. Sogar indische Tanzmädchen findest du hier, wenn du etwas ganz Erlesenes zu sehen wünschst. Aber natürlich tut der Reisende gut daran, in dem neuen Stadtteil beim Forum zu wohnen.«

Ich erklärte, der Ostwind hätte mir lästige Kopfschmerzen bereitet, und es sei recht ungemütlich, in aller Herrgottsfrühe durch ein Erdbeben und das Poltern herabfallender Schilde geweckt zu werden.

Aristainos nahm seine Stadt noch eifriger in Schutz und wandte ein: »Diese beiden kleinen Erdstöße waren doch ganz belanglos; sie haben keinen nennenswerten Schaden angerichtet. Wenn du hier in diesem besseren Stadtteil gewohnt hättest, würdest du, glaube ich, das Beben am Morgen überhaupt kaum bemerkt haben. Ich nahm mir nicht einmal die Mühe, das Bett zu verlassen. In der Antonia-Gegend muß man die Sache allerdings stark gespürt haben, wenn dort sogar die Schilde von den Wänden gefallen sind.«

Nun aber wollte ich, obwohl mir die darin liegende Unhöflichkeit bewußt war, das Gespräch auf Jesus von Nazareth bringen und sagte, wie, um mich über einen weiteren Mißstand zu beklagen: »Und dann seid ihr hingegangen und habt euren König gekreuzigt, gerade, als ich in der Stadt ankam. Das war kein lieblicher Anblick.«

Die Miene des Bankiers verdüsterte sich. Doch er klatschte in die Hände, bestellte Honigwein und Backwerk und erwiderte: »Du bist ein seltsamer Reisender; nur unangenehme Dinge bemerkst du in dieser Stadt, der einzigen wirklich heiligen auf der Welt. Sei so freundlich und setze dich! Nachdem du offenbar von diesen Dingen wie der Blinde von der Farbe redest, möchte ich dir einiges klarmachen. Wir Juden kranken allerdings an unseren heiligen Schriften und Weissagungen; aber das scheint mir keineswegs verwunderlich. Unsere Glaubenslehre ist ja die merkwürdigste auf Erden, und unsere Geschichte ist ganz unerhört. Unter allen Völkern verehren allein wir einen einzigen Gott, der uns keine anderen Götter gestattet; und von allen Ländern ist Israel das einzige mit nur einem Tempel, hier in Jerusalem, wo wir unseren Gott nach Vorschriften anbeten, die er selbst uns durch die großen Führer unseres Volkes geoffenbart hat.«

Lächelnd forderte er mich auf, einen Becher Wein zu

nehmen und das Backwerk zu kosten. Doch den Becher kredenzte er mir nicht mit eigener Hand, und ich bemerkte auch, daß meine Kuchen auf einer anderen Schüssel lagen als seine. Er folgte meinem Blick und erklärte mit einem Schmunzeln:

»Du wirst dir denken, daß ich eben ein Jude bin und noch dazu ein in Vorurteilen befangener Jude. Aber wenn ich nicht aus dem gleichen Becher trinke und in die gleiche Schüssel greife wie du, so geschieht es nur der Dienstboten wegen. Glaube nicht, daß ich mich irgendwie besser dünke als du! Ich bin ja ein aufgeklärter Mensch und verletze unsere Glaubensvorschriften vielfach, obwohl ich mich nach außenhin bemühe, sie einzuhalten. Wir haben unsere Pharisäer, die sich und dem ganzen Volk das Leben unerträglich vergällen durch die Forderung, die Überlieferung müsse bis zur letzten Silbe befolgt werden. Das ist der Streitpunkt zwischen ihnen und uns. Im übrigen aber sichert unser Gesetz die Einheit des Volkes. In allen Städten der Welt hält dieses gleiche Gesetz alle Juden zusammen und bewahrt sie davor, sich mit den Fremden zu vermischen und von ihnen aufgesogen zu werden. Sonst hätte unser Volk, das schon in Ägypten und dann in Babylon versklavt war, längst seine Eigenständigkeit verloren. Ich selbst bin ein gebildeter Mann, im Herzen Grieche, und kann einer Bindung des Geistes durch den Buchstaben nicht beipflichten; aber wenn es darauf ankäme, würde ich mich für unseren Gott und den Tempel in Stücke hauen lassen.

Unsere Geschichte zeigt, daß wir Juden das auserwählte Volk Gottes sind. Gewiß muß man als vernünftiger Mensch zugeben, daß es im Vergleich zu der unfaßbaren Glorie unseres Gottes wenig bedeutet, wie jemand ißt oder trinkt oder seine Hände und sein Geschirr reinigt. Aber diese komplizierten Sitten und Bräuche, die Beschneidung, die Sabbatheiligung und alle anderen Vorschriften, die einem Ausländer darzulegen viel zu umständlich wäre – alle diese Dinge halten unser Volk hier in diesem kleinen Land zwischen Ost und West zusammen, so daß wir nicht in anderen Nationen aufgehen, wenn der Messias auf die Erde kommt und sein Reich gründet.«

Er warf mir einen Seitenblick zu und fügte rasch bei: »So haben unsere Propheten es vorausgesagt. Aber nimm das keineswegs wörtlich oder auch nur als politischen Traum, in dem Sinne, daß eines Tages die Juden unter Führung des Messias die Welt beherrschen sollten. Bloß die einfachen Leute – die Plebejer, wie du als Römer sie nennen würdest – hängen solchen Hirngespinsten nach. Allerdings sind wir Juden alle miteinander Schwärmer; deshalb taucht in unserer Mitte ein Messias nach dem anderen auf und versucht sein Glück. So armselig kann kein Würdenträger sein, daß er nicht, sofern er nur an sich selbst glaubt, etliche simple Menschen um sich schart. Aber wenn und falls der wirkliche Messias kommt, dann werden wir ihn, dessen sei versichert, von den falschen Anwärtern unterscheiden können. Da haben wir einige Erfahrung. Einer unserer Makkabäerkönige ließ dreitausend fanatische Volksbetrüger ans Kreuz schlagen. Wozu kränkst du dich also ausgerechnet über den einen, der jetzt wieder das Volk glauben machen wollte, er sei der König und der Messias?«

Während er sprach, hatte ich Honigwein getrunken und Backwerk gegessen. Der Wein stieg mir belebend zu Kopf, und ich vergalt meinem Gastgeber lachend seinen Spott von vorhin: »Wozu dieser Wortschwall und diese Leidenschaftlichkeit, wenn die Sache wirklich so belanglos ist, wie du behauptest?«

Er erklärte: »Glaube mir: Messiasanwärter kommen und gehen; aber unser Gott bleibt ewig, und der Tempel sammelt alle Juden, nun und immerdar. Wir haben Ursache, den Römern dankbar zu sein, die unsere glaubensbedingte Sonderstellung unter den Völkern erkannt haben und uns Selbstverwaltung gewähren. Beide Kaiser, Augustus und Tiberius, waren uns gnädig und haben unseren Beschwerden Gehör geschenkt, so daß unsere Lage jetzt gefestigt ist.

Ja, es geht dem Lande unter der römischen Herrschaft und Zivilisation besser, als wenn wir ein unabhängiger Staat wären und für ein stehendes Heer und für ständige Kriege mit neidischen Nachbarn Geld ausgeben müßten. Heute haben wir Förderer und Fürsprecher in jeder bedeutenden Stadt der Erde, sogar in Gallien und Britannien und an den skythischen Küsten; denn auch die Barbaren schätzen unser Geschick als Kaufleute. Ich beschäftige mich zum Zeitvertreib mit der Ausfuhr von Obst und Nüssen nach Rom. Mein einziger Kummer ist, daß wir keine eigene Flotte besitzen, weil wir Juden aus irgendwelchen Gründen eine Scheu vor dem Meer haben. Aber zum Tempel wird jeder fromme Jude, wenn er es körperlich vermag, immer wieder reisen, um sein Opfer darzubringen; und mit diesen Pilgern fließt unserem Tempel in Form von Weihegeschenken stets wachsender Reichtum zu. Darum wirst du vielleicht verstehen, daß wir nicht untätig zusehen können, wenn die Leute durch Königsträume aus dem Gleichgewicht gebracht werden.«

Ihm schien viel daran zu liegen, mich davon zu überzeugen, daß die Politik des Hohen Rates richtig war. Er beugte sich näher zu mir und fuhr fort: »Aber bei allem Wohlstand leben wir am Rande eines Abgrunds. Jeder habgierige Statthalter kann sich darauf einstellen, in unserem Lande durch Entzweiung zu herrschen, also etwa machtgierigen Männern aus unserem Volke ein gewisses Maß an Unterstützung zu gewähren und uns dann plötzlich der Widersetzlichkeit und Auflehnung zu zeihen, so daß er unsere Selbstverwaltung einschränken und den Tempelschatz plündern kann. Es liegt in unserem und eigentlich auch in Roms wohlverstandenem Interesse, daß die gegenwärtige Lage erhalten bleibt und noch gefestigt wird, indem man dem politisch unvoreingenommenen Hohen Rat alle Unterstützung zuteil werden läßt.

Was dieser Hohe Rat ist, wirst du vielleicht am besten verstehen, wenn ich dir sage, daß er etwa dem römischen

Senat entspricht und sich durch eigene Zuwahl ergänzt. Dem Rat gehören die Hohenpriester an, ferner die hervorragendsten Schriftgelehrten und, als Laienmitglieder, jene Männer, die wir die Ältesten nennen, obwohl sie keineswegs alle alt sind, sondern durch Geburt oder Vermögen die Anwartschaft auf diese Würde besitzen. Das Volk selber ist politisch ungeschult, und wir können ihm kein Mitspracherecht einräumen. Deshalb müssen wir jeden aus den unteren Schichten kommenden Versuch, ihre politischen Rechte zu erweitern oder eine vom Volk getragene Monarchie wieder einzuführen, im Keime ersticken, so harmlos ein solches Unterfangen auch aussehen mag – etwa, wenn es unter dem Deckmantel religiöser Beweggründe oder, sagen wir, aus Menschenliebe ins Werk gesetzt wird.«

Mein geringschätziges Schweigen reizte ihn offenbar, sich noch eifriger zu rechtfertigen, als hätte er doch irgendwie ein schlechtes Gewissen. Er erklärte: »Als Römer bist du nur Götterstatuen zu verehren gewohnt und kannst dir den ungeheuren Einfluß, den die Religion hier hat, nicht vorstellen. Unser Glaube ist unsere Stärke, aber gleichzeitig eine schwere Gefahr, weil die Frömmigkeit des Volkes jeden politischen Schwärmer zwingt, sich, was auch immer seine geheimen Absichten sein mögen, auf unsere heiligen Schriften zu berufen und aus ihnen darzutun, daß seine Ziele rechtmäßig sind. Nun wirst du natürlich sagen, daß dieser Jesus von Nazareth, den gerade noch vor dem Passahfest ans Kreuz zu bringen wir uns so beeilt haben, ein argloser, rechtschaffener Mann war, ein hervorragender Krankenheiler und ein großer Lehrer. Das mag zutreffen. Aber gerade solche untadeligen Idealisten, die durch ihre Persönlichkeit das Volk für ihre Neuerungspläne gewinnen, sind gefährlich. Aus politischer Unerfahrenheit glaubt ein solcher Mensch von jedem das Beste und wird zum Werkzeug von Ehrgeizlingen – von Männern, denen es nicht das geringste ausmacht, wenn unsere ganze Gesellschaftsordnung zusammenbricht und das Volk dem Zorne Roms zum Opfer fällt, sofern nur sie selber für eine Zeitlang ihrer Machtgier frönen können. Glaube mir, jemand, der sich selbst als Messias ausgibt, wird dadurch politisch zum Rechtsbrecher und verwirkt sein Leben, mag er auch, rein menschlich gesehen, noch so ehrenhaft sein.«

Er hielt inne und fügte dann rasch hinzu: »Natürlich macht er sich gleichzeitig der Gotteslästerung schuldig, auf die bei uns die Todesstrafe steht; doch für uns aufgeklärte Menschen ist das Nebensache. Hätte aber der Nazarener sich nochmals im Tempel gezeigt, während des Passahfestes, so wäre ein Aufstand ausgebrochen; Fanatiker hätten, mit ihm als Aushängeschild, selbst die Führung an sich gerissen, und es wäre Blut geflossen. Dann hätten die Römer eingegriffen, und mit unserer Selbstverwaltung wäre es vorbei gewesen. Besser, es stirbt ein Mensch, als daß das ganze Volk zugrunde geht.«

»Dieses Schlagwort habe ich schon einmal gehört«, warf ich ein.

»Denke nicht weiter an den Mann!« riet Aristainos mir eindringlich. »Wir sind nicht stolz auf seine Hinrichtung; mir persönlich tut er im Gegenteil aufrichtig leid. Anscheinend war er ja wirklich ein guter Mensch, dieser Jesus. Er hätte in Galiläa bleiben sollen; dann wäre er kaum zu Schaden gekommen. Dort haben ihn sogar die Steuereinheber gern gehabt, und der Besatzungskommandant von Kapernaum soll mit ihm befreundet gewesen sein.«

Mir wurde klar, daß ein Hinweis auf Jesu Auferstehung diesem Mann gegenüber sinnlos gewesen wäre; er hätte nur jede Achtung vor mir verloren und mich für einen leichtgläubigen Tölpel gehalten. Ich überlegte ein wenig und sagte dann: »Du hast mich überzeugt, und ich verstehe vollkommen, daß vom jüdischen Standpunkt aus der Tod das Nazareners politisch wünschenswert war. Aber auf meinen Reisen pflege ich immer allerhand merkwürdige Begebnisse zu sammeln; da kann ich dann später die Leute mit meinem Wissen unterhalten, und vielleicht lerne ich auch selbst ein bißchen dabei. Unter anderem interessieren mich Wunderheilungen. In Antiochia habe ich als junger Mensch einen berühmten syrischen Zauberkünstler gesehen, der ganz erstaunliche Heilungen bewirkte; und auch in Ägypten gibt es Wallfahrtsorte, wo Kranke auf unerklärliche Art gesund werden. Deshalb möchte ich gern mit irgendwem, den Jesus geheilt hat, zusammenkommen und etwas über sein Verfahren dabei erkunden.«

Ich tat, als fiele mir plötzlich etwas anderes ein. »Am interessantesten wäre es natürlich, einen seiner Jünger kennenzulernen«, rief ich. »So bekäme ich aus erster Hand Mitteilungen darüber, was er von sich dachte und wo er eigentlich hinauswollte.«

Aristainos machte eine verdrossene Miene und sagte: »Seine Gefolgsleute halten sich jetzt natürlich verborgen oder sind nach Galiläa geflohen. An unmittelbaren Jüngern hatte er, soviel ich weiß, nur zwölf, von denen noch dazu einer dem Hohen Rat sein Versteck verriet. Es sind durchwegs einfache Leute, Fischer vom See Genezareth und dergleichen, bis auf einen gewissen Johannes, einen jungen Mann aus guter Familie, der vermutlich gebildet ist und griechisch spricht. Auch ein Zöllner ist übrigens unter ihnen. Also, wie du siehst, recht armselige Kerle! Ich glaube kaum, daß du viel aus ihnen herausbekommen könntest.«

»Aber«, fuhr er zögernd fort, »wenn du wirklich so neugierig bist – ich sehe, offen gestanden, keinen rechten Grund für einen solchen Wissensdrang, wo du doch statt dessen in Jerusalem ein lustiges Leben führen könntest –, so gibt es da einen Ratsherrn namens Nikodemus, der dir einiges sagen könnte. Er ist ein frommer Schriftforscher und sozusagen ein Mann der Erwartung, der Sehnsucht. An ihm ist nichts auszusetzen, obwohl er im Rat durch sein Eintreten für Jesus großen Unwillen erregt hat. Nur ist er für eine so hohe Stellung zu weltfremd. Darum wurde er auch zu der Nachtsitzung des Rates nicht beigezogen; es wäre ihm sehr nahegegangen, an dem Todesurteil gegen den Nazarener mitbeteiligt zu sein.«

»Von ihm habe ich schon gehört«, bemerkte ich. »War nicht er es, der euren König vom Kreuz nahm und ins Grab legte? Er soll auch hundert Pfund Spezereien für die Bestattung beigestellt haben.«

Das Wort ›König‹ ärgerte Aristainos; aber er berichtigte mich wenigstens nicht, wie andere Juden es getan haben. Widerstrebend gab er zu: »Du bist ja ausgezeichnet unterrichtet. Mit diesem Vorgehen haben Nikodemus und Joseph von Arimathia zweifellos ihr Mißfallen an der Hinrichtung öffentlich bekunden wollen; aber man muß ihnen zugute halten, daß sie vor allem ihr eigenes Gewissen entlasten wollten. Joseph ist nur ein Ältester; Nikodemus ist jedoch einer der Lehrer Israels und hätte es besser wissen können. Indes soll man nie nach dem äußeren Schein die Absichten eines Menschen beurteilen. Vielleicht wollten die beiden durch die Grablegung des Galiläers eine Kampfgruppe innerhalb des Rates um sich scharen, um die Macht des Hohenpriesters einzuengen.«

Die Vorstellung schien ihm Vergnügen zu bereiten; denn er rief: »Und dagegen hätte ich nichts einzuwenden! Die Unverfrorenheit des Kaiphas beginnt schon unseren Erwerb zu schädigen. Den gesamten Handel mit Opfertieren und auch den Geldwechsel im Tempel hat er seinen unzähligen Verwandten zugeschanzt. Du wirst es kaum glauben, aber nicht einmal ich habe im Tempelvorhof einen Wechslertisch, wenigstens nicht unter eigenem Namen. Mag also sein, daß Nikodemus, bei all seiner Arglosigkeit, ein wirklich guter Politiker ist. Aus dem Tempelvorhof einen lärmenden Marktplatz zu machen, ist unziemlich, ja gesetzwidrig. Und beim Geldwechsel sollte ein gewisses Maß an Wettbewerb zugelassen bleiben. Alle frommen Pilger würden daraus Nutzen ziehen, wenn ihnen nicht von Kaiphas ein Zwangskurs für den Tempelschekel aufgenötigt würde.«

Die Geschäftsangelegenheiten des Bankiers interessierten mich nicht. Ich sagte: »Mit Nikodemus würde ich gerne zusammenkommen. Aber er dürfte kaum geneigt sein, mich, einen Römer, zu empfangen.«

»Im Gegenteil, teurer Freund!« rief Aristainos. »Römer zu sein ist bei ihm nur eine Empfehlung. Ein jüdischer Gelehrter rechnet es sich zur Ehre an, wenn ein römischer Bürger unseren Glauben kennenzulernen wünscht. Du mußt dich bloß für die Eingottlehre höchst interessiert zeigen. Das öffnet dir Tür und Tor und verpflichtet dich zu nichts. Wenn du willst, führe ich dich gern bei Nikodemus ein.«

Wir kamen überein, daß er meinen Besuch ankündigen würde. Am nächsten Abend sollte ich ohne weiteres nach Einbruch der Dämmerung bei Nikodemus vorsprechen. Ich hob etwas Geld ab, beließ aber den größten Teil meines Guthabens bei Aristainos. Er wollte mir unbedingt einen seiner Bedienten aufdrängen, der ein erfahrener Fremdenführer sei und mir zu allen geheimen Vergnügungen Jerusalems Zutritt verschaffen könne. Aber ich deutete an, nach dem ausschweifenden Winter in Alexandria hätte ich ein bestimmtes Gelübde abgelegt. Er nahm das für bare Münze, bewunderte meine Willenskraft, bedauerte jedoch zugleich, daß mir dadurch vielerlei entgehen werde.

Wir schieden wie Freunde. Er begleitete mich bis zum Haustor und hätte mir einen Vorläufer mitgegeben, der mir den Weg durch die Stadt bahnen sollte; aber ich wünschte keine unnütze Aufmerksamkeit zu erregen. Nochmals versicherte Aristainos mir, ich könne, wenn ich in Schwierigkeiten geraten sollte, jederzeit zu ihm kommen. Fraglos ist er der umgänglichste Jude, den ich bisher kennengelernt habe. Trotzdem konnte ich seine Freundschaftlichkeit nicht rückhaltlos erwidern. Seine Art, die Dinge zu sehen, war so unpersönlich und nüchtern, daß mich fröstelte und mein Mißtrauen von neuem erwachte; daraus entsprang wohl eine gewisse Widerborstigkeit in mir.

Als ich in die Burg zurückkam, erfuhr ich, daß Claudia

Procula einigemal nach mir geschickt hatte. Ich begab mich eilends in ihre Turmgemächer. Sie war schon zu Bett gegangen, kam aber, in ein leichtes Seidengewand gehüllt und einen Überwurf um die Schultern, von ihrer Kammerfrau begleitet, heraus, um mit mir zu reden. In ihren Augen funkelte es beängstigend, und die Linien ihres blassen Gesichts waren wie verstrichen. Allem Anschein nach war sie in einer Art Verzückung befangen.

Sie faßte mit jeder Hand eine meiner Hände und rief: »Marcus, Marcus, er ist von den Toten auferstanden! Dieser Judenkönig ist auferstanden!«

Unwillig fragte ich sie: »Hat der Prokonsul dir nicht erzählt, daß seine Jünger in der Nacht seinen Leichnam aus dem Grab gestohlen haben? Darüber gibt es ein amtliches, von sechs Legionären beglaubigtes Protokoll.«

Claudia Procula stampfte mit dem Fuß auf und schrie: »Meinst du, daß Pontius an etwas anderes glaubt als an seinen Geldbeutel und den eigenen Vorteil? Aber ich habe Freundinnen in Jerusalem. Hast du nicht davon gehört, daß eine seiner Anhängerinnen beim ersten Morgengrauen zum Grab gekommen ist – jene Frau, aus der er sieben böse Geister vertrieben hat? Die Gruft war leer. Nur ein Genius stand dort, in blendendweißem Kleid und mit einem Gesicht, flammend wie Feuer.«

»Da müssen wohl«, entgegnete ich schroff, »die Dämonen von neuem in diese Frau gefahren sein.« Und niedergeschlagen dachte ich: In welche Dinge habe ich mich da eingelassen? Ist meine Narrheit schon so weit gediehen, daß ich im Geiste mit faselnden Weibern einen Wettstreit aufnehme?

Claudia Procula war gekränkt und bitter enttäuscht. »Also auch du, Marcus!« schluchzte sie vorwurfsvoll. »Ich dachte, du wärest auf meiner Seite, nachdem du, wie ich erfuhr, selbst in der Grabkammer warst und sie leer gefunden hast. Glaubst du dem Statthalter und seinen bestechlichen Soldaten mehr als dem eigenen Augenschein?«

Mir wurde weich ums Herz, denn während sie weinte, breitete sich über ihr entzücktes Gesicht ein seltsames Leuchten. Gerne hätte ich sie getröstet; aber ich erkannte, daß es gefährlich gewesen wäre, dieser überschwenglichen Frau anzuvertrauen, was ich gesehen hatte. Nach meinem Empfinden kam das aufgeregte Weibergerede in Jerusalem über Auferstehung, Visionen und Genien bloß dem jüdischen Hohen Rat zupaß, weil es alles nur noch unglaubwürdiger machte, als es schon war.

»Nimm dir meine Worte nicht so zu Herzen!« bat ich. »Du weißt, daß ich etwas zu viel von den Lehren der Kyniker in mich aufgenommen habe. Daher kann ich mich schwer entschließen, an übernatürliche Dinge zu glauben. Andererseits liegt es mir fern, etwas von vornherein als unmöglich hinzustellen. Wer ist also deine Zeugin und wie heißt sie?«

»Sie heißt Maria«, erwiderte Claudia, eifrig bemüht, mich zu überzeugen. »Das ist ein sehr häufiger Name bei den Juden; aber diese Maria führt den Beinamen Magdalena, weil sie aus Magdala am See Genezareth stammt. Sie ist eine wohlhabende Dame und eine weithin bekannte Taubenzüchterin. Ihre Taubenschläge bringen jedes Jahr Tausende untadeliger Tiere hervor, für die Tempelopfer. Als die Dämonen von ihr Besitz ergriffen, kam sie allerdings in Verruf; nach der Heilung durch Jesus von Nazareth änderte sie sich aber von Grund aus und folgte dem Lehrer überallhin auf seinen Wanderungen. Ich habe sie kennengelernt, als ich eine hochgestellte jüdische Dame meines Bekanntenkreises besuchte, und ihre Erzählungen über den Lehrer haben tiefen Eindruck auf mich gemacht.«

»Um ihren Bericht zu glauben, müßte ich ihn aus ihrem eigenen Munde hören«, erklärte ich. »Vielleicht ist sie einfach eine verstiegene Träumerin, die sich um jeden Preis interessant machen will. Was meinst du – könnte ich irgendwie mit ihr zusammenkommen?«

»Ist es etwa ungehörig, Träume zu haben?« begehrte Claudia Procula auf. »Mich haben Träume derart fürchterlich verfolgt, daß ich meinen Mann davor warnte, einen so frommen Menschen wie Jesus zu verurteilen. Mitten in der Nacht wurde mir die Kunde von seiner Verhaftung überbracht, mit der Bitte, meinen Einfluß auf Pontius zugunsten des Gefangenen geltend zu machen. Aber die vorangegangenen Träume trieben mich stärker als die heimliche Botschaft. Bei mir steht es für immer fest, daß mein Gatte die größte Torheit seines Lebens beging, als er den jüdischen Lehrer dem Kreuzestod preisgab.«

»Glaubst du, daß ich diese Maria sehen könnte?« beharrte ich.

Claudia Procula meinte ausweichend: »Für eine Jüdin gilt es als unziemlich, mit einem unbekannten Mann – und gar noch mit einem Ausländer – zusammenzutreffen. Übrigens weiß ich nicht einmal, wo sie wohnt. Ich muß zugeben, daß sie zum Gefühlsüberschwang neigt, und ein argwöhnischer Mann wie du könnte bei einer Begegnung mit ihr einen falschen Eindruck gewinnen. Aber das hindert mich nicht daran, ihre Erzählung zu glauben.«

Immerhin begann Claudias Begeisterung etwas abzuflauen.

»Falls ich aber zufällig diese Maria Magdalena treffe«, fragte ich, »kann ich dann deinen Namen erwähnen und ihr versichern, daß sie über ihr Erlebnis getrost zu mir sprechen kann?«

Claudia murmelte, ein Mann könne nie das Vertrauen einer Frau so gewinnen, wie eine andere Frau es vermag, und außerdem könne ein Mann eine Frau überhaupt nie richtig verstehen. Immerhin gab sie widerstrebend ihre Zustimmung. »Aber wenn du ihr die geringste Verdrießlichkeit oder Unannehmlichkeit bereitest«, drohte sie, »so bekommst du es mit mir zu tun.«

Damit endete unser Gespräch, während Claudia Procula offenbar mich dahin zu bringen gehofft hatte, an die Auferstehung des Judenkönigs zu glauben und ihr Entzücken darüber zu teilen. Eigentlich muß ich ja wirklich an dieses

Wunder glauben, da ich selbst die Grabtücher unberührt in der leeren Gruft gesehen habe. Aber es drängt mich, die Sache vom Standpunkt der Vernunft aus zu untersuchen.

4

Marcus an Tullia.

Ich setze meinen Bericht fort und will alle Begebenheiten in ihrer zeitlichen Abfolge schildern.

Antonia ist eine düstere, enge Festung, und ich hatte keine Lust, dort weiterhin unter ständiger Beobachtung zu bleiben. Überdies bereitete der Prokurator die Rückkehr nach Cäsarea, seinem Amtssitz vor. Ich schenkte ihm einen glückbringenden ägyptischen Skarabäus und seiner Frau einen alexandrinischen Spiegel und versprach, über Cäsarea heimzureisen. Dazu hatte Pontius Pilatus mich aufgefordert, weil er mich, bevor ich Judäa verließ, unbedingt ausfragen wollte. Auch Claudia Procula beschwor mich, ihr bei dieser Gelegenheit alles zu erzählen, was ich über den Auferstandenen erfahren sollte.

Dem Festungskommandanten gab ich einen ziemlich ansehnlichen Geldbetrag, um mich mit ihm gut zu stellen und mir für den Notfall eine Zuflucht in der Burg zu sichern. Aber so viel habe ich schon bemerkt, daß mir in Jerusalem, wenn ich das Brauchtum der Juden achte und sie nicht durch meine eigenen Gepflogenheiten herausfordere, keine Gefahr droht.

Für den Zenturio Adenabar hege ich wirklich freundschaftliche Gefühle. Auf seinen Rat mietete ich mich nicht in einem großen Gasthof ein, sondern bei einem Bekannten von ihm, einem hierher ausgewanderten syrischen Krämer, in der Nähe des Hasmonäerpalastes. Mit den Sitten der Syrer und ihren Göttervorstellungen bin ich seit meiner Jugend vertraut und weiß, daß dieser Menschenschlag schmackhaftes Essen schätzt, die Wohnungen rein hält und in jeder Hinsicht, vom Geldwesen abgesehen, ehrenhaft ist.

Der Krämer wohnt mit seiner Familie im Erdgeschoß und

trägt täglich seinen Verkaufstisch auf die Straße vor das Haus. Eine Außentreppe führt unmittelbar zum Dach, so daß ich nach Belieben kommen und gehen und unbeobachtet Besuche empfangen kann. Diesen Vorteil für einen Mieter haben Adenabar und mein Hausherr um die Wette betont. Die Frau und die Tochter des Syrers bringen mir das Essen ins Zimmer und sehen darauf, daß stets ein Krug frisches Wasser in dem Raum hängt. Die Söhne aber wetteifern darin, Besorgungen für mich zu machen, mir Wein und Obst und was ich sonst brauche, einzukaufen. Diese Leute, denen es nicht besonders gut geht, sind froh, mich jetzt, da das Fest vorüber ist und die meisten Besucher die Stadt verlassen haben, als zahlenden Gast bei sich zu sehen.

Nachdem ich mich in meiner neuen Wohnung eingerichtet hatte, wartete ich, bis die Sterne herauskamen, und machte mich dann über die Außentreppe auf den Weg zu Nikodemus. Die Töpferei des Ratsherrn ist so bekannt, daß ich sie leicht fand. Das Tor war nur angelehnt, und als ich den Hof betrat, kam in der Dunkelheit ein Diener auf mich zu und fragte leise: »Bist du der, den mein Herr erwartet?«

Er führte mich über eine Treppe auf das Dach; zu leuchten brauchte er mir nicht, so strahlend wölbte sich der Sternenhimmel über Judäa. Als ich das Dach betrat, sah ich dort einen älteren Mann auf Kissen sitzen. Er begrüßte mich freundlich und fragte: »Bist du der Gottsucher, den der Bankier Aristainos mir angekündigt hat?«

Er lud mich ein, neben ihm Platz zu nehmen, und begann gleich, mir mit eintöniger Stimme vom Gotte Israels zu erzählen. Er fing mit der Erschaffung von Himmel und Erde an und kam bis zu der Sage, Gott habe den Menschen nach seinem Ebenbilde aus dem Staub der Erde geformt. Dann aber unterbrach ich ihn ungeduldig mit den Worten:

»Lehrer Israels, das alles habe ich schon gehört und darüber selbst in griechischen Übersetzungen eurer heiligen Schriften gelesen. Ich wollte von dir etwas über Jesus von Nazareth, den König der Juden, erfahren. Das weißt du doch; sonst hättest du mich nicht in der Dunkelheit auf dem Dache empfangen.«

Mit unsicherer Stimme sagte Nikodemus: »Sein Blut wird über mich und mein Volk kommen. Ich bin seinetwegen voll Kummer und tödlicher Angst. Daß er zum Glaubenskünder wurde, ist Gottes Werk; nur ein von Gott Gesandter konnte die Zeichen tun, die er tat.«

Ich entgegnete: »Er war mehr als ein Glaubenskünder. Sogar mich, den Fremdling, haben die letzten Ereignisse aufs tiefste erschüttert. Du mußt ja erfahren haben, daß er von den Toten auferstanden ist, obwohl du selbst mitgeholfen hast, ihn noch vor Beginn des Sabbats in Grabtücher zu hüllen und seine Gruft zu verschließen.«

Nikodemus hob das Gesicht dem Sternenhimmel entgegen und rief in klagendem Tone: »Ich weiß nicht, was ich davon halten soll.«

Ich wies zum Himmel und fragte: »War er der aus Jakob aufgehende Stern, von dem eure Schriften künden?«

Der Ratsherr erwiderte: »Ich weiß nicht. Ich verstehe nichts und tauge nicht länger zum Lehrer Israels. Im Rat wurde ich irregeführt, indem man mir versicherte, aus Galiläa erstünde kein Prophet. Das ist insofern richtig, als darüber in den heiligen Schriften nichts ausdrücklich erwähnt ist. Aber von Jesu Mutter, die ich erst vor kurzem kennengelernt habe, erfuhr ich, daß ihr Sohn in Bethlehem in Judäa geboren wurde, zur Zeit des grausamen Herodes. Und die Schriften bezeugen, daß aus Bethlehem Ephratha der eine hervorgeht, der über Israel Herrscher sein soll. Ich habe die Texte gründlich durchforscht. Alle Weissagungen haben sich an Jesu erfüllt, sogar die, daß keines seiner Gebeine zerbrochen werden sollte.«

Er begann die Bibelstellen im Singsang zu rezitieren und übersetzte sie mir. Als das eine Zeitlang so weitergegangen war, wurde ich wieder ungeduldig und rief: »Ob die Vorhersagen eurer Schriften in Erfüllung gegangen sind, ist für mich ohne Belang. Mir kommt es nur auf eines an: Ist er auferstanden oder nicht? Wenn ja, dann ist er mehr als ein König, und seinesgleichen hat noch nie auf Erden geweilt. Diese Frage stelle ich dir ohne jeden unlauteren Hintergedanken; denn jetzt kann ihm niemand mehr etwas zuleide tun. Antworte mir! Mein Herz bebt vor Sehnsucht nach der Wahrheit.«

Zögernd bekannte Nikodemus: »Ich habe von dieser Auferstehung gehört, weiß aber nicht, was ich davon halten soll. Gestern nacht haben sich die Jünger Jesu versammelt, hinter verschlossenen Türen, aus Furcht vor Verfolgung. Vielleicht kamen nicht alle, aber doch die meisten. Und sie hatten große Angst. Da soll der Gekreuzigte in ihrer Mitte erschienen sein und ihnen die Wunden an seinen Händen und Füßen und an seiner Seite gezeigt haben. Er hauchte auch jeden der Versammelten an. Dann verschwand er, wie er gekommen war. So wurde mir erzählt; aber ich kann es kaum glauben.«

Mich überlief in der Dunkelheit ein Schauder. »Sprich mir von seinem Reich!« bat ich. »Was lehrte er über sein Reich?«

Nikodemus berichtete mir: »Als er das erstemal zum Passahfest nach Jerusalem kam und den Tempel reinigte, ging ich heimlich zu ihm. Ich werde nie vergessen, was er zu mir sagte, obwohl ich es damals nicht verstand und auch heute noch nicht verstehe. Er sagte, wenn jemand nicht von obenher wiedergeboren werde, könne er sein Reich nicht schauen.«

Sofort fielen mir die Lehren der Orphiker und der Pythagoräer und anderer Philosophen ein, wonach die Menschen innerhalb des irdischen Daseins seelisch wiedergeboren zu werden vermögen oder aber eine Kette immer neuer Existenzen durchlaufen und dabei, je nach ihrem Verhalten, sogar zu Tieren oder Pflanzen werden können. Enttäuschung übermannte mich; das war keine neue Lehre!

Aber Nikodemus fuhr unbeirrt for: »Ich widersprach ihm und fragte: ›Wie kann ein Mensch geboren werden, wenn er schon alt ist? Kann er denn zum zweitenmal in den Schoß seiner Mutter eingehen und neu zur Welt kommen?‹ Da erklärte Jesus, um mir einen Schlüssel zum Verständnis seiner Worte zu geben: ›Wenn jemand nicht aus Wasser und Geist geboren wird, kann er nicht in mein Reich eingehen.‹ Das mit dem Wasser verstand ich. Viele Menschen gehen ja zu der Bruderschaft in der Wüste, verharren dort im Gebet und werden nach einer Prüfungszeit in einem Wasserbecken untergetaucht. Auch Johannes ist aus der Wüste gekommen und hat die Leute mit Wasser getauft, bis Herodes Antipas ihn töten ließ.«

Ich unterbrach den Ratsherrn mit der Bemerkung: »In Ägypten wird man auf die gleiche Art in die Isis-Mysterien eingeweiht. Die Täuflinge schreiten furchtlos in einer finsteren Höhle in tiefes Wasser; aber starke Arme halten sie fest, so daß sie nicht ertrinken. Das ist ein sinnbildlicher Einweihungsritus und in keiner Weise neu.«

Nikodemus gab das zu. »Gewiß, gewiß. Die Wassertaufe ist nichts Neues. Aber ich fragte Jesus, was er mit dem ›aus Geist geboren werden‹ meinte. Und der Nazarener erwiderte – es sind genau seine Worte; ich habe sie mir eingeprägt –: ›Was aus Fleisch geboren ist, ist Fleisch; was aus dem Geiste geboren ist, ist Geist. Der Wind weht, wo er will; du hörst sein Brausen, aber du weißt nicht, woher er kommt und wohin er fährt. So ist es mit jedem, der aus dem Geiste geboren ist!‹«

Lange schwieg er und ich erwog seine Worte. Die Sterne Judäas funkelten am Himmel, und durch das Dunkel drang ein starker Geruch nach feuchtem Töpferton und nach Brennöfen. Auf geheimnisvolle Art ging mir diese Unterweisung zu Herzen, obwohl ich zum Verzweifeln genau wußte, daß mein Verstand sie nicht fassen konnte. Schließlich fragte ich leise: »Ist das alles, was du über sein Reich weißt?«

Nikodemus dachte nach und sagte dann: »Von seinen Jüngern habe ich gehört, daß er vor Beginn seiner Lehrtätigkeit in die Wüste hinausging. Dort wachte und betete er vierzig Tage und war allen Trugbildern und Erscheinungen preisgegeben, mit denen erdgebundene Mächte einen fastenden Menschen in die Irre locken. Der Versucher nahm ihn auf einen hohen Berg und zeigte ihm alle Reiche der Erde und ihre Herrlichkeit und versprach, er sollte über sie herrschen, wenn er vor ihm huldigend niederfalle und so der Aufgabe, die zu erfüllen er in die Welt gekommen war, untreu werde. Dieser Versuchung hielt Jesus stand. Dann kamen Engel und dienten ihm in der Wildnis. Er kehrte in die Menschenwelt zurück, begann zu lehren und Wunder zu wirken und scharte Jünger um sich. Das ist alles, was ich von seinem Reiche weiß. Es ist kein irdisches Reich. Darum war es unrecht, ja verbrecherisch, ihn zu verurteilen.«

Es ärgerte mich, daß er nun von Erscheinungen und Engeln sprach. Jeder irgendwie empfindsame Mensch, der lange genug gewacht und gefastet hat, kann Sinnestäuschungen haben; aber sie verschwinden, sobald er wieder ißt und trinkt und unter Leute kommt. Ich drang in Nikodemus: »Ja, welcher Art ist denn dieses Reich?«

Der Ratsherr stöhnte laut auf, hob die Hände und rief: »Woher soll ich das wissen? Ich habe nur das Brausen des Windes gehört. Als ich mit Jesus zusammentraf, glaubte ich, mit ihm sei das Reich auf die Erde herabgekommen. Er hat mir vielerlei gesagt, unter anderem auch, Gott habe den Sohn nicht in die Welt gesandt, daß er die Welt richte, sondern daß die Welt durch ihn gerettet werde. Aber nichts dergleichen geschah. Der Mann wurde kurzerhand ans Kreuz geschlagen und starb eines schmachvollen Todes. Ich kann es einfach nicht fassen. Nachdem er nun dahin ist, wird auch aus seinem Reiche nichts.«

Mein Herz sagte es anders; doch mein Verstand zwang mich, spöttisch zu bemerken: »Viel hast du mir da nicht zu bieten, Lehrer Israels! Nur ein Windesbrausen. Und du selber glaubst nicht bedingungslos daran, daß er auferstanden ist.«

»Ich bin kein Lehrer Israels mehr«, bekannte Nikodemus

demütig. »Ich bin das geringste der Kinder Israels, innerlich niedergeschmettert und zutiefst verwundet. Aber etwas habe ich dir doch zu bieten. Wenn der Sämann die Saat gestreut hat, sorgt er sich nicht weiter um sie. Dennoch geht sie auf; Wind und Regen treiben sie, und während der Sämann schläft, sprießt das Getreide, bis es zum Schnitte reif ist. So ergeht es mir; so mag es auch mit dir werden, wenn du reinen Herzens bist. Ein Saatkorn wurde in mich gelegt, und es keimt auf. Auch in dich mag ein Saatkorn gelegt worden sein, um eines Tages der Frucht entgegenzureifen. Ich kann nichts tun als in Demut warten und eingestehen, wie wenig ich begreife und wie schwach mein Glaube ist.«

»Einfach zu warten, damit kann ich mich keinesfalls zufriedengeben«, widersprach ich ungeduldig. »Siehst du das nicht ein? Jetzt ist mir noch alles frisch im Gedächtnis; jeder Tag aber nimmt etwas davon mit sich in die Vergessenheit. Führe mich zu Jesu Jüngern! Ihnen muß er ja das Geheimnis seines Reiches auf verständliche Art enthüllt haben. In meinem Herzen lodert ein Feuer. Ich brenne darauf, zum Glauben zu finden, solange mir noch alles durch Zeugen verbürgt werden kann.«

Nikodemus seufzte tief und warnte: »Seine Jünger – die elf übriggebliebenen – sind verschreckt und bestürzt, und tiefe Enttäuschung hat sich ihrer bemächtigt. Es sind einfache Männer, noch jung und unverständig. Schon zu seinen Lebzeiten haben sie miteinander über seine Lehre gestritten; sie haben die hohen Posten in seinem Reich unter sich aufgeteilt und sind auch darüber in Zank geraten. Er konnte ihnen sagen, was er wollte, zum Schluß glaubten sie immer wieder an ein irdisches Reich.

Noch am letzten Abend vor seiner Gefangennahme hat er mit ihnen nach Art der Wüstenbruderschaft das Osterlamm gegessen und ihnen erklärt, er werde von der Frucht des Weinstocks nicht mehr trinken, bis zu dem Tage, da er mit ihnen neu davon trinken werde in seinem Reich. Ich glaube, dieses Gelübde war auch der Grund, warum er den Wein, den die Frauen ihm vor der Kreuzigung als Betäubungstrank anboten, nach dem ersten Schluck zurückwies. Aber gerade seine Verheißung ermutigte die kindischeren unter den Jüngern zu der Hoffnung, er werde eine Legion Engel vom Himmel zu Hilfe rufen und ein Reich gründen, worin jeder Jünger über einen der Stämme Israels herrschen sollte. Daraus kannst du entnehmen, daß seine Lehren in ihnen noch nicht gereift waren. Es sind ungebildete Leute, die jetzt nicht wissen, was sie denken sollen, obwohl sie zu Augenzeugen aller seiner Beglaubigungszeichen geworden sind. Sie bangen um ihr Leben und halten sich versteckt. Wenn du jetzt mit ihnen zusammenkämest, würde ihr Reden dich sicherlich noch wirrer machen, als sie selbst es sind.«

Das war mir unverständlich. »Warum hat er sich denn so einfältige Menschen als Jünger ausgesucht?« fragte ich ärgerlich. »Wenn er ein derart großer Wundertäter war, wie es heißt, hätte er sich seine Gefolgsleute wohl ebensogut aus den Kreisen der Gebildeten erwählen können.«

»Da rührst du an eine Wunde in mir«, gestand Nikodemus. »Du hast den Kernpunkt meiner enttäuschten Hoffnungen getroffen. Nicht die Weisen und Gelehrten hat er berufen, sondern die Armen, die Schlichten, die Beladenen. Einmal soll er zu einer großen Volksmenge geredet und ausdrücklich gesagt haben, gerade die im Geiste schlichten und armen Menschen seien selig, denn ihrer sei sein Reich. Den Gebildeten und Reichen erschwerte er alles zu sehr. Auch ich hätte einer seiner Jünger werden können, aber nur unter Verzicht auf meine Ratswürde – ja, und auch auf meine Familie! Meine Töpfereien hätte ich verkaufen und den Erlös unter die Armen verteilen müssen. So harte Bedingungen legte er auf und machte es dadurch Menschen wie uns unmöglich, ihm zu folgen. Indes waren ihm auch viele wohlhabende und einflußreiche Leute gut gesinnt und halfen ihm insgeheim. Er hatte Verbindungen und Nachrichtenquellen, von denen auch seine Jünger nichts wußten, weil er es nicht für nötig hielt, sie einzuweihen.«

»Ich würde aber doch gern mit einigen seiner vertrautesten Jünger zusammenkommen«, erklärte ich hartnäckig.

Nikodemus riet mir jedoch eindringlich davon ab. »Du bist«, meinte er, »kein römischer Spion, das sagt mir mein Gefühl. Aber die Jünger würden, verschreckt, wie sie sind, dir niemals trauen. Umgekehrt würdest du ihnen nicht glauben, sobald du siehst, was für einfache Leute sie sind. Im Gegenteil, wenn sie dir erzählen sollten, daß sie in einem verschlossenen Raum den auferstandenen Sohn Gottes sahen, würdest du an ihnen mehr denn je irre werden und dir denken, sie hätten diese ganze Geschichte erklügelt, in ihrer Enttäuschung, und um die letzten Trümmer ihrer zerbrochenen Selbstachtung zu verbergen.«

Der Ratsherr lachte freudlos und fuhr fort: »Zuerst wollten sie nicht einmal den Frauen glauben, die vom Grabe mit der Nachricht kamen, es sei leer. Einer von ihnen, der zufällig gestern abend nicht in ihrem Versteck weilte, hat sogar angezweifelt, was seine Gefährten ihm dann berichteten. Wie sollten sie da dir Vertrauen schenken?«

Ich tat mein Bestes, um ihn zu überreden, mir den Verbleib der Jünger zu verraten oder mich irgendwie anders mit ihnen in Verbindung zu bringen. Aber offenbar traute auch er mir nicht ganz; denn er weigerte sich rundweg. Wie ich merkte, begann es ihm leid zu tun, daß er mich empfangen hatte, und ich beeilte mich, ihn zu bitten: »Rate mir wenigstens, was ich tun soll! Ich kann es einfach nicht ertragen, die Hände in den Schoß zu legen und zu warten, bis sich zufällig etwas ergibt.«

Nochmals warnte er mich: »Der Sämann hat seine Saat ausgestreut. Sollte ein Samenkorn in dein Herz gefallen sein, so tätest du am klügsten, in Demut zu warten. Aber wenn du unbedingt willst, so reise nach Galiläa, wo Jesus selbst so oft umhergewandert ist, suche die Stillen im Lande auf und frage sie, was sie sich von seinen Lehren gemerkt haben. Oder sprich mit denen, die krank waren und durch ihn geheilt worden sind und überzeuge dich so selbst, daß niemand außer dem Sohne Gottes solche Wunder wirken könnte, wie er sie während seines Lebens vollbracht hat.«

Über diese Vorschläge war ich nicht gerade begeistert. »Wie soll ich die Stillen finden?« fragte ich. »Galiläa ist weit von hier, und ich bin Ausländer.«

Nikodemus zögerte; dann teilte er mir das Losungswort mit. »Frage auf deinen Wanderungen nach dem Weg!« sagte er. »Wenn aber jemand den Kopf schüttelt und antwortet: ›Es gibt viele Wege und mancherlei falsche Wegweiser, und ich will dich nicht in die Irre führen‹, so entgegne deinerseits: ›Es gibt nur einen einzigen Weg. Weise ihn mir, denn ich bin still und demütig im Herzen.‹ Daran wird man dich erkennen und wird dir vertrauen. Auch wenn du übrigens einen dieser Leute anzeigen solltest, würde ihm kaum etwas geschehen; denn sie halten die Gebote, entrichten ihre Abgaben und tun niemandem etwas zuleide.«

Ich sagte: »Für diesen Rat danke ich dir und will ihn mir einprägen. Aber auch in Jerusalem hat ja Jesus Wunder gewirkt. Ich möchte jetzt die Stadt noch nicht verlassen, da sich hier noch etwas ereignen könnte.«

Nikodemus wurde meiner allmählich überdrüssig. »Hier kannst du«, teilte er mir mit, »die einst übel beleumundete Frau finden, aus der er die bösen Geister vertrieben hat. Dann gibt es nicht weit von der Stadt ein Dorf namens Bethanien. Dort wohnen zwei Schwestern und ein Bruder, bei denen er sich wiederholt aufhielt. Einer der Schwestern erlaubte er, obwohl sie nur eine Frau ist, zu seinen Füßen zu sitzen und seinen Lehren zu lauschen. Den Bruder, der schon vier Tage tot im Grabe gelegen und dessen Leiche angeblich schon gerochen hat, hat er wieder zum Leben erweckt. Gehe hin und sprich mit ihm! Er heißt Lazarus. Das wird dir wohl an Wundertaten genügen. Man wird dich aufnehmen, wenn du ihnen einen Gruß von mir bestellst.«

»War dieser Lazarus wirklich schon tot?« fragte ich ungläubig.

»Gewiß, gewiß«, rief der Ratsherr aufgebracht. »Ich weiß ebensogut wie du, daß es Scheintote gibt. Es kommt vor, daß ein Totgeglaubter mitten während der Klagelieder und des Flötenspiels sich zum Entsetzen der Verwandten von der Bahre aufrichtet und blinzelnd umherschaut. Auch erst im Grabe sollen Menschen zu Bewußtsein gekommen, sich mit verzweifeltem Kratzen die Nägel von den Fingern gerissen und so lange geschrien haben, bis sie erstickten, weil sie den Stein nicht von der Öffnung wälzen konnten. Unser Gesetz ordnet die Bestattung am Todestage selbst an, und darum sind Irrtümer möglich. Ich bin mit allem irdischen Wissen hinreichend versehen und kann auf deine Erklärungsversuche verzichten.«

Er zeterte: »Welchen Sinn hat es denn, an die Dinge mit Vorurteilen und Zweifeln heranzutreten? Was erwartest du dir davon? Ich kann deine Gedanken lesen. Du hältst dir vor Augen, daß die Familie mit Jesus befreundet war. Wie leicht konnten diese Leute, um die Schwankenden zu überzeugen, eine List ersinnen und den ohnmächtigen Lazarus ins Grab legen, wo sie doch wußten, daß Jesus unterwegs zu ihnen war! Aber was hätten sie damit für sich gewonnen? Sieh dir doch am besten mit eigenen Augen diese drei Leute an, Lazarus und seine beiden Schwestern! Rede mit ihnen und entscheide dann selbst, ob sie die Wahrheit sprechen oder nur Lügen ausspinnen!«

Sicherlich hatte Nikodemus recht. Da ich nichts weiter aus ihm herausbekam, dankte ich ihm und fragte, was ich ihm für seine Auskünfte und Unterweisungen schulde. Er lehnte eine Bezahlung glattweg ab und sagte verächtlich: »Ich bin kein von der Truppe entlaufener Schauspieler, der sich seinen Unterhalt damit verdient, daß er Kindern das Lesen beibringt, wie es in Rom üblich sein soll. Die Lehrer

Israels verkaufen ihr Wissen nicht für Geld. Jeder, der ein solcher Lehrer werden will, muß auch ein Handwerk erlernen, um von seiner Arbeit leben zu können. Deshalb bin ich Töpfer, wie mein Vater es vor mir war. Aber wenn du willst, gib das Geld den Armen! Das wird dir vielleicht Segen bringen.«

Er ging mit mir die Treppe hinunter und führte mich vom Hofe aus in seinen Empfangsraum, damit ich im Lichte der dort stehenden Lampe sehen könnte, daß er trotz seines Töpferberufes kein Niemand war. Wenigstens so viel menschliche Eitelkeit hatte er doch! Tatsächlich stand ich in einem Zimmer voll Kostbarkeiten, wie sie nur einem reichen Manne gehören konnten. Auch sein Mantel war aus bestem Tuche. Vor allem aber konnte ich jetzt im hellen Licht sein Gesicht sehen und betrachtete es genau. Seine Augen waren vom vielen Lesen kurzsichtig; im übrigen aber hatte der Kopf, mit seinen runden Formen, trotz des grauen Bartes etwas Kindliches. Die Hände verrieten allerdings, daß er schon viele Jahre selbst keinen Töpferton berührt hatte, obwohl er sich auf sein Handwerk noch immer gut verstehen mochte.

Auch er blickte mich forschend an, als wollte er sich meine Züge einprägen, und sagte: »In deinem Antlitz entdecke ich nichts Böses. Du hast unstete Augen; aber es sind nicht die Augen eines Zweiflers oder Übeltäters. Nur solltest du dir einen Bart wachsen lassen, damit man dich eher für einen Bekenner des einzigen Gottes hält.«

Zu dem gleichen Schluß war ich schon selbst gekommen und hatte kürzlich aufgehört, mich zu rasieren; doch in den wenigen Tagen fand mein Kinn noch nicht die Zeit, mehr hervorzubringen als schwarze Stoppeln.

Nikodemus begleitete mich selbst bis zum Tor und verriegelte es hinter mir. Offenbar wünschte er nicht, daß seine Bedienten mich nochmals sehen sollten.

Ich stolperte über die ausgetretenen Pflastersteine, bis meine Augen sich an die Dunkelheit gewöhnt hatten. Zu so später Stunde brannte nur noch an den Ecken der großen Straßen eine Beleuchtung. Aber ich hatte mir den Weg sorgfältig gemerkt und meinte, es würde leicht sein, zu meiner neuen Wohnung zurückzufinden, obwohl sie von der Unterstadt ein beträchtliches Stück entfernt lag. Ich kam zu der Mauer zwischen Vorstadt und Oberstadt, ohne außer zwei jüdischen Polizisten irgendwen zu treffen. Im Torbogen jedoch grüßte mich eine scheue Frauenstimme: »Was gereicht dir zum Frieden, Fremdling?«

Ich schrak bei den unerwarteten Lauten auf, erwiderte aber höflich: »Und was gereicht dir zum Frieden, Frau?«

Die Unbekannte fiel vor mir auf die Knie und sagte demütig: »Ich bin deine Dienerin. Befiehl nur, und ich tue, was du begehrst.«

Ich erriet ihr Gewerbe und wehrte ab: »Geh in Frieden! Ich brauche nichts von dir.«

Aber sie war hartnäckig; sie faßte den Saum meines Mantels und flehte: »Ich bin arm und habe keine Wohnstätte, wohin ich dich führen könnte. Aber hier ist eine Mauernische, wo uns niemand sieht.«

Nach jüdischer Frauensitte war sie so verschleiert und in ihr Gewand gehüllt, daß ich weder Gestalt und Gesichtszüge erkennen noch selbst ihr Alter abschätzen konnte. Doch ihre Armut ging mir zu Herzen. Mir fiel die Anregung ein, die Nikodemus mir zuletzt gegeben hatte, und ich schenkte ihr so viele Silbermünzen, wie ich ihm für seine Unterweisung und Beratung zu schulden glaubte.

Als ich dann nochmals betonte, ich wünschte nichts von ihr, konnte sie es zuerst nicht glauben. Sobald es ihr aber zur Gewißheit wurde, wollte sie mir mit Gewalt die Füße küssen und rief: »Noch nie hat jemand mir Geld gegeben, ohne etwas dafür zu verlangen. Möge der Gott Israels dich segnen! Allerdings tauge ich nicht dazu, auf jemanden Segen herabzurufen, und sogar mein Geld lehnt der Tempelschatz ab. Aber sage mir deinen Namen, damit ich für dich beten kann!«

Es widerstrebte mir, einer Dirne meinen Namen zu nennen; andererseits wollte ich die Frau nicht kränken. So sagte ich: »Bei den Römern heiße ich Marcus. Ich bin in Jerusalem fremd.«

Sie erwiderte: »Deine Dienerin heißt Maria. Aber Marien gibt es hier mehr als Kerne in einem Granatapfel; damit du mich also von den anderen Marien unterscheiden kannst, die einem so freigebigen Mann wie dir sicher über den Weg laufen werden, füge ich hinzu, daß ich Maria von Beeroth, dem Brunnendorf, bin.«

»Freigebig bin ich keineswegs«, sagte ich, um sie loszuwerden. »Ich habe nur eine Schuld beglichen, und du bist mir in keiner Weise zu Dank verpflichtet. Geh in Frieden; dann kann auch ich in Frieden gehen, und wir brauchen nicht mehr aneinander zu denken.«

Sie versuchte, in der Dunkelheit meine Züge zu erkennen, und rief eindringlich: »Du solltest die Gebete der Armen nicht mißachten. Vielleicht kann ich dir eines Tages, wenn du am wenigsten damit rechnest, einen Dienst erweisen.«

»Du bist mir nichts schuldig«, wiederholte ich. »Und Dienst verlange ich keinen von dir. Ich suche bloß einen Weg, und den kannst du mir wohl kaum zeigen.«

Rasch erwiderte sie: »Einen Weg suchst du, Fremdling? Aber es gibt viele Wege, und sie führen oft in die Irre. Ich würde dich sicher nur mißleiten, wenn ich dir einen Weg weisen wollte.«

Ihre Antwort konnte kein bloßer Zufall sein. Doch der Gedanke, daß offenbar die Stillen im Lande Menschen waren, die man am tiefsten verachtete und überall beiseite stieß, enttäuschte mich bitter. Immerhin versuchte ich an die Maus zu denken, die dem gefesselten Löwen den Strick durchgenagt hatte, und entgegnete: »Man hat mir gesagt, es gebe nur einen einzigen Weg. Und auch ich würde gern, wenn es geht, still und demütig im Herzen werden.«

Sie streckte die Hand aus, befühlte mein Gesicht und fuhr

über die steifen Bartstoppeln an meinem Kinn. So demütig ich auch zu werden wünschte, ihre Berührung war mir zuwider. Ich mußte unwillkürlich gezuckt haben; denn sie ließ augenblicklich von mir ab und sagte niedergeschlagen: »Nicht die Gesunden bedürfen des Arztes, sondern die Kranken. Nicht meinetwegen hast du an mir ein gutes Werk getan, sondern nur, um eine drückende Schuld zu begleichen. Du kannst kaum so krank sein, daß du freimütigen Herzens den Weg gewählt hättest. Aber ich war wohl dazu ausersehen, deinen Sinn auf die Probe zu stellen. Wärest du mir in die Mauernische gefolgt, so hätten wir beide mit üblen Gedanken voneinander Abschied genommen. Ich kann dir Hoffnung geben, falls du mich ohne Hintergedanken nach dem Wege fragst.«

»Ich bin aufrichtig und will niemandem übel«, versicherte ich ihr. »Ich wünsche nur eines: Wahrheit über eine Anzahl von Dingen, in denen du aber kaum Bescheid weißt.«

»Denke nicht geringschätzig über das Wissen der Frauen!« warnte sie. »Im Reiche kann das Ahnungsvermögen einer Frau schwerer wiegen als die Vernunft eines Mannes, auch wenn es sich um das mißachtetste unter den Weibern Israels handeln sollte. Und mein frauliches Gefühl sagt mir, daß unsere Zeit eine Zeit des Wartens ist. In diesen Tagen begegnet die Schwester der Schwester, ohne sie zu verachten; der Bruder begegnet dem Bruder, ohne ihn zurückzustoßen. Darum ist mein Herz, mag ich auch eine Gefallene sein, leichter als früher.«

In ihrer Stimme lag so viel Zuversicht, daß ich glauben mußte, sie besitze tatsächlich irgendein bestimmtes Wissen. »Heute abend habe ich einem Lehrer Israels zugehört«, sagte ich. »Aber er war ein unsicherer, kleingläubiger Mann, und seine Unterweisung ließ mich kalt. Solltest du, Maria von Beeroth, mir bessere Kunde geben können?«

Während ich noch sprach, tauchte in mir die Vermutung auf, diese Maria sei vielleicht nicht ganz das schlechte Wesen, für das sie sich ausgab. Möglicherweise war sie wirklich aus irgendeinem Grunde auf diesen Platz gestellt worden, um mich zu prüfen; denn auf dem Weg zu meiner neuen Wohnung mußte ich dieses Tor durchschreiten. »Welche Hoffnung hast du mir zu bieten?« fragte ich.

Sie stellte eine Gegenfrage: »Weißt du, wo das Quelltor ist?«

»Nein«, erwiderte ich. »Aber nötigenfalls kann ich es sicherlich leicht finden.«

»Durch dieses Tor geht man zum Kidrontal und zur Straße nach Jericho«, erläuterte sie. »Vielleicht ist das der Weg, den du suchst. Sonst aber geh eines Tages, wenn dir der Bart gewachsen ist, zum Quelltor und sieh dich dort um! Es könnte sein, daß du dann einen Mann bemerkst, der einen Wasserkrug von der Quelle fortträgt. Folge ihm! Wenn du ihn ansprichst, wird er vielleicht antworten. Sollte er aber stumm bleiben, so kann ich nichts weiter für dich tun.«

»Wassertragen ist keine Männerarbeit«, erklärte ich ungläubig. »Auch in Jerusalem, so wie überall auf der Welt, holen die Frauen das Wasser.«

»Gerade deshalb wirst du ihn leicht erkennen«, versicherte Maria von Beeroth. »Läßt er dich aber unbeachtet, so behellige ihn nicht, sondern komm an einem der nächsten Tage wieder und versuche es nochmals! Einen anderen Rat kann ich dir nicht geben.«

»Wenn dein Rat gut ist und mir zu dem verhilft, was ich wünsche«, sagte ich, »dann bin ich wieder in deiner Schuld, Maria.«

»Im Gegenteil«, erwiderte sie eifrig. »Ich statte eine Schuld ab, wenn ich jemandem den Weg weisen kann. Sollte aber das Gefühl einer Schuld dich bedrücken, so gib dein Geld den Armen und vergiß mich! Keinesfalls brauchst du mich hier bei der Mauernische zu suchen, denn hierher komme ich niemals mehr zurück.«

Wir schieden voneinander, ohne daß ich eine Ahnung hatte, wie die Frau aussah; nie hätte ich sie im Licht des

Tages erkannt. Doch ihre frohe Stimme würde mir, denke ich, wenn ich sie wieder hörte, altvertraut klingen.

Ich ging zu meinem Wohnhaus, stieg über die Außentreppe auf das Dach und betrat mein Zimmer. Als ich die Erlebnisse dieses Abends bedachte, ärgerte ich mich über die Geheimniskrämerei der Juden. Dieser Nikodemus wußte bestimmt mehr, als er mir mitgeteilt hatte. Immer stärker bemächtigte sich meiner die Empfindung, daß man mich beobachtet und etwas von mir will.

Vielleicht vermuten die Jünger des auferstandenen Königs oder aber Claudia Proculas jüdische Freunde, daß ich Dinge weiß, die ihnen unbekannt sind, wagen es aber nicht, mit mir, dem Fremdling, in Verbindung zu treten. Sie haben allen Grund, vorsichtig zu sein, da ihr Meister zum Tode verurteilt, mit dem Fluche belegt und gekreuzigt wurde.

Auch der Gärtner, den ich beim Grabe traf, verfolgt mich im Geiste. Er behauptete, mich zu kennen, und auch ich hätte ihn erkennen sollen. Aber ich gedenke nicht nochmals in den Garten zu gehen und den Mann zu suchen; denn ich bin völlig überzeugt davon, daß ich ihn dort nicht mehr fände.

5

Marcus an Tullia.

Ich will von meiner Wanderung nach Bethanien erzählen und davon, was mir dort widerfahren ist.

Mein Bart war im Wachsen. Da ich überdies ein schlichtes Untergewand und einen verschmutzten Reisemantel trug, glich ich wohl eher einem Straßenräuber als einem gesitteten Römer. Meine syrischen Hausleute hatten mich für die Reise mit Brot, Salzfisch und Sauerwein versorgt, und ich verließ die Stadt durch das Quelltor. An dem Teiche im Kidrontal vorbei folgte ich der Straße längs des ausgetrockneten Bachbettes. Auf der Höhe zur Linken erhob sich die Stadtmauer, und in den Felsböschungen zur Rechten waren viele Gräber. Altersknorrige Ölbäume wuchsen auf den Hängen, und ich überschritt eine luftige Hügelkuppe, die einen schattigen dunkelgrünen Kräutergarten trug.

Die Luft war frisch und warm, und kein Wölkchen stand am Himmel. Auf der Straße begegneten mir mit Reisig und Holzkohle beladene Esel und körbetragende Landleute. Frohen Herzens schritt ich aus und kam mir noch jung und stark vor. Das Vergnügen körperlicher Anstrengung verscheuchte die düsteren Gedanken aus meinem zweifelsüchtigen Geist, und ich fühlte mich aufgeschlossen und empfänglich. Vielleicht, so sagte ich mir, lebe ich wirklich in einer Zeit, da die Welt ungeahnter Dinge harrt und niemand recht weiß, was geschehen mag. In solchen Zeiten kann ein Außenstehender wie ich der Lösung eines Rätsels ebenso nahe kommen wie jene, die von Anfang an die Dinge miterlebt haben. Die Erde schien mir nicht mehr die alte, und auch der Himmel dünkte mich anders als bisher. Alles trat klarer zutage denn je.

Schon von weitem erblickte ich Bethanien. Die Vorderseiten der niedrigen Häuser waren für das Fest frisch getüncht worden und leuchteten durch die Bäume. Als ich mich dem Dorf näherte, sah ich einen Mann im Schatten eines Feigenbaumes sitzen. Er kauerte so reglos in seinem erdfarbenen Mantel, daß ich bei seinem Anblick erschrokken innehielt.

»Friede sei mit dir!« rief ich. »Ist das hier Bethanien?«

Er schaute mich an und die Augen in seinem schmächtigen Gesicht waren so glasig, daß ich ihn zuerst für blind hielt. Er war barhäuptig und hatte, obwohl sein etwas fahles Gesicht noch jugendlich war, schon weiße Haare.

»Friede sei auch mit dir!« grüßte er zurück. »Hast du den Weg verloren, Fremdling?«

»Es gibt viele Wege und mancherlei falsche Wegweiser«, sagte ich rasch, während Hoffnung in meinem Herzen aufstieg. »Vielleicht kannst du mir den richtigen Weg zeigen.«

»Hat Nikodemus dich geschickt?« fragte er unwirsch. »Nun denn, ich bin Lazarus. Was willst du von mir?«

Er sprach mit ungelenker Zunge, als fiele ihm das Reden schwer. Ich verließ die Straße und setzte mich an seine Seite, allerdings nicht ganz neben ihn. Der Schatten des Feigenbaumes tat mir wohl, und ich bemühte mich nach Kräften, den Mann nicht allzu auffällig anzustarren. Unter den Juden ist es nämlich Sitte, bei der Begegnung mit einem Fremden den Blick zu senken; ihm ins Gesicht zu schauen, gilt ihnen als unhöflich.

Lazarus mochte sich gewundert haben, daß ich nicht gleich zu reden anfing. Denn nachdem wir eine Weile Seite an Seite gesessen hatten – ich fächelte mir mit dem Mantelsaum Luft zu, weil ich vom Gehen in Schweiß geraten war –, sagte er: »Du weißt ja sicherlich, daß die Hohenpriester auch mich umbringen wollen. Wie du siehst, habe ich mich nicht versteckt, sondern lebe in meinem Hause und in meinem Dorfe. Mögen sie nur kommen und diesen meinen Körper töten, wenn sie können! Ich fürchte sie nicht, und dich ebensowenig. Mich kann niemand ums Leben bringen, weil ich nie sterben werde.«

Seine unheimlichen Worte und sein glasiger Blick bestürzten mich derart, daß mir vorkam, als hauchte sein Atem mich eiskalt an. Darum rief ich: »Bist du von Sinnen? Wie kann ein Mensch von sich behaupten, daß er nicht sterben werde?«

Er entgegnete: »Vielleicht bin ich kein Mensch mehr. Ich habe diesen Körper, gewiß. Ich esse und trinke und rede. Aber die Welt um mich her ist für mich nicht mehr wirklich. Wenn der Körper mir abhanden kommt, verliere ich nichts.«

An diesem Manne war etwas so Ungewöhnliches, daß ich seinen Worten glaubte. »Man hat mir erzählt«, bemerkte ich, »der als Judenkönig Gekreuzigte hätte dich von den Toten auferweckt. Stimmt das?«

In spöttischem Tone erwiderte er: »Was soll diese Frage? Hier sitze ich, und du siehst mich. Ich bin den Tod der Menschen gestorben und habe vier Tage lang, mit Tüchern umwickelt, im Grab gelegen, bis er kam, den Stein vom Grufteingang wegheben ließ und mir zurief: ›Lazarus, komm heraus!‹ So einfach war das.«

Aber er sprach freudlos darüber. Ja, in seiner Stimme lag Hohn. Als ich nichts erwiderte, fuhr er fort: »Schuld an allem sind meine Schwestern, und ich kann es ihnen nicht verzeihen, daß sie ihm immer wieder Botschaften schickten und ihn veranlaßten, seine Schritte wieder nach Judäa zu lenken. Ohne meine Krankheit und meinen Tod wäre er vielleicht überhaupt nicht hierher zurückgekommen und nicht in die Hände seiner Feinde gefallen. Ehe er mich aus dem Grabe rief, hat er über mich geweint.«

»Ich verstehe dich nicht«, widersprach ich ihm. »Statt sich zu freuen, daß er dich von den Toten auferweckt und dem Leben wiedergegeben hat, machst du deinen Schwestern Vorwürfe. Warum denn?«

Lazarus entgegnete: »Ich glaube nicht, daß jemand, der

einmal das Sterben erfahren hat, jemals wieder froh sein kann. Jesus hätte mich nicht zu beweinen brauchen.« Dann fügte er hinzu: »Er muß wohl der Sohn Gottes gewesen sein, und derjenige, von dem geschrieben steht, er würde auf Erden erscheinen – obwohl ich davon nicht so fest überzeugt bin wie meine Schwestern. Ich sehe auch nicht ein, weshalb er mich derart geliebt haben sollte; er hatte doch keinen Grund dazu.«

Schweigend saßen wir und starrten vor uns hin. Ich wußte nicht, wonach ich mich sonst noch erkundigen sollte, so unheimlich schien dieser Mann mir mit seiner Schroffheit und seinem Mißmut. Schließlich fragte ich behutsam: »Aber daß er der Messias war, glaubst du doch wohl?«

»Er ist mehr als der Messias«, erklärte Lazarus sehr entschieden. »Eben dies erschreckt mich an ihm. Er ist mehr als alles, was die Propheten je voraussagen konnten. Du hast ja wohl gehört, daß er am dritten Tage aus dem Grabe auferstanden ist?«

»Ja«, antwortete ich. »Deshalb habe ich dich aufgesucht – um mehr über ihn zu erfahren.«

»Daß er auferstand ist nur natürlich, völlig klar und selbstverständlich«, meinte Lazarus. »Welche Macht hätte ihn im Grabe festzuhalten vermocht? Ich hatte es nicht nötig, mir, wie meine Schwestern es taten, die leere Gruft anzusehen. Ich glaube es auch so. Aber, Fremdling, von ganzem Herzen und sehnlicher als irgend etwas anderes hoffe ich, daß er sich mir in diesem Leben nicht mehr zeigen wird. Ich könnte seinen Anblick nicht ertragen. Nein, nein, in diesem Leben nicht mehr! Erst in seinem Reich!«

»Welche Bewandtnis hat es mit seinem Reich?« fragte ich wißbegierig.

Lazarus blickte mich unfreundlich an und sagte: »Warum stellst du mir nicht die ebenso naheliegende Frage, welche Bewandtnis es mit dem Reiche des Todes hat? Darüber kann ich dir Auskunft geben: der Tod ist hier und dort und überall. Daß weiß ich aus Erfahrung. Diese Welt ist das

Reich des Todes; mein Körper gehört ihm an, ebenso wie deiner. Aber mit Jesus kam das Reich des Gottessohnes auf die Erde. So ist nun sein Reich hier und dort und überall.«

Dann jedoch senkte er den Kopf und fügte hinzu: »Aber glaube lieber nicht, was ich sage! Ich kann falsch verstanden haben. Alles ist so verwirrend.« Nach einer Weile meinte er: »Und laß dich durch meine Niedergeschlagenheit nicht entmutigen! Der Weg ist der richtige, dessen kann ich dich versichern. Wenn du ihn weiterverfolgst, gehst du nicht in die Irre.«

Er stand auf und schüttelte den Staub von seinem Mantel. »Wahrscheinlich wirst du gern meine beiden Schwestern kennenlernen wollen«, sagte er. »Ich bringe dich zu ihnen. Dann aber entferne ich mich, wenn du erlaubst. Mir fällt es schwer, mit Menschen beisammen zu sein.«

In Gesellschaft anderer mußte dieser Mann sich wohl tatsächlich eher tot als lebendig vorkommen. Dazu bewegte er sich nur mühsam, als hätte er seine Glieder nicht voll in seiner Gewalt. Ich glaube, er wäre mir auch gleich als seltsam aufgefallen, wenn ich ihn, ohne zu wissen, wer er ist, im Kreise anderer Menschen gesehen hätte.

Er führte mich zum Dorfe nicht auf dem kürzesten Wege, sondern ging vor mir her den Hang hinauf und ließ mich das Felsengrab sehen, aus dem Jesus von Nazareth ihn gerufen hatte. Seine und seiner Schwestern Heimstatt war ein stattlicher Bauernhof. Unterwegs zeigte Lazarus mir zwei Esel auf der Weide, einen Weinberg und Obstbäume und schließlich Geflügel, das in der Nähe des Hauses scharrte. Es war, als wollte er mir auf bäuerliche Art zu verstehen geben, daß er nicht ein hergelaufener Habenichts sei. Alles war so anheimelnd, friedlich und diesseitig, daß ich kaum den Gedanken festhalten konnte, neben jemandem zu gehen, der offenbar davon überzeugt war, von den Toten auferweckt worden zu sein.

Aber für mich ist dieser Punkt, das erkannte ich klar, nicht entscheidend. Worauf es mir ankommt, ist nur, ob

Jesus von Nazareth wirklich Gottes Sohn und ob er auferstanden ist. Wenn das zutrifft, warum hätte er dann nicht vorher auch schon den Lazarus auferwecken können? So überlegte ich. Und mitten in diesen Gedankengängen fragte ich mich plötzlich verwundert, ob ich wirklich noch derselbe Marcus war, der in Rhodos studiert, in den heißen Straßen Roms das Nachtleben mitgemacht, dann in den Rosenhainen Baiaes die Gattin eines anderen unsinnig geliebt und schließlich in Alexandria die Zeit geteilt hatte zwischen der Erforschung von Prophezeiungen und nächtelangen Trinkgelagen in schlechter Gesellschaft.

Was war denn in mich gefahren? Welche jüdischen Hexerkünste hatten derart Macht über mich gewonnen, daß ich mit staubigem, schweißig riechendem Mantel in einem judäischen Dorf zwischen gackernden Hennen umherstolperte, auf der Suche nach Beweisen für eine Totenerweckung, nach Wundern und nach einem Gott, der als Mensch zur Welt kam, dann starb und wieder auferstand, auf daß die Welt gewandelt würde? Denn falls dies alles tatsächlich geschah, kann die Welt nicht bleiben, wie sie ist.

Von Lazarus begleitet, blickte ich in einen großen, halbdunklen, quergeteilten Raum, dessen untere Hälfte landwirtschaftliche Krüge und Säcke sowie eine Futterkrippe enthielt, während im oberen Teil einige Möbelstücke standen. Aber in dem Hause muß es noch sonstige Räume geben; denn Lazarus rief jetzt seine offenbar anderswo weilenden Schwestern herbei. Dann führte er mich zu einer Steinbank vor dem Haus und lud mich ein, Platz zu nehmen. Er selbst blieb stehen.

Nun kamen die Schwestern heraus, bedeckten nach der Sitte ihre Gesichter und blickten zu Boden. Lazarus sagte: »Das ist meine Schwester Martha, und das ist Maria. Frage sie, was du willst!« Dann ging er und zeigte sich nicht mehr.

Nachdem ich die Frauen begrüßt hatte, sagte ich: »Ich

möchte gern etwas über den Lehrer erfahren, der, soviel ich weiß, öfter hier gewohnt und sogar euren Bruder vom Tode erweckt hat.«

Die Frauen empfanden Scheu vor mir; sie hielten sich Zipfel ihrer Überwürfe vor den Mund und warfen einander verstohlene Blicke zu. Schließlich faßte die ältere, Martha, sich ein Herz und sprach: »Er war der Sohn Gottes. Wenn du willst, kann ich die Dorfleute zusammenrufen. Sie waren alle dabei, als er den Stein vom Grufteingang wegheben ließ und unseren Bruder mit lauter Stimme herausrief. Lazarus erschien, noch von Binden umwickelt und das Schweißtuch über dem Gesicht, so daß alle sprachlos dastanden und vor Schreck zitterten. Aber er war unser Bruder. So lösten wir die Grabtücher und sahen, daß er lebte. Später aß und trank er vor aller Augen, und die Leute starrten ihn mit offenen Mündern an.«

Maria sagte: »Im Dorfe wohnt auch ein Mann, der blind war und durch ihn das Augenlicht wiederbekam. Willst du mit ihm reden, damit du es glaubst?«

»Ich habe gehört, daß er Blinde sehen und Lahme gehen machte«, erwiderte ich. »Dafür gibt es so viele Zeugen, daß ich mit dem Mann im Dorfe nicht zu sprechen brauche. Lieber würde ich etwas über Jesu Reich erfahren. Was hat er darüber gelehrt?«

Maria erklärte mir: »Er hat im voraus gewußt, daß und wie er sterben mußte, obwohl wir seine Andeutungen damals nicht verstanden. Als er unseren Bruder auferweckt hatte, zog er sich in eine Gegend nahe der Wüste zurück, weil zu viele Menschen um ihn herumschwärmten. Aber sechs Tage vor Passah kam er wieder zu uns. Während er aß, habe ich ihm die Füße gesalbt und sie mit meinem eigenen Haar getrocknet, um ihm soviel Ehre zu erweisen, wie ich nur konnte. Da sagte er, ich hätte ihn für sein Begräbnis gesalbt; so sicher war er seines Todes. Aber warum alles gerade so geschah und weshalb er eines derart schrecklichen Todes sterben mußte, das können wir Schwestern beide nicht verstehen.«

Nun mischte Martha sich ein. »Wie sollten wir als Frauen das verstehen können? Manche meinen, alles sei geschehen, damit die Schriften erfüllt würden. Meinem Frauenverstand leuchtet nicht ein, wozu eine solche Erfüllung gut sein sollte. Jesus war doch der, der er war, durch die Art, wie er war, und hat das selber durch seine Taten genügend bewiesen. Aber vielleicht mußten die Schriften auf so grausame Weise erfüllt werden, damit auch die vernunftbegabten Männer bereitwilliger glauben. Die Vernunft ist ja den Männern gegeben worden; in dieser Beziehung wurden wir Frauen kärglich bedacht.«

»Aber was sagte er von sich selbst und seinem Reich?« drängte ich ungeduldig.

Martha meinte: »Erzähle du es ihm, Maria! Du hast ja den Reden Jesu zugehört. Ich kann eher Bescheid darüber geben, wie man den Brotteig säuert und Fleisch brät, Trauben liest und Feigenbäume pflegt. Etwas anderes habe ich nicht gelernt. Ich hatte auch keine Worte nötig, um überzeugt zu sein, daß er mehr war als ein Mensch.«

Maria wußte zuerst nicht recht, was sie berichten sollte. Dann begann sie: »So wie er hat nie jemand gesprochen. Er redete wie einer, dem Gewalt gegeben ist. Er hat gesagt, er sei als Licht in die Welt gekommen, auf daß niemand, der ihm folgt, in der Finsternis wandle.«

»Was bedeutet da Licht? Und was bedeutet Finsternis?« fragte ich.

Maria schüttelte den Kopf und erwiderte: »Ach ja, wie kannst du das verstehen, ohne jemals selbst Zeuge seiner Belehrungen gewesen zu sein? Er hat gesagt: ›Wer mich gesehen hat, hat den gesehen, der mich gesandt hat.‹ Und auch: ›Ich bin der Weg, die Wahrheit und das Leben.‹«

Endlich glaubte ich zu begreifen und rief: »Wenn ich also den Weg suche, so suche ich ihn.«

Maria nickte eifrig. Dann kauerte sie sich vor mich hin und wandte mir ohne weitere Scheu beflissen das Gesicht zu. Um mir die Dinge klarzumachen, fragte sie: »Was ist deiner Meinung nach schwieriger: jemandem zu sagen: ›Deine Sünden sind dir vergeben‹ oder jemanden, der vier Tage tot im Grabe gelegen hat, wiederzubeleben?«

Ich erwog diese Frage und erwiderte: »Beides ist gleich schwer und nach menschlichen Begriffen unmöglich. Wie kann ein Mensch einem anderen Menschen die Sünden vergeben? Und abgesehen davon, was ist denn Sünde? Im Grunde genommen will jede Philosophie den Menschen lehren, recht zu leben, sich jeder absichtlichen Schädigung anderer zu enthalten und zur Gelassenheit gegenüber dem Tode heranzureifen. Aber der Mensch kann Verfehlungen nicht ganz meiden. Er kann sie nur nachher als solche erkennen und sich vornehmen, das nächstemal weiser zu sein. Dabei vermag niemand ihm zu helfen. Jeder muß selbst verantworten, was er tut.«

Aber noch während ich so sprach, spürte ich schon, wie geringen Trost alle Philosophie zu geben vermag; war sie doch ebensowenig imstande, meinen Weltschmerz zu heilen wie die orphischen und ägyptischen Mysterien. Immer wieder hat dieser Weltschmerz, ohne erkennbaren Anlaß, mich von neuem gepackt, gleich einer Krankheit. Dann bot das Leben mir keine Freude mehr, und weder Wein noch irgendwelche körperlichen Genüsse brachten Linderung. Diese Qual hat mich ja dazu getrieben, in den alten Weissagungen nach irgendeinem Sinn für mein Dassein zu forschen. Diese Qual hat mich ja aus Alexandria verjagt und dahin gebracht, auf Judäas Straßen zu wandern.

Martha lächelte ungläubig und sagte: »Wenn du nicht weißt, was Sünde ist, brauchst du keinen Weg zu suchen, weil du in der Finsternis bleiben wirst. Niemand ist ohne Sünde; nicht einmal die Pharisäer sind es.«

Maria warf zornig ein: »Die sind am allerärgsten – gleich weiß übertünchten Grüften, außen hui, innen aber . . . allerhand anderes. Du bist ja ein merkwürdiger Mensch, Fremdling, daß du nicht einmal weißt, was Sünde ist.«

»Ihr Juden habt euer Gesetz«, rechtfertigte ich mich. »Von Kind auf müßt ihr eure Gebote lernen, und ihr merkt es, wenn ihr gegen sie verstoßen habt.«

»Jesus ist nicht gekommen, um uns Menschen zu richten«, erläuterte Maria in einem Tone, als hätte sie einen Schwachsinnigen vor sich. »Im Gegenteil, er ist gekommen, um uns von der Herrschaft des Gesetzes zu befreien, indem er zeigte, daß niemand ohne Sünde sein kann. Wenn bei uns jemand zu seinem Bruder auch nur ein übereiltes Wort spricht, so hat er sein Heil verwirkt. Jesus aber hat niemanden verurteilt. Sogar zu den größten Übeltätern konnte er sagen: ›Deine Sünden sind dir vergeben.‹ Mit einem hast du übrigens recht: Diese Worte sind etwas, was nie ein Mensch zu einem anderen Menschen sagen kann. Aber er sprach sie. Beweist nicht das schon, daß er mehr war als ein Mensch?«

Ich bemühte mich ehrlich zu verstehen; doch es gelang mir nicht. »Ich habe ihn selbst leiden und am Kreuze sterben sehen«, erklärte ich. »Er ist den Tod des Menschen gestorben. Schweiß und Schmutz rannen von ihm in seinem Todeskampf; Blut und Wasser flossen aus seiner Seite, als ein Legionär ihm mit der Lanze das Herz durchbohrte. Er ist nicht vom Kreuz gestiegen. Keine himmlischen Scharen kamen, um seine Peiniger zu bestrafen.«

Maria schlug die Hände vor das Gesicht und brach in Tränen aus. Martha blickte mich vorwurfsvoll an. Es war wirklich herzlos von mir, die beiden so lebhaft an das Leiden ihres Meisters zu erinnern. Doch ich wollte Klarheit.

Schließlich flüsterte Maria: »Er ist als Mensch zur Welt gekommen und hat als Mensch unter uns gewohnt. Aber er vollbrachte Taten, wie kein Irdischer sie bewirken kann. Er hat denen, die an ihn glaubten, die Sünden vergeben. Er ist sogar vom Tode auferstanden, so daß wir nicht mehr um ihn trauern müssen. Aber all das ist noch ein Rätsel, das wir nicht lösen können.«

»Du willst mich glauben machen, er sei Mensch und Gott zugleich gewesen«, rief ich. »Aber das ist unmöglich! Zur Not kann ich mir einen Gott vorstellen, der überall ist, in allem, was geschieht, und auch in jedem von uns. Aber Gott ist Gott, und Mensch ist Mensch.«

Maria erwiderte: »Vergebens bemühst du dich, mich in die Enge zu treiben. Ich weiß, was ich weiß, und ich fühle, was ich fühle. Auch du ahnst irgend etwas, ohne zu wissen, was es ist. Weshalb sonst wärest du zu uns gekommen und hättest nach dem Wege gefragt? Wie willst du begreifen, wenn selbst wir vor Rätseln stehen? Wir glauben nur, weil uns nichts anderes übrig bleibt.«

»Ihr glaubt, weil ihr ihn geliebt habt«, entgegnete ich unwirsch. »Sicherlich war er ein hervorragender Mensch und ein großer Lehrer. Für mich jedoch ist es schwer, ihn bloß nach dem zu lieben, was ich vom Hörensagen weiß.«

»Du bist guten Willens«, meinte Maria. »Sonst würde ich dich nicht anhören und dir nicht antworten. Darum will ich dir noch etwas zur Erklärung sagen. Wir sind unterwiesen worden, daß der Inhalt des ganzen Gesetzes in den folgenden beiden Geboten umschlossen liegt: ›Liebe Gott aus deinem ganzen Herzen‹, und ›Liebe deinen Nächsten wie dich selbst!‹ In Jesus lieben wir Gott, der ihn uns als unseren Nächsten geschickt hat.«

Für mich war es eine ganz überraschende Vorstellung, daß man Gott lieben könnte oder sollte. Scheu, Angst und Furcht konnte ich verstehen, nicht aber Liebe. Ich schüttelte den Kopf. Das war eine Lehre, die über meine Begriffe ging. Außerdem schien es mir töricht, jeden Mitmenschen so zu lieben wie sich selbst, weil es doch gute und schlechte Menschen gibt. Darum bohrte ich weiter: »Wer ist denn mein Nächster?«

Maria erklärte: »Nach Jesu Lehre ist jedermann unser Nächster, sogar ein Samariter, den wir Kinder Israels als unrein betrachten. Die Sonne scheint über Böse und Gute. Böses darf nicht mit Bösem vergolten werden. Wenn einer dich auf die rechte Wange schlägt, so halte ihm auch die linke hin!«

Ich hob abwehrend beide Hände und rief: »Jetzt ist es aber genug! Verrücktere Vorschriften habe ich nie gehört, und mir ist jetzt schon klar, daß kein menschliches Wesen sie befolgen kann. Auf die Kunst der Unterweisung allerdings verstehst du, schöne Frau, dich besser als Nikodemus, der Lehrer Israels!«

Maria schlug die Augen nieder und ließ die Hände in den Schoß sinken. Leise sagte sie: »Sogar am Kreuze noch hat er seinen Vater beschworen, seinen Peinigern zu verzeihen. So haben es Ohrenzeugen berichtet.« Nach einer Weile meinte sie demütig: »Und nenne mich nicht schön! Das kränkt mich nur.«

Martha widersprach. »Sicherlich ist meine Schwester schön. Sie hatte viele Verehrer. Aber seit dem Tode unserer Eltern haben wir drei Geschwister immer zusammengelebt, unter dem Schutz unseres Bruders. Deshalb war es ein so großes Werk der Barmherzigkeit, daß Jesus zu uns kam und Lazarus wieder zum Leben erweckte. Sonst hätten wir nicht aus noch ein gewußt. Anfangs hatten wir viel Angst, die Schriftgelehrten würden aus der Stadt hierherkommen und unseren Bruder steinigen. Angedroht haben sie es. Doch jetzt, da sie Jesus getötet haben, dürften sie kaum mehr hier erscheinen. Trotzdem bin ich, so sehr ich mich auch zusammennehme, noch immer ängstlich. Jesus hat das zwar verboten, aber ich kann mir einfach nicht helfen. Ich mag nicht einmal daran denken, wie bange mir war, als Jesus darauf bestand, nach Jerusalem zu gehen und sich selber dem Tode auszuliefern.«

Ich hörte ihr nicht sehr aufmerksam zu, weil mir die aller Vernunft widerstreitende neue Lehre, die Maria mir dargelegt hatte und die wahrhaftig nicht von dieser Welt war, im Kopf herumging. Ich hatte mehr davon abbekommen, als ich auf einmal verdauen konnte. Es wäre besser gewesen, solche Grundsätze zu verlachen und sich von einem derart unsinnigen Wege fernzuhalten. Mir wurde ganz übel bei der bloßen Vorstellung, ich sollte den erstbesten Schwachkopf oder Schurken, der mir begegnete, als meinen Nächsten betrachten oder mich, ohne einen Finger zu meiner Verteidigung zu rühren, verunglimpfen lassen.

Aber Maria sagte: »Wir Schwestern wollen versuchen, unseren Kummer abzuschütteln. Auch du, Fremdling, solltest dir nicht weiter den Kopf zerbrechen! Wir wollen einfach der Dinge harren, die da kommen werden. Unser Meister hat gesagt, die Haare auf unserem Haupte seien alle gezählt, und es falle kein Sperling zur Erde, ohne daß unser aller Vater es wüßte. Warum sollten wir uns also sorgen?«

Ihre überzeugungsstarken Worte machten tiefen Eindruck auf mich. Ebenso wie ich seinerzeit, hin und her gerissen zwischen Zweifel und Glaubenssehnsucht, mich schließlich von Zeichen und Vorbedeutungen hatte leiten lassen, so erfüllte mich jetzt plötzlich das bestimmte Empfinden, ich sollte nicht allzusehr darauf erpicht sein, die Wahrheit im Nu zu erhaschen. Vielleicht wird mir im Laufe der Zeit alles offenbar, wenn ich mich damit bescheide, den Weg, auf den ich gelenkt wurde, weiterzuschreiten.

Deshalb erhob ich mich und sagte: »Jetzt habe ich euch wirklich lange genug von eurer Arbeit abgehalten. Aber ich danke euch beiden dafür, daß ihr mich so geduldig angehört und mir auf meine Fragen Bescheid gegeben habt. Friede sei mit euch!«

Martha sprang auf, schlug die Hände zusammen und rief: »Du darfst noch nicht gehen. Wie kann ich dich hungrig und durstig ziehen lassen?«

Ohne meinen Widerspruch zu beachten, ging sie in das Haus, um einen Imbiß vorzubereiten. Unterdessen saß ich, in Gedanken versunken, auf der Steinbank, und Maria kauerte auf dem Boden neben mir. Wir sprachen beide kein Wort. Aber während ein solches Schweigen auf Menschen, die einander nichts zu sagen haben, bedrückend wirkt, war es bei uns nicht so. Maria hatte mir ja im Gegenteil derart vieles gesagt, daß ich mehr gar nicht hätte in mir aufnehmen können. Einen Teil hatte ich verstanden, und das übrige mochte mir eines Tages klarwerden. Jedenfalls wäre für mich nichts gewonnen gewesen, wenn wir jetzt weitergeredet hätten. So begnügte Maria sich damit, mir zur Seite zu sein; und durch ihre Gegenwart allein floß auf mich ein Strom heiterer Gelassenheit über, die mich ihrer Nähe froh werden ließ.

Martha kam zurück und brachte in Öl getränktes und mit herben Sämereien gewürztes Brot, mit kleingehackten harten Eiern vermischtes Gemüse, gesalzenes Schaffleisch und dicken Traubensirup. Nachdem sie alles neben mich auf die Steinbank gestellt hatte, goß sie mir Wasser über die Hände und segnete die Speisen. Aber weder sie noch ihre Schwester rührten das Mahl an; auch Lazarus kam nicht mit mir essen. Bei aller Freundlichkeit dieser Leute fühlte ich mich plötzlich wie ein Aussätziger.

Die Wanderung nach Bethanien war nicht lange gewesen. Doch als ich die guten Gerichte sah, spürte ich Hunger und aß mit Appetit, während Martha neben mir saß und mich aufforderte, von jeder Speise zu nehmen und alles aufzuessen. Ich vermutete, die Schwestern würden, wenn ich etwas übrigließe, es wegwerfen, weil es von einem Fremden berührt worden war, und aß aus Höflichkeit auch noch weiter, als ich genug hatte. Schließlich trank ich von dem Wasser, das Martha mit etwas Wein versetzt hatte, und plötzlich überkam mich starke Schläfrigkeit.

Es war Mittag. Als ich fertiggegessen hatte, meinte Martha fürsorglich: »Jetzt, in der größten Hitze, brauchst du nicht an den Rückweg zu denken. Bleibe hier und ruhe ein wenig, damit wir die Pflichten der Gastfreundschaft ganz erfüllen.«

Ich fühlte mich über die Maßen erschöpft, ohne sagen zu können, ob es mehr seelische oder körperliche Müdigkeit war. Als ich aufzustehen und zu gehen versuchte, waren meine Beine bleischwer. Außerdem tat mir die Warmherzigkeit der beiden Frauen so gut, daß ich nicht die geringste Lust hatte wegzugehen. Natürlich hätte ich mich, wenn ich ernstlich gewollt hätte, jetzt verabschieden und auf den Weg machen können; aber bei meiner Abgespanntheit fand ich den bloßen Gedanken an einen Aufbruch als qualvoll. Einen Moment lang argwöhnte ich, Martha hätte in den Wein irgendein Betäubungsmittel gegossen. Doch weshalb sollte sie das getan haben? Und beim Trinken hatte ich keinen bitteren Geschmack gespürt.

»Nach Jerusalem ist es nicht weit«, sagte ich. »Aber wenn ihr es wirklich gestatten wollt, bleibe ich gern über Mittag hier. Ich fühle mich sehr wohl bei euch.«

Die beiden Frauen lächelten geheimnisvoll, als wüßten sie, was ich ihnen sagte, besser als ich. Diese Möglichkeit geheimen Wissens gab ihnen für einen Augenblick ein ganz merkwürdiges Gepräge: sie schienen nicht mehr bloße Menschen, sondern etwas Höheres. Indes flößten sie mir keine Angst ein. Ich fühlte mich eher wie ein Kind, das sich verlaufen hat und wieder heimfindet.

Sie führten mich in den Innenhof, den ein Laubdach beschattete. Obwohl mich in meiner Schlaftrunkenheit ein Gefühl der Unwirklichkeit gefangenhielt, bemerkte ich, daß ihr Anwesen größer war, als ich gedacht hatte. Es gab da mindestens vier offenbar zu verschiedenen Zeiten aufgeführte Gebäude, die den Hof umschlossen. Die Schwestern wiesen auf eine Außentreppe an dem neuesten der Gebäude, folgten mir, als ich hinaufstieg, und zeigten mir ihr Gästezimmer auf dem Dache. Es war ein kleiner, kühler Raum mit einer niedrigen, nach Zimt riechenden Schlafbank und einer Matte auf dem Boden.

Martha sagte: »Strecke dich hier aus und halte ein Mittagsschläfchen. Unser Lehrer, von dem wir dir erzählten, hat oft in dieser Kammer geruht. Nachher aber stieg er allein auf den Berg, um zu beten. Er kam und ging nach belieben. Halte es ebenso!«

In dem Zimmer waren ein Wasserkrug und ein Linnen

vorbereitet. Ohne auf meinen Widerspruch zu achten, kniete Martha vor mich hin, nahm mir die Sandalen ab, wusch mir die staubigen Füße und trocknete sie mit einem Tuche.

»Warum tust du das?« fragte ich. »Du bist doch nicht meine Magd!«

Martha sah mich wieder mit rätselvollem Lächeln an und erwiderte: »Eines Tages wirst du vielleicht jemand anderem den gleichen Dienst erweisen, ohne sein Knecht zu sein. Weißt du, ich empfinde dich als einen verwandten Menschen voll Kummer und Bedrängnis, obwohl du nach außen hin heil und gesund bist und dein Kopf den mit verschiedensten Kenntnissen vollgepfropft ist.«

Diese Worte trafen mich tief. Denn all mein Wissen war mir immer nur ein bohrender Dolch im Herzen. In ewiger Zweifelsucht flatterte mein Fragen um die Wahrheit; und beim besten Willen konnte ich mich nie zum Glauben an Dinge zwingen, die ich nicht zu glauben wünschte.

Maria sagte: »Jesus hat den gleichen Liebesdienst seinen Jüngern erwiesen, an jenem letzten Abend, als sie sich darüber zankten, wer in seinem Reich der erste werden sollte.«

Dann gingen die beiden Schwestern still hinaus, und gleich darauf fiel ich in tiefen Schlaf; so lindernd und tröstlich wirkte es auf mich, in dieser guten Stube auf dem zimtduftenden Bett zu liegen.

Als ich erwachte, hatte ich das starke Gefühl, daß ich nicht allein war, daß jemand neben mir weilte, der auf mein Erwachen gewartet hatte. Diese Empfindung war so lebhaft, daß ich mit geschlossenen Augen dalag und mich bemühte, den Fremden atmen oder sich rühren zu hören. Als ich aber die Lider aufschlug, war das Zimmer leer, und ich lag allein darin. Die Enttäuschung darüber traf mich so heftig, daß vor meinen Augen Wände und Decke des Raumes zu schwanken begannen, als wollten sie jetzt und jetzt einstürzen. Ich schloß die Augen wieder, und gleich spürte ich von neuem die Gegenwart eines anderen Wesens neben mir. Mir kam vor, ich hätte etwas Ähnliches in Jesu Gruft empfunden. Tiefer Friede erfüllte mich.

Ich dachte: In ihm selbst lag sein Reich, das auf unsere Welt kam. Nun, da er das Grab verlassen hat, wird auch sein Reich auf Erden bleiben, solange er selbst hier weilt. Vielleicht ist es die Gegenwart dieses Reiches, die ich empfinde.

Wieder schlief ich ein. Als ich jedoch neuerlich aufwachte, spürte ich die volle Last meines Körpers auf dem Bett; ich roch die Schärfe meines eigenen Schweißes und empfand die beengende Undurchdringlichkeit der Lehmmauern um mich. Bleischwer fühlte ich mich und hatte keine Lust, die Augen zu öffnen; so betrüblich war es, wieder in der Körperwelt zu erwachen.

Als ich mich schließlich dazu aufraffte, um mich zu blicken und aus der Seligkeit des Träumens in die Wirklichkeit zurückzukehren, entdeckte ich, daß ich diesmal tatsächlich nicht allein war. Eine Frau kauerte reglos auf der Matte und wartete offenbar auf mein Erwachen. Sie trug einen schwarzen Überwurf, und ihr Kopf war mit einem Schleier bedeckt, so daß ich mich zuerst fragte, ob die Gestalt überhaupt ein lebender Mensch war. Beim Betreten des Zimmers hatte ich niemanden darin bemerkt und auch später niemanden eintreten hören. Ich setzte mich am Rande des Bettes auf und spürte in allen Gliedern das Bleigewicht der Erde.

Als die Frau meine Bewegungen gewahrte, streckte sie den Rücken und lüftete den Schleier. Sie war blaß und nicht mehr jung. Die Wechselfälle des Lebens hatten wohl ihre frühere Schönheit zerstört; noch immer brannte aber eine Flamme in ihrem Gesicht. Als sie merkte, daß ich hellwach war, bedeutete sie mir mit einer unter dem Mantel versteckten Hand, ruhig sitzen zu bleiben, und begann in der heiligen Sprache der Juden kehlig zu singen. Nachdem sie eine Zeitlang so psalmodiert hatte, übersetzte sie das Vorgetragene ins Griechische.

»›Alles Fleisch ist wie Gras‹«, begann sie. »›Und alle

Herrlichkeit des Menschen ist wie des Grases Blumen. Das Gras verdorret, und die Blume welkt dahin, sobald des Herrn Odem sie anhaucht. Das Gras verdorret, und die Blume welkt dahin; doch des Herren Wort bleibet in Ewigkeit.‹«

Dann sagte sie: »Wahrlich, unser Gott ist ein verborgener Gott.«

Sie blickte mich an, und in der Tiefe ihrer schwarzen Augen glühte ein Funke. Ich nickte zum Zeichen, daß ich verstand. Aber noch bedeuteten ihre Worte nichts für mich. Sie fuhr fort: »›Und der Herr sprach zu mir: Zu wenig ist's, daß du mir Knecht seist, um aufzurichten Jakobs Stamm und Israels Versprengte heimzuholen. Ich mach' dich vielmehr zum Lichte der Heiden, daß da reiche mein Heil bis ans Ende der Erde!‹«

Wie zu Beginn hatte sie das Psalmodieren in der heiligen Sprache aufgenommen, diesmal allerdings dann und wann bei einem Worte stockend, als entsänne sie sich nicht ganz des genauen Wortlauts. Dann gab sie die Verse auf griechisch wieder und fügte hinzu: »So hat der Prophet Jesaja von ihm geweissagt. Und die Stillen im Lande haben in ihrem Gedächtnis auch die Worte bewahrt: ›Verachtet war er, von den Menschen gemieden, ein Mann der Schmerzen, mit Leiden vertraut; man verhüllte das Antlitz vor ihm, und wir verachteten ihn. Fürwahr, unsere Leiden trug er, unsere Schmerzen lud er sich auf. Verwundet ward er für unsere Frevel, gezüchtigt zu unserem Heil. Wie Schafe irrten wir alle umher, jeder wandte sich seines Weges. Aber auf ihn ließ der Herr fallen unser aller Verschuldung. Man mißhandelte ihn; er beugte sich willig und tat den Mund nicht auf.‹«

Sie schüttelte den Kopf; Tränen begannen ihr über die Wangen zu rollen. Doch mit gebrochener Stimme fuhr sie fort: »›Er verströmte seine Seele in den Tod und ließ sich unter die Frevler zählen. Er trug die Sünden der Vielen und trat für die Übeltäter als Mittler ein.‹«

Ich erinnerte mich dunkel, etwas dergleichen im vergangenen Winter in Alexandria gelesen zu haben, zusammen mit dem jüdischen Gelehrten; aber damals hatten die Worte mir nichts besagt. Die Frau kauerte sich weinend auf den Boden hin und barg ihr Gesicht in den schwarzen Überwurf, um mir ihren Kummer nicht preiszugeben.

Ich sagte: »Ja, ja. Ich verstehe, was du sagst. So wurde es prophezeit, und so traf es ein. Aber welcher Sinn liegt darin?«

Die Frau schüttelte wieder den Kopf und antwortete hinter dem Überwurf hervor: »Wir wissen es noch nicht. Wir verstehen es nicht. Aber nun gibt es nicht mehr verschiedene Wege, es braucht sich nicht jeder seines eigenen Weges zu wenden – es gibt nur einen einzigen Weg.«

Als sie den Kopf verhüllt hatte, sann ich über ihre Gesichtszüge nach und sagte schließlich: »Was gereicht dir zum Frieden, Frau? Ich glaube, ich kenne dich.«

Sie wischte sich die Tränen in den Mantel, hob wieder den Kopf, versuchte zu lächeln und erwiderte: »Auch ich habe dich erkannt. Deshalb kam ich her. Als er am Kreuz gemartert wurde, hast du einen Schriftgelehrten geschlagen und die höhnenden Gaffer beiseite gestoßen.«

Ich mußte lachen. »Nein, nein«, wehrte ich freundlich ab. »Geschlagen habe ich niemanden. Da irrst du dich sehr. Es verhielt sich so: Ich habe einen Schriftgelehrten etwas gefragt, und er ist anmaßend geworden; daraufhin habe ich mich an den Zenturio gewandt, und der hat die Spötter abgedrängt.«

Aber die Frau schüttelte heftig den Kopf und erklärte: »Ich habe mit eigenen Augen gesehen, wie du den Lästerer schlugst, weil du dich über ihn geärgert hast, obwohl du als Fremder mit der ganzen Sache nichts zu tun hattest.«

Ich sah keine Veranlassung, mit ihr darüber zu streiten. Vor dem Tode des Judenkönigs war es ja so dunkel geworden, daß sie sich leicht getäuscht haben konnte. Nach einer kleinen Weile sagte ich: »Mir kommt vor, ich habe dich dort in der Nähe seiner Mutter gesehen.«

»Ja, gewiß«, erwiderte sie. »Ich bin Maria Magdalena. Du hast von mir schon gehört. Jesus hat die bösen Geister aus mir getrieben, und seither bin ich ihm gefolgt. Er hat mir das gestattet, obwohl man es ihm übelnahm.«

Plötzlich streckte sie mir erregt die Hände entgegen, als hätte sie sich die ganze Zeit über mit Gewalt bezähmt, und rief: »Sag doch! Ich habe gehört, du bist im Auftrag des Statthalters zum Grabe gegangen und hast als erster Römer festgestellt, daß Jesus auferstanden ist. Erzähle mir davon! Bezeuge, was du gesehen hast! Mir glaubt niemand, weil ich nur eine Frau bin.«

Ich erwog meine Worte sorgfältig, da ich Maria Magdalena weder belügen noch irreleiten wollte. »Den Stein hat das Erdbeben vom Grufteingang losgerüttelt, und die Wachen waren geflohen. Ich bin mit dem Hauptmann eingetreten. Wir sahen das Grablinnen dort liegen, so wie es um den Körper gewickelt worden war, und das Schweißtuch lag in einigem Abstand; aber in der Hülle stak kein Leichnam. Als ich das sah, glaubte ich. Dann jedoch kamen die Juden und rissen in ihrer Wut das Linnen auseinander. Trotzdem glaube ich weiterhin, daß er auferstanden ist. Wie das jedoch zuging, begreife ich nicht; bisher hat sich so etwas nie ereignet.«

Sie lauschte ehrerbietig meinen Worten. Ich wollte die Dinge unvoreingenommen darstellen und fügte hinzu: »Natürlich gab und gibt es in verschiedenen Ländern Mysterien, bei denen ein Gott begraben wird und dann wieder aufersteht. Aber das ist nicht Wirklichkeit – nur eine Art frommes Schauspiel. Übrigens warst du doch vor uns beim Grabe. Berichte du jetzt darüber! Hast du den Zustand der Grabtücher bemerkt?«

Maria Magdalena verneinte durch eine Geste und erklärte: »Als ich zur Gruft kam, war es noch dunkel. Ich sah, daß der Stein nicht mehr den Eingang verschloß und dachte, jemand hätte ihn fortgewälzt. Doch in die Grabkammer traute ich mich nicht. Übrigens hätte ich drinnen wegen der Dunkelheit ohnedies nichts gesehen. Deshalb rannte ich dorthin, wo seine vertrautesten Jünger sich versteckt hielten, und führte zwei von ihnen zum Grabe: Simon Petrus, einen großen starken Mann, und den jungen Johannes, dem Jesus seine Mutter anvertraut hatte. Die beiden liefen so eilig, als ginge es um ihr Leben, traten ein, fanden die Kammer leer und gingen rasch wieder davon, aus Angst vor den Juden. Ich blieb zurück und weinte vor dem Grabe. Und nach einer Weile schaute ich in die Gruft. Sie war taghell erleuchtet; ein Engel saß drinnen, wie in Licht gekleidet und mit feurigem Antlitz, so daß ich erschrak und am ganzen Leibe zu zittern begann und zurückwich, als er mich ansprach. Dann aber bemerkte ich plötzlich den Herrn selbst, ohne ihn allerdings gleich zu erkennen.«

Ihre Schilderung stand in Widerspruch zu dem Bericht der Wachsoldaten. Sie blickte mich verständnisheischend an, als spürte sie meine Zweifel, und erklärte: »Es ist doch begreiflich, daß ich ihn nicht gleich erkannt habe. Nie wäre mir ja in den Sinn gekommen, daß er es sein könnte. Nicht einmal seine Jünger haben ihn sofort erkannt, damals, als er, über den See Genezareth wandelnd, auf ihr Boot zuschritt. Ich hielt ihn für einen Fremden, der den Leichnam fortgetragen hatte. Ich machte ihm Vorwürfe darüber und forderte ihn nachdrücklich auf, mir zu sagen, wo er ihn hingelegt hätte, damit ich ihn holen könnte. Da rief er mich beim Namen, und ich wußte, wer er war. Er trug mir eine Botschaft für die Jünger auf, und ich war so überglücklich, daß ich den Boden unter den Füßen nicht spürte, als ich die Kunde zu überbringen eilte. Aber keiner der Jünger glaubte mir.«

Eigentlich glaubte auch ich ihr nicht. Ich hatte einfach den Eindruck, daß sie zu jenen Frauen gehörte, die sich leicht von Gefühlen fortreißen lassen, und daß sie beim Erzählen die Dinge durcheinanderbrachte. Doch ich kehrte zu dem Hauptpunkt zurück und fragte wieder: »Und hast du nun bemerkt, wie die Grabtücher dalagen?«

Sie sah mich erstaunt an. »Wie hätte ich so etwas bemerken sollen? Der Glanz des Engels blendete mich derart, daß ich den Blick abwenden mußte. Und ich war sehr erschrokken. Die Frauen haben mir geglaubt – nur die Jünger nicht; sie fürchten noch immer um ihr Leben und können keinen anderen Gedanken fassen.«

Nach Frauenart redete sie sich in Überschwang hinein und fuhr aufgeregt fort: »Es muß, wie du sagst, das Erdbeben gewesen sein, das den Stein vom Grabe schob. Andere Leute allerdings sind davon überzeugt, daß der Engel es tat, und haben auch erzählt, durch das gleiche Erdbeben seien im Tempel die Stufen zum Heiligtum geborsten. Zwei seiner Jünger haben Jesus auch nicht erkannt, als er sich ihnen am gleichen Tage auf dem Wege nach Emmaus anschloß. Sie erkannten ihn nicht, obwohl er ihnen die Schrift Stelle für Stelle auslegte und ihnen erläuterte, warum alles so hatte geschehen müssen. Erst als sie gegen Abend das Dorf erreichten und ihn zu sich einluden, als er das Brot nahm, es brach und ihnen reichte – erst da gingen ihnen die Augen auf. Dann aber entschwand er ihren Blicken.«

»Du meinst also«, sagte ich, und die Zunge wurde mir schwer, »daß er noch hier auf Erden ist, daß er nach Belieben kommt und geht und mit Leuten seiner Wahl spricht? Und daß manche ihn erkennen, andere aber nicht?«

»Ganz richtig«, erwiderte Maria Magdalena entschieden. »Davon bin ich überzeugt, und deshalb warte ich. Vielleicht brennen unsere Herzen noch nicht so, wie sie sollten; vielleicht ist unser Verstand zu träge. Darum gewährt der Herr uns Frist, bis wir reif dazu geworden sind, den Sinn all dieser Dinge zu begreifen.«

»Sagtest du wirklich, daß er auf dem Wasser wandelte?« fragte ich, um mir selbst sinnfällig zu machen, wie unmöglich und vernunftwidrig das alles klang.

Maria Magdalena blickte mich treuherzig an und erklärte: »Er hat so viele Wunder gewirkt, daß auch ein Herz von Stein hätte glauben müssen. Aber wir wissen noch immer nicht, was wir jetzt von ihm halten sollen. Allerdings steht geschrieben, daß der Gesandte des Herrn blind und sein Knecht taub ist. Vielleicht dienen wir unbewußt seinen Zwecken.«

»Aber warum vertraust du einem Fremdling wie mir?« fragte ich. »Du bist eine gebildete Frau, sprichst griechisch und kennst die Propheten auswendig, in der heiligen Sprache der Juden. Soweit ich gehört habe, bist du auch wohlhabend. Erzähle mir etwas von dir selbst, damit ich dich besser verstehe!«

Stolz entgegnete sie: »Ich habe keine Scheu vor Fremden. In meinem Haus haben Griechen und Syrer verkehrt, auch Römer – und sogar Hofleute. Wenn Jesus wirklich der ist, als den ich ihn ansehe und bezeuge, so richtet sich meine Botschaft nicht an Israel allein, sondern seine Lehre ist, wie geschrieben steht, ein Licht für die ganze Welt. Auch wegen dieser meiner Überzeugung verlacht man mich. Als die bösen Geister sich meiner bemächtigt hatten, erlitt ich manches, von dem gewöhnliche Menschen keine Ahnung haben. Ein Zauberer kann den Leib einer besessenen Person derart in ein Wasserbecken bannen, daß sie aufschreit, wenn er in einem anderen Raume eine Nadel in Wasser sticht. Jesus aber dachte nicht daran, sich meiner so wie anderer zu bedienen; ihm war nur daran gelegen, mich von den bösen Geistern zu befreien, sobald er sich vergewissert hatte, daß ich von ganzem Herzen ihrer ledig zu werden wünschte. Mein Gesicht trägt ebensowenig Spuren meines früheren Lebens wie ein Fels, von dem der Regen das Erdreich abgespült hat. Frage mich nicht nach meiner Vergangenheit; sprich bloß zu dem Menschen, der ich jetzt bin!«

»Ganz, wie du willst!« sagte ich. »Aber du hast meine Frage nicht beantwortet. Warum vertraust du gerade mir?«

Ihr Antlitz erglühte wieder, und sie rief: »Weil du bei der Kreuzigung für Jesus gegen die Spötter Partei ergriffen hast. Weil du, ohne mehr von ihm zu wissen, als was zum Hohne auf der Kreuzestafel stand, vor seinem Leiden Achtung empfandest. Du hast ihn verteidigt, während die Seinen eingeschüchtert entflohen. Niemand war bei ihm außer uns Frauen und dem jungen Johannes, der nichts zu befürchten hatte, weil seine Verwandten Freunde des Hohenpriesters sind. Sogar für die beiden mitgekreuzigten Schächer erkühnten sich deren Spießgesellen, Hetzrufe gegen die Römer auszustoßen. Für Jesus erhob sich keine einzige Stimme.«

Ich erkannte, daß sie ihren Groll gegen die Jünger in Freundschaftsgefühle zu mir verwandelte. Nach kurzer Überlegung antwortete ich behutsam: »Soweit ich dich verstehe, meinst du, als leidgeprüfte Frau mehr über ihn zu wissen, als seine Jünger je erfaßt haben. Sie aber mißtrauen dir, weil du ein Weib und leicht beeinflußbar bist, und sie glauben nicht an das, was du gesehen haben willst. Darum brauchst du mich als Zeugen.«

Maria Magdalene unterbrach mich und rief: »Verstehst du noch immer nicht? Bist du so schwer von Begriff? Unser Herr nahm auch Frauen als Gefolgsleute an. Er war gut zu Maria, der Schwester des Lazarus, und auch zu Martha. Als er bei einem Pharisäer zu Tisch geladen war, ließ er zu, daß eine Sünderin an sein Speiselager kniete, ihm mit ihren Tränen die Füße benetzte und sie mit ihrem Haar trocknete. Dadurch verlor Jesus in den Augen der Pharisäer den Ruf der Untadeligkeit. Seitdem waren sie geneigt, ihm alles Schlechte zuzutrauen. Aber höre weiter! Einmal erbarmte er sich sogar einer Samariterin, die er am Brunnen traf. Und eine andere Frau, die beim Ehebruch ertappt worden war, rettete er aus den Händen der Schriftgelehrten, als man schon daran war, sie nach dem Gesetz zu steinigen. Glaube mir, Fremdling, er verstand die Frauen besser als jeder andere. Daran wird es auch liegen, daß wir Frauen ihn besser verstanden haben und verstehen als seine feigen Jünger.«

Die Stimme versagte ihr; sie keuchte vor Zorn. Nach einer kleinen Pause fuhr sie fort: »Oh, diese Jünger! Eine Zeitlang waren sie großmächtig und haben mit der Kraft ihres Meisters Kranke geheilt. Aber der Tag kam, da sie sich mit ihm nach Jerusalem aufmachen sollten, zu jener letzten Wanderung, da hatte jeder eine andere Ausrede bereit und versuchte, sich zu drücken. Dabei wären sie sich kurz vorher fast in die Haare geraten wegen der Thronsessel in seinem Reich. Zum Volke sprach Jesus in Gleichnissen; ihnen aber gab er für alles Auslegung. Doch auch so verstanden sie ihn nicht; immer wieder wurden sie widerspenstig. Nur Thomas, der hellste Kopf unter ihnen allen, war so vernünftig, seinen Mitjüngern zu sagen: ›Also wollen wir hingehen, mit ihm zu sterben.‹ Aber meinst du vielleicht, daß auch nur einer wirklich für ihn starb, obwohl sie sich zwei Schwerter verschafft hatten, zu seiner Verteidigung, in jener letzten Nacht, vor den Mauern der Stadt? Zwei Schwerter kamen ihnen in die Hände, wo doch in Jerusalem die heimliche Erwerbung von Waffen bei strenger Strafe verboten ist. Aber, so frage ich bloß, haben sie ihn verteidigt?«

Sie war ganz außer Atem gekommen. Dann beruhigte sie sich wieder, sann ein wenig nach und gab zu: »Nun ja, er selbst hat es ihnen verboten. Er hat gesagt: ›Alle, die zum Schwerte greifen, werden durch das Schwert umkommen.‹ Andererseits hat er ihnen auf dem Wege nach Jerusalem angeraten: ›Wer einen Mantel hat, verkaufe ihn, um sich dafür ein Schwert zu kaufen!‹ Ich verstehe das nicht. Wahrscheinlich wollte er sie auf die Probe stellen. Oder aber ihnen Selbstvertrauen einflößen. Ich weiß es nicht. Jedenfalls hat Simon Petrus, als die Häscher im Nachtdunkel zur Gefangennahme des Herrn gekommen waren, einem Knecht des Hohenpriesters ein Ohr abgehauen. Jesus aber hat dem Knecht das Ohr wieder angeheilt, so daß man jetzt nur eine schmale Narbe sieht. Diesem Malchus wurde streng verboten, etwas davon verlauten zu lassen; doch seine Verwandten haben die Geschichte herumerzählt.«

»Aber laß mich meinen ganzen Zorn austoben!« fuhr sie fort. »Laß mich diese Feiglinge ausschelten! Jesus hat allein gewacht, er kannte sein Los, er betete. Blut soll er in seiner furchtbaren Todesangst geschwitzt haben. Von seinen Jüngern verlangte er nichts, als daß sie mit ihm wachen sollten. Und was taten sie? Schwer und steif wie Klötze schliefen sie im Garten! Ich kann sie nicht begreifen – kann ihnen das nicht verzeihen! Solche Hasenfüße hätten mithelfen sollen, den Tempel niederzureißen? Ach, sie waren nicht einmal Manns genug, den Verräter umzubringen; er mußte sich selbst erhängen. Ich verstehe das alles nicht. Ich weiß nicht, was der Herr in ihnen sah, warum er ausgerechnet sie als Gefolgsleute berief.«

So durch und durch weiblich war sie in ihrem eigensinnigen Bezichtigungseifer, daß ich am liebsten gelacht und ihr die Wange gestreichelt hätte; vielleicht hätte sich dann ihre Verzweiflung in Tränen entladen. Aber ich wagte nicht zu lachen und durfte sie nicht berühren. Darum sagte ich bloß, in möglichst behutsamem Tone: »Wenn dem so ist – wenn seine Jünger wirklich derartige Angst haben und trotz seiner Unterweisungen nicht wissen, was sie von ihm halten sollen –, dann ist es wohl kein Wunder, daß ich, ein Fremdling, mich nicht zurechtfinde. Übrigens dürfte vorläufig keinem seiner Jünger der Tod bestimmt sein; wenigstens so lange werden sie voraussichtlich am Leben erhalten werden, daß ihnen Zeit bleibt, sich die Lehre ihres Meisters klarer zu machen. Selbst der schärfste menschliche Verstand könnte wohl derart seltsame Dinge, wie sie sich jetzt ereignet haben, nicht im Nu begreifen. Und diese Männer stehen noch dazu im Banne aller der jüdischen Vorurteile, in die sie von Kind auf hineingewachsen sind. Deshalb wird es, glaube ich, am besten sein, wenn du dich ihnen gegenüber nicht auf mein Zeugnis berufst, ja mich überhaupt nicht erwähnst. Sie würden mich, den Römer, nur verachten, ebenso wie du dir vermutlich ihre Achtung durch den Umgang mit Ausländern verscherzt hast.«

Sie warf den Kopf in heftiger Gebärde hoch. Aber ich hob begütigend die Hand und beeilte mich zu erklären: »Nein, zwischen uns ist es anders. Gerade als Römer verstehe ich dich, Maria, bestimmt so gut, wie kein Jude dich je verstehen könnte. In Rom sind die Frauen frei und den Männern gleichgestellt; sie lesen Bücher, hören Vorträge und musikalische Darbietungen und wählen sich ihren Liebespartner nach eigenem Geschmack. Ja, sie sind den Männern sogar über, weil die Frau seit jeher schlauer und in mancher Beziehung unerbittlicher ist als der Mann und in ihren Erwägungen nicht durch die Erfordernisse logischer Folgerichtigkeit gehemmt wird. Ich schlage also vor, daß wir Freunde werden – du, Maria aus Magdala, und ich, Marcus Manilianus aus Rom. Ich schätze dich als Frau und schätze dich noch viel höher deswegen, weil Jesus dich unter seine Gefolgsleute aufgenommen hat. Es macht den Eindruck, daß du nicht das Herz auf der Zunge trägst. Darum kann ich dir eines versichern: daß ich nach dem, was ich durch eigenen Augenschein festgestellt habe, unbedingt an Jesu Auferstehung glauben muß. Mit deiner weiblichen Feinfühligkeit mußt du mehr von seinem Wesen begriffen haben als die Jünger. Trotzdem würde ich«, bemerkte ich schließlich sehr vorsichtig, »gern mit diesen Männern, oder wenigstens mit einigen von ihnen, zusammenkommen wollen, um mir eine Vorstellung davon zu machen, aus welchem Holz sie geschnitzt sind.«

Maria Magdalena zögerte, gab dann aber widerstrebend zu: »Ich stehe nicht auf schlechtem Fuß mit ihnen. Solange sie sich versteckt halten, muß ich mich ja doch darum kümmern, daß sie Speise und Trank bekommen. Die meisten sind einfache Fischer. In ihrer Angst wissen sie nicht aus noch ein, und dann streiten sie miteinander, so daß ich sie beschwichtigen muß. Allerdings wirst du vielleicht meine Fürsorge nicht begreifen, nachdem ich eben erst mit solcher Verbitterung von ihnen gesprochen habe. Aber sie haben natürlich auch ihre guten Seiten; das muß ich anerkennen. Am liebsten würden sie nach Galiläa zurückkehren; doch vorderhand können sie sich zu gar nichts entschließen. Man würde sie ja an den Stadttoren und in den Straßen sofort an ihrer Mundart erkennen. Übrigens auch an ihren Gesichtern; denn nachdem sie zwei oder drei Jahre in Jesus Nähe gelebt haben, sehen sie nicht mehr aus wie gewöhnliche Fischer. Vielleicht verstehst du das nicht. Aber wenn du gelegentlich einmal einen von ihnen kennenlernst, wird dir bestimmt klarwerden, was ich meine.«

Plötzlich erwärmte sie sich jetzt für diese Männer und versicherte mir: »Natürlich muß der Herr seine Gründe gehabt haben, warum er sich gerade diese einfachen Leute als Jünger erwählte. Einer der wenigen unter ihnen, die vielleicht eine Schule besucht haben, ist Levi; er war Zöllner. Aber wenn ich mir gebildete Männer vorstelle, etwa Schriftgelehrte oder Philosophen, kann ich mir erst recht kaum denken, daß sie etwas von seiner Lehre erfassen könnten. Glaube mir, ein Gebildeter könnte sein ganzes Leben der Ergründung eines einzigen seiner Aussprüche widmen, ebenso wie ein Schriftgelehrter jahrelang über einem Wort der heiligen Bücher zu brüten oder wie ein Grieche ein ganzes Buch über einen Ortsnamen in der Odyssee zu schreiben vermag. Tatsächlich entsinne ich mich deutlich an einen Ausspruch Jesu, wonach seine Wahrheiten den Weisen und Klugen verborgen sind, den Kindhaften und Unmündigen aber offenbar werden.«

Ich dachte über ihre Worte nach. Daran mochte etwas Wahres sein. Ein Geist, der von früher her mit einer bestimmten Bildung und Denkweise belastet ist, könnte sich einer so völlig neuen und unerhörten Lehre, wie Maria sie mir dargelegt hatte, schwerlich ohne Zögern öffnen. Ich selbst stolpere ja auch bei jedem Schritt über altgewohnte Ansichten, über Dinge, die mir eingelernt wurden und zu Denkgewohnheiten geworden sind.

»Hat er das gemeint, als er zu Nikodemus sagte, der Mensch müsse wiedergeboren werden?« fragte ich, fast im Selbstgespräch.

»Nikodemus gehört zu den Stillen«, erwiderte Maria Magdalena. »Er ist einer der Frommen, der Wartenden; er meint es gut. Aber da er die heiligen Bücher auswendig kann, muß er alles Neue, das ihm begegnet, sofort mit den Schriften vergleichen, um es zu verstehen. Er könnte noch so gründlich wiedergeboren werden, er wird immer ein Säugling in zu enggeschnürten Windeln bleiben!«

Bei dem Gedanken an das Wickelkind mußte Maria lächeln. Als ich ihr weißes, versteinertes Gesicht sich plötzlich durch dieses Lächeln erhellen und ihre Augen aufleuchten sah, erkannte ich, daß sie offenbar früher eine unvorstellbar schöne Frau gewesen war. Auch jetzt noch mußte ich ihr, schon dieses kleinen Lächelns wegen, hohe Schönheit zubilligen. Auf merkwürdige Art erinnerte sie mich an den milde leuchtenden Mond. Dann fiel mir ein, daß sie durch den sanften Beruf einer Taubenzüchterin wohlhabend geworden war.

»Du hast es nicht nötig, dich kohlschwarz zu kleiden«, sagte ich unwillkürlich. »Deine Farben sind silbergrau und grün, Maria Magdalena. Deine Blume ist das Veilchen, dein Stirnreif ein Myrtenkranz. Mich kannst du nicht täuschen.«

Sie erschrak und entgegnete spöttisch: »Spielst du den Wahrsager? Sprich mir nicht von irdischen Dingen! Auch wenn ich wieder Silbergrau und Grün trüge, hätten die Götzen dieser Erde keine Macht mehr über mich. Ich brauche nur seinen Namen auszusprechen – Jesus Christus, Sohn Gottes –, und schon flieht alles Üble von mir, und die irdischen Mächte verblassen zu Schatten, die mir nichts anhaben können.«

Ihren Worten entnahm ich, daß sie noch immer an ihre bösen Geister und Qualen während der Anfälle von Besessenheit dachte. Meine Neckerei tat mir sofort leid, als ich sah, wie das Lächeln um ihre Lippen erstarb und das

Gesicht wieder starr wie Stein wurde. Nur in den Tiefen der Augen glühte noch ein unsteter Funke. Trotzdem konnte ich mich nicht enthalten zu sagen: »Bist du ganz überzeugt davon, Maria Magdalena, daß nicht auch du alles Neue, um es zu verstehen, mit deinen früheren Gedanken vergleichst? Bist du ganz überzeugt davon, daß du mehr getan hast, als deine einstigen bösen Geister durch einen neuen, noch mächtigeren Dämon zu ersetzen?«

Sie faltete krampfhaft die Hände und wiegte den Körper vor und zurück, als wollte sie irgendeinen Schmerz unterdrücken. Aber sie versuchte, mir gerade in die Augen zu sehen, und erklärte: »Von einem bin ich überzeugt, felsenfest überzeugt: Jesus war und ist das Licht, das volle und vollkommene Licht. Er, der Mensch – er, der Gott.« Doch unter dem Zwang, ein krankhaftes Mißtrauen, das sie verzehrt hatte, offenzulegen, beharrte sie auf ihrer Selbstrechtfertigung und betonte, mehr zu sich selber als zu mir: »Nein, er war weder ein Zauberer noch ein Dämon, obwohl er auf dem Wasser wandeln konnte. Wenn er nicht mehr gewesen wäre als der mächtigste aller Magier, hätte ich mich ihm bestimmt nicht angeschlossen; denn von Hexenmeistern hatte ich genug. Und er hat mir keineswegs befohlen, ihm zu folgen; er hat es mir bloß erlaubt. Das ist ein großer Unterschied, wie du einsehen wirst.«

Ich schämte mich meiner Verdächtigung; doch die Frage war meinem Empfinden nach nötig gewesen, weil ich Gewißheit wünschte, soweit man sie mit den Mitteln menschlicher Erforschung gewinnen kann. Ich merkte, daß ich Maria gekränkt hatte, und bat sie, so freundlich ich konnte, um Verzeihung. Dann rückte ich ohne Umschweife mit meinem Begehren heraus: »Maria Magdalena, führe mich zu einigen seiner Jünger, damit ich mir von ihnen ein klares Bild machen kann!«

Sie meinte ausweichend: »Dazu kannst du noch nicht reif sein. Und auch die Jünger sind es nicht. Wir alle können nichts tun als warten. Warte auch du geduldig!«

Als sie aber merkte, wie aufrichtig mein Streben war, wurde sie etwas weicher und sagte: »Ich halte dich nicht für einen römischen Spion. In deiner Seele wohnt kein Verrat; so viel Menschenkenntnis glaube ich zu haben. Solltest du aber doch doppelzüngig sein, so würde es dir sehr übel ergehen – nicht durch unser Zutun, sondern durch die Macht dessen, der seine Jünger auserwählte und sie noch am Leben zu erhalten wünscht, wie du selbst gemeint hast. Weißt du, wo das Quelltor ist?«

»Von dorther komme ich, obwohl es ein Umweg für mich war«, erwiderte ich lächelnd. »Ich wollte mir das Quelltor ansehen.«

»Dann weißt du auch von dem Mann, der Wasser trägt«, meinte sie. »Das ist gut so. Eines Tages, wenn du still und demütig im Herzen bist, wird er sich vielleicht am Quelltor zeigen. Aber bitte, überhaste nichts! Alles kommt zu seiner Zeit. Ohne diese Überzeugung könnte ich nicht weiterleben.«

Ich fragte sie, ob sie mit mir nach Jerusalem zurückkehren wolle; aber ihr war es lieber, noch eine Weile allein in dem Raum zu bleiben, wo Jesus von Nazareth oft geruht hatte. Sie sagte: »Geh, wenn du Lust hast. Und falls du unten niemanden siehst, so halte dich nicht damit auf, für die Gastfreundschaft danken zu wollen! Wir Frauen spüren Erkenntlichkeit auch ohne Worte. Du kannst hier kommen und gehen, wie es dir beliebt. Allerdings scheint mir, daß du noch nicht recht weißt, was du eigentlich willst. Aber ich denke, du wirst irgendwie dazu gezwungen werden, den einen, einzigen Weg einzuschlagen, auch wenn du es nicht magst. Friede sei mit dir!«

»Auch mit dir!« grüßte ich zurück. Und etwas trieb mich beizufügen: »Ja, Friede sei mit dir, Frau! Du bist mehr als eine Geliebte, eine Gattin, mehr als eine Tochter, weil Jesus dich ihm folgen ließ.«

Meine Worte freuten sie sichtlich. Denn als ich aufstand, streckte sie, weiter am Boden kauernd, die Hand aus und berührte, während ich mich nach meinen Sandalen bückte, meinen Fuß. Es war eine Geste, aus der so viel unsagbare Sehnsucht, so viel Begehren nach dem Unerreichbaren sprach, daß sie mich tiefer bewegte und erschütterte als je etwas in meinem Leben. Ich hätte die Gebärde kaum richtig verstanden, wäre mir nicht eben erst im Traum die Herabkunft des Reiches fühlbar geworden.

Als ich die Treppe zu dem von Blattwerk beschatteten Hof hinunterstieg, verspürte ich keinen Kummer mehr. Niemand war zu sehen, und auch die Gebäude ringsum lagen still. So ging ich, ohne mich zu verabschieden, meines Weges. Als ich zu der Steinbank hinauskam, merkte ich zu meinem Erstaunen am Sonnenstand, daß es schon die elfte Stunde war. Der Schatten des Hügels war länger geworden und streifte das Haus.

Rasch kehrte ich auf dem gleichen Wege, den ich gekommen war, in die Stadt zurück, derart in Gedanken vertieft, daß ich mich nur selten umblickte. Wieder kam ich an den uralten Ölbäumen am Hang vorbei, die jetzt Sonne hatten, während die Straße in kühlem Schatten lag. Auch an dem Kräutergarten ging ich wieder entlang, und jetzt, da es Abend wurde, strömten alle die Heilpflanzen starke Düfte aus.

Aus meinem Sinnen riß mich erst ein eintöniges Klopfen, nicht weit vor dem Stadttor. Ich sah einen Blinden, der am Straßenrand hockte und unaufhörlich mit seinem Stock gegen einen Stein schlug, um die Aufmerksamkeit der Vorübergehenden auf sich zu lenken. An Stelle der Augen gähnten in seinem Gesicht leere Höhlen, und der abgemagerte Leib war in schmutzstarrende Lumpen gehüllt. Als er mich innehalten hörte, begann er mit dem durchdringenden Tonfall eines Berufsbettlers zu winseln: »Erbarme dich! Ich bin blind.«

Mir fiel der Proviantbeutel ein, den die Frau meines syrischen Quartiergebers mir auf den Weg mitgegeben und den ich nicht benötigt hatte. Ich legte das Päckchen dem

Bettler in die Hände und sagte rasch: »Friede sei mit dir! Nimm das und iß! Und den Beutel kannst du behalten. Ich brauche ihn nicht mehr.« Als ich nämlich näher herangetreten war und den entsetzlichen Schmutzgestank des Mannes roch, wollte ich mich nicht damit aufhalten, ihm den Beutel in den Schoß zu leeren.

Der Bettler aber dankte mir nicht einmal. Statt dessen streckte er die Hände aus, tastete nach meinem Mantel und flehte ängstlich: »Es ist Abend, bald wird es Nacht, und niemand ist gekommen, mich von meinem Platz hier, wo ich den ganzen Tag gesessen habe, abzuholen. Erbarme dich meiner, du mitleidiger Mann, und führe mich in die Stadt! Dort finde ich schon meinen Weg. Aber hier außerhalb der Stadtmauer kann ich fehlgehen, über Steine stolpern und in die Schlucht fallen.«

Bei der bloßen Vorstellung, dieses greuliche Geschöpf – Mensch konnte man hier kaum mehr sagen – berühren zu sollen, wurde mir übel. Ich dankte deshalb dem Schicksal, daß es mir noch rechtzeitig gelungen war, mich seiner nach mir greifenden Hand zu entziehen. Eilends setzte ich meinen Weg fort und bemühte mich, nicht hinzuhören, als der Mann mit seiner schrill jammernden Berufsbettlerstimme hinter mir herrief und wieder mit seinem Stock auf einen Stein zu schlagen begann, als wollte er sich an ihm für seine Enttäuschung rächen. Im Geiste schalt ich ihn wegen seiner Undankbarkeit aus; auf jeden Fall hatte ich ihm ja gute Eßwaren geschenkt und dazu noch einen Beutel, den er zu Geld machen konnte.

Nachdem ich jedoch etwa zehn Schritte gegangen war, hatte ich die Empfindung, gegen eine Mauer zu stoßen. Wie unter Zwang blieb ich stehen, drehte mich um und blickte zurück. Die Hoffnung des Bettlers lebte wieder auf, und er quengelte: »Erbarme dich eines Blinden, du Sehender! Führe mich den Weg in die Stadt, und Segen wird auf dein Haupt fallen. Wenn es finster wird, friert mich hier. Und Hunde schleichen her und lecken meine Geschwüre.«

Ich fragte mich, wer eigentlich blind war, ich oder dieses stinkende Geschöpf. Daß ich meinen Proviant, den ich ja gar nicht brauchte, hergegeben hatte, war kein besonders verdienstliches Werk. Wenn ich mich aber dazu zwang, den Mann zu berühren, seine Nähe zu spüren und ihn zum Stadttor zu geleiten – das könnte ich mir wirklich als gute Tat zurechnen. Doch der bloße Gedanke daran bereitete mir solchen Ekel, daß mich ein Brechreiz anwandelte.

Widerwillig sagte ich: »Es gibt viele Wege und manche falsche Wegweiser. Woher weißt du, daß ich dich nicht irreführen und in die Schlucht stoßen werde, um mich deiner zu entledigen?«

Als der Blinde diese Worte hörte, erstarrte er zur Reglosigkeit, und der Stock entfiel seiner Hand. »Friede sei mit dir! Friede sei mit dir!« rief er dann, in Hoffnung und Schreck zugleich. »Ich vertraue dir. Was bleibt mir, einem Blinden, anderes übrig, als dem zu vertrauen, der mich führt, da ich ja selber meinen Weg nicht finden kann?«

Seine Frage traf mich mitten ins Herz. Auch ich war blind geworden, durch die eigene Zwiespältigkeit. Was konnte ich selber anderes tun als hoffen, daß jemand mich die rechte Straße führen würde? Mir fiel die geheimnisvolle Erscheinung in meinem Traume ein, die verschwunden war, als ich aufwachte und die Augen öffnete. Kurz entschloissen ging ich zu dem Blinden zurück, packte mit beiden Händen seine knochigen Arme und half ihm auf die Beine. Demütig hielt er mir seinen Stock entgegen und gab zu verstehen, ich sollte ein Ende fassen und ihn derart, ohne mich durch seine Berührung zu beschmutzen, führen. Aber mir war der Gedanke zuwider, den Blinden so zu schleppen, wie man ein Stück Vieh am Stricke hinter sich herzerrt; so schob ich die Hand unter seine Achsel und begann ihn stadtwärts zu geleiten. Trotzdem tastete er noch mit dem Stock ängstlich den Boden vor sich ab; der Kidronweg war ja keine glatte römische Heerstraße.

Wir kamen nur langsam vorwärts, weil mein Schützling

so gebrechlich und ausgemergelt war, daß ihm die Knie schlotterten. Ich hatte die Empfindung, nicht einen menschlichen Arm zu umfassen, sondern einen abgenagten Knochen in der Hand zu halten. Ungeduldig fragte ich: »Warum hat man dich so weit weg vom Stadttor gebracht, wenn du derart hilflos bist?«

Er jammerte: »Ach, Fremdling, ich bin zu schwach, um mich auf einem Platz in der Nähe des Tores zu behaupten. Aber es hat Zeiten gegeben, da war ich so kräftig, daß ich in der Straße vor dem Tempel gebettelt habe.«

Darauf war er sichtlich stolz und wiederholte, er habe in nächster Nähe des Tempels gebettelt, als wäre das eine hohe Auszeichnung. Verwundert dachte ich mir: Wie zähe doch das Menschengeschlecht ist! Sogar das jämmerlichste Geschöpf findet etwas, worauf es stolz sein kann.

»Trotz meiner Blindheit habe ich meinen guten Platz verteidigt, indem ich mit dem Stock um mich geschlagen und gestoßen habe«, rühmte er sich. »Aber als ich von Kräften kam, mußte ich selber Püffe und Hiebe einstecken. Schließlich hat man mich zum Stadttor hinausgeprügelt, so daß mir nichts übrigblieb, als jedesmal einen barmherzigen Menschen zu bitten, mich für den Tag an einen Platz irgendwo draußen am Straßenrand zu führen. Es gibt viel zuviel Bettler in der heiligen Stadt, und manche sind sehr kräftige Burschen.«

Er betastete den Saum meines Überwurfs und sagte: »Aus feinem Stoff ist dein Mantel, Fremdling. Du riechst gut. Du mußt reich sein. Warum wanderst du am Abend ohne Begleitung außerhalb der Stadtmauern umher? Wieso hast du keinen Vorläufer, der dir den Weg bahnt?«

Ich war ihm keinerlei Aufklärung schuldig. Immerhin sagte ich: »Es hat sich so ergeben, daß ich mir meinen Weg selbst suchen mußte.« Dann konnte ich der Versuchung nicht wiederstehen, ihn zu fragen: »Sag einmal, hast du auch von dem Judenkönig gehört, von Jesus, dem Nazarener, den man gekreuzigt hat? Was hältst du von ihm?«

Der Bettler wurde so zornig, daß er zu zittern anfing. Er fuchtelte mit seinem Stock und schrie: »Ja, von dem habe ich gerade genug gehört. Recht hat man daran getan, ihn zu kreuzigen.«

Ich wunderte mich sehr. »Aber soviel ich gehört habe«, erklärte ich, »war er ein guter und liebreicher Mensch. Er hat Kranke geheilt und hat die Mühseligen und Beladenen aufgefordert, zu ihm zu kommen, weil er ihnen Frieden bringen würde.«

»Was? Frieden?« höhnte der Blinde. »Umstürzen und zerstören wollte er alles, sogar den Tempel. Ein arger Unruhestifter, das war er, und ein böswilliger Mensch. Hör nur zu! Beim Bethesda-Teich lag immer ein allgemein bekannter Lahmer auf seinem Bett, und ab und zu hatte er sich von jemandem ins Wasser bringen lassen, um das nötige Mitleid zu erregen. In dem Teich hat seit Menschengedenken niemand Heilung gefunden – da mochte das Wasser wallen, soviel es wollte, und der Betreffende mochte, wie es angeblich erforderlich ist, nach dem Aufwallen als erster eintauchen oder nicht. Aber die Örtlichkeit liegt vor dem Schaftor, und in den schattigen Säulenhallen bettelt es sich gut. Was hätte also dieser Jesus Ungeschickteres tun können, als den Lahmen anzusprechen und ihn zu fragen: ›Möchtest du gesund werden?‹ Der Mann hat eine ausweichende Antwort gegeben, nämlich, wenn das Wasser walle, steige immer jemand anderer vor ihm hinein. Und da hat dann der Nazarener ihm gesagt, er möge aufstehen, sein Bett nehmen und seines Weges gehen.«

»Und der Lahme war geheilt?« fragte ich ungläubig.

»Ja, ja, gewiß. Er hat sein Bett genommen und ist gegangen«, erwiderte der Blinde. »So furchtbare Kräfte standen dem Galiläer zu Gebote. Damit hat aber der Unglücksrabe von Bettler sein gutes Auskommen verloren, das er achtunddreißig Jahre lang gehabt hat. Und jetzt, auf seine alten Tage, muß er anfangen, sich sein Brot mit seiner Hände

Arbeit zu verdienen, weil er keine Berechtigung mehr hat, zu betteln.«

Der Blinde wurde immer wütender. »Und obendrein war noch Sabbat. Der arme Kerl hat die größten Unannehmlichkeiten gehabt, weil er sein Bett trug, und hat sich mit Priestern herumstreiten müssen. Aber nicht genug damit! Schließlich hat Jesus ihn im Tempel wiedergetroffen und ihm eingeschärft, ja nicht mehr zu sündigen, sonst würde ihm etwas Ärgeres widerfahren. Da hat sich dann der Arme zu seinem Schutz den Priestern gegenüber auf den Wundertäter berufen und bezeugt, Jesus habe ihn geheilt und ihm, obwohl Sabbat war, ausdrücklich befohlen, sein Bett zu tragen. Aber was konnten die Priester tun? Dieser Nazarener hatte ja alle seine Anhänger um sich herum. Er hat gelästert und klipp und klar erklärt, er habe die Macht, den Sabbat zu brechen, weil er als Menschensohn auch Herr sei über den Sabbat. Ja, ja, mit Gott hat er sich auf eine Stufe gestellt! Selbstverständlich mußte er dafür ans Kreuz genagelt werden.«

Aus meinem Schweigen schloß der Blinde, daß ich nicht der gleichen Meinung war, und er fuhr deshalb fort: »Was sollte aus der Welt werden, wenn der Tempel zerstört würde? Wo bekämen die Krüppel ihre Almosen, wenn es keine reichen Sünder mehr gäbe, die ihre Verfehlungen wiedergutmachen, indem sie die Armen beschenken?«

Er stieß mit dem Stock heftig auf den Boden und brüstete sich hämisch: »Auch ich habe es mir nicht nehmen lassen, damals gleich am frühen Morgen mit der Menge zu ziehen und zu schreien: ›Kreuzige ihn! Kreuzige ihn!‹ Der Römer wußte ja nicht recht, welches Urteil er fällen sollte. Er kennt unsere Gesetze nicht, oder vielleicht machte es ihm Spaß, wenn jemand unseren Tempel entweiht und unseren Gott lästert. Wer von uns Bettlern nur ein bißchen auf Standesehre hält, der fühlt sich dem Tempel und den Hütern der Ordnung verpflichtet. Deshalb hat man uns von unseren Plätzen beim Tempel und an den Stadttoren rasch zusammengetrommelt, damit wir mit aufmarschieren und in das allgemeine Geschrei einstimmen. Wahrhaftig, ich war bei allem dabei und habe auch die Freilassung des Barabbas verlangt. Im Vergleich zu Jesus war Barabbas ein Ehrenmann; er hat nichts Besonderes angestellt – nur einen Römer umgebracht.«

Voll Abscheu rief ich: »Da komme ich einfach nicht mit! Wie gründlich verroht mußt du sein, daß du mit dieser Kreuzigung noch großtust! Vielleicht hätte er auch dich heilen können, wenn du an ihn geglaubt hättest.«

Der Blinde wandte mir die leeren Augenhöhlen zu und grinste hinterhältig, so daß seine Zahnstummel sichtbar wurden. »Wofür hältst du dich? Was für Weisheiten gibst du da von dir? Du bist sicher unrein, Fremdling!« jammerte er. »Du tätest besser, mich nur am Stock zu führen, damit ich dich nicht berühren muß. Ich brauche dich nur zu verfluchen, und der Gott Israels zerbläst dich mit einem einzigen Hauch zu Asche. Wenn du aber gar ein Anhänger dieses Jesus bist, so sollen dich bei lebendigem Leib die Würmer auffressen!«

Er zischte mir seinen Haß entgegen, daß ich den Gestank seines Atems roch; ich konnte mich nicht losreißen, so fest klammerte er sich an meinen Mantel.

»Du bist ein rechter Einfaltspinsel!« höhnte er und zeigte auf seine Augenhöhlen. »Nicht einmal Gott selber könnte Augen, die einmal ausgeronnen sind, wieder nachwachsen lassen. Übrigens möchte ich gar nicht das Augenlicht zurückhaben. Was gibt's denn schon für unsereinen auf der Welt zu sehen?«

Ich hätte mich nur freimachen können, wenn ich dem Mann einen Stoß versetzt hätte, aber ich brachte es nicht über mich, die Hand gegen ihn zu erheben. Auch wenn ich gewollt hätte, wäre es mir, glaube ich, unmöglich gewesen, ihn zu schlagen. »Beruhige dich, du Mann ohne Sünde!« war alles, was ich bemerkte. »Wir sind nicht mehr weit vom Stadttor. Dort verlasse ich dich, damit deine Reinheit nicht länger gefährdet ist.«

»Wenn ich nur stärker wäre!« seufzte er. Dann starrte er mich mit den leeren Augenhöhlen an und rief: »Ich zeige dir was, Fremdling!« Und plötzlich schlang er mir mit unerwarteter Wucht seinen Arm von hinten um den Hals und stieß mir sein spitzes Knie in den Rücken. Ich spürte, wie seine freie Hand nach meinem Geldbeutel tastete. Hätte er mehr Kraft gehabt, so wäre ich wirklich in ernstliche Bedrängnis geraten, um so mehr, als ich nicht einmal um Hilfe schreien konnte. So aber fiel es mir nicht schwer, seinen widerlich riechenden Arm zur Seite zu drehen und mich aus seinem Räubergriff zu befreien.

Keuchend polterte er: »Einen guten Rat gebe ich dir, Fremdling: Laß dir das eine Lehre sein! Überleg dir's künftig, dem Wunsch eines Unbekannten nachzukommen und Bettler auf menschenleeren Straßen zu führen! Wäre ich nur ein bißchen stärker, so hätte ich dich untergekriegt und Kameraden zu Hilfe gepfiffen. Du wärest deinen feinen Mantel und deinen Geldbeutel losgeworden. Wenn ich ein schlechter Kerl wäre, hätte ich dir mit dem Daumen die Augen eingedrückt, so daß du nicht mehr imstande gewesen wärest, mich zu erkennen und gegen mich Zeugnis abzulegen. Und gar, falls du ein Römer wärest, ja, da hätte ich dich mit Wonne umgebracht.«

»Schönen Dank für die Belehrung!« sagte ich spöttisch. »Woher weißt du übrigens, daß ich kein Römer bin?«

Der Bettler erwiderte: »Ein Römer hätte sich nicht dazu herbeigelassen, mich so wie du zu führen, du vertrauensseliger, weltfremder Alberling! Von einem Römer hätte ich einen Fußtritt bekommen oder einen Peitschenhieb über die Schnauze. Von diesen Kerlen darf man sich keine Gutherzigkeit erwarten; sie haben nichts anderes im Kopf, als Straßen und Wasserleitungen zu bauen und dafür zu sorgen, daß Maß und Gewicht nicht verfälscht werden.«

Wir hatten die Zisternen nahe dem Stadttor erreicht. Ich fragte: »Hast du selbst mit dem Lahmen gesprochen, von dem du erzähltest? Zürnt er tatsächlich dem Manne, der ihn geheilt hat?«

»Gesprochen hab ich nicht mit ihm«, gestand der Blinde. »Ich wiederhole nur, was ich gehört habe. Aber warum hat der Wundertäter nur diesen einen und ein paar andere geheilt? Warum nicht uns alle? Warum soll dem einen die Sonne leuchten, während die anderen ewig im Dunkel bleiben? Du mußt zugeben, daß wir unsere Gründe haben, wenn wir auf diesen Krankenheiler schlecht zu sprechen sind.«

»Du wirst ja auch gehört haben«, bemerkte ich, »daß er, der König Jesus, am dritten Tage nach seiner Grablegung wieder auferstanden ist.«

Der Bettler bog sich vor Lachen. »Weiberklatsch!« fauchte er. »Und du, ein erwachsener Mann, glaubst so etwas!« Aber sein Lachen klang ebensosehr nach Schluchzen wie nach Höhnen. »Es ist doch klar, daß seine Jünger den Leichnam aus dem Grabe gestohlen haben«, stieß er hervor, »um den Volksbetrug vollzumachen. Es gibt einen Gott im Himmel, das weiß ich. Aber hier auf Erden regieren nur das Geld und die Faust.«

Wütend tastete er mit seinem Stock auf der Straße vor sich her, bis er auf einen Steinbrocken stieß. Er bückte sich und hob ihn auf. »Hier ist ein Stein«, schrie er und hielt ihn mir vor die Nase. »Glaubst du, daß er sich in Brot verwandeln kann? Ebensowenig kann die Welt im ganzen sich ändern, diese Welt voll Haß und Mord und Buhlerei, diese Welt voll Gier und Rachsucht! Der Gott Israels ist ein Gott der Vergeltung. Eines Tages werden auch die Römer den gebührenden Lohn erhalten; aber wenigstens ist das dann nicht diesem Galiläer zu verdanken.«

Eine seltsame Erregung überkam mich, und meine Glieder wurden kalt. »Jesus von Nazareth!« murmelte ich. »Wenn du mehr als der Judenkönig warst und bist, wenn du in deinem Reiche weilst und das Reich noch hienieden ist, so verwandle diesen Stein in Brot, auf daß ich an dich glaube!«

Als der Bettler meine Worte hörte, schob er seinen Stock

unter die Achsel und fing an, den Brocken zwischen den Händen zu rollen, um ihn zu befühlen. Unter dem Druck seiner Finger begann der Stein nachzugeben. Mißtrauisch blies der Bettler Staub von dem Klumpen, hob ihn zur Nase und roch daran. Noch ungläubiger brach er ein Stück ab, schob es in den Mund, kostete, kaute und schluckte. »Das ist ja gar kein Stein, sondern Käse!« rief er, voll Spott über meine Albernheit.

Ich konnte nicht umhin, auch ein Stück von dem innen weißen Knollen abzubrechen und zu kosten. In der Tat, es war ein harter, kugelförmiger Landkäse! Er mußte unversehens von einem Bauernwagen oder aus einer Traglast gefallen und später so vom Straßenstaub überkrustet worden sein, daß er wie ein Stein aussah und sich auch so anfühlte.

Der Bettler mummelte an einem Bissen und fragte argwöhnisch: »Bist du ein Zauberer? Hast du durch Anrufung des Nazarenernamens den Stein in meinen Händen zu Käse gemacht?«

»Käse oder Brot, jedenfalls ist es menschliche Nahrung«, erklärte ich. »Wenn er imstande war, auf meine Bitte und Anrufung hin so etwas zu wirken, dann mußt du auch an seine Auferstehung glauben.«

Aber schon während meiner Worte stiegen mir Zweifel auf. Vielleicht hatte ich unbewußt an dem vermeintlichen Stein, den der Mann zufällig von der Straße auflas, etwas Ungewöhnliches bemerkt? Auch der Fund an sich wäre ja schon ein ganz erstaunlicher Zufall gewesen; aber es gibt noch merkwürdigere Fügungen.

Der Blinde dachte praktischer. Rasch, als fürchte er, ich könnte ihm den Käse entreißen, schob er ihn in den Proviantbeutel, den ich ihm gegeben hatte. Dann begann er mit dem Stock nach anderen Steinen am Straßenrand zu stochern, kniete hin und betastete sie. Aber die Steine waren Steine – zwar runde Knollen, genau so wie der Käse; doch sie blieben Steine. Nach einer Weile gab er seine Suche auf.

Nun stiegen wir aus dem Kidrontal zur Stadtmauer auf,

und an ihr entlang führte die Straße in sanfter Neigung gegen das Stadttor hin. Dadurch befanden wir uns im tiefen Schatten der Stadt, während der einsame Hügelkamm jenseits von uns durch die untergehende Sonne in rotes Licht getaucht wurde. Von gespenstiger Angst erfüllt, blickte ich ringsumher und betete laut: »Jesus Christus, Sohn Gottes, erbarme dich meines Unglaubens!«

Da fiel ein gewaltiger Lichtschein auf mich, und plötzlich wurde mir alles Körperhafte so wesenlos, daß die seelische Wirklichkeit in mir gegenständlicher war als die wuchtige Stadtmauer vor mir. Für einen ahnungsvollen Augenblick wurde, wie während meines Traumes im Hause des Lazarus, diese Wirklichkeit so sinnfällig wie sonst die Wirklichkeit des Bodens und der Steine, ja noch sinnfälliger als sie. Aber der Blinde merkte nichts; er beschwor mich nur in kläglichem Tone: »Wenn dieser Mann tatsächlich auferstanden ist, so rufe ihn nicht an und nenne nicht mit lauter Stimme seinen Namen! Sein Blut kommt sonst auch über mich!«

Der Glanz erlosch ebenso plötzlich, wie er aufgezuckt war. Meine Augen waren noch geblendet, und ich hob die Arme, als wollte ich die herrliche Unbeschwertheit, die ich empfunden hatte, festhalten. Wieder sank der Schatten der Stadtmauer auf mich, sogar noch dunkler als vorhin, und mit bleiernen Gliedern kehrte ich zur Erde zurück. Als ich über das Tal hinweg auf den steilen, sonnenbeschienenen Hügel blickte, sagte mir der Verstand, daß dort irgend etwas aufgeleuchtet und die Strahlen für einen Augenblick auf mich geworfen haben mußte, so wie man mit einem Spiegel zum Scherz mitten in eine Schattenfläche einen Lichtfleck zaubern kann.

Trotzdem blieb in mir die jubelnde Gewißheit, daß Jesus und sein Reich lebendige Wirklichkeit waren. Diese heimliche Gewißheit war stärker als meine Vernunft, und ich wünschte aufrichtig zu glauben. Ich dachte: Wozu diese zwecklose Eile? Warum möchte ich alles zugleich haben, und alles in vollem Ausmaße?

Wohlgemut faßte ich den Bettler am Arm und sagte aufmunternd: »Komm! Nur mehr ein paar Schritte, und wir sind am Tor.«

Aber der Mann sträubte sich, wollte von mir loskommen und jammerte: »Hier ist die Straße abschüssig. Wohin führst du mich? Doch nicht zum Abgrund, um mich in die Schlucht hinunterzustoßen, aus Rache, weil auch ich ›Kreuzige ihn!‹ gerufen habe?«

Ich antwortete: »Ich weiß wenig von Jesus. Aber ich glaube nicht, daß er auferstanden ist, um Rache zu nehmen. Nein, bestimmt nicht!«

Wir kamen zum Stadttor. Die Wächter kannten den Blinden und begrüßten ihn mit einigen Spottworten und mit der Frage, wieviel er tagsüber erbeutet habe. Wenn ich nicht dabeigewesen wäre, hätten sie ihn wahrscheinlich durchsucht und sich ihren Anteil genommen. An mich stellten sie keine Fragen, weil der Stoff meines quastenlosen Mantels und mein eingefettetes Haar mich hinreichend auswiesen.

Als der Bettler die vertrauten Stimmen der Wächter hörte, war er beruhigt. Im Nu machte er sich von mir los, tastete mit dem Stock an dem Torbogen hin und ging weiter, weil er hier den Weg schon kannte. Bald nach dem Tor kam ein kleiner offener Platz, und hier hockten noch ein paar Lahme und Krüppel, streckten die Hände aus und sagten mit eintönigen Stimmen ihre Sprüchlein her. Sonst aber war der abendliche Straßenverkehr in der Stadt im großen und ganzen zu Ende; aus den Häusern drang der Geruch von Herdfeuer, frischgebackenem Brot, Knoblauch und heißem Speiseöl.

Als der Blinde mir ein paar Schritte voraus war, begann er seinen Stock zu schwingen und seine Bettlerkameraden zu rufen. »Israeliten!« schrie er. »Der Mann hinter mir hat mich hergeführt, und ich kann gegen ihn Zeugnis ablegen. Er ist besessen. Er hat den Namen des gekreuzigten Jesus angerufen und dadurch einen Stein unter meinen Händen in Käse verwandelt. Macht euch auf und steinigt ihn! Er ist bestimmt ein Jünger dieses verfluchten Mannes und bringt Unheil über uns.«

Er bückte sich, faßte einen Klumpen frischen Dung und warf ihn so zielsicher in die Richtung, aus der er meine Schritte hörte, daß sein Geschoß mich traf und mir den Mantel beschmutzte. Als die anderen Bettler das sahen, beeilten sie sich, den Blinden zu packen und festzuhalten. Mich baten sie seinetwegen um Entschuldigung und ihn warnten sie: »Bist du zu deiner Blindheit auch noch übergeschnappt? Das ist doch ein reicher Ausländer! Wie könnte der ein Jünger des Nazareners sein? Er ist kein Galiläer, das sehen wir an seinem Gesicht.«

Sie begannen im Chor zu jammern, streckten mir die Hände hin und zeigten ihre Gebrechen. Ich verteilte eine Handvoll Münzen unter sie, nahm meinen beschmutzten Mantel ab, legte ihn dem Blinden um die Schultern und sagte laut lachend: »Da hast du den Mantel, den du so habgierig befingert hast! Er wird dir zustatten kommen, wenn du einmal über Nacht am Straßenrand bleiben und frieren mußt, weil dich niemand in die Stadt führt.«

Der Blinde schüttelte die Fäuste gegen seine Kameraden und brüllte: »Glaubt ihr wenigstens jetzt, daß er besessen ist? Also, ich möchte schwören, wenn ich ihm eine Maulschelle gebe, der ist imstande, mir die andere Wange hinzuhalten. Der ist verrückt genug dazu!«

Über seine Worte mußte ich herzlich lachen. Vielleicht war die Befolgung von Jesu Lehre nicht ganz so unmöglich, wie ich gedacht hatte. Je mehr ich mich bemühte, diesem Kerl hier Böses mit Gutem zu vergelten, desto froher fühlte ich mich. Ich hatte die Empfindung, nur auf diese Weise seiner Tücke Herr werden zu können. Ihn zu schlagen oder den Wächtern zu überstellen, hätte bloß bedeutet, ein Übel mit einem anderen zu bekämpfen.

Die anderen Bettler stimmten beflissen in mein Gelächter ein und riefen ihrem Zunftgenossen zu: »Besessen ist der Mann nicht, sondern einfach betrunken. Merkst du das nicht? Da muß einer schon einen tüchtigen Rausch haben, wenn er dir den Führer macht und dann noch seinen Mantel abnimmt und dir schenkt. Und nur ein sinnlos Besoffener kann aus vollem Halse lachen, wenn man ihn anpöbelt!«

In gewisser Beziehung hatten die Leute recht. Eine Trunkenheit, die menschliche Begriffe überstieg, brauste in meinem Kopf, ließ mich laut lachen und trübte meine Sehkraft derart, daß mir die Blicke der Passanten nicht das mindeste ausmachten, als ich nun, nur mit einer Tunika bekleidet, durch die Stadt ging. Alles andere, dachte ich, konnte vielleicht im voraus zurechtgestellt worden sein – nur nicht jener harte Käse, auf den der Blinde mitten unter allen anderen ähnlich runden Steinen mit dem Stock gestoßen war!

Die Frau des syrischen Krämers schlug die Hände zusammen, als sie mich ohne Obergewand zurückkommen sah, und ihr Mann erschrak, in der Meinung, ich wäre von Räubern überfallen worden. Als ich aber nur lachte, aus meinem Zimmer Geld holte und ihn bat, mir einen neuen Mantel zu besorgen, beruhigte er sich. Auch er nahm an, ich hätte mich betrunken; meinen Überwurf mochte ich, so dachte er wohl, verspielt haben.

Nach einiger Zeit brachte er mir unter vielen Entschuldigungen einen hübschen Wollmantel mit kleinen Quasten an den Zipfeln. Das Stück sei aus feiner judäischer Wolle, erklärte er; er drückte und knitterte das Gewebe zwischen den Fingern, um zu zeigen, wie gediegen und wie untadelig gefärbt es war. Er versicherte auch, er habe für mich den Preis auf einen angemessenen Betrag heruntergefeilscht.

Schließlich sagte er: »Das ist ein jüdischer Mantel. Wegen eines fremdländischen Überwurfes hätte ich bis zum Forum gehen und das Vielfache des Preises bezahlen müssen. Die Quasten kannst du natürlich abschneiden; aber es wird niemand etwas daran finden, wenn du sie behältst, nachdem du dir jetzt einen Bart wachsen läßt. Auch ich fürchte und verehre den Gott Israels und werfe dann und wann im Vorhof der Heiden eine Münze in seinen Opferschrein, um mir einen guten Geschäftsgang zu sichern.«

Er blickte mich mit einem schlauen Lächeln in seinen schwarzen Augen an und gab mir, sorgfältig gezählt, das Restgeld zurück. Ich wollte ihn für seine Mühe entschädigen. Aber er hob abwehrend die Hände und erklärte: »Von dir brauche ich nichts. Der Kleiderhändler hat mir schon eine Vermittlungsgebühr bezahlt. Du bist jetzt viel zu gebefreudig aufgelegt; heute darfst du nicht mehr ausgehen. Zieh dich lieber auf dein Zimmer zurück, schlafe dich aus und laß deinen Kopf ausrauchen! Vorher aber iß von der guten Suppe, die meine Frau dir macht! Sie kocht reichlich Zwiebeln hinein und Kräuter, die dich davor bewahren werden, mit Kopfweh aufzuwachen.«

Als ich mich nicht gleich entschließen konnte, auf mein Zimmer zu gehen, schüttelte er besorgt den Kopf, breitete die Arme aus und rief: »Schön, schön, ich habe es nur gut mit dir gemeint. Wenn du durchaus willst, kann ich ja meinen Jungen noch um einen Krug süßen Wein schicken. Aber mehr darfst du keinesfalls trinken. Und versuche nicht, in der Nacht noch einmal die Treppe hinunterzustolpern, sonst kannst du dir den Hals brechen oder in schlechte Gesellschaft geraten.«

Ich versuchte mich zu verteidigen und mit ungelenker Zunge auseinanderzusetzen, daß ich stocknüchtern sei. Doch er hob sehr bekümmert die Hände und meinte: »Dein Gesicht ist rot, und deine Augen glänzen. Aber wie du willst! Da rufe ich dir lieber eine junge Frau her, die Ausländern Gesellschaft leistet. Nur kann sie erst erscheinen, wenn es ganz finster ist, weil sie sonst in unserem Stadtviertel in Verruf käme. Gedulde dich also ein bißchen! Sie wird das Bett mit dir teilen und dich so gründlich beruhigen, daß du nachher einfach schlafen und den Kopf klarkriegen mußt. Singen und ein Instrument spielen kann sie allerdings nicht; aber sie ist gesund und hübsch und wird bestimmt dafür sorgen, daß du ohne Wiegenlied einschlummerst.«

Er war von der Richtigkeit seines Befundes und Heilverfahrens so fest überzeugt, daß ich alle Mühe hatte, ihm seine Pläne auszureden. Ihm zuliebe ging ich schlafen, und er folgte mir fürsorglich in mein Zimmer, um mich mit meinem neuen Mantel zuzudecken. Nach einer Weile brachte seine Tochter mir eine dampfende Schüssel voll stark gewürzter Suppe und sah mir beim Essen zu, während sie hinter der vorgehaltenen Hand verschämt kicherte. Die Suppe war so scharf, daß sie mir im Munde brannte; aber die heiße Flüssigkeit schien meine taumelige Beschwingtheit nur noch zu steigern.

Das Mädchen füllte noch meinen Wasserkrug und ging dann. Aber mich hielt es nicht im Bett. Auf den Zehenspitzen schlich ich mich auf das Dach. Während die Sterne immer leuchtender hervortraten, saß ich, in meinen neuen Mantel gehüllt, und horchte den verklingenden Stimmen der Stadt und dem Atmen der kühler werdenden Luft. Dann und wann strich mir ein leichter Windhauch über das heiße Gesicht, und in meiner Glückseligkeit schien es mir, als streichelte eine unsichtbare Hand mir die Wangen. Die Vergänglichkeit zitterte in mir, der Erdenstaub zitterte in mir; aber irgend etwas anderes flößte mir zum erstenmal im Leben die Gewißheit ein, daß ich mehr war als nur Staub und Schemen. Dieses Wissen machte mich still.

»Du auferstandener Gottessohn«, betete ich in der nächtlichen Dunkelheit, »tilge alle eitle Bücherweisheit aus meinem Kopf! Nimm mich auf in dein Reich! Führe mich den einzigen Weg! Ich muß wohl von Sinnen sein, krank, durch dich verzaubert. Aber ich glaube, daß du mehr bist als alles, was jemals sonst in der Welt bestand.«

Frierend und steif erwachte ich durch das schrille Schmettern der Tempeltrompeten. Die Sonne beschien die Osthänge der Hügel; die Stadt aber lag noch in unbestimmtem Dämmerlicht, und der Morgenstern schwebte hell über dem

Horizont. Mein Kopf war klar geworden. Mich fröstelte. Ich raffte den Wollmantel fester um mich und schlich in mein Zimmer und mein Bett zurück. Ich versuchte, mich meiner Nachtgedanken zu schämen; aber ich schämte mich nicht. Im Gegenteil, ich hatte die Empfindung, daß in mir, mochte auch die Fieberglut erloschen sein, immer noch ein kühles Licht schimmerte.

So ließ ich getrost meinen Bart unberührt und blieb in meinem Zimmer, um in aller Gelassenheit die Ereignisse des vergangenen Tages zu überdenken und niederzuschreiben. Sobald ich mit dem Schreiben fertig bin, will ich zum Quelltor gehen. Ich bin innerlich fest überzeugt davon, daß alles, was mir widerfuhr und noch widerfahren wird, einem bestimmten Zwecke dient. Diese Überzeugung gibt mir ein Gefühl der Sicherheit. Mag ich auch allerlei Ungereimtheiten niederschreiben, ich schäme mich keines einzigen meiner Worte.

6

Marcus grüßt Tullia.

Mit diesem Gruße an Dich grüße ich eine merkwürdig ferne Vergangenheit. Selbst von den leidenschaftlichen Nächten in Rom scheint es mir, als hätte jemand anderer sie erlebt und nicht ich. Uns trennt ein einziges kurzes Jahr; aber es war für mich länger als andere Jahre. Die letzten paar Tage allein kommen mir wie Jahre vor. Du bist mir abhanden gekommen, und ich selbst habe mich geändert. Ich bin ein anderer Marcus. Du würdest mich nicht mehr verstehen. Wenn ich mir Dich ins Gedächtnis zurückrufe, so sehe ich Dich beim Lesen meiner Berichte den launischen Mund zu einem spöttischen Lächeln verziehen.

Du lebst inmitten all der Dinge, die auch ich einst für wichtig hielt. Du achtest darauf, wer Dich grüßt und wie er es tut. Du überlegst Dir sorgfältig, welchen Schmuck Du jeweils bei einer Gesellschaft tragen sollst, damit Deine Freunde sich freuen, die Neider scheele Augen machen und die Feinde sich entrüsten. Du hüllst die dünne Seide Deines Gewandes eng um Deinen glatten Leib und musterst Deine Gestalt in der polierten Marmortafel an der Wand. Dann versetzt Du der jungen Sklavin, die sich beim Aufstecken Deines Haares ungeschickt anstellt, unversehens einen Nadelstich. Schließlich nimmst Du an der Abendgesellschaft teil, hebst mit müdem Lächeln Deinen Weinbecher, tust, als hörtest Du dem Vortrag irgendeines Philosophen oder Geschichtsschreibers zu, bist von dem letzten Liedschlager begeistert, läßt Deine Sandale von den Zehen baumeln, damit Dein Tischnachbar, wer immer es sei, nur ja bemerke, wie klein Deine weißen Füße sind. Trotz Deiner Schlankheit bist Du kräftig und ausdauernd. Deine unbändige Genußsucht kann Dich ganze Nächte in dem heißen

Rom wachhalten. In Gesellschaft fremder Leute knusperst Du, zerstreut und mäkelig, an Vogelzungen, Schnecken und Meerestieren, als fändest Du mit solchen Leckerbissen Dein Auslangen. Aber wenn Du Dich mit Deinem Liebhaber ermattet hast, fällt es Dir nicht schwer, mitten in der Nacht ein halbgares Bratenstück hinunterzuschlingen, um wieder Kräfte für das Spiel zu sammeln, dessen Du nie müde wirst.

So sehe ich Deinen Schatten, Tullia. Nicht mehr voll Leben, sondern wie den Widerschein in poliertem schwarzem Marmor. Und dieser Schatten peinigt meine Sinne nicht mehr wie im letzten Winter in Alexandria, als ich Dich vergebens zu vergessen suchte. Etwas anderes erfüllt jetzt, ohne eigenes Zutun, ganz meine Seele. Du würdest mich nicht mehr erkennen, Tullia. Vielleicht würde auch ich Dich nicht erkennen.

Darum schreibe ich diese Briefe, auch wenn ich sie mit einem Gruß an Dich beginne, wohl eigentlich eher mir selber als Dir. Ich schreibe, um mich selbst und alles, was mir widerfahren ist, zu erforschen, nach den Weisungen meines verehrten Lehrers in Rhodos, der mir immer wieder einschärfte, ich möge über selbst Gesehenes und selbst Gehörtes berichten und nicht bloß fremdes Gedankengut in anderen Worten wiedergeben. Nein, ich schreibe nicht mehr nur zum Zeitvertreib und aus Langeweile. Wenn ich meine Briefe abfasse, bist Du mir nicht mehr nahe; Du rückst dabei sogar weiter von mir ab als sonst. Das betrübt mich nicht, Tullia; ich habe keineswegs das Gefühl, etwas verloren zu haben.

Es kümmert mich nicht einmal, ob Du je meine Briefe zu Gesicht bekommst. Dennoch grüße ich Dich. Du warst ja, von Sinnenlust und Leidenschaft ganz abgesehen, der einzige mit mir wirklich befreundete Mensch. Von den Dingen dieser Welt hast du viel verstanden, und mehr als ich. Deiner Anbahnungskunst verdanke ich ja in letzter Linie jenes Vermächtnis, das mich wohlhabend gemacht hat, so daß ich nach eigenem Gutdünken mein Leben führen konnte, ohne anderen gehorchen oder auch nur schmeicheln zu müssen. Du warst ein Verstandesmensch, grausam, herrschsüchtig. Und vor allem hattest Du Deine Fähigkeiten schon Jahre vor mir entfaltet. Es dürfte Dich ja keineswegs kränken, wenn ich das sage; Du magst meine Feststellung im Gegenteil eher als rühmlich empfinden. Den Zauber Deiner Augen, Deines Mundes, Deines Leibes kennst du selbst genau. Aber nicht einmal dieser Zauber bindet mich mehr an Dich. So erfüllt bin ich jetzt von anderen Dingen.

Bärtig, mit einfachen Sandalen an den Füßen, in meinen gestreiften jüdischen Mantel gehüllt, ging ich am frühen Abend wieder zum Quelltor. Ich habe mir die Nägel nicht gepflegt, und nicht einmal Bimsstein könnte die Tintenflecke von den Fingern meiner rechten Hand entfernen. An Dampfbad und heißes Wasser gewöhnt, habe ich mich bloß kalt gewaschen, weil man mich beim Betreten des Männerbades im Gymnasion wegen meines Bartes so anstarrte, daß ich wieder ging. Nicht einmal in die Achselhöhlen habe ich mir Enthaarungssalbe verrieben. Ich bin am ganzen Körper behaart wie ein Barbar. Aber daran liegt mir nichts, und ich halte es nicht einmal für einen Nachteil. Ich wünsche mich meiner Umgebung anzugleichen, damit man mir mehr Vertrauen schenkt. Später mag ich ja zu den alten Lebensgewohnheiten, in denen ich aufgewachsen bin, zurückkehren.

Dabei kann ich nicht einmal sagen, daß ich diese Stadt und ihre Menschen liebe. Den Tempel habe ich oft mit seinem Marmor und Gold im vollen Sonnenlicht des Tages strahlen sehen. Die Abendröte wandelt den Bau zu einem Ungetüm mit blutfarbenem Haarkleid. In der Morgenfrühe ist er wie ein blauer Traum. Den ganzen Tag über steigt, dem Judengott zu Ehren, vom Brandopferaltar dichter Rauch zum Himmel. Aber mir ist der Tempel fremd geblieben. Ich kann ihm gegenüber nicht die gleiche Ehrfurcht empfinden wie die Juden. Er ist für mich nicht heilig. Als heiliger und gewaltiger empfand ich in meiner Jugendzeit den Artemistempel zu Ephesos. Oder Antiochia. Oder Rhodos. Oder Athen. Gar nicht zu reden vom Forum in Rom.

Nein, Zuneigung kann ich für diese Stadt, deren Bewohner Jesu Blut auf sich herabgerufen haben, nicht empfinden. Als die Frauen Jerusalems über den Herrn weinten, der am Wege zum Kreuzigungshügel unter Geißelhieben wankte, da hat er, heißt es, zu ihnen gesagt, sie sollten nicht über ihn weinen, sondern über sich selbst und ihre Kinder. Und ich empfinde unwillkürlich böse Vorahnungen, wenn ich den Tempel betrachte, dessen geweihter Vorhang durch das Erdbeben von oben bis unten entzweiriß und an dessen Treppe zum Heiligtum beim zweiten Beben einige Stufen einbrachen. Das genügt wohl als Omen.

An all das dachte ich auf dem Wege zum Quelltor. Noch drängten sich die Menschen in den Basarstraßen, alle Sprachen der Welt hallten von den Buden wider, Kamelglöckchen klingelten, und Esel schrien. Ich muß zugeben, daß die heilige Stadt der Juden eine Metropole ist wie nur irgendeine andere; aber für mich hat sie etwas Fremdes.

Jetzt am frühen Abend, am Ende eines Arbeitstages, bot die ganze Stadt für mich Fremden ein durchaus trauriges Bild. Mein Herz glühte in stiller Erwartung; aber die Trübsal der Einsamkeit bedrückte mein Gemüt. Es ist viel wert, frei zu sein und unabhängig von allen Menschen; doch die abendliche Einsamkeit in einer fremden Stadt ist eine bittere Pille.

Dennoch brach Freude in mir hervor, weil ich etwas zu erhoffen hatte. Ich wußte, daß ich in einer Welt des Umbruchs, der Erwartung lebte. Jesus ist aus dem Grabe erstanden, sein Reich bleibt für immer auf Erden. Nur ein paar Menschen wissen und glauben das; selbst sie zweifeln manchmal im Herzen, weil sich noch nie etwas dergleichen ereignet hat. Zu diesen Zweiflern gehöre auch ich; aber zugleich mit dem Zweifel glaube, hoffe, erwarte ich, daß etwas geschehen wird, was alles klärt.

Nur einige Bettler hockten noch, ohne mich zu erkennen, beim Tor; vom Blinden sah ich keine Spur. Frauen mit Wasserkrügen auf den Köpfen kamen durch den Torbogen in die Stadt und schwatzten angeregt miteinander. Sie nahmen sich nicht einmal die Mühe, meinetwegen den Mantelsaum über den Mund zu schieben; ich war ihnen gleichgültig.

Der Himmel wurde dunkelblau. Die Dämmerung vertiefte sich. Schon schimmerten drei Sterne am Firmament; schon zündeten die Wächter eine Pechfackel an und steckten sie in den Ring neben dem Tor. Ich war enttäuscht. Doch mit dieser Enttäuschung hatte ich gerechnet und mich darauf gefaßt gemacht, lange Zeit Tag für Tag hierherkommen zu müssen, ehe ich ein Zeichen empfing. Ich wollte schon nach Hause gehen, zögerte aber noch. Es spielte keine Rolle, ob ich hier oder dort war.

Da erschien im Torbogen ein Mann mit einem Wasserkrug. Er trug das Gefäß auf der Schulter und stützte es mit der Hand, weniger geschickt als die Frauen; er schritt langsam und vorsichtig, um nicht im Halbdunkel zu stolpern. Erst als er in einer ansteigenden Straße verschwunden war, folgte ich ihm. Die steile Gasse wurde zu einer Reihe seichter Stufen. Ich hörte, wie der Mann, hinter dem ich ging, seine Schritte setzte, wie er unter dem Gewicht des Kruges mühsam atmete.

Ohne sich zu beeilen, bog der Wasserträger immer wieder in gekrümmte Seitengassen ein. Wir stiegen in die Oberstadt. Lange waren wir schon unterwegs; ich merkte, daß der Mann nicht den kürzesten Weg zu seinem Bestimmungsort nahm. An einem einsamen Platz stellte er sein Gefäß nieder, rückte es zurecht und wartete. Ich ging auf ihn zu und blieb wortlos neben ihm stehen. Lange standen wir so nebeneinander, an eine Hausmauer gelehnt, bis er nicht mehr keuchte. Dann wandte er sich endlich zu mir, grüßte und fragte: »Hast du den Weg verloren?«

Ich grüßte zurück und fügte hinzu: »Es gibt viele Wege und mancherlei falsche Wegweiser.«

»Es gibt nur zwei Wege«, bemerkte er klügelnd. »Der eine führt zum Leben, der andere zum Tode.«

»Dann bleibt für mich bloß ein einziger«, entgegnete ich. »Aus eigenem kann ich ihn nicht finden. Aber ich hoffe und vertraue darauf, daß jemand mich geleiten wird.«

Ohne mir zu antworten, hob er wieder den Krug auf die Schulter und ging weiter. Ich schritt neben ihm, und er verwehrte es mir nicht. Nach einer Weile schlug ich vor: »Die Stufen sind steil. Darf ich dir helfen? Sonst kommst du wieder außer Atem.«

Er sagte: »Nicht das Tragen macht mich atemlos, sondern die Angst. Ich fürchte, aus dieser Sache wird nichts Gutes herauskommen.« Aber er ließ mich das Gefäß auf die Schulter nehmen. Es schien mir nicht sehr schwer. Er ging voraus und machte mich auf Unebenheiten aufmerksam, über die ich hätte stolpern können. Die Gasse war voll Unrat und roch nach Harn; ich beschmutzte mir die Sandalen.

Wir durchschritten ein Tor in der alten Mauer und stiegen dann noch höher in die Oberstadt hinauf. Das Haus, vor dem wir schließlich stehenblieben, schien groß und stattlicher als die Nachbargebäude; im Sternenlicht konnte ich nur die Umrisse erkennen. Der Wasserträger klopfte an die Tür, die gleich von einer Magd geöffnet wurde. Sie grüßte mich nicht, nahm mir aber sofort den Krug ab. Dem Manne bezeugte sie soviel Achtung, daß er offenbar mehr sein mußte als ein Bedienter, für den ich ihn gehalten hatte.

Er führte mich in einen stillen Hof, wo Bäume wuchsen. Dort kam mir ein Junge von etwa fünfzehn Jahren entgegen. »Friede sei mit dir!« grüßte er bescheiden. »Mein Vater und mein Onkel haben sich schon zurückgezogen; aber gestatte mir, daß ich dich in das Obergemach geleite! Willst du dir die Hände waschen?«

Ohne meine Antwort abzuwarten, begoß die Magd mir aus eben dem Krug, den ich gebracht hatte, reichlich die Hände, wie, um zu zeigen, daß es hier keineswegs an Wasser mangelte. Der Knabe reichte mir ein Leinenhandtuch und sagte: »Ich heiße Markus.«

Während ich mir die Hände trocknete, begann er zu erzählen, mit einem Eifer, als hätte das Gefühl der eigenen Bedeutsamkeit alle Dämme gesprengt: »Damals, in der Nacht, als unser Herr gefangengenommen wurde, bin ich dabeigewesen. Ich war einfach im Hemd aus dem Bett gesprungen und in den Gethsemane-Garten gelaufen, um Jesus zu warnen, weil ich wußte, daß er dort die Nacht verbringen wollte. Mich hat man auch gepackt; dabei ist mein Hemd zerrissen und den Häschern in den Händen geblieben. Ich mußte nackt davonrennen, zusammen mit den anderen.«

»Plappere nicht so viel, Markus!« ermahnte mein Begleiter ihn. Aber jetzt, da er wohlbehalten im Hofe stand und seine Furcht überwunden hatte, war er selbst so erfüllt von verhaltenem Eifer wie der Junge. »Ich bin Nathanael«, sagte er. »Warum sollte ich dir meinen Namen verheimlichen? Ich bin dem Herrn auf dem Wege nach Emmaus begegnet, an dem Tage, als er sein Grab verlassen hatte.«

»Aber zuerst hast du ihn nicht erkannt«, platzte Markus heraus. Nathanael legte dem Jungen, um seinen Mitteilungsdrang zu hemmen, die Hand auf den Nacken. Markus umfaßte mit fiebrig heißen Fingern vertrauensvoll meine Hand, und ich erkannte an seiner zarten Haut, daß er nie nennenwerte körperliche Arbeit geleistet hatte. Er führte mich über eine Treppe zu einem Söller, der längs des Daches lief, und von dort in das Obergemach des Hauses.

Es war ein großer Raum, den eine einzige Lampe schwach erhellte, so daß die Ecken im Schatten lagen. Als ich eintrat, sah ich, daß zwei Männer mich erwarteten. Sie standen Hand in Hand da, ganz still im Halbdunkel. Einen erkannte ich: es war der stattliche junge Mann, Johannes, den ich bei den Frauen am Kreuzigungshügel gesehen hatte. Als ich ihn nun im schwachen Lampenschein erblickte, fiel mir wieder die unsagbare Reinheit dieses Jünglingsantlitzes auf. Der andere Mann war älter, mit gefurchter Stirn und forschenden, mißtrauischen Augen.

»Friede sei mit euch!« grüßte ich.

Aber sie erwiderten nicht. Schließlich wandte Johannes sich mit einem fragenden Blick zu dem älteren Manne, als wollte er ihn zum Sprechen auffordern. Doch der Unbekannte fuhr fort, mich mit unverändert argwöhnischen Augen von oben bis unten zu mustern. Die Stille wurde lastend. Schließlich sagte Nathanael entschuldigend: »Er ist dem Wasserkrug gefolgt.«

»Ich suche den einzigen Weg«, beteuerte ich eindringlich, da ich sehr befürchtete, die beiden könnten mich aus Mißtrauen wegschicken.

In dem Zimmer standen um einen großen Tisch mehrere Ruhebetten. Das Gemach war offenbar der Speisesaal eines reichen Hauses. Als der argwöhnische Mann mich genügend gemustert hatte, winkte er und sagte: »Nathanael, Markus, ihr könnt gehen. Aber haltet für alle Fälle Wache im Hof!«

Als sie gegangen waren, drehte er den großen Schlüssel im Türschloß um und sagte: »Friede sei mit dir, Fremdling!- Was willst du von uns? Ich fürchte, der Weg, den du suchst, ist zu schmal für dich.«

Aber Johannes fiel ihm ins Wort und rügte ihn. »Thomas, warum mußt du jeden und alles zunächst einmal anzweifeln?« Zu mir sagte er aufmunternd: »Wer suchet, der findet; und wer anklopft, dem wird aufgetan. Wir haben gehört, daß du still und demütig im Herzen bist. Du hast reinen Sinnes angeklopft; darum haben wir die Tür aufgetan.« Er lud mich ein, Platz zu nehmen, setzte sich mir gegenüber und sah mich mit den kristallklaren Augen eines Träumers an.

Nach einigem Zögern setzte auch Thomas sich und

erklärte: »Ich bin einer der zwölf, von denen du gehört hast. Der Herr hat uns zu seinen Sendboten erwählt und berufen, und wir sind ihm gefolgt. Johannes ist der jüngste unter uns. Ich muß immer wieder seinen Ungestüm zügeln.«

»Du darfst uns nicht übervorsichtig schelten«, fuhr er nach einer kleinen Pause fort. »Sicherlich weißt du, daß die Behörden auch gegen uns eine Anklage zusammenbrauen. Sie behaupten, wir hätten uns verschworen, den Tempel in Brand zu stecken, als Zeichen für das Volk. Sie behaupten, wir hätten unseren Mitjünger, der Jesus verraten hat, umgebracht. Warum soll ich nicht offen zugeben, daß wir deinetwegen Auseinandersetzungen hatten? Bis auf Petrus, der von dir, einem Ausländer, überhaupt nichts wissen wollte, habe ich als einziger ernstlich gegen dich Stellung genommen. Aber Maria Magdalena machte sich zu deiner Fürsprecherin.«

»Ich kenne dich«, sagte Johannes. »Ich habe dich beim Kreuz stehen sehen. Du hast nicht mit den Spöttern gemeinsame Sache gemacht.«

»Auch ich kenne dich und habe von dir gehört«, erwiderte ich. Es fiel mir schwer, ihn nicht anzustarren. Noch nie hatte ich einen jungen Mann mit derart schönen Gesichtszügen gesehen; sie waren so rein, als hätte niemals ein böser Gedanke sie gestreift. Aber diese Schönheit war nicht leblos wie die Pracht einer Bildsäule; es war ein lebendiges, leidenschaftliches Antlitz, dem ich einen Hauch von Friedsamkeit und Wärme entströmen fühlte.

»Nun, und was willst du von uns?« fragte Thomas wieder, mit mürrischer Stimme.

Seine Feindseligkeit hemmte mich. Es war, als bemühte er sich, ein den Sendboten gemeinsam anvertrautes Geheimnis eifersüchtig vor Außenstehenden zu hüten. »Ich wollte euch nur bitten, mir den Weg zu zeigen«, antwortete ich zurückhaltend.

Thomas warf seinem Gefährten einen unwilligen Blick zu und sagte: »Vor seiner Gefangennahme hat der Herr uns zugesichert, in seines Vaters Hause seien viele Wohnungen; er werde hingehen, uns eine Stätte zu bereiten. Er muß uns alle zwölf gemeint haben, obwohl dann Judas ihm untreu wurde. Und er hat gesagt: ›Ihr wißt, wo ich hingehe, und kennt den Weg.‹«

Er rieb sich die gefurchte Stirn, und sein Blick verriet seine Ratlosigkeit. »Damals habe ich erwidert, wir hätten keine Ahnung, wohin er gehe – wie sollten wir da den Weg wissen? Und jetzt kommst du, Fremdling, und fragst mich nach dem Wege, den ich selbst nicht kenne.«

Johannes erinnerte ihn. »Thomas, Thomas, er hat dir ja geantwortet und gesagt, er selbst sei der Weg – so war es doch! –, der Weg und die Wahrheit. Also kannst du nicht abstreiten, es zu wissen.«

Aber Thomas sprang voll Verzweiflung auf, schlug mit der Faust auf die Fläche der anderen Hand und rief: »Ja, was bedeutet denn dieser Ausspruch? Ich verstehe ihn nicht. Erkläre ihn mir!«

Johannes wäre dieser Aufforderung sichtlich gerne nachgekommen, wagte es aber in meiner Gegenwart nicht. Ich überlegte und warf dann ein: »Jedenfalls ist Jesus am dritten Tage auferstanden.«

»Ja, ganz richtig!« bekräftigte Johannes. »Maria Magdalena hat uns berichtet, der Stein sei von der Gruft gewälzt. Wir sind hingeeilt, Petrus und ich, und fanden das Grab leer.«

»Alles recht schön«, meinte Thomas. »Maria Magdalena hat auch Engel gesehen und einen umherspukenden Gärtner.«

»Einen Gärtner?« fragte ich erschrocken, und ein Schauder überlief mich.

»Weibisches Geschwätz!« fuhr Thomas, ohne meine Frage zu beachten, fort. »Genau so wie die Geschichte mit Nathanael und Kleophas auf dem Wege nach Emmaus. Nicht einmal erkannt haben die beiden ihn.«

Johannes sagte voll Überzeugung: »Hier in diesem

Gemach, wo wir alle eingeschüchtert bei verschlossenen Türen saßen, hat er sich uns am gleichen Abend gezeigt. Er hat mit uns geredet und uns eine Zusage gegeben, an die ich kaum zu denken wage, geschweige denn, daß ich darüber vor einem Fremden sprechen könnte. Aber ich versichere dir, daß er leibhaft hier in unserer Mitte stand und dann so plötzlich, wie er gekommen war, wieder verschwunden ist. Und wir haben geglaubt.«

»Nun ja!« spottete Thomas. »Ihr seid einer Sinnestäuschung zum Opfer gefallen, genau so wie die beiden Emmausjünger, von Maria gar nicht zu reden. Ich war nicht dabei, und ich glaube nicht an derartige Erscheinungen. Ich müßte das Mal der Nägel an seinen Händen sehen und meinen Finger in diese Male legen können – das allein und nichts anderes kann mich überzeugen. Dabei bleibt es, und wenn ich auf der Stelle tot hinfallen sollte!«

Diese Worte und dieser Zweifel bekümmerten den jungen Johannes derart, daß er den Kopf abwandte. Aber er widersprach nicht. Mir kam vor, als hätte während der wenigen Tage seit der Erscheinung die Ungläubigkeit des Thomas auch den Glauben der Augenzeugen erschüttert, so daß sie insgeheim an dem gemeinsam Gesehenen irre zu werden begannen.

Ein seltsamer Frohsinn erfaßte mich, und ich erklärte entschieden: »Ich brauche nicht zu sehen, um zu glauben. Mir ist jetzt schon klar, daß er auferstanden ist und noch auf Erden weilt. Wie das alles zugeht, weiß ich nicht. Aber ich harre der kommenden Ereignisse. Dinge, die sich bisher nie zugetragen haben, sind in diesen Tagen geschehen, und ebenso Unerhörtes wird bestimmt noch kommen.«

Doch Thomas sagte geringschätzig: »Du gehörst nicht einmal zu den Kindern Israels, obwohl du dir anscheinend Proselytenquasten an deine Mantelzipfel hast nähen lassen. Ich verstehe nicht, warum du uns so hartnäckig ausspionierst. Ich traue dir nicht. Glaube ja nicht, es wäre mir unbekannt geblieben, daß du als Gast des Statthalters in

Antonia warst. Du versuchst uns in eine Falle zu locken, damit wir uns selbst den Kreuzestod oder die Steinigung an den Hals reden.«

Er rang die knorrigen Hände, starrte verängstigt vor sich hin und fuhr fort: »Ich weiß nicht, ob du je gesehen hast, wie es bei einer Steinigung hergeht. Ich habe dabei zugeschaut und möchte nicht selber das Opfer sein. Wenigstens nicht jetzt, nachdem Jesus gestorben ist, mag nun sein Grab leer sein oder nicht.«

»Warum bleibst du dann in Jerusalem?« fragte ich im gleichen barschen Tone, wie er ihn angeschlagen hatte. »Weshalb kehrst du dann nicht sang- und klanglos in deinen Heimatort zurück? Worauf wartest du noch?«

Er senkte den Blick, als wäre er seit jeher gewohnt, sich einer Befehlsstimme zu beugen, und fingerte an einer Mantelfalte. Dann entgegnete er zu seiner Rechtfertigung: »Allein kann ich die Stadt nicht verlassen. Aber meiner persönlichen Meinung nach vergeuden wir hier wirklich bloß die Zeit. Das Vernünftigste wäre, auf eine Weile in die Wüste zu gehen und dann heimzuwandern, jeder dorthin, wo er zu Hause ist. Statt dessen drehen wir uns hier herum, zaudern und streiten, ohne uns über irgend etwas schlüssig zu werden.«

Johannes sah ihn mit seinem kristallklaren Blick an und mahnte: »Seit Jesus dich erwählte, hast du kein Zuhause mehr. Du hast dein Arbeitsgerät hingelegt und bist ihm gefolgt. Niemand, der seine Hand an den Pflug gelegt hat und zurückblickt, taugt für sein Reich. So hat der Herr es selber gesagt. Nein, Thomas, zu unserem früheren Dasein können wir nicht zurückkehren.«

»Welche Bewandtnis hat es mit seinem Reich?« fragte ich rasch.

Aber Thomas schüttelte nur mit spöttischer Miene den Kopf und sagte: »Jedenfalls sieht dieses Reich nicht so aus, wie wir es uns vorgestellt hatten, Fremdling.«

Wieder schlug er mit der Faust auf die Handfläche und

rief in ohnmächtiger Wut: »War ich denn nicht sogar bereit, ein Schwert gegen meinen Mantel einzutauschen und mit dem Herrn und für ihn zu sterben? Wir selber können nur auf Gottes Gnade hoffen! Aber er, der Menschensohn, hatte Macht und Kraft, der Welt seinen Willen aufzuzwingen. Doch er duldete es, stumm wie ein Lamm, als man ihn ans Kreuz nagelte, und ließ uns in solcher Bedrängnis zurück, daß wir nicht wissen, was wir glauben oder wohin wir uns wenden sollen.«

Nach einer kleinen Weile fügte er hinzu: »Wenn einer gesteinigt wird, rinnt ihm Blut aus dem Munde; Blut und Schleim träufeln ihm aus der Nase; er schreit und weint und entleert alle Unreinlichkeiten des Körpers in die Kleider, bevor er den Geist aufgibt. Warum sollen wir uns diesem Schicksal ausliefern – jetzt, nachdem unser Meister dahingegangen ist und uns im Stich gelassen hat?«

Johannes klopfte ihm liebreich auf die Schulter und sagte voll Überzeugung: »Als die Stunde kam, waren wir alle gleich schwach. Aber denke daran, daß er versprochen hat, uns von seinem Vater her einen Helfer zu senden!«

Thomas stieß ihn zornig an, als hätte er ein Geheimnis ausgeplaudert, und erklärte, um meine Aufmerksamkeit abzulenken: »Du hast leicht reden, Johannes. Du weißt wenig von der Härte des Lebens. Als Lieblingssohn deines Vaters hast du in seinem Fischereibetrieb zusammen mit deinem Bruder ältere Männer unter dir gehabt. Als ich dem Rufe Jesu folgte, tat ich es, weil ich ein Herz hatte für die schwer arbeitenden und geknechteten Menschen. Aber welchen Trost diese Unterdrückten aus seinem sinnlosen Tode schöpfen sollen, geht über meine Begriffe. Das einzige, was er damit erreicht hat, war, daß er den Spott des Rates und der Römer auf sich selber und auf uns lenkte.«

Aber es gelang ihm nicht, mich von der Spur abzubringen. Neugierig fragte ich Johannes: »Was hast du da von einem Helfer gesagt?«

Johannes blickte mich treuherzig an und gab zu: »Was

damit gemeint war, habe ich nicht verstanden und verstehe es auch jetzt nicht. Aber ich baue auf sein Versprechen. Irgend etwas Besonderes steht uns, wie du selbst sagtest, sicherlich noch bevor. Deshalb bleiben wir in Jerusalem.«

Sie sahen mich beide an, und ihre Gesichter waren so verschieden, wie zwei Menschenantlitze es überhaupt sein können. Aber in beiden war etwas Gleiches oder doch Ähnliches, das sie, trotz aller Bitterkeit in Thomas' Worten, miteinander verband. Ich dachte daran, was Maria Magdalena mir über Jesu auserwählte Sendboten gesagt hatte; jetzt verstand ich den Sinn ihrer Worte. Ich glaube, ich wäre imstande gewesen, diese Gesichter inmitten der größten Menschenmenge herauszufinden. Jetzt, nach dieser Begegnung, würde ich, so kam mir vor, auch jene Sendboten erkennen, deren Mißtrauen so stark war, daß sie eine Zusammenkunft mit mir überhaupt ablehnten.

Da die beiden Jünger weiter kein Wort mehr sprachen, mußte ich erkennen, daß sie mich, bei allem guten Willen von seiten des Johannes, als Eindringling betrachteten. Mir war, als würde ich unwiderruflich von ihrer Gemeinschaft ausgeschlossen. Schließlich sagte ich daher verlegen:

»Ich bin euch wohlgesinnt. Allerdings bin ich Nichtjude, ein Unbeschnittener, und gedenke es zu bleiben. Aber mir wurde erzählt, daß Jesus sogar zu Samaritern, die den Juden ein Greuel sind, gutherzig war. Er soll auch den Knecht eines römischen Hauptmannes in Galiläa geheilt haben, weil der Römer an seine Heilkraft glaubte. Auch ich glaube an seine Macht und Stärke; ich glaube daran, daß er noch lebt und daß er wieder erscheinen wird. Wenn es dazu kommt, so laßt mich, bitte, nicht draußen in der Finsternis! Ich werde ihm doch nichts zuleide tun. Wie könnte übrigens ein Mensch einem Wesen etwas anhaben, das aus dem Grabe auferstanden ist und durch verschlossene Türen kommt und geht? Auch ihr habt von mir nichts zu befürchten; im Gegenteil, ich will euch nach Kräften helfen. Ich wohne in dem Hause des syrischen Krämers beim Hasmonäerpalast. Ich bin wohlhabend und kann euch nötigenfalls auch mit Geld beispringen.«

»Beweise das!« rief Thomas und streckte die schwielige Hand aus.

Aber Johannes lehnte mein Angebot ab. »Solche Hilfe brauchen wir nicht – zumindest vorderhand nicht. Meine eigene Familie ist begütert, und Matthäus hat Geld. Außerdem hatte der Meister reiche Gönner, die auf unseren Wanderungen für unseren Unterhalt aufkamen, da sie anders dem Herrn nicht Gefolgschaft leisten konnten. Nein, nein, wir brauchen weder Brot noch Kleidung, sondern nur Dinge, die er allein uns geben kann. Wenn er wiederkommt, werden wir dich nicht vergessen. Aber Geheimnisse, die er uns anvertraut hat, darf ich natürlich einem Fremden nicht preisgeben.«

Thomas bemerkte warnend: »Mir scheint, es war ein Fehler, auf Maria zu hören. Die Neugier dieses Römers verspricht nichts Gutes.«

Dann wandte er sich zu mir und sagte in drohendem Tone: »Wisse, daß wir im Gefolge des Herrn die Macht hatten, Kranke zu heilen, ja sogar böse Geister auszutreiben. Jetzt liegen zwar unsere Kräfte ganz darnieder; aber du tätest doch gut daran, dich vor uns zu hüten. Uns hat ja der Herr zu seinen Jüngern erwählt; wir waren es, die nach Gutdünken bestimmte Leute bei ihm vorließen und anderen den Zugang verwehrten. Wenn schon einer von uns Zwölfen zum Verräter werden konnte, wie sehr müssen wir erst einem Außenstehenden mißtrauen!«

»Ich fürchte weder euch noch eure Kräfte«, sagte ich. »Ich habe nie davon gehört, daß Jesus seine Macht auch nur gegen einen Widersacher gebraucht hätte, geschweige denn gegen jemanden, der ihn mit Inbrunst sucht.«

»Oh, du bist ja glänzend unterrichtet!« rief Thomas. »Aber eines Tages hat er doch einen Feigenbaum verflucht, so daß er vor unseren Augen verdorrte, und zwar bloß deshalb, weil er nichts als Blätter an ihm fand und keine Früchte. Dabei war nicht einmal die Jahreszeit für Feigen.«

Johannes warf ein: »Wir haben wohl nie richtig erfaßt, was er damit gemeint hat. Es muß eines jener Gleichnisse gewesen sein, die wir nicht verstanden.«

»Nur zum Volk hat der Herr in Gleichnissen geredet«, widersprach Thomas. »Zu uns sprach er ganz offen. Aber wenn wir ihn damals nicht begriffen, wie sollten wir es jetzt? Darum wäre es besser, wir verlassen die Stadt ohne weiteres Zaudern.«

Ich wurde seiner Einwände und Drohungen müde. »Nun, wie ihr wollt!« sagte ich. »Es tut mir leid, daß ich euch zu einer Zeit gestört habe, da andere Dinge euch so bedrücken. Ich selber bin von Alexandria hierhergereist, um den Weltherrscher zu suchen, dessen Geburt verschiedene Weissagungen ankündeten. Solche Prophezeiungen laufen auch bei anderen Völkern um, nicht nur bei den Juden. Das vorausgesagte Zeichen ist auch in Rom und in Griechenland beobachtet worden. Und diesen Weltherrscher habe ich in Jesus von Nazareth gefunden, der als Judenkönig ans Kreuz geschlagen wurde und dessen Sterben ich mit angesehen habe. Allerdings ist sein Reich anders, als ich es mir vorstellte, und anscheinend auch anders, als ihr es erwartet habt. Ich glaube nicht, daß ihr mich daran hindern könnt, dieses Reich zu suchen. Jesu Auferstehung hat mich davon überzeugt, daß sein Reich Wirklichkeit geworden ist.«

Aber nach diesen Worten brannten mir die Augen vor Tränen der Enttäuschung. Ich wandte den Kopf ab und schaute mit getrübtem Blick in den großen Speisesaal, dessen Ecken im Dunkel lagen. Für einen kurzen Augenblick bemächtigte sich meiner das gleiche Gefühl einer fremden Gegenwart wie während meines Schlafes im Obergemach des Lazarushauses. Aber diesmal konnte es kein Traum sein. Ich war im Gegenteil hellwach und allen Eindrücken offen. Mich erfüllte das Verlangen, den Auferstandenen anzurufen und beim Namen zu nennen, so wie kürzlich, als der Stein in den Händen des Blinden zu Käse geworden war. Aber in diesem Raum und in Gegenwart dieser beiden Männer hielt Befangenheit mich von einer solchen Anrufung ab. Sosehr diese Jünger sich auch drehten und wendeten, sie mußten ein verborgenes Wissen besitzen. Jesus hatte sie sicherlich Geheimnisse gelehrt, und ihnen war nicht der Tod bestimmt, ehe sie den Zweck erfüllten, den er allein kannte und den sie noch nicht verstanden.

Nein, ich wagte nicht, seinen Namen laut auszusprechen. Bescheiden sagte ich: »Friede sei mit euch!« und wandte mich zum Gehen.

Thomas begleitete mich zur Tür, um sie zu öffnen. Als er aber den großen Holzschlüssel gedreht hatte und den Griff faßte, ließ die Tür sich nicht öffnen. Er rüttelte und drehte den Schlüssel nochmals herum, aber vergebens. »Die Tür muß sich geworfen haben und klemmt jetzt«, brummte er ärgerlich.

»Reiße nicht so daran, sonst sprengst du das Schloß!« warnte Johannes und kam ihm zu Hilfe. Doch auch er richtete nichts aus. Sie waren beide verdutzt und blickten mich vorwurfsvoll an, als läge die Schuld an mir. Deshalb versuchte ich ebenfalls mein Glück. Ich hatte nicht viel Erfahrung mit hölzernen Schlössern und Schlüsseln; aber ich drehte nur den Schlüssel und es gelang mir ohne weiteres, die Tür zu öffnen. Kühle Nachtluft wehte mir entgegen. Über dem Hof sah ich einen ausgestirnten Himmel, und eben flog, wie als Zeichen für mich, ein Stern in goldener Bahn über das Firmament.

Ich nahm den Vorfall mit der Tür und das Aufleuchten der Sternschnuppe als Unterpfand dafür, daß er, der Judenkönig, mich nicht aus seinem Reich ausschließen würde, wie seine Sendboten es zu tun wünschten. Sie jedoch erblickten darin keinerlei Omen. Thomas drehte bloß den Schlüssel im Schloß und murmelte zu sich selbst, er als armer Mann könne eben mit derlei Vorrichtungen nicht umgehen, weil er nichts besitze, was man versperren müßte.

Die beiden Jünger blieben im Obergemach und ließen mich allein die Treppe hinuntergehen. Im Hof aber trat der junge Markus auf mich zu und fragte fürsorglich: »Wirst du wohl selbst den Weg zu deiner Wohnung finden, Fremdling? Es hat schon die zweite Nachtwache begonnen.«

Ich erwiderte: »Sorge dich nicht um meine Sicherheit! Nathanael hat mich zwar, vor Angst keuchend, auf Umwegen durch gewundene Seitengassen geschleppt, nur damit ich nicht weiß, wo ich mich befinde. Aber ich hoffe trotzdem, in die Unterstadt und in meine Wohnung zurückzufinden. Ich gehe zuerst durch die Mauer und dann bergab; die Richtung finde ich schon nach den Sternen. Sobald ich einmal das Theater und das Forum erreiche, frage ich mich schon durch.«

Doch Markus sagte voll Eifer: »Vater und Onkel haben mir aufgetragen, dich heute abend zu betreuen. Imbiß habe ich dir keinen angeboten, weil die Sendboten unseres Herrn mit dir als einem Römer nicht essen wollten. Aber gestatte mir wenigstens, dir meine Gastfreundschaft dadurch zu erweisen, daß ich dich zu deiner Wohnung zurückbegleite.«

Lächelnd wehrte ich ab. »Du bist jung, und junge Leute brauchen Schlaf. Du hast schon lange genug meinetwegen aufbleiben müssen.«

»An Abenden wie dem heutigen kann man nicht schlafen«, erklärte Markus. »Warte, ich hole nur meinen Mantel.«

Am Haustor schalt ihn die schläfrige Magd; doch er lachte bloß, tätschelte ihr die Wange und schlüpfte mit mir durch den Torbogen. Ich bemerkte, daß er einen Stock mit bleibeschwertem Knauf mitgenommen hatte; diese Entdeckung bereitete mir nicht ausgesprochene Freude, obwohl ich vor einem halbwüchsigen Jungen keine Angst hatte.

Entgegen meinen anfänglichen Befürchtungen geleitete er mich geradeaus bergab, offensichtlich, ohne mich in die Irre führen und so am Erkennen des Heimwegs behindern zu wollen. An dunklen Stellen nahm er mich an der Hand, damit ich nicht stolpern sollte. Mir kam vor, daß er sehr gern mit mir gesprochen hätte, sich aber nicht traute, weil ich beharrlich schwieg, von tiefer Niedergeschlagenheit bedrückt, obwohl im Grunde meines Herzens noch Hoffnung lebte.

Schließlich fühlte ich mich gedrängt zu sagen: »Du hast ihn also auch gekannt, diesen Jesus von Nazareth?«

Markus drückte mir heftig die Hand und antwortete: »Ja, gewiß. Ich habe das Mahl vorbereitet und aufgetragen, als er in unserem Hause mit seinen Sendboten nach der Sitte der Wüstenheiligen um einen Tag früher, als es allgemein der Brauch ist, das Osterlamm aß. Das war sein letzter Abend. Aber ich habe ihn schon früher gesehen und ihm als dem Sohne Davids zugejubelt, als er auf einer Eselin in Jerusalem einritt.«

Er prahlte ein wenig: »Das Reittier hat ihm mein Vater verschafft; es wartete an einem bestimmten Platz darauf, von den Jüngern geholt zu werden. An diesem Tage haben die Leute ihre Überkleider auf die Straße vor Jesus hingebreitet, haben Palmwedel geschwungen und Hosianna geschrien. Vater und Onkel ließen Jesus unentgeltlich das Obergemach benützen.«

Ich wurde neugierig und fragte: »Wer ist dein Vater? Wieso konnte er sich derart für Jesus einsetzen, ohne die Behörden fürchten zu müssen?«

Die Miene des Jungen verfinsterte sich, und er sagte leise: »Mein Vater wünscht nicht, daß sein Name mit diesen Dingen in Verbindung gebracht wird. Aber er gehört, obwohl er reich ist, zu den Stillen, und ich glaube, seine gleichgesinnten Freunde haben ihn gebeten, den König zu beschützen. Jesus wollte jedoch nicht meinen Vater oder dessen Familie dadurch gefährden, daß er sich in unserem Hause gefangennehmen ließe, und so begab er sich für die Nacht nach Gethsemane. Aber Judas, der Verräter, kannte unser Obergemach; so kamen die Schergen zuerst zu uns, mit brennenden Fackeln und klirrenden Waffen, und trommelten an der Tür. Damals war es, daß ich aus dem Bett sprang und ihn warnen lief.«

Zur Erklärung fügte er bei: »Mein Vater kann sich vor dem Rat immer damit rechtfertigen, daß er den Saal regelmäßig für Gesellschaften, Hochzeiten und dergleichen vermietet. Und es hat ihn auch nie jemand belästigt, weil er unter den führenden Männern Freunde hat. Man weiß genau, daß die Galiläer sich jetzt in diesem Raum jedesmal nach Einbruch der Dunkelheit zu versammeln pflegen; aber niemand will durch ein Einschreiten gegen sie die allgemeine Aufmerksamkeit auf diese Männer lenken und die Erregung wieder schüren. Auf den hohen Herren lastet schon schwer genug das Schuldbewußtsein, weil sie auf so schreckliche Art den Sohn Gottes gemordet haben.«

»War er der Sohn Gottes?« fragte ich, um den Jungen auf die Probe zu stellen.

Freimütig erwiderte Markus: »Natürlich war er der Sohn und der Gesalbte Gottes! Nur ein von Gott Gesandter konnte das vollbringen, was er gewirkt hat. Und überdies ist er ja aus dem Grabe auferstanden und lebt, obwohl er schon tot war. Mein Onkel Nathanael hat sogar nachher noch mit ihm gegessen. Ein Leichnam oder ein körperloser Geist, die können nicht essen. Darum ist er zweifellos am Leben.«

Im Herzen gefiel mir dieser unentwegte kindliche Glaube; meine Vernunft jedoch trieb mich an, spöttisch zu sagen: »Allzusehr mit Wissen belastet bist du offenbar nicht, nachdem du so bereitwillig alles glaubst, was du hörst.«

Der Junge wollte den Vorwurf nicht auf sich sitzen lassen. »Ich kann griechisch lesen und schreiben, und ein bißchen lateinisch auch. Mein Vater hat Geschäftsverbindungen mit Zypern und sogar bis nach Rom. So unwissend, wie du meinst, bin ich nicht. Aber bedenke, daß ich Jesus des öfteren gesehen und sprechen gehört habe. Einmal hat er mir, als er bei uns weilte, die Hand auf den Kopf gelegt. Für dich muß es schwerer sein zu glauben, weil du ihn, wie mir gesagt wurde, nur sterben gesehen hast; ich aber sah ihn in den Tagen seiner Kraft und Macht.«

Wir hatten die Mauer erreicht, die Ober- und Unterstadt scheidet, und ich blieb an dem Tor stehen, wo ich Maria von Beeroth getroffen hatte. »Von hier aus finde ich mich schon zurecht«, sagte ich. Doch ich zögerte mit dem Weitergehen, und auch Markus schien noch nicht gewillt, mich zu verlassen. Wieder fiel ein Stern vom Firmament, und wir sahen ihn beide.

»Sogar der Sternhimmel ist in diesen Tagen voll Unruhe«, bemerkte ich. »Irgend etwas liegt in der Luft. Vielleicht beginnen eben jetzt die Tage des Reiches, aber auf eine Art, die wir noch nicht erfassen.«

Markus verabschiedete sich nicht und traf keine Anstalten heimzugehen. Verlegen zupfte er an seinem Mantel und scharrte mit dem Stock am Boden.

»Es wundert mich nur«, sagte ich, »daß Nathanael den Auferstandenen nicht gleich erkannte, und auch Maria Magdalena erst dann, als er sie beim Namen rief.«

»Sie waren völlig unvorbereitet«, erwiderte Markus zu ihrer Rechtfertigung. »Auch bei Jesu Lebzeiten war übrigens seine Erscheinung vielgestaltig und änderte sich je nach seiner Gemütsstimmung. Das ist schwer klarzumachen. Es schien, als hätte er jedermanns Züge. Alle, die an ihn glaubten, fanden, er gleiche irgendwem, den sie einst geliebt hatten. Man konnte ihm kaum recht ins Gesicht schauen. Sein Blick war zu feierlich. Ich habe oft bemerkt, daß alte Männer, wenn sie ihn trafen, die Augen senkten.«

»Da magst du recht haben«, stimmte ich bei. »Ich sah ihn, ohne etwas von ihm zu wissen, am Kreuze leiden. Aber auch ich konnte ihm nicht ins Gesicht schauen. Ich wäre ganz außerstande, sein Aussehen zu beschreiben. Allerdings herrschte ziemliche Dunkelheit. Ich sagte mir vor, nur die Achtung vor seiner Todesqual habe mich davon abgehalten, ihn anzustarren; doch vielleicht hätte ich es auch, wenn ich dazu willens gewesen wäre, nicht vermocht. Und das erstaunt mich keineswegs, nachdem er Gottes Sohn war. Sogar die Soldaten gaben das zu, als im Augenblick seines Todes die Erde bebte.«

Dann jedoch mußte ich meiner Erbitterung Luft machen und noch hinzufügen: »Nach welchen Gesichtspunkten er allerdings seine Sendboten auserwählt hat, weiß ich nicht. Jedenfalls sind es unwissende Leute, die meiner Ansicht nach nicht das Recht haben, andere Menschen von der Nachfolge ihres Lehrers fernzuhalten. Damit handeln sie falsch und böse. Ich bin der gleichen Gesinnung wie sie. Aber sie treiben ihre Ängstlichkeit so weit, daß sie seine Geheimnisse als ihr Eigentum hüten. Dabei würden sie wohl, auch wenn sie ihr Versteck verließen, jetzt kaum mehr Gefahr laufen, verfolgt zu werden.«

Markus sann nach und meinte dann: »Ich glaube, du tust ihnen unrecht. Unwissend sind sie vielleicht; aber sie haben etwas, was anderen Menschen fehlt. Ich meine, sie allein konnten es wagen, dem Herrn unangefochten ins Gesicht zu blicken. Zumindest Johannes tat es. Ihn hat Jesus am liebsten gehabt. Geh nicht zu streng mit ihnen ins Gericht, Fremdling!«

Aber ich hörte das Lächeln in seiner Stimme, als er fortfuhr: »Immerhin muß ich gestehen, daß sie nicht jederzeit leicht zu begreifen sind. Auch mein Vater scheint ihrer müde zu sein, wegen ihrer Streitigkeiten und ihres Ungestüms. Besonders Petrus, der an Körpergröße alle überragt, ist herrschsüchtig und zetert mit den Frauen, obwohl sie es sind, die den Männern die Verpflegung besorgen und ihr Versteck bewachen. Bei all seiner Massigkeit und Kraft ist er recht kindlichen Gemütes. Übrigens sind die Galiläer überhaupt anders als wir hier in Jerusalem. Sie erfassen die Feinheiten der heiligen Schriften nicht so wie die Lehrer Israels. Sie sind einfache Menschen vom Lande, Dörfler, und fassen alles handgreiflich, sinnenfällig auf.«

Nach einigem Zögern gab er noch zu: »Mit Fremden sind sie kurz angebunden, das stimmt. Schon bei Jesu Lebzeiten ließen sie nicht jeden zu ihm. Auch jemand anderer hat sie kürzlich schon aufgesucht; aber sie weigerten sich sogar, ihn zu empfangen, weil sie ihn nicht als wahres Kind Israels betrachteten.«

Das erregte meine Neugier. »Erzähle mir davon!« bat ich.

»Hast du gehört, daß Jesus auf dem Weg zur Richtstätte zu Boden fiel, weil der Kreuzesarm, den er zu tragen hatte, ihm zu schwer wurde?« fragte Markus. »Die Römer griffen aufs Geratewohl einen Mann, der gerade vom Felde in die Stadt ging, auf und zwangen ihn, das Kreuz zu tragen. Sie hielten ihn für einen gewöhnlichen Landarbeiter; aber er ist ein reicher Gutsbesitzer und in der Synagoge der Libertiner sehr angesehen. Erst wollte er gegen den Willkürakt der Römer aufbegehren; dann jedoch besann er sich eines anderen. Damals wußte er noch nichts von dem, was da vorging. Er ist nämlich aus Kyrene und hält sich von Politik fern. Als er jedoch später erfuhr, was sich da abgespielt und wessen Kreuz er getragen hatte, erfüllte ihn Kummer, und er wollte von den Jüngern mehr über Jesus erfahren. Indes mißtraute Petrus sogar ihm. Allerdings war das gerade zu der Zeit, da die Jünger in der größten Angst lebten. Simon kam niemals wieder, sie nach dem Wege zu fragen. Es könnte sich dir, denke ich, verlohnen, ihn ausfindig zu machen und mit ihm zu reden. Vielleicht hat Jesus ihm unterwegs etwas Bedeutungsvolles gesagt, was ihn hinterher so bedrückt hat.«

»Wo kann ich ihn finden?« fragte ich.

»Er wird Simon von Kyrene genannt«, erwiderte Markus. »Erkundige dich in der Synagoge der Libertiner nach ihm! Da erhältst du bestimmt Auskunft.«

»Was ist das für eine Synagoge?« wollte ich wissen.

»Dort liest man die heiligen Schriften auf griechisch«, erläuterte Markus. »Die Synagoge wurde von Freigelassenen gegründet, die als reiche Leute aus Rom zurückkamen. Auch Einwanderer aus Alexandria und Kyrene unterstützen sie, weil diese in der Fremde Geborenen gewöhnlich so wenig von ihrem hebräischen Volkstum bewahrt haben, daß sie nicht einmal mehr die Sprache unserer Väter verstehen. Es ist eine wohlhabende, freisinnige Synagoge, die ihren Anhängern keine überschweren Lasten auferlegt. Ich glaube, dort würde man dich freundlich empfangen, wenn du dir an einem Sabbat die Schriftlesung auf griechisch anhören wolltest.«

Das war ein wertvoller Wink. »Ich danke dir, Markus«, sagte ich. »Von den Jüngern wurde ich abgewiesen und aufgefordert, mir den Weg selbst zu finden. Vielleicht sucht dieser Simon ihn auch. Zu zweit sucht es sich leichter als allein. Friede sei mit dir!«

»Auch mit dir, Freund des Statthalters!« grüßte der Junge beziehungsvoll. »Und wenn jemand dich fragt, wirst du ja jetzt bestätigen können, daß es hier keine gefährliche Verschwörung mehr gibt.«

»Ich bin mein eigener Freund; einen anderen habe ich nicht«, erwiderte ich, erzürnt über die Unverblümtheit, mit der dieser Junge mich verdächtigte, ich könnte meine Beobachtungen den Römern weitergeben. »Aber sollte jemand mich zufällig fragen, so könnte ich jedenfalls bezeugen, daß zumindest jene beiden Männer, mit denen ich jetzt sprach, weder Brandstifter noch Umstürzler sind. Doch ich glaube nicht, daß mich irgendwer irgendwas fragen wird. Im übrigen wünscht Pontius Pilatus sicherlich nichts sehnlicher, als daß über diese ganze Angelegenheit möglichst bald Gras wächst.«

»Friede sei mit dir!« wiederholte Markus, und wir trennten uns. An diesem Abend ereignete sich nichts weiter.

Um Simon von Kyrene zu finden, brauchte ich nicht in die Synagoge der Libertiner zu gehen. Als ich meinen Quartiergeber, den Syrer Karanthes, nach dem Mann fragte, sagte er sofort: »Du kannst dir die Mühe sparen. Warte bloß einen Augenblick, und ich verschaffe dir alle gewünschten Auskünfte.«

Er rief seinen Sohn und trug ihm auf, ihn für eine Weile am Ladentisch zu vertreten. Er selbst verschwand im Gäßchen. Ich setzte mich auf die Türschwelle und fand wirklich kaum Zeit, meinen Durst zu stillen, da war Karanthes schon wieder zurück. Er berichtete:

»Also, dieser Simon hat seinerzeit in Kyrene viel Geld verdient, und als er vor ein paar Jahren hierher übersiedelte, kaufte er eine Anzahl Felder, Weingärten und Ölhaine in der Umgebung unserer Stadt. Auch in anderen Ortschaften Judäas hat er Geschäftsinteressen. Er führt die Lebensweise eines Griechen. Angeblich besucht er, obwohl er einen Bart trägt, sogar das Theater und das Gymnasionbad. Man betrachtet ihn nicht als rechtgläubigen Juden. Manche behaupten sogar, er sei nicht einmal beschnitten; aber er ist so reich, daß niemand sich darum kümmert. Jedenfalls beachtet er das Gesetz und hält den Sabbat. Vor kurzem soll ihm etwas Peinliches passiert sein; die Römer haben ihn aus der Volksmenge herausgegriffen und gezwungen, das Kreuz dieses Aufrührers zu tragen, den man jüngst hingerichtet hat. Die Schmach ist ihm so nahegegangen, daß er sich seither in seinen Räumen eingeschlossen hat und niemanden empfängt.«

Er schilderte mir genau die Lage von Simons Haus und fragte dann mit verschmitztem Lächeln: »Was willst du eigentlich von ihm? Hast du vor, dein Geld in Grundbesitz anzulegen oder auf Pfänder auszuleihen? Dafür wüßte ich dir viel geeignetere Geschäftsfreunde. Diesen Simon kann ich keinesfalls empfehlen. Es heißt, er geht auf den Feldern herum und sammelt selber Reisig für seinen Herd; und er soll kaum etwas anderes essen als Brot und Gemüse.«

Ich fand, daß die Auskünfte des Syrers einander widersprachen, und war auf die Begegnung mit Simon von Kyrene neugierig. Aber mein Hausherr bestürmte mich mit Fragen über meine wahren Absichten. Da ich das Gefühl hatte, er wolle wirklich mein Bestes, sagte ich schließlich widerstrebend: »Gerade über den Vorfall, den du erwähnt hast, möchte ich mit ihm reden und ihn fragen, was er von Jesus, dem Nazarener, dem Judenkönig, weiß, da er ihm ja das Kreuz getragen hat.«

Karanthes geriet in große Erregung, zupfte mich am Mantelsaum und warnte: »Sprich nicht so laut über diese ärgerliche Sache!«

Aber ich erwiderte: »Du warst gut zu mir, und ich möchte deshalb dir gegenüber nicht unnötig geheimtun. Ich habe gute Gründe zu der Annahme, daß es sich bei dem gekreuzigten Judenkönig um den erstaunlichsten Mann handelt, der je gelebt hat, und daß er Gottes Sohn gewesen ist. Ich bin so gut wie überzeugt, daß er am dritten Tage nach der Bestattung sein Grab verlassen hat und am Leben ist, obwohl er schon tot war. Deshalb möchte ich alles erforschen, was mit ihm zusammenhängt, auch jene Einzelheiten, die vielleicht Simon von Kyrene über ihn weiß.«

Mein Syrer rief mit weinerlicher Stimme: »Wehe über mich! Was für ein Unheil habe ich auf mein Haus und mein Geschäft geladen, indem ich dich in mein Gästezimmer aufnahm! Wenn du nicht ein Freund Adenabars, des Zenturionen, wärest, hätte ich gute Lust, dich aufzufordern, augenblicklich deine Siebensachen zu packen und mein Haus zu verlassen. Von solchen Dingen redet man doch höchstens im Flüsterton in seinen vier Wänden, und nicht hier auf der Straße vor dem Haustor, wo jeder es hören kann! Keinesfalls darf man den Fabeleien unbedachter Männer und den Wahnvorstellungen verrückter Weiber Glauben beimessen. Natürlich habe auch ich gerüchtweise von den Sachen gehört, auf die du anspielst. Aber glaube mir, du tätest gut, dich aus dieser Angelegenheit herauszuhalten, sonst werfen dir die Juden bald ein paar Steine auf den Kopf! Du kannst noch nicht dahintergekommen sein, aber bei den Juden ist Religion immer Politik und Politik Religion. Nichts, was sie tun, ist völlig von ihrem Glauben zu trennen; ihr Gott ist allwissend und belauert sie Tag und Nacht, ob sie sich gesetzestreu verhalten. Darum empfiehlt es sich dringendst, in solchen Sachen leisezutreten und die Zunge zu hüten, besonders, wenn man Ausländer ist.«

»Ich bin römischer Bürger«, betonte ich. »Kein Jude darf mir ein Haar krümmen. Ich unterstehe nicht ihrer Gerichtsbarkeit. Für den Fall, daß sie wirklich irgendwelche mit ihrer Religion zusammenhängende Anschuldigungen gegen mich erheben, könnte nicht einmal der Prokonsul es wagen, mich zu richten. Ich würde nach Rom geschickt und dem Cäsar vorgeführt werden.«

»Angeblich ist doch Cäsar nicht mehr in Rom, sondern haust irgendwo auf einer abgelegenen Insel«, bemerkte Karanthes arglos. »An seiner Statt regiert wer anderer, ein verschlagener, habsüchtiger, Bestechungen zugänglicher Mann.«

Jetzt tauschten wir die Rollen. Ich packte meinen Hausherrn, hielt ihm meine Hand über den Mund und blickte mich entsetzt um, ob jemand seine Worte gehört hatte.

»Wenn du das in Rom gesagt hättest«, verwies ich ihn, »würde dich das den Hals kosten. Von diesem Mann darf nicht laut geredet werden; er soll Späher und Lauscher in den fernsten Ländern haben.«

Gelassen schob Karanthes meine Hand von seinem Mund und meinte: »Na also, siehst du? Man muß eben überall mit den Wölfen heulen. Andere Länder, andere Sitten. Hier in Jerusalem verbrennt man sich mit dem Namen des Gekreuzigten genau so den Mund wie in Rom mit dem Namen des . . . anderen Mannes.«

Er zögerte einen Augenblick und schaute sich um; dann kauerte er sich hin, und während ich weiter, in meinen gestreiften Judenmantel gehüllt, auf seiner Türschwelle saß, flüsterte er mir ins Ohr:

»Gerüchte sind Gerüchte. Aber wir einfacheren Leute und Ausländer haben erst nachträglich richtig erfahren, welch schreckliches Unheil uns durch das rasche Eingreifen des jüdischen Hohen Rates erspart wurde. Du mußt nämlich wissen, knapp vor den Ostertagen saßen wir alle, ohne es zu wissen, auf einem Vulkan. Das Volk hatte diesen Jesus schon zum König und Sohn Davids ausgerufen, und angeblich genoß er heimlich die Unterstützung einer Sekte und Verschwörergruppe in der Wüste, die ›Stillen‹ genannt. Man wollte, heißt es, während des Festes den Tempel, zum Fanal für das Volk, in Brand stecken, den Rat stürzen und eine Regierung aus Taglöhnern und Kleinbauern bilden. Du kannst dir vorstellen, welch hochwillkommene Gelegenheit zur Einmischung das für die Römer gewesen wäre. Der Statthalter hatte schon aus allen Stützpunkten die ganze Legion in Jerusalem zusammengezogen und selber in der Burg Antonia Quartier genommen, weil er sich nicht traute, so wie sonst im Herodespalast zu wohnen. Als aber die Umstürzler ihren Rädelsführer verloren, mußten sie sich wieder in ihre Schlupfwinkel verkriechen.«

»Das glaube ich nicht«, entgegnete ich. »Nach allem, was ich gehört habe, ist sein Reich überhaupt nicht von dieser Welt.«

»Ja, ja – wie gesagt, Gerüchte sind nur Gerüchte«, bemerkte Karanthes versöhnlich. »Aber irgend etwas muß an so hartnäckigen und übereinstimmenden Munkeleien daran sein. Ohne Feuer kein Rauch! Oder? Was meinst du?«

»Ich vermute, daß der Rat und die Priester und die Schriftgelehrten derlei Gerüchte selbst in Umlauf bringen, um nachträglich einen niederträchtigen Mord zu rechtfertigen«, erklärte ich entschieden. »So, wie man da glauben machen will, war Jesus nicht geartet. Angeblich hat er den Leuten sogar gesagt, wenn man sie auf die eine Wange schlüge, sollten sie die andere auch hinhalten, und niemand möge Böses mit Bösem vergelten. Auch ich persönlich halte diesen Grundsatz für das einzige Mittel, um aus der Gewalt des Bösen loszukommen, das sonst, von Rache zu Rache und immer wieder zu Rache, sich ewig fortpflanzt.«

»Er hat sich sein Schicksal selbst zuzuschreiben«, erklärte Karanthes in sachlich nüchternem Tone. »Wer hier auf

Erden wirkt und handelt und lehrt, muß sich den Gesetzen dieser Welt unterwerfen. Mag sein, daß dieser Jesus von anderen Leuten für ihre Zwecke mißbraucht wurde; über ihn selbst hat man ja wirklich nur Gutes gehört. Aber dem jüdischen Rat ist nichts übriggeblieben, als jene Entscheidung zu treffen, die allein der Sachlage und der politischen Vernunft entsprach. Es geht eben nicht an, daß jemand, um das Volk zu verführen, Kranke heilt und Tote erweckt oder sich als Sohn Gottes ausgibt. Soweit wir wissen, hat der Judengott keinen Sohn und kann gar keinen haben. Gerade dadurch unterscheidet er sich von den Göttern anderer Völker. Solche Irrlehren stiften nur politischen Unfrieden. Und bei einem Umsturz sind es immer die Hitzköpfe, die an die Macht kommen, nie die Besonnenen. Ich bin überzeugt, gleich bei Ausbruch der Unruhen und ehe ich auch nur Zeit gefunden hätte, mich zu dem neuen König zu bekennen, wäre mein Kramladen in Flammen aufgegangen und meine Tochter hätte mit zerschmettertem Schädel und gespreizten Beinen in der Gosse gelegen.«

Ich überlegte seine warnenden Worte und verglich sie mit allem, was ich sonst gehört und erlebt hatte. Dann sagte ich nachdenklich: »Ich glaube, dieser jetzige Umsturz beginnt im Innern der Menschen, nicht von außenher. Das unterscheidet ihn von allen anderen Revolutionen. Wie allerdings die Dinge im einzelnen weiterverlaufen werden, ist mir noch unklar.«

Karanthes hob resigniert die Hände und meinte: »Man sieht, daß du nicht verheiratet bist. Mach, was du willst; aber sage nicht nachher, ich hätte es verabsäumt, dich zu warnen!«

So begab ich mich denn zu Simons Haus. Es lag in einer schmalen Gasse und unterschied sich äußerlich nicht von anderen Stadthäusern. Aber das Tor war, mitten am Tage, verschlossen. Als ich eine Zeitlang geklopft hatte, kam eine Magd, öffnete die Tür auf einen Spalt und verhüllte, als sie mich sah, rasch ihr Gesicht. Ich grüßte und fragte nach dem

Hausherrn; doch sie erklärte abwehrend: »Mein Herr ist krank und hält sich in einem verdunkelten Zimmer auf. Er wünscht keine Besuche.«

Ich nannte ihr meinen Namen, berief mich auf den Bankier Aristainos und sagte schließlich: »Ich bin überzeugt, daß dein Herr mich empfangen wird. Ich komme nämlich gerade wegen der Sache, die ihn bedrückt.«

Die Magd ließ mich ein und ging ihren Herrn holen. Ich bemerkte, daß hinter der unscheinbaren Außenseite das ganze Haus im griechischen Stil umgebaut worden war. Das geräumige Atrium hatte eine Öffnung im Dach und ein Regenwasserbecken im Boden, der entgegen dem jüdischen Bilderverbot mit Mosaikdarstellungen – Blumen, Fischen und Vögeln – geschmückt war. An den Wänden standen Bronzen und griechische Vasen in der Art, wie vornehme Häuser ausgestattet zu sein pflegen.

Nach einer Weile erschien ein griechischer Sklave, grauhaarig, in einen kunstvoll gefalteten Leinenmantel gekleidet, eine Schriftrolle unter dem Arm. Die Augen des Mannes waren rotgerändert, wie von vielem Lesen bei schlechtem Licht. Er grüßte mich auf römische Weise und forderte mich auf, Platz zu nehmen und zu warten.

»Was liest du denn da?« fragte ich.

Er versteckte die Rolle hinter seinem Rücken und antwortete: »Nur ein Buch eines jüdischen Propheten. Ich bin Erzieher der beiden Söhne des Hausherrn, Rufus und Alexander. Allerdings ist mein Herr ein schlichter Mann, der für Dichtkunst nichts übrig hat.«

»Darf ich raten, was du da hältst?« meinte ich lächelnd. »Ich habe das gleiche Werk in Alexandria gelesen, und erst kürzlich hat man mir wieder Stellen daraus hergesagt. Ist es nicht das Buch des Propheten Jesaja?«

Der Sklave brachte verdutzt die Rolle wieder zum Vorschein, und blickte ernst auf sie, dann auf mich. Schließlich fragte er: »Bist du ein Hellseher oder ein Magier, daß du weißt, was ich meinem Herrn vorgelesen habe?«

»Magier bin ich bestimmt keiner«, entgegnete ich. »Was ich von Astronomie und Sterndeuterei weiß, verdanke ich meinem Pflegevater Manilius. Seine Schrift ›Astronomica‹ wirst du wohl kaum gelesen haben?«

Er verneinte und fügte hinzu: »Jedenfalls aber ist mir bekannt, daß die Römer alles von uns Griechen entlehnen, es in ihre Sprache übersetzen und als ihr geistiges Eigentum ausgeben.«

Der grauhaarige Sklave war offenbar sehr auf seine nationale Würde erpicht. Ich erkundigte mich: »Und was hältst du von dem jüdischen Propheten?«

Er antwortete: »Ich bin Grieche. Diese ebenso dunklen wie schwülstigen Judenschriften langweilen mich bloß. Ich lese das Buch meinem Herrn vor, hänge aber dabei meinen eigenen Gedanken nach. Wie bewiesen wurde, kann die Schildkröte auch gegen Achilles ihren Vorsprung wahren. Als Sklave habe ich die Rolle der Schildkröte übernommen. Ich versuche nie, dem Äsop oder Homer den Rang abzulaufen, wie die Juden es tun.«

In diesem Augenblick trat Simon von Kyrene ein, und ich musterte ihn eingehend. Er hatte einen zerlumpten Mantel achtlos über die Schultern geworfen; sein Bart war ungepflegt. Es handelte sich um einen kräftigen Mann mittleren Alters, mit stark sonngebräuntem Gesicht und großen Bauernhänden. Er setzte sich in den rot überzogenen Hausherrnstuhl und winkte dem Sklaven ungeduldig, sich zu entfernen.

Ohne Gruß fragte er mich barsch: »Was führt dich her, Römer? Was willst du von mir?«

Ich blickte um mich, ob nicht irgendwo Horcher versteckt waren. Dann erwiderte ich ganz schlicht und offen: »Ich habe gehört, daß du wegen Jesus von Nazareth sehr bekümmert bist und versucht hast, mit seinen Jüngern zu sprechen, von ihnen aber abgewiesen wurdest. Gestern abend bin auch ich mit zweien von ihnen zusammengekommen; doch sie wollten mir nicht helfen. Auch ich suche den Weg. Hilf du mir, wenn du kannst!«

Er neigte den Kopf zur Seite, starrte mich unter seinen buschigen Brauen mißtrauisch an und verwahrte sich: »Ich suche keinen Weg. Wer hat dir das gesagt? Meinen Weg habe ich schon vor vielen Jahren gefunden und bin auf ihm ganz gut vorwärtsgekommen.«

Ich beobachtete ihn sorgsam, und plötzlich kam mir zu Bewußtsein, daß er den Kopf wie ein Sklave hielt und auch den argwöhnischen Sklavenblick hatte. Unwillkürlich spähte ich nach seinen Fußknöcheln und suchte die untilgbaren Spuren der eisernen Bänder. Aber seine Augen folgten meinem Blick, und er schob eilig die Füße unter die Marmorbank. Gleichzeitig schlug er mit einem kleinen Holzhammer auf eine Metallscheibe, um einen Bedienten zu rufen.

»Du hast scharfe Augen«, gab er widerstrebend zu. »Ja, ich war Sklave, wurde aber schon vor mehr als zehn Jahren freigelassen und habe in Kyrene beim Getreidehandel viel Geld verdient, ehe ich hierher nach Jerusalem kam, wo seinerzeit mein Urgroßvater beheimatet war. Ich habe zwei Söhne, und ich wünsche nicht, daß jemand sie meiner Abkunft wegen über die Achsel anschaut. Doch ich bin, ebenso wie mein Vater und mein Großvater, als Sklave zur Welt gekommen. Das drückt einem Menschen seinen Stempel auf, auch wenn man es hier im allgemeinen nicht bemerkt. Ich habe meinen Platz in der Synagoge und im Theater; meine Söhne haben einen griechischen Erzieher, und ich wohne, wie du siehst, in einem vornehmen Hause. Vielleicht gelingt es mir eines Tages, meinen Söhnen das römische Bürgerrecht zu erkaufen.«

Der Diener trat mit einem Silbertablett ein. Er reichte mir einen goldenen Becher und füllte ihn aus einem staubigen Kruge mit dunkelfarbenem Wein. Auf dem Tablett lagen Honigkuchen und daneben ein von Asche grauer Gerstenfladen. Simon nahm von dem Tablett einen Tonbecher, in den ihm Wasser gefüllt wurde. Er brach von dem Brotfladen ein Stück ab, blies die Asche weg und schob den Bissen in den Mund; dazu trank er einen Schluck Wasser. Ich kann nicht leugnen, daß mich das Gehaben dieses Mannes überraschte.

»An Honigkuchen habe ich mich anscheinend überessen«, erklärte ich. »Wenn du gestattest, koste ich dein Gerstenbrot. Aber deinen Wein will ich nicht verschmähen, nachdem du nun schon meinetwegen den Siegelabdruck zerbrochen hast. Sonst wäre mir Wasser ebenso lieb gewesen, nachdem es, wie ich sehe, Quellwasser ist.«

»Ich bekomme das Wasser aus einer guten Quelle weit von hier«, sagte Simon. »Von so einer Quelle habe ich als Junge bei der Arbeit unter der sengenden Sonne auf den Feldern Afrikas geträumt. Übrigens auch von solchem Gerstenbrot wie das hier; unser Sklavenbrot buk man aus einem Gemisch von Spreu und Körnerresten, Bohnen und Hafer. Als ich reich wurde, habe ich eine Zeitlang Wein getrunken, fand aber dann, daß er mir gar nicht schmeckt. Ich aß Honigkuchen und Gazellenbraten mit scharfen Tunken, bis ich entdeckte, daß reines Brot und frisches Gemüse mir besser munden und besser anschlagen. Ich habe viel durchgemacht – mehr, als du ahnst, Römer.«

Doch er sprach darüber nicht verbittert, sondern wie von etwas Selbstverständlichem.

»Es hat lange gedauert«, fuhr er fort, »ehe ich richtig begriff, daß ich frei war und tun konnte, was ich wollte. Mein Bett ist noch immer eine harte Sklavenbank; von weichen Daunenkissen tut mir nur der Rücken weh. Ich weiß nartürlich, daß man mich auslacht, wenn ich zuerst meine Ländereien besichtige und den Arbeitern ihren Tagelohn auszahle und dann in meinem Mantel Reisig sammle und auf dem Rücken heimtrage. Verschwendung nehme ich niemandem übel; mir selber bereitet sie nicht die geringste Freude. Als Junge bin ich fast zu Tode gepeitscht worden, weil ich aus Unverstand Dung und trockene Disteln von fremdem Land aufgelesen habe, zum Heizen für meine Mutter. Deshalb macht es mir jetzt Spaß, auf eigenem

Grund und Boden gutes Brennholz aufzulesen und es im eigenen Mantel ins eigene Haus zu tragen.«

Nach einer Pause sagte er: »Vielleicht bin ich ein strenger Dienstherr, der beim Gesinde keine Faulheit duldet. Doch noch nie habe ich einen Olivenpflücker ausgescholten, weil er vom Baum herunterstieg und seine täglichen Gebete sprach. Ich persönlich fühle mich am wohlsten, wenn ich auf meine Felder hinausgehe, den Mantel schürze und mitten unter den Arbeitern selbst Hand anlege.« Anscheinend wollte er dem Thema, das ich angeschnitten hatte, ausweichen; denn er fuhr fort: »Das ist der Weg, den ich für mich selber gefunden habe. Als Sklave dachte ich viel über die menschliche Freiheit nach. Darum nötige ich jetzt nie anderen meine eigene Spielart von Freiheit und meine eigenen Steckenpferde auf, sondern lasse sie nach ihrem Zuschnitt leben. Vielleicht war es kindisch von mir, nach Jerusalem zu übersiedeln. Aber aus den Erzählungen meiner Eltern kannte ich Israel als das Gelobte Land; auch von dem Gott Israels haben sie mir erzählt, das heißt, soviel ihnen selbst – wir Sklaven hatten ja keine Synagoge und keine Lehrer – davon bekannt war. Weder mein Vater noch ich wurden beschnitten, wie das Gesetz es vorschreibt; derart wenig wußten wir von dem Bunde zwischen Gott und dem Volke Israel.

Vom Getreidehandel allerdings weiß ich alles, was es zu wissen gibt, und hätte bestimmt gute Geschäfte gemacht, wenn ich in Rom ansässig geworden wäre. Aber das Korn, das dorthin zur freien Verteilung verschifft wird, ist mit Blut getränkt, wie auch die vernarbten Striemen auf meinem Rücken bezeugen. Jeder sehnt sich schließlich nach dem, wovon seine Eltern erzählt haben, nach dem Gott seiner Väter und nach dem eigenen Volke. Zum Römer wäre ich nie ganz geworden, und ich sehe auch keinen Sinn darin, Reichtümer um ihrer selbst willen anzuhäufen. Für mich und meine Söhne besitze ich genug, und ich habe mein Geld klug angelegt, unter Bedacht auf alle erdenklichen

Gefahren. Jetzt kenne ich keinen weiteren Wunsch, als rechtschaffen zu leben, Gott zu verehren, die Gebote ohne Schädigung anderer zu halten und mich der Dinge zu erfreuen, die mir wirklich Freude machen. So einfach ist der Weg, den ich gefunden habe.«

»Ich achte deinen Weg«, erklärte ich. »An dir ist nichts von der Protzerei und Anmaßung, durch die sich in Rom viele reich gewordene Freigelassene so unleidlich machen. Dort zahlen sie oft jede Summe, nur, um in das Haus eines Senators eingeladen zu werden oder einen Ritter mit dem Vornamen anreden zu dürfen. Ihre Lebensweise erweckt nur Spott. Daß du dein Haus, wenn es dir so gefällt, im griechischen Stil ausgestattet hast und mir deine goldenen Becher vorführst, finde ich begreiflich. Aber du bist, wie ich deinen Worten entnehme, nicht der Sklave deiner Reichtümer.«

Simon hob die Hände. »Eine solche Abhängigkeit zu vermeiden, war immer mein Bestreben«, meinte er. »Ich möchte so frei sein, wie ein Mensch es überhaupt vermag. Auch wenn ich meinen ganzen Besitz verlöre – niemand ist ja vor den Launen des Schicksals sicher –, würde ich nicht viel verlieren, weil ich genügsam bin. Das wenige zum Leben Notwendige macht mir mehr Freude als jeder Überfluß.«

»Warum hat dich dann«, fragte ich, »deine Begegnung mit dem Nazarener so verstört, daß du dich hinter verschlossenen Türen in einem verfinsterten Raum versteckst und keine Besuche empfangen willst?«

Er seufzte tief, fuhr sich mit der Hand über die Stirn und wich meinem Blick aus. »Was weißt du selber über diesen Jesus?« wollte er zuerst wissen.

»Ich bin von Alexandria hergereist, wirklich nur zum Zeitvertreib und um die heilige Stadt der Juden während ihres Passahfestes zu sehen«, antwortete ich. »Vor der Stadt angelangt, hielt ich inne und erblickte, während eben der Himmel sich verdunkelte, den Gekreuzigten. Ich sah ihn leiden und sterben. Am dritten Tage darnach fand ich sein Grab leer und hörte, daß er auferstanden war. Seitdem komme ich nicht los von ihm . . . Du hast ihm, wie man mir erzählte, ein Stück weit das Kreuz getragen, und ich merke, daß auch du von ihm nicht loskommst. Wieso das? Hat er dir etwas Besonderes gesagt?«

Simon von Kyrene preßte die Fäuste aneinander und erwiderte: »Nein, gesagt hat er mir gar nichts. Und gerade das läßt mir keine Ruhe. Er sagte nichts, sondern blickte mich nur an.«

»Sonst weiß ich nichts von ihm«, fuhr er nach einer Weile fort. »Ich mische mich nie in Politik und halte die Gebote, wie meine Synagoge sie vorschreibt. Die beiden Schicksalsgenossen des Gekreuzigten waren Verbrecher, das sah man ihnen an. Ich ging gerade von den Feldern heim und blieb stehen, um zu schauen. Im gleichen Augenblick fiel er unter der Last seines Kreuzes nieder und konnte sich nicht mehr erheben. Ich stand da, in die Menge eingekeilt, ohne weiterzukönnen. Eine gutherzige Frau bückte sich und wischte dem Verurteilten mit ihrem eigenen Schweißtuch Blut und Schweiß vom Gesicht. Die Römer wollten ihn mit Tritten ihrer eisenbeschlagenen Schuhe weitertreiben; aber er vermochte nicht aufzustehen. Der Zenturio schaute umher und zeigte auf mich, in der selbstherrlichen Art, wie die Römer sie haben. In mir muß noch etwas vom Sklaven stecken; ich folgte dem Wink, und man lud mir das Kreuz auf den Rücken. Der Verurteilte blickte mich an und stellte sich mühsam auf die zitternden Beine. Ohne Widerrede trug ich hinter ihm her das Kreuz bis auf den Hügel. Wenn ich mich später beschwert hätte, wäre der Zenturio streng gerügt worden; aber ich wollte nicht überflüssige Unannehmlichkeiten mit den Römern heraufbeschwören. Ich stand daneben, als die Henkersknechte den Verurteilten auf den Boden legten und seine Arme mit den Knien niederdrückten. Der Legionsprofos trieb ihm die Nägel durch die Handgelenke. Da blickte der Gequälte mich wieder an, und ich wandte mich ab, rannte in die Stadt und schloß mich hier ein.«

Er rieb sich mit beiden Händen das Gesicht, schüttelte den struppigen Kopf und fuhr fort: »Du wirst das kaum verstehen. Ich habe viele Kreuzigungen mit angesehen. Ich habe es sogar wiederholt erlebt, daß einen Sklaven seine eigenen Gefährten verspotteten, wenn er ans Kreuz genagelt wurde, weil er im Zorn einen Aufseher erschlagen oder ein Getreidefeld in Brand gesteckt hatte. Mit der Zeit war mein Sinn gegen fremdes Leid verhärtet worden. Ich hätte nie gedacht, daß die Qualen eines anderen mir so stark zusetzen könnten. Aber er hat mich angeblickt! Mich schwindelte, und ich lief davon, aus Angst, die Erde würde unter meinen Füßen nachgeben.«

»Wie soll ich dir das erklären«, rief er verzweifelt, »wenn ich es selbst nicht begreife? Als er auf dem Boden lag und mich ansah, das Gesicht von Schlägen verschwollen und die Dornenkrone auf dem Kopf, da verlor alles andere jegliche Bedeutung für mich. Derart sollte niemand einen Mitmenschen anschauen! Ich verkroch mich in einen verdunkelten Raum, zog mir den Mantel über den Kopf und traute mich nicht einmal dann in den Hof hinaus, als die Erde zitterte und eine Mauer barst. Am nächsten Tage habe ich den Sabbat gebrochen und bin ein großes Stück Weges gegangen. Ich habe Jesu Jünger aufgesucht; aber sie wollten mich nicht anhören. Später hieß es, die Jünger hätten die römischen Wachsoldaten betrunken gemacht und den Leichnam ihres Herrn heimlich aus dem Grabe beiseite geschafft, um das Volk zu täuschen. Doch etwas sagt mir, daß diese Gerüchte falsch sind. Jemand, der einen so anzublicken vermag wie er, kann auch aus eigener Kraft das Grab verlassen . . . Und jetzt möchte ich dich bitten, mir deine Meinung darüber zu sagen, wer er war und was er wollte.«

»Soweit ich es mir klarmachen konnte«, erwiderte ich vorsichtig, »hat er sein eigenes Reich mit sich auf die Erde gebracht. Dieses Reich ist nach Jesu Auferstehung noch hienieden, und ich suche den Weg dahin. Ich hoffte, er hätte zu dir irgend etwas gesprochen, was mir einen Fingerzeig geben könnte.«

»Hätte er es nur getan!« klagte Simon von Kyrene. »Aber vielleicht fand er mich keines Wortes wert, weil ich sein Kreuz so widerwillig auf mich genommen hatte. Seit er mich angeblickt hat, schmeckt mir auch frisches Quellwasser faulig, und gutes Brot bleibt mir in der Kehle stecken. Selbst meine Söhne sind mir so fremd geworden, daß es mir kein Vergnügen mehr macht, sie zu sehen. Eigentlich sind sie mir ja wirklich entfremdet, weil ich ihnen eine bessere Bildung als die meine angedeihen lassen wollte. Aber früher habe ich mich immer daran ergötzt, wie gut sie sich benehmen und wie sachkundig sie mit ihren Lehrern Dinge nachlesen und erörtern können, von denen ich nichts weiß – und auch nichts wissen will, weil meine durch Erfahrung erworbenen Kenntnisse mir genügen. Doch in dieser Sache mit Jesus hilft mir keine Erfahrung. So vergällt ist mir alles, daß ich nichts dagegen hätte, in die Sklavenhütten zurückzukehren und mir wieder Ringe um die Fußknöchel schmieden zu lassen.«

»Hast du von den Stillen im Lande gehört, die auf ihn warten?« fragte ich schließlich.

»Weshalb sonst, glaubst du, lasse ich mir das Buch des Propheten Jesaja vorlesen?« fuhr Simon erbost auf. »In der letzten Zeit war die Nachfrage nach dieser Schrift so groß, daß ich für eine griechisch abgefaßte Rolle das Fünffache des früheren Preises bezahlen mußte. Aber ich finde auch in diesem Buch keine Hilfe. Sprich mir nicht von den Stillen im Lande! Ich weiß, daß sie einander durch Grußworte und geheime Zeichen erkennen; doch ich will in politische Dinge nicht hineingezogen werden. Ich bin Libertiner und wünsche keine andere Zugehörigkeit.«

»Aber«, wandte ich ein, »diese Leute dürften kaum politische Ziele anstreben. Wenigstens jetzt nicht mehr. Soviel ich weiß, glauben sie, daß Gott in Menschengestalt zur Welt gekommen ist, daß er auf Erden gelebt, gelitten und den Tod gefunden hat und daß er wieder auferstanden ist, um die Schriften zu erfüllen und auf rätselhafte Weise den Menschen sein Reich zu eröffnen. Noch aber weiß niemand, wie das alles zu verstehen ist.«

Simon hob die breiten Schultern und schüttelte den Rumpf, als wollte er sich einer unsichtbaren Bürde entledigen. »Dann habe ich auf diesen meinen Schultern wahrhaft Gottes Kreuz getragen«, murmelte er, voll Entsetzen in der Stimme. »Ich will das nicht leugnen, will dir nicht widersprechen. Mein Herz sagt mir, daß du die Wahrheit redest. Er hat mich zweimal angeblickt.«

Von Qual erfüllt, fuhr er fort: »Ich hatte schon früher von einem neuen Lehrer gehört, der großen Anstoß erregte. Aber nie wäre mir eingefallen, daß jener Lehrer und der blutüberströmte, dornengekrönte, zur Kreuzigung wankende Mann ein und dieselbe Person sein könnten. Erst als wir droben auf dem Hügel waren und jemand mir die Kreuzesinschrift vorlas – ich kann ja nicht lesen –, erkannte ich, daß es sich um den gleichen Jesus handelte, von dem ich gehört hatte. Das Leben hat mich zum Zweifler gemacht; so hatte ich mich auch um die Wunder, die er wirkte, nicht viel gekümmert. Aber in Jericho lebt ein Oberzolleinnehmer namens Zachäus. Dieser Zachäus kletterte, um den neuen Lehrer besser zu sehen, auf eine Sykomore; und Jesus soll ihn hinuntergerufen haben und in seinem Haus, obwohl er Zöllner ist, eingekehrt sein. Nach diesem Besuche hat Zachäus angeblich die Hälfte seines Vermögens den Armen gegeben und außerdem alles, was er den Leuten an Steuern und Zöllen unrechtmäßig abgepreßt hatte, vierfach erstattet. Nachdem er damit seine Vergehen eingestanden hatte, wurde er angeklagt, aber als unzurechnungsfähig freigesprochen und bloß seines Amtes enthoben.

Nun, ich kann sehr wohl begreifen, daß jemand, der die Heilkraft dazu hat, einen Lahmen durch seinen Befehl veranlassen kann, aufzustehen und zu gehen. Aber einen

Reichen dahin zu bringen, daß er sein halbes Vermögen unter die Armen verteilt, das wäre ein unvergleichlich größeres Wunder! Solche Dinge geschehen einfach nicht. So etwas ist unmöglich. Sogar die Richter haben ja den Zachäus für geistesgestört erklärt. Mit dem Mann möchte ich wirklich gern einmal zusammenkommen und aus seinem eigenen Munde hören, was Jesus ihm gesagt hat und wie es herging, daß er derart von Sinnen kam.«

Mag auch vielleicht mein angeborener römischer Hausverstand zu nichts anderem nütze gewesen sein, so hat er mich doch, ungeachtet all meiner Schulung in der griechischen Philosophie, zu einem praktisch denkenden Menschen gemacht. »Du hast recht«, erklärte ich deshalb. »Wir wollen uns gleich nach Jericho aufmachen und diesen Zachäus besuchen. Vielleicht hat Jesus ihn etwas gelehrt, was mehr wert ist als alle Güter dieser Erde. Ein solches Geheimnis verlohnt wohl eine Reise. Du selber hast ja erzählt, daß Jesus dich bloß anzublicken brauchte, und alles andere verlor seine Bedeutung für dich.«

Aber Simon wandte ein: »Nach Jericho ist es, auch wenn wir uns beeilen, eine gute Tagereise von hier. Heute ist Rüsttag, und auch sonst möchte ich nicht gerade jetzt von Jerusalem weggehen. Falls Jesus wirklich auferstanden ist, dann ist sein Reich, von dem du so begeistert redest, hier uns am nächsten. Das versteht sich von selbst.«

Ich wußte, daß er recht hatte. Nicht einmal Jesu eigene Sendboten wollten ja Jerusalem verlassen, sondern harrten hier der Dinge, die da kommen sollten.

Ich sagte: »Du und ich, wir haben eines miteinander gemein: wir sind beide Außenseiter, die nur durch Zufall Zeugen der Ereignisse wurden. Allerdings glaube ich nicht mehr an bloße Zufälle; mir ahnt, daß wir mit Vorbedacht auf die Suche nach einem neuen Wege geführt wurden. Jedenfalls sitzt uns beiden ein Stachel im Herzen, und wir werden so lange keine Ruhe finden, bis wir in diesen Dingen klarsehen.«

Simon von Kyrene erwiderte erbittert: »Ich hatte in meinem Leben schon Klarheit und einen Weg gefunden. Und jetzt ist es auf einmal wieder aus mit allem, und ich zapple wie ein Fisch im Netz. Mich hat es nie nach einem ewigen Leben verlangt, wie die Pharisäer es sich durch peinlichste, buchstäblichste Gesetzeserfüllung zu gewinnen hoffen. Allzu oft habe ich Sklaven den letzten Atemzug tun sehen, als daß ich an ein jenseitiges Leben glauben könnte. Ich halte es da mehr mit den Sadduzäern, die solche Erwartungen ablehnen. In unserer Synagoge erörtert man diese Frage nicht; unsere Lehrer haben zu Füßen der alexandrinischen Weisen gesessen.

An Hexerei, an schwarze ebenso wie an weiße Magie, glaube ich ein wenig, weil ich solche Dinge wiederholt mit eigenen Augen sah und deshalb daran glauben muß. Nachdem ich erfahren habe, wie voll Grausamkeit und Herzlosigkeit die Welt ist, schaffe ich mir Seelenfrieden, indem ich Almosen gebe und in vernünftigen Grenzen das Gesetz halte. Aber daß man durch gute Werke allein sich das ewige Leben erkaufen könnte, daran glaube ich nicht. Ein Betrüger mag seine Almosen unter lautem Posaunenschall verteilen, Gott betrügt er nicht. Ich glaube überhaupt nicht an ein Leben nach dem Tode – nicht einmal in der Form eines Schattendaseins, wie die Griechen und Römer es sich vorstellen, und ebensowenig in der Form, daß man etwa als Hahn wiedergeboren wird, wie man mir in Kyrene einreden wollte; dabei habe ich dort selber mit angesehen, daß entlaufene Sklaven von Hunden gehetzt und zerrissen wurden und daß man solche Hunde mit Sklavenfleisch gefüttert hat.«

Er versank in seine Erinnerungen und setzte dann fort: »Von überallher, sogar aus Rom, sind Leute auf die großen Latifundien in Afrika gekommen, um zu studieren, wie wirtschaftlich und zweckmäßig menschliche Arbeitskraft eingesetzt werden kann, wie billig Sklavenkost ist und wie man für Nachwuchs sorgt, indem man kräftige Sklaven mit gesunden Frauen paart. Aber warum sitze ich da und vergegenwärtige mir alte Zeiten? Früher verhalf es mir dazu, mich meiner Freiheit zu freuen; doch auch diese Wirkung bleibt mir jetzt versagt.«

Sein starker Wein war mir unversehens zu Kopf gestiegen, und ich sagte herablassend: »Simon von Kyrene, ich verachte dich nicht, magst du auch ein Freigelassener sein. Ich bin zwar römischer Bürger und habe sogar das Recht, am Daumen einen goldenen Ring zu tragen; aber in Rhodos habe ich gelernt, man solle den Vorrechten der Geburt keine Bedeutung beimessen, sondern sich lieber durch persönliche Verdienste den Menschen gegenüber auszeichnen. Allerdings habe ich mich da nie sehr ausgezeichnet, da ich eher das Denken als das Tun pflegte. Mit der Sklaverei als Problem habe ich mich überhaupt nie befaßt; höchstens fand ich, daß Sklaven ihren Besitzern manches Kopfzerbrechen bereiten und daß ein Reicher nie Ruhe hat vor dem Gesinde, das ihn Tag und Nacht umschwärmt und einen auf Bequemlichkeit bedachten Menschen zum Sklaven seiner Sklaven macht. Aber du hast mir die Augen geöffnet für die Tatsache, daß auch ein Sklave eigentlich ein menschliches Wesen ist, in vielen Beziehungen mir ähnlich, auch wenn er auf der Stirn gebrandmarkt oder vielleicht zur Hemmung seiner bösen Anlagen verschnitten ist. Simon von Kyrene, du bist mein Nächster, und wenn ich könnte, würde ich dich so lieben wollen wie mich selbst. Das ist nämlich etwas, was der Auferstandene gefordert hat. Sicherlich bin ich gebildeter als du; aber in diesen neuen Dingen hilft mir meine Bildung nichts. Ich spüre, daß ich in eine völlig unbekannte Welt gestoßen wurde, wo ich alles von Anfang an neu lernen muß. Deshalb habe ich, sosehr wir uns an Rang und Stand unterscheiden, den aufrichtigen Wunsch, dein Freund zu sein.«

Doch meine Worte verletzten Simons Selbstgefühl, das bei Freigelassenen empfindlicher ist als bei anderen Menschen. Er stelltle seinen Tonbecher so heftig auf die Armlehne seines Sessels, daß mir Wasser daraus in die Augen spritzte, und rief: »Schäme dich, Römer! Deinen Daumenring magst du meinetwegen in die Gosse werfen, und auf deine Philosophie pfeife ich. Das alles sind nur läppische Ausgeburten des Müßiggangs, so unfruchtbar wie Wüstensand. Das gleiche ist es mit deinem Interesse; du sammelst nur Geschichten, die du weitererzählen willst, um dich vor deinen Bekannten wichtig zu machen. Von dieser heuchlerischen Eitelkeit zeugen auch dein schütterer Bart und die Quasten an deinem Mantel. Du bist wie ein Schauspieler, der um jeden Preis eine neue Rolle zu erlangen sucht, weil er mit allen früheren durchgefallen ist.«

Noch vor einigen Tagen hätte ich ihm meinen Wein ins Gesicht geschüttet, hätte ihn einen erbärmlichen Freigelassenen geheißen und wäre aus dem Hause gestürzt. Aber nun zerrissen seine scharfen Worte bloß den Nebel meiner Angetrunkenheit; ich blieb still sitzen und überlegte seine Beschuldigungen. Konnte er vielleicht wirklich mit seinem vernichtenden Urteil recht haben? Sicherlich hatte mich zunächst nur gewöhnliche Neugier auf diesen Weg geführt; aber je weiter ich ihn verfolgte, desto klarer erkannte ich, daß er mir Herzenssache geworden ist und daß ich mich mit jedem Schritt innerlich ändere.

»Verzeih meine Großtuerei!« bat ich. Ich, ein römischer Bürger, ließ mich wahrhaftig dazu herbei, einen ungebildeten Freigelassenen um Verzeihung zu bitten! »Als Menschen sind wir in dieser Sache einander gleichwertig. Ich fühle mich keineswegs dir gegenüber bevorzugt. Es heißt, daß Jesus am letzten Abend niederkniete und seinen Jüngern die Füße wusch, um sie Demut zu lehren. Wenn du willst, Simon von Kyrene, bin ich bereit, meine Verstiegenheit so weit zu treiben, daß ich freiwillig vor dich hinknie und dir die Füße wasche.«

»Die Füße wasche ich mir schon selber und brauche dazu keinen Bedienten«, knurrte Simon. Dann fügte er etwas versöhnlicher hinzu: »Nimm mir meine Worte nicht übel!

Seit Jesus mich angeblickt hat, bedeutet er für mich eine Frage auf Leben und Tod.«

Zum Zeichen, daß er mich als Freund betrachtete, berührte Simon mir Stirne, Schulter und Brust, und seine Berührung war nicht unangenehm.

»Vielleicht bist du gerade im richtigen Augenblick zu mir geführt worden«, meinte er. »Der griechische Erzieher meiner Jungen hat mir, ständig gähnend, die Schriften vorgelesen; und ich selbst begriff von ihrem Sinn nicht mehr als er. Ich dachte eben daran, das Haus zu verlassen und einen tüchtigen Schriftgelehrten aufzusuchen, der mir die Weissagungen ausdeuten könnte. Wahrscheinlich hätte der Mann jedes Wort gespalten und jede Einzelheit zuerst buchstäblich und dann sinnbildlich erklärt und schließlich diese Schrift mit anderen Schriften verglichen, und ich wäre vor so viel Frömmelei toll geworden. Seit Jesus mich angeblickt hat, ist mir nämlich klar, daß seine Lehre nicht Bücherwissen ist, sondern Lebensweisheit.«

Plötzlich blickte Simon um sich und fragte: »Was ist da jetzt geschehen? Auf einmal spüre ich eine große Erleichterung und bin frei von Furcht.«

Es war, als glitte eine über der Dachöffnung des Atriums hängende Wolke davon; denn ganz plötzlich wurde alles leuchtend. Im gleichen Augenblick trat ein hochgewachsener Mann ein und schritt, in seinen Mantel gehüllt, durch den Raum auf die anstoßenden Gemächer zu, als hätte er uns überhaupt nicht bemerkt. Simon von Kyrene rief ihm nach: »Bist du es, Eleasar? Ist draußen auf den Feldern etwas passiert?«

Simon stand auf und sagte zu mir: »Das ist mein Verwalter Eleasar. Er sucht mich. Wahrscheinlich hat sich jemand den Arm gebrochen, oder ein Esel ist in den Brunnen gefallen, und man braucht meinen Rat.«

Er folgte dem Mann in die inneren Gemächer, während ich sitzen blieb und nachgrübelte, wo ich diesen Menschen, der mir irgendwie bekannt vorkam, schon gesehen haben könnte. Ich mußte lachen, als ich daraufkam, daß er mich stark an meinen verehrten Lehrer in Rhodos erinnerte. Es schien mir, als habe er genau wie dieser Lehrer eine beginnende Glatze gehabt; und wäre er auf griechische Art gekleidet gewesen, so hätte er ihm völlig geglichen. Aber ich wußte, daß mein Lehrer seit Jahren tot war; und mir wurde traurig zumute, als ich daran dachte, wie rege und aufgeschlossen für alles Gute ich damals noch gewesen war.

Nach einer Weile kam Simon zurück und sagte ärgerlich: »Ich weiß nicht, wo Eleasar hingeraten sein kann. Vielleicht ist er durch den Hof wieder hinausgegangen, als er mich in meinem Zimmer nicht fand.« Er schlug mit dem Hammer auf die Metallscheibe und befahl dem eintretenden Diener: »Rufe mir Eleasar her! Er ist eben hier durch diesen Raum gegangen, hat mich aber nicht bemerkt, weil ich im Schatten saß.«

Der Diener sagte erstaunt: »Ich habe Eleasar heute den ganzen Tag nicht gesehen.« Doch er ging ihn suchen. Bald aber erschien er wieder und meldete: »Nein, nein, du mußt dich geirrt haben. Eleasar ist nicht hier, und das Tor ist geschlossen.«

Simon verließ mich wieder, um sich selbst zu vergewissern. Ich hörte ihn zornig mit der Magd sprechen, von Zimmer zu Zimmer gehen und Gegenstände beiseite schieben. Es dauerte lange, bis er zurückkehrte und murmelte: »Es ist tatsächlich niemand hier. Die Magd schwört, seit deinem Kommen das Tor nicht geöffnet zu haben, und niemand im Haus hat Eleasar gesehen.«

Belustigt erklärte ich: »Also, ich hätte den Mann fast für meinen verstorbenen Lehrer aus Rhodos gehalten. Gut, daß er auf dem Steinboden Spuren hinterließ! Sonst hätten wir sicherlich beide an eine Geistererscheinung geglaubt.«

Ich zeigte auf die Abdrücke nackter Füße auf den glatten Fliesen. Simon bückte sich und sagte dann wie geistesabwesend: »Eleasar scheint sich den Fuß verletzt zu haben.«

Er berührte einen Abdruck, und seine Fingerspitze war

blutrot. Ich fiel auf die Knie und starrte die Spuren an. Ein kalter Schauder überlief mich vom Kopf bis zu den Füßen. Ich hob den Blick zu Simon und stammelte: »Jetzt verstehe ich, warum seine Jünger ihn nicht sofort erkannten.«

Aber Simon begriff nicht. Wütend polterte er: »Wahrlich schlecht bewacht ist mein Haus, wenn bei geschlossenem Tor jeder nach Belieben aus und ein gehen kann!«

»Hast du ihn wirklich nicht erkannt?« fragte ich.

Simon beharrte dickköpfig auf seiner Meinung: »Das war Eleasar, mein Verwalter.«

Ich hob die Hände und rief: »Nein, nein! Diese Fußspuren sind heilig, und dein Haus ist gesegnet. Er selbst, der Auferstandene, ist hier geschritten und hat sich uns gezeigt, weil wir so eifrig seinen Weg suchen.«

Simons braunes Gesicht wurde grau. Aber er widersprach heftig: »Das war Eleasar. Ich habe ihn gesehen und erkannt. Was fällt dir ein, mich so zu erschrecken?«

»Glaube, was du willst!« erwiderte ich. »Ich weiß, was ich zu glauben habe. Da wir ihn beide sahen, hatte er etwas an sich, was uns beiden bekannt vorkam. Aber wie hätte uns augenblicklich klarwerden können, daß er es war? Auch Maria Magdalena erkannte ihn erst, als er ihren Namen aussprach.«

»Was willst du mir da einreden?« wehrte sich Simon. »Ich habe einen Magier Geister beschwören sehen; aber diese Geister waren nur Umrisse auf beleuchtetem Rauch und bewegten sich mit dem Rauch. Ein Geist hinterläßt nicht Fußspuren auf dem Boden.«

»Er ist doch kein bloßer Geist«, erklärte ich. »Verstehst du noch immer nicht? Er hat das Grab verlassen und lebt unter uns, kommt und geht, wie ihm beliebt – selbst durch versperrte Türen.«

Aber Simons handfester Sklavenverstand wollte sich nicht fügen. »Nach der Art, wie er mich angeblickt hat, kann ich glauben, daß er auferstanden ist«, meinte er. »Aber warum er sich ausgerechnet dir und mir zeigen sollte, geht mir nicht ein. Wir sind nicht seine Jünger gewesen; wir haben ihn bei seinen Lebzeiten nie gekannt. Du bist ein unbeschnittener Römer, und ich bin ein ehemaliger Sklave. Weshalb sollte der König gerade vor uns erscheinen?«

»Sein Reich war uns schon nahe, ehe er sich uns zeigte«, entgegnete ich. »Hast du nicht bemerkt, wie licht es unmittelbar vor seinem Kommen wurde? Du sagtest selbst, daß du dich erleichtert fühlst, und auch mir erging es so. Ich bin noch immer frohen Muts. Warum sollten wir uns über seine Absichten mit uns wundern, nur, weil wir Außenseiter sind? Durch sein Erscheinen wollte er uns sicherlich zu verstehen geben, daß auch wir ein Anrecht darauf haben, nach besten Kräften seinen Weg zu suchen.«

»Wenn das wirklich er war, dann übergebe ich meinen Besitz den Söhnen und folge ihm, wohin er mich führen mag«, erklärte Simon. »Aber es war nicht er, sondern Eleasar.« Dennoch begann er sein Schicksal bitter zu beklagen, ballte die großen Hände zu Fäusten und jammerte: »Warum muß gerade mir das geschehen? Hätte er nicht irgendeinen jüngeren Menschen in seinem Netz fangen können? Aber so kommt eben das Unheil über einen, ganz plötzlich, wenn man am wenigsten darauf gefaßt ist! Welche verhängnisvolle Fügung hat damals ausgerechnet mich ausersehen, seinen Weg zu kreuzen, gerade in einer Zeit, da ich hoffte, meine Tage in Ruhe verbringen zu können, zufrieden mit dem, was mein ist?«

Aus diesen Worten entnahm ich, daß er, gegen seinen eigenen Willen, doch glaubte. Aufmunternd sagte ich: »Simon, mein Bruder, sei überzeugt, daß er dir unvergleichlich mehr geben kann, als du bisher hattest! Aber wenn sein Weg dir zu schwer vorkommt, mußt du ihn nicht gehen. Ich glaube kaum, daß er seine Nachfolge irgendwem aufzwingen würde, der nicht schon im tiefsten Herzen sich für diesen Weg bereitet hat.«

Im gleichen Augenblick klopfte es heftig am Tor, und wir fuhren beide auf. Wir hörten das Knarren des Schlosses und das Öffnen der Tür und dann die zeternde Stimme der Magd. An ihr vorbei stürzte ein zwergenhafter Mann mit großem Kopf herein und jammerte händeringend: »Wo ist er? Wo habt ihr ihn versteckt? Als ich ihn hier eintreten sah, band ich meinen Esel an den Mauerring und wartete geduldig. Aber er kommt und kommt nicht heraus. Ich muß ihn sehen.«

»Von wem redest du, Fremdling?« fragte Simon. »Hier ist niemand als mein Gast, und wir sprechen seit geraumer Zeit miteinander.«

Der drollige kleine Mann kam näher und starrte mich mit dem Blick des Kurzsichtigen an. Dann sagte er: »Das ist nicht der, den ich suche. Er war für einen Juden prunkhaft und kostspielig gekleidet; sein Mantel war, wenn mich nicht alles täuschte, aus milesischer Wolle.«

»Wen suchst du denn?« fragte Simon wieder. »Und warum dringst du so unschicklich in mein Haus ein?«

»Wen ich suche, ist ohne Belang für dich«, versetzte der Mann geheimnisvoll. »Ich will dir nur das eine sagen, daß er mich auf der Straße überholte. Ich erkannte ihn erst, als er ein Stück weit war. Aber er blieb auf meine Rufe nicht stehen; vielleicht hörte er sie nicht. Und sosehr ich auch meinen Esel antrieb, der Mann erreichte die Stadt vor mir, und ich sah ihn hier in dieses Haus eintreten.«

Da klopfte es neuerlich am Tor, und herein kam ein bäuerlich gekleideter Mann mit offenem, sonngebräuntem Gesicht. Bei seinem Anblick atmete Simon erleichtert auf und rief: »Da bist du ja, Eleasar! Warum gings du vorhin hier wortlos durch? Und wohin wolltest du?«

Verwundert antwortete Eleasar: »Ich war heute noch nicht hier. Ich komme unmittelbar von den Feldern, um nachzufragen, was mit dir ist, Herr, weil du schon tagelang nicht draußen warst. Des Herren Schritte erquicken den Boden, sagt man, und ohne deine Anweisungen getraue ich mich nichts zu unternehmen. Du wirst doch wohl nicht krank sein?«

Ich starrte seine Füße an. Sie waren nackt und schienen von Blut gerötet. Ich zeigte auf sie und fragte: »Hast du dir weh getan?«

Eleasar senkte den Blick verlegen auf seine Füße und erwiderte: »Nein. Das ist die Farbe, die wir zur Merkung der Opferlämmer verwenden, und ich habe mich nicht gewaschen. Ich bin nämlich in aller Eile zu meinem Herrn gelaufen, damit er mir ins Ohr brüllt, wie man bestimmte Dinge in Kyrene macht. Sonst kann ich die Arbeit nicht so anordnen, wie es ihm recht ist.«

Der kleine Mann blickte uns der Reihe nach an. Plötzlich geriet er außer sich und schrie, puterrot im Gesicht: »Wollt ihr mich zum Narren haben? Was redet ihr da von Feldern und Lämmern, wenn ich mich in aller Ruhe und Freundlichkeit erkundige, wo ihr ihn versteckt habt?«

Ich warf rügend ein: »Du springst uns ja wie ein wütender Hahn ins Gesicht, Kleiner! Ich heiße Marcus und bin römischer Bürger. Der Hausherr hier ist Simon von Kyrene, und dieser Mann ist sein Verwalter Eleasar. Wer bist denn du? Und wie kannst du es wagen, in ein fremdes Haus einzudringen, als wärest du übergeschnappt?«

Hochnäsig erwiderte er: »Ich bin Zachäus von Jericho, ehemaliger Oberzolleinnehmer. Und mach dich nicht lustig über meine Gestalt! In meiner Heimatstadt gelte ich keineswegs als unansehnlich – zumindest nicht bei den Römern.«

Ich schlug vor Staunen die Hände zusammen, und Simon rief: »Von dir habe ich schon gehört, Zachäus. Eben sprachen wir über dich. Welcher Wind hat dich hergeweht? Wenn morgen nicht Sabbat wäre, hätten wir uns nach Jericho aufgemacht, um dich zu besuchen.«

Zachäus blinzelte uns argwöhnisch an. Aber ich bestätigte: »Es ist tatsächlich so. Du bist also der Mann, der auf Jesu Befehl sein halbes Vermögen den Armen gab und alle von ihm Übervorteilten vierfach entschädigte!«

»Zachäus sagte: »Befehl war es keiner. Ich habe freiwillig

unrecht erworbenes Gut an die Armen verteilt. Aber was weißt du, ein Römer, von Jesus?«

Eleasar scharrte verdrossen mit den Füßen und sagte: »Daß du wohlauf bist, Herr, davon habe ich mich überzeugt. Und Dinge, die einem auf Kopf und Magen schlagen, möchte ich mir nicht anhören müssen.«

»Nur keine Sorge!« erwiderte ich. »Vor allem aber erkläre uns eines: Warum hast du, ein Armer, solche Angst, den Namen des Nazareners zu hören?«

Eleasar trat von einem Fuß auf den anderen, starrte auf den Boden und erklärte schließlich: »Seine Bürde hätte leicht und sein Joch milde sein sollen. Er hat uns Frieden versprochen, wenn wir zu ihm kämen. Aber jeder, der Taglöhnern, Hirten und Ackerknechten Angenehmes verspricht – Besseres, als es bisher für sie gab –, wird vor die Richter gebracht. Auch ihn, Jesus, hat man gekreuzigt. Und deshalb mag ich nichts mehr hören über ihn.«

»Nein, nein!« eiferte Zachäus. »Da mißverstehst du seine Lehre gründlich. Er ist gekommen, um jene zu finden, die sich verirrt haben. Sogar mich hat er einen Sohn Abrahams genannt, obwohl er meine Habgier und Erbarmungslosigkeit kannte. Er hat auch nicht über meine Gestalt gespottet, sondern mich beim Namen gerufen und von dem Baum herabsteigen geheißen, auf den ich geklettert war, um den Wundertäter besser zu sehen. Dann kehrte er sogar bei mir ein.«

»Und sein Reich ist nicht von dieser Welt«, fügte ich bei.

»Allerdings glaubten wir aus seinen Reden zu entnehmen, sein Reich würde sich bald offenbaren«, meinte Zachäus. »Ich ging nicht mit den anderen nach Jerusalem zum Passahfest, weil man im Tempel von mir als einem Sünder keine Gabe annimmt. Erst durch Leute, die nach dem Feste heimkamen, erfuhr ich, auf wie grauenhafte Art er hingemordet worden ist. Und da wußte ich nicht mehr, was ich von dem allen halten sollte. Ich fand keine Ruhe, und schließlich setzte ich mich auf meinen Esel, um nach

Jerusalem zu reiten und mich über alle Einzelheiten der Ereignisse zu erkundigen. Aber auf der Straße, schon nahe bei Jerusalem, kam er hinter mir her und überholte mich.«

»Wer?« fragte Simon aufgeregt.

Zachäus wurde wieder rot, schlug die Augen nieder und rang die Hände. »Er selber war es!« flüsterte er. »Behauptet aber jetzt ja nicht, ich wäre von Sinnen! Ich war nur, weil mein Körper schwach ist, schon müde von dem Ritt; auch mein Esel trottete langsam, mit gesenktem Kopf, daher. Erst als der Mann mir zuvorkam, spürte ich, daß ein Hauch von Macht mich gestreift hatte. Und als ich genau hinblickte, erkannte ich ihn.«

»Hast du ihn wirklich in mein Haus treten sehen?« fragte Simon in scharfem Tone.

»Er kann nirgends anders verschwunden sein«, beteuerte Zachäus. »In Jericho hieß es, er sei von den Toten auferstanden; ich glaubte es nicht, weil so etwas noch nie geschehen ist. Aber als mir heute auf der Landstraße bewußt wurde, daß er es war, wagte ich nicht, ihm laut nachzurufen; und auch hier an deinem Haus wollte ich, um ihn nicht zu gefährden, es vermeiden, gleich anzuklopfen und Aufsehen zu erregen. Jetzt aber erbarme dich meiner und lasse mich zu ihm! Ich will mich vor ihn hinwerfen und ihm als dem Messias huldigen.«

Kaum hatte Eleasar das Wort ›Messias‹ gehört, stieß er einen derben Fluch aus und rief: »Nimm dieses Wort nicht mehr in den Mund! Er hat Kranke geheilt und Tote erweckt; er ist wie ein König in Jerusalem eingeritten und hat mit einer Geißel aus Stricken das Heiligtum gereinigt. Aber seine Macht reichte nicht aus, um den Hohen Rat zu sprengen, obwohl manch einer im Volk sich schon den Stock mit Eisen beschlagen hatte und wir alle nur noch auf ein Zeichen von ihm warteten, um uns hinter ihn zu stellen. Nun gut, uns ist ein Zeichen geworden, und daran glauben wir: Er wurde zwischen zwei Verbrechern gekreuzigt. Und jetzt soll mir, solange ich lebe, niemand mehr von einem Messias reden! Dem Zeichen glaube ich aus freien Stücken und lasse mich von niemandem mehr täuschen. Und meinen Kindern hinterlasse ich als Erbteil die Gewißheit, daß es keinen Messias gibt und nie einen geben wird.«

»Also hast du auch von ihm gewußt, Eleasar!« sagte Simon von Kyrene vorwurfsvoll. »Warum hast du mir nicht schon seinerzeit über ihn erzählt?«

Eleasar war inzwischen ganz außer Rand und Band gekommen und rief, ohne seine Worte abzuwägen: »Du warst der letzte, dem ich davon hätte sprechen können – du, ein begüterter Mann, und so knickerig, daß du selber alles Reisig aufliest, so daß Witwen und Waisen kein Brennholz für sich finden! In seinem Reich, wenn es zustande gekommen wäre, hätten die Geldsäcke keinen Platz gefunden; sie wären die ersten gewesen, die wir aus dem Weg geräumt hätten, und ihre Felder und Weingärten und Ölhaine wären unter das Volk verteilt worden. Zwar haben über Jesus die einen dies, die anderen jenes erzählt; aber sicherlich wären die Kinder des Lichts nach Jerusalem zurückgekehrt, um uns zu führen. Aber Johannes der Täufer wurde enthauptet und Jesus von Nazareth ans Kreuz genagelt. Die Reichen und Mächtigen und Gesetzeskundigen haben immer und überall die Propheten unseres Volkes ermordet. Und jetzt kann ich die Galle nicht länger zurückhalten; sie ist mir übergelaufen, und ich spucke sie vor dir auf den Boden, Herr. Du weißt zwar, wie man die Dinge in Kyrene macht; aber ich habe aus bitterer Erfahrung gelernt, wie man es in Jerusalem und Judäa treibt.«

Als er fertiggesprochen hatte, erwiderte Simon mit matter Stimme: »Wenn ich dich so schwer gekränkt und wenn ich wirklich Witwen und Waisen um ihr Brennholz gebracht habe, so schlage mir ins Gesicht! Ich verdiene es.«

Aber Eleasar schlug ihn nicht. Im Gegenteil, er bereute seine gehässigen Worte, ließ den Kopf hängen und murmelte: »Nein, nein. Ich habe unrecht geredet. Du bist ein guter Herr – der beste, den man in unseren Tagen weit und breit finden kann. Du sorgst ja sogar für die Witwen und Waisen, und du zählst nie zu genau und zu kleinlich deine Garben und deine Olivenkörbe nach. Viele Menschen fristen ihr Dasein ausschließlich mit den Brosamen, die von deinem Tisch fallen. Die Sache ist nur die, daß ich tief verbittert und zu Tode betrübt bin wegen dieses Jesus von Nazareth. Er hat seine Macht bewiesen und so vieles verheißen; und dann hat er uns mit leeren Händen zurückgelassen.«

»Sie sind keineswegs leer«, warf ich ein. »Er hat doch etwas vollbracht, größer und unerhörter als alles, was bisher auf Erden geschah.«

Ich zeigte auf die Fußspuren, die schon so verblaßt waren, daß man sie im Sonnenlicht gerade noch verschwommen erkennen konnte. Und Simon erzählte nun den anderen, was uns widerfahren war und welche Erscheinung wir gehabt hatten. Schließlich schlug er vor: »Zachäus, nachdem du mir noch immer nicht glauben willst und argwöhnst, ich hielte den Gekreuzigten hier verborgen, so geh und nimm Eleasar mit dir; durchsuche alle Räume und Winkel in meinem Haus, schaue in die Keller und Vorratskammern und auf das Dach, laß kein Fleckchen ungeprüft und zerstreue in dir auch den letzten Zweifel daran, daß der Auferstandene auf die gleiche Art, wie er das Haus betreten hat, wieder daraus verschwunden ist. Dann komm zurück, und wir wollen weiter über die Sache reden und uns schlüssig werden, was wir tun sollen.«

Der argwöhnische Ausdruck in Zachäus' Augen zeigte, daß er Simon von Kyrene wirklich immer noch nicht ganz traute. Aber er ging auf den Vorschlag ein und sagte: »Nicht umsonst hat man mich zum Oberzolleinnehmer ernannt. Hätte ich nur jetzt eine Zöllnerstange zur Hand! Damit würde ich bestimmt alle geheimen Schlupfwinkel in deinem Haus abstochern können. Wenn ich, der Zöllner Zachäus, den Mann nicht finden sollte, so bringt das auch niemand anderer zuwege, und dann würde ich halb und halb zugeben, daß der uns Erschienene nicht mehr hier ist.«

Ungeduldig stellte Simon seinem Besucher anheim, sich so viele Eisenstangen geben zu lassen, wie er brauchte. Von Eleasar gefolgt, stelzte Zachäus mit dem ruckartigen Gang des körperlich Verunstalteten in die inneren Gemächer und machte sich an eine gründliche Durchsuchung des Hauses. Wir, Simon und ich, saßen lange schweigend da, in tiefer Beklommenheit.

Schließlich sagte ich: »Kaum hatten wir von Zachäus gesprochen, ist er gekommen. Das mag ein Zeichen für uns sein.«

Simon fand nicht Zeit zur Antwort, denn im selben Augenblick hörten wir von der Straße her lautes Schreien und Lärmen. Wiederum knarrte das Tor, und die Magd stritt sich mit einer Menge Leute herum. Dann kam sie ganz außer sich zu Simon und sagte stöhnend: »Ich weiß nicht, was ich machen soll. Was geht denn in deinem Hause vor? Draußen steht eine Schar Bettler, furchtbar aufgeregt. Angeblich haben sie gehört, du, Simon von Kyrene, würdest heute an alle Armen und Krüppel von Jerusalem Speise und Trank verteilen.«

Simon schlug die Hände über den Kopf zusammen und rief: »Wache ich oder träume ich? Heute ist doch kein Fest hier im Hause!« Zu mir gewandt sagte er vorwurfsvoll: »Mir scheint, du bist ein ganz böser Zauberer! Das hast alles du angezettelt, und ich kann überhaupt keinen klaren Gedanken mehr fassen.«

Er eilte zum Tor, und ich ging ihm nach. Als er geöffnet hatte, sahen wir, daß die schmale Gasse gedrängt voll war mit Verstümmmelten, Bresthaften und Besessenen, mit ausgemergelten, verwelkten Frauen und mit Kindern, die aus fliegenumschwärmten Augen starren und abgemagerte Hände ausstreckten. Alle riefen Worte des Preises und Lobes und segneten den Hausherrn im Namen des Gottes Israels. Vergebens suchte Simon herauszubekommen, woher das unsinnige Gerücht von einem bei ihm stattfindenden Bankett stammte; keiner der Bettler konnte eine klare Antwort auf diese Frage geben. An beiden Enden der Gasse sah man immer neue Jammergerstalten auf das Haus zuhinken oder zukriechen, so rasch sie nur konnten.

Schließlich fand Simon sich mit dem Stand der Dinge ab, rief sein ganzes Gesinde zusammen und befahl: »Laßt diese armen Kerle vor dem Tor in meinen Hof! Aber haltet Ordnung unter ihnen und gebt acht, daß sie nichts stehlen! Backt Brot und tragt alles heraus, was es im Hause Eßbares gibt, und verteilt es, damit jeder sich sättigen kann. Mischt auch Wein für sie, aus den großen Krügen. Aber laßt nur jene herein, die bis jetzt gekommen sind, und sonst niemanden! Für mehr wäre im Hof gar kein Platz.«

Zu mir sagte er: »Ich kann nur dem Schöpfer Himmels und der Erden danken, daß meine beiden Jungen, Alexander und Rufus, zu Besuch auf meinem Landgut in Kirjath sind und dort den Sabbat über bleiben. Denn diese Unglückseligen hier könnten sonst meine Kinder mit ihren Krankheiten und ihrem Schmutz beflecken. Um mich selber sorge ich mich nicht.«

Er ging sich vergewissern, ob die Diener wirklich, wie ihnen befohlen war, alles Eßbare brachten, ohne mit Öl, Weizenmehl, Honig oder Dörrobst zu knausern, und ob sie auch die Salzfischbehälter öffneten und die scharfen Tunken ausgaben. Sobald er feststellte, daß mehr als siebzig Bettler in den Hof geschlichen waren und sich niedergesetzt hatten, wurde ihm klar, daß für soviele Menschen seine Vorräte nicht reichten, und er schickte Bediente aus, Brot und Grütze zu kaufen.

Als die Bettler in den Hof eingelassen worden waren, betrachteten sie zunächst scheu die griechischen Säulen und verhielten sich schweigend, um nicht Ärgernis zu erregen.

Nun tauchte Zachäus, der inzwischen das Haus vom Dachboden bis zum Keller durchsucht, in jeden Sack gestochert und selbst den Holzkohlenstapel durchstöbert hatte, wieder auf. Er war von Kopf bis Fuß staubig, mehlig und rußig; er keuchte heftig, wischte sich das Gesicht mit einem Schweißtuch, wodurch er noch schmutziger wurde als bisher, und sagte zu Simon in vorwurfsvollem Tone: »Du bist mir ein Schlaukopf! Auf diese Art also hast du mich an der Nase herumgeführt! Inmitten aller der Bettler hier konnte der Mann, den du versteckt hast, leicht unbemerkt aus dem Hause schlüpfen.«

Simon seufzte. »Wenn du, ein Augenzeuge von Jesu Auftreten, mir nicht traust, wer sollte dann wohl glauben, was wir sahen und zu erzählen wissen? Jesus hat sich persönlich, dir auf der Straße und uns in meinem Hause, gezeigt. Sei Gott mir gnädig! Nach allem, was mir heute widerfuhr, muß ich wirklich meinen, daß er auferstanden ist, um die Welt aus der Ruhe zu scheuchen, wie er heute mein Haus aufgestört hat. Darum berichte uns, bitte, über ihn und seine Lehren, damit wir verstehen, was er von uns verlangt!«

Nachdem er so Zachäus etwas besänftigt hatte, holte er selbst Wasser und ein neues Obergewand für ihn. Ich benetzte ihm den Kopf, und Eleasar wusch ihm die Füße.

Als er sah, wie eifrig wir alle drei ihn umsorgten, nur, um von ihm Worte des ewigen Lebens zu hören, wurde er versöhnlicher und erklärte gelassen: »Geheimnisse hat er mir keine anvertraut, wenn ihr vielleicht derlei vermutet. Was er in meinem Hause redete, konnten alle mit anhören. Als er nach Jericho kam, heilte er einen Blinden, der an ihn als den Sohn Davids glaubte. Zu mir aber sprach er: ›Des Menschen Sohn ist gekommen, zu suchen und zu retten, was verloren war.‹ Er sagte auch, in seinem Reich sei mehr Freude über einen Sünder, der sich bekehrt, als über neunundneunzig Gerechte, die der Bekehrung nicht bedürfen.«

Da unterbrach ihn Simon von Kyrene: »Das finde ich aber unbillig. Ein Untergebener, der sein Bestes gibt, wird wohl kaum zufrieden sein, wenn sein Herr an ihm vorbeigeht und ihn keines Wortes würdigt. Wie kann ein Sünder Gott wohlgefälliger sein als ein guter Mensch?«

Doch Zachäus hob mißbilligend die Hand und fuhr fort: »Mich hat er, obwohl ich ein sündiger, verachteter Mann war, mit dem Namen angeredet und ist bei mir eingekehrt. Und während ich bis dahin, wegen meines Wasserkopfes und meiner Verwachsenheit verbittert, nie Gutes, immer nur Böses von den Menschen dachte, fielen, als Jesus mich rief, alle Fesseln der Gehässigkeit, an denen ich das ganze Leben lang zu schleppen hatte, von meiner Seele ab. Wenn er, der König Israels und der Sohn Davids, mir gütig begegnen und meine Sünden verzeihen konnte, so war ich nicht mehr auf die Wohlmeinung und Gunst der Menschen angewiesen. Darüber fühlte ich mich so erleichtert, daß ich aus bloßer Freude mein halbes Vermögen unter die Armen verteilte. Doch das könnt ihr wahrscheinlich alle miteinander nicht verstehen.«

Simon gab zu: »Nein, das ist kaum zu begreifen. Aber wahrscheinlich hast du so viele Ungerechtigkeiten und Frevel angehäuft, daß du den Tag deiner Entlarvung nahen sahst. Deshalb bist du in dich gegangen und hast deine Übeltaten nach Möglichkeit gutgemacht, um dir wenigstens einen Teil deines Vermögens zu sichern.«

Aber Zachäus erwiderte frohen Mutes: »Deine Worte kränken mich gar nicht. Im Gegenteil, ich bewundere deinen Scharfsinn. Auch ich habe gelernt, den Beweggründen und Handlungen der Menschen zu mißtrauen. Nur ich allein weiß, was sich durch Jesu Gegenwart in meinem Innern zutrug. Aber während er mein Gast war, hat er eine rätselhafte Geschichte erzählt, die ich auch jetzt noch nicht ganz verstehe. Es handelte sich um einen vornehmen Mann, der in ein fernes Land ziehen wollte, um dort die Königswürde für sich zu erwerben und dann wieder heimzukehren. Vor seiner Abreise rief er zehn seiner Knechte zu sich, gab jedem ein Pfund und forderte sie auf, während seiner Abwesenheit mit dem Gelde für ihn Geschäfte zu machen. Seine Mitbürger jedoch haßten ihn und schickten hinter seinem Rücken in jenes ferne Land eine Gesandtschaft mit der Erklärung, sie wollten ihn nicht zum Herrscher haben. Aber er wurde dennoch König, und als er zurückkam, rief er die zehn Knechte zu sich und forderte sie auf, ihm über ihre Geschäfte Rechenschaft zu geben. Der erste berichtete ihm stolz, sein Pfund habe zehn Pfund eingebracht. Der König sprach zu ihm: ›Recht so, du guter Knecht! Weil du in Geringem treu gewesen bist, sollst du Herr sein über zehn Städte.‹«

Ich war so enttäuscht, daß ich mich nicht enthalten konnte, ihn zu unterbrechen und zu fragen: »Sprach er tatsächlich von nichts anderem als von Geld? Ich hatte mir von dir Worte des ewigen Lebens erhofft.«

Zachäus erwiderte entschuldigend: »Ich war nur Zöllner. Wahrscheinlich dachte Jesus, ein Gleichnis, das sich um Geld dreht, würde ich am besten verstehen.«

Simon fügte zur weiteren Erläuterung bei: »Wir Juden begreifen Dinge, die irgendwie mit Geld zusammenhängen, am besten – besser als du, ein in griechischer Philosophie geschulter Römer. Zehn Pfund ist ein recht ansehnlicher Betrag, auch wenn es wahrscheinlich nur Silber und nicht Gold war. Übrigens hängt viel davon ab, wie lange der neue König abwesend war. In kurzer Zeit könnte niemand auf ehrbare Art mit einem Pfund zehn weitere verdienen; dazu würde neben Glück auch eine gewisse Verschlagenheit gehören.«

Zachäus fragte: »Soll ich weitererzählen oder nicht?« Dann fuhr er fort: »Ein anderer Knecht hatte aus einem Pfund fünf herausgewirtschaftet und erhielt die Herrschaft über fünf Städte. Der letzte aber hatte das ihm übergebene Pfund aus Angst, er könnte es beim Handel verlieren, in ein Tuch geknotet; nun stellte er das Geld dem Herrn zurück und sagte zu seiner Rechtfertigung: ›Herr, ich fürchtete mich vor dir, weil du ein strenger Mann bist; du hebst ab, was du nicht angelegt hast, und erntest, was du nicht gesät hast.‹ Darauf erwiderte der König: ›Aus deinem Munde will ich dich richten, du böser Knecht. Du wußtest also, daß ich ein strenger Mann bin, der abhebt, was er nicht angelegt, und erntet, was er nicht gesät hat. Warum hast du dann mein Geld nicht wenigstens auf eine Bank gegeben, daß ich hätte kommen und es mit Zins abheben können?‹ Und er befahl den Umstehenden, diesem Knecht das eine Pfund abzunehmen und es jenem zu geben, der die zehn Pfund hatte. Aber die anderen wandten ein: ›Herr, der hat ja schon zehn Pfund!‹«

Ich preßte mir die Hand an den Mund, um nicht auszusprechen, was ich von dieser langatmigen Geschichte dachte. Aber Zachäus blickte uns triumphierend an, hob die Hände und sagte: »Jetzt paßt genau auf und prägt euch ein, was Jesus als Lehre aus dem Ganzen vortrug! Der König erwiderte den Leuten: ›Ich sage euch, einem jeden, der hat, wird noch hinzugegeben werden. Wer aber nicht hat, dem wird auch das, was er zu haben meint, genommen werden.‹ Und schließlich ließ er seine Feinde, die ihn nicht als König über sich haben wollten, herbeiführen und vor seinen Augen niedermachen.«

Ich sann, ebenso wie Simon, über diese merkwürdige Geschichte nach. Schließlich erklärte ich niedergeschlagen: »Ich weiß nicht, worauf das Gleichnis abzielt. Aber mir kommt die Entscheidung des Königs verfehlt und ungerecht vor.«

Zachäus gab zu: »Auch ich begreife die Geschichte nicht ganz; besonders seit ich von Jesu Tod erfuhr, beunruhigt sie mich. Jetzt kann ich nur glauben, daß er sich selbst mit dem vornehmen Manne meinte, den seine Mitbürger haßten und der davonging, um sich die Königswürde eines Reiches, das nicht von dieser Welt ist, verleihen zu lassen. Sicherlich wollte er andeuten, daß er eines Tages wiederkommen und von allen Menschen über die ihnen anvertrauten Gaben Rechenschaft fordern würde, um festzustellen, wie jeder von uns mit seinem Pfunde gewuchert hätte.«

Ich fragte: »Bist du sicher, daß die Geschichte dir genau so, wie er sie erzählt hat, im Gedächtnis geblieben ist?«

Zachäus erklärte: »Zumindest den Gedankengang glaube ich erfaßt zu haben. Viele andere haben das Gleichnis auch gehört und können es bestätigen. Manche sagen, er habe nicht von Pfunden, sondern von Talenten gesprochen; etliche meinen, es seien nur drei Knechte gewesen. Aber über die Moral der Geschichte sind sich alle einig, gerade weil sie so unerwartet, bestürzend und unbillig ist.«

Nach kurzer Überlegung fügte er hinzu: »Ich glaube nicht, daß Jesus überhaupt Geld gemeint hat; ihm muß es um etwas anderes gegangen sein. Er hat doch immer davor gewarnt, Besitztümer auf Erden zu sammeln, wo Motten und Rost daran zehren, und hat gesagt, es sei besser, sich in seinem Reich Schätze anzulegen.«

Plötzlich fiel Simon etwas ein, und er gab Eleasar den Auftrag: »Geh sofort in die Speicher und Vorratskammern. Nimm alles, was du dort an Woll- und Leinensachen findest, und verteile es an die Armen, die in meinem Hofe essen!« Dann starrte er wieder mit düsterer Miene vor sich hin.

Eleasar zögerte, scharrte mit dem Fuß auf dem Boden und sagte schließlich: »Mit deinem Eigentum kannst du ja nach Belieben schalten, Herr. Aber sicherlich darf ich mir doch zuerst für den eigenen Gebrauch einen neuen Mantel und ein Untergewand nehmen. Auch über Kleidungsstücke für meine Kinder und mein Weib wäre ich froh.«

Simon schob die Hände zwischen die Knie, wiegte den Oberkörper hin und her und rief: »Nur zu! Auch die anderen Bedienten sollen sich nehmen, was sie wollen! Plündert mich aus, reißt alles an euch, was ich zeitlebens für mich gestapelt habe! Nehmt mir auch diesen zerlumpten Mantel von den Schultern, wenn euch damit gedient ist!«

Zachäus mahnte verwundert: »Übertreibe nicht, Simon! Man muß im Geben wie im Nehmen Maß halten. Im übrigen aber handelst du recht; denn er hat gesagt: ›Was ihr auch nur einem meiner geringsten Brüder getan habt, das habt ihr mir getan.‹ Dies ist sein Weg.«

Plötzlich aber sprang er erschrocken auf und rief: »Was mag wohl mit meinem Esel geschehen sein, den ich vor dem Hause ließ? Die Gasse war mit Bettlern vollgepfercht, und in dem Durcheinander könnte leicht jemand das Tier losgebunden und entwendet haben!«

Doch dann besann er sich, nahm wieder Platz und meinte: »Was liegt schließlich daran? Ich will dir in Dingen des Reiches nicht nachstehen, Simon. Wenn jemand den Esel gestohlen hat, so offenbar deshalb, weil er ihn nötiger braucht als ich, und ich gedenke nicht, ihm nachzulaufen und ihn zur Rede zu stellen. Er soll das Tier ruhig behalten.«

Simon wiegte sich weiter schwer atmend vor und zurück. Dann aber begann er zu lächeln und sagte: »Das alles kommt mich hart an. Wenn ich höre, wie diese frechen Bettler schmatzend fressen und sich gegenseitig die besten Bissen streitig machen, ist mir, als würde mir Stück für Stück das eigene Fleisch mit Zangen von den Knochen gerissen. Ich bin überzeugt, daß die Kerle in ihrer Gier Brot und Salzfisch fallen lassen und zertrampeln. Aber darein muß ich mich wohl schicken, nachdem anscheinend Jesus selber den Dingen diesen Lauf gegeben hat.«

»Glaubst du denn wirklich«, fragte ich erstaunt, »daß er nach seinem Verschwinden aus deinem Hause, um dich auf die Probe zu stellen, einem Bettler mit der Kunde, du gäbest ein Fest, erschienen ist?«

»Ich weiß schon selber, was ich zu glauben habe«, knurrte Simon wütend. »Aber wenn er mich narrt, dann narre ich ihn wieder; und wir wollen sehen, wer von uns beiden zuletzt lacht.«

Er ging in den Hof, und ich folgte ihm. Dort sahen wir die Bettler manierlich auf dem Boden kauern und das Essen friedfertig miteinander teilen. Sie zankten überhaupt nicht; im Gegenteil, sie boten einander die besten Stücke an, als wären sie tatsächlich Gäste bei einem Bankett. Den Blinden und allen denen, die an die Schüsseln nicht heran konnten, reichte man die Speisen.

Unterdessen brachte Eleasar ganze Armvoll Wollüberwürfe und Leinenkleider und legte sie zwischen die Säulen. Von der Glut der Holzkohlenfeuer stieg Bratenduft auf, und die Bedienten buken, so rasch sie konnten, Gerstenfladen und Weizenbrötchen und Kümmelkuchen. Aber die Torhüterin weinte laut, und der griechische Schulmeister war aufs Dach geflohen und weigerte sich hinunterzukommen.

Die frohe Laune und Ordnung unter den Bettlern ärgerte Simon derart, daß er brüllte: »Freßt und sauft nur, bis ihr platzt! Und was übrigbleibt, nehmt mit! Aber wißt, daß ich, Simon von Kyrene, euch kein einziges Krümchen von dem allen vorsetze. Bei diesem Festmahl heißt der Gastgeber Jesus von Nazareth, den euer Hoher Rat gekreuzigt hat. Mag er euer Essen segnen, auf daß es euch zum Leben und nicht zum Tode gereiche! Ich selber bringe es nicht über mich, den Segen zu sprechen, weil mir bittere Galle aufsteigt und den Mund zusammenzieht.«

Die Bettler dachten, er scherze, und blickten ihn freundlich an; ein paar versuchten zu lachen. Das schürte erst recht Simons Zorn, und er schrie noch lauter: »Jesus von Nazareth, der Sohn Gottes, lädt euch zu allen diesen guten Dingen ein; denn er ist von den Toten auferstanden, und sein Reich bleibt bei uns, solange er in unserer Mitte weilt und nach Belieben kommt und geht – auch durch versperrte Türen.«

Jetzt erschraken die Bettler und blinzelten einander zu. Die beherztesten von ihnen aber lachten laut, und einer rief: »Gesegnet seist du, Simon von Kyrene, unter allen Männern Israels! Aber warum setzt du uns nur sauren Wein vor, wenn du dich, nach deinen Reden zu schließen, mit deinen vornehmen Gästen an süßem Weine gütlich getan hast?«

Vor Wut keuchend, rief Simon den Dienern zu: »Öffnet für sie auch die kleinen Weinkrüge und bereitet ihnen in dem größten Mischkessel einen Trunk, damit sie glauben, daß Jesus von Nazareth, der Sohn Gottes, auch nach seinem Tode noch Wunder wirkt!«

Die Diener taten, wie er befohlen hatte. Aber um zu retten, was noch zu retten war, begannen sie, mit den Bettlern um die Wette zu trinken, und auch Eleasar trank. Inzwischen holte Simon ein Tongefäß mit kostbarer Nardensalbe, brach dem Behälter den Hals ab und schrie: »Dieser Schmutz und Eitergestank und die Fliegen auf euren Augen und Schwären ekeln mich an. Ich kenne den Geruch nur zu gut. Ich fühle mich wieder in ein finsteres Sklavenverlies zurückversetzt, mit einer Kette am Bein. Bestreicht euch mit dieser Salbe Kopf und Gesicht! Sie hat einen starken Duft, um den euch Fürsten beneiden würden.«

Und tatsächlich erfüllte den ganzen Hof ein köstlicher Wohlgeruch, seit Simon das kleine Gefäß aufgebrochen hatte. Er selbst ging umher und strich mit dem Daumen den Bettlern etwas Salbe ins Haar. Er gebärdete sich ganz, als wäre er von Sinnen; bald wieherte er vor Lachen, bald stieß er schreckliche Flüche aus. Als er aber zu einem Knaben kam, der heißhungrig aß, stellte er das Salbengefäß hin, kniete nieder und verlangte mit völlig besonnener Stimme: »Holt mir einen engzahnigen Kamm! Ich möchte diesem Jungen die Läuse aus den Haaren kämmen.«

Als man seinem Auftrag nachgekommen war, begann er wirklich, dem schmierigen Jungen aus dem verfilzten Haar die Läuse zu kämmen und sie zu knacken; er machte das so geschickt, als hätte er sein ganzes Leben lang diese widerliche Arbeit getan. Die Kopfhaut des Knaben war von Ungezieferbissen grindig, und er schrie während des Kämmens immer wieder auf, hatte es aber so eilig, sich den Bauch vollzuschlagen, daß ihm zur Abwehr keine Zeit blieb.

Die Bettler wurden unruhig und flüsterten einander zu: »Simon von Kyrene hat wegen Jesus von Nazareth den Verstand verloren. Das ist ja kein Wunder nach der

Schmach, die ihm die Römer angetan haben! Das Kreuz dieses Gotteslästerers tragen zu müssen! Wir tun wohl gut, rasch zu essen und zu trinken, seine Geschenke zu nehmen und zu verschwinden, bevor er die Gaben zurückverlangt!«

Der älteste unter ihnen murmelte: »Es ist auch schon vorgekommen, daß reiche Leute zu ihren Festen in Weinlaune ungeladene Bettler zuließen, dann aber in Wut gerieten und so lange auf den Leibern der Armen herumtrampelten, bis sie das Gegessene und Getrunkene wieder von sich gaben. Schauen wir also, daß wir wegkommen!«

Sie blickten Simon von Kyrene verstohlen und ängstlich an; aber er war so in seine Läusesuche vertieft, daß er nichts anderes sah und hörte. Als er den Knaben gründlich gekämmt hatte, schleppte er ihn zu den Wasserbecken, riß ihm seine Lumpen vom Leib und wusch ihm, ohne auf sein Kreischen zu achten, den ganzen Körper. Dann verstrich er ihm den Rest der Salbe auf Kopf, Brust und Füße. Schließlich wählte er aus den Kleidern seiner Söhne ein Untergewand, einen Überwurf und rote Sandalen, bekleidete den Jungen damit und sagte: »Jetzt bist du wie ein Prinz angezogen und duftest auch wie ein Prinz. Wenn du nun nicht stattlich genug bist für sein Reich, soll er mir eins hinter die Ohren geben!«

Die Bettler packten die Kleider, die Eleasar unter sie verteilte, und begannen sich behutsam gegen das Tor hin zurückzuziehen; sie warteten nur noch eine Gelegenheit ab, um den Jungen den Händen des offenbar um den Verstand gekommenen Hausherrn zu entreißen. Aber Simon merkte ihr Vorhaben und schrie: »Geht noch nicht, o Gäste des Jesus von Nazareth! Jeder von euch bekommt ein Abschiedsgeschenk von ihm.«

Er winkte Zachäus und mir, ihm ins Haus zu folgen, und wir halfen ihm, die vielen Schlösser einer eisenbeschlagenen Truhe zu öffnen. Aus ihr nahm er einen versiegelten Lederbeutel, eilte in den Hof zurück, brach das Siegel auf und begann, unter die Bettler, die alle ihre Hände ausstreckten, Silbermünzen zu verteilen. Einigen schenkte er eine Drachme, anderen ein Vier- oder gar ein Zehndrachmenstück; er gab das Geld aufs Geratewohl hin, ohne darauf zu achten, was jeder bekam.

Viele Bettler fingen zu murren an und sagten: »Warum hat der so viel bekommen und ich so wenig?«

Aber Simon erwiderte: »Darüber rechtet mit Jesus von Nazareth! Er sammelt, wo er nicht ausgestreut hat, und erntet, wo er nicht gesät hat.« Und wieder faßte er den Beutel und gab denen, die offenbar am meisten erhalten hatten, noch mehr. Als er aber begann, den Empfängern der kleinsten Münzen diese Geldstücke wieder wegzunehmen, hielten die Bettler es für geraten zu verschwinden, und die ganze Schar entfloh, den Jungen mit sich schleppend, durch das Tor.

Simon wischte sich den Schweiß von der Stirn, klimperte verwundert mit dem Geldbeutel und murmelte: »So etwas ist mir auch noch nicht passiert. Soll ich das als Zeichen und Wink nehmen? Ich war willens, das ganze Geld zu verteilen, und jetzt ist mir die Hälfte noch im Beutel geblieben.«

Ich drängte ihn: »Lege nur schön dein Geld beizeiten in die Truhe zurück und versperre sie. Dann kämme dir den Bart nach Läusen aus und laß den Hof aufräumen! Ob du klug oder töricht gehandelt hast, weiß ich nicht. Aber zumindest werden die Bettler bestimmt zufrieden sein und dürften dich jetzt für lange Zeit nicht belästigen.«

Zachäus saß neben Eleasar auf dem Rande des großen Mischkessels. Er lachte fröhlich und sagte: »Komm her, Römer! Nimm einen Becher und schöpfe dir hier Wein heraus! Am Boden gibt es noch genug davon, und so teuren Wein darf man nicht verderben lassen.«

Er trank selbst und rief: »Gesegnet sei das Gewächs des Weinstockes im Namen dessen, der gestorben und wieder auferstanden ist, um für uns alle ein Reich zu bereiten! Wir drei haben ihn mit eigenen Augen erblickt; und du, Eleasar, sahst wenigstens seine Fußspuren auf dem Steinboden, so daß du, ein simpler Ackerknecht und Hirte, uns, den höhergestellten Männern, glauben mußt.«

Liebevoll legte er Eleasar den Arm um den Hals, gab ihm einen Kuß und meinte: »Nichts für ungut! Nur hier auf Erden bin ich ja angesehener als du; in seinem Reich wirst vielleicht du den Vorrang haben. Jesus hat gesagt, viele Erste würden zu Letzten werden und die Letzten zu Ersten.«

Eleasar riß sich von ihm los und schalt: »Ihr seid alle wie in Verzückung; besonders mein Herr ist außer Rand und Band. Aber auch ich bin in gehobener Stimmung, seit ich neue Kleider bekommen und so viele gute, teure Sachen an besitzlose Leute verteilt habe. Offenbar ist mir der Trunk zu Kopf gestiegen; so starken Wein bin ich nicht gewöhnt.«

Aber Simon strich sich über den Kopf und sagte: »Friede sei mit euch! Ich bin todmüde und gehe in mein verdunkeltes Zimmer zurück. Die letzten Nächte habe ich über Jesus von Nazareth nachgegrübelt und kein Auge zugetan. Jetzt fühle ich wieder Frieden in meiner Seele und werde wahrscheinlich den ganzen Sabbat durchschlafen.«

Unsicheren Schrittes entfernte er sich. Wir folgten ihm nicht, weil wir beide, Zachäus und ich, einsahen, daß in seiner Verfassung Schlaf das beste für ihn war. Aber er gedachte noch seiner Hausvaterpflichten, drehte sich um, blinzelte uns unter seinem zerzausten Haar von der Tür her an, und sagte: »Ich hoffe, das alles ist nur ein böser Traum; endgültig werde ich das erst wissen, wenn ich erwache und niemanden mehr sehe. Aber du, mein Traum-Zachäus, bleibe, wenn du willst, über Nacht in meinem Gästezimmer! Eleasar soll sich hier mit einem Schläfchen ausnüchtern; dann wird er heimgehen und, ehe noch drei Sterne am Himmel erscheinen, die Sabbatfeier beginnen. Was ich jedoch dir sagen soll, Römer, weiß ich nicht; denn du mußt bestimmt ein Traum sein, und dich werde ich nicht mehr treffen.«

Eleasar gehorchte; er legte sich im Schatten der Säulenhalle auf den Boden und zog sich den Mantel über den Kopf. Wir aber, Zachäus und ich, blieben stehen, wo wir standen, und musterten einander lange. Sein Antlitz schien mir nicht länger ein abstoßendes Zwergengesicht; seine Augen leuchteten und seine Wangen waren rot – wohl vom Wein, ganz wie bei einem beliebigen anderen Menschen.

Er fragte mich, ob ich etwas von den Jüngern wüßte, die Jesus sich zu Sendboten erwählt hatte. Ich teilte ihm mit, was ich erkundet und was Maria Magdalena beobachtet hatte; ich erzählte ihm auch, daß der Auferstandene einigen Jüngern in einem versperrten Raum erschienen war; ich berichtete ihm von meiner Begegnung mit Thomas und Johannes und gab freimütig zu, daß sie mich nur widerwillig empfangen und mir nicht getraut hatten. Schließlich sagte ich: »Mir brennt das Herz in der Brust. Wenn ich aber hinginge und den Jüngern von den heutigen Begebenheiten spräche, würden sie mir nicht glauben. Auf dich werden sie eher hören, weil sie dich kennen. Vielleicht fassen sie dann doch Zutrauen und offenbaren uns ihr Geheimnis. Sie müssen doch mehr wissen als wir und müssen auch Jesu Geheimlehren kennen, die sie natürlich Außenstehenden nicht preisgeben wollen.«

Zachäus erwiderte voll Zuversicht: »Ja, ich suche sie auf. Zumindest Matthäus vertraut mir; er war ja auch Zöllner. Wir verstehen uns, und er kann vielleicht bei den anderen ein Wörtchen für mich einlegen.«

»Sehr gut!« pflichtete ich bei. »Selber will und kann ich mich nicht aufdrängen.« Ich beschrieb ihm, wo ich mit Thomas und Johannes gesprochen hatte. Zachäus schien das Haus und seinen Eigentümer zu kennen, nannte mir aber den Namen nicht.

»Geh in Frieden in deine Wohnung und warte ab, bis ich dir den Weg bereitet habe!« sagte Zachäus.

So schieden wir voneinander, und ich ging heim, voll Verwunderung über all die Dinge, die mir im Hause Simons von Kyrene widerfahren waren.

7

Marcus an Tullia.

Noch immer schreibe ich Dir, Tullia, als wollte ich dich begrüßen. Mein verehrter Lehrer in Rhodos hat mir die Einsicht dafür geöffnet, wie trügerisch das menschliche Gedächtnis ist, wie rasch Eindrücke verblassen und ineinanderfließen und durcheinandergeraten. Auch wenn mehrere Menschen das gleiche erlebt haben, bewahren sie verschiedene Erinnerungen davon und schildern dasselbe Ereignis ganz abweichend, je nachdem, welche Seite des Vorfalles ihr Interesse besonders erregt hat. Darum schreibe ich jetzt nur mehr, um festzuhalten, wie und in welcher Reihenfolge meine Erlebnisse abgelaufen sind.

Ich begann diesen Brief an einem Sabbatvorabend, als die Tempeltore sich mit einem Dröhnen schlossen, das man über die ganze Stadt hin bis in die fernsten Täler hörte. Auch während des Sabbats blieb ich zu Hause und schrieb. Darauf, daß die Fremden diesen Tag achten und nicht in den Straßen umherlaufen, legen ja die Juden viel Wert. Sie selbst besuchen in Festtagskleidung ihre Synagogen, um zu beten und die Schriftlesung zu hören. Die Anzahl der Schritte, die sie am Sabbat tun dürfen, ist beschränkt. Im Tempel vollbringen die Priester, wie man mir erzählte, doppelte Opfer; doch das gilt nicht als Sabbatverletzung.

Vor Sonnenuntergang, noch während des Festes, kam der Zenturio Adenabar zu mir auf Besuch. Er hatte den Helm zu Hause gelassen und sich in einen syrischen Mantel gehüllt, um in den Straßen nicht aufzufallen. Herzhaft gähnend begrüßte er mich mit den Worten: »Wie geht es dir? Lebst du noch? Bist du gesund? Schon eine Ewigkeit lang habe ich nichts von dir gehört. Etwas Langweiligeres als den jüdischen Sabbat gibt es wohl kaum. Nicht einmal ins Amphitheater zum Exerzieren dürfen wir ausrücken, damit nicht etwa gar unsere Marschtritte den Juden lästig fallen. Gib mir einen Schluck Wein! In Antonia hält man an Sabbaten auch den Wein unter Verschluß. Sonst würden die Soldaten sich vor lauter Langeweile betrinken und untereinander Raufereien anfangen oder in die Stadt hinuntergehen und den Juden zu ihrem Ärger ein Schweinsohr vor die Nase halten.«

Mein syrischer Hausherr hatte gut für mich vorgesorgt. Um mich friedsam und bei froher Laune zu erhalten, hatte er mir einen Krug galiläischen Weins gebracht, den er als den zuträglichsten Rebensaft preist. Tatsächlich scheint dieser Wein nicht zu schwer und schlägt sich kaum auf den Magen; man braucht ihm auch, wenn man ihn nur vor dem Sauerwerden austrinkt, nicht Harz zur Haltbarmachung beizumengen.

Adenabar trank gierig, wischte sich den Mund, musterte mich aufmerksam und meinte: »Meiner Treu, du hast dich so verändert, daß dich niemand von einem hellenisierten Juden unterscheiden könnte. Du hast einen Bart, Tintenflecke auf den Fingern und einen Ausdruck in den Augen, der mir nicht gefällt. Was ist mit dir? Hoffentlich hat dich nicht gar der statuenlose Judengott aus den Fugen gebracht, wie? Das passiert nämlich oft fremden Reisenden, die nur den Tempel besichtigen kommen und dann über Dinge zu grübeln anfangen, denen kein normales Hirn gewachsen ist. Nur jüdische Köpfe halten das aus, weil die Hebräer von Kind auf im Verständnis ihres Gottes geschult werden und mit zwölf Jahren schon mit göttlicher Lohe so vollgesogen sind, daß sie zum Brotsegnen und Vorbeten die Eltern nicht mehr brauchen.«

»Adenabar, lieber Freund«, sagte ich, »wir beide, du und ich, haben gemeinsam gewisse Dinge gesehen und erlebt. So kann ich dir gestehen, daß ich wirklich aus den Fugen gegangen bin. Und ich schäme mich dessen nicht einmal.«

Aber er unterbrach mich rasch: »Nenne mich lieber mit

meinem römischen Namen! Ich fühle mich jetzt mehr denn je als Römer. Petronius heiße ich. Mit diesem Namen unterschreibe ich dem Legionsquästor die Soldquittungen und erhalte ich meine schriftlichen Befehle – sofern sich jemand die Mühe nimmt, diese Befehle auf ein Wachstäfelchen zu kritzeln. Du mußt nämlich wissen, ich habe Aussicht, Kohortenführer zu werden, mit Garnison in Gallien oder Spanien oder vielleicht sogar in Rom selber. Darum trachte ich, mein Latein aufzufrischen, und möchte mich auch an meinen römischen Namen gewöhnen.«

Wieder blickte er mich prüfend an, als wollte er herausbekommen, wie verrückt ich wirklich war und wieweit mir zu trauen sein mochte.

»Für mich bist du Adenabar«, sagte ich. »Ich verachte dich nicht deiner syrischen Abkunft wegen. Nicht einmal den Juden gegenüber empfinde ich Fremdheit; ich versuche, mich mit ihren Bräuchen und religiösen Anschauungen vertraut zu machen. Was mich wundert, ist nur, daß sie nicht deine Abkommandierung auf Erkundungsstreife in die Wüste betreiben oder in irgendeine Gegend, wo skythische Pfeile umherschwirren. Da würdest du rascher ums Leben kommen, so daß dein Wissen niemandem Ungelegenheiten bereiten könnte.«

»Mein Wissen? Was faselst du da? Bist du ganz von Sinnen oder hast du dich schon seit der Morgenfrühe diesem guten Wein gewidmet?« schalt Adenabar gutmütig. »Aber in einem hast du recht. Ich fühle mich beträchtlich bedeutsamer als früher. Nur von der Wüste sprich mir nicht! Sie blendet auch dem unempfindlichsten Menschen die Augen und gaukelt einem Trugbilder vor. Wenn ich jetzt im Wachdienst in die Wüste geriete, würde ich mich sicher ohne langes Überlegen mit Dingen befassen, auf die selbst die spitzfindigsten Leute der Welt nicht verfallen.«

Er schielte mich mit pfiffigem Lächeln an und fuhr fort: »Du hast sicherlich gehört, daß Jerusalem für Leute mit schwachen Nerven zu einem unangenehmen Aufenthaltsort geworden ist. Erinnerst du dich an das Erdbeben, das es eines Morgens gab? Angeblich haben sich dabei die Gräber vieler Heiliger geöffnet, und die teuren Entschlafenen sollen herumspazieren und schon vielen Juden erschienen sein.«

»Mir ist nur von einem bekannt, daß er auferstanden ist«, erklärte ich. »Du weißt, wen ich meine. Damit du über ihn schweigst, bietet man dir jetzt eine Rangerhöhung und die Versetzung in ein anderes Land an. Einem Zenturio kann man ja nicht so leicht den Mund stopfen wie einem gewöhnlichen Soldaten.«

Adenabar starrte mich mit gespielter Bestürzung an und erwiderte: »Ich habe keine Ahnung, wovon du redest. Aber entsinnst du dich noch des Legionärs Longinus? Sooft er jetzt seine Lanze faßt, verhält sie sich sehr merkwürdig. Bei den Übungen kann er sie nie geradeaus werfen. Sie hat ihm schon den Fuß verwundet; und einmal, bei einer Zielübung mit dem Heusack, entglitt sie seiner Hand und hätte mich, obwohl ich hinter ihm stand, fast durchbohrt. Aber die Lanze ist ganz in Ordnung; der Fehler liegt bei Longinus. Zur Beruhigung der übrigen, die diese Waffe nicht mehr anrühren wollten, habe ich selbst damit geworfen und den Sack auf vierzig Schritte tadellos getroffen. Und Longinus wieder kann mit jeder anderen Lanze umgehen, nur nicht mit dieser.«

»Es handelt sich offenbar um jene Lanze, die er dem Sohn Gottes in die Seite gestoßen hat«, bemerkte ich.

Adenabar machte eine Bewegung, als wollte er eine lästige Raupe abschütteln, und beschwor mich: »Nenne doch diesen Mann nicht Sohn Gottes! Das klingt mir schrecklich in den Ohren. Aber auch der Legionsprofos hat so steife Arme bekommen, daß er nicht einmal mehr die Geißel zu schwingen vermag. Er kann gerade noch seine Nahrung zum Munde führen, und auch nur das sehr mühsam, mit beiden Händen. Der Feldscher in Antonia findet nichts an seinen Armen und verdächtigt ihn, daß er simuliert, um etwas früher ein Stück Ackerland zu bekommen und behaglich in der Veteranensiedlung leben zu können. Ihm fehlen nur noch zwei Jahre auf seine zwanzigjährige Dienstzeit. Man hat ihn ausgepeitscht, weil nach den Erkenntnissen der militärärztlichen Wissenschaft eine Auspeitschung viele von außen nicht erkennbare Leiden und Schmerzen heilt. Er ertrug die Prozedur nach alter Legionärssitte mit einem Stück Leder zwischen den Zähnen; aber seine Arme wurden davon nicht besser. Ich glaube, man wird ihn für dienstuntauglich erklären, wegen Rheumatismus. Diese Krankheit wird nämlich beim Heere anerkannt. Wir Offiziere leiden daran sogar mehr als die Mannschaft, weil wir von Zeit zu Zeit auf unseren bequemen Garnisonsdienst verzichten und im Freien auf dem harten Boden in Kälte und Nässe liegen müssen.«

»Allerdings«, fügte Adenabar sinnend hinzu, »kann ich mich nicht erinnern, daß der Nazarener einen von uns verflucht hätte. Er hat im Gegenteil noch vom Kreuze herab seinen Vater gerufen und ihn gebeten, uns zu verzeihen, weil wir nicht wüßten, was wir tun. Ich nehme an, daß er im Fieber sprach; sein Vater war ja bei der Hinrichtung gar nicht anwesend.«

Gereizt unterbrach ich ihn: »Ich verstehe nicht, was der Gekreuzigte mit Longinus und dem Legionsprofosen zu tun haben soll.«

»Ich glaube, die Sache mit dem Nazarener hat uns allen heillosen Schreck eingejagt«, meinte Adenabar. »Er war kein gewöhnlicher Mensch. Und als die Leute, die bei der Hinrichtung Hand angelegt hatten, von seiner angeblichen Auferstehung erfuhren, erschraken sie noch heftiger. Soldaten glauben ja jedes Gerücht, das etwas Abwechslung in ihr eintöniges Leben bringt. Je unsinniger ein solches Gerücht ist, desto leichter glauben sie es. Jetzt sind die Dinge so weit gediehen, daß beim geringsten Anlaß – wenn etwa in der Nacht ein Schild polternd zu Boden fällt oder wenn ein alter Ölkrug zerbricht und seinen Inhalt über den Hof ergießt – die ganze Besatzung auf den Beinen ist und alle Götter um Hilfe anfleht.«

»Aber«, fuhr er nach einer kurzen Pause fort, »auch die Juden in der Stadt haben anscheinend die gleichen Verdrießlichkeiten. Niemand wagt mehr, allein zu schlafen. Kinder wachen mitten in der Nacht auf und erzählen, ein fremder Mann habe sich über sie gebeugt und sie berührt. Manche Leute wieder behaupten, von etwas Warmem geweckt worden zu sein, das ihnen ins Gesicht träufelte; wenn sie aber die Lampe anzünden, finden sie nichts. Schließlich munkelt man, daß selbst Ratsmitglieder sich ständig die Hände waschen und sich den verschiedensten Reinigungszeremonien, streng nach dem Buchstaben des Gesetzes, unterziehen – sogar die Sadduzäer, die sonst solche Dinge nicht allzu genau nahmen. Mir persönlich ist allerdings nichts Übles widerfahren; ich hatte nicht einmal schlechte Träume. Wie steht es mit dir?«

»Mit mir?« rief ich. »Ich suche den Weg.«

Adenabar starrte mich merkwürdig an. Er hatte den Krug, ohne sich mit einer Wässerung des Weines aufzuhalten, halbleer getrunken; trotzdem konnte ich kein Zeichen von Trunkenheit an ihm merken. »Soviel man mir sagte«, erwiderte er, »gibt es viele Wege und manche falsche Wegweiser. Wie kannst du als Römer den Weg zu finden hoffen, wenn nicht einmal die Juden ihn recht kennen? Ich fürchte sehr, daß du in eine Sackgasse geraten und mit der Nase auf eine Mauer stoßen wirst.«

Diese Worte erstaunten mich sehr, und ich rief: »Du willst mir doch nicht damit andeuten, daß du, ein römischer Zenturio, die Stillen im Lande kennst und auch den Weg suchst?«

Adenabar lachte laut auf, schlug sich auf das Knie und schrie: »Ha, du bist also in die Falle gegangen! Bilde dir ja nicht ein, mir wäre es unbekannt, was du in den letzten Tagen getrieben hast. Ich habe auch Freunde in der Stadt – und zwar mehr als du Neuankömmling.«

Er wurde wieder ernst und sagte: »Ich glaube, die Römer begehen einen schweren Fehler damit, daß sie die gleiche Legion Jahr für Jahr hier im Lande belassen. Anderswo mag dieser Grundsatz sich bewähren: die Leute lernen das Land, in dem sie Ordnung halten, kennen; die Einwohner freunden sich mit ihnen an und lehren sie ihre Sitten und Bräuche; nach seinen zwanzig Dienstjahren bekommt der Legionär ein Stück Ackerboden im gleichen Lande, heiratet eine Einheimische und bringt seiner Umgebung römische Lebensart bei. Doch in Judäa und besonders in Jerusalem ist das anders. Je länger ein Fremder hier lebt, desto mehr beginnt er den jüdischen Gott zu fürchten oder aber einen bis zu blinder Wut gesteigerten Judenhaß zu entwickeln. Ob du es glaubst oder nicht, es gibt, besonders in den kleineren Garnisonen, sogar römische Offiziere, die heimlich zum jüdischen Glauben übertreten und sich beschneiden lassen. Aber zu denen gehöre ich nicht, dessen sei versichert! Nur aus purer Neugier habe ich mich nach den verschiedenen Wegen erkundigt, denen die Juden folgen – keineswegs, um sie auszuspionieren, sondern, um sie besser zu verstehen und nicht in den Bann ihres schrecklichen Gottes zu geraten.«

»Unter dem Kreuz hast du selber Jesus als Gottes Sohn anerkannt«, mahnte ich ihn. »Du selber bist mit mir in die Gruft getreten und hast gesehen, daß die Grablinnen nach seiner Auferstehung unberührt dalagen.«

»Allerdings!« gab Adenabar zu. Plötzlich schleuderte er den Tonbecher zu Boden, daß er in Stücke brach, sprang auf und brüllte mit wutverzerrtem Gesicht: »Verflucht sei dieser Judenkönig! Verflucht sei diese ganze Magierstadt und dieser Tempel, in dem es nicht einmal ein Götterbild gibt, das man zerschmettern könnte! Das wäre doch gelacht, wenn man nicht mehr einem einzelnen Menschen das Leben nehmen dürfte! Auch vor ihm sind schon Leute unschuldig gekreuzigt worden, ohne daß sie auferstanden wären und herumgespukt hätten. Dieser Nazarener untergräbt Zucht und Ordnung bei unseren Soldaten.«

»Er hatte es«, bemerkte ich nachdenklich, »aus irgendeinem uns unbegreiflichen Grunde offenbar darauf angelegt, daß alles genau so kommen sollte, wie es kam. Eines Tages werden wir vielleicht die Zusammenhänge verstehen; denn sein Reich ist noch immer bei uns auf Erden. Zweifellos fallen deshalb in der Festung Schilde von den Wänden und hört man nächtlicherweile Gespensterschritte: es ist ein Zeichen, daß er auch von uns Römern etwas will. Aber Angst brauchst du keine vor ihm zu haben. Er hat gelehrt, daß Böses nicht mit Bösem vergolten werden darf. ›Wenn jemand dich auf die eine Wange schlägt, so halte ihm auch die andere hin!‹ Und andere ähnliche Aussprüche, die wider alle Vernunft sind.«

Adenabar war über meine Worte nicht verwundert, sondern erklärte: »Auch ich habe schon Derartiges über seine Lehre gehört. Ich halte ihn deshalb für einen harmlosen Menschen und fürchte ihn nicht, obwohl es natürlich ungemütlich wäre, ihm zu begegnen, wenn er wirklich noch insgeheim in der Stadt umhergeistert. Wahrscheinlich würden mir die Haare zu Berge stehen, wenn er plötzlich erscheinen und mich anreden sollte. Aber er offenbart sich angeblich keinem Unbeschnittenen, nur seinen Jüngern und den Frauen, die mit ihm aus Galiläa kamen.«

Seine Klügeleien entflammten mich, so daß ich alle Vorsicht vergaß und ihm von der seltsamen Erscheinung im Hause Simons von Kyrene erzählte und auch davon, daß ich vielleicht Jesus schon am Tage seiner Auferstehung in Gestalt eines Gärtners gesehen hatte.

Adenabar schüttelte mitleidig den Kopf und meinte: »Du mußt in Alexandria ein schrecklich ausschweifendes Leben geführt und vermutlich auch mehr studiert haben, als dein Kopf vertrug. Überdies schlägt dir das hiesige Klima sichtlich nicht an. Du tätest also gut, diese Gegend unverzüglich zu verlassen. Zu deinem Glück bin ich dir wohlgesinnt und werde dich nicht anzeigen, wenn du mir versprichst, dich ruhig und besonnen zu verhalten.«

Als ich ihn so reden hörte, packte mich plötzlich die Wut, und ich rief: »Man hat mich oft genug verdächtigt, für die Römer zu spionieren. Mir ist es zuwider, umgekehrt selbst irgendwen zu verdächtigen; sonst würde ich vermuten, man hätte dich zu mir geschickt, um mich von einer Einmischung in jüdische Angelegenheiten abzuschrecken.«

Adenabar wich meinem Blick aus, sah etwas beschämt drein, rieb sich die Hände zwischen den Knien und gestand: »Aufrichtig gesagt, der Festungskommandant hat tatsächlich angedeutet, es könnte nicht schaden, wenn ich dich aufsuche und aushorche, weil er keinesfalls möchte, daß ein Freund des Prokonsuls mit den Juden Scherereien bekommt. Außerdem wüßte er, wegen der in der Festung herrschenden Aufregung, anscheinend gern, was du von der ganz merkwürdigen Geheimbündelei der Juden gegen Ruhe und Ordnung erfahren hast. Natürlich kann er dich nicht bespitzeln lassen, nachdem du römischer Bürger bist und angeblich einen Empfehlungsbrief einer so hochgestellten Persönlichkeit hast, daß ich nicht einmal den Namen auszusprechen wage. Ich gedenke auch nicht weiterzugeben, was ich von dir in freundschaftlichem Gespräch gehört habe. Höchstens werde ich vielleicht erwähnen, daß du, so wie viele Leute in diesen Tagen, mit den Nerven zu tun hast. Aber wegen der Erscheinungen und Visionen – da halte ich dicht. Der Kommandant ist ein nüchterner Mensch und glaubt nicht an solche Dinge. Wenn ich ihm so etwas berichten wollte, würde ich mich nur lächerlich machen und meine Beförderung aufs Spiel setzen.«

Er wischte sich die Stirn, blickte auf die Zimmerdecke und erklärte: »Ich dachte schon, durch die Zimmerdecke sickert Wasser, weil ich eben ein paar Tropfen auf meinem Gesicht gespürt habe. Dieser verdammte galiläische Wein ist stärker, als ich meinte. Wollen wir einen Pakt schließen? Wirst du zwischen dem Nazarener und mir Versöhnung stiften, wenn er dir nochmals begegnet und dich anhören will? Als römischer Offizier kann ich ihm nicht persönlich nachlaufen, das wirst du verstehen; aber ich möchte meinen Frieden mit ihm machen.«

Plötzlich begann er sich eifrig zu kratzen, blickte umher und bemerkte erstaunt: »Hier hätte ich kein Ungeziefer vermutet. Nie wäre mir eingefallen, dir dieses Haus zu empfehlen, wenn ich gewußt hätte, daß einem in diesem Zimmer, sobald man sich nur niedersetzt, allerlei Getier über die Haut zu krabbeln anfängt.«

Als ich ihn sich kratzen sah, fing auch mir die Haut zu jucken an, und alle Körperhaare sträubten sich mir. Mich schauderte. »Hier gibt es kein Ungeziefer. Das Zimmer ist vollkommen rein«, beteuerte ich. »Ich glaube, wir bekommen Besuch.«

Adenabar sprang auf, raffte den Mantel um sich und rief: »Dann will ich dich nicht länger stören und gehe lieber meines Weges. Ausgesprochen haben wir uns, und der Wein ist auch fast gar.«

Aber er fand keine Zeit mehr davonzulaufen; denn schon hörten wir von unten die Stimme meines syrischen Hausherrn und dann Schritte auf der Treppe. Adenabar wich zur Wand zurück und streckte, wie zum Schutz, zwei Finger aus. Der Besucher war Zachäus mit dem großen Kopf, und er schleppte einen Mann mit sich, der den Mantel über Mund und Nase gezogen hatte, um sich unkenntlich zu machen.

»Friede sei mit dir, Zachäus!« begrüßte ich ihn. »Ich bin die ganze Zeit über zu Hause geblieben und habe dich sehnsüchtig erwartet.«

»Friede auch mit dir, Römer!« erwiderte Zachäus auffallend kühl. Er schien ganz vergessen zu haben, daß er mich, von Simons Wein beschwingt, umarmt und geküßt hatte. Aber der Mann in seiner Begleitung trat, als er Adenabars ansichtig wurde, einen Schritt zurück und fragte: »Wer ist das?«

Mein Hausherr hatte die beiden höflich bis zu meiner Tür geführt und sagte nun: »Das ist nur ein Zenturio aus der

Festung Antonia und trotz seines Ranges ein guter Freund von mir. Vor ihm brauchst du dich nicht zu fürchten. Er versteht die Juden und wird dich nicht ärger verunreinigen als ich oder mein Haus, nachdem du es schon einmal betreten hast.«

Der Unbekannte versetzte Zachäus einen Backenstreich und schrie: »Also Verrat! Du hast mich in eine Falle gelockt! Du bist heimtückischer als Judas Ischariot!« Er wandte sich zur Flucht; aber ich packte ihn fest am Arm und hielt ihn zurück, empört darüber, daß er den Krüppel Zachäus so böswillig geschlagen hatte.

Zachäus rieb sich die Wange, starrte bestürzt Adenabar und mich an und beteuerte seinem Begleiter: »Wenn ich das gewußte hätte, wäre ich nie darauf verfallen, dich herzuführen. Der Römer ist hinterlistiger, als ich dachte. Schlage mich auch auf die andere Wange! Das habe ich mir redlich verdient!«

Adenabar musterte Zachäus und seinen Gefährten. Dann sagte er zu dem Unbekannten: »Mir scheint, dein Gesicht und deine schuldbewußte Miene verraten dich, Jude. Warum solltest du sonst beim Anblick eines römischen Offiziers so erschrecken? Gehörst du nicht zu den Gefolgsleuten des Judenkönigs, den wir kürzlich gekreuzigt haben? Nach deiner Redeweise scheinst du wirklich ein Galiläer zu sein.«

Zachäus trat besorgt für seinen Begleiter ein und erklärte: »Nein, nein, du irrst, Herr! Er ist Zöllner und Steuereinnehmer wie ich. Wir sind beide aufrichtige Freunde Roms, so wie alle ordnungsliebenden und friedfertigen Kinder Israels.«

Aber der Unbekannte mahnte: »Belaste dein Gewissen nicht mit neuer Sünde, Zachäus! Wir sind beide keineswegs Freunde Roms. Zöllner bin ich zwar gewesen; doch ich habe meine Verfehlungen bereut, und sie sind mir verziehen worden.«

Ich ließ seinen Arm rasch los und rieb mir die Hand, die

wie Feuer brannte. »Friede sei mit dir!« rief ich. »Ich glaube zu wissen, wer du bist. Den Zenturio brauchst du nicht zu fürchten, er will dir nicht übel. Im Gegenteil, er wünscht, sich, wenn es irgend möglich ist, mit deinem Herrn auszusöhnen.«

Der Unbekannte richtete sich auf, sah mir und Adenabar gerade ins Gesicht und sagte: »Ich schäme mich nicht des Namens meines Herrn; denn wer ihn vor den Menschen verleugnet, den verleugnet auch er in seinem Reich. Ich bin Matthäus, einer von den Zwölfen, die er sich erwählte. Nicht einmal der Tod hat Macht über mich, weil der Herr mir in seinem Reich ewiges Leben geben wird. Euch Römer aber wird er in die äußerste Finsternis stoßen, wo Heulen und Zähneknirschen sind.«

Das war ein mir neuer Ton, und ich rief überrascht: »Daß er so harte Worte sprach, wußte ich nicht! Aber Friede sei mit dir und gesegnet dieser Raum, in den du deinen Fuß zu setzen geruhtest, du Sendbote des Königs! Nimm Platz! Und auch du, Zachäus! Und erzählt uns von eurem Herrn! Ich brenne vor Verlangen, mehr über ihn zu erfahren.«

Matthäus setzte sich bedachtsam, und sein Begleiter zwängte sich vor Angst zwischen seine Knie. Der Sendbote Jesu starrte den römischen Offizier feindselig an und sagte: »Offenbar habt ihr Legionäre jetzt im Abenddunkel das Haus umstellt. Nie hätte ich geglaubt, daß ein Römer sich eine solche Hinterhältigkeit ausdenken könnte.«

Adenabar war gekränkt und erwiderte in heftigem Ton: »Du hast kein Recht, Galiläer, uns Römern jede Schlechtigkeit zuzutrauen. Nicht einmal der Prokonsul selber wünschte euren Lehrer zu verurteilen; nur die Juden haben ihn dazu gezwungen, indem sie die Volksleidenschaften aufpeitschten. Ich habe nichts gegen euch und euren König. Meinetwegen könnt ihr entwischen, wohin ihr wollt, wenn es euch gelingt, den Stadtwachen ein Schnippchen zu schlagen. Der jüdische Rat mag vielleicht ein Wörtchen mit euch zu reden haben, aber nicht wir Römer.«

Offenbar schämte Matthäus sich seiner Furcht; denn als er merkte, daß er bei mir sicher war und niemand ihm nach dem Leben trachtete, wurde er auf Judenart überheblich und sagte: »Wenn ich nicht so viel von dir gehört hätte, Römer, wäre ich nicht gekommen. Ohne vom Gesetz und den Propheten eine Ahnung zu haben, behauptest du, ein Unbeschnittener, den Weg zu suchen. Du verdrehst unverständigen Frauen die Köpfe und spionierst unseren Geheimnissen nach. Ich kann nur annehmen, daß du von einem bösen Geist besessen oder ein Zauberer bist, da du sogar Johannes verleiten konntest, auf deine Fragen zu antworten. Laß uns in Frieden, geh deiner Wege und mische dich nicht in Dinge, von denen du nichts verstehen kannst! Das wollte ich dir sagen, damit du es aufgibst, dich hinter verstörte Frauen zu stecken.«

Seine harten Worte kränkten mich tief. Heftiger Groll regte sich in mir, und ich hatte gute Lust, diesem Mann meine Meinung zu sagen. Aber etwas zwang mich, ihm ins Gesicht zu blicken. In seinen Zügen und Augen und Stirnfurchen fand ich jenes unerklärliche Etwas, das ihn von anderen Menschen unterschied und als Jünger des Königs kennzeichnete. Zweifellos wußte und verstand er von bestimmten Dingen mehr, als ich je erfassen konnte. Darum entgegnete ich bescheiden:

»Ich will dir nicht widersprechen. Ich dachte bloß, sein Weg stünde allen offen, die ihn aus schlichter Seele suchen, und mit demütigem Herzen. Ich meinte, auch mir würde sich die Tür auftun, wenn ich inständig daran klopfe. Erkläre mir zumindest, warum der Auferstandene sich mir selber im Hause Simons von Kyrene zeigte!«

Zachäus blickte den Sendboten flehentlich an. Aber Matthäus verhärtete noch seine Miene und erwiderte: »Unser Herr ist zu den verlorenen Schafen des Hauses Israel gesandt worden. Deshalb hat er auch mich berufen, von meiner Zollstätte in Kapernaum weg. Ich stand sofort auf und folgte ihm. Seinetwegen ließ ich Haus und Besitz im

Stich, und auch meine Familie. Zachäus war gleichfalls eines der verlorenen Schafe Israels; und selbst Simon von Kyrene gehört einer griechischen Synagoge an und hat dem Herrn das Kreuz getragen. Daß er sich ihnen beiden zeigte, können wir also noch verstehen; aber an sein Erscheinen vor einem unbeschnittenen Römer glauben wir nie und nimmer. Darüber sind wir untereinander einig geworden. Können wir schon den Visionen überspannter Frauen wenig Glauben beimessen, so begegnen wir mit noch größerem Mißtrauen einem Römer. Vielleicht bist du ein Zauberer, ein Magier, und wolltest dich für deine eigenen dunklen Zwecke unseres Wissens bemächtigen. Du wirst wohl der gleiche Mann sein, von dem ein blinder Bettler erzählte, jener Mann, der durch mißbräuchliche Anrufung des Namens unseres Lehrers einen Stein in menschliche Nahrung verwandelte. Auch Simon von Kyrene und Zachäus hast du betört. Alles, was sich während deiner Anwesenheit in Simons Haus ereignet hat, sieht nach Hexerei aus und gar nicht nach Jesu Reich.«

Zachäus nickte und stimmte bei: »Da hast du recht! Ich war von dem allen, als ich es hörte, ganz betroffen und entsetzt. Durch Zauber hat er Simon dazu gebracht, den Geist seines Verwalters Eleasar zu sehen, während der Mann noch unterwegs in die Stadt war. Dann hat er Simon verleitet, uns starken Wein vorzusetzen, so daß wir völlig beduselt wurden. Dir, Matthäus, glaube ich mehr als dem Römer; dich kenne ich und ihn nicht.«

Er wandte sich an mich: »Auch Simon hat sich eines Besseren besonnen und will nichts mehr von dir wissen, nachdem du nicht zu den Kindern Israels gehörst. Er grollt dir nicht, obwohl deine Hexenkünste ihn um viel Geld und Gut gebracht haben. Aber du tätest gut, nicht mehr seine Gesellschaft zu suchen. Es gibt wirklich schon zu viele Wegweiser auf der Welt.«

Ich glaube, Matthäus spürte meine Niedergeschlagenheit und achtete die Zurückhaltung, mit der ich bloß schweigend den Kopf abwandte, um meine Tränen zu verbergen. Denn er wurde milder und sagte: »Versuche auch uns zu verstehen, Römer! Es liegt mir fern, dich böser Absichten zu zeihen, weil ich überhaupt die Dinge lieber gut auslege. Vielleicht bist du kein Hexenmeister; vielleicht hat nur ein mächtiger Dämon Gewalt über dich gewonnen und zwingt dich, den Namen unseres gekreuzigten Herrn zu mißbrauchen, obwohl du weder ihn noch das Geheimnis seines Reiches kennst. Aber ich muß dich streng verwarnen. Uns allein, seinen Auserwählten, hat er Befugnis und Kraft verliehen, in seinem Namen Kranke zu heilen und böse Geister auszutreiben. Wir haben, ich muß es gestehen, die uns auferlegte Bewährungsprobe nicht bestanden, und wegen unseres Kleinmuts ist die Kraft von uns gewichen; aber sie wird bestimmt zu gegebener Zeit wiederkommen. Bis dahin können wir nichts tun als wachen und beten und sein Reich erwarten.«

Mit mißbilligendem Blick hob er die Hand gegen mich, so daß ich seine Kraft, die er eben verneint hatte, deutlich spürte. Er saß in einiger Entfernung von mir und berührte mich keineswegs; und doch war es, als hätte er mir einen heftigen Schlag versetzt.

»Ich befehle dir und deinem Irrglauben, von uns zu weichen!« rief er. »Und ich berufe mich dabei am besten auf die Mahnung unseres Herrn: ›Gebt das Heilige nicht den Hunden!‹ Er ist nicht gekommen, das Gesetz und die Propheten aufzuheben, sondern zu erfüllen. Er hat uns verboten, auf einen Seitenpfad zu Heiden abzubiegen oder eine Samariterstadt zu betreten. Wie dürften wir also seinen Weg und seine Wahrheit dir, einem Römer, offenbaren?«

Obwohl er in der derben Art der Juden mich, den römischen Bürger, mit einem Hunde verglichen hatte, kränkten seine Worte mich nicht. So tief war meine Niedergeschlagenheit, daß ich bloß sagte: »Ich habe mir Jesu Lehre ganz anders vorgestellt. Aber ich muß dir, dem von ihm berufenen Sendboten, glauben. In deinen Augen bin ich also anscheinend nicht mehr als ein Hund. Aber auch Hunde duldet man im Hause ihres Herrn; sie hören seine Stimme und gehorchen ihm. Eure heiligen Schriften sind mir nicht so völlig unbekannt, wie du meinst. Laß mich den Ausspruch eines Königs von Israel anführen, wonach ein lebender Hund besser daran ist als ein toter Löwe. Gönnst du mir nicht einmal den Platz eines lebenden Hundes vor dem Tore des Reiches?«

Adenabar, der bisher schweigend dagesessen hatte, traute seinen Ohren nicht; mit gekrümmten Fingern hob er abwehrend die Hände, sprang auf und rief: »Bist du wirklich so verrückt, als römischer Bürger um eine Hundehütte beim Judenkönig zu betteln? Sichtlich bist du derjenige, der behext und dem der Kopf völlig verdreht wurde. Offenbar ist das Geheimnis des Auferstandenen furchtbarer, als ich dachte.«

Zachäus schmiegte sich noch enger an den Sendboten. Aber Adenabar unterfing sich nicht, die beiden zu berühren. Im Gegenteil, sobald er sich etwas beruhigt hatte, streckte er bittend die Arme empor und sagte zu Matthäus: »Ich bin Soldat und habe mich nicht vorsätzlich gegen deinen König vergangen, als ich, einem Befehle gehorchend, bei der Kreuzigung Wache hielt. Aber wenn du mich mit deinem König versöhnen willst, so wasche ich mir zur Entsühnung gerne nach jüdischer Vorschrift die Hände oder verbrenne meine alten Kleider oder kratze aus allen Wandritzen etwa hineingeratene Sauerteigreste oder unterziehe mich irgendeiner anderen von dir angeordneten Form der Reinigung. Ich will keinen Streit mit deinem Herrn und wehre seinem Reiche nicht. Ich wünsche nichts, als in Frieden meines Weges gehen zu können.«

Offenbar nahm Matthäus mit Erleichterung zur Kenntnis, daß er und die übrigen Jünger von den Römern – zumindest, soweit Adenabar in Betracht kam – nichts zu fürchten hatten. Darum sagte er: »Man hat mir berichtet, daß der Herr am Kreuze euch Römern vergeben hat, weil ihr nicht wußtet, was ihr tatet. Ich habe diese Worte nicht selbst gehört, aber meinetwegen magst du in Frieden gehen.«

Adenabar rief sehr bewegt: »Gewiß, gewiß. Sicherlich wußte ich nicht, was ich tat; aber auch sonst hätte ich als Soldat nur meinen Befehl ausführen können. Darum geben deine Worte mir Trost, und ich vertraue jetzt darauf, daß auch dein Herr mir nichts nachträgt.«

Nun wandte Matthäus sich wieder zu mir, rieb sich die Augen und sagte müde: »Was ich von dir denken soll, weiß ich nicht. Deine Demut spricht für dich, und du redest nicht wie ein Besessener.«

Dann jedoch hob er mit heftiger Geste die Hand und fügte, wie mit sich selbst uneins, hinzu: »Als Bruder kann ich dich aber keinesfalls betrachten, da du Heide und Römer bist und unreine Speisen verzehrst. Wärest du wenigstens ein Proselyt! Diese Quasten an deinem Mantel allein machen noch nicht ein Kind Israels aus dir.«

Auch Zachäus schlug sich an die hagere Brust und erklärte: »Nein, er gehört nicht einmal zu den verlorenen Schafen Israels – wie ich seinerzeit, als der Herr mich sogar einen Sohn Abrahams nannte. Er ist ja unbeschnitten; wie könnte er sich dereinst an Abrahams Seite zu Tische setzen?«

Ich erinnerte ihn: »Gestern noch klangen deine Worte ganz anders. Du hast mir sogar den Arm um den Nacken gelegt und mir den Bruderkuß gegeben.« Aber schon während ich das sagte, spürte ich deutlich, wie sehr diese beiden Juden auf ihren Bund mit dem Gott Israels pochten und alle Außenstehenden ablehnten. Zachäus wurde in meinen Augen wieder häßlich.

Er entgegnete: »Ich war erschöpft nach meiner Reise und noch ganz bestürzt über die Nachrichten aus Jerusalem. Außerdem hast du versucht, mich mit diesem starken Wein betrunken zu machen. Ich wußte nicht, was ich tat. Aber jetzt sehe ich klarer.«

Adenabar hänselte mich: »Mir an deiner Stelle würde

weniger zur Ernüchterung reichen. Zuerst haben sie dich auf die eine, dann auf die andere Backe geschlagen. Und je tiefer du den Kopf beugst, desto härtere Hiebe setzt es. Mach jetzt Schluß mit diesem Unsinn und nimm endlich zur Kenntnis, daß ihr König nicht deinetwegen auferstanden ist!«

Ich hatte zwar selbst auch schon alle Hoffnung aufgegeben, erwiderte jedoch eigensinnig: »Mein Kopf gehört mir, und ich kann mit ihm tun, was mir beliebt. Mir ihn abzuschlagen hat niemand außer Cäsar das Recht. Geh jetzt in Frieden, Adenabar! Angst um mich brauchst du ja keine mehr zu haben.«

Widerstrebend meinte der Zenturio: »Ich möchte dich nicht schutzlos mit diesen beiden Männern lassen.«

Zachäus nahm den Sendboten Jesu an der Hand und rief: »Nein, nein! Wir gehen schon selber. Bleibt schön unter euch, Römer! Eure Wege sind nicht die unseren.«

Aber ich wollte sie nicht ziehen lassen. Ohne Adenabars Mahnung zu beachten, begleitete ich ihn hinaus, kam dann zurück und demütigte mich so weit, daß ich vor dem unerbittlichen Zöllner auf die Knie fiel und flehte: »Erbarme dich meiner, du von Jesus Berufener und Erwählter! Was ist an der neuen Lehre so Außergewöhnliches, wenn sie Freundschaft nur innerhalb des eigenen Volkes zuläßt? Diese Art von Gemeinsinn kennen auch wir Römer. Ich dachte, Jesu Gebot wäre die Menschenliebe. Aber dein Herz muß von Stein sein, wenn du mich so zurückweisen kannst. Der Reiche wirft vom Überfluß seiner Tafel Brosamen dem Bettler hin, auch wenn er ihn verachtet. Deshalb belehre mich!«

Adenabars Weggang hatte Matthäus beruhigt; er setzte sich wieder. Und plötzlich ließ er alle Zurückhaltung fallen; er barg das Gesicht in den Händen, unverkennbar von noch größerer Qual erfüllt als ich. Seine Stimme klang ganz verändert, als er sagte: »Versuche mich zu verstehen und wirf mir nicht Gefühllosigkeit vor! Diese Bezichtigung rührt mir ans Herz, und mein Herz ist schon gebrochen. Wir sind wie Schafe, die ein Rudel Wölfe auseinandergejagt hat. Zwar können wir vor drohender Gefahr beieinander Zuflucht suchen; aber seit unser Herr von uns gegangen ist, haben wir alle innerlich den Weg verloren. Ach, Römer, warum setzt du mir so zu? Wir wissen uns keinen anderen Rat, als standhaft zu verteidigen, was uns verblieben ist. Sogar unter uns streiten wir und kränken einander; Petrus sagt eines, und Johannes etwas anderes. Noch vermögen wir nicht einmal alle seine Auferstehung zu glauben und zu erfassen. Du drängst dich, in einen Schafpelz gehüllt, in unsere Mitte; aber woher wissen wir, ob du nicht inwendig ein Wolf bist? Von Dornensträuchern kann man keine Trauben lesen. Wie sollen wir von einem Römer etwas Gutes erwarten?«

Händeringend schüttete er mir sein Herz aus: »Er hieß uns unsere Feinde lieben und für die beten, die uns verfolgen. Aber welcher Mensch bringt das zuwege? Und er hat auch gesagt: ›Wenn dein Auge dir Ärgernis bereitet, so reiß es aus und wirf es von dir! Wenn deine Hand oder dein Fuß dir Ärgernis bereiten, so haue sie ab und wirf sie von dir!‹ Solange er bei uns war, glaubten wir ihm; aber mit seinem Hingang hat alle Kraft uns verlassen, und wir finden nicht mehr unseren Weg. Wie können wir an einem fremden Menschen echtes und geheucheltes Verständnis unterscheiden, wenn wir selbst uns noch nicht zum wahren Verstehen durchgerungen haben?«

»Aber«, wandte ich verzweifelt ein, »Jesus muß euch doch sicherlich gelehrt haben, in der rechten Weise zu beten; er muß einen Bund mit euch geschlossen und euch ein Geheimnis offenbart haben, durch das ihr mit ihm Verbindung finden könnt! Er war doch mehr als bloß ein Mensch.«

Zachäus stieß den Sendboten warnend an und flüsterte: »Siehst du! Da schnüffelt er schon deinen Geheimnissen nach – Dingen, die sogar mir unbekannt sind! Er ist ein

Schlaukopf, trotz seiner biederen Miene. Mich hat er betrunken gemacht, um mir herauszulocken, was der Messias mir als mein Gast anvertraut hat.«

Aber Matthäus wurde nicht zornig. Er schien sich im Gegenteil beruhigt zu haben und meine Worte zu überdenken. Nach einer Weile entgegnete er: »Du hast recht, Fremdling. Er hat uns tatsächlich das richtige Gebet gelehrt und einen Bund mit uns geschlossen. Aber was er uns allein mitteilte, kann ich dir nicht weitergeben.«

Es war, als hätte er sich nun mit mir ausgesöhnt, und Güte erfüllte jetzt sein ganzes Wesen. Kindlich lächelnd legte er die Handflächen aneinander und sagte: »Er wußte genau, warum er gerade uns berief. An jedem von uns hatte er zweifellos etwas entdeckt, was er für den Aufbau seines Reiches brauchte, obwohl wir das seinerzeit nicht verstanden. Weshalb er allerdings auch Judas Ischariot berief und ihm die Verwaltung der gemeinsamen Kasse anvertraute, das begreife ich gar nicht; aber sicherlich hatte er dazu seine besonderen Gründe.«

Er preßte die Handflächen noch fester aneinander, starrte wie ein Kind vor sich hin und erklärte: »Als Zollbeamter kann ich lesen und schreiben – auch griechisch –, schwierige Rechnungen durchführen und mit verschiedenen Maßen und Gewichten umgehen. So ermesse und erwäge ich im Geiste auch immer wieder zwangsläufig sehr sorgsam alle seine Worte und Werke. Da mir dafür kein neues Maß zur Verfügung steht, muß ich das alte benützen: Moses und die Propheten und die heiligen Schriften. Und mit diesem Maße kann kein Heide gemessen werden. Nein, das geht nicht, auch wenn ich mich noch so sehr darum mühe. Dennoch wird mir bei dieser Entscheidung schwer ums Herz, weil gerade jene persönlichen Eigenschaften, um derentwillen der Herr mich wohl erwählt hat, mich einen seiner Aussprüche ganz besonders ernst nehmen lassen: ›Mit dem Maße, mit dem ihr meßt, wird auch euch gemessen werden.‹ Ich ahne, daß er uns ein völlig neues Maß gegeben hat; aber noch weiß ich nicht, welches. So muß ich stets wieder auf die alten, mir von Kind auf vertrauten Maße zurückgreifen.«

Seine Worte machten mir tiefen Eindruck, und ich mußte an meinen verehrten Lehrer in Rhodos denken, der mir gesagt hatte, der Mensch sei das Maß aller Dinge. Deshalb waren bisher menschliche Unzulänglichkeit, Zweifelsucht und Fehlerhaftigkeit meine einzigen Maßstäbe für die Ereignisse meines Lebens und die Geschehnisse in der Welt gewesen. Diese Lehre hatte mich für fremde Schwächen ebenso nachsichtig gemacht wie für die eigenen, und ich konnte innerlich mit niemandem allzu strenge ins Gericht gehen. Ich begnügte mich damit, einen Mittelweg, einen Weg des Ausgleichs, zu suchen, weil ich es ebenso anstrengend fand, den überharten Anforderungen stoischer Tugendhaftigkeit gerecht zu werden, wie ein Dasein zügelloser Lust zu führen.

Aber wie im Lichte eines Blitzstrahls leuchtete mir nun plötzlich ein, was Matthäus gesagt hatte, und ich spürte, daß Jesus von Nazareth wirklich der Welt neue Maßstäbe geschenkt hatte. Als Mensch und als Gottes Sohn zugleich war er über die Erde geschritten und hatte das Grab verlassen, um seinen göttlichen Ursprung zu bezeugen. Hätte nur der Mensch in Jesus ein neues Maß der Dinge gebracht, so wäre es eines der vielen menschlichen Maße geworden, dem Meinungsstreit und der Nachprüfung unterworfen; aber da es vom Sohne Gottes stammt, kann der Verstand es weder fassen noch in Frage stellen. Es ist das einzige wahre Maß, das allein demjenigen, der es sich zu eigen macht, Heil zu bringen vermag.

Welche Art von Maß aber ist es? Wie sollte ich das wissen, wenn selbst Jesu eigene Sendboten es bisher nur dunkel ahnen können? Gilt es vielleicht nur für die Juden, die sich als auserwähltes Volk Gottes betrachten und deshalb von allen anderen Völkern Abstand halten? Aber gerade sie waren es doch, die ihren König von sich gestoßen hatten.

Es war, als hätte Matthäus meine Gedanken gelesen. Denn er sagte: »Wir selber tappen im dunkeln, zwischen Altem und Neuem, und verstehen sein Reich noch nicht. Wir meinten, er hätte uns Zwölfe ausgesucht als Herrscher über die zwölf Stämme Israels. Nach den Weissagungen soll ja Israel durch den Messias alle Völker der Erde beherrschen. Wir können doch nicht die Propheten und alle heiligen Bücher verwerfen. Hier liegt ein unfaßbar schrecklicher Widerspruch. Als Jesus den Tempel reinigte, nannte er ihn selbst seines Vaters Haus. Wie könnten wir einen Bund verleugnen, den Gott mit Abraham und Moses geschlossen hat? Ganz Israel würde gespalten werden. Darum dürfen wir seinen Weg Ausländern und Heiden nicht öffnen. Ebensogut könnten wir Unreines essen. Laß also ab von mir, Versucher!«

Zachäus stieß ins gleiche Horn: »Ich habe seinerzeit den Römern gedient und sie kennengelernt. Deshalb empfand ich es als Wohltat, von ihnen loszukommen. Es war herrlich, nach meinen Irrfahrten heimzukehren in Abrahams Schoß. Quäle uns nicht länger! Wir leiden auch so schon genug.«

Angesichts der Selbstgefälligkeit dieses Zwerges fand ich meinen eigenen Stolz wieder und sagte: »Nun, wie es euch beliebt! Ich habe euch angewinselt gleich einem Hund. Aber ihr seid beide von jüdischer Eigensucht angekränkelt. Ihr wollt, was ihr habt, mit niemandem teilen. Dabei erfaßt ihr selber nicht einmal noch den Sinn des Geschehens. Auch mir ergeht es nicht anders. Aber wenigstens eines ist mir klar: Wenn Gott als Mensch auf Erden geboren wird, als Mensch leidet und stirbt, schließlich aber von den Toten aufersteht, so geht das jedes Menschenwesen auf der ganzen Welt an und nicht bloß euch Juden. Darum will ich mich auch weiterhin mühen, sein Rätsel zu lösen und ihn zu suchen – wenn nicht mit euch, so ohne euch. Geht in Frieden!«

Matthäus erhob sich zum Weggehen, und Zachäus tat,

mit einem feindseligen Blick auf mich, das gleiche. Der Sendbote aber zürnte mir nicht; er rieb sich die Stirn und sagte: »Deine Gedankengänge widersprechen derart jeder Vernunft, daß ich ihnen nicht folgen kann. Wie sollte das zugehen? Könnte der Gott Israels seine Macht derart über alle Völker ausdehnen, daß niemand mehr dem Verderben anheimfiele? Nein, nein! Er selbst hat gesagt: ›Viele sind berufen, aber wenige auserwählt.‹«

Er begann, sich heftig über Gesicht und Rumpf zu streichen, als wollte er Spinnweben wegwischen, und schrie: »Nein, nein! Das ist Lug und Trug! Er hat uns eingeschärft, es würden keineswegs alle, die ihn als ihren Herrn anerkennen, in sein Reich eingehen. Ich entsinne mich sehr deutlich seiner Worte: ›Viele werden an jenem Tage zu mir sagen: Herr, Herr, haben wir nicht in deinem Namen geweissagt, in deinem Namen böse Geister ausgetrieben und viele Taten der Macht in deinem Namen gewirkt? Alsdann werde ich ihnen erklären: Ich habe euch niemals gekannt! Weichet von mir, ihr Übeltäter!‹ Diese Worte verurteilen auch dich, was immer du durch Mißbrauch seines Namens mit deinen Beschwörungen auszurichten vermagst. Du wirst damit nur dir selber schaden – nicht uns, die er kannte und kennt.«

Diese Drohung ließ mich vor Furcht erschauern; denn ich mußte an jenen Vorfall mit dem Blinden an der Straße denken, als ich die Wirksamkeit des Königsnamens erprobt und der Stein in des Bettlers Hand sich in menschliche Nahrung verwandelt hatte. Aber ich wollte damit niemandem schaden. Darum vertraute ich darauf, daß Jesus von Nazareth mir mein Tun vergeben würde, auch wenn seine Jünger es unverzeihlich fanden. Indes wurde mir in diesem Augenblick klar, daß ich die Macht seiner Anrufung nicht in Anspruch nehmen durfte, weil ich ihm fremd war, während seine Auserwählten ihn kannten.

Darum sagte ich demütig: »Ich gestehe, daß ich nur wenig von ihm weiß. Ich habe kein Recht, mich seines Namens zu bedienen. Aber du hast mir viel Stoff zum Nachdenken geboten. Anscheinend ist Jesus von Nazareth nicht so gütig und barmherzig, wie ich meinte, wenn er von mir verlangt, ich sollte mir, um ihm nachfolgen zu können, ein Auge aus dem Kopf reißen oder eine Hand abschlagen. Hast du ihn da bestimmt richtig verstanden?«

Matthäus beantwortete meine Frage nicht, sondern sagte: »Ich glaube kaum, daß der Herr überhaupt etwas von dir verlangt, nachdem du ja außerhalb des Heilskreises stehst und zur Verdammnis bestimmt bist. Ich glaube nicht, daß du in sein Reich Aufnahme finden wirst, ohne dich vorher dem Gott und dem Gesetz Abrahams, Isaaks und Jakobs zu unterwerfen. Erst wenn du das getan hast, könntest du beginnen, seinen Weg zu suchen.«

Er raffte den Mantel um sich und zog ihn über den Kopf; dann verließ er den Raum und stieg die finstere Treppe hinab. Zachäus folgte ihm, und keiner der beiden entbot mir den Friedensgruß.

Als sie gegangen waren, warf ich mich verzweifelt auf das Bett und wünschte mir nichts als den Tod. Ich faßte den Kopf in beide Hände und fragte mich, was aus mir geworden sei und was mich in diese hoffnungslose Lage gebracht habe. Vielleicht, so dachte ich, täte ich besser, diese gespenstische Stadt zu verlassen, in der ein statuenloser Gott herrscht und nichts so vor sich geht wie anderswo. Die Leute fliehen mich hier und schauen mich über die Achsel an, weil ich Römer bin. Das unergründliche Reich des Nazareners ist mir verschlossen. Wenn ich meine Sachen packe und in die römische Stadt Cäsarea reise, kann ich in Theater und Zirkus Zerstreuung suchen, bei Wagenrennen Wetten abschließen und sonstige Vergnügungen in Hülle und Fülle genießen.

Während ich so dachte, erblickte ich plötzlich vor mir ein deutliches Bild des Mannes, der ich dann nach Jahren werden würde. Ich sah mich von außen: dickwanstig, mit aufgedunsenem Gesicht, mit Glatze und Zahnlücken. Lallend wiederholte ich mit den gleichen Worten eine

Geschichte, die ich schon tausendmal erzählt hatte; meine Tunika war von Wein und Brechsel beschmutzt; Flötenspieler und Tanzmädchen mühten sich vergebens, meine abgestumpften Sinne zur Wollust anzustacheln. Das würde meine Zukunft sein, wenn ich jetzt aufgab und wieder meinen sogenannten Mittelweg einschlagen wollte. Und dann? Die Flamme eines Scheiterhaufens, Asche und ein Schattendasein.

Ich begehrte gegen dieses Zukunftsbild nicht auf, obwohl es häßlicher und abstoßender war, als meine Philosophie es mir vorgegaukelt hatte. Ich konnte mir vorstellen, daß ich mich in dieses Schicksal fügen würde; aber es lockte mich keineswegs. Nun hatte sich mir ja ein anderer Weg eröffnet; er hatte mich von Alexandria nach Joppe geführt und dann zum Kreuzigungshügel vor den Mauern Jerusalems und weiter zu einem leeren Grab. Die Wahrheit, die mir dabei zuteil geworden war, konnte mir niemand rauben. Langsam fand ich die innere Gewißheit wieder, daß nichts von meinen Erlebnissen Zufall gewesen war, daß ich vielmehr die ganze Zeit über auf meine eigene Art Zeugnis für etwas abzulegen half, was die Welt bisher nie geschaut hatte. Seit Jesu Auferstehung weilt sein Reich hier auf Erden. In meiner trostlosen Einsamkeit im Dunkel dieser Gespensterstadt hatte ich das Gefühl, als wäre das Reich stets irgendwo in meiner nächsten Nähe – nicht ferner von mir als eine Berührung, ein Schritt, ein Erzittern. Unsagbar mächtig wandelte mich die Versuchung an, mit lauter Stimme Jesus von Nazareth, den Sohn Gottes, zu rufen. Aber ich war ja aus seinem Reiche verwiesen worden und durfte nicht mehr wagen, seinen starken Namen zu beschwören.

Dennoch wurde mir plötzlich etwas klar, und diese neue Schau der Dinge überraschte mich derart, daß ich mich verwundert im Bett aufsetzte. Hätten seine Jünger mich nicht zurückgewiesen, sondern in ihren Kreis aufgenommen und belehrt und auf jede Weise von seinen Wundern und seiner Auferstehung zu überzeugen versucht, so wäre ich sicherlich, von Zweifeln geplagt, daran gegangen, sie im Netz meiner Fragen zu verstricken und in Widersprüche zu verwickeln. Gerade ihre schroffe Ablehnung aber bestärkte nur meine Überzeugung von der Wirklichkeit des Reiches und von Jesu Auferstehung, so daß ich an diese beiden höchst unglaublichen Wahrheiten nun fest glaube. Die Jünger haben so viel auf einmal erlebt, daß sie nicht alles verdauen können. Im Vergleich mit ihnen ist mir nur ein winziges Bruchstück an Erleben zugefallen; aber dieses Bruchstück ist mein, und ich glaube daran. Mein Leben und meine Philosophie sind so weit zur Reife gediehen, daß ich einen neuen Maßstab übernehmen kann. Der Mensch als Maß aller Dinge befriedigt mich nicht mehr, und andererseits bindet mich keine Fessel jüdischen Gesetzes und Brauchtums an die Vergangenheit.

In diesem Augenblick flackerte die Flamme in meiner öllos gewordenen Lampe auf, wurde blau und erlosch; es roch brandig. Aber mir wurden Finsternis und Einsamkeit jetzt nicht – wie es manchmal geschieht, wenn plötzlich eine Lampe ausgeht – unheimlich. Um mich her war es dunkel; doch wenn ich die Augen schloß, wurde es in mir licht – eine Empfindung, die ich bisher nie gekannt hatte. Es war, als besäße ich ein zweites, inneres Augenpaar. Dieses seelische Organ sah ein helles Leuchten, während sich den körperlichen Augen nur Dunkelheit bot. Mir fiel der Gärtner ein, dem ich begegnet war, und durch mein Sinnen klangen seine Worte: »Ich kenne die Meinen, und die Meinen kennen mich.«

Demütig und bebend sprach ich laut, noch immer mit geschlossenen Augen: »Ich wage nicht zu sagen, daß ich dich kenne. Aber von ganzem Herzen begehre ich, dich zu erkennen, und wünsche mir, daß auch du um mich weißt und dich nicht von mir abwendest.«

Als ich das gesagt hatte, trat Friede in meine Seele und mit ihm die schlichte Gewißheit, daß an mir alles so geschieht, wie es geschehen muß, und daß ich ohne Geduld nichts gewinnen kann. Ich muß mich bescheiden fügen und warten. Die Zeit stand still; auch in der Welt hielt alles Kreisen inne und wartete.

Aus dieser Verzückung riß mich eine Hand, die sich mir auf die Schulter legte. Ich fuhr auf und öffnete die Augen. Noch immer saß ich auf dem Bettrand, und der Mann, der mit einer brennenden Lampe eingetreten war und jetzt meine Schulter berührte, war mein syrischer Hausherr.

Er stellte die Lampe hin, kauerte sich vor mir auf den Boden, schüttelte besorgt den Kopf, strich sich den Bart, zupfte an seinen Ohrringen und sagte: »Was fehlt dir? Bist du krank? Warum hältst du Selbstgespräche im Finstern? Das ist ein schlimmes Anzeichen. Ich fürchte, deine jüdischen Gäste haben dich behext, so daß du nicht mehr du selber bist.«

Diese ängstlichen Worte versetzten mich in die Wirklichkeit und in das Zimmer zurück, worin ich saß. Aber ich bedauerte nicht, daß Karanthes gekommen war. Ich lachte vielmehr, tätschelte ihm den Kopf und erwiderte: »Nein. Ich bin keineswegs krank, sondern gesünder als jemals. Ich habe nämlich endlich erkannt, daß ein einfaches Leben besser ist als ständige Abwechslung. Mich verfolgen keine beklemmenden Gedanken mehr. Und meine jüdischen Gäste haben mich mir selber überlassen und wollten nichts mehr mit mir zu tun haben. Du brauchst dich um mich nicht zu sorgen, ich bin von meinen Krankheiten geheilt.«

Angesichts meiner offenkundigen Wohlgelauntheit beruhigte sich Karanthes, klagte aber: »Der kleinere Jude hat meine Türschwelle verlästert, und seit dem Abgang der beiden liegt so viel Unruhe in der Luft, daß die Kinder im Schlaf aufschreien; und als ich selbst zu schlafen versuchte, war mir, als ginge ein Regen auf mich nieder. Deswegen wollte ich nach dir sehen und habe eine frische Lampe mitgebracht, damit dich nicht das Alleinsein und die Finsternis ängstigen.«

Ich versicherte ihm, daß mir das Erlöschen der Lampe

nichts ausgemacht habe, und fügte hinzu: »Ich habe die Empfindung, daß ich mich überhaupt vor der Dunkelheit nicht mehr fürchten und auch in der Einsamkeit nie allein sein werde. Die Welt ist launisch und unberechenbar; ich gebe es auf, sie mit Vernunft ergründen zu wollen. In der Stunde meiner größten Niedergeschlagenheit, als ich so ausgebrannt war wie diese öllose Lampe hier, ist plötzlich in mir Freude aufgeblüht. Unermeßlicher Jubel erfüllt mich, und ich würde dich gern am Bart zupfen, um meinen Frohsinn auf dich zu übertragen.«

Aber Karanthes riet: »Bau dir ein Haus, pflanze Bäume, nimm ein Weib und zeuge Kinder! Dann wird deine Freude vollkommen sein. Erst dann wirst du spüren, daß du lebst.«

»Alles zu seiner Zeit!« erwiderte ich. »Ich glaube, so weit bin ich noch nicht, um deine Ratschläge zu befolgen.«

Ich wollte ihn nicht durch ein Gespräch über Jesus von Nazareth in Verlegenheit bringen. Ich sagte ihm, ich sei sehr hungrig, weil ich während des Schreibens keine Lust zum Essen gehabt hätte. Das freute ihn mehr als alles andere, was ich ihm mitteilen konnte. Wir gingen hinunter, leise, weil seine Familie noch schlief. Er brachte Brot, Oliven und Salat, und wir aßen miteinander und tranken so viel Wein, daß Karanthes laut zu kichern anfing.

8

Marcus an Tullia.

Meine schlichte Freude hielt an. Sie entsprang wohl der Erleichterung darüber, daß ich nicht länger den Drang verspürte, mich mit unfruchtbaren Grübeleien abzuquälen oder in wißbegierigem Neid zu verzehren, weil andere Menschen vieles erlebt hatten, was mir versagt blieb.

Als alles Berichtenswerte niedergeschrieben war, ging ich aus und wanderte durch die Gassen Jerusalems, sah den Kupferschmieden bei der Arbeit zu, und auch den Webern und Töpfern. Ich nahm einen Fremdenführer, ließ mir den Hasmonäerpalast zeigen und stieg auf die Türme des von Herodes erbauten Palastes, ja sogar auf einen ganz alten, nur mehr von Fledermäusen bewohnten Turm. Ich besuchte den Tempelvorhof und verbrachte einige Zeit auf dem Forum; dann verließ ich die Stadt, um sie von den umliegenden Hügeln aus zu betrachten, und kehrte wieder zurück. Hier in Jerusalem geht alles seinen gewohnten Gang, als wäre nichts geschehen. Ich glaube, schon nach einer Woche hatten die meisten Bewohner Jesus von Nazareth und seinen schrecklichen Tod vergessen und wollten nichts mehr von ihm hören.

Ich wurde dieser Judenstadt müde, deren Bräuche mir fremd sind. Nicht einmal an dem so hochgepriesenen Tempel konnte ich noch etwas Bemerkenswertes entdecken. Eigentlich gleichen sich ja alle großen Städte; nur in den Lebensgewohnheiten der Einwohner gibt es Unterschiede. Ebenso ähneln die berühmten Tempel einander, mögen auch die Opfer und Kultformen jeweils verschieden sein. Eines der ihnen gemeinsamen Merkmale ist das Einsammeln von Geld in der einen oder anderen Art. Wenn die Juden im Tempelvorhof heilige Texte in kunstvoll ausgeführten Kästchen verkaufen, die man mit Riemen an Arm oder Stirn bindet, so erinnert mich das lebhaft an die Epheser, die den Pilgern und Touristen Amulette und kleine Artemisstatuen anbieten.

Als ich abends heimging, sah mein Hausherr Karanthes mich von weitem in der schon dämmerigen Gasse und kam mir, als hätte er auf mich gelauert, eilends entgegen. Pfiffig lächelnd und händereibend erzählte er mir: »Jemand hat nach dir gefragt und erwartet dich.«

Freudig überrascht erkundigte ich mich: »Wer kann das sein? Ich habe keine Freunde in der Stadt. Warum tust du so geheimnisvoll?«

Mein Syrer konnte sich nicht mehr zurückhalten; er brach in Lachen aus und rief: »Oh, wie froh bin ich, daß du jetzt wieder in jeder Beziehung wohlauf bist und dich wie ein Mann aufführst! Es liegt mir fern, auf dein Tun und Treiben neugierig zu sein; aber ich habe sie gebeten, in deinem Zimmer zu bleiben, damit nicht böse Zungen sich rühren. Sie sitzt bescheiden auf dem Fußboden, den Mantel um die Beine gehüllt. Natürlich hättest du dir etwas Schöneres finden können, aber die Geschmäcker sind verschieden. Zumindest ist sie gut gewachsen und hat jedenfalls schöne Augen.«

Ich konnte mir nicht vorstellen, welche Frau auf mich warten sollte. Ich lief in mein Zimmer, erkannte aber die Besucherin nicht, obwohl sie bei meinem Kommen demütig das Gesicht enthüllte und mich wie einen Bekannten ansah. Erst der Klang ihrer Stimme – ich hatte mit ihr seinerzeit nur im Dunkeln gesprochen – brachte mir Gewißheit, als sie sagte: »Es ist bestimmt nicht in Ordnung, daß ich mich dir so aufdränge; und ich möchte deinen Ruf, wenn du in dieser Beziehung empfindlich bist, nicht gefährden. Eine Frau wie ich darf ja einen Mann, mit dem sie in der Nacht gesprochen hat, bei Tage nicht kennen. Aber ich habe dir etwas zu erzählen, worüber du sicher staunen wirst.«

Ich sagte: »Maria von Beeroth, ich erkenne dich. Aber ich

wußte nicht, daß dein Gesicht so schön ist und deine Augen so glänzen. Um meinen Ruf sorge dich nicht! Ich bin im Gegenteil froh, daß du gekommen bist. Allerdings begreife ich nicht, wie du mich ausfindig gemacht hast.«

»Sprich nicht von meinem Gesicht und meinen Augen!« bat sie. »Denn sie sind mein Fluch. Aber die Stadt ist kleiner, als du meinst. Viele Leute kennen dich schon und wissen von deiner hartnäckigen Neugier in Dingen, die nicht deine Sache sind. Du hast also den Mann mit dem Wasserkrug getroffen; nur hat die Begegnung deine Erwartungen enttäuscht.«

Ich nahm an, sie sei erschienen, um eine Belohnung für ihren Rat zu fordern, und beeilte mich zu erklären: »Ja, ja, gewiß. Und ich bin da in deiner Schuld.«

Sie schüttelte heftig den Kopf und erwiderte: »Nein, nein, du schuldest mir nichts. Umgekehrt bin ich dir verpflichtet, und deshalb kam ich uneingeladen her.«

Ich blickte sie an, ohne mir erklären zu können, was sie von mir wollte. Nach ihrem Gesicht schien sie jünger zu sein, als ich geglaubt hatte; es war ein rundes, hübsches Judengesicht, dem man ihren Beruf ganz und gar nicht anmerkte.

An der Tür räusperte Karanthes sich diskret hinter der vorgehaltenen Hand, um meine Aufmerksamkeit zu erregen; neugierig wie eine Elster, war er mir natürlich nachgegangen. »Das Abendessen ist fertig«, meldete er. »Aber selbstverständlich kann das Essen warten, wenn du lieber zuerst deiner Freundin Gesellschaft leisten willst. Sage es nur, und ich bringe Wasser und reine Handtücher. Sicherlich wirst du ja aufpassen, daß sie nicht deine Habseligkeiten durchstöbert und etwas in ihren Kleidern versteckt.«

Meine Besucherin wurde rot und blickte beschämt zu Boden. Rasch stellte ich richtig: »Du irrst sehr, mein lieber Hausherr. Wir haben keineswegs solche Absichten, wie du sie vermutest. Deine Frau oder deine Tochter können ruhig das Essen bringen – oder trage es selber auf, wenn du das lieber willst! Ich bin hungrig und werde zusammen mit meinem Gast essen.«

Maria von Beeroth hob entsetzt die Hände und rief: »Nein, nein! Es ziemt sich nicht, daß ein Mann mit einer Frau speist, zumindest nicht mit einer Frau wie ich. Aber gestatte, daß ich dich beim Mahl bediene! Nachher esse ich gern, was du übrigläßt.«

Karanthes blickte sie wohlwollend an und lobte: »Ich sehe, du bist ein verständiges, gut erzogenes Mädchen. Dieser Römer ist noch nicht ganz mit den Landessitten vertraut. Meine Frau würde eher sterben wollen, als dir Essen zu reichen; und meiner unschuldigen, unerfahrenen Tochter kann ich einen so unschicklichen Anblick nicht zumuten. Ganz eine andere Sache aber ist es, wenn du mit gesenkten Augen hinuntergehst, das Essen holst, es wie eine Magd aufträgst und die Reste verzehrst.«

Zu mir gewandt, erläuterte er: »Du weißt, ich bin ziemlich vorurteilsfrei; aber alles hat seine Grenzen. Wenn deine Freundin in einer Sänfte angekommen wäre, in feines Linnen oder goldbestickte Seide gekleidet, mit Juwelenschmuck um den Hals und den Duft wohlriechender Salben versprühend, dann hätte ich es mir zur Ehre angerechnet, ihr mit eigenen Händen das Essen zu reichen; allerdings hätte ich dabei vor Besorgnis um dich geseufzt. Diese vernünftige Kleine kennt ihre Stellung und wird dir nichts Übles antun.«

Er winkte ihr, ihm zu folgen, und bald kam sie mit meinem Essen wieder. Sie hatte nach Mägdeart ihr Oberkleid geschürzt, so daß die Beine bis zu den Knien entblößt waren. Voll Eifer führte sie mich auf das Dach, goß mir Wasser über die Hände und trocknete sie mit einem reinen Handtuch. Als ich mich gesetzt hatte, hob sie von einer irdenen Schüssel den Deckel, legte einen Brotlaib vor mich hin und sagte: »Iß, Römer! Die Augen deiner Dienerin werden sich an jedem Bissen, den du zum Munde führst, erfreuen. Ach, könnte ich wirklich deine Magd sein und dir immer dienen!«

Aber ihre Augen hefteten sich auf den Brotlaib, als ich ein

Stück davon abbrach, und so zog ich sie an meine Seite, hieß sie Platz nehmen, tauchte das Brot in die gewürzte Tunke und schob es ihr in den Mund, so daß sie trotz ihres Sträubens essen mußte. Erst nach dreimaliger Weigerung tauchte sie selber ein Stück Brot in die Schüssel und aß.

Als wir fertig waren, schmiegte sie den Kopf an meinen Arm, küßte mir die Hand und sagte: »Du bist so, wie man dich mir beschrieben hat und wie ich mir dich nach der nächtlichen Begegnung am alten Tor vorstellte. Du behandelst eine Frau als gleichgestellt, während sie bei uns oft weniger gilt als ein Esel oder ein Zugtier. Wenn hier ein Mädchen geboren wird, zerreißt der Vater seine Kleider, würdigt das Kind keines Blickes und spricht nicht ein einziges freundliches Wort zu seiner Frau.«

Sie starrte vor sich hin und fuhr fort: »Besonders auf dem Lande führt die Frau ein jämmerliches Dasein. Ein hübsches Mädchen wird an irgendeinen alten Mann verheiratet, der mehr Felder und Weinberge hat als andere. Mich hat die eigene Eitelkeit ins Verderben geführt, als ich mein Spiegelbild im Wasserkrug sah; in meiner Dummheit bin ich dem ersten Fremden, der mir bunte Bänder und Perlen schenkte und falsche Schwüre ins Ohr flüsterte, hinaus auf die Felder gefolgt. Meine Geschichte ist so kurz und einfach, daß ich dir nichts weiter zu erzählen brauche, weil du das übrige wohl erraten kannst. In einem anderen Lande wäre es mir, solange ich noch jung war, nicht schlechter ergangen als sonst den Frauen im gleichen Falle. Hier bin ich ausgestoßen und verflucht, fühle mich aber weiterhin als Tochter Israels, und meine Sünde nagt derart an mir, daß ich alles dafür gäbe, um wieder geläutert zu werden. Doch der Gott Israels ist ein Gott der Vergeltung, und in seinen Augen ist eine unreine Frau gleich einem Hunde oder einem Leichnam.«

Ich tröstete sie: »Maria von Beeroth, du bist sicherlich nicht sündiger als viele andere Frauen, die gezwungen sind, auf deine Art in dieser Welt zu leben.«

Sie blickte mich aus ihren dunklen Augen an, schüttelte leicht den Kopf und entgegnete: »Du verstehst nicht, was ich meine. Was nützt mir der Gedanke, daß viele noch sündiger sind als ich, wenn ich mich selbst kenne und eine quälende Angst gleich Würmern an mir frißt? Es hat jemanden gegeben, der mir hätte helfen können. Er hat nicht einmal eine Ehebrecherin verdammt, sondern war barmherzig und hat sie vor der Steinigung gerettet. Er hat alle Kinder, auch die Mädchen, gesegnet, und an ihm war keine Sünde. Aber ich habe ihm nie zu nahen gewagt; ich sah ihn bloß von weitem. Übrigens hätten seine Gefolgsleute mich höchstwahrscheinlich von ihm ferngehalten. Durch seine Kraft hat er viele geheilt, deren Körper krank waren, und bestimmt hätte er auch mir sein Mitleid nicht versagt; denn meine Seele ist krank, und ich schäme mich meiner und meines Lebens.«

»Ich weiß, wen du meinst«, bemerkte ich.

Maria von Beeroth nickte. »Ja, ja. Aber die Frommen und Weisen und Sündlosen haben ihn gekreuzigt. Dann ist er von den Toten auferstanden und hat sich seinen Jüngern gezeigt. Das klingt zwar unglaublich, doch ich habe es aus verläßlicher Quelle gehört. Auch du, so sagte man mir, weißt davon, obwohl du hier nur ein gemiedener Fremdling bist. Deshalb bin ich zu dir gekommen.«

Plötzlich brach sie in Tränen aus, warf sich vor mir nieder, umschlang meine Knie und rief: »Ich flehe dich an, nimm mich mit dir; wir wollen nach Galiläa gehen und ihn suchen! Alle, die nur konnten, haben heute die Stadt verlassen und wandern nordwärts. Auch Frauen. Gestern nacht ist er seinen Jüngern wieder erschienen und hat ihnen verheißen, er gehe ihnen nach Galiläa voraus; dort würden sie ihn sehen. Vielleicht kann auch ich ihn dort finden, wenn du mich mitnehmen willst.«

Ich rüttelte sie heftig an den Schultern, richtete sie auf, hieß sie wieder Platz nehmen und sagte eindringlich: »Laß das Weinen und das wirre Gerede! Erzähle mir deutlich, was du weißt, damit wir uns gemeinsam darüber schlüssig werden können, was wir tun sollen!«

Als Maria merkte, daß ich bereit war, sie anzuhören, wischte sie sich die Tränen aus den Augen und begann ihren Bericht:

»Du hast diese reiche Frau kennengelernt, die Taubenzüchterin, die ihm gefolgt ist. Sie versteht dich und weiß, daß du eifrig den neuen Weg suchst. Aber man hat ihr streng verboten, noch einmal mit dir zusammenzukommen, weil du kein Kind Israels bist. Sie hat mir geraten, dich aufzusuchen, weil sie mich nicht mit sich nehmen konnte, während du als Römer ebenso verachtet und daher in der gleichen Lage bist wie ich. Sie sagte, der Lehrer wisse selbst am besten, wer seiner Stimme lauschen dürfe. Am Abend waren die Elf im Obergemach versammelt, und Jesus kam, durch verschlossene Türen, zu ihnen und stand in ihrer Mitte – genau so wie am ersten Abend, nachdem er das Grab verlassen hatte; davon weißt du ja schon. Er versicherte ihnen, er sei Fleisch und Blut und ließ Thomas seine Wundmale berühren. Darum glauben sie jetzt alle an seine Auferstehung. Sie haben den Frauen nicht alles erzählt, was er gesprochen hatte, machten sich aber sofort reisefertig. Schon früher hatte er ihnen ja sagen lassen, er würde ihnen nach Galiläa vorausgehen. Zu zweien und dreien verließen sie die Stadt, ohne von den Wachen gehindert zu werden. Auch die Frauen sind gegangen und andere Leute, die er geheilt hat. Simon von Kyrene hat sich ebenfalls auf den Weg gemacht. Sie alle sind überzeugt, ihn in Galiläa wiedersehen zu können.«

Ich überdachte ihren Bericht und fand ihn glaubwürdig. Weshalb sollte denn Maria eine solche Geschichte erfinden? Es leuchtete mir auch ein, daß Maria Magdalena mir unverändert wohlgesinnt sein mochte, obzwar sie wegen der Jünger mich nicht zu treffen wagte.

»Aber warum gerade nach Galiläa?« fragte ich. »Und was soll sich dort ereignen?«

Maria von Beeroth schüttelte den Kopf und sagte: »Das weiß ich nicht. Wozu brauche ich es auch zu wissen? Genügt es nicht, daß er selbst seinen Sendboten aufgetragen hat hinzugehen? Sie hatten es so eilig, daß die ersten heute in aller Frühe aufbrachen, sobald nur die Stadttore geöffnet wurden.«

Mit scheuer Gebärde berührte sie mein Knie und bat: »Mache dich auch reisefertig und laß mich als deine Dienerin mitkommen! Sonst duldet niemand meine Gesellschaft, und allein kann ich die Wanderung nach Galiläa nicht unternehmen. Zur Bezahlung von Gesinde fehlt mir das Geld, und ohne Begleitung würde ich Legionären und Räubern in die Hände fallen.«

Ich war geneigt, ihren Mitteilungen zu vertrauen; bestimmt hatte sie nicht die Absicht, mich zu täuschen. Ihr eigener schwärmerischer Eifer war der beste Beweis dafür. Aber sie gab doch nur ein Hörensagen wieder, und in diesen wirren Tagen konnten von Mund zu Mund gehende Gerüchte entstellt werden und zu Mißverständnissen führen. Es schien mir deshalb geraten, mir die Kunde aus einer zweiten Quelle bestätigen zu lassen.

Ich legte Maria nahe, sich in Geduld zu fassen, und erklärte: »Wir können nicht jetzt am späten Abend einfach losziehen. Und vor allem gedenke ich nicht, mich kopfüber in ein solches Abenteuer zu stürzen. Wir wollen die Sache überschlafen. Wenn mir morgen dein Bericht von anderer Seite bestätigt wird, will ich die Reise entsprechend vorbereiten, den Weg und die Rastplätze bestimmen und uns derart ausrüsten, daß wir Galiläa so bequem und so rasch wie möglich erreichen. Dort können wir uns dann umsehen und überlegen, was wir weiter tun sollen.«

Aber Maria jammerte: »Ich habe ohnedies schon den ganzen Tag gewartet, und mein Herz ist so unruhig, daß ich in der Nacht kaum ein Auge schließen würde. Warum können wir nicht gleich, so wie wir sind, ohne Sack und Pack, aufbrechen und in den Behausungen der Stillen im

Lande schlafen oder draußen im Freien, jetzt, wo die Nächte nicht mehr so kalt sind? Da käme die Reise auch viel billiger.«

Ich mußte über ihre Einfalt laut lachen und sagte: »Glaube mir, im Reisen habe ich mehr Erfahrung als du. Manchmal erweist sich dabei die billigste Art zum Schluß als die teuerste – zum Beispiel, wenn jemand krank wird oder wenn man von Landstreichern überfallen und verprügelt wird. Überlasse es mir, die Reise vorzubereiten! In Galiläa kannst dann umgekehrt du mir raten, wohin wir gehen sollen.«

Sie entgegnete: »Ich kenne nur Kapernaum am See Genezareth. Dort hat er gewohnt und gelehrt. Dorthin sollten wir uns wenden, wenn wir unterwegs nichts weiter von ihm hören.«

»Geh also in Frieden!« sagte ich. »Und komm morgen um die Mittagsstunde wieder!«

Aber Maria fürchtete anscheinend, ich würde sie im Stich lassen; denn sie erwiderte rasch, sie wüßte nicht, wohin sie gehen sollte, und bat mich, sie auf dem Dach vor meiner Tür oder in einer Ecke meines Zimmers schlafen zu lassen. Ich dachte, es könnte nicht schaden, mich gleich an ihre Gesellschaft zu gewöhnen, da ich ja mit ihr reisen und an den gleichen Orten nächtigen würde. Sie störte mich übrigens in keiner Weise, sondern lag die ganze Nacht über still in ihrer Ecke auf einer Matte, in ihren Mantel gehüllt.

In der Frühe, als die Hörner bliesen, sprach sie nach Judenart laut ihr Morgengebet. Sonst aber versuchte sie nach Kräften, sich ruhig zu verhalten und meine Morgenverrichtungen nicht zu behindern. Ich bat sie, im Zimmer zu bleiben, und ging zu meinem Hausherrn hinunter, der schon seinen Ladentisch vor der Eingangstür aufstellte.

»Karanthes«, sagte ich, »es ist Zeit geworden, daß ich Jerusalem verlasse und meine Reise fortsetze. Meine Bekannte ist noch oben im Zimmer, und ich nehme sie mit. Ich habe nicht vergessen, was du mir gestern sagtest. Kaufe ihr also neue Gewänder und kleide sie von Kopf bis Fuß ordentlich ein. Und beschaffe ihr auch entsprechenden Schmuck, damit niemand sie unterwegs verachtet oder als zu armselige Begleitung für mich ansieht! Aber vermeide übertriebenen Prunk! Ich möchte auch nicht, daß sie allzusehr auffällt.«

Mein Syrer schlug vor Staunen die Hände zusammen und rief: »Ich weiß nicht, ob du klug daran tust; das mußt du selbst am besten beurteilen können. Solche Mädchen gibt es in jeder Stadt, und du würdest dir die Reisekosten für eine Begleiterin ersparen. Abgesehen davon aber handelst du jetzt vernünftiger als mit deinen Einmischungen in die jüdische Politik, von der du nichts verstehst.« Er fragte mich gar nicht nach meinem Reiseziel, so beschäftigt war er damit nachzudenken, wie er meinen Auftrag auf eine für beide Seiten vorteilhafte Art ausführen könnte.

Ich aber ging geradewegs zu meinem Bankier Aristainos, den ich schon auf den Beinen und eifrig mit Rechenbrett und Kreditbriefen hantierend fand. Er begrüßte mich mit freudigen Ausrufen, musterte mich von oben bis unten und sagte: »Du scheinst meine Ratschläge gründlicher befolgt zu haben, als ich gedacht hätte. Dein Bart ist schon länger als der meine, und nach deinen Mantelquasten zu schließen, bist du zumindest ein Tor-Proselyt. Hast du herausbekommen, was dich interessiert hat, und bist du zufrieden?«

Ich gestand vorsichtig zu: »Ja, ich habe sogar mehr erfahren, als ich wissen wollte, und bin so befriedigt, daß ich meinen Aufenthalt in Jerusalem beenden kann. Man hat mir in den lebhaftesten Farben die Schönheiten Galiläas geschildert und viel von Herodes Antipas' neuer Stadt Tiberias am See Genezareth erzählt. Dort kann man, so heißt es, an den heißen Quellen seine Gesundheit wiederherstellen, man kann Theater und Zirkus besuchen und, ohne Anstoß zu erregen, ganz auf griechische Art leben.«

Aristainos setzte eine merkwürdige Miene auf und vermied es, mich anzusehen. Darum fügte ich rasch hinzu: »Im letzten Winter in Alexandria dürfte ich mir wohl Körper und Geist überanstrengt haben. Ich möchte gern Bäder und Massage gebrauchen und griechische Dramen hören, um nach alledem, was ich gelernt und gehört habe, wieder ins Gleichgewicht zu kommen.«

Aristainos bemerkte lächelnd: »Offenbar bist du einem von Herodes' zungenfertigen Schleppern auf den Leim gegangen. Der Fürst hat viel Geld in die Erbauung von Tiberias gesteckt, das er zu einer möglichst modernen und griechischen Stadt machen wollte; und jetzt hofft er, Reisende und Heilungsuchende würden sich verleiten lassen, in dieser Atmosphäre duldsamer Ungezwungenheit ihre Moneten mit vollen Händen auszugeben. Willst du über Samaria reisen oder auf der Pilgerstraße östlich des Jordan?«

»Das alles wollte ich mit dir beraten«, erwiderte ich. »Ich möchte etwas Geld mitnehmen und mir einen Kreditbrief auf einen deiner Geschäftsfreunde in Tiberias ausstellen lassen. Um dir die Wahrheit zu sagen – ich habe ein nettes Mädchen als Reisebegleiterin gefunden. In Baiae habe ich die Erfahrung gemacht, daß ein junger Mann gut daran tut, alles, was er braucht, in einen Badeort mitzunehmen.«

Das Lächeln des Juden wurde nun sarkastisch. »Als Bankier habe ich nur deine Aufträge auszuführen«, meinte er. »In deine Privatangelegenheiten darf und will ich mich nicht mischen. Aber täuscht mich mein Gedächtnis, oder hast du wirklich schon genug gehört von den Lehren des gekreuzigten Nazareners?«

Ich brachte es nicht über mich, ihn anzulügen. Als er fortfuhr, mich scharf zu mustern, erklärte ich, die Worte sorgfältig wählend: »Ich habe allerdings mancherlei und sehr merkwürdige Dinge über ihn erfahren. Wenn ich Zeit finde, werde ich auch in Galiläa einige Erkundigungen in dieser Sache einziehen. Ich muß sagen, daß durch seinen Tod in eure heilige Stadt eine gespenstige Stimmung eingezogen ist. Auch ich habe seit jenem Tage viel über den Mann nachgedacht.«

Aristainos überlegte eine Zeitlang; dann warf er mir einen Seitenblick zu und bemerkte: »Dein plötzlicher Entschluß, nach Galiläa zu reisen, überrascht mich. Angeblich haben sich gestern viele Leute aus der Stadt dorthin auf den Weg gemacht. Unter dem einfachen Volk geht das Gerücht um, es würden dort Wunder geschehen. Ich weiß, du bist zu aufgeklärt, um hinter Fischern und Zimmerleuten herzuziehen; immerhin finde ich diese Gleichzeitigkeit auffallend.«

»Wir wollen aufrichtig miteinander reden«, fügte er nach einer kleinen Weile hinzu. »Ich habe Grund zur Annahme, daß unser Hoher Rat diese Galiläer, die Gefolgsleute des Gekreuzigten, ebenso satt bekommen hat wie die von ihnen und den Frauen ihrer Umgebung ausgestreuten Gerüchte. Das niedere Volk glaubt jeden Unsinn. Gerüchte zu unterdrücken ist schwer; noch schwerer aber ist es, jemanden bloß auf Grund von Gerüchten anzuklagen, weil jeder sagen würde, ohne Feuer gebe es keinen Rauch. Eine Kreuzigung genügt als warnendes Beispiel; die Mitläufer zu verfolgen, hieße der ganzen Sache zu viel Gewicht beilegen. Es ist besser, wenn der Mann in Vergessenheit gerät. Deshalb haben unsere Oberen, glaube ich, den Galiläern auf Umwegen zu verstehen gegeben, sie würden nicht länger verfolgt werden, wenn sie den Staub dieser Stadt von den Füßen schütteln. Man ist froh, sie derart nach Galiläa, das dem Herodes Antipas untersteht, abzuschieben. Er kann mit ihnen verfahren, wie er es für gut befindet; aber ich denke, sie werden zu Hause, unter ihren Landsleuten, wo jeder sie kennt, keinen Schaden anrichten. In der eigenen Heimat gilt ja der Prophet nichts. Ich setze dir das alles auseinander, damit du nicht einen falschen Eindruck von der Sache gewinnst oder dir Vorstellungen machst, die kein vernünftiger Mensch auch nur in Worte zu kleiden wert fände.«

Während ich dort in seinem prächtig ausgestatteten Zimmer saß, von festen Wänden und verschlossenen Türen umgeben, wirkten seine nüchtern-sachlichen Worte auf mich so, als würde auf Kohlenglut Sand gestreut, um sie zu ersticken.

»Wenn diese Dinge derart belanglos sind, wie du sagst, so hast du dich bemerkenswert genau über sie unterrichtet«, machte ich meinem Unmut Luft. »Auch ich will offen reden. Ich habe gehört, daß Jesus von den Toten auferstanden und seinen Jüngern erschienen ist und daß er verheißen hat, ihnen nach Galiläa vorauszugehen.«

Aristainos zupfte an einer Naht seines Obergewands, als fühlte er sich versucht, seine Kleider zu zerreißen. Aber er gewann rasch seine Selbstbeherrschung wieder, schnitt eine Grimasse und sagte: »Es war eine bodenlose Leichtfertigkeit, diese durchtriebenen Jünger seinen Leichnam während des Erdbebens aus der Gruft stehlen zu lassen. Jetzt können sie den Leuten jedes Märchen auftischen. Natürlich fällt es ihnen nicht schwer, ihren heimlichen Anhängern eine solche Geschichte einzureden und damit ihre Flucht aus Jerusalem als frommes Beginnen hinzustellen. Ich könnte dich vielleicht begreifen, wenn du ein von den heiligen Schriften berückter und vor lauter Messiaserwartung versauerter Jude wärest. Aber du bist Römer und Philosoph. Ein Toter steigt nicht aus dem Grabe. So etwas ist nie geschehen und wird auch nie geschehen.«

»Warum bist du dann so aufgeregt und außer dir, du Meister der kühlen Überlegung?« fragte ich. »Ich finde es ja verständlich, daß du an deinem Haus, Geld und Geschäft hängst und dein Äußerstes zur Erhaltung des Bestehenden tun mußt. Ich dagegen kann frei kommen und gehen und sogar Dinge ins Auge fassen, an die du nicht zu denken wagst. Ich verlasse jetzt die Stadt zu einer Badekur in Tiberias, und es soll dich nicht bekümmern, ob ich vielleicht insgeheim hoffe, dabei etwas zu hören oder gar zu sehen, was bisher nie geschehen ist.«

Wenn ich seinen kurzen Bart, seine gepflegte Haut an Gesicht und Händen und seine griechische Lockenfrisur betrachtete, erfaßte mich Abscheu vor ihm und seiner Einstellung zur Welt. Ich mußte an die Schwestern des Lazarus denken und an Maria Magdalena; selbst Maria von Beeroth schien durch ihre sehnsüchtigen Hoffnungen meinem Herzen näher zu stehen als dieser von Geld und Gut beherrschte Mann. Er hatte keine Hoffnung; darum redete er auch anderen so rücksichtslos jede Hoffnung aus.

Er mußte meine Gedanken erraten haben; denn plötzlich änderte er seine Haltung, hob die Hände und sagte: »Verzeih! Natürlich weißt du selbst am besten, was du tust. Ich sehe, daß du im Herzen ein Dichter bist und deshalb dazu neigst, über Dinge nachzugrübeln, die ein Geschäftsmann aus seinen Gedankengängen einfach verbannt. Und du wirst dich ja wohl nie von Schwindlern hereinlegen lassen oder an unhaltbare Märchen glauben . . . Wie willst du also reisen? Ich kann dir einen erfahrenen Karawanenführer anbieten, mit Kamelen oder Eseln; ferner ein ausgezeichnetes Zelt mit voller Einrichtung, so daß du von Herbergen unabhängig bist und dir ihren Schmutz, ihr Ungeziefer und ihre zweifelhafte Gesellschaft ersparen kannst. Am vernünftigsten wäre es, zwei syrische Legionäre zu deiner Bewachung anzustellen; dann brauchst du weder bei Tag noch bei Nacht etwas zu fürchten. Das alles kostet natürlich Geld; aber du kannst es dir ja leisten.«

Ich hatte selbst an eine solche Lösung gedacht und mich deshalb an Aristainos gewandt. Ich verstand auch seine Beflissenheit; denn die Ausrüstung einer solchen Expedition mußte ihm beträchtlichen Gewinn abwerfen. Aber dann würde einer seiner Vertrauensleute jeden meiner Schritte, jedes meiner Worte überwachen und ihm nachher alles berichten. Er wieder würde, zu seinem eigenen Vorteil, den Behörden jede von ihnen gewünschte Auskunft weitergeben. Deshalb zögerte ich unschlüssig. »Eigentlich möchte ich am liebsten auf eigene Faust reisen«, erklärte ich. »Ich bin kein einziges Mal dazugekommen, das hiesige Gymnasion zu besuchen, und hoffe, die Reisestrapazen werden die Schlaffheit aus meinen Gliedern vertreiben.

Allerdings muß ich auch darauf Bedacht nehmen, daß meine Begleiterin die einer Frau unentbehrlichen Bequemlichkeiten genießt.«

»Ganz richtig!« stimmte er eifrig bei. »Schon kleine Unbilden können eine junge Frau reizbar und launisch machen. Auch würdest du bestimmt nicht gern ihre weiße Haut von roten Bissen bedeckt sehen. Gestatte, daß ich für sie, während du dir die Sache überlegst, ein kleines Geschenk hole.«

Er verließ das Zimmer und kam mit einem schönen griechischen Handspiegel zurück, dessen Rückseite mit einer kunstvoll eingeritzten Gruppe geschmückt war: ein Satyr, der eine sich sträubende Nymphe umarmt. Es war ein schön polierter, wertvoller Spiegel, und ich wollte dem Bankier nicht durch Annahme dieses Geschenkes verpflichtet sein. Aber er drückte es mir in die Hand und sagte: »Sei unbesorgt! Es ist kein Zauberspiegel. Er wird deiner Freundin nur dazu verhelfen, dir genehme Gedanken zu hegen, wenn sie zuerst auf ihr eigenes Abbild schaut und dann auf den brünstigen Satyr. Angeblich gibt es ja Spiegel, die dem Hineinschauenden den Tod bringen. Als vernünftiger Mensch kann ich das kaum glauben; doch Vorsicht erweist sich immer als klug. Deshalb hoffe ich vom Herzen, daß du auf deiner Reise nicht unglücklicherweise einen Blick in einen solchen Spiegel werfen wirst, in dem man Dinge sehen mag, die der Mensch nicht schauen sollte.«

Er gab mir keine Zeit, über den Sinn seiner Worte nachzudenken, sondern begann an seinen Fingern abzuzählen und mir auseinanderzusetzen, daß ich unter anderem eine Zofe für meine Begleiterin brauchen würde, und einen Koch, und einen Bedienten für mich, und einen Eseltreiber, und einen Zeltaufsteller. Schließlich sagte er: »Zwölf Personen dürften insgesamt genügen; und ein so bemessenes Gefolge wird kein Aufsehen erregen, weil es gerade zur Not deinem Rang entspricht.«

Ich sah vor meinem geistigen Auge einen Schwarm schwatzender, keifender, schreiender, singender Bedienter, den in Zucht zu halten mir ganz unmöglich sein würde. Der bloße Gedanke daran nahm mich gegen den Plan ein, und ich sagte: »Ausgaben schrecken mich nicht; aber mein größter Luxus ist die Einsamkeit. Mach einen besseren Vorschlag! Und deinen Spiegel nimm zurück! Die anstößige Zeichnung ist vergnüglich; doch ich glaube kaum, daß sie mein Ansehen bei den Juden heben würde.«

Er nahm den Spiegel ohne Widerrede und erklärte: »Jetzt weiß ich, was wir tun. Da ist ein gewisser Nathan, der von Zeit zu Zeit in meine Dienste tritt. Einen einzigen Fehler hat er: daß er nichts redet; aber er ist ein durch und durch verläßlicher Mann und kennt Judäa, die Dekapolis, Samaria und Galiläa gleich gut. Als ich den Spiegel holte, sah ich ihn im Hof sitzen. Das bedeutet, er sucht Arbeit. Augenblicklich habe ich nichts anderes für ihn, und ich möchte nicht, daß er hier tagelang herumlungert; durch seine Schweigsamkeit geht er meinen Leuten auf die Nerven. Ich weiß, daß er Karawanen sogar bis Damaskus geführt hat. Setze ihm auseinander, wohin und auf welchem Wege du reisen willst, und er wird alles bestens ordnen. Du kannst ihm ruhig deinen Geldbeutel anvertrauen, und er wird in den Herbergen deine Rechnungen begleichen. Er feilscht nicht stundenlang, zahlt aber auch nicht, was man verlangt, sondern einfach das, was er für angemessen hält. Natürlich bekommt er auf diese Art von den Wirten keine Provisionen; aber er begnügt sich mit seiner Entlohnung.«

»Diesen Musterknaben würde ich gern sehen«, meinte ich, unsicher, ob es sich nicht bloß um eine Finte des Bankiers handelte. Aber er lachte über meine Zweifel, führte mich in den Hof und zeigte mir Nathan. Es war ein sonngebräunter Mann, barfuß, mit kurzgeschorenem Haar, in einen schmutzigen weißen Mantel gehüllt. Als er mir ins Gesicht blickte, kam mir vor, ich hätte noch nie so schwermütige Augen gesehen; doch irgendwie faßte ich sofort Vertrauen zu ihm.

Ich bat Aristainos, mein Vorhaben Nathan auseinanderzusetzen; aber er hob lachend die Hände und ging in sein Zimmer zurück, wo er seinen Buchhalter beauftragte, mein Reisegeld in einen Beutel einzuzählen und mir einen auf seinen Geschäftsfreund in Tiberias lautenden Kreditbrief auszustellen. Es war, als wollte er mit der ganzen Sache persönlich nichts zu tun haben. Als ich jetzt Nathan nochmals anblickte, wurde mir klar, daß ich zumindest keinen Spion vor mir hatte.

Ich sagte: »Du bist Nathan, und ich bin Marcus, ein Römer. Ich verreise mit einer Frau nach Tiberias und möchte das in möglichst schlichter, unauffälliger Form tun. Ich zahle dir den Lohn, den du verlangst, und du wirst auf der Reise die Kasse führen.«

Er musterte mein Gesicht und dann meine Füße, als wollte er feststellen, ob ich für eine Wanderung tauge, erwiderte aber nur mit einem Kopfnicken. Ich glaubte jedoch in seiner Miene ein gewisses Erstaunen zu entdecken.

»Ich glaube, drei oder vier Esel werden uns genügen«, fuhr ich fort. »Meine Begleiterin und ich brauchen Schlafmatten und Kochtöpfe. Beschaffe also, was dir nötig erscheint, und komm gegen Mittag zum Hause Karanthes', des Krämers, beim Hasmonäerpalast.«

Er nickte nochmals und ließ einen Zweig, von dem er auf einer Seite die Rinde abgeschält hatte, zu Boden fallen. Als er sah, daß der noch berindete Teil nach oben zu liegen kam, nickte er ein drittes Mal. Redselig war er wirklich nicht. Nach dem Verhör bei Aristainos war ich froh darüber, daß dieser Mann mich nichts fragen würde. Ich ging in das Haus zurück, um mich von dem Bankier zu verabschieden, der mir eine Abrechnung über mein Guthaben einhändigte und mir durch den Buchhalter Geldbeutel und Kreditbrief übergeben ließ.

»Glückliche Reise!« wünschte er mir. »Und sobald du zurückkommst, sehen wir uns hier in Jerusalem wieder.«

Ich kehrte in den Hof zurück und reichte Nathan meinen

Geldbeutel. Er wog ihn in der Hand und befestigte ihn am Gürtel, überlegte ein wenig, blickte nach der Sonne und ging dann einfach seines Weges. Die Art, wie wir handelseins geworden waren, widersprach ebenso wie Nathans sonstiges Verhalten so völlig allem orientalischen Hang zum Feilschen, daß ich dem Mann lange verwundert nachblickte. Indes hatte ich keineswegs das Gefühl, daß er mich hintergehen würde.

Nun machte ich mich innerhalb der Mauern nach der Oberstadt auf, in die Gegend, wohin ich in der Dunkelheit dem Mann mit dem Wasserkrug gefolgt war. In dem Gewirr von Gäßchen und Treppen stieg ich höher und fand nach einigem Suchen das Tor in der alten Stadtmauer, durch das wir gegangen waren. So fest ich auch beschlossen hatte, die mir gegenüber derart abweisenden Sendboten nie mehr zu behelligen, ich wollte mich doch nach Möglichkeit vergewissern, ob sie die Stadt verlassen hätten.

Ich glaubte, das große Haus, in dem ich gewesen war, zu erkennen. Das schwere Tor stand offen; aber im Hofe regte sich nichts. Plötzlich verspürte ich eine unerklärliche Angst und wagte nicht einzutreten. Zögernden Schrittes ging ich vorbei, kam zurück und ging wieder vorbei. Das Tor zu durchschreiten vermochte ich jedoch nicht; auch wenn ich es gewollt hätte, wäre ich dazu außerstande gewesen.

Nach langer Unschlüssigkeit entfernte ich mich, voll Ärger und Selbstvorwürfen über meine Feigheit. Erstaunt bemerkte ich, wie verlassen dieses Viertel war; ich hatte nur ganz wenige Menschen erblickt. In der Nähe der Stadtmauer vernahm ich eintöniges Klopfen. Ein Bettler saß dort und schlug mit seinem Stock gegen einen Stein, um meine Aufmerksamkeit zu erregen; aber er war zu stolz, etwas von mir zu erbitten.

Ich habe die Erfahrung gemacht, daß man am klügsten tut, Bettlern keine Almosen zu geben, weil sie sonst hinter einem herhinken und man sie nicht mehr loswird. Aber dieser Bettler, dem die Füße fehlten, blickte mich bloß wortlos an und hörte zu klopfen auf, als er sah, daß ich ihn bemerkt hatte. Ich fühlte mich gezwungen, stehenzubleiben und eine Münze vor ihm hinzuwerfen.

Er hob die Gabe ohne Dank auf und fragte: »Was suchst du, Fremder? Wenn ich, der Fußlose, hier auf der Erde sitze, sehe ich viel und manches, wobei gesehen zu werden nicht allen recht wäre.«

»Dann gib mir ein Zeichen, wenn du kannst!« bat ich ihn.

»Reisevorbereitungen und schneller Aufbruch sind die einzigen Zeichen, von denen ich weiß«, erwiderte der Bettler. »Sogar Leute, die sonst bei Tage nicht gern ihre Gesichter zeigen, haben sich in Bewegung gesetzt. Soweit mir bekannt ist, handelt es sich um Fischer, und sie scheinen es eilig gehabt zu haben, zu ihren Netzen zurückzukehren. Ist dir dieses Zeichen von Nutzen?«

»Gewiß, und zwar mehr, als du glaubst«, antwortete ich und warf ihm vor Freude noch eine Münze hin. Er las sie wie geistesabwesend auf und starrte mich an, als wollte er herausbekommen, wer ich sein mochte. Dann fragte er plötzlich: »Hast du nicht eines Abends einen Blinden geführt und ihm beim Quelltor deinen Mantel geschenkt? Wenn ja, würde ich dir raten, ein Netz zu kaufen und den anderen zu folgen. Es könnte sein, daß dir ein großer Fischzug gelingt.«

Etwas schnürte mir die Kehle zu, und mein Herz bebte. »Wer hat dich beauftragt, mir das zu bestellen?« brachte ich mühsam hervor.

Aber der fußlose Bettler schüttelte den Kopf und erklärte: »Niemand hat mich das geheißen. Ich habe es einfach aus Verbitterung gesagt. Wenn ich noch meine Füße hätte, wäre ich nämlich heute auch nach Galiläa gewandert. Durch die Straßen tönt es wie ein Lied und wie ein Jubelruf: Nach Galiläa, nach Galiläa! Aber ich kann nicht mit.«

»Du redest nicht wie ein Bettler«, bemerkte ich.

»Ich war nicht immer einer«, entgegnete er stolz. »Ich kenne die heiligen Schriften, und während ich fußlos im

Straßenstaub sitze, fällt es mir leichter, Dinge aufzufassen und zu glauben, die ein gesunder, unverkrüppelter Mensch nicht begreifen kann. Wegen dieses Unfugs hat man mir schon öfter eins auf den Mund gegeben, und ich täte besser, die Zunge zu hüten. Aber als ich dich so schüchtern um das Haus, das auch ich von weitem beobachtet habe, streichen sah, da konnte ich nicht schweigen.«

»Also – auf nach Galiläa!« rief ich. »Du bestärkst meine Hoffnung.«

»Auf nach Galiläa!« wiederholte er eifrig. »Und wenn du ihn siehst, so bitte ihn, auch uns zu segnen, die Geringsten seiner Brüder, denen die Klüglinge ins Gesicht schlagen.«

In Gedanken vertieft, kehrte ich in die Unterstadt zurück. Aber als ich mich dem Hause meines Syrers näherte, wurden meine Füße ungeduldig. Ein wohliges, erwartungsvolles Fiebern wärmte mir die Seele, und in mir hob ein Tönen an, wie ein Lied und ein Jubelruf: Nach Galiläa, nach Galiläa! Ich konnte an nichts anderes mehr denken.

Dennoch durfte ich jetzt nicht geradewegs in mein Zimmer hinaufgehen; ich mußte mich vor dem Haus auf die Türschwelle setzen und warten. Frau und Tochter meines Hausherrn waren nämlich oben und halfen Maria beim Ankleiden. Karanthes erläuterte: »Die Frauen sind alle gleich; sie konnten einfach der Versuchung nicht widerstehen und mußten sich die schönen Kleider und den preiswerten Schmuck genauer anschauen. Bei dieser Gelegenheit hat übrigens meine Frau die Überzeugung gewonnen, daß Maria von Beeroth keine verstockte Sünderin ist, sondern eher ein harmloses Mädchen, das du retten und ehrbar machen willst.«

Ich fand keine Zeit zu einer Erwiderung; denn Frau und Tochter riefen mich jetzt von oben her und forderten mich mit fröhlichem Plappern auf, mir meine Braut zu besehen. Verwundert über ihre Sinnesänderung gehorchte ich, und mein Staunen wuchs, als ich Maria erblickte. In ihren neuen Kleidern sah sie noch jünger aus als gestern abend. Zur

Zierde trug sie eine gestickte Binde um die Taille und ein Band um die Stirn, eine Halskette aus bunten Steinen, große Ringe in den Ohren und sogar Fußspangen. Mit vor Freude roten Wangen begrüßte sie mich laut und sagte: »Warum staffierst du mich aus wie die Tochter eines reichen Mannes zu einem Fest? Ich bin gewaschen und gekämmt und gesalbt und habe einen Gesichtsschleier für die Reise und einen Mantel zum Schutz meiner Kleider gegen den Staub.«

Sie probierte den Schleier, nahm den Mantel um und zeigte sich von allen Seiten, so daß ihr Schmuck klirrte. Ihr kindliches Entzücken rührte mich; es war, als hätte sie mit ihrem alten Gewande ihre üble Vergangenheit mit abgestreift. Auch Karanthes kam sie besichtigen, als wäre sie das Werk seiner Hände, und betastete jeden Stoff und jedes Schmuckstück. Er forderte mich auf, das gleiche zu tun, und nannte bei allem den Preis, als wollte er Maria durch die Höhe meiner Ausgaben für ein Mädchen ihrer Art beeindrucken. Als Maria seine Aufzählung hörte, verschattete sich ihre Miene, ihr Frohsinn schwand, und sie warf mir einen argwöhnischen Blick zu.

Ich dankte dem Syrer für seine Mühe und richtete auch an Frau und Tochter einige höfliche Worte, bis sie endlich alle drei begriffen, daß ihre Anwesenheit überflüssig war, und sich, hinter den vorgehaltenen Händen kichernd, zurückzogen. Als wir, Maria und ich, allein waren, starrte sie mich angstvoll an und wich wie schutzsuchend bis zur Wand zurück.

»Was für Absichten hast du mit mir?« fragte sie. »So etwas ist mir, seit ich aus meinem Heimatdorf in die Stadt durchgebrannt bin, nur ein einziges Mal passiert. Eine alte Frau hat mich von der Straße in ihr Haus mitgenommen und mir anstatt meines groben Linnens prächtige Gewänder angelegt. Ich dachte, sie meinte es gut mit mir, bis ich entdeckte, in welche Art von Haus ich geraten war. Sie schlug mich, wenn ich ihren Gästen nicht nach deren Wunsch zu Willen sein konnte, und es hat drei Tage gedauert, bis es mir gelang davonzulaufen. Mir kam vor, du bist anders, und ich habe für dich gebetet, weil du lieb zu mir warst und mich in der letzten Nacht nicht, wie ich fürchtete, belästigt hast. Aber jetzt traue ich dir nicht mehr. Wahrscheinlich war ich in meinem armseligen, ungepflegten Aufzug nicht schön genug für dich.«

Ich mußte lachen und tröstete sie: »Keine Angst! Mich verlangt es nach keinem irdischen Reiche; sonst könnte ich ebensogut mit dir hier in Jerusalem bleiben. Ich habe genug erlebt, um zu wissen, daß alle Lust dieser Erde nur eine glühend heiße Grube ist, in der es nirgends einen Hauch von Kühle gibt, sondern bloß, je tiefer man hinuntersteigt, desto ärgere Hitze. Deshalb begehre ich nur mehr nach jenem anderen Reiche, das jetzt noch bei uns hienieden weilt. Und dieses Reich will ich in Galiläa suchen, mit dir zusammen.«

Aber meine freundlichen Worte verfehlten ihre Wirkung auf sie. Tränen schossen ihr in die dunklen Augen, sie stampfte mit dem Fuße auf, packte Halskette und Stirnband, warf sie zu Boden und rief: »Jetzt verstehe ich, warum du dir nicht einmal die Mühe genommen hast, den Schmuck selber für mich zu besorgen, sondern es anderen überließest. Deine Gleichgültigkeit kränkt mich. Ich mag keinen Zierat tragen, den du nicht selbst für mich ausgesucht hast . . . Und dabei habe ich nie so schöne Sachen gehabt!«

Es fiel ihr derart schwer, auf ihren Putz zu verzichten, daß sie immer heftiger weinte, mit beiden Füßen aufstampfte und schluchzte: »Begreifst du denn nicht, daß die einfachste Halskette aus Obstkernen und Samenkörnern, hättest nur du sie mir beschafft, mir wertvoller gewesen wäre als diese teuren Metallsachen?«

Nun wurde auch ich zornig. Ich stampfte meinerseits auf und befahl: »Jetzt aber augenblicklich Schluß mit dieser Heulerei, Maria von Beeroth! Ich kann mir einfach nicht erklären, warum du dich so ungebührlich benimmst. Was werden die Leute unten von mir – und von uns beiden – denken, wenn sie dieses ganze Getrampel und Geheule hören? Eine flennende Frau ist häßlich wie die Nacht, und wenn du meine Gutherzigkeit auf so verletzende Art mißdeutest, so sehe ich keine Möglichkeit, dich nach Galiläa mitzunehmen.«

Über diese Drohung erschrak Maria. Sie hörte gleich zu weinen auf, trocknete sich die Augen, schlang mir die Arme um den Hals, küßte mich auf die Mundwinkel und bat sittsam: »Verzeih mir meine Einfältigkeit! Ich werde versuchen, mich zu bessern, wenn du mich nur mitnimmst.«

Ihre Liebkosung war die eines unfolgsamen, aber reuigen Kindes und besänftigte mich sofort. Ich streichelte ihr die Wange und sagte: »Dann nimm also deinen Putz, damit die Wachsoldaten unterwegs dich als meine Begleitdame achten! Später wird sich bestimmt eine Gelegenheit finden, dir getrocknete Beeren und Obstkerne zu einer Halskette aufzufädeln, wenn dir das lieber ist. Aber wir sind doch keine Kinder mehr.«

Kinder waren wir ja wirklich keine mehr. Doch in diesem Augenblick erfüllte mich die Sehnsucht, im Herzen wieder ein Kind zu werden, nichts von Sinnenlust oder Bosheit zu wissen und mich jeden Tages, so wie er kam, harmlos freuen zu können. Ich wußte nicht, was mich in Galiläa erwartete; vielleicht unternahm ich diese anstrengende Wanderung vergebens. Aber wenigstens die Reise selbst wollte ich genießen; und auch meine Hoffnung, die bloße Vorfreude, wollte ich voll auskosten.

Karanthes rief zu mir hinauf, die Esel stünden bereit. Ich erkannte am Sonnenstand, daß es genau Mittag war. Neugierig eilte ich hinunter, und Maria folgte mir. In dem Gäßchen vor dem Hause sah ich vier kräftige Esel, zwei davon mit Schlafmatten auf dem Rücken. Der dritte trug zwei Packkörbe, und auf dem vierten saß eine ärmlich gekleidete Frau, die nicht einmal den Blick vom Nacken ihres Reittiers zu heben wagte. Nathan grüßte mich achtungsvoll, aber schweigend und zeigte bloß auf die Sonne, um anzudeuten, daß er zu der von mir festgesetzten Stunde erschienen war.

»Wer ist diese Frau? Ich wünsche keine solche Person zur Begleitung«, erklärte ich aufgebracht. Aber Nathan erwiderte nichts und schaute weg, als ginge ihn die Sache nichts an. Karanthes trat herzu und sprach mit der Frau; dann wandte er sich, verlegen an seinem Barte zupfend, zu mir.

»Sie heißt Susanna«, berichtete er. »Sie sagt, Nathan habe ihr versprochen, sie als Magd mitzunehmen. Sie will nämlich nach Galiläa heimkehren, kann aber nicht so weit zu Fuß gehen. Deshalb sitzt sie schon auf ihrem Esel, und sie verlangt keinen Dienstlohn, wenn sie mitkommen darf. Soweit ich verstanden habe, ist sie zu Ostern hier krank geworden, und ihre Reisegesellschaft ist ohne sie heimgekehrt.«

Die Frau saß weiter wie festgewachsen auf ihrem Esel und wagte nicht, mich anzusehen. Begreiflicherweise wurde ich zornig und rief: »Wir brauchen keine Magd. Wir bedienen uns gegenseitig. Ich kann nicht alle Kranken aus Jerusalem nach Galiläa mitnehmen.«

Nathan blickte mich forschend an, und als er merkte, daß es mir damit ernst war, zuckte er die Achseln, hob die Hand, löste meinen Geldbeutel vom Gürtel, warf ihn mir vor die Füße und entfernte sich, ohne sich um die Esel zu kümmern, durch die Gasse. Die unbekannte Frau jammerte, blieb aber unentwegt sitzen.

Ich machte mir klar, daß meine Abreise, wenn ich jetzt einen anderen, vielleicht noch dazu unzuverlässigen, Führer aufnehmen müßte, weiter verzögert werden würde. Die Wut stieg in mir auf, aber ich schluckte sie hinunter, rief Nathan zurück, hieß ihn den Geldbeutel wieder nehmen und rief erbittert: »Ich schicke mich ins Unvermeidliche. Tu nach Belieben, aber schau, daß wir weiterkommen, bevor sich noch mehr Gaffer ansammeln!«

Ich eilte ins Haus, rechnete mit Karanthes ab, gab ihm

mehr, als er verlangte, und sagte: »Nimm die Sachen, die ich zurückgelassen habe, in Verwahrung! Ich komme nach Jerusalem zurück.«

Karanthes dankte mir überschwenglich und bestätigte mit überzeugtem Kopfnicken: »Ganz recht! Ich zweifle nicht daran, daß du sehr bald zurück sein wirst.«

Neugierige scharten sich um die Esel, während Nathan geschickt alles, was ich mitzunehmen wünschte, in die Tragkörbe verstaute. Die Zuschauer betasteten die Beine der Tiere und nahmen ihre Zähne in Augenschein; und die Frauen bedauerten die kranke Susanna, die wie ein Häuflein Elend auf ihrer Reitdecke hockte und sich nicht traute, zu jemandem ein Wort zu reden. Auch Bettler kamen heran, streckten heischend die Hände aus und wünschten uns viel Glück für die Reise; Nathan gab ihnen aus meinem Geldbeutel Almosen in der ihm angemessen erscheinenden Höhe, damit sie uns nicht durch ihre Flüche Unheil brächten. So gab es in der Gasse des Krämers einen beträchtlichen Auflauf, ehe Maria und ich endlich unsere Esel besteigen konnten und Nathan sich an die Spitze der Karawane stellte. Soweit es mich betraf, hätte man mir ebensogut einen Sack über den Kopf stülpen können; denn Nathan sagte kein Wort darüber, auf welchem Wege er uns nach Galiläa bringen und in welchen Herbergen er einkehren wollte.

Zuerst indes führte er uns durch die Vorstadt zum Marktplatz, wo es nach Salzfisch stank, und dann durch das Fischtor aus der Stadt hinaus. Die Wächter kannten ihn, wollten jedoch die Körbe auf dem Packtier durchsuchen; als ich aber rief, ich sei Römer, ließen sie uns sofort durch und blickten uns lange nach. Zu meiner Überraschung folgte Nathan jetzt der Straße, die längs der Stadtmauer zur Antonia führte und hielt die Esel vor dem Festungseingang an. Als Susanna beim Tor die Legionäre gewahrte, fing sie wieder an zu jammern an und barg ihr Gesicht am Nacken des Esels. Vergebens fordete ich Nathan auf weiterzuziehen; er winkte mir bloß, ich möge in die Festung gehen. Mir stieg schon der Verdacht auf, er sei stumm, da ich ihn bisher überhaupt kein Wort hatte reden hören. Dann musterte ich sein kurzgeschnittenes Haar und fragte mich, ob er nicht vielleicht ein Schweigegelübde abgelegt habe.

Widerstrebend durchschritt ich den Torbogen, und die Wachen hielten mich nicht an, so merkwürdig ich auch mit meinem Bart und dem gestreiften Mantel aussehen mochte. Im gleichen Augenblick kam, wie gerufen, der Festungskommandant vom Turm herab.

Ich ging auf ihn zu, grüßte ihn mit erhobenem Arm und sagte: »Ich begebe mich nach Tiberias, zu einer Badekur. Mein Karawanenführer war der Meinung, ich sollte mich von dir verabschieden und Ratschläge für meine Wanderung einholen. Ich reise ganz einfach, mit keiner anderen Begleitung als zwei Frauen.«

Er fragte: »Willst du durch Samaria ziehen oder im Jordantal?«

Ich schämte mich einzugestehen, daß ich es nicht wußte, und erwiderte deshalb: »Ich möchte mich da an deinen Rat halten.«

Der schwermütige, rheumageplagte Mann zupfte sich an der Oberlippe und erklärte: »Die Samariter sind boshafte Leute und spielen einfachen Wanderern manchen Schabernack. Der Jordan wieder führt noch Hochwasser. Du könntest an den Furten Schwierigkeiten haben, und nachts hört man dort oft aus dem Dickicht die Löwen brüllen. Wenn du willst, gebe ich dir natürlich zwei Legionäre zur Bedeckung mit; du mußt sie nur bezahlen und gelegentlich dem Prokurator gegenüber meine Hilfsbereitschaft erwähnen.«

Offensichtlich war er jedoch nicht begeistert darüber, seine Garnison auch nur kurzfristig um ein paar Mann zu vermindern. Daher antwortete ich: »Nein, nein. Ich reise in einem Lande, wo Rom für Ordnung sorgt, und habe nichts zu befürchten.«

»Dann gebe ich dir wenigstens ein Schwert mit«, sagte er

erleichtert. »Als römischer Bürger darfst du mit einem Schwert reisen. Aber vorsichtshalber bekommst du noch eine schriftliche Erlaubnis, nachdem du so wunderlich gekleidet gehst und deinem Bart kein Schermesser angedeihen läßt.«

Ich ging also hinein, übernahm vom Waffenmeister Schwert und Schultergehänge und gab dem Sekretär für den Erlaubnisschein einen Geldbetrag, damit auch der Kommandant aus meiner Abreise in geziemendem Umfange Vorteil ziehe. Er begleite mich dann freundschaftlich durch den Hof zum Tor, konnte aber beim besten Willen ein Lächeln nicht verbeißen, als ich das Schwert über meinen Judenmantel gürtete.

Nathan lächelte nicht, sondern nickte befriedigt, während er die Esel zum Weitermarsch antrieb. Wir umwanderten nun den Tempelbezirk, querten das Kidrontal und schlugen die Straße ein, die sich am Ölberg emporwindet und die ich bis Bethanien schon kannte. Als die Hauptstadt außer Sicht war, stieg ich ab und ging zu Fuß weiter. In Bethanien ließ ich Nathan anhalten und begab mich zum Hause des Lazarus.

Nachdem ich ihn eine Zeitlang laut gerufen hatte, kam er aus seinem Garten und erwiderte meinen Gruß. Ich erkundigte mich nach seinen Schwestern und erfuhr, daß sie nach Galiläa aufgebrochen waren.

Ich fragte: »Warum bist du nicht mit ihnen gegangen?«

Er schüttelte den Kopf und entgegnete: »Ich sah keinen Grund dazu.«

»Aber mir wurde gesagt, daß er, euer Herr, den anderen dorthin vorausgegangen ist und sie erwartet.«

Lazarus meinte abwehrend: »Was geht das mich an? Ich pflege meinen Garten und bleibe in der Nähe meines Grabes.«

Er sprach mit ungelenker Zunge, seine Augen waren verdüstert, und er schien über irgendein Rätsel nachzugrübeln, das er niemand anderem darlegen konnte. Mich überlief es eiskalt in seiner Gegenwart, und ich bedauerte, ihn aufgesucht zu haben.

»Friede sei mit dir!« verabschiedete ich mich.

»Friede!« äffte er spöttisch nach. »Wenn du wüßtest, was für mich Friede bedeutet, würdest du mir ihn kaum wünschen.«

Er fuhr sich mit seiner gelblichen Hand über die Stirn und fügte hinzu: »Ich habe Kopfweh, und meine Gedanken zerflattern mir. Als ich dich meinen Namen rufen hörte, bin ich erschrocken. Ich bekomme jetzt immer Angst, wenn jemand mich ruft. Ich möchte dir ein Gleichnis sagen. Wenn wir, du und ich, beide nur so groß wie Nadelspitzen wären und alles um uns herum wäre auch nadelspitzenklein oder noch kleiner, so würden wir uns gegenseitig dennoch weiter für ebenso groß halten wie bisher, weil wir nur einander zum Vergleich hätten. Für mich aber ist die Welt und alles um mich so klein geworden wie eine Nadelspitze. Warum hat er sich bereit gefunden, geboren zu werden, zu sterben und wieder in diese Nadelspitzenwelt aufzuerstehen? Das vermag ich einfach nicht zu fassen.«

Ich konnte nur annehmen, daß während der Tage, da er tot im Grab gewesen war, sein Hirn irgendwie Schaden genommen hatte und er nicht mehr so zu denken vermochte wie andere Menschen. Ich wandte mich schweigend ab und kehrte zur Straße zurück. Nathan blickte mich prüfend an, und in seiner Miene lag die gleiche Verwunderung, die ich schon einmal an ihm bemerkt hatte. Aber er sagte nichts. Wir setzten unseren Weg fort.

Die Straße führte in einen Talboden und querte einen Wasserlauf. Wir wanderten am Fuß der Berghänge und hielten nur einmal an, um an einem Brunnen die Esel zu tränken. Nathans Schweigsamkeit steckte auch Maria an, so daß wir wenig sprachen. Aber die Redescheu des Mannes hatte nichts von mürrischem Mißmut; ich hatte volles Vertrauen zu seiner Führung. Auch gegen die kranke Frau hegte ich keinen Groll mehr; sie ritt als letzte und bemühte sich, so wenig wie möglich aufzufallen. Als die Schatten länger wurden, begann ich mich sogar ihretwegen zu sorgen und fragte mich, wie weit ihre Kräfte reichen würden. Nathan trieb die Tiere ununterbrochen an; er ging mit langen, unermüdlichen Schritten einher, als hätte er es eiliger als wir selbst. Ich stellte fest, daß er Samaria meiden wollte und dem Weg der galiläischen Pilger folgte, die für ihre Tempelreisen zu den großen jüdischen Festen über Jericho wanderten.

Erst als einzelne Sterne auftauchten, machten wir in einem kleinen Dorfe halt, und Nathan führte die Esel in den umzäunten Hof einer bescheidenen Herberge. Hier mußten wir selbst für uns sorgen. Rasch und geschickt entlud Nathan die Tiere und trug unsere Schlafmatten in einen leeren, nach Dung riechenden, aber reinen Raum. Susanna beeilte sich, im Hof ein Feuer anzuzünden und klapperte sehr vernehmlich mit den Kochtöpfen, um zu zeigen, daß sie sich nützlich zu machen und uns ein Essen zu bereiten gedachte.

Sie mischte Hammelfleischstücke in die dicke Suppe, die sie an das Feuer gesetzt hatte, und ließ das Fleisch schmoren. Dann holte sie Wasser und bestand darauf, mir die Füße zu waschen. Sie wusch auch Marias Füße und behandelte die junge Frau in jeder Beziehung mit Ehrerbietung. Als das Essen fertig war, reichte sie zuerst mir und dann Maria davon. Ich fühlte mich sehr wohl.

In herzlichem Tone lud ich Nathan und Susanna ein: »Ich weiß nicht, ob ich gegen eure Gesetze verstoße; aber schließlich reisen wir miteinander und werden im selben Raum schlafen. Wenn ihr das gleiche essen wollt wie ich, so setzt euch und greift zu!«

Sie wuschen sich die Hände und kauerten sich zum Essen auf den Boden hin. Nathan brach das Brot, segnete es auf jüdische Art und reichte mir ein Stück; den Frauen schenkte er keine Beachtung. Er aß wenig, das Fleisch berührte er überhaupt nicht. Während des Mahles starrte er in Gedanken versunken vor sich hin, und ich versuchte nicht, ihn ins Gespräch zu ziehen. Nachher sah er nochmals nach den Tieren, hüllte sich in seinen Mantel, bedeckte den Kopf und legte sich an der Schwelle schlafen, als wollte er damit andeuten, wir täten gut, seinem Beispiel zu folgen. Als aber Susanna fertiggegessen hatte, warf sie sich vor mir nieder und wollte mir die Füße küssen, zum Dank dafür, daß ich sie unter meinen Schutz genommen hatte.

Ich sagte: »Danke nicht mir, sondern Nathan! Ich hoffe bloß, daß die Reise dich nicht zu sehr hernimmt; sonst wirst du gar von neuem krank.«

Sie widersprach: »Nein, nein! Wir galiläischen Frauen sind zähe wie Leder. Meine Krankheit ist hauptsächlich Kummer; aber wenn ich heimkomme, an das Ufer des Galiläischen Meeres, wird die Freude mich wieder ganz gesund machen.«

Am nächsten Morgen weckte Nathan uns vor Sonnenaufgang und setzte uns so rasch in Bewegung, daß ich, vor Schläfrigkeit und Kälte zitternd und einen Bissen Brot kauend, schon auf meinem Esel saß, als gerade die rote Sonne über den Hügeln aufstieg. Sobald aber allmählich das Sonnenlicht heller und wärmender wurde, erfüllte mich Freude. Die blauen Höhen, die Weinberge und die silbergrauen Ölbäume auf den Hängen waren schön anzusehen. Ich glaube, wir alle empfanden den gleichen Frohsinn; denn plötzlich stimmte Nathan zu meinem größten Erstaunen mit heiserer Stimme ein hebräisches Lied an.

Ich warf Maria einen fragenden Blick zu; doch sie schüttelte nur den Kopf, zum Zeichen, daß sie die Liedworte nicht verstand. In dem auf- und absteigenden Singsang Nathans war etwas zugleich Jubelndes und Feierliches. Als er verstummte, stieg ich von meinem Esel und wartete, bis Susanna herankam. Auf meine Frage blickte sie mich vertrauensvoll an und erläuterte: »Das ist ein Pilgerlied und besagt: ›Der Herr ist dein Hüter; zu deiner Rechten steht der Herr, dein Beschützer. Bei Tage wird dir die Sonne nicht schaden, der Mond nicht bei Nacht. Der Herr wird dich vor jedem Übel bewahren; er wird deine Seele behüten. Der Herr wird behüten dein Gehen und Kommen, von nun an bis in die Ewigkeit.‹«

Ich verstand Susannas Mundart nicht recht, und sie begann daher die gleichen Worte in der Umgangssprache zu summen, den Oberkörper hin und her wiegend. Und plötzlich brach sie zu meiner Überraschung in Tränen aus. Ich berührte tröstend ihre Schulter und sagte, etwas erschrocken: »Weine nicht, Susanna! Erzähle mir, was dich bedrückt! Vielleicht kann ich dir helfen.«

Sie erwiderte: »Nein, nein. Ich weine nur vor Freude, weil ich aus tiefstem Leid und eigentlich aus den Klauen des Todes wieder an das Licht des Tages gekommen bin.«

Mir wurde unwillkürlich etwas merkwürdig zumute, weil ich offenbar gleich zwei Menschen, die nicht ganz richtig im Kopfe waren, zu Reisegefährten hatte. Aber ich mußte lächeln: schließlich war ich nach allen vernünftigen Maßstäben selber ein verrückter Römer, der ohne Rast und Ruhe einem auferstandenen Judenkönig nachlief.

Gegen Mittag kamen wir ins Jordantal hinunter und erblickten vor uns weites, fruchtbares Ackerland und die grauen Mauern Jerichos. Die Luft wurde glühend heiß; doch immer wieder führte ein Windhauch uns den milden, aber durchdringenden Duft der Palmenhaine zu, die Jerichos Reichtum sind.

Hier war der Frühling weiter fortgeschritten als in Jerusalem, und wir sahen schon Landleute den Weizen mit Sicheln schneiden. Nathan führte uns nicht in die Stadt, sondern auf Viehsteigen längs der Umfassungsmauern, und zu Mittag rasteten wir im Schatten dieser Mauern neben einer Quelle und ließen die Esel grasen. Nathan entfernte sich ein Stückchen, um zu beten, und hielt, als er zurückkam, noch die Arme gegen Jerusalem hin erhoben. Dadurch erinnerte sich auch Maria an ihre Gebetspflicht, und Susanna murmelte ebenfalls fromme Worte. Das schied diese Menschen von mir. Ich pflege ja nur dann zu beten, wenn das Herkommen es fordert, bei Opfern und an den Götterfesten des Ortes, wo ich mich gerade aufhalte – eine Form des Betens, die meinem Empfinden nach nichts fruchten kann. Ich passe mich einfach den Sitten und Gebräuchen der verschiedenen Länder an, um nicht aufzufallen. Jetzt erfüllte mich eine Art Neid, und am liebsten hätte ich meine Gefährten ersucht, mich ihre Gebete zu lehren. Doch sie waren Juden und betrachteten ihr Volk als von Gott auserwählt; so befürchtete ich, Nathan und Susanna würden mir meine Bitte abschlagen. Marias Beten aber schien mir nicht viel mehr als kindliche Gewohnheit und konnte mir wohl keinen Nutzen bringen.

Während unserer Rast aßen wir Brot, Zwiebeln und Käse. Maria und ich tranken sauren Wein, Nathan und Susanna aber nur Wasser. Als ich Nathan Wein anbot, zeigte er wortlos auf sein kurzgeschnittenes Haar, und ich begriff, daß irgendein Gelübde ihn band. Doch er sah mich so treuherzig an, daß ich ihn fragte: »Hast du auch ein Schweigegelübde abgelegt?«

Er entgegnete: »Wo viele Worte sind, da geht's nicht ohne Sünde ab.« Aber er lächelte dabei gutmütig.

Nun jedoch hatte er keine Geduld mehr, länger zu rasten, sondern drängte zum Aufbruch. Wir kehrten zur Landstraße zurück und sahen, über die Ebene hinweg, in der Ferne den hochgehenden Jordan fließen. Unsere Wanderung in der Hitze trieb uns derart den Schweiß aus den Poren, daß jeder von uns an seiner eigenen Mühe genug hatte. Dazu wurden Mensch und Tier von stechenden Fliegen überfallen; diese Schwärme kamen meiner Meinung nach von den Ochsen, die aus den Feldern Weizengarben zu den Dreschtennen schleppten.

Als der Abend kam, hatten wir einen langen Tagesmarsch hinter uns und waren alle müde, durstig und steif. Wir nächtigten in einem Dorf, das einen quellgespeisten Brunnen hatte, so daß wir uns gründlich waschen konnten. Ich hatte schon festgestellt, daß Nathan die Herbergen der größeren Ortschaften, wo wir bequemer untergebracht gewesen wären und fertiggekochtes Essen bekommen hätten, zu meiden schien. Als er mich aber prüfend anblickte, zeigte ich keinerlei Unzufriedenheit. Nach den entnervenden Tagen in Jerusalem tat ja dieses einfache Leben meinem Körper nur wohl.

Maria war des Nichtstuens müde, schürzte ihren Mantel und half Susanna beim Feuermachen und Kochen. Ich hörte die beiden nach Frauenart eifrig miteinander schwatzen, während vor meinen Augen die Sterne allmählich aufleuchteten.

Als wir gegessen hatten, schob Maria ihre Schlafmatte ganz nahe an die meine heran und flüsterte mir ins Ohr: »Diese Susanna ist völlig ungebildet, und man könnte sie fast für schwachsinnig halten. Aber ich vermute, daß sie zu den Stillen im Lande gehört und auch etwas von dem gekreuzigten Jesus weiß. Allerdings hat sie Angst vor uns und wird kaum aus sich herausgehen.«

Rasch setzte ich mich auf. Nathan hatte schon seinen Kopf verhüllt und sich vor der Schwelle schlafen gelegt; Susanna aber kniete noch und murmelte ihr Gebet. Ich konnte mich nicht enthalten, sie mit leiser Stimme beim Namen zu rufen und zu bitten: »Sag mir, wie du betest, damit ich auch richtig zu beten lerne!«

Susanna hob abwehrend die Hände und beteuerte: »Ich bin eine unwissende Frau. Ich kenne das Gesetz nicht. Ich verstehe nicht so zu beten, wie es sich gehört. Du würdest mich nur auslachen, wenn ich es dich lehren wollte.«

Ich versicherte ihr: »Lachen werde ich bestimmt nicht. Ich möchte still und demütig im Herzen werden.«

Auch Maria meinte: »Dein Gebet ist neu. Ich habe noch nie jemanden so beten hören.«

Verschreckt, aber eingedenk ihrer Dankespflicht mir gegenüber lehrte Susanna uns das Gebet. Zuerst erklärte sie: »Ich habe es erlernt, weil es leicht zu merken ist und –

so sagte man mir – alle anderen Gebete ersetzt, da diesen Worten nichts hinzuzufügen ist.« Dann fuhr sie fort: »Ich bete so: ›Vater unser, der du bist in dem Himmel, geheiliget werde dein Name. Es komme dein Reich. Dein Wille geschehe, wie im Himmel, also auch auf Erden. Unser tägliches Brot gib uns heute. Und vergib uns unsere Schulden, wie auch wir vergeben haben unseren Schuldigern. Und führe uns nicht in Versuchung, sondern erlöse uns von dem Bösen.‹«

Ich bat sie, das Gebet zu wiederholen, und fand es wirklich einfach und leicht zu behalten. Ich sprach es laut nach, jeden Satz überlegend, und erkannte, daß diesem Gebet tatsächlich nichts beizufügen war, weil darin alles ausgedrückt ist, was einem schlichten Menschen vonnöten sein kann. Es war nicht das ausgeklügelte Gebet eines Gelehrten; aber es gab mir so viel zu denken, daß ich Susanna nicht mit weiteren Fragen plagte.

Die nächste Nacht mußen wir in der Nähe eines zum Teil überfluteten Dickichts verbringen. Irgendwo weit im Norden, in den Bergen, wo der Jordan entspringt, schmolz der Schnee. So war der Strom, obwohl seine Zuflüsse fast ausgetrocknet lagen, über die Ufer getreten, und die Überschwemmung hatte die wilden Tiere aus ihren Lagern vertrieben. Als die Sterne erschienen, hörte ich im Bergland die Schakale aufgeregt bellen, und etwas später ertönte der Widerhall eines Brüllens, wie ferner Donner. Diesen Klang kannte ich; allerdings hatte ich ihn nie in der freien Natur vernommen, sondern nur in Rom, nachts, im Rund eines Amphitheaters. Die Esel begannen zu zittern, und wir mußten sie in den gleichen Raum führen, wo wir auf einer Art Estrade schliefen. Maria hatte noch nie Löwengebrüll gehört, und sie schmiegte sich enger an mich und bat mich mit bebender Stimme, die Arme um sie zu schlingen, obwohl die Nacht ohnedies schon erstickend heiß war.

Nathan beruhigte die Esel, verrammelte die Tür und lehnte sich mit dem Rücken gegen sie, gespannt horchend.

Auch Susanna konnte nicht schlafen; so benützte ich die Gelegenheit dazu, sie zu fragen: »Von wem hast du das Gebet gelernt, das du mir gestern vorgesprochen hast?«

In der Ferne brüllte der Löwe wieder, und die dünnen Lehmmauern unseres Raumes schienen zu wanken. Susanna legte entsetzt die Hand auf die Lippen und murmelte: »Solche Dinge darfst du mich nicht fragen.«

Aber jetzt tat Nathan den Mund auf und sagte zu meinem Erstaunen: »Sprich nur! Vor ihm brauchst du keine Angst zu haben.«

Susanna blickte in dem flackernden Licht der Tonlampe unstet um sich, als wollte sie Reißaus nehmen, begann jedoch dann:

»Jesus von Nazareth, jener Mann, der in Jerusalem gekreuzigt wurde, hat das Gebet seine Jünger gelehrt und auch uns Frauen, die wir mit ihm durch Galiläa zogen. Er versicherte, das genüge für uns, andere Gebete brauchten wir nicht.«

Ich rief überrascht: »Du wirst mich doch nicht anlügen wollen! Bist du wirklich mit ihm durch Galiläa gezogen?«

Susanna erwiderte: »Ich bin sehr wenig mit Klugheit gesegnet und könnte gar nicht lügen, auch wenn ich wollte. Aber fünf Sperlinge kauft man um zwei Groschen, und doch ist keiner von ihnen vor Gottes Augen vergessen. Mein ganzes Leben lang war ich gierig nach Geld und Gut und habe mir nicht einmal genügend Nahrung gegönnt. Als alle anderen den neuen Propheten aufsuchten, tat ich es auch, weil ich dachte, ich würde bei ihm vielleicht etwas umsonst bekommen. Im Tempel gibt es nichts ohne Bezahlung. Ich hörte mir seine Lehren an, verstand sie aber nicht. Dann jedoch sprach er einmal zum Volk und blickte mich fest an, während er sagte: ›Hütet euch vor Habsucht! Das Leben des Menschen ist durch seine Güter nicht gesichert.‹ Das war unten am Seeufer. Ich hatte die Empfindung, daß er wußte, wer ich war, und von meinem Geiz gehört hatte. Dann erzählte er von einem Reichen, der sehr ergiebige

Felder besaß und seine Scheuern niederriß, um neue und größere zu bauen; denn jetzt, da er so viel erwirtschaftet hatte, gedachte er, sich für viele Jahre zur Ruhe zu setzen. Aber Gott sprach zu ihm: ›Du Tor, noch heute nacht wird dir deine Seele abgefordert werden. Wem wird dann gehören, was du aufgehäuft hast?‹ Und Jesus schloß seine Rede mit den Worten: ›So ergeht es dem Menschen, der Schätze für sich sammelt, nicht aber für das Reich.‹«

Sie holte tief Atem und fuhr fort: »Ich ärgerte mich über ihn und kehrte nach Hause zurück. Aber ich konnte seine Worte nicht vergessen, und schließlich begannen sie, in mir zu bohren wie der Schmerz in einem eitrigen Zahn. Ich ging wieder zu Jesus und hörte seine Lehre. Da sprach er über die Raben, die Gott ernährt, und von den Lilien des Feldes, die weder spinnen noch weben und doch prächtiger gekleidet sind als ein König. Er verbot seinen Jüngern, sich um Speise und Trank zu sorgen, und trug ihnen auf, nur das Reich zu suchen, weil ihnen dann alles andere dazugegeben würde. Und nun tat er mir leid. Zwar soll er einmal eine große Menge Volkes mit nur wenigen Brotlaiben und Fischen gesättigt haben; doch so etwas kann man nicht jeden Tag tun. Mein Vermögen an faule, nichtsnutzige Arme zu verteilen, hatte ich keine Lust gehabt; jetzt aber verkaufte ich die Stoffe, die ich gewoben hatte, überließ meine Felder der Obsorge eines Verwalters und wanderte mit Jesus umher, um ihn und seine Jünger so lange zu unterstützen, wie mein Geld reichte. Mir kam nämlich vor, der Wundertäter würde selber bald Hungers sterben, wenn man ihn nicht verpflegte. Ein paar andere Frauen taten das gleiche wie ich, aus Mitleid. Er war ja im täglichen Leben so unbeholfen.«

Bei der Erinnerung an ihre Wanderungen mit Jesu Gefolgsleuten seufzte Susanna auf. Dann setzte sie ihren Bericht fort: »Ich möchte gar nichts gegen ihn sagen. Ich habe das nur erzählt, um zu zeigen, daß er von den Dingen dieser Welt nicht viel verstand. Und darum mußten wir

Frauen für ihn sorgen; übrigens fuhren auch seine Jünger, das gebe ich zu, dann und wann auf Fischfang aus, um etwas zum Unterhalt beizusteuern. In Nazareth hieß es, Jesus habe wohl sein Handwerk vom Vater erlernt, sei jedoch kein besonders guter Zimmermann gewesen; er konnte Joche und Pflüge machen, aber nicht ein gutes Rad. Außerdem war er viel zu vertrauensselig; dem Judas Ischariot hat er die Führung der gemeinsamen Kasse überlassen, und ich bin überzeugt davon, daß der Geldbeutel manchmal leichter war, als er hätte sein sollen – man konnte dem Mann das an den Augen ansehen. Ich will nicht behaupten, daß ich die Lehren des Nazareners verstand; nicht einmal seine Jünger begriffen sie immer. Doch es war irgendwie wohltuend, ihm nahe zu sein. Deshalb blieb ich bei ihm und kehrte nicht nach Hause zurück, obwohl ich es manchmal gern getan hätte. Ohne es zu wollen, hat er sich nämlich auch fromme Menschen zu Feinden gemacht; sogar ich fand es unleidlich, daß er eine Frau wie diese Taubenhändlerin aus Magdala bei sich duldete.«

Maria unterbrach sie mit den Worten: »Maria Magdalena ist eine gutherzige Frau und klüger als du, du häßliche Dorfvettel in deinem groben Sackzeug!«

Susanna keifte wütend los: »Wenn du ihre Partei ergreifst, weiß ich schon, was für eine Sorte Frau du bist und warum du es jeden Abend so eilig hast, zu diesem Römer zu schlüpfen. Daß ich nur eine häßliche Dorfvettel in Sackzeug bin, stimmt ja. Aber ich kann spinnen und weben und backen und kochen und aufräumen; und seinerzeit bin ich auch hinter dem Pflug hergegangen, wenn ich mir teures Geld für einen Ackerknecht ersparen wollte. Jesus von Nazareth war überhaupt viel zu gut für diese Welt, zu unbekümmert und leichtgläubig. Er hat Wunder gewirkt und Kranke geheilt, ohne sich auch nur zu vergewissern, ob sie eine solche Gnade verdienten. Man brauchte nur seinen Mantel zu berühren, und schon wurde man alle Beschwerden los. Er ist mir vorgekommen wie ein argloses Kind, das in einer sündhaften Welt sich selbst überlassen wird. Wenn er nur auf vernünftige Ratschläge gehört hätte, wäre er nie zu Ostern nach Jerusalem gegangen. Aber er war halsstarrig und hat gemeint, er verstehe auch die Dinge dieser Welt besser als andere Leute. Deshalb ist alles so gekommen, wie es kam.«

Susanna ereiferte sich derart, daß sie noch nachträglich Jesus von Nazareth wie einen unfolgsamen Jungen auszankte. Dann aber fiel ihr plötzlich alles, was sich zugetragen hatte, wieder ein; sie brach in Tränen aus und sagte: »Mir ist nichts von ihm geblieben als dieses Sackzeug und das Gebet, das er uns lehrte. Sobald er tot war, sind wir entsetzt auseinandergestoben, wie eine Schar Sperlinge. Mir war übel vor Grauen, als ich von der Kreuzigung davonlief. Tagelang konnte ich keinen Bissen hinunterbringen. Ich verkroch mich einfach in eine Höhle unter dem Tempel und hoffte, es würde mich niemand aufspüren. Schließlich entdeckte mich dieser Nathan in seinem weißen Gewand und mit dem, Jesu wegen, kurzgeschnittenen Haar. Er vertraute mir an, daß der Gekreuzigte von den Toten auferstanden und vor uns her nach Galiläa gegangen war.«

Susanna schlug sich mit der Hand auf den Mund und starrte Nathan an, voll Angst, sie könnte in ihrer Geschwätzigkeit zu viel ausgeplaudert haben. Aber Nathan sagte: »Die Rede der Weiber ist wie das Knacken dürrer Zweige unter dem Kochtopf. Ich wußte, daß das Reich nahe ist; Jesus selbst aber habe ich nie kennengelernt. Ich schnitt mir die Haare ab, als ich hörte, er sei aus dem Grab gestiegen. Denn falls das zutrifft, so ist er der Sohn Gottes, ist der, auf den wir gewartet haben.«

Susanna betonte: »Ich habe ihn gekannt und sogar gut gekannt; ich habe ihm nämlich die Kleider gewaschen. Er war ein Menschenwesen, hat Hunger und Durst verspürt und ist manchmal seiner Jünger überdrüssig geworden und auch der menschlichen Hartherzigkeit überhaupt. Doch zweifellos ist er, wenn man das so berichtet, wirklich von den Toten auferstanden, und ich wundere mich gar nicht darüber. Im Gegenteil, ich weine vor Freude seinetwegen und hoffe, daß auch alles übrige sich zum Guten wendet. Vielleicht wird er wirklich in Galiläa ein Reich aufrichten, falls wir nur geduldig ausharren und die Engel für ihn kämpfen. Anders kann es nicht gelingen. Jedenfalls spreche ich täglich morgens, mittags und abends das Gebet, das er uns gelehrt hat. Für mich genügt es, wie er ja selbst versicherte.«

Ihre Worte machten auf Maria tiefen Eindruck; halb ungläubig fragte sie: »Hast du ihm wirklich die Kleider gewaschen?«

Susanna prahlte: »Wer denn sonst hätte sie so weiß gekriegt? Deine Maria Magdalena hat bestimmt in ihrem Leben noch nie an einem Waschzuber gestanden. Salome hatte genug an der Wäsche ihrer eigenen Jungen. Und Johanna war gewohnt, selbst Mägde zu haben; am liebsten hätte sie sich, wenn sie es gewagt hätte, in einer Sänfte hinter Jesus hertragen lassen. Aber dann lernte sie schon, auf eigenen Füßen zu gehen.«

Ich konnte meine Verwunderung nicht mehr bezwingen und fragte: »Warum bist du ihm eigentlich gefolgt und hast dein Vermögen geopfert, wenn dir weder Jesu Verhalten gepaßt hat noch das seiner Jünger und der sonstigen Gefolgsleute?«

Susanna sah mich ebenso erstaunt an und erklärte: »Er war doch wie ein Lamm unter Wölfen. Sogar seine eigene Mutter hat ihn für einen Sonderling gehalten. Und die Nazarener haben ihn einmal an den Rand eines Abgrunds geführt und wollten ihn hinunterstürzen, schraken aber schließlich davor zurück.«

»Dann hast du ihn also geliebt?« fragte ich.

Susanna wand sich verlegen hin und her und brummte mißmutig: »Was weiß so ein vertrocknetes altes Weib wie ich schon von Liebe? Aber die Welt ist voll fauler Taugenichtse, habsüchtiger Priester, herzloser Steuereinnehmer und sonstiger Wegelagerer. Eine Bäuerin braucht sich nur in der Stadt zu zeigen, und man schert ihr die Haare vom Kopf. Er hat mir einfach leid getan, weil er so harmlos war und nichts von der Tücke dieser Welt wußte.«

Sie preßte die Handflächen aneinander und fügte leise, als schämte sie sich ihrer Äußerung, hinzu: »Außerdem hatte er die Worte des ewigen Lebens.«

»Was meinst du damit?« erkundigte ich mich.

Aber Susanna wurde ärgerlich und machte eine ungeduldige Geste der Abwehr. »Ich weiß nicht. Er hatte sie einfach. Ich verstand seine Rede nicht; ich glaubte einfach.«

»Und du glaubst noch?« bedrängte ich sie.

»Ich weiß nicht«, erwiderte sie mit der gleichen Ungeduld. »Als am Kreuze Blut und Todesschweiß von ihm rannen, glaubte ich nicht mehr und floh, weil ich sein Leiden nicht länger mit ansehen konnte. Vielleicht bin ich dann aus Enttäuschung krank geworden, weil ich mir einbildete, zwecklos mein Vermögen vertan zu haben. Aber nein, das war es eigentlich nicht. Krank geworden bin ich vor allem wegen seiner Qualen; einen solchen Tod hat er nicht verdient, mochte er auch harte Worte gegen die Schriftgelehrten und Pharisäer gesprochen haben. Aber er hat nicht Ärgeres gesagt als irgendein einfacher Landmann, der es mit diesen Leuten zu tun bekommt und vielleicht wegen eines unwissentlichen Verstoßes gegen das Gesetz seine Obsternte vernichten oder sein Gemüse wegwerfen muß. Doch jetzt wird bestimmt alles wieder gut, und ich glaube an ihn. Nur möchte ich ihn noch ein einziges Mal wiedersehen und seine Stimme hören.«

Die Vernunft zwang mich, den Worten dieser Frau zu mißtrauen – in dieser erstickend heißen Nacht in der Lehmhütte, während die Esel sich ruhelos an ihrer Krippe hin und her schoben und draußen der Löwe brüllte. Ich hatte den Eindruck, Susanna wolle einfältiger erscheinen, als sie war, und mir den wichtigsten Teil ihres Wissens vorenthalten. Wenn sie viele Stunden in Jesu Gesellschaft verbracht, seine Wunder gesehen, ihn zum Volk sprechen gehört und gelegentlich das eine oder andere von dem aufgeschnappt hatte, was er seine erwählten Jünger lehrte, mußte sie doch auch Dinge erfahren haben, die nicht für aller Ohren bestimmt waren.

»Und wie ist es mit seinen weisen Aussprüchen?« forschte ich. »Ist dir wirklich nichts von seiner Geheimlehre im Gedächtnis geblieben?«

Susanna blickte mich immer unfreundlicher an und erklärte: »Weisheit läßt sich Frauen und Kindern nicht beibringen. Gerade deswegen konnte ich Maria Magdalena nicht leiden; ständig hockte sie, während wir anderen nützliche Arbeit taten, zu Jesu Füßen und hat sich eingebildet, alles zu verstehen. Von dieser Sorte gab es bei uns genug und übergenug; wir hatten nicht nur ihn und die Zwölf zu verpflegen und zu betreuen, sondern manchmal bis zu siebzig Personen. Für mich war seine Weisheit er selber. Für mich war er das Brot des Lebens, wie er selbst es ausdrückte. Was er damit gemeint hat, weiß ich nicht; aber ich glaubte seinen Worten.«

Ich konnte nur verzweifelt den Kopf schütteln über ihre Einfältigkeit und gab es auf, sie weiter zu befragen. Aber während das Tonlämpchen immer schwächer flackerte, fühlte Susanna sich gedrängt, mich rasch noch zu überzeugen; sie dachte so angestrengt nach, daß sie eine ganze Weile an ihren Fingern zerrte und sich vor und zurück wiegte, ehe sie endlich erklärte: »Sein Vater im Himmel ist auch mein Vater. Jesus ließ auch die Kinder zu sich kommen und erklärte, denen, die wie Kinder sind, stehe sein Reich offen. Diesen Ausspruch verstand ich. Mir wurde klar, daß ich als Kind mir nicht über die Absichten meines Vaters den Kopf zu zerbrechen, sondern mir zu sagen habe, er wisse selbst alles am besten. Diese Erkenntnis ist das einzige Geheimnis, das mir offenbar wurde.«

Während dieser unruhigen Nacht fand ich keinen tiefen

Schlaf, und das gedämpfte Löwengebrüll erinnerte mich so lebhaft an Rom, daß ich mich manchmal zwischen Wachen und Schlummer dorthin zurückversetzt fühlte und erwartete, auf einem Purpurkissen, in eine Rosenduftwolke gehüllt, von Leidenschaften erschöpft, die Augen zu öffnen. Dieser Traum war wie ein Alpdruck; sobald ich jedoch plötzlich aus dem Schlafe fuhr, überwältigte mich ein ebenso beklemmendes Gefühl der völligen Sinnlosigkeit meines jetzigen Tuns. Hier lag ich, bärtig, unfrisiert, nach Schweiß riechend, in einer schmutzigen Lehmhütte zwischen Eseln und Juden, und gaukelte mir vor, etwas jeder Vernunft Hohnsprechendes erreichen zu können. In Rom hätte ich mir das Haar gekräuselt und den Überwurf genau nach Vorschrift in Falten gelegt; ich hätte meine Zeit lesend oder einer interessanten Gerichtsverhandlung zuhörend oder sonstwie verbracht, nur auf die Stunde des Wiedersehens mit Dir, Tullia, wartend.

Gedanken, wie ich sie heute wälzte, wären dem Spott anheimgefallen, im albernen Gepränge reicher Freigelassener ebenso wie in der verfeinerten Gesellschaft der Gebildeten, wo es zum guten Tone gehört, an nichts zu glauben. Und ich wäre einer der lautesten Lacher gewesen.

Und doch ist es so, daß jene gleichen leichtfertigen Frauen und vernünftelnden jungen Männer darin wetteifern, an der Türe des gerade von der Mode hochgetragenen Sterndeuters, Zauberers oder Wahrsagers Schlange zu stehen und erkleckliche Beträge für glückbringende Amulette hinzulegen. Diese Frauen und Männer lachen über sich selber, mißtrauen dem eigenen Aberglauben, hoffen aber zugleich, es könnte doch etwas daran sein. Alles ist dort ein Glücksspiel. Fortuna ist launisch, die Gewinnaussichten sind fraglich; aber man zieht es doch vor, im Spiel zu bleiben, statt beiseite zu stehen und sich mit dem Nichts abzufinden.

Trieb auch ich noch dieses gleiche vermessene Spiel, hier im Jordantal? Zweifelte ich im tiefsten Inneren, fand es jedoch geratener, weiterzuwürfeln und mir eine Chance zu wahren, als das Spiel aufzugeben? Welchen Gewinn erhoffte ich mir, alles in allem? Vielleicht war es nur Traum und Blendwerk, jenes Reich, das ich noch immer auf Erden wähnte und zu dem ich den Weg zu finden hoffte. Im Banne dieser qualvollen Gedanken verspürte ich plötzlich Widerwillen gegen die an meiner Seite atmende Maria, und auch gegen die eigensinnige Susanna und den redescheuen Nathan. Was hatte ich, ein Römer, mit ihnen zu schaffen?

Ich wiederholte im Geiste das Gebet, das Susanna mich gelehrt hatte. Es war das erste von Jesu Geheimnissen, in das ich eingeweiht worden war. Die Zauberkraft einer verborgenen Weisheit konnte darin umschlossen sein. Aber wie sehr ich auch die Sätze drehte und deutelte, das Gebet blieb, was es war: eine den Bedürfnissen einfacher Menschen angepaßte Formel zur Schicksalsunterwerfung, ein Merkspruch, durch dessen demütige Wiederholung sie ihre Sorgen abschütteln und den Seelenfrieden gewinnen mochten. Ich war nicht so kindlichen Gemütes, daß mir solche Worte spürbare Hilfe geboten hätten.

Diese Nacht schliefen wir alle schlecht und waren am Morgen übernächtig und streitsüchtig. Maria von Beeroth setzte es sich in den Kopf, wir sollten uns ins Bergland wenden und die Straße nach Samaria einschlagen. Sie habe, so meinte sie grillenhaft, keine Lust, einem Löwen zu begegnen, den die Überschwemmung aus dem Buschwerk getrieben hätte. Susanna zählte immer wieder ihre Kochtöpfe und Proviantbeutel und behauptete unentwegt, etwas verloren zu haben, so daß sich unser Aufbruch verzögerte. Sogar Nathan schien etwas zappelig und blickte unwirsch herum. Die von Hornissen geplagten Esel aber waren so störrisch, daß wir sie die ganze Zeit festhalten mußten.

Über Marias Geplapper aufgebracht, nahm Nathan schließlich zu den Schriften Zuflucht und zitierte: »Gar mancher Weg dünkt einen eben; doch schließlich sind es Wege, die zum Tode führen.« Er wies auf das Schwert an meiner Seite und setzte sich entschlossen in Bewegung, als wollte er sagen, wir könnten tun, wie wir wollten, er gedenke jedenfalls den ursprünglich geplanten Weg weiterzuverfolgen.

Maria jammerte: »Ihr Männer werdet leicht durchkommen; aber ich bin jung. Der Löwe ist ein kluges Tier und sucht sich immer das zarteste Fleisch aus. So habe ich es gehört.«

Susanna fuhr sie an: »Nachdem Jesus von Nazareth diesen Weg vor uns hergegangen ist, können wir es ihm wohl nachtun. Wenn du Angst hast, reite ich voraus und verscheuche den Löwen. Mich wird er nicht anrühren, das ist einmal sicher.«

Ich bemerkte gereizt, niemand von uns wisse, welchen Weg Jesus nach Galiläa eingeschlagen hatte, wenn überhaupt an dieser Geschichte etwas Wahres sei. Es könne sich sehr wohl um ein geschickt erdachtes Märchen handeln, von der Obrigkeit in Jerusalem nur in Umlauf gesetzt, um die Galiläer aus der Hauptstadt wegzubekommen. Auch ich legte keinen besonderen Wert darauf, einem Löwen, bloß mit dem Schwert bewaffnet, entgegenzutreten, obwohl ich einmal einen sehr geübten Kämpfer in der Arena ein solches Wagnis habe lebend überstehen sehen. Aber Nathan kenne, erklärte ich, die Straßen und ihre Gefahren, und meiner Ansicht nach sei es das beste, sich seiner Entscheidung zu fügen.

So nahmen wir in zankmütiger Stimmung unsere Wanderung wieder auf. An der überfluteten Furt mußten wir die Gewänder schürzen und die widerspenstigen Esel hinter uns herziehen. Kaum waren wir am anderen Ufer angelangt, so fielen wir geradewegs einigen Legionären in die Hände, die unser Erscheinen, als sie Maria erblickten, mit Freudengeschrei begrüßten. Wegen meines Schwertes stürzten sie sich zuerst auf mich, rissen mich vom Esel, warfen mich zu Boden und hätten mich höchstwahrscheinlich erschlagen, wenn ich ihnen nicht auf griechisch und lateinisch zugebrüllt hätte, daß ich römischer Bürger bin. Trotz meiner schriftlichen Genehmigung zum Waffentragen durchsuchten sie unser ganzes Gepäck und auch – als vergnügliche Draufgabe – Marias Kleidung; wenn ich nicht Römer gewesen wäre, hätten sie die junge Frau bestimmt ins Buschwerk geschleppt.

Ihre Zuchtlosigkeit wurde mir verständlicher, als ich herausbekam, daß sie keine regelrechte Straßenpatrouille waren und auch nicht an irgendwelchen Geländeübungen teilnahmen; vielmehr hatte ihr Offizier beschlossen, einen Löwen zu erlegen, und lag mit einigen Bogenschützen im Hinterhalt auf einer Kuppe, während unsere Legionäre ihnen den Löwen mit Geschrei und Schildegerassel zutreiben sollten. Das war, obwohl sich der Löwe allem Anschein nach gar nicht mehr in der Nähe aufhielt, keine angenehme Aufgabe; deshalb hatten sie sich mit Wein Mut angetrunken.

Dieser rohe Übergriff war so unleidlich und entwürdigend, daß ich mich leicht in die Lage der Juden versetzen und begreifen konnte, warum sie die Römer so erbittert haßten. Meine Mißstimmung steigerte sich zur Wut, und als ich schließlich oben auf der Kuppe den löwenfellgelüstigen Zenturio traf, sagte ich ihm gehörig meine Meinung und drohte, den Vorfall dem Prokurator zu melden.

Das war nicht klug von mir gewesen. Der narbengesichtige Offizier musterte mich feindselig und fragte, welche Bewandtnis es denn mit mir habe, daß ich da mit einem Judenmantel angetan in jüdischer Gesellschaft daherkomme. Spöttisch sagte er: »Du wirst doch wohl nicht zu dem Gesindel gehören, das hier dutzendweise auf dem Weg zum See Genezareth vorbeizog. Jetzt ist nicht die Zeit für Wallfahrten, sondern für die Getreideernte. Diese Wanderer haben irgendwelche üblen Absichten.«

Ich mußte ihn besänftigen und mich wegen meines Ungestüms entschuldigen. Dann erkundigte ich mich, was für Leute er da beobachtet habe. Aber er selbst hatte niemanden gesehen, weil die Juden bei Nacht unterwegs waren und den gewöhnlichen Kontrollpunkten ebenso wie den Zollhäusern möglichst auswichen; er gebe, so sagte er, nur wieder, was er gehört habe. Dann warnte er mich in herablassendem Tone: »Paß nur auf, daß du diesen Kerlen nicht in die Hände fällst! Alle Galiläer sind Fanatiker. Das Land ist dicht bevölkert und immerfort sickern aus der Wüste Unruhestifter ein. Erst vor ein paar Jahren war gerade in dieser Gegend ein solcher Aufwiegler am Werk, der ein jüdisches Reich predigte und die Männer unter Zauberriten mit Jordanwasser begoß, um sie für den Kampf unverwundbar zu machen. Schließlich mußte der jüdische Tetrarch von Galiläa ihn enthaupten lassen, um zu zeigen, daß nicht einmal er selber gegen die Schwertschneide gefeit war. Aber vielleicht treiben sich noch einige seiner Gefolgsleute hier in der Gegend herum.«

Vermutlich betrachtete er mich, da ich mich dazu herbeiließ, so zu reisen, wie ich es tat, als Mann ohne Rang und Namen; denn er brach das Gespräch unvermittelt ab und verabschiedete mich in schroffer Weise, als hätte er mir eine große Gnade erwiesen.

Als wir unsere anstrengende Wanderung wieder aufnahmen, sah Maria von Beeroth mich gönnerhaft an und bemerkte: »In hohem Ansehen scheinst du bei deinen eigenen Landsleuten nicht zu stehen, nachdem ein schweißduftender, narbiger Zenturio dich so anmaßend zu behandeln wagt.«

»Wäre ich in deinen Augen achtbarer, wenn ich einen Helm auf dem Kopf und Nagelschuhe an den Füßen trüge?« fragte ich spöttisch.

Maria warf den Kopf zurück und erwiderte: »Diese Legionäre wissen wenigstens, was sie wollen. Da du schon einmal Römer bist, solltest du wie ein Römer reisen und von deinen Vorrechten Gebrauch machen. Dann müßte ich mich, wenn du mit einem deiner Landsleute redest, nicht wegen deiner haarigen Beine und bärtigen Wangen schämen.«

Ich starrte sie an und traute meinen Ohren nicht. Ich hatte gute Lust, von einem Strauch einen Zweig abzubrechen und ihr das Fell zu gerben. Mit zornbebender Stimme fragte ich sie: »Wer mag wohl jene junge Frau gewesen sein, die mich ihr ganzes Leben lang segnen wollte, wenn ich sie nur mitnähme, und die nötigenfalls auch im Freien zu nächtigen bereit war? Wofür hältst du dich eigentlich?«

Aber Maria warf wieder den Kopf zurück und schalt: »Von dir hätte ich am allerwenigsten gedacht, daß du mir ins Gesicht schleudern würdest, was ich dir im Vertrauen aus meinem Leben erzählte. Ich habe Unglück gehabt; aber wenn ich den auferstandenen Nazarener treffe und er mir die Sünden vergibt und mich reinigt, so wirst du mir nicht mehr meine Vergangenheit vorwerfen können. Gestehe nur selber, welche abscheulichen Verfehlungen du zu büßen hoffst, indem du dich auf deiner Suche nach einem neuen Weg so erniedrigst!«

Ich glaube nicht, daß sie ihre Worte wirklich ernst meinte; wahrscheinlich ließ sie nur ihrem Ärger über die Unbilden dieses Tages freien Lauf. Ich erwiderte nichts. Sie blieb zurück und gesellte sich zu Susanna. Ich hörte, wie die beiden, nebeneinander reitend, mit schrillen Stimmen zankten und dann ihre Wut vereint gegen Nathan und mich kehrten.

An diesem Abend ging die Sonne erschreckend rot hinter den Bergen Samarias unter. Für kurze Zeit bekam die Luft im Tal einen gespenstigen Schimmer, und der in seinem tief eingeschnittenen Bett vorbeibrausende Jordan wurde vor unseren Augen plötzlich schwarz. Dieser seltsame Anblick machte alles unwesenhaft und verscheuchte meine bösen Gedanken. Mir fiel ein, wie der Himmel sich verfinstert hatte, als der Judenkönig sich in seiner Todesqual auf dem Kreuze wand, und wie im Augenblick seines Todes die Erde bebte. Durch seine Auferstehung hatte er bewiesen, daß sein Reich Wirklichkeit war. Wenn ich meine Reisegefährten im Herzen verachtete, mich besser dünkte als sie und gegen eine Törin Groll hegte, verrammelte ich mir nur selber den Zugang in jenes Reich.

Als wir uns daher in unserem Nachtquartier gewaschen hatten, trat ich auf Maria zu und sagte: »Ich verzeihe dir deine bösen, unbedachten Worte und will sie vergessen.«

Doch damit schürte ich nur Marias Unmut; ihre Augen verfinsterten sich, und sie fauchte mich an: »Was, du verzeihst mir, du mir, nachdem du mich so tief gekränkt und mir dann den ganzen Tag lang den Rücken gekehrt hast? Offen gestanden, ich wollte dir jetzt verzeihen und ein paar freundliche Worte sagen, weil du ja ein Mann bist und von dir eben, wie auch Susanna sagt, nichts Besseres zu erwarten ist. Aber daß du, noch bevor ich dir verzeihe, so tust, als müßtest du mir vergeben – das kann ich mir denn doch nicht bieten lassen!«

Nathan, der das alles mit anhören mußte, hob die Augen zum Himmel und breitete in einer Gebärde der Ergebung die Arme aus. Seine Langmut besänftigte auch mich, so daß mein Zorn verrauchte. »Dein Wille geschehe, Maria von Beeroth!« sagte ich. »Verzeih mir, und wenn wir nur wieder gut Freund werden, will ich gerne zugeben, daß ich dir nichts zu verzeihen habe.«

Aber Maria stemmte die Fäuste in ihre runden Hüften und rief Susanna sticheInd zu: »Komm einmal her und schau, ob das wirklich ein Mann ist oder nur einer von den römischen Eunuchen, über die man erzählt!«

Susanna kicherte verstohlen, während sie Binsen und Dung für das Feuer zusammentat, und ich konnte mich nicht länger beherrschen. Das Blut schoß mir zu Kopf, und ich gab Maria einen weithin hörbaren Klaps auf die Wange. Im nächsten Augenblick tat es mir leid, und ich hätte alles dafür gegeben, wenn ich es hätte ungeschehen machen können. Maria fing zu schluchzen an, schnüffelte immer wieder durch die Nase und rieb sich die schmerzende Backe. Ich wollte schon um Entschuldigung bitten; aber Nathan hob warnend die Hand. Plötzlich ging Maria mit niedergeschlagenen Augen auf mich zu und bekannte: »Mir geschieht ganz recht. Ich habe dich den ganzen Tag absichtlich gehänselt. Die Ohrfeige zeigt mir, daß du mich jedenfalls lieber hast als den Esel, dem du immer den Nacken kraulst. Und jetzt gib mir einen Kuß zum Zeichen dafür, daß du wirklich mein schandbares Benehmen verzeihst!«

Schüchtern schlang sie die Arme um meinen Hals, und ich küßte sie einmal und noch einmal, um zu bekunden, daß zwischen uns alles wieder in bester Ordnung war. Dann fand ich es eigentlich recht nett, sie nach meinem Wutanfall in den Armen zu halten, und so küßte ich sie ein drittes Mal. Schließlich schob Maria mich weg, hielt aber die Hände weiter auf meinen Schultern, schaute mich fest an und fragte: »Würdest du auch Susanna so küssen, wenn sie dich gekränkt hätte und dann um Verzeihung bäte?«

Ich blickte in Susannas ledriges Greisengesicht, verglich ihren verschrumpelten Mund mit Marias schwellenden Lippen und kam darauf, daß Maria mich schlau in eine Falle gelockt hatte. Ich lief zu Susanna, faßte sie am Ellbogen, zog sie hoch und sagte: »Falls ich dich irgendwie gekränkt habe, so küsse mich zum Zeichen der Vergebung!«

Mitleidig meinte Susanna: »Ach, du armer Mann! So läßt du diese Schelmin mit dir ihr Spiel treiben! Aber Maria ist im Herzen kein schlechter Kerl.«

Sie wischte sich verlegen mit dem Handrücken den Mund und küßte mich mit einem belustigten Blick auf die junge Reisegefährtin. Maria sah erst verblüfft zu; dann stieß sie Susanna weg und rief: »Wie kannst du, ein Kind Israels, einen unbeschnittenen Römer küssen? Ich darf das, weil ich ohnedies schon eine Sünderin bin; aber du hast dich verunreinigt.«

Susanna verteidigte sich: »Mit meiner Kenntnis des Gesetzes ist es nicht sehr weit her, aber ich habe doch schon mit dem Manne aus der gleichen Schüssel gegessen. Ich weiß, daß er, trotz seiner römischen Abstammung, im Gemüt ein Kind des gleichen Vaters ist wie ich.«

Ihre Worte rührten mich, und ich fand Susanna nicht mehr so abstoßend wie bisher, obwohl sie mächtig nach Knoblauch roch, den sie während des Reitens ständig zur Erfrischung zu kauen pflegte. Ich sagte: »Susanna, nachdem Jesus dich seine Kleider waschen ließ, ist mir durch deinen Kuß große Gnade widerfahren.«

Als wir aber gegessen hatten, zog ich Maria in einen dunklen Winkel und fragte sie geradeheraus: »Mir scheint, du willst mich zur Sünde mit dir verleiten, wie? Anders kann ich mir dein Gehabe nicht erklären. Dabei habe ich dich doch mitgenommen, um dich aus der Sünde zu retten.«

Maria flüsterte mir ins Ohr: »Du warst freundlicher zu mir als andere Männer. Ich verstehe mich selber nicht; aber deine Gleichgültigkeit tut mir weh. Dann wüßte ich wenigstens, daß ich dir etwas bedeute.«

»Körper ist Körper«, erwiderte ich barsch. »Du würdest mich nicht lange locken müssen, um mich herumzukriegen. Ich bin durch kein Gelübde gebunden und durch keinen Treueschwur. Aber in diesem Falle könnten wir ebensogut gleich nach Jerusalem zurückkehren.«

Maria seufzte. »Das Leben ist merkwürdig, und ich habe große Angst vor Jesus von Nazareth. Doch ich bin überzeugt, daß er allein mich wieder rein und schuldlos machen kann; und man hat mir versichert, er gehe auch mit den ärgsten Sündern nicht strenge ins Gericht, sobald sie nur ihre Verfehlungen bereuen und an ihn glauben. Aber wenn ich mit dir sündigen sollte, würde ich mir daraus kaum ein Gewissen machen. Im Gegenteil, ich habe die Empfindung, daß es mir nur gut täte, wenn du deine Arme schützend um mich breiten würdest. Da zeigt sich, welch eine verstockte Sünderin ich schon bin. Ein unschuldiges Mädchen würde bestimmt nicht so denken. Aber kein Mensch kann Fehltritte ganz vermeiden. Als Maria Magdalena mich über meine Sünden hinwegtrösten wollte, erzählte sie mir von einem Ausspruch Jesu, wonach jeder Mann, der eine Frau auch nur begehrlich anblickt, in seinem Herzen schon Buhlerei mit ihr begangen hat. In dieser Hinsicht stellte der Nazarener ganz unmögliche Forderungen, die niemand erfüllen kann.«

»Maria von Beeroth«, beschwor ich sie, »muten wir auf dieser anstrengenden Reise unseren Körpern nicht schon genug zu? Müssen wir uns noch mit sündigen Gedanken plagen? Heute nacht darfst du keinen Löwen zum Vorwand nehmen, um dich enge an mich zu schmiegen. Das würde uns nur beide entflammen.«

Maria seufzte noch tiefer auf. Dann sagte sie: »Ich werde dich nicht mehr behelligen oder in Versuchung bringen, wenn du mir bloß zugestehst, daß du gerne mit mir sündigen würdest, wenn du nur den Mut dazu hättest.«

Ich erwiderte in rauhem Ton: »Meinetwegen! Im Geiste habe ich ohnedies schon gesündigt. Laß es dir daran genügen!«

Sie preßte meine Hände an ihre heißen Wangen und flüsterte: »Wie würde ich wünschen, unberührt und schuldlos zu sein!« Aber sie versuchte nicht länger, mir den Kopf zu verdrehen und schmiegte sich beim Schlafen nicht mehr an meine Seite.

Ich dachte bei mir selber, sie habe offenbar keine rechte Vorstellung von dem Reich, zu dem sie den Weg suchte; aber man könne schließlich von ihr keine besonderen Einsichten verlangen. Dann fragte ich mich, was wohl Nathan von Jesus wünsche, da er sich ihm zuliebe den Kopf geschoren hatte. Richtete sich vielleicht auch sein Verlangen auf Dinge, die, mit den Maßen des Reiches gemessen, ebenso kindisch waren wie dasjenige, was Maria sich erhoffte?

Am nächsten Tag verließen wir die gewundene Furche des Jordantales. Sobald wir von der Karawanenstraße weg auf die Berghänge gelangt waren, sahen wir vor uns den See Genezareth hingebreitet. Ein frischer Wind blies uns ins Gesicht, die Wellen hatten weiße Schaumkronen, und jenseits des Sees konnten wir in der Ferne eben noch eine Kette verschneiter Gipfel sich gegen den Himmel abheben sehen. Wir folgten dem Westufer des Sees und erreichten gegen Abend die heißen Quellen von Tiberias. Etwas weiter erblickten wir die Säulenhallen der Residenzstadt des Herodes Antipas. Heilsamer Schwefelgeruch schlug uns entgegen, da die Quellwasser in viele Becken und Teiche geleitet waren, um die herum der Tetrarch eine Badeanstalt hatte erbauen lassen. Am Seeufer lagen Villen in griechischem Stil und einige Fischerhütten. In die Badebauten einbezogen waren Gasthöfe, teils für Griechen, teils für Juden.

Ich hatte die Reisestrapazen satt und mietete mich deshalb mit Maria in einem bequemen griechischen Gasthof ein. Nathan und Susanna aber begaben sich mit den Eseln zu einer jüdischen Herberge. Ich hielt es für klüger, mich hier in Galiläa, da Jesu Jünger mir mißtrauten, nicht in Gesellschaft Nathans und Susannas zu zeigen; es erschien mir auch am günstigsten, wenn Susanna unabhängig von mir den Stand der Dinge erkundete. Ich baute darauf, daß sie mir alle ihre Beobachtungen weitergeben würde, nachdem ich ihr den großen Gefallen erwiesen hatte, sie nach Galiläa mitzunehmen. Nathan kannte ich jetzt so gut, daß ich ihm beruhigt meine Reisekasse und die Betreuung der Esel überlassen konnte; das erschien mir gleichzeitig als die beste Art, ihn an mich zu binden. Die beiden gedachten, bei Tagesanbruch nach Kapernaum am Nordufer des Sees weiterzuwandern, wo Jesus von Nazareth gewirkt hatte – keine ganze Tagesreise mehr von Tiberias, der Griechenstadt, die Jesus, soweit Susanna wußte, nie betrat.

Tags darauf erwachte ich beim Morgengrauen und stieg, ein wenig hinkend, auf das Dach. Nach dem glühend heißen Jordantal war es erquickend, die Luft Galiläas zu atmen. Der See lag wie ein Spiegel da, vom Feuerschein des Sonnenaufgangs gestreift, und ich roch den starken Duft der Myrtensträucher. Ich meinte, alles um mich her klarer und schärfer zu sehen als je und alle Wohlgerüche der Erde zu verspüren. Es war mir, als schwebte ich körperlos. Mich überkam es wie ein Rausch, und ich schwelgte in dieser Entrückung, bis mich ein fiebriger Schauer überlief und ich bemerkte, daß einer meiner Füße angeschwollen war.

Am Nachmittag bekam ich starken Schüttelfrost, der Unterschenkel schwoll bis zum Knie an, und von einer wundgescheuerten, vereiterten Stelle an der Ferse lief ein roter Streifen über das Bein. Der griechische Badearzt schnitt die Beule auf und gab mir blutkühlende Arzneien. Vierzehn Tage lang lag ich krank in dem griechischen Gasthof und glaubte mein letztes Stündchen gekommen. Aber Maria von Beeroth pflegte mich, und wahrscheinlich trug auch das heiße, schwefelhaltige Wasser der Quellen zu meiner Heilung bei. Tagelang behielt ich keine Nahrung bei mir, und als ich mich zu erholen begann, fühlte ich mich sehr schwach. Der Arzt warnte mich davor, den Fuß zu überanstrengen, und so verbrachte ich die Zeit damit, meine Abreise aus Jerusalem und die ganze Wanderung hierher aufzuzeichnen. Von Nathan und Susanna kam keine Nachricht.

9

Marcus an Tullia.

Nach meiner Wiederherstellung fühlte ich mich erschöpft und niedergeschlagen. Ich konnte mich der Vorstellung nicht erwehren, meine unerwartete, lebensgefährliche Erkrankung sei eine Warnung an mich gewesen, mich nicht in Geheimnisse einzudrängen, die mich nichts angingen. Ich blieb in meinem Zimmer und vermied es, mit anderen Fremden zusammenzukommen, obwohl die berühmten Bäder von Tiberias Kurgäste aus vielen Ländern und allen Völkerstämmen zählten. Meist waren es reiche, durch Wohlstand und Verweichlichung krank gewordene Leute; aber es gab auch einige römische Offiziere, die von den Folgen langen Lagerlebens Heilung suchten.

Ich ließ mich massieren und mir sogar von einem Barbier das Kopfhaar auf griechische Art zurichten. Auch den Bart ließ ich mir stutzen und die Körperhaare auszupfen, weil mir alles, was ich mir vorgenommen hatte, gleichgültig geworden war. Ich betrug mich wie ein schmollendes Kind: ich hatte doch in aller Aufrichtigkeit den Weg gesucht und glaubte, eine solche Strafe, wie sie über mich verhängt worden war, nicht verdient zu haben. Dann und wann dachte ich auch an Dich, Tullia, anders als in Jerusalem, und ich sehnte mich nach Dir, aus Trotz. Die einfältige Maria langweilte mich bloß; nachdem sie mich so hingebungsvoll gepflegt und wieder gesund gemacht hatte, wurde sie nämlich über die Maßen eingebildet und betrachtete mich als ihr Eigentum.

Dann gab es eines Tages große Aufregung in der Stadt, und Maria berichtete mir, die Frau des Statthalters Pontius Pilatus sei aus Cäsarea zu einer Badekur hierhergekommen. Vom Dach aus erblickte ich auch tatsächlich ihre Sänfte und ihr Gefolge. Zu ihrem ursprünglichen Legionärsgeleite hatte Herodes noch seine rotmanteligen Reiter gesellt, die sie den ganzen Weg von der galiläischen Grenze her begleiteten. In der Nähe der Bäder war ein Sommerpalast für sie vorbereitet worden, mit einem eigenen Teich im Garten.

Ich wußte zwar, daß Claudia Procula anfällig und reizbar war, so wie viele Frauen, die, auch wenn sie es sich selbst noch nicht eingestehen wollen, das fortschreitende Alter spüren. Zweifellos brauchte sie diese heilkräftigen Bäder, und am See Genezareth herrscht bestimmt das frischeste und beste Frühlingsklima des ganzen Mittelmeergebiets. Die Gesandten des Fürsten Herodes schicken viele Besucher aus Damaskus, und sogar aus Antiochia, nach Tiberias. Dennoch fragte ich mich, ob Claudia Proculas unerwartetes Eintreffen nicht auch andere Gründe habe.

Nach zwei Tagen konnte ich meine Neugier nicht mehr bezwingen; ich schrieb der Gattin des Prokurators eine Botschaft auf einem zusammenklappbaren Wachstäfelchen und fragte an, ob ich ihr meine Aufwartung machen dürfe. Die Magd kam bald zurück und meldete mir, die Dame sei über meinen Brief erstaunt und hocherfreut gewesen. Ich sollte sofort, wie ich war, kommen.

Wegen meiner wunden Ferse ließ ich mich durch die Gärten bis zur Säulenhalle tragen. Dort verließ ich die Sänfte und hinkte, auf einen Stock gestützt, in die Villa. Die mir durch die Einladung erwiesene Gunst erregte großes Aufsehen, und viele Kurgäste beobachteten meine Ankunft. Kurz zuvor hatte nämlich Claudia Procula wissen lassen, sie wünsche wegen ihres schlechten Gesundheitszustandes weder Besuche noch Ehrungen.

Die Bedienten führten mich sofort in einen kühlen, aber hellen Raum, wo die Gattin des Statthalters auf einem Ruhebett in Purpurkissen lag. Sie sah auffallend blaß aus, und ihre Augen waren glanzlos. Neben ihr saß in achtungsvoller Haltung eine feingekleidete, mit ihr etwa gleichaltrige jüdische Frau.

Claudia streckte mir ihre beiden schlanken Hände entgegen, gab ihrer Freude durch einen lauten Zuruf Ausdruck und sagte: »Ach, Marcus, wie froh bin ich, einen Bekannten zu sehen und noch dazau jemanden, der mich versteht! Was fehlt dir denn? Was ist los mit deinem Fuß? Ich bin auch krank. Ich leide an Schlaflosigkeit. Und wenn ich wirklich einmal einschlafe, kommen mir böse Träume. Und mein Magen ist ganz durcheinander, und die Leber tut mir weh.«

Zu der anderen Frau sagte sie: »Das ist der junge Mann, von dem ich dir erzählt habe. Ein Kindheitsfreund, Marcus Mezentius Manilianus. Sein Vater war Roms hervorragendster Astronom. Auch mit der Familie Maecenas ist er verwandt und kann also seine Abkunft auf die Etrusker zurückführen, die seinerzeit sogar mit Äneas in Wettstreit lagen. Ich habe ihn zuletzt zu Ostern in Jerusalem gesehen, hätte aber nie gedacht, ihn hier zu treffen.«

Ich ließ sie schwatzen, obwohl sie sich nicht ganz an die Wahrheit hielt, sondern stark übertrieb. Aber warum sollte ich widersprechen, wenn sie aus irgendwelchen Gründen alles im besten Licht erscheinen lassen und mich der anderen Frau gegenüber herausstreichen wollte? Dann wandte sie sich zu mir und stellte vor: »Diese gute Frau ist Johanna, die Gattin eines Kämmerers im Dienste des Fürsten Herodes Antipas. Ich habe sie in Jerusalem kennengelernt, und sie versprach, mir während meines hiesigen Aufenthalts Gesellschaft zu leisten. Ich habe volles Vertrauen in sie.«

Die Frau lächelte und sah mich prüfend an. Sie hatte dicke, schlaffe Wangen, aber ihre Augen zeigten, daß sie keineswegs einfältig war und ihre Lebenserfahrungen hatte.

»Ich begrüße dich, Marcus Mezentius«, sagte sie. »Aber warum trägst du, ein Römer, einen Bart und kleidest dich wie ein Kind Israels?«

»Man soll sich überall den Landessitten anpassen«, erklärte ich leichthin. »Ich bin Philosoph und interessiere mich für die Bräuche und Überlieferung verschiedener Gegenden. Und um die Wahrheit zu sagen, ich empfinde tiefe Ehrfurcht vor dem Gott Israels und seinem Gesetz – natürlich nur insoweit es nicht meiner Verehrung für den Genius Cäsars Abbruch tut.«

Claudia Procula bemerkte jetzt meine Kleidung und rief: »Nein, so etwas! Du hast dich wirklich sehr verändert, und ich glaube kaum, daß mein Gatte mit deiner Gewandung einverstanden wäre.« Sie schwatzte munter dahin, erzählte von dem Gesundheitszustand und den Sorgen des Statthalters und ließ mir eiskalten Wein, Bäckereien und Obst vorsetzen. Schließlich entließ sie ihre Bedienten und sagte leise zu ihrer Gesellschafterin: »Johanna, sieh nach, ob niemand zurückgeblieben ist und uns belauschen will! Ich wünsche keine Horcher.«

Johanna entledigte sich sachkundig ihres Auftrages: zuerst warf sie einen flüchtigen Blick in den Vorraum, dann schlenderte sie wie zufällig im Zimmer selbst umher und tastete dabei die Behänge ab; schließlich beugte sie sich aus dem Fenster. Claudia Procula winkte mich näher zu sich heran, dämpfte die Stimme und fragte: »Erinnerst du dich noch an Jesus von Nazareth, den man in Jerusalem gekreuzigt hat?«

Ich blickte Johanna an und zögerte. Dann erwiderte ich: »Ich erinnere mich seiner; er bedrängt meine Seele. Gern hätte ich mehr über ihn erfahren; aber seine Jünger sind mißtrauische Leute und lehnen Außenstehende ab.«

Claudia bemerkte: »Sie sind nach Galiläa heimgekehrt, zu ihren früheren Berufen. Die meisten arbeiten wieder als Fischer hier am See.«

»Ja«, bestätigte ich. »Als ich Jerusalem verließ, ging dort das Gerücht von ihrer Heimkehr um. Viele andere sollen ihnen hierher nachgekommen seien. Aber wird man sie hier nicht verfolgen?«

Johanna warf in lebhaftem Tone ein: »Nein, nein. Hier verfolgt sie niemand mehr. Kluge Berater haben den Fürsten Herodes überzeugt, daß er nichts dabei gewinnen würde. Im Grunde hat er ja Angst vor ihnen und läßt sie lieber ungeschoren. Schon mit der Enthauptung Johannes des Täufers hat er einen politischen Fehler begangen. Darum will er jetzt das Wort ›Prophet‹ nicht einmal mehr hören.«

Claudia rief: »Du entsinnst dich doch, daß auch ich alles Erdenkliche tat, um meinen Gatten davon abzuhalten, sich an einem heiligen Mann zu vergreifen!«

»Warum quälst du dich mit dieser alten Geschichte?« erwiderte ich mit Vorbedacht. »Es ist nicht das erstemal, daß ein Unschuldiger hingerichtet wird. Die Welt ist nun einmal so. Wir können sie nicht ändern. Vergiß ihn und widme dich deiner Genesung! Dazu bist du doch hergekommen.«

Erregt entgegnete Claudia: »Du verstehst nicht, um was es geht. Die Welt ist nicht mehr so, wie sie war. Jesus von Nazareth ist tatsächlich, obwohl du es seinerzeit nicht wahrhaben wolltest, aus dem Grab gestiegen und hat sich seinen Anhängern gezeigt. Und ob du es glaubst oder nicht, er ist jetzt hier.«

Johanna legte ihr erschrocken die Hand auf den Mund und warnte: »Du weißt nicht, was du sagst, Herrin!«

Ich blickte sie aufmerksam an; mir fiel ein, daß Susanna den gleichen Namen erwähnt hatte, und ich behauptete schlankweg: »Ich erkenne dein Gesicht, edle Johanna. Du warst seinerzeit unter Jesu Gefolgsleuten; das kannst du nicht leugnen.«

Johanna starrte mich angstvoll an und bekannte: »Das leugne ich keineswegs und werde es nie tun. Seinetwegen habe ich Haus und Gatten verlassen und bin ihm gefolgt, bis ich wegen der Stellung meines Mannes heimkehren mußte. Aber wieso weißt du Fremdling von dem allen?«

Ich fühlte mich müde und niedergeschlagen und hatte keine Lust mehr zu heucheln. »Ich weiß und bin überzeugt davon, daß Jesus von den Toten auferstanden ist«, erklärte ich. »Und deshalb glaube ich auch, daß er der Sohn Gottes ist. Welche Bedeutung das aber hat, kann ich nicht ermessen. Nie hat sich derartiges begeben. Ich wollte sein Reich suchen; aber die Seinen anerkannten mich nicht und nahmen mich nicht auf. Dann jedoch habe ich gehört, daß er vor ihnen her nach Galiläa gegangen sei, und folgte ihnen, in der Hoffnung, ihn hier zu finden. Statt dessen hat mich« – setzte ich aufgebracht hinzu – »sobald ich ankam, eine Blutvergiftung im Fuß ans Bett gefesselt. Das muß wohl ein Zeichen sein, daß er nichts mit mir zu tun haben will. Aber gestehe offen, Claudia, daß auch du nur seinetwegen nach Galiläa gekommen bist!«

Beide Frauen sahen höchst erstaunt zuerst einander und dann mich an. Schließlich fragten sie wie aus einem Munde: »Du, ein Römer und Philosoph, glaubst wirklich, daß er von den Toten auferstanden und nach Galiläa gekommen ist?«

»Ich glaube es, weil ich es glauben muß«, antwortete ich, noch immer aufgebracht. Nun aber überkam mich das heftige Verlangen, meinem Herzen Luft zu machen, und ich erzählte ihnen, wie ich Lazarus besucht und Maria Magdalena kennengelernt hatte, wie die Sendboten Thomas und Johannes mich abwiesen, was im Hause Simons von Kyrene geschehen war und wie Matthäus und Zachäus zu mir kamen und mir unter Drohungen sogar das Recht absprachen, den Namen Jesu in den Mund zu nehmen.

Johanna sagte: »Das war nicht in Ordnung. Ich selber erinnere mich, wie einmal ein Mann, der Jesus nicht einmal kannte, durch Aussprechen seines Namens einen Besessenen heilte. Die Jünger wollten ihm das verwehren; aber der Herr wies sie zurecht und sagte, jemand, der in seinem Namen Machttaten wirke, werde es wenigstens nicht gleich darauf fertigbringen, schlecht über ihn zu reden. Ich verstehe nicht, warum du dich, wenn du an ihn glaubst, nicht auch seines Namens bedienen solltest.«

Schließlich erzählte ich ihnen, daß ich Susanna aus Jerusalem mitgenommen hatte. »Kennst du die Frau?« fragte ich Johanna.

Ihre Verachtung mühsam verbergend, antwortete Johanna: »Natürlich kenne ich die zänkische alte Plappertasche. Sie ist eine ungebildete Bäuerin und hat keine Ahnung vom Gesetz. Jesus aber hat sie trotzdem in seinem Gefolge geduldet.«

Claudia sah mich verwundert und beklommen an und sagte: »Du hast dich seit den Tagen in Rom gründlich geändert, Marcus. Sogar deine Tullia scheinst du des Nazareners wegen vergessen zu haben. Glaube nicht, daß ich von ihr nichts weiß! Der römische Klatsch verbreitet sich bis Cäsarea. Ich kann wirklich schwer verstehen, was du dir von diesem Jesus erwartest.«

»Und was erwartest du selber?« entgegnete ich gereizt.

Claudia zog die jetzt etwas knochigen Schultern hoch und erklärte: »Ich bin eine Frau und habe das Recht zu träumen. Ich weiß, daß Jesus, wenn ich ihn träfe, meine Schlaflosigkeit und alle meine anderen Leiden heilen würde. Vor allem aber bin ich natürlich neugierig darauf, einen Propheten zu sehen, der gekreuzigt worden und dann wieder aus dem Grab auferstanden ist.«

Ich sagte: »Mir ist alle Neugier vergangen – und auch alle Lust zu träumen. Ich suche nur sein Reich, solange es noch auf Erden weilt. Angeblich hat er die Worte des ewigen Lebens. Aber was sagt mir das? Erzählt mir jetzt, ob er tatsächlich nach Galiläa gekommen ist und sich hier den Seinen gezeigt hat!«

Johannas Miene verfinsterte sich, als sie antwortete: »Ich weiß nichts Sicheres. Das Geheimnis seines Reiches hat er nur seinen Jüngern anvertraut; zu den anderen Anhängern und zu uns Frauen sprach er nur in Gleichnissen. Es war daher so, daß wir sahen und doch nichts erblickten, hörten und doch nichts vernahmen. Die Jünger schließen sich ab und sagen den Frauen nichts. Darum zürnt Maria ihnen und ist nach Magdala heimgekehrt. Alles, was ich weiß, ist, daß vor einigen Tagen sieben der Sendboten morgens zum Fischfang ausgefahren und mit zum Bersten vollen Netzen zurückgekommen sind. Unterwegs muß irgend etwas Besonderes geschehen sein, weil sie wie verklärt waren und vor Freude lachten; aber sie ließen nichts verlauten.«

Ich rief: »Es wundert mich, daß diese unwissenden Fischer sich anscheinend jetzt mit Maria Magdalena überworfen haben, die so viel Geld für sie ausgegeben hat. Zumindest hätte man annehmen können, sie würden eine so vornehme Dame wie dich von den Geschehnissen in Kenntnis setzen. Vermutlich ist es ja dir zuzuschreiben, wenn man sie hier nicht verfolgt.«

»Es sind undankbare Leute«, beklagte sich Johanna, fügte aber, um Unvoreingenommenheit bemüht, hinzu: »Offenbar hüten sie irgendein ihnen allein anvertrautes Geheimnis. Aber warum hat Jesus ausgerechnet sie dazu erwählt?«

Claudia erklärte hochmütig: »Als Gattin des Prokurators von Judäa hätte ich erwarten können, daß diese armseligen Fischer meinem Range Achtung erweisen und ihrem Meister meinen Wunsch nach einer Begegnung mit ihm vortragen. Schon dadurch, daß ich solchen Leuten ein derartiges Anliegen kundtat, habe ich den denkbar besten Willen bewiesen. Übrigens könnten sie sich dadurch insgeheim meiner Gunst versichern.«

Ich konnte mich nicht enthalten zu bemerken: »Claudia, mir scheint, du verstehst nicht viel von seinem Reich. Er war kein Magier oder Quacksalber. Versuche zu begreifen: er ist der Sohn Gottes.«

Gekränkt fuhr Claudia mich an: »Vergiß nicht, daß ich selber mit Cäsar verwandt bin und, solange er noch in Rom war, wiederholt an seiner Tafel gespeist habe!«

Johanna hob, wie zum Zeichen für mich, die Hand und bemerkte: »Ich bin nur eine Frau, und Israel spricht den Frauen die Seele ab. Trotzdem hat Jesus uns erlaubt, ihm zu folgen, und im Herzen erfasse ich ein wenig den Sinn seines Reiches. Die Jünger jedoch streiten noch immer miteinander darüber, ob und wann er ein jüdisches Reich gründen wird. Aber Israel hat ihn verworfen und gekreuzigt und sein Blut über sich herabgerufen. Nach all diesen Dingen kann es nicht länger Gottes auserwähltes Volk bleiben – das sagt mir der gesunde Frauenverstand.«

Ich wurde dieser fruchtlosen Erörterungen überdrüssig, und Claudia Procula sank in meiner Achtung. Ungeduldig gab ich dem Gespräch eine andere Wendung: »Lassen wir das dahingestellt sein! Aber was sollen wir unternehmen, um Jesus zu finden?«

Johanna erwiderte: »Ich weiß es nicht. Wir können nur warten. Aber ich habe gewartet und gewartet, und nichts ist geschehen. Vielleicht hat er uns Frauen vergessen. Mich beunruhigt auch der Gedanke, daß du seit deiner Ankunft hier durch deine Blutvergiftung unbeweglich bist und dich nicht auf die Suche nach ihm machen kannst.«

»Ich bin fast schon wieder gesund«, widersprach ich. »In einem Boot oder einer Sänfte könnte ich mich überallhin begeben. Aber mein Herz ist schwer, und ich möchte mich dem Gottessohn nicht aufdrängen. Übrigens könnte das, glaube ich, niemand. Ich denke, er erscheint nur, wem er erscheinen will. Wenn es sein muß, bescheide ich mich damit, daß ich seines Anblicks nicht wert bin.«

Spöttisch bemerkte Claudia: »Wie kann man so entschlußlos ein? Ich brenne darauf, ihn zu sehen; die Bäder allein werden meine Schlaflosigkeit kaum heilen. Wenn ich ein Mann wäre, täte ich etwas. Aber ich muß an meine Stellung denken.«

Johanna überlegte und schlug mir dann vor: »Du könntest ein Boot nach Magdala mieten und Maria aufsuchen. Ich kann das wegen meines Gatten nicht tun, weil sie trotz allem eine übel beleumundete Frau bleibt. Aus dem gleichen Grunde können wir sie ebensowenig zu einem, wenn auch heimlichen, Besuch bei Claudia Procula einladen. Begib dich also zu ihr und frage sie, was wir tun sollen! Mache ihr klar, daß ich mich natürlich meiner Bekanntschaft mit ihr jetzt genau so wenig schäme wie während unserer gemeinsamen Wanderungen, daß ich aber gegenwärtig die Stellung meines Gatten bei Hofe zu berücksichtigen habe. Das ist eine verwickelte Angelegenheit, die du vielleicht als Mann nicht ganz begreifen kannst; aber sie als Frau wird es vollauf verstehen.«

Als sie merkte, daß ich zögerte, lächelte sie verschmitzt und sagte: »Du bist ein lebenslustiger junger Römer. Du kannst sie ohne weiteres besuchen; darüber wird sich niemand wundern. Seinerzeit war sie von sieben bösen Geistern besessen; und auch jetzt noch haftet ihr in ganz Galiläa der frühere Ruf an, obwohl sie inzwischen – wenigstens heißt es so – ihren Lebenswandel geändert hat.«

Mit bedrückender Klarheit begann ich zu spüren, daß ich nichts dabei gewinnen konnte, wenn ich mich in diesen Weiberzank mischte. Ich sagte also zu, mir den Vorschlag zu überlegen, und wir plauderten eine Zeitlang über Alltagsdinge. Claudia Procula forderte mich auf, sie später, wenn ihr Gesundheitszustand sich gebessert hätte, in die Stadt zu den Wagenrennen zu begleiten. Herodes Antipas ist stolz auf seine Stadt mit den neuen Rennbahnen und Theatern, und Claudia hielt es für unerläßlich, den Repräsentationsverpflichtungen einer Persönlichkeit ihres Ranges einigermaßen nachzukommen. Dann versprachen wir uns gegenseitig, einander zu verständigen, wenn wir etwas über Jesus hören sollten. Schließlich entließ Claudia mich mit der Ankündigung, sie werde mich bald zum Essen zu sich einladen.

Auf dem Rückweg in den Gasthof bemerkte ich einen sidonischen Händler, der sich in einer schattigen Säulenhalle niedergelassen hatte und Stoffe von einer Stange abrollte. Ich machte halt, kaufte ein Stück goldbestickte Seide und schickte es gleich als Geschenk an Claudia Procula.

Maria von Beeroth hatte ungeduldig gewartet und mich sicherlich mit dem krausbärtigen Sidonier feilschen sehen.

Offenbar war sie der Meinung gewesen, ich hätte etwas für sie gekauft; denn nach einigem vergeblichem Warten begann sie zu zetern: »Wie ich sehe, bist du jetzt schon tadellos auf den Beinen, wenn es sich um etwas handelt, was dir Spaß macht. Und mich hältst du hier hinter Wänden und Vorhängen, als ob du dich meiner Gesellschaft schämen müßtest. Dabei weiß hier niemand etwas anderes von mir, als daß ich dich während einer lebensgefährlichen Erkrankung gepflegt und betreut habe. Ich möchte auch unter Leute kommen und in diesen hübschen Gärten mit anderen Frauen reden, Musik hören und mich unter einem Sonnensegel auf den See hinausrudern lassen. Aber an mich denkst du überhaupt nicht – nur an dich und deine Vergnügungen.«

Tiefe Niedergeschlagenheit erfüllte mich, als ich der Inbrunst gedachte, mit der wir Jerusalem verlassen hatten, während heute alle unsere Hoffnungen im Sand zu verlaufen schienen. Auch Claudia Procula hatte in jenen schuldbeladenen Tagen in Jerusalem, als die Erde bebte, ganz anders von Jesus gesprochen als jetzt. Ebenso ist auch ihre Gefährtin Johanna offenbar nicht mehr jene Frau, die, ohne an ihr Heim und die hohe Stellung ihres Gatten als Kämmerer des Herodes Antipas zu denken, Jesus Gefolgschaft geleistet hatte. Hier zwischen Marmorhallen und Gärten, wo im Schwefelgeruch der heißen Quellen aus den Myrtenhainen sanfte Flötenmusik ertönt, scheint sich alles zum alten Zustand rückverwandelt zu haben; Prunk und Behagen lassen keinen Raum für das Übernatürliche.

Ich fragte: »Maria von Beeroth, erinnerst du dich noch, weshalb wir hierherkamen?«

Maria warf den Kopf hoch, starrte mich mit weit aufgerissenen Augen an und erwiderte vorwurfsvoll: »Gewiß, und zwar besser als du. Ich warte mit Sehnsucht auf Nachricht von Nathan oder Susanna. Sonst kann ich nichts tun. Warum sollte ich nicht in der Zwischenzeit die Annehmlichkeiten genießen, die es hier gibt und die mir neu sind?«

»Hier gehört alles zur irdischen Welt«, erklärte ich. »Diese Art von Gesellschaft und Umgebung bekommt man rascher satt als sonst etwas. Ich würde das alles mit Freuden hingeben, wenn ich dafür den Auferstandenen auch nur für einen Augenblick von weitem sehen könnte.«

»Sicherlich, sicherlich«, stimmte Maria ungeduldig bei. »Ich ja auch. Aber warum soll ich mich nicht, während ich darauf warte, vergnügen? Ich bin wie ein armes Landmädel, das zum erstenmal in die Stadt kommt und einen syrischen Spielzeugladen betritt. Ich bilde mir nicht ein, alle diese Dinge einmal selber besitzen zu können – so albern bin ich nicht. Aber weshalb sollte ich sie nicht anschauen und betasten?«

Ich verstand sie nicht und wurde ihrer Einwendungen müde. »Das kannst du haben«, versprach ich kurz angebunden, von dem heißen Wunsche erfüllt, sie loszuwerden. »Morgen miete ich ein Boot, und wir fahren nach Magdala. Ich habe gehört, daß die reiche Taubenzüchterin ihre Gefährten verlassen hat und heimgekehrt ist. Wir werden sie besuchen.«

Aber meine Begleiterin war über diese Ankündigung keineswegs begeistert. »Maria Magdalena ist eine hitzköpfige Frau«, murrte sie. »Sie war zwar seinerzeit die einzige, die mich freundlich behandelt und menschlich mit mir gesprochen und mich davon überzeugt hat, daß Jesus von Nazareth ein König war; aber ich habe Angst vor ihr.«

»Warum denn?« fragte ich erstaunt. »Sie ist es doch auch gewesen, die dich damals nachts zu dem Tor in der alten Mauer, das ich durchschreiten mußte, geschickt und dir die Worte, die du sprechen solltest, in den Mund gelegt hat.«

»Vielleicht wird sie von mir etwas verlangen, was ich jetzt, da du mich unter deinen Schutz genommen hast, nicht mehr tun möchte«, erklärte Maria. »Ihr Wille ist stärker als der meine, und wenn sie befiehlt, werde ich ganz willenlos.«

»Aber vor welcher Art von Befehl solltest du dich fürchten?« fragte ich.

Maria beklagte sich: »Sie trägt schwarze Kleider. Sie könnte wollen, daß ich diese schönen Gewänder, deine Geschenke, ablege und das Sackzeug der Büßerinnen antue. Sie könnte mir gebieten, dich jetzt, nachdem du mich nach Galiläa gebracht hast, zu verlassen. Davor habe ich Angst.«

»Maria von Beeroth«, rief ich erregt, »worauf hoffst du eigentlich? Und was stellst du dir im Zusammenhang mit meiner Person vor?«

»Ich hoffe auf nichts und stelle mir nichts vor«, rief sie ebenso heftig und warf den Kopf mit stolzer Gebärde zurück. »Sei überzeugt davon! Ich möchte nur eines Tages in deiner Nähe leben können. Noch vor wenigen Tagen hast du andere Töne angeschlagen, als dich hohes Fieber im Bett schüttelte und ich dir die aufgesprungenen Lippen netzte und du mich flehentlich batest, meine Hand auf deine Stirn zu legen und dir die ganze Nacht, während du schliefst, die Hand zu halten. Aber denke nicht, daß ich mir deswegen irgend etwas erhoffe oder vorstelle. O nein! Diese Tage waren schön und gehören zu den schönsten meines ganzen Lebens. Ich würde sie nicht gern plötzlich enden sehen. Aber tu natürlich, wie dir beliebt! Es ist mir klar, daß du nicht das tun wirst, was mir beliebt.«

Ich erkannte, daß es hoch an der Zeit war, mich von ihr zu trennen. Je länger sie bei mir blieb, desto fester band sie mich Tag für Tag auf vielerlei Art an sich, so daß ich mich ganz nutzlos an ihre Gegenwart gewöhnte. Ähnlich ergeht es einem, wenn man, ohne sich etwas Besonderes dabei zu denken, einen Sklaven oder einen Hund anschafft und dann feststellt, daß man an dem Hunde hängt oder den Sklaven nicht mehr entbehren kann.

Tags darauf mietete ich also ein Fischerboot mit zwei Ruderern, und wir fuhren über die leuchtenden Wellen des Sees nach Magdala. Maria beschattete sich zimperlich den

Kopf; im Gasthof hatte sie sich, gleich den anderen Frauen des Ortes, das Gesicht sorgfältig mit Gurkensaft eingerieben, zur Beseitigung der Sonnenbräune. Während der Reise von Jerusalem hierher hatte sie solche Sorgen nicht gekannt.

Ich unterhielt mich mit den Ruderern, um die galiläische Mundart ins Ohr zu bekommen. Es waren wortkarge Männer, die auf meine Fragen nur kurze Antworten gaben. Als wir an Tiberias vorbeikamen, zeigte sich deutlich, daß sie diese hübsche, neue, erst vor wenigen Jahren von Herodes Antipas gegründete Griechenstadt verabscheuten. Um sie rascher hinter sich zu bringen, versuchten sie, das Segel zu setzen; aber der Wind war ungünstig und wechselnd, so daß sie schließlich doch mit den Rudern vorliebnehmen mußten.

Mir fiel ein, daß Jesus von Nazareth angeblich auf dem Wasser dieses Sees gewandelt war. Jetzt im hellen Tageslicht, mit den bräunlich und bläulich verschwimmenden Hügeln der fernen Ufer, mit der frischen Brise und dem aufsprühenden Wasser, erschien die Geschichte unglaubwürdig. Ich geriet in den Bann der schwermütigen Empfindung, einer Fata Morgana nachzujagen, einem Traum oder einer von abergläubischen Fischern erfundenen Mär. Nun, nach meiner Erkrankung, schien seit den Jerusalemer Tagen unermeßliche Zeit vergangen zu sein. Es war, als hätte Jesus nie gelebt.

Um mich selbst in die Wirklichkeit zurückzubringen, fragte ich die Ruderer: »Habt ihr einmal Jesus von Nazareth gesehen, damals, als er am Seeufer das Volk unterwies?«

Sie blickten einander an, stützten sich auf ihre Ruder und forschten mißtrauisch: »Wozu willst du das wissen, Fremdling?«

»Ich war in Jerusalem, als er gekreuzigt wurde«, erklärte ich. »Meiner Meinung nach hat er ein so schreckliches Schicksal nicht verdient.«

Die Fischer sagten: »Man kann das verstehen. Wir Galiläer – er war ja auch einer – werden in Jerusalem verachtet. Aber Schuld trug er selber, weil er sich freiwillig den habgierigen Priestern und scheinheiligen Pharisäern in die Hände gab.«

»Habt ihr ihn gesehen?« fragte ich nochmals.

Sie zögerten und schauten einander wieder an. Dann siegte ihr Stammesstolz, und sie bestätigten: »Natürlich, und zwar oft. Einmal waren wir in einer Volksmenge von fünftausend Leuten und haben ihm zugehört. Er hat uns alle mit fünf Gerstenbroten und zwei Fischen gespeist, und wir wurden satt. Ja, es sind noch zwölf Körbe mit Brotstücken übriggeblieben. Ein solcher Mann war das.«

»Wovon sprach er? Könnt ihr euch an seine Lehren erinnern?« erkundigte ich mich eifrig.

Doch sie wichen ängstlich aus: »Uns einfachen Leuten schlägt es nicht gut an, seine Worte weiterzugeben. Wir würden nur den Zorn der Obrigkeit auf uns lenken.«

Ich ermunterte sie: »Sagt mir wenigstens irgend etwas, was euch besonders im Gedächtnis geblieben ist! Ich bin nur ein reisender Fremder und ein Kurgast; ich werde nichts ausplaudern.«

Sie betonten vorerst: »Laß dir also gesagt sein, daß die Worte von ihm stammen und nicht von uns!« Dann hoben sie wie aus einem Munde an: »Selig sind die Armen; denn ihrer ist das Reich. Selig sind die Stillen; denn sie werden das Land zum Besitz erhalten. Selig sind, die verfolgt und geschmäht werden. Selig seid ihr; denn euer Lohn ist groß im Himmel! Niemand kann zwei Herren dienen. Sorget euch nicht! Leichter geht ein Kamel durch ein Nadelöhr als ein Mammonsknecht in das Reich.«

Ich hatte den Eindruck, daß sie Jesu Aussprüche oft in ihrem Kreise beredet und von seinen Lehren das für sich übernommen hatten, was ihnen am besten gefiel. Mehr hatten sie sich nicht gemerkt oder wollten sie nicht preisgeben. Jedenfalls lag in ihren Augen unverkennbare Schadenfreude, als sie meine guten Kleider und mein Sitzkissen ansahen.

»Was wißt ihr über ihn selber?« forschte ich weiter.

Sie erwiderten: »Er war ein ausgezeichneter Fischer. Er konnte einen Schwarm Fische ausfindig machen, nachdem andere vielleicht die ganze Nacht über vergebens die Netze ausgeworfen hatten. Einmal sind seine Leute mit vollbeladenen Booten eingefahren, während andere mit leeren Händen vom Fang zurückkamen. Er konnte Stürme besänftigen und große Wellen im Nu glätten. Auch Kranke soll er geheilt haben; aber darum haben wir uns nicht gekümmert, weil wir nie krank waren. Am meisten gewundert an ihm hat uns, daß ein Mensch aus dem Binnenland, aus Nazareth, sich mit Wasser und Wind und den Fischzügen so gut auskannte.«

Mehr konnte ich aus ihnen trotz wiederholter Fragen nicht herausbekommen. Sie wurden nur wieder argwöhnisch. Schließlich bemerkte ich: »In Jerusalem hieß es, er sei aus dem Grabe gestiegen und nach Galiläa zurückgekehrt. Habt ihr davon gehört?«

Sie legten sich stärker in die Ruder und antworteten erst nach einer Weile. »Altweibergeschwätz! Kein Toter verläßt sein Grab. Er war ein Mensch, genau wie wir, obwohl er lehrte und Wunder wirkte. Du wählst zwar deine Worte sehr geschickt; aber wir gehen dir nicht ins Garn.« Darnach sagten sie nichts mehr außer: »Das ist Klatsch aus der Gegend von Kapernaum. Wir sind Fischer in Tiberias.«

Magdala ist ein großes Fischerdorf mit vielen Einwohnern. Schon von weitem drang zu uns über das Wasser der Geruch der Pökeleien. Nachdem die Ruderer über Bord gesprungen und das Boot an Land gezogen hatten, zahlte ich sie aus und schickte sie nach Tiberias zurück. Erst als ich, auf Maria und meinen Stock gestützt, durch das Dorf gehumpelt war, ließ ich meine Begleiterin nach Maria Magdalena fragen. Sie war wohlbekannt. Man zeigte uns gleich außerhalb des Ortes, gegen die Taubenklüfte zu, die ausgedehnte Gebäudegruppe.

Ein Gemüsebauer, der von einem Dorfbesuch heimkehrte, ließ mich, sobald er mein Hinken sah, bereitwillig auf seinem Esel aufsitzen. Als er von Maria Magdalena sprach, lächelte er merkwürdig, sagte aber anerkennend: »Sie ist eine kluge und sehr reiche Frau. Sie beschäftigt viele Taubenfänger, und in ihren großen Schlägen züchtet sie auch selbst Tauben für den Tempel. Außerdem hat sie einen Kräutergarten und Anteile an Fischpökeleien. Sie ist viel auf Reisen, soll aber dieser Tage heimgekommen sein.«

Dann warf er mir einen Seitenblick zu und meinte mit gutmütigem Grinsen: »So jung wie früher ist sie natürlich nicht mehr. Angeblich hat sie ein anderes Leben angefangen und gibt den Armen Almosen. Aber du mußt selber am besten wissen, was du von ihr willst.«

Ich hatte diese Reise ohne irgendwelche Erwartungen unternommen. Als ich jedoch, zwischen zwei leeren Gemüsekörben auf dem Rücken eines Esels hockend, mich dem Hause Maria Magdalenas näherte, freute ich mich unversehens darauf, ihr weißes Gesicht wiederzusehen. Sie stand mir so in Erinnerung, wie ich sie im Obergemach des Lazarushauses gesehen hatte, und mir kam vor, ich hätte mich nie zuvor derart nach dem Anblick einer Frau gesehnt. Der Gemüsebauer bemerkte meine Miene und sagte: »Mir scheint, du bist wie alle anderen. Je näher du ihrem Hause kommst, desto eiliger hast du es. Ich mag dort nicht vorbeigehen. Sei also nicht böse, wenn ich dich hier an der Weggabelung absetze.«

Ohne Maria und mich weiter zu beachten, trieb er seinen Esel an, als wollte er so rasch wie möglich aus dem Umkreis des Hauses gelangen. Auch meine Begleiterin seufzte und unkte: »Bei dieser Sache wird nichts Gutes herauskommen. Wir sollten umkehren. Mir tun schon die Augen von der Sonne weh, sosehr ich mir den Kopf bedecke. Ich bin ganz verschwitzt und kann kaum atmen.«

Aber ich humpelte unbeirrt durch das Tor und sah mitten in dem großen Hof eine schwarzgekleidete Frau Tauben füttern. Eine ganze Wolke von Vögeln umflatterte sie; einige saßen ihr auf den Schultern, andere wippten auf ihren Händen. Als sie uns erblickte, streute sie das Körnerfutter auf den Boden, rieb die Hände aneinander und kam uns, ihr Gesicht entblößend, entgegen. Überrascht, aber erfreut begrüßte sie Maria und mich und rief: »Ich habe gespürt, daß jemand kommt. Aber ich hatte keine Ahnung, daß du es sein könntest, Marcus aus Rom, und du, Maria von Beeroth.«

»Friede sei mit dir, Maria Magdalena!« grüßte ich und blickte in ihr gefurchtes, weißes Gesicht und in ihre leuchtenden Augen, die so von Freude erfüllt waren, daß ich mich am liebsten zu Boden geworfen und die Knie dieser Frau umschlungen hätte.

Sie verjagte mit beiden Händen die Tauben, die noch um ihren Kopf flatterten, und führte uns durch den Hof in einen Garten, zu einem Sommerhaus, das sie sich dort hatte erbauen lassen. Zuerst holte sie selbst Wasser und kniete, ohne meinen Einspruch zu beachten, vor mich hin, um mir die Füße zu waschen. Die Berührung ihrer Hände tat meinem wunden Fuße wohl und linderte den Schmerz. Auch meiner Begleiterin, die sie, hinter der vorgehaltenen Hand kichernd, wegzuschieben versuchte, erwies sie den gleichen Liebesdienst. Dann gab sie uns frisches Quellwasser zu trinken und schickte das Mädchen mit den Worten weg: »Geh dir die Taubenschläge und mein Haus anschauen und störe uns nicht länger, närrisches Ding!«

Meine Begleiterin entfernte sich fast laufend, als wäre sie froh wegzukommen. Maria Magdalena blickte ihr kopfschüttelnd nach und wandte sich dann zu mir mit der Frage: »Was hast du aus ihr gemacht? Hast du ihr diese buntscheckigen Kleider geschenkt? Sie war doch in Jerusalem sehr demütig und bußfertig; jetzt aber scheint ihr ein Dämon aus den Augen zu lugen.«

Ich verteidigte mich: »Meiner Meinung nach habe ich ihr nichts Schlechtes zugefügt. Ich habe sie nicht berührt, wenn du das meinst. Sie hat mich in Tiberias, als ich mit meinem wunden Fuße krank lag, treu gepflegt.«

Maria Magdalena erwiderte: »Wenn ein Mann etwas für eine Frau tut, kann er ihr – mit den erdenklich besten Absichten – oft Ärgeres zufügen, als er ahnt. Du eignest dich nicht zum Hüter eines solchen Wesens, Marcus. Du solltest dich von deiner Begleiterin trennen.«

»Sie sucht Jesus von Nazareth, ebenso wie ich selbst«, entgegnete ich und erleichterte nun mein Herz, indem ich erzählte, wie wir aus Jerusalem abgereist waren, wie Susanna und Nathan mich im Stich gelassen hatten und wie ich in Tiberias, bei Claudia Procula, Johanna kennenlernte. Maria Magdalena nickte zu meinem Bericht, und ein hartes Lächeln überflog ihr weißes Gesicht.

»Ich kenne die habgierige Susanna und die hochmütige Johanna«, sagte sie unwirsch. »Ich muß für ihre Fehler blind gewesen sein während der Zeit, als wir in schwesterlicher Gemeinsamkeit wanderten; in Wirklichkeit habe ich damals nur Jesus gesehen. Du hast genügend Erfahrungen mit seinen Jüngern gemacht, um zu wissen, welche Art Menschen sie sind und wie sie mit dem Geheimnis des Reiches knausern. Wahrscheinlich wunderst du dich inzwischen auch, ebenso wie ich, darüber, daß er aus solchen Bausteinen sein Reich aufrichten wollte. Ich habe von der Halsstarrigkeit dieser Männer ebenso genug bekommen wie von den gegenseitigen Eifersüchteleien der Frauen und bin heimgekehrt, um zu warten. Ich weiß, daß Jesus vor uns herging nach Galiläa; aber es würde mich nicht überraschen, wenn er niemanden aus unserem Kreise wiedersehen wollte. Vielleicht ist er ebenso enttäuscht von uns, wie wir es im Herzen voneinander sind. Ich habe die Fischer ihrem Handwerk überlassen, und auch Jesu Mutter ist nach Nazareth zurückgekehrt.«

Sie preßte die Hände aneinander, zuckte wie vor Schmerz

mit den Schultern und klagte: »Warum bin ich nur ein Mensch und noch dazu eine Frau? Und warum werde ich jetzt, da Jesus nicht mehr bei uns ist, so verstockt in meiner Hartherzigkeit? Sein Reich gleitet von mir ab. Wehe über mich, die ich so kleingläubig bin, daß ich nicht einmal mehr auf ihn vertraue!«

Sie blickte entsetzt umher, als hätte sie lauernde Gestalten bemerkt, und rief: »Er ist das Licht der Welt. Wenn er ferne weilt, senkt sich, auch bei hellstem Sonnenschein, Finsternis über mich. Ich fürchte, die bösen Geister könnten wieder in mich fahren. Aber dann würde ich nicht länger leben wollen. Besser einen Strick um den Hals! Ich habe schon genug durchgemacht.«

Ihre Qual drückte mir bleischwer auf die Brust. Doch ich versuchte, sie zu trösten, und erzählte ihr von Johannas Bericht, Jesus sei seinen Jüngern erschienen, als sie eines Morgens fischten.

»Davon habe ich auch gehört«, bestätigte Maria. »Aber diese Krämerseelen haben sich wohl hauptsächlich darüber gefreut, daß sie mehr als hundertfünfzig große Fische gefangen hatten. Das Netz war so voll, daß sie es, um es nicht zu zerreißen, an Land ziehen mußten. Warum haben sie nicht den anderen zum Trost davon erzählt, wenn sie tatsächlich unseren Meister gesehen haben sollten?«

Es war, als hegte sie im Herzen Groll gegen die Jünger und als neidete sie es ihnen, daß Jesus sich zuerst ihnen und nicht ihr in Galiläa gezeigt haben könnte. In gewisser Beziehung fand ich das begreiflich; denn sie war es ja gewesen, die nach Jesu Kreuzigung im Morgengrauen als erste zu seinem Grab geeilt und der er nach seiner Auferstehung zuerst erschienen war.

»Maria Magdalena«, beschwichtigte ich sie, »verzage nicht! Wenn er sich nach Galiläa begeben hat, so ist sein Reich ganz nahe. Vielleicht habe ich an ihm keinen Teil, und vielleicht wird er mich ebenso zurückweisen, wie seine Jünger es taten. Aber sei überzeugt, falls er in Galiläa ist, wirst du ihn bestimmt noch zu sehen bekommen.«

Sie warf mir einen stolzen Blick ihrer dunklen Augen zu und sagte: »Du, der Römer, tröstest mich, wo die Seinen mir jeden Trost versagten?«

Aber ihr Antlitz begann zu leuchten, wie von Sonnenlicht überflutet, obwohl wir im Schatten ihres Sommerhauses saßen. Sie berührte meine Hand, und wieder war ihre Berührung voll Kraft, als sie fragte: »Glaubst du das wirklich? Ich glaube es ja natürlich auch. Nur ist mein Herz in Aufruhr, weil ich die von ihm erwählten Jünger nicht nach Gebühr zu ehren vermag. Es ist sündhaft von mir unwürdigem Weibe, mich seinem Willen nicht zu fügen. Lehre du mich, was Demut ist, Römer! Ich verdiene die Zurechtweisung.«

»Sag mir lieber, ob du meinst, daß er mich, den Römer, in sein Reich aufnehmen wird!« bat ich niedergeschlagen.

Maria Magdalena erwiderte in dem gleichen geringschätzigen Ton wie Johanna: »Die Jünger erhoffen sich noch immer, er würde in Israel ein neues Reich errichten. Für mich ist er das Licht der Welt. Warum sollte seine Verheißung nicht dich ebenso angehen wie die Kinder Israels, wenn du ihn für den Christus hältst? Sein Reich ist das ewige Leben und kein irdisches Herrschertum.«

Über ihre Worte erbebte mein Herz in Furcht. »Was ist ewiges Leben?« fragte ich.

Sie schüttelte den Kopf. »Ich weiß es nicht«, bekannte sie. »Das wird wohl nur er allein wissen. Solche Dinge hat er auf seinen Wanderungen nicht gelehrt; er hat die Leute unterwiesen, wie sie leben sollten, um seines Reiches wert zu sein. Ich bin nicht demütig oder kindlich genug im Herzen, um zu begreifen, was ewiges Leben ist. Ich weiß nur, daß es in und mit Jesus ist. Und mehr braucht man nicht zu wissen.«

Ich erwog ihre Worte. »Wie soll ich also leben?« fragte ich. »Genügt nicht das Bemühen, still und demütig im Herzen zu werden?«

»Liebe deinen Nächsten wie dich selbst!« sagte Maria

Magdalena wie entrückt. »Alles, wovon du möchtest, daß es dir die Menschen tun, das tue auch ihnen!« Plötzlich schlug sie die Hände vor das Gesicht und begann zu schluchzen. »Wie darf ich dich unterweisen, wenn ich selbst seiner Lehre untreu geworden bin? Als wir mit ihm zogen, waren wir alle wie Geschwister. Kaum war er weg von uns, so begann ich diese Geschwister im Herzen zu hassen und zu beneiden. Vielleicht hat er mir dich gesandt, damit ich meiner Bosheit entsage und demütig werde.«

Plötzlich berührte sie meinen wunden Fuß, hielt die Hand auf die halbverheilte Schwäre und betete laut: »Jesus Christus, Sohn Gottes, habe Erbarmen mit mir Sünderin! Wenn es dein Wille ist, so laß diesen Fuß wieder gesund werden, als hätte er nie geschmerzt!«

Sie zog die Hand zurück, blickte auf, richtete in atemloser Erwartung die Augen auf mich und sagte: »Wenn er das tun will, so ist es ein Zeichen. Steh auf, wirf deinen Stock weg und geh!«

Ich tat, wie mir geheißen war, und machte einige Schritte. Ich hinkte nicht und spürte keinen Schmerz mehr im Fuß. Zuerst staunte ich sehr; dann ging ich zurück, setzte mich wieder und sprach: »Nimm dies als das von dir erbetene Zeichen, wenn du willst! Ich selber brauche kein Zeichen von ihm, weil ich auch so glaube. Offen gestanden, mein Fuß war schon gesund, und über die wunde Stelle ist frische Haut gewachsen. Wahrscheinlich bin ich bloß aus Gewohnheit noch hinkend gegangen, weil der griechische Arzt, der mir die Beule aufschnitt, mich so eindringlich vor einer Überanstrengung des Fußes gewarnt hat.«

Aber Maria Magdalena lächelte, hob meinen Stock vom Boden auf und fragte: »Soll ich mein Gebet widerrufen, so daß du nochmals zu hinken anfängst?«

Hastig erwiderte ich: »Nein, das nicht! Bestimmt würde ich, wenn du darum beten solltest, von neuem hinken und vielleicht mein ganzes Leben lang umherhumpeln.«

Meine Wort erschreckten Maria; sie blickte um sich, als

wäre sie bei etwas Verbotenem ertappt worden, und erklärte rasch: »Nein, nein, Übles können wir in seinem Namen auf einen anderen nicht herabflehen; nur uns selber täten wir damit Übles. In seinem Namen kann man nicht verfluchen – nur segnen.«

Sie lächelte strahlend und starrte vor sich hin und durch mich hindurch, als sähe sie etwas für mich Unsichtbares. Zugleich bog sie meinen Stock zwischen ihren Händen, und zu meiner grenzenlosen Verblüffung schien der doch vollkommen starre, harte Eichenstock so biegsam wie eine Weidengerte. Ich traute meinen Augen nicht und konnte nur hinblicken, bis sie aus ihrem Sinnen erwachte, meinen Blick spürte und mir ihr Gesicht zuwandte.

»Warum starrst du mich so an?« fragte sie und hörte auf, den Stock zu biegen.

Ich hob beschwörend beide Hände und flüsterte: »Biege den Stock nochmals, wie du es eben getan hast!«

Sie versuchte es unter Aufgebot aller Kräfte; aber der Stock gab nicht um Haaresbreite nach. Ich nahm ihn wieder an mich, und es war der gleiche feste, harte Stock, auf den ich mich beim Gehen gestützt hatte. Das Geschehene war nicht bewußt vollzogen worden; Maria Magdalena hatte in Gedanken versunken, mit in sich gekehrtem Blick, dagesessen und konnte sich nachher überhaupt nicht erklären, warum ich so aufgeregt war. Ich ließ mich auf keine vernunftgemäßen Deutungsversuche ein, sondern zog vor, diese Biegsamkeit des harten Holzes als wohlwollendes Zeichen für mich zu werten, weil ich nicht an die Heilung meines Fußes durch die Anrufung von Jesu Namen geglaubt hatte. Wie das hergegangen war, konnte ich mir nicht erklären, da ich ja nicht einmal ein solches Zeichen gewünscht hatte. Jedenfalls flammte nun wieder Hoffnung in meinem Herzen auf.

Daß ich den Stock sich biegen gesehen hatte, war mir keinesfalls durch Hexerei vorgegaukelt worden; ich spürte nämlich nichts von jener Körperstarre, die den umfängt, an dem ein Zauberer seine Künste übt. Im Gegenteil, ich fühlte mich wohl, frisch und geläutert. Deshalb sagte ich: »Maria Magdalena, du glückhafte Frau! Jesus ist dein Herr, und du darfst nicht ungeduldig werden. Sobald du ihn rufst, steht er bei dir, auch wenn du ihn nicht siehst. Wie das möglich ist, begreife ich nicht; aber ich glaube daran. Du bist wahrhaft durch ihn gesegnet unter den Frauen.«

Als wir das Sommerhaus verließen, waren wir beide von neuer Hoffnung erfüllt. Maria Magdalena zeigte mir ihren Kräutergarten und ihre Taubenschläge und schilderte mir, wie man die Vögel in den nahen Felsklüften fängt und wie auch sie als junges Mädchen durch die Steilwände geklettert war, ohne Angst vor Räubern und ohne Schwindelgefühl.

Wir betraten ihr Wohnhaus. Es war voll herrlicher Behänge und kostbarer Möbel; aber ihre griechischen Vasen und Statuen hatte Maria, so erzählte sie, nach ihrer Befreiung aus der Macht der Dämonen vernichtet, da das Gesetz Israels den Gläubigen verbietet, sich Schnitzwerke oder sonstige Abbilder von Mensch oder Tier zu machen. Dadurch kam sie darauf zu sprechen, daß Jesus, wenn er – wie so oft – in Sinnen versank, einen Stock nahm und in den Sand zeichnete. Aber ehe Maria oder sonstwer hinsehen konnte, verwischte er mit dem Fuß, was er gezeichnet oder geschrieben hatte. Auch anderes erzählte sie mir von Jesus, wie es ihr während des Rundgangs durch das große Haus zufällig einfiel.

Sie hatte für uns ein Mahl bereiten lassen und lud mich ein, bei Tische Platz zu nehmen, leistete mir aber nicht Gesellschaft, sondern sagte: »Gestatte, daß ich dich nach Landessitte beim Essen bediene!« Sie forderte auch Maria von Beeroth auf, mir dienstbar zu sein, befahl ihr, mir Wasser über die Hände zu gießen, und belehrte sie lächelnd darüber, wie man bei Tisch richtig aufwartet. Sie selber mischte mir Wein, einen leichten galiläischen Weißwein, der mir wie Frühlingsluft zu Kopfe stieg. Nach den salzigen und süßen Vorspeisen reichte sie mir gebratenen Fisch und dann Taubenstücke in Rosmarintunke. Ich hätte nicht sagen können, wann ich zum letztenmal derart gut zubereitetes und köstliches Essen genossen hatte.

Erst als ich so satt war, daß ich keinen Bissen her hinuntergebracht hätte, setzte meine Gastgeberin sich zum Essen auf die Matte zu meinen Füßen und ließ auch meine Begleiterin das gleiche tun. Maria Magdalena war mild und heiter geworden, und ein liebliches Lächeln verklärte ihr Gesicht. Ich betrachtete sie durch den feinen Schleier der Weinbenommenheit und fand, daß sie wirklich eine der schönsten und anziehendsten Frauen dieses Landes gewesen sein mußte. Angesichts ihrer Freundlichkeit faßte selbst meine junge Begleiterin Mut und wagte schließlich zu sagen: »Wenn du so lächelst wie jetzt, Maria Magdalena, glaube ich gern, daß Männer deinetwegen sogar aus Damaskus und Alexandria hierher gereist sind und daß du mit Hilfe ihrer Geschenke dir dieses große Haus samt der wunderbaren Einrichtung schaffen konntest. Aber wie stellt man das an? Lehre mich die Kunst, so staunenswerte Geschenke für etwas zu bekommen, wofür die Kameltreiber in Jerusalem nur ein paar Kupfermünzen zahlen!«

Maria Magdalenas Gesicht verdüsterte sich rasch, und sie sagte: »Frage mich nicht solche Dinge! Allerdings kann wohl keine Frau so etwas ohne Unterweisung lernen. Nur wenn sie von einem bösen Geist besessen ist, oder gar von mehreren, vermag sie derartiges. Gleichzeitig aber martert und würgt der Dämon die von ihm Besessene, und sie geht umher, als hätte sie ständig die Schlinge eines Henkerstrickes um den Hals. Nichts macht ihr Freude, nichts schenkt ihr Zufriedenheit; und schließlich haßt sie sich selbst mehr als die Männer und die Männer mehr als irgend etwas sonst.«

Meine Begleiterin blinzelte sie argwöhnisch an, neigte den Kopf zur Seite und meinte in zweifelndem Tone: »Was du sagst, mag ja stimmen. Aber ich würde den

Dämon freudig begrüßen, wenn er mich in den Augen der Männer verführerisch schön machen könnte.«

Maria Magdalena schlug sie auf den Mund und rief: »Schweig, albernes Ding! Du weißt nicht, was du redest.«

Die junge Frau erschrak heftig und brach in Tränen aus. Maria Magdalena atmete schwer, sprengte Wasser rings um sich und sagte: »Ich bitte dich nicht um Verzeihung wegen der Maulschelle; nicht aus Zorn habe ich sie dir gegeben, sondern zu deinem Besten. Ich hoffe, daß mir jemand das gleiche täte, wenn ich je etwas so Unsinniges sagen sollte wie du. Ein böser Geist kann sein Opfer zwingen, in Gräben zu hausen und Unrat zu essen; keine Kette kann sein Opfer fesseln, und die stärksten Männer können es nicht halten, wenn in ihm der Dämon rast. Und ich weiß nicht, welche Dämonen ärger sind; jene, die am Körper nagen, oder jene, welche die Seele aushöhlen, bis in ihr nur mehr Leere bleibt.«

»Du hast mich gekränkt«, fuhr sie nach einer Weile fort, »aber ich nehme es dir nicht übel. Wahrscheinlich mußtest du mich an meine Vergangenheit mahnen. Unter der Hülle des Körpers war damals nur mehr ein kahlgenagtes Gerippe, und mit mir als ihrem Werkzeug haben die bösen Geister viele Männer ins Verderben gestürzt. Meine Sünde war grenzenlos, aber sie wurde mir vergeben. Du solltest beten: ›Führe uns nicht in Versuchung, sondern erlöse uns von dem Bösen!‹ Statt dessen betest du im Herzen: ›Führe mich in Versuchung und treibe mich dem Bösen in die Arme!‹ Ich erkenne das an deinen Augen, deinem Mund und deinen so ungeduldig scharrenden Füßen. Entsinnst du dich noch jener Frau, die in Jerusalem gelobte, sich für den Rest des Lebens mit Salzfisch und Gerstenbrot als Speise zu begnügen, wenn sie nur aus ihrem Elend erlöst würde? Wegen dieses Gelöbnisses habe ich dich dem Römer Marcus in den Weg geschickt; aber statt die Augen dankbar niederzuschlagen, wirfst du ihm Fallstricke um die Beine.«

Meine Begleiterin schluchzte erschrocken auf und wagte

nicht, mich anzusehen; unwillkürlich tat sie mir leid. Aber Maria Magdalena starrte sie mit düster gefurchter Stirn an.

»Überlege dir genau, was du willst!« mahnte sie. »Willst du Versuchung, Sünde und Übel, die dich zugrunde richten werden? Oder willst du ein einfaches, ehrenhaftes Leben?«

Meine Begleiterin hob den Blick und erklärte leidenschaftlich: »Ich möchte, daß mir die Sünden so vergeben werden wie dir und daß ich gereinigt werde, um wieder schuldlos zu sein. Zwinge mich nicht auszusprechen, was ich mir dann wünschen würde! Aber könnte es mir nicht beschieden werden, wenn ich innig darum bete?«

Maria Magdalena redete ihr zu: »Ich verstehe dich besser, als du glaubst, und lese in deiner einfachen Seele. Vertraue mir, ich habe mehr Erfahrung als du. Lege diese bunten Kleider ab und bleib bei mir, zu deinem eigenen Besten! Ich werde dich lehren, Tauben zu fangen und böse Gedanken zu verscheuchen. Vielleicht wird Jesus sich deiner erbarmen, wenn er sich mir zeigen sollte.«

Aber die junge Frau weinte noch bitterlicher, schlang die Arme um mein Knie und rief: »Genau das habe ich befürchtet, Marcus, und du darfst mich nicht in ihren Händen lassen. Sie wird mich zur Taglöhnerin machen oder als Sklavin verkaufen. Sie hat einen schrecklichen Ruf, das weißt du gar nicht.«

Maria Magdalena schüttelte den Kopf und erklärte: »Wenn du mehr Lebenserfahrung hättest, würdest du verstehen, daß du dich jetzt von Marcus trennen mußt – für eine Zeitlang wenigstens. Sonst wird dein Römer dich gründlich satt bekommen und schmachvoll wegschicken. Woher weißt du, daß du nicht bei mir etwas lernen kannst, was dich in seinen Augen angenehmer macht?«

Ich konnte nur vor Erleichterung darüber aufseufzen, daß Maria Magdalena mich so verständnisvoll von einer unerträglich werdenden Bürde zu befreien suchte. Meine Begleiterin schmiegte sich an meine Knie und benetzte meinen Mantelsaum mit ihren Tränen; als sie aber eine

Weile geweint hatte, beruhigte sie sich und ergab sich in ihr Schicksal. Maria Magdalena befahl ihr, sich das Gesicht zu waschen und andere Kleider anzulegen, und sagte zu mir, als wir allein waren: »Ich fühle mich ihr gegenüber verantwortlich. Sie ist noch so jung, daß ihr Herz gleichermaßen zum Guten wie zum Bösen neigt. Ein solches Wesen ist eine zu schwere Versuchung für einen Mann. Es spricht für dich, daß du der Prüfung standgehalten hast. Maria von Beeroth ist in ihrer Einfalt eine der Geringsten unter uns. Wenn du sie verführen solltest, wäre es besser, dir würde ein Mühlstein um den Hals gehängt und du würdest in die Tiefe des Meeres versenkt.«

»Ich habe keineswegs die Absicht, sie zu verführen«, entgegnete ich verletzt. »In ihrem kindischen Sinn hat umgekehrt sie mich verlocken wollen. Wenn ich nicht erkrankt wäre, hätte ich sie vielleicht aus Überdruß zu mir genommen, als Susanna und Nathan mich im Stich ließen. Aber so ist es jetzt am besten. Schaue auf sie, und ich kann unbehindert meine Suche nach Jesus wieder aufnehmen.«

Maria Magdalena bemerkte: »Ich glaube nicht, daß Susanna dich hintergangen hat. Dazu ist sie zu einfältig. Wahrscheinlich vertut sie ihre Zeit in Kapernaum, ebenso bestürzt wie alle anderen Frauen, weil nichts geschieht. Aber erlaube mir eine Frage, Marcus Mezentius: Was erwartest du dir vom Leben?«

Ihre Frage machte mich demütig im Herzen. Ich dachte über mein Leben nach und begann, ihr aus meiner Vergangenheit zu erzählen: »Mir war das Glück gewogen. Als junger Mensch habe ich in Antiochia fremde Sprachen gelernt und wurde an der Rednerschule in Rhodos ausgebildet. Mein höchstes Ziel war eine Amtsstellung als Sekretär eines Statthalters im Osten oder ein Aufenthalt in Rom als Hausphilosoph eines ungebildeten Reichen. Trotz meiner geringen Neigung für den Soldatenberuf war ich wirklich verbittert darüber, daß es mir nach meiner Übersiedlung nach Rom nicht gelungen war, in die Ritterschaft Aufnahme zu finden. Erst durch eine letztwillige Verfügung erwarb ich das Recht zum Tragen eines Daumenringes. Aber inzwischen hatte diese Auszeichnung ihre Bedeutung für mich verloren; ich mißachte solche Dinge und trage den Ring in meiner Geldbörse. Gerade als ich mir alles, was ich wünschte, anschaffen konnte, fand ich, daß kaum irgend etwas davon wirklichen Wert für mich hatte. Dann verblendete mich Begierde, bis ich vor Mordanschlägen aus Rom entfliehen mußte. Was ich mir vom Leben erwarte? Darauf kann ich keine Antwort geben. Ich muß mich nur fragen, welche Gewalt es war, die mich von Alexandria nach Jerusalem trieb und vor das Kreuz des Judenkönigs führte, als die ganze Welt im Dunkel lag.«

»Durch günstige Fügung«, fuhr ich fort, »konnte ich in den ersten Mannesjahren alles erreichen, was ich als Jüngling so heiß und vergeblich ersehnt hatte – Freundschaft, Beliebtheit, körperliche Genüsse. Sogar Macht hätte ich erlangen können; aber für diese Art von Streben hatte ich nie etwas übrig. Bald blieb mir von allem nur mehr ein schaler Geschmack im Munde. Nach ungezügelten Vergnügungen fühlte ich mich ausweglos verzweifelt. Eines weiß ich bestimmt: daß mein Sinn nicht danach steht, als aufgedunsener, ausgebrannter Greis in Rom zu leben, alte Gedanken wiederzukäuen und wie ein Schwachsinniger endlos die gleichen abgedroschenen Geschichtchen zu erzählen. Das aber ist die einzige Zukunft, die ich für den Fall einer Rückkehr nach Rom vor mir sehe. Übrigens gedenke ich vorläufig keinesfalls nach Rom zu gehen. Ich würde damit nur meinen Kopf aufs Spiel setzen; denn dort erwartet man, wie du vielleicht weißt, für nahe Zukunft einen Staatsstreich. Dann wird man jeden fragen, auf welcher Seite er steht. Ich habe zu viel Achtung vor Cäsars Genius, als daß ich an den Ränken eines blutdürstigen, niedriggeborenen Mannes teilhaben wollte. Mich verlangt es mehr darnach, still und demütig im Herzen zu werden.«

»Was erhoffst du dir von Jesus?« fragte Maria Magdalena.

»Ich habe sein Reich erahnt«, erklärte ich, und es ist nicht bloß Traum und Dichtung, nach Art von Vergils Totenreich; es ist ebenso Wirklichkeit wie die, in der wir leben. Ja, wenn ich an Jesus denke, verschmilzt mir seine Wirklichkeit mit der irdischen auf verwirrende Art. Maria Magdalena, ich bin glücklich, daß ich in diesen Tagen leben darf, einfach, weil ich weiß, daß er in Galiläa ist. Nein, ich begehre und wünsche nichts von ihm, was er nicht selbst mir gewähren will. Sein Reich kann ja kein gewöhnliches weltliches Herrschertum, sondern muß etwas mir noch unbegreifliches Neues sein. Sonst würde alles sinnlos werden; irdische Reiche sind doch seit Anbeginn der Zeiten immer wieder gegründet und auch – sogar vom Reich Alexanders gilt das – immer wieder zerstört worden. Nur Rom wird wahrscheinlich Bestand haben. Schon aus diesem Grunde kann Jesu Reich nicht von dieser Welt sein.«

Wir sprachen noch über andere Dinge, bis Maria von Beeroth zurückkam. Sie hatte sich das Gesicht gewaschen, das Haar glattgekämmt und einen weißen Mantel angelegt; sie war barfuß. Nun sah sie so rührend jung aus, daß mir warm ums Herz wurde und ich ihr nichts mehr nachtrug. Um die Trennung nicht allzu schmerzlich zu machen, beschloß ich, noch am gleichen Tage nach Tiberias zurückzukehren. Maria Magdalena versprach, mich zu verständigen, wenn sie etwas Wichtiges erfuhr, und gab mir Grüße für Johanna und Claudia Procula auf.

Ich ging zu Fuß in das Dorf Magdala und spürte beim Gehen überhaupt keine Schmerzen mehr, so daß ich einen Augenblick lang erwog, bis nach Tiberias auf der Küstenstraße zu wandern. Aber unten am Gestade traf ich die beiden Fischer, die Maria von Beeroth und mich nach Magdala gebracht hatten; sie warteten offenbar auf mich, weil sie es nicht eilig hatten und von mir gut entlohnt worden waren. Der Himmel war jetzt umzogen, und der Wind hatte aufgefrischt, so daß die Wellen des Sees weiße Schaumkronen trugen. Die Fischer schauten zum Himmel und auf die schwarzen Wolken, die um die Berge über der Taubenkluft brauten, und sagten: »Der See Genezareth ist heimtückisch. Durch einen plötzlichen Windstoß könnte das Boot abtreiben und kentern. Kannst du schwimmen, Herr?«

Ich erzählte ihnen, daß ich als junger Mann eine Wette gewonnen hatte, indem ich, ungeachtet der Strömungen, von Rhodos zum Festland schwamm; aber sie hatten nie von dieser Insel gehört und konnten deshalb die Leistung nicht würdigen. Allerdings war mir auf der ganzen Strecke ein Kahn gefolgt, und ich befand mich nie in ernstlicher Lebensgefahr. Aber zu meinem Bravourstück hatte mich weniger die Wette angetrieben als die Tatsache, daß ich in ein spottlustiges Mädchen vernarrt war, das mich im Falle des Gelingens mit einem Blumenkranz zu krönen versprochen hatte. So schwamm ich mit äußerstem Kraftaufwand; als jedoch die Wette gewonnen war, fühlte ich mich zu dem Mädchen nicht mehr hingezogen.

Jetzt streckte ich mich auf die Kissen im Heck des Bootes und sah den Wolken zu, wie sie über den Himmel jagten. Unterdessen schürzten die Fischer ihre Mäntel, stießen ab und faßten die Ruder. Ich merkte, daß sie von meinem Besuch bei Maria Magdalena wußten. Wie hätte auch so etwas verborgen bleiben können in einem Fischerdorf, wo offenbar jeder jeden kannte und ein Fremder neugierig beobachtet wurde? Auch darüber, daß ich Maria von Beeroth zurückgelassen hatte, wunderten sie sich nicht, sondern tauschten nur lachend einige Witze darüber.

»Was redet ihr da miteinander?« erkundigte ich mich.

»Nichts Schlimmes. Gar nichts Schlimmes«, versicherten sie mir. »Nur, daß die Taubenzüchterin zu ihren alten Gepflogenheiten zurückgekehrt zu sein scheint. Was hat sie dir für das Mädchen bezahlt?«

Ich schuldete ihnen keine Aufklärungen; aber da mich die Bemerkung um Maria Magdalena willen kränkte, sagte ich: »Sie hat nur aus Gutherzigkeit das Mädchen bei sich behalten, um es ihr Handwerk zu lehren.«

Die beiden Männer brüllten vor Lachen und riefen: »Ganz richtig, ganz richtig! Sie wird das Mädchen bestimmt ihr Handwerk lehren. Sie hat schon vielen jungen Dingern beigebracht, heidnische Musikinstrumente zu spielen, unzüchtige Tänze zu tanzen und Tauben zu fangen – aber was für Tauben, das wollen wir anstandshalber verschweigen.«

Ehe ich erwidern konnte, hörte ich das Heulen einer Bö; das Boot neigte sich zur Seite, die Wellen stiegen steil auf, und schäumender Seegang schleuderte Wasser in unser Fahrzeug, daß meine Kissen naß wurden. Ich fand gerade noch Zeit zu den Worten: »Das ist eine Warnung für euch, wegen eurer bösen Reden!« Dann aber hatten wir alle drei genug damit zu tun, den Kahn zu trimmen, der wie eine Nußschale vor der steifen Brise auf das gegenüberliegende Ufer zutrieb. Hätten wir unseren ursprünglichen Kurs gehalten, so wären wir im Nu gekentert.

Die beiden Dummköpfe wollten auf den Mast klettern und das Segel setzen; aber ich verbot ihnen das strenge, da wir keinen Ballast hatten. Aus den Gewitterwolken, die sich hinter den Bergen heraufwälzten, zuckten Blitze, und es wurde dunkel. Wir schöpften verbissen Wasser aus dem Kahn, konnten aber nicht verhindern, daß er sich füllte; bald trieb das Fahrzeug rollend und stampfend immer mehr an die Ostküste heran, bis zur Bordlinie voll Wasser. Durchnäßt und entsetzt warfen die Fischer mir drohende Blicke zu und riefen: »Wir haben einen Fluch auf uns geladen, als wir dich, einen römischen Heiden, mitnahmen. Wir haben uns einer Gottlosigkeit schuldig gemacht, weil wir dir halfen, ein Kind Israels in ein Freudenhaus zu verschleppen. Aber wir kannten deine Absichten nicht.«

Ich klammerte mich, bis zum Hals im Wasser sitzend, an den Bootsrand und schleuderte ihnen meine Antwort entgegen: »Ihr habt selber einen Fluch auf euch herabgerufen, als ihr schlecht von Maria Magdalena redetet!«

Das Wasser war nicht sehr kalt; aber wir waren ganz

durchfroren, als endlich der Wind so weit abflaute, daß wir den Kahn ausschöpfen und an der Mündung eines ausgetrockneten Bachbettes an Land setzen konnten. Der ebene Strandsaum war hier schmaler und steiniger als am Westufer, und die Berge stiegen steil vor uns auf. Es wehte noch immer ziemlich stark, und die Wellen schlugen so heftig an das Gestade, daß die Fischer keine Lust hatten, wieder in diesen Gegenwind hinauszufahren, wenngleich sie glaubten, er würde sich nachts legen.

Die Dämmerung brach herein, und uns fror, obwohl wir unsere Kleider, so gut es ging, ausgewunden hatten. Ein Stückchen weiter, dort, wo der flache Strand am Fuß der Berge endete, sahen wir eine bescheidene Unterstandshütte mit einem glimmenden Feuer daneben. Ich schlug vor, wir sollten dorthin gehen und unsere Kleider trocknen. Aber die Männer zögerten und sagten: »Wir sind am falschen Ufer. Glücklicherweise haben wir keine Netze bei uns; sonst würden wir wegen verbotenen Fischens bestraft werden. Hierher fliehen manchmal Räuber und Verbrecher aus Galiläa. Und in den Höhlen hausen Aussätzige.«

Sie trugen Feuerstein und Stahl bei sich; aber das Gewitter hatte alle dürren Binsen am Strande durchweicht, so daß wir nichts zum Unterzünden fanden. Ich machte mich zur Hütte auf, und nach einigem Zögern folgten mir die Fischer. Als ich näherkam, sah ich einen Mann vor dem Feuer sitzen. Er warf einen Armvoll Zweige hinein, so daß es aufflammte. Ich roch gebratenen Fisch und frischgebackenes Brot. Neben der Hütte hing ein Wurfnetz zum Trocknen.

»Friede sei mit dir!« grüßte ich den einsamen Fischer. »Wir sind in das Unwetter geraten. Dürfen wir unsere Kleider an deinem Feuer trocknen?«

Er machte bereitwillig Platz, und ich legte meine Kleider ab und hing sie zum Trocknen über einen Stock. Ich sah, daß der Mann flache Steine erhitzt und darauf Brot gebakken hatte, während er in der Asche am Boden einer Grube zwei große Fische briet. Die Zeit des Sonnenuntergangs war schon vorbei, und der im Bergschatten liegende Strand wurde rasch dunkel, während wir über den Häusern und Säulenhallen von Tiberias am Westufer noch Abendlicht glühen sahen.

Ich blickte den fremden Fischer genauer an; er hatte scharfgeschnittene Züge und schien ein gutmütiger, schlichter Mensch, vor dem man keine Angst zu haben brauchte. Er nickte auch meinen beiden Ruderern freundlich zu und wies ihnen Plätze am Feuer an. Sie befingerten sein Netz und fragten, was er gefangen habe. Er antwortete verlegen, er hoffe, der Sturm werde einen Schwarm Fische in die Bucht treiben, wo der Bachlauf ausmünde; dort wolle er am nächsten Morgen sein Glück versuchen.

Ohne uns ausdrücklich einzuladen, nahm er ein Brot, segnete es, brach für jeden von uns ein Stück ab und nahm sich selbst einen Bissen. Er hatte auch sauren Wein und goß etwas davon in eine aus einem Rebstock geschnitzte Schale, segnete sie und reichte sie herum; wir tranken alle vier hintereinander daraus. Den Fisch hatte er gut zubereitet, ihn aber, mangels Salz, mit Strandlauch und bitteren Kräutern gewürzt. Wir aßen schweigend. Ich sah, daß meine Ruderer einen argwöhnischen Blick auf den fremden Mann warfen, der mit gesenkten Augen dasaß und still lächelte, als freue er sich jedes Bissens. Als er gegessen hatte, nahm er einen dürren Zweig und begann – offenbar, um seine Scheu zu verbergen – zerstreut im Sande zu zeichnen.

Während des Mahles hatten unsere Kleider in der Hitze des Feuers zu dampfen begonnen und wurden bald trokken. Aus meinen Gliedern wich die Steifheit, und mir wurde wieder warm; ich fühlte mich wohl und zufrieden. Schläfrigkeit übermannte mich, und ich konnte kaum die Augen offenhalten. Dankbar blinzelte ich den freundlichen Fischer an, der wortlos sein Essen so gastfreundlich mit uns geteilt hatte. Ich sah seine narbigen Hände und Füße und glaubte, in seinem Gesicht eine fiebrige Abgezehrtheit zu erkennen, als wäre er krank und hätte sich zur Genesung in die Einsamkeit zurückgezogen. Aber da auch meine Ruderer nichts fragten, wollte ich nicht vorwitzig erscheinen. Ohne es gewahr zu werden, schlief ich, nackt, wie ich war, am Feuer ein und spürte eben noch, wie der fremde Mann mich mit meinen getrockneten Kleidern zudeckte.

Ich träumte; als ich erwachte und mich aufsetzte, standen meine Augen voll Tränen. Die beiden Fischer schliefen fest neben mir und schnarchten leise. Die Tränen rannen mir heiß und brennend über die Wangen, und nach meinem Traum erfüllte mich unsagbare Verzweiflung. Das Feuer war ausgegangen. An den Sternen und dem Mond las ich ab, daß es schon die dritte Nachtwache war. Vor mir glänzte der See, eben und glatt wie ein Spiegel. Aber wir waren unser nur drei; der vierte Mann war verschwunden. Darüber erschrak ich sehr. Ich warf die Kleider um und sprang auf; dann bemerkte ich zu meiner Erleichterung, daß er nur zum Ufer gegangen war und über den See hinausblickte. Ich hüllte den Mantel um mich, ging rasch zu dem Unbekannten und stellte mich neben ihn.

»Wonach schaust du aus?« fragte ich.

Er drehte sich nicht um, aber antwortete: »Ich sehe den Himmel offen und habe die Herrlichkeit meines Vaters erblickt und mich nach dem Vaterhause gesehnt.«

Jetzt kam mir zu Bewußtsein, daß ich ihn auf griechisch angesprochen und er ebenso geantwortet hatte. Daraus und aus seinen Worten schloß ich, er könnte einer der Jünger von Johannes dem Täufer sein; vielleicht war er vor den Verfolgungen des Herodes auf diese Seite des Sees geflohen und lebte jetzt hier in der Einsamkeit vom Fischfang.

Ich sagte: »Auch ich suche das Reich. Tränen der Sehnsucht darnach haben mich aus dem Schlaf geweckt. Zeige mir den Weg!«

Er antwortete:

»Es gibt nur einen einzigen Weg: Was du dem Geringsten der Menschen tust, tust du mir.«

Dann fuhr er fort: »Ich gebe nicht so, wie die Welt gibt. Aber sei nicht traurig oder ängstlich! Nach mir wird der Geist der Wahrheit kommen. Die Welt wird ihn zwar nicht aufnehmen, weil sie ihn nicht sehen kann und nicht erkennen wird. Aber wenn du ihn erkennst, werde ich bei dir einkehren und in dir bleiben. Ich lasse niemanden im Stich.«

Mein Herz zerfloß in mir, Tränen trübten meinen Blick, und ich hob unbeholfen die Hände, wagte aber nicht, den Mann vor mir zu berühren. »Du sprichst nicht wie ein Mensch«, flüsterte ich. »Du redest wie jemand, der Macht hat.«

Er entgegnete: »Mir ist alle Gewalt gegeben im Himmel und auf Erden.«

Jetzt erst wandte er sich zu mir. Im Licht der Sterne und des Mondes bemerkte ich, als er mich ansah, sein gütiges, ernstes Lächeln. Sein Blick entkleidete mich, als fiele eine Hülle nach der anderen von meinem Körper, bis ich nackt dastand. Doch an diesem Gefühl war kein Unbehagen; es war eine Entäußerung und Befreiung.

Nachdem der Unbekannte mich gemustert hatte, zeigte er über den See hin und sagte: »Drüben in der Stadt des Tetrarchen, im griechischen Theater, weint ein Mädchen, weil ihm der Bruder gestorben ist, und es sonst keinen Beschützer hat. Was hast du geträumt?«

»Ich sah ein weißes Pferd«, entsann ich mich.

»Sei es so!« erwiderte er. »Dieser Tage wirst du einem Wagenrennen beiwohnen. Setze einen Geldbetrag auf das weiße Gespann. Dann suche das Mädchen auf und schenke ihm deinen Gewinn!«

»Wie kann ich in einer so großen Stadt ein Mädchen finden, das den Bruder verloren hat?« fragte ich. »Und wie hoch soll mein Einsatz sein?«

Wieder lächelte er; aber nun war sein Lächeln so schmerzlich, daß mir schwer ums Herz wurde. »Ach, Marcus, du fragst so viel Unnützes«, tadelte er.

Aber ich verstand seine Warnung nicht. Erstaunt rief ich bloß: »Woher weißt du meinen Namen? Kenne ich dich? Mir kommt vor, als hätte ich dich schon irgendwo gesehen.«

Er schüttelte den Kopf und fragte: »Genügt es nicht, daß ich dich kenne?« Mir wurde klar, daß er sich nicht zu erkennen geben wollte. Das bestärkte mich in der Annahme, es handle sich bei ihm um einen der Stillen im Lande, dessen Geist durch Glaubensgrübeleien und Einsamkeit gelitten hatte. Wie hätte er sich sonst rühmen können, alle Gewalt im Himmel und auf Erden zu besitzen? Aber die Gabe der Weissagung mochte ihm vielleicht verliehen sein. Deshalb beschloß ich, mir sein Geheiß einzuprägen.

Er aber sprach: »Ach, du Menschenkind! Du siehst und siehst nicht. Du hörst und hörst nicht. Aber eines Tages, Marcus, wirst du an dies alles denken. Dann wirst du um meines Namens willen sterben, auf daß mein Name durch dich verherrlicht werde, wie meines Vaters Name durch mich verherrlicht worden ist.«

»Was für böse Dinge sagst du mir da voraus?« rief ich entsetzt, ohne den Sinn seiner Worte zu begreifen. Ich dachte, er beherrsche vielleicht das Griechische nicht recht, und ich hätte ihn mißverstanden.

Er seufzte laut; dann ließ er plötzlich seinen Mantel von den Schultern gleiten und entblößte den Oberkörper. Der Mann war offenbar so arm, daß er nicht einmal eine Unterkleidung besaß. Er wandte sich von mir ab und sagte: »Befühle meinen Rücken!«

Ich streckte die Hand aus, fuhr über den Rücken und spürte die Striemen einer Geißelung. Er seufzte wieder und führte die Hand an seine Stirn. Ich folgte mit meinen Fingern und tastete eine tiefe Narbe. Er mußte wirklich verfolgt und mißhandelt worden sein, so daß es kein Wunder war, wenn er jetzt etwas schrullig schien. Im Geist verfluchte ich diese Juden, die sich, nur ihres Glaubens wegen, gegenseitig so quälten; denn trotz seiner unheilkündenden Worte war offenbar nichts Böses an diesem Mann. Von tiefem Mitleid erfüllt, sagte ich zu ihm: »Nenne mir wenigstens deinen Namen, von dem du vorhin gesprochen hast! Vielleicht kann ich dir Verfolgungen fernhalten.«

Er entgegnete: »Wenn du dich vor den Menschen zu mir bekennst, werde ich mich, sobald die Zeit kommt, vor meinem Vater zu dir bekennen.«

»Aber wie heißt du?« drängte ich wieder. »Und wer ist dein Vater, mit dem du merkwürdiger Mann so viel Aufhebens machst?«

Ohne Antwort zu geben, hüllte er wieder den Mantel um sich und entfernte sich dem Ufer entlang, als hätte er mir nichts mehr zu sagen. Daß er Fleisch und Blut war, davon hatte ich mich überzeugt; aber er machte einen so seltsamen Eindruck, daß ich trotzdem nicht wagte, ihm zu folgen und ihn mit weiteren Fragen zu belästigen. Nach einigem Zögern kehrte ich zu der Hütte zurück und legte mich wieder nieder. Ich schlief sofort ein und hatte keine Träume mehr.

Ich erwachte in einer Fülle von Sonnenschein und Wasserglitzern. Die Berge am Westufer schimmerten wie Gold über den unwirklich anmutenden Säulengängen von Tiberias, und alles erschien meinen Augen so frisch und lieblich, als wäre ich selbst neu geworden, in eine neue Welt erwacht. Meine beiden Ruderer waren schon auf den Beinen; sie standen mit gefalteten Händen und beteten: »Höre, Israel!«

Doch der einsame Fischer war verschwunden, und sein Netz mit ihm. Die Reste des Abendessens hatte er vor die Hütte hingestellt, offenbar für uns. Wir aßen heißhungrig, ohne etwas zu reden. Dann gingen wir wieder zur Ausmündung des Bachbettes, brachten das Boot zu Wasser und sprangen an Bord. Ich blickte mich nach dem Fischer um; aber er war nirgends zu sehen, obwohl er uns gestern gesagt hatte, er gedenke am Morgen gerade hier sein Netz auszuwerfen. Nicht einmal Fußspuren konnte ich entdecken.

Die Männer legten sich tüchtig in die Ruder. Das Boot schoß dahin wie durch eine Glasschicht, die das Spiegelbild der Berge und feurige Streifen des Sonnenaufgangs zurückwarf. Ich empfand noch immer die gleiche Unbeschwertheit und Erleichterung, als hätte ich viele Hüllen überflüssiger Kleidungsstücke abgeworfen. Je mehr ich jedoch über die Geschehnisse dieser Nacht grübelte, desto ernstere Zweifel stiegen in mir auf. War nicht alles einfach ein besonders lebhafter Traum gewesen? Wie konnte ein Einsiedler am See Genezareth des Griechischen kundig sein?

Die Männer ruderten taktmäßig und kräftig, als wollten sie so rasch wie möglich von dem fremden Gestade loskommen. Aber ich blickte mich immer wieder nach diesem Ufer um und spähte, ob ich nicht irgendwo am Strande eine einsame Gestalt sichten würde. Nichts zeigte sich. Schließlich fragte ich: »Wer war dieser Mann, mit dem wir die Nacht verbrachten? Kanntet ihr ihn?«

Die Fischer erwiderten: »Du bist zu neugierig, Römer. Wir waren am falschen Ufer.«

Aber nach einer Weile fügte der eine hinzu: »Er könnte jemand gewesen sein, den wir schon gesehen haben – vielleicht jemand, der zum Volk gesprochen hat. Er muß gegeißelt und aus Galiläa vertrieben worden sein. Dazu braucht es nicht viel. Johannes ist um einen Kopf kürzer gemacht worden, weil er es wagte, dem Tetrarchen die Ehe mit der Frau seines Bruders zu verweisen.«

Der andere erklärte: »Etwas in seinen Gesichtszügen und Augen hat an Jesus von Nazareth erinnert. Wenn es nicht unmöglich wäre, hätte ich ihn für den Gekreuzigten selber gehalten. Aber soweit ich mich entsinne, ist Jesus größer und ernster gewesen als dieser Mann und nicht so umgänglich. Vielleicht war es einer seiner Verwandten oder Begleiter, der sich jetzt versteckt hält.«

Die nach menschlichem Ermessen so unglaubhafte Vermutung traf mich wie ein Blitzstrahl und erschütterte mich bis in die Tiefen der Seele. »Wendet sofort!« rief ich und sprang auf. Sie nahmen mein Verlangen nicht ernst, bis ich drohte, mich ins Wasser zu stürzen und an Land zu schwimmen. Widerstrebend wendeten sie und ruderten zurück. Ehe noch der Bug des Bootes den Boden streifte, sprang ich über Bord und rannte zu der Hütte. Dort sah ich, wie beim Verlassen des Platzes, die Grube im Boden und die Asche des erloschenen Feuers, aber nirgends einen Menschen. Gleich einem Verrückten lief ich, auf der vergeblichen Suche nach Fußwegen, den Strand nach beiden Richtungen ab, bis die Fischer mich packten und gewaltsam ins Boot setzen.

Dort verhüllte ich mir den Kopf und schalt mich einen heillosen Toren, weil ich Jesus von Nazareth, fall er es tatsächlich gewesen war, nicht erkannt hatte. Dann kamen mir wieder Zweifel, weil dieser Mann, so überlegte ich, sich doch in keiner Weise von mir oder einem anderen lebenden Menschen unterschieden hatte. Ich hatte ihn betastet und nichts an ihm bemerkt, was meinem Begriff des Göttlichen entsprach. Aber, dachte ich, vielleicht ist Göttlichkeit etwas so Schlichtes wie das Brot, das er uns gab, und der Wein, den wir tranken. Wer bin ich, daß ich darüber entscheiden könnte, auf welche Weise in und welcher Gestalt der Sohn Gottes sich den Menschen zu offenbaren hat?

Ich war von quälender Unsicherheit erfüllt und wußte nicht, was ich glauben sollte. Darum ging ich Wort für Wort durch, was ich gefragt und was er mir geantwortet hatte. Schließlich schob ich alles Grübeln darüber beiseite und dachte mir, es werde sich bald genug herausstellen, ob ich wirklich bei einem Wagenrennen im Zirkus von Tiberias zugegen sein würde oder nicht.

Aber ich konnte mich nicht enthalten, meine beiden Ruderer scharf zu rügen: »Ich habe euch doch selbst gesagt, daß der Nazarener am dritten Tage nach seinem Tode auferstanden ist. Wenn ihr ihn also wirklich zu erkennen glaubtet, warum habt ihr ihn nicht angesprochen und gefragt, ob er der Gekreuzigte ist?«

Sie warfen sich Blicke des Einverständnisses zu und fragten ihrerseits: »Weshalb hätten wir ihn anreden sollen? Wenn er etwas von uns gewollt hätte, wär es an ihm gewesen, es uns zu sagen. Außerdem war uns bange.«

Nach einer Weile fügten sie hinzu: »Wir werden von dieser Begegnung niemandem erzählen; auch du darfst es nicht tun. Sollte es, was kaum zu glauben ist, wirklich Jesus von Nazareth gewesen sein, so hat er bestimmt gute Gründe, die Einsamkeit zu suchen und sich vor den Römern zu verstecken.«

Diese Bitte konnte ich ihnen nicht abschlagen. Aber ich gab ihnen zu bedenken: »Falls er es wirklich ist, so braucht er doch nichts in der Welt zu fürchten. In Jerusalem hat er sich seinen Jüngern, während sie hinter verschlossenen Türen versammelt waren, gezeigt.«

Beide lachten spöttisch und sagten: »Du darfst uns Galiläern nicht alles aufs Wort glauben, Fremdling. Wir sind Gefühlsmenschen mit sehr lebhafter Einbildungskraft.«

Als ich in mein nun schon vertrautes Zimmer in dem bequemen griechischen Gasthof zurückgekehrt war, fühlte ich große Erleichterung darüber, daß ich endlich wieder allein war, in Ruhe nachdenken und meine Tage nach Belieben verbringen konnte. Meine Reisebegleiterin hatte mich überallhin verfolgt. Erst jetzt, da ich sie durch Maria Magdalenas Hilfe losgeworden war, erkannte ich, wie sehr sie mich gestört hatte.

Im Frieden meines Zimmers versank ich wieder in Grübeln über meine letzten Erlebnisse. Während ich aber so dasaß, empfand ich die Friedlichkeit meines Raumes immer mehr als öde; Unrast und Reizbarkeit überkamen mich. In dieser behaglichen Umwelt, wo die Kurgäste nichts Wichtigeres zu tun hatten, als die Zeit totzusachlagen und sich gegenseitig von ihren Krankheiten und ihrer Diät zu erzählen, erschien es mir nicht länger als möglich, daß ich wirklich Jesus von Nazareth gesehen haben sollte. Die Aufregungen und Ängste während des Gewitters mußten mich verstört und in mir irgendwie die Grenze zwischen Wirklichkeit und Traum verwischt haben. Und meine Ruderer hatten mich bestimmt nur gehänselt. Wenn der fremde Fischer Jesus gewesen wäre und sich mir hätte offenbaren wollen, so hätte er unverhüllt gesprochen und sich zu erkennen gegeben.

Mein Unbehagen wurde so bedrückend, daß ich nicht stillsitzen konnte, sondern, mit Tränen in den Augen, im Zimmer auf und ab gehen mußte und meines Alleinseins nicht mehr froh wurde. Schließlich benachrichtigte ich Claudia Procula von meiner Rückkehr, erhielt aber Bescheid, daß sie keine Zeit für mich habe. Der Bote erzählte mir, es seien vornehme Gäste vom Hofe des Fürsten Herodes zu Besuch gekommen.

Erst am nächsten Tage schickte sie mir eine Einladung zum Essen. Ich war nicht der einzige Gast. Auch drei Mitglieder des herodianischen Hofstaates sollten an dem Mahl teilnehmen: der römische Berater des Tetrarchen, ferner Johannas Gatte Chusa und der Leibarzt des Fürsten, den Herodes zur Untersuchung Claudia Proculas geschickt hatte. Dieser freigeistige Jude hatte auf der Insel Kos die Heilkunde studiert und war so völlig hellenisiert, daß er griechischer wirkte als jeder Grieche. Während wir in der Palasthalle auf Claudia Proculas Erscheinen und den Beginn des Mahles warteten, wurde uns gewässerter Wein aufgetragen, mit süßen und scharfen Leckerbissen zum Knabbern. Die Hofleute versuchten, mir mit allen möglichen Fragen auf den Zahn zu fühlen. Aber ich beschränkte mich darauf, die Wirksamkeit der Heilbäder zu loben und verwies zum Beweis dafür auf die rasche Ausheilung meiner Blutvergiftung.

Claudia Procula erschien zum Mahle in Begleitung Johannas, obwohl Chusa offenbar die Teilnahme seiner Gattin, die sich übrigens dann die ganze Zeit über schweigsam verhielt, nicht billigte. Die Hausfrau war sehr blaß und klagte darüber, sie sei zwar von den Bädern ganz erschöpft, leide aber weiter an Schlaflosigkeit. Wenn sie wirklich einmal einschlafe, habe sie sofort Schreckträume, und die Zofe müsse sie wecken, weil sie im Schlaf stöhne.

»Du kannst dir nicht vorstellen, Marcus«, wandte sie sich an mich, »in welche Klemme ich arme, schwache, kranke Frau geraten bin. Als ich hierherreisen wollte, warnte mein Gatte mich; aber ich hätte nie gedacht, daß meine Lage so schwierig werden würde. Ich habe immer zurückgezogen gelebt und mich von der Politik ferngehalten. Der Tetrarch Herodes überbietet sich aber an Aufmerksamkeiten. Um seine Freundschaft für Pontius Pilatus zu erweisen, will er jetzt zu meinen Ehren ein großes Wagenrennen veranstalten. Dabei verabscheue ich gerade unnötiges Aufsehen; meinem Empfinden nach war es mehr als genug, daß der Fürst mir seine rotmanteligen Reiter bis zur Grenze entgegengeschickt hat.«

Sie warf einen betont bösen Blick auf die Hofleute und erklärte: »Außerdem, mußt du wissen, ist auch noch geplant, daß seine schöne Gattin Herodias und ich nebeneinander in der Fürstenloge sitzen und die Huldigung der Bevölkerung entgegennehmen sollen. Aber ich kenne Herodias gar nicht. Überdies soll angeblich ihre Ehe nach dem jüdischen Gesetz ungültig sein.«

Die Hofleute hoben aufgeregt die Hände, als wollten sie diese Beleidigung abwehren; zumindest der langbärtige Chusa schaute jedoch, wie ich bemerkte, recht verlegen drein. Da ich nichts zu verlieren hatte und von der Gunst des Tetrarchen nicht abhing, erwiderte ich – im Gefühl, daß Claudia Procula es so wünschte – freimütig: »Wir reden ja hier alle vertraulich miteinander. Der Fuchs ist ein kluges Tier, und ich höre, daß der Fürst Herodes Antipas sich geschmeichelt fühlt, wenn man ihn einen Fuchs nennt. Seine Absicht ist offenbar darauf gerichtet, daß du, die ranghöchste Römerin in diesem Lande und eine Verwandte

Cäsars, in aller Öffentlichkeit deine Billigung dieser Heirat kundgibst, die so viel böses Blut gemacht hat, daß sogar ein Prophet deswegen enthauptet wurde. Ich kann mir den stürmischen Beifall vorstellen, mit dem die gefühlsseligen Galiläer dein Erscheinen im Zirkus begrüßen werden, wenn sich ihnen dabei Gelegenheit bietet, gleichzeitig ihrer Liebe zu den Römern und ihrer Verehrung für die Landesfürstin Ausdruck zu geben. Ich nehme an, daß man ein paar Kohorten brauchen wird, um im Zirkus einigermaßen die Ordnung aufrechtzuerhalten, und daß man an den Toren alle Zuschauer durchsuchen muß, um sicherzugehen, daß nicht die eine oder andere der beiden Damen eine kleine Huldigungsgabe an den Kopf geworfen bekommt.«

Rasch fiel Claudia Procula ein: »Persönlich habe ich natürlich nichts gegen die Fürstin Herodias. Aber wenn ich als Ehrengast neben ihr beim Rennen sitze und es zu Kundgebungen kommt, wird mein Gatte in Cäsarea kaum entscheiden können, ob das Mißfallen den Römern oder der Fürstin galt. Ich habe gehört, daß die Leute ihr sogar den Gruß verweigern und bei ihrem Erscheinen die Straßen verlassen oder ihr den Rücken kehren.«

Der römische Berater erklärte: »Im Fall von Kundgebungen könnte man immer betonen, die Empörung habe sich gegen Rom gerichtet. Dann fände der Tetrarch Gelegenheit, seine Loyalität zu erweisen, indem er seinen Untertanen eine tüchtige Abreibung verordnet. Damit wäre die Fürstin sehr einverstanden.«

»Aber mein Gatte nicht«, erwiderte Claudia Procula. »Er ist ein maßvoller Mann und tut sein Bestes, um überflüssige Unruhen zu vermeiden. Die ganze Sache beträfe ja sicherlich nicht ihn, sondern den Tetrarchen; aber man kann nie wissen, in welcher Form so etwas nach Rom berichtet würde. Es ist mir recht, Marcus, daß du meinen Standpunkt vertreten hast; ich habe nämlich schon selbst beschlossen, daß ich die Einladung höchstens als Privatperson annehme. In diesem Fall werde ich meine eigene Loge haben. Natürlich bin ich gern bereit, nach dem Rennen die Fürstin zu begrüßen und mich freundlich mit ihr zu unterhalten. Ich bin nicht engstirnig; eine solche Haltung würde sich ja auch wirklich mit meiner Stellung als Gattin des Prokurators von Judäa schlecht vertragen.«

»Ich wußte gar nicht, daß die Galiläer sich für Wagenrennen interessieren«, bemerkte ich, um dem Gespräch eine harmlosere Wendung zu geben.

»Diese Fischer und Bauern verstehen natürlich nichts von Pferden«, erklärte der Arzt verächtlich. »Aber Zirkus und Theater sind die besten Mittel zur Verbreitung von Kultur und zur Überwindung von Vorurteilen. Die Zeiten sind vorbei, da die Menschen sich nach Ägypten zurückzogen und in der Wüste umherwanderten. Statt dessen bereisen jetzt Wagenlenker mit ihren Gespannen die ganze Welt und messen sich überall in Wettkämpfen. Diesmal kommt ein Gespann aus Idumäa hierher und ein anderes von der römischen Reiterei in Cäsarea. Ein ausgezeichnetes Gespann wird aus Damaskus erwartet. Und die arabischen Stammeshäuptlinge sind ganz wild auf Wagenrennen; nicht einmal persönlicher Groll könnte sie von einer Teilnahme daran abhalten.«

Chusa meinte: »Das Rennen wird tatsächlich den geeigneten Boden abgeben, um gewisse Haßgefühle zu beschwichtigen. Die Araber sind nämlich erbost darüber, daß die frühere Frau des Tetrarchen, eine Araberin, verstoßen wurde und als Flüchtling in das Zeltlager ihres Vaters zurückkehren mußte.«

»Ein merkwürdiges Land«, erklärte ich trocken, »wo Wagenrennen Völker miteinander zu versöhnen vermögen. In Rom befehden sich vor und nach den Wettkämpfen Anhänger der rivalisierenden Farben mit Steinen und Knütteln.«

Der römische Berater behauptete: »Wenn die Leute sich wegen Pferden und Wagenlenkern gegenseitig die Schädel spalten oder sich braun und blau schlagen, so ist das ein

Zeichen hoher Kultur. Anders ist es bei religiösen Zwistigkeiten. Aber jetzt, nachdem wir diesen Judenkönig los sind, den dein Gatte, Claudia, so erfreulich prompt in Jerusalem kreuzigen ließ, können wir hoffen, wieder einige friedliche Jahre zu genießen.«

»Du meinst Jesus von Nazareth«, warf ich ein. »Weißt du nicht, daß er auferstanden ist und wieder in Galiläa weilt?«

Ich sagte das im gleichen Ton wie früher, so daß man meinen konnte, ich scherze. Aber alle fuhren auf und machten finstere Mienen, bis Chusa bemerkte: »Die Galiläer sind ein abergläubisches Völkchen. Meiner Treu, sogar der Tetrarch soll Jesus, als er von ihm hörte, für den wiedererstandenen Propheten mit dem Kamelhaargewand gehalten haben, den er hatte hinrichten lassen. Aber offen gesagt, ich hätte mir nicht gedacht, daß dieses unliebsame Gerücht einem zufälligen Vergnügungsreisenden zu Ohren kommen könnte.«

Der hellenisierte Arzt mischte sich mit lebhaften Gesten ins Gespräch: »Als ich dieses Gerede hörte, habe ich viel darüber nachgedacht und auch Leute befragt, die den Mann sterben sahen. Seine Gebeine wurden nicht gebrochen, obwohl die Leute es offenbar eilig hatten, ihn vom Kreuze abzunehmen. Als ein Soldat ihm, um festzustellen, ob er tot wäre, seine Lanze in die Seite stieß, soll Blut aus der Wunde geronnen sein. Nun lehrt die ärztliche Wissenschaft, daß ein Leichnam nicht bluten kann. Wir müssen also annehmen, daß der Mann einen Schlaftrunk oder sonst ein Betäubungsmittel bekommen hat oder nur scheintot war. Warum sonst hätten die Jünger seinen Körper aus dem Grabe gestohlen? Vielleicht ist es ihnen gelungen, ihn wieder gesund zu pflegen, und er mag sich tatsächlich irgendwo in einer Höhle verstecken. Schließlich war er ja ein hervorragender Zauberer.«

Der römische Berater widersprach in scharfem Tone: »Wen Rom gekreuzigt hat, der wird nicht mehr lebendig.

Es ist ein schwerwiegender Vorwurf, den du da gegen Pontius Pilatus erhebst. Überlege dir, was du sagst!«

»Ich bin zufällig gerade zur Zeit seiner Kreuzigung in Jerusalem angekommen und habe ihn sterben sehen«, versetzte ich. »Deshalb interessiert mich diese Angelegenheit besonders. Ich kann bezeugen, daß er wirklich am Kreuze gestorben ist. Und selbst wenn er nur bewußtlos gewesen wäre, hätte er nie den Lanzenstich ins Herz überleben können. Auch diesen Stich habe ich gesehen.«

Aber der Arzt war auf seine Deutung ganz versessen und erklärte: »Für einen Laien ist es schwer zu erkennen, ob der Tod wirklich eingetreten ist. Dazu bedarf es eines erfahrenen Arztes.« Er begann, einschlägige Fälle aus seiner Praxis zu schildern, bis Claudia Procula die Hände auf die Ohren legte und rief: »Hör auf, von so schaurigen Dingen zu erzählen, sonst träume ich heute nacht wieder von Gespenstern.«

Der Arzt wurde verlegen und wandte sich, um auf einen anderen Gesprächsstoff zu kommen, mit der Frage an mich: »Ist es wahr, daß Maria Magdalena, wie es heißt, ihren bisherigen Beruf aufgegeben hat?«

Ein eisiges Schweigen folgte. Der Arzt blickte erstaunt umher und fragte: »Habe ich etwas Unpassendes gesagt? Darf man davon nicht reden? Warum denn nicht? Galiläa ist dicht bevölkert, aber es bleibt ein kleines Land. Hier um den See herum weiß jedenfalls jeder von jedem alles. Seinerzeit war Maria Magdalena die größte Sehenswürdigkeit dieser Gegend, und nachts waren bei Fackellicht ganze Reihen von Sänften aus Tiberias zu ihr unterwegs. Ich habe gehört, daß du sie besucht hast, um ein aus Jerusalem mitgebrachtes Mädchen ihrer Obhut zu übergeben. Was hat es damit auf sich?«

Als ich nicht gleich antwortete, fuhr er unbekümmert fort: »Viele halten sie für eine gefährliche Frau. In ihrer Jugend soll ein samaritischer Magier in ihrer Begleitung das Land bereist und mit ihrer Hilfe Geister beschworen haben. Für einen verständigen Arzt ist allerdings an solchen Dingen nichts Rätselhaftes.«

Widerstrebend erklärte Chusa: »Meine Frau kennt sie, obwohl sie jetzt natürlich in keiner Verbindung mehr mit ihr steht. Jesus von Nazareth hat sie geheilt, und sie übt keine Hexenkünste mehr aus, sondern verteilt Almosen und führt ein schlichtes Leben. Übrigens bin ich überhaupt der Meinung, daß Jesus mehr Gutes als Böses getan hat. Er war weder ein Aufwiegler noch ein Gotteslästerer, obwohl man ihn wegen solcher Anschuldigungen verurteilte. Meine Frau hat ihn eine Zeitlang begleitet – in Erfüllung eines Gelübdes, weil er eine Verwandte von einer fiebrigen Krankheit geheilt hat –, und sie hatte nichts Nachteiliges über ihn zu berichten.«

Er schlug mit der Faust gegen die Fläche der anderen Hand und rief mit erhobener Stimme: »Ihm wäre gar nichts geschehen, wenn er nicht auf den Gedanken verfallen wäre, nach Jerusalem zu gehen. Immer wieder sind Pharisäer dahergekommen und haben ihm Fragen gestellt, um aus seinen Antworten eine Anklage gegen ihn zusammenzubrauen, aber ohne Erfolg. Zum Beispiel ist es doch eine aufreizende Verschwendung des Volksvermögens, wenn aus dem ganzen Lande der Zehnt für den Tempel entrichtet wird. Soweit ich verstehen kann, hat nun Jesus von Nazareth einmal erklärt, Gott könne nur im Geiste und in der Wahrheit angebetet werden. Natürlich argwöhnte der Hohe Rat gleich, auf Grund dieses Ausspruches könnten die Tempeleinkünfte sinken. Aber es ist Wahnsinn, daß etwa ein Kleinbauer einen Zehnten an den Tempel und einen weiteren Zehnten an den Tetrarchen zahlen soll, dann noch Grund- und Kopfsteuer an die Römer, und obendrein Salzabgaben, Markt- und Straßenzölle. Es ist nur eine Frage der Zeit, wann die Bauern ihre Felder und Obstgärten aufgeben müssen, weil sie diesen Verpflichtungen nicht nachkommen können. Und das Ergebnis? Eine Menge Landstreicher, allgemeine Unruhe und Unzufriedenheit, Haß aller gegen alle – wie es sich schon in Judäa gezeigt hat, wo die Reichen kleine Bauerngüter zu großen Latifundien verschmelzen. Ich habe dem Tetrarchen wiederholt versichert, daß er von Jesus nichts zu befürchten habe.«

Der römische Berater schickte sich an, eine Bemerkung zu machen; aber Claudia Procula kam ihm zuvor und erklärte mit Nachdruck: »Ich bin ganz deiner Meinung, Chusa. Jesus von Nazareth war ein gütiger und frommer Mann, und mein Gatte hätte ihn nie verurteilt, wenn er nicht von den Juden dazu gezwungen worden wäre.«

Nach dem Essen klagt Claudia Procula über Kopfweh und zog sich in ihre Gemächer zurück. Der Arzt folgte ihr besorgt, um einen Beruhigungstrank für sie zu brauen. Auch Chusa erhob sich, um, wie er sagte, mit seiner Frau Haushaltsangelegenheiten zu besprechen. So blieben nur der römische Berater und ich bei Tische; wir lagerten uns bequem hin und tranken Wein. Der Berater sprach dem Becher unbekümmert zu und versuchte, mir Neuigkeiten aus Rom zu entlocken. Er hätte gern etwas über Sejans Machtzuwachs erfahren; aber ich hielt mit Äußerungen vorsichtig zurück. Ich erklärte, schon ein ganzes Jahr nicht in Rom gewesen zu sein; damit verlor er sein Interesse an meinen Auskünften. Dann fragte ich ihn meinerseits über den Hof und den Tetrarchen aus. Er lachte laut auf und sagte:

»Jedenfalls würde ich dir empfehlen, den Antipas nicht öffentlich Fuchs zu nennen. Alle Abkömmlinge Herodes' des Großen sind nachtragend und empfindlich und sehr auf ihre Würde bedacht. Sie sind zwar fraglos in ebenso ungewöhnlichem Maße ausschweifend wie begabt; aber zumindest halten sie Rom, dem sie ihre Stellung verdanken, die Treue. Nur ihre Verwandtschaftsverhältnisse sind so verwickelt, daß man sie am besten nicht allzu genau untersucht. Herodes der Große ist der Großvater der bewußten Herodias und zugleich Vater des Herodes Antipas. Die Juden haben also allen Grund, diese Ehe zu mißbilligen.

Glücklicherweise kann ein Tetrarch sich nach eigenen Gesetzen richten; sonst kämen die Rechtsgelehrten an seinem Hof in Verlegenheit. Bei Todesurteilen habe ich ein Einspruchsrecht, bin aber natürlich nicht so dumm, davon Gebrauch zu machen. Ich habe keinen anderen Wunsch, als mir durch meine gute Stellung ein kleines Kapital zu schaffen. Und Tiberias ist kein so übler Ort für Leute wie wir. Was meinst du dazu, daß wir uns jetzt vollpumpen und dann einen kleinen Bummel durch die Stadt machen? Ich kann dir zeigen, wie angenehm man sich das Leben auch mitten unter Juden einrichten kann, wenn man nur so vernünftig ist, die Finger von Dingen zu lassen, die einen nichts angehen.«

Als ich mich wegen meines Fußes entschuldigte, änderte er seinen Ton und sagte zu seiner Ehrenrettung: »Natürlich habe ich meine Gewährsleute an verschiedenen Orten, und die Legion unterhält im Einvernehmen mit mir da und dort kleine Stützpunkte. Ich sehe darauf, daß keine Waffen ins Land geschmuggelt werden und daß der Tetrarch sich nicht Vorräte davon ansammelt. Ich halte auch ein wachsames Auge auf seine auswärtige Politik. Zum Glück hat er sich mit den Arabern verfeindet; und Persien ist für einen Kleinfürsten wie ihn zu weit entfernt. Ich bin in Rom sehr gut angeschrieben.«

Ich fragte ihn, wie es ihm gelungen sei, in einem derart von Propheten und heiligen Männern wimmelnden Lande gar nicht in die jüdischen Religionsfragen hineingezogen zu werden. Er schwenkte beide Hände und rief voll Überzeugung: »In dieses Wespennest steche ich nicht. Wir haben natürlich Cäsars Standbild aufgestellt und opfern ihm, trotz der lauen Mißbilligung durch den Kaiser; aber selbstverständlich zwingen wir das Volk nicht, desgleichen zu tun. Diese Menschen sind noch so unkultiviert, daß sogar Hofleute sich nach kurzer Zeit aus dem Theater schleichen, sobald wir eine Vorstellung veranstalten. Wir können gar nicht daran denken, auf der Bühne einen zum Tode Verurteilten wirklich umbringen zu lassen, wie es in Alexandria geschieht. In den Trauerspielen müssen wir uns mit den üblichen blutgefüllten Beuteln begnügen. Nicht einmal lustige Schlüpfrigkeiten wollen die Juden sich ansehen. Oskische Possen kommen gar nicht in Frage.«

Mir fiel etwas ein, und ich fragte, ob augenblicklich eine fremde Schauspielertruppe in Tiberias auftrete. Er schüttelte den Kopf und antwortete: »Meines Wissens nicht. Wenn nicht der Tetrarch selbst eine Vorstellung bezahlt, hält es schwer, irgendeinen Einheimischen zur Übernahme der Kosten zu bewegen. Interesse am Theater hebt hier keineswegs, wie in Kulturländern, den öffentlichen Ruf eines Mannes.«

Jetzt machte auch er sich auf den Heimweg, und Chusa tat desgleichen. Ich verabschiedete mich achtungsvoll von ihnen draußen im Hof, als sie in ihre Sänften stiegen; ich dachte mir, es könnte nicht schaden, zu diesen beiden einflußreichen Männern höflich zu sein. Auch der Leibarzt des Herodes ging jetzt; offenbar wollte er die Gelegenheit zu einem Rundgang durch die Bäder benützen, um zur Füllung seines Geldbeutels da oder dort einen zahlungskräftigen Patienten seinen Berufsgenossen wegzuschnappen. Sobald sie sich alle entfernt hatten, ließ Claudia Procula mich zu sich rufen. Sie hielt sich den Kopf mit beiden Händen und fragte mich mit schwacher Stimme: »Wußte Maria Magdalena etwas Neues? Welche Botschaft hat sie dir für mich mitgegeben?«

»Sie wartet«, antwortete ich. »Niemand scheint mehr zu wissen als wir.«

Johanna bemerkte: »Mir wurde hinterbracht, daß im Landesinneren, in der Gegend von Nain, jemand, den man für Jesus hielt, umherging. Aber ehe noch die Stillen ihn ausfindig machen konnten, war er wieder verschwunden.«

Ich sagte: »Vielleicht wollten die Leute, denen er begegnet ist, aus irgendeinem Grunde nicht davon reden.«

Claudia Procula jammerte: »Fromm und willig habe ich

eine anstrengende Reise auf mich genommen, um ihm Gelegenheit zu geben, mich zu heilen und so nach seiner Auferstehung neuen Ruhm zu gewinnen. Warum erscheint er mir nicht? Es hindert ihn doch nichts daran, da er nach Belieben auch durch verschlossene Türen geht. Ich würde nicht einmal erschrecken; ich habe ja jede Nacht gräßliche Angstträume. Des ewigen Wartens aber werde ich jetzt müde. Diese schwefelstinkenden Bäder öden mich an, und ich weiß nicht, was ich für das Wagenrennen anziehen soll. Mein Gatte hat allerhand gute Eigenschaften; aber er ist knauserig. Das hängt mit den bescheidenen Verhältnissen zusammen, aus denen er stammt; seine Mutter war eine Barbarin aus dem Norden Britanniens, wo man Torf ißt.«

»Ich habe Chusa einen Wink gegeben«, sagte Johanna. »Er sieht ein, daß der Tetrarch dir zumindest ein Seidenkleid schenken muß, wenn du wirklich sein Rennen mit deiner Anwesenheit zu beehren gedenkst.«

»Sollte er mir aber etwas von den alten Fähnchen der Herodias andrehen wollen, so fasse ich das als Kränkung auf«, drohte Claudia Procula aufgeregt. »Ich hoffe, du hast das klargestellt. Ich lasse mir keine von einer jüdischen Ehebrecherin abgelegte Kleider schenken. Wenn ich etwas bekomme, muß es aus den ausländischen Schätzen des Fürsten stammen.«

Sie wandte sich zu mir und erklärte: »Du weißt sehr gut, Marcus, daß ich nicht eitel bin, sondern einfach eine schwermütige Frau, die lieber zurückgezogen lebt, als sich öffentlich zu zeigen. Aber wenn ich schon einmal ins allgemeine Blickfeld trete, so muß ich, schon dem Ansehen Roms zuliebe, so gekleidet sein, wie es der Stellung meines Gatten entspricht. Doch das sind Dinge, von denen ein Mann nichts versteht, wenn er auch hundertmal das Gegenteil behauptet.«

»Nein, das verstehe ich wirklich nicht recht«, gab ich zu. »Es sieht ja so aus, als läge dir an diesem Rennen mehr als an Jesus von Nazareth, dessentwegen du hergekommen bist. Gerade jetzt baut vielleicht der auferstandene Gottessohn ein unsichtbares Reich vor uns auf, und du sorgst dich, was du anziehen sollst, um arabischen Häuptlingen und reichen Pferdezüchtern zu gefallen.«

»Unsichtbare Dinge habe ich genug in meinen allnächtlichen Träumen«, murmelte Claudia Procula verdrossen. »Da koste ich alle Schrecken der Unterwelt aus. Ich kann kein Glied rühren und nicht einmal um Hilfe rufen, obwohl ich mein letztes Stündchen gekommen glaube. Bei zunehmendem Mond wird es ärger. Ich fürchte für meinen Verstand.«

Niedergeschlagen und vom Weine erhitzt, ging ich in den griechischen Gasthof zurück. Unterwegs sah ich, an eine Gartenmauer gelehnt, eine alte Frau in Sackzeug sitzen; sie hielt den Kopf bedeckt, so daß ich ihr Gesicht nicht erkennen konnte. Doch sie hatte auf mich gewartet. Sie rief mich beim Namen und sagte leise: »Ich gehe voraus, zum Strand hinunter. Folge mir! Aber gib acht, daß dich niemand sieht!«

Sie machte sich auf den Weg, und ich ging ihr in einiger Entfernung nach. Sie führte mich an einen einsamen Küstenpunkt, wo wir reden konnten, ohne gesehen oder gehört zu werden. Jetzt erst enthüllte sie ihr Gesicht, und ich erkannte, daß es Susanna war. Aber sie lächelte weder, noch begrüßte sie mich freudig. Im Gegenteil, sie atmete schwer und seufzte und rang die Hände, als würde sie von argen Gewissensnöten geplagt und wüßte nicht, wie sie beginnen sollte. Ich rügte sie streng wegen ihres Verschwindens und fragte sie nach Nathan und nach meinen Eseln, und auch nach meinem Geldbeutel.

Sie stöhnte noch heftiger und sagte: »Ich habe dich keineswegs im Stich gelassen. Auch Nathan tat es nicht, und dein Eigentum ist wohlbehütet. Nathan hat sogar die Esel dazu benützt, für das neue Zollhaus in Kapernaum Sand und Lehm zuzutragen, so daß die Zeit, für die du ihn bezahlst, nicht verloren ist. Er wird über alles genau Rechnung legen. Während du hier der Ruhe pflegst, arbeiten die Esel für dich und fügen gutes Geld zu deinem Reichtum.

Aber ich weiß wirklich nicht, ob ich recht daran tue oder nicht, dir ein Geheimnis preiszugeben. Und ich hätte dich bestimmt nie aufgesucht, wenn du mich nicht damals auf den Mund geküßt hättest, obwohl ich so ein altes Knochengerippe bin und nicht mehr viele Zähne habe. Dabei erfreuen sich zahlreiche Galiläerinnen in meinem Alter noch eines ganz gesunden Gebisses. Wie das kommt, ist mir unverständlich.«

»Schwatze jetzt nicht von deinen Zähnen«, schalt ich, »sondern erzähle mir rasch, ob du etwas über Jesus von Nazareth gehört hast!«

Susanna sagte: »Ja, ja, gleich! du meine Güte, mich auszuschimpfen, ist keine Kunst. Also ich kann dir berichten, daß Jesus schon vor langer Zeit einigen seiner Jünger am See erschienen ist, mit ihnen gegessen, sie belehrt und Petrus zu ihrem Oberhaupt gemacht hat. Wenn ich richtig verstanden habe, soll Petrus der Hirte sein, und in Hinkunft seine Lämmer weiden. Aber möge ein Dämon mir den Garaus machen, wenn Petrus sich jemals bereit finden wird, dich, einen unbeschnittenen Fremdling, wie ein Lamm zu weiden oder in seine Obhut zu nehmen! Ich verstehe nicht, warum Jesus ausgerechnet den Petrus zum Hirten bestellte – den gleichen Petrus, der ihn zu Jerusalem, ehe der Hahn krähte, dreimal verleugnet hat. Gewiß ist er der größte und kräftigste von ihnen allen; aber er ist zu hitzköpfig, um andere beraten zu können.«

»Haben die Jünger selber dir das erzählt?« fragte ich ungläubig.

Susanna hielt die Hände zwischen den Knien, seufzte und jammerte: »Ach, wie empfindlich meine Füße sind! Nie hätte ich den ganzen Weg von Kapernaum hierher zu Fuß gehen können; aber man hat mich im Boot der Steuereinnehmer in die Heidenstadt Tiberias mitfahren lassen. Ich bin nur eine einfache alte Frau, und niemand sagt mir etwas. Aber mein Gehör ist noch in Ordnung, und jemand muß schließlich die gefangenen Fische ausnehmen und in

Töpfen einsalzen, jemand muß den Männern die Kleider waschen und für sie kochen. So schnappt man eines oder das andere auf – manchmal vielleicht mehr, als die Leute glauben, die mich alle für zu einfältig halten, als daß ich etwas auffassen könnte. Ich bin so schwach und müde und sehne mich derart nach Jesus, daß ich nicht schlafen kann. Oft gehe ich nachts zum Stand und bete. Wenn ich dann etwas höre, was nicht für meine Ohren bestimmt war, so ist das nicht meine Schuld, sondern Gottes Wille. Gegen den Willen Gottes könnte es ja kaum geschehen, falls diese Jünger wirklich so heilige Männer sind, wie sie sich einbilden. Sie sind nämlich buchstäblich geschwellt vor Stolz, weil der Herr sich ihnen schon einigemal, immer einer ganzen Gruppe, bald hier, bald dort, gezeigt und sie belehrt hat. Aber Petrus und Jakobus und Johannes stehen in seiner Gunst obenan; von ihren Gesichtern flammt es wie Feuer, so daß man sie im Finstern ohne Lampe oder Laterne sehen kann.«

»Nathan ist ein ehrlicher Kerl«, fuhr Susanna fort. »Er hat sogar ein Gelübde abgelegt, und ein Mann bleibt immer ein Mann; darum vertraue ich ihm mehr als meinem eigenen Frauenverstand. Er hat mir gesagt, daß ich dir einen Bericht schuldig bin, weil du mich so edelmütig aus Jerusalem nach Galiläa gebracht hast, während die heiligen Männer mich im Stiche ließen. Dadurch warst du für mich der barmherzige Samariter, den Jesus bei seinen Unterweisungen als Beispiel anzuführen pflegte. Schließlich ist ein Römer nicht ärger als ein Samariter; diese Leute verachten ja unseren Tempel und dienen Gott auf ihrem eigenen Berge und feiern Passah nach ihrem eigenen Kopf. Aber die Römer haben überhaupt keinen Schimmer von irgend etwas und sind völlig ahnungslos, dich ausgenommen natürlich!«

So machte sie ihrer Angst und Qual in einem Redeschwall Luft, bis ich sie endlich unterbrechen und fragen mußte: »Also ist Jesus von Nazareth der Messias und der Sohn Gottes? Und ist er auferstanden?«

»Er ist wahrhaft auferstanden und wandert in Galiläa und ist vielen erschienen«, bestätigte Susanna. Dann brach sie in Tränen aus. »Möge er mir verzeihen, wenn ich jetzt falsch und böse gehandelt und an dich verraten habe! Aber sicherlich willst du ihm ja nicht übel.«

»Doch warum hat er sich nicht Maria Magdalena oder Johanna oder dir gezeigt?« fragte ich verwundert.

»Mein Gott, wir sind nur Frauen«, rief Susanna, über meine Frage ehrlich erstaunt. »Warum sollte er sich uns offenbaren?« Sie legte die Hand an den Mund, weil sie ein Kichern über eine so unsinnige Vorstellung nicht unterdrücken konnte. Aber bald wurde sie wieder ernst und fuhr fort: »Die Söhne des Zebedäus müssen ihrer Mutter Salome etwas gesagt haben; sie ist nämlich eine so eigenwillige, herrschsüchtige Frau, daß die Söhne es ihr nicht ganz zu verschweigen wagten. Aber wenigstens hat sie es bisher keiner anderen Frau weitererzählt. Eines weiß ich bestimmt: in ganz Galiläa ist Nachricht ergangen an alle jene, die ihm gefolgt waren und seinetwegen trauern, und auch an jene, die an ihn glauben und denen die Jünger vertrauen. Darunter die Siebzig, die er seinerzeit zur Verkündung seines Namens ausgesandt hat; aber es gibt außerdem viele andere Stille. Die Botschaft ist von Mund zu Mund gegangen, von Dorf zu Dorf: ›Der Herr ist erstanden, haltet euch bereit! Die Zeit ist bald um; er bleibt nur vierzig Tage auf Erden. Aber ehe er die Erde verläßt, wird er alle die Seinen zum Berge rufen, um ihnen Lebewohl zu sagen.‹ Ob allerdings die Botschaft von ihm selbst stammt oder von den Jüngern, weiß ich nicht.«

»Zum Berge?« fragte ich. »Welcher Berg ist das?«

Doch Susanna schüttelte den Kopf und erklärte: »Das ist mir unbekannt; seine Getreuen und die Stillen dürften es wissen. Es gibt viele Berge, auf die er sich zum Beten zurückzog, in der Nähe von Kapernaum und auch auf der anderen Seite des Sees. Aber ich glaube, der jetzige muß mitten in Galiläa sein und in der Nähe der Hauptstraße, damit die Empfänger der Botschaft sich, wenn das Zeichen dazu erfolgt, rasch und ohne Aufsehen hinbegeben können. Es geht auch die Rede von einem Unsterblichkeitstrank; doch ich kann nicht sagen, ob der Herr so einen Trank den Jüngern gegeben hat oder ihn später allen seinen Anhängern auf dem Berge geben will.«

»Susanna«, rief ich, »ich weiß nicht, wie ich dir für deine Treue danken soll. Möge Jesus dich segnen für die Gutherzigkeit, mit der du mich nicht im Dunkel ließest! Sobald die Zeit gekommen ist, werde ich mit den anderen zum Berge gehen, und wenn man mich totschlägt. Sage Nathan, er möge die Esel bereithalten, und zwar auch einen für dich, falls die anderen dich nicht mitnehmen.«

Freudig entgegnete Susanna: »Ja, wirklich, das gleiche habe ich mir auch gedacht; und ich segne dich, Römer, weil du mitleidiger bist als Jesu Gefolgsleute. In meinem Herzen hat die Angst genagt, sie würden plötzlich eilends aufbrechen und mich zurücklassen, so daß ich mit meinen lahmen Füßen zu spät käme und nie mehr meinen Herrn sehen würde. Aber jetzt hast du mir versprochen, mich nicht im Stich zu lassen, auch wenn die anderen es tun sollten.«

Wir überlegten uns noch, ob ich nach Kapernaum reisen sollte, um den Jüngern nahe zu sein. Susanna fürchtete jedoch, sie könnten mich vorzeitig erkennen und mir mißtrauen. Die Hauptstraße in das Innere von Galiläa verlaufe ohnedies durch Tiberias, und es wäre am besten, wenn ich ruhig bliebe, wo ich war und auf sie oder Nathan warte. Auf dem Berge würden übrigens so viele Leute aus den verschiedensten Gegenden zusammentreffen, daß nicht alle sich gegenseitig kennen würden. Wenn die Zeit komme, müsse es möglich sein, nach Art der Stillen den Weg zu dem Platz zu erfragen, auch wenn die Jünger plötzlich nachts aus Kapernaum verschwinden und querfeldein wandern sollten.

Wir verabschiedeten uns mit Zusagen und hoffnungsvollen Erwartungen. Susanna ging längs des Ufers davon, ohne etwas gegessen oder getrunken zu haben, obwohl ich ihr gern alles Erdenkliche zur Labung vorgesetzt hätte. Sie sorgte sich sehr, jemand könnte uns beisammen sehen und den Jüngern Jesu davon erzählen.

So kehrte ich wieder zuversichtlich in mein Haus zurück. Ich wurde still und demütig, und die Unrast wich von mir. Im Geiste betete ich die Worte, die Susanna mich gelehrt hatte. Und ich glaube, es gibt keine irdische Ehrung oder Auszeichnung oder Gunst, keinen Erfolg und keine Weisheit, die ich nicht mit Freuden hingäbe für Jesu Reich, wenn er es mir eröffnen mag. Ich habe meine Seele bis in ihre Tiefen geprüft und bin überzeugt, daß es nicht Unsterblichkeit oder ewiges Leben ist, was ich begehre. Ich habe nur einen Wunsch: daß Jesus mich anblicken und als einen der Seinen anerkennen möge.

Nach der Zusammenkunft mit Susanna befaßte ich mich einige Tage lang nur mit der Aufzeichnung dessen, was mir widerfahren war.

10

Marcus grüßt nochmals Tullia.

Im Herzen weiß ich, daß ich mich Dir schon seit langem entfremdet habe, Tullia. Nichts, was ich niederschrieb, könnte Dich überzeugen – auch das weiß ich. Falls Du es lesen solltest, würdest Du meiner nur spotten und Dir denken, die Juden hätten mir das Hirn vernebelt. Dennoch verfolgt mich die seltsame Vorstellung, daß ich Dich eines Tages anblicken und daß dann Dein Gewand von Dir abfallen und selbst Dein Körper eine überflüssige Hülle werden könnte; daß ich dann Deine Seele sehen und Dich dazu bringen könnte, zu glauben, wie ich selbst glaube. Das würde natürlich für Dich den Verzicht auf vieles bedeuten, was du in diesem Leben schätzenswert und angenehm findest. Aber wenn ich Dich derart anzublicken vermöchte, hätte nichts mehr auf dieser Welt Bedeutung für Dich, und so würdest Du nur auf wertlose Dinge verzichten. Doch diese Vorstellung ist sicherlich ein Hirngespinst. Eines solchen Glaubens ist man nur fähig, sobald man gewisse Dinge selbst erlebt und gesehen hat. Und es gibt viele Leute, die auch, nachdem sie diese Dinge mit eigenen Augen gesehen haben, nicht glauben.

Aber ich will berichten, was weiterhin geschah. Am Tage des Wagenrennens berief Claudia Procula mich zu sich und teilte mir als Erweis höchster Gunst mit, sie lade mich in ihre Loge ein, und ich dürfe hinter ihr sitzen. Sie war in Purpur und Seide gekleidet, was vielleicht etwas unbedacht schien; aber sie konnte immer auf ihre weitläufige Verwandtschaft mit Cäsar hinweisen. Ihr Haar war prächtig frisiert, und ein kostbares Diadem schmückte ihre Stirn. Für mich hatte sie Tunika und Toga vorbereitet, und ein Barbier wartete darauf, mich zu rasieren und mir die Haare zu kräuseln.

»Es ist höchste Zeit, daß du diesen jüdischen Unsinn aufgibst und dich wieder als Römer unter den Barbaren zeigst«, erklärte Claudia.

Ich wies auf das völlige Kleiderdurcheinander bei den Kurgästen hin und darauf, daß sogar der römische Berater orientalische Gewandung übernommen und sich einen Bart hatte wachsen lassen, um nicht bei Hofe unnütz sein Römertum zur Schau zu stellen. Aber schließlich mußte ich ihr reinen Wein einschenken.

»Sei mir nicht böse, Claudia«, sagte ich, »aber ich habe keine Lust, jetzt von hier wegzugehen und dem Rennen beizuwohnen. Vielmehr möchte ich jeden Augenblick erreichbar und reisefertig sein. Ich habe nämlich Grund zur Annahme, daß Jesu Gefolgsleute sich demnächst versammeln sollen, um ihn zu treffen. Ich hoffe, von dem Zeitpunkt rechtzeitig verständigt zu werden, so daß ich seinen Anhängern in einiger Entfernung folgen und den Versammlungsplatz finden kann.«

Claudia Procula entgegnete barsch: »Du erzählst mir da keine Neuigkeit. Johanna weiß das alles. Wenn ich jünger und in Rom wäre und genügend verläßliche, verschwiegene Beschützer hätte, würde ich mich vielleicht auch zu diesem Abenteuer bestimmen lassen und verkleidet zu dem Berge wandern. Der Treffpunkt ist ja ein Berg, nicht wahr?«

Erstaunt fragte ich: »Warum hat Johanna mir nichts davon gesagt? Traut sie mir nicht?«

»Ich glaube, es ist ihr Stillschweigen auferlegt worden«, bemerkte Claudia leichthin. »Aber sie hat mir versprochen, zu Jesus von Nazareth über mich zu reden. Es ist ja bekannt, daß er Kranke auch aus der Ferne geheilt hat. Oder vielleicht gibt er Johanna ein Stück Stoff, das er vorher an seinen Körper hielt. Dich braucht man dort in keiner Weise, Marcus. Komm doch zur Vernunft und sei endlich wieder ein Römer! Dieses Rennen ist das größte Ereignis des Jahres in ganz Galiläa und allen Nachbarländern.«

Ich starrte sie an und traute meinen Ohren nicht. »Du

gibst also Gottes Sohn für ein Wagenrennen hin!« rief ich vorwurfsvoll.

»Alles zu seiner Zeit«, verteidigte sich Claudia. »Die Bäder haben mir gut getan, und ich bin jetzt anscheinend bei klarerem Verstand als du. In vollem Ernst, mir scheint, du hast jeden Sinn für die Rangordnung der Dinge verloren.«

»Claudia Procula«, rief ich streng, »dein Gatte hat Jesus zum Tode verurteilt; von dieser Schuld konnte ihn alles nachträgliche Händewaschen nicht reinigen. Hast du nicht Angst beim Gedanken an den Gekreuzigten?«

Sie breitete die Hände aus. »Aber, Marcus, ich habe alles getan, um ihn zu retten. Das muß er doch wissen oder zumindest erfahren. Außerdem hat Johanna mir sehr eingehend dargelegt, daß alles genauso geschehen mußte, um die heiligen Schriften der Juden zu erfüllen. Deshalb, so meint sie, sollte Jesus eigentlich dem Pontius Pilatus dankbar sein dafür, daß er unter dem Druck der Juden bei dieser Erfüllung mithalf. Die jüdische Philosophie ist zwar dunkel und vieldeutig; aber ich kann wohl glauben, daß Johanna recht hat. Übrigens kommt sie auch mit zum Rennen, auf die Gefahr hin, daß sich dadurch ihr Eintreffen auf dem Berge verzögert. Daraus ersiehst du, was für ein besonderes Ereignis dieses Rennen ist.«

Schließlich mußte ich mich fügen. Aber den Bart ließ ich mir nicht abnehmen, sondern nur stutzen und salben, so daß er nun, dem Barbier zufolge, der Barttracht der Herodianer entspricht.

Der Zirkus des Herodes Antipas ist kein großer Bau; er dürfte nicht einmal dreißigtausend Zuschauer fassen. Jedenfalls war er gedrängt voll mit einer schreienden, erregten Menschenmenge. Auf den Bänken schienen mehr Ausländer als Galiläer zu sitzen.

Für Claudia Procula hatte Herodes ein Podium, gegenüber dem seinen, auf der anderen Seite der Rennbahn aufbauen lassen. Ihre Loge war nur um eine Stufe niedriger als die des Fürsten, und von der Brüstung hingen rote Teppiche. All dies zeigt, daß Herodes sich mit dem römischen Statthalter gut stellen wollte. Auch für die arabischen Häuptlinge und andere auf Besuch weilende Würdenträger hatte er Estraden errichten lassen. Seinen Hofleuten waren entsprechende Anweisungen gegeben worden, und als Claudia mit ihrem Gefolge erschien, wurde sie von allen Seiten mit Beifallsrufen empfangen, in die das Volk einstimmte, um seiner erwartungsvollen Spannung Luft zu machen.

Wir sahen Herodias und ihre junge Tochter die Fürstenloge betreten. Soweit man von der anderen Seite der Arena her erkennen konnte, war die Frau des Tetrarchen überaus prunkvoll gekleidet. Jedenfalls seufzte Claudia Procula und murmelte, diese geltungssüchtige Ehebrecherin hätte ihr und Rom den Gefallen tun können, sich ein bißchen weniger protzig anzuziehen. Auch Herodias war von verschiedenen Seiten mit lauten Rufen begrüßt worden; aber diesmal stimmte das Volk nicht ein, und als die Fremden bemerkten, daß die Rufer sogar geknufft und geschlagen und bedroht wurden, verstummten auch sie sehr bald. Damit mußte die Fürstin sich abfinden und nahm Platz. Schließlich erschien Herodes Antipas und breitete, alle Anwesenden leutselig begrüßend, die Arme weit aus. Wie um ihre Mißbilligung für seine Gattin noch zu betonen, bereitete die Menge ihm durch Erheben von den Sitzen, Zurufe und Trampeln einen herzlichen Empfang.

In die Arena trat nun eine Schar Gladiatoren, die sich zu zweien oder in größeren Gruppen miteinander maßen; aber ihre Waffen waren stumpf, und es floß kein Blut. Wegen des jüdischen Gesetzes wagte Herodes nicht, zum Tode verurteilte Verbrecher um ihr Leben kämpfen zu lassen. Dann zeigten seine Reiter verschiedene Kunststücke, bis die Zuschauer aufstampfend den Beginn der Wagenrennen verlangten.

Als nun in einer einleitenden Schaurunde ein Gespann

nach dem anderen die Bahn durchfuhr, zeigte es sich, daß die Rennwagen wirklich prächtig und die Pferde in hervorragender Verfassung waren. Buchmacher begannen mit ihren großen Wachstafeln durch die Bankreihen zu gehen, um Wetten entgegenzunehmen. Dem Rappengespann des Fürsten selbst schien man die größten Gewinnaussichten zu geben. Übrigens waren keineswegs alle Gespanne derart auf eine einheitliche Farbe der Pferde abgestimmt; vielmehr hatten die barbarischen Wagenlenker ihre Rosse nach eigenem Geschmack aus den Stallungen ihrer Herren ausgewählt. Die für die Wetten maßgebenden Farben waren nur an den Wagen selbst und an den Trachten der Lenker ersichtlich. Die Buchmacher riefen auch ein idumäisches und ein syrisches Gespann aus, die beide überhaupt keine bestimmte Farbe führten.

Das zuletzt einfahrende Gespann war das eines arabischen Fürsten; es hatte schneeweiße Pferde. Aber die vorherigen Wagen hatten schon die übliche lästige Stokkung am Eingang verursacht, und die feurigen Schimmel sanken stolpernd auf die Vorderknie, als ihr Lenker sie scharf zügeln mußte, während sie gerade zum vollen Galopp für die Schaurunde ansetzten. Das war ein so böses Omen, daß viele Zuschauer laut zu lachen begannen. Der Wagenlenker wurde wütend und gab seinen Pferden die Peitsche zu kosten; das machte sie natürlich nur noch störrischer.

Bei einem regelrechten, ungefährlichen Wagenrennen, wie es Sachkundige schätzen, weil es vernünftige Wetten gestattet und weil mit jeder folgenden Rennphase die Spannung wächst, werden die Wagen gewöhnlich paarweise abgelassen, und jedes Paar durchfährt die Bahn bloß einigemal. Die verlierenden Gespanne scheiden aus, und das letzte Rennen spielt sich zwischen den beiden noch im Bewerbe gebliebenen Gespannen ab. Aber die Barbaren hier lieben Geschwindigkeit und Lärm, zu meiner größten Überraschung reihten sich alle Gespanne nebeneinander auf, in einer vom Los bestimmten Anordnung. Ich hörte, sie sollten vierzig Runden fahren. Mir taten die Pferde leid, von denen viele sich unweigerlich die Beine brechen würden; außerdem konnte man fast mit Sicherheit damit rechnen, daß ein solches Rennen dem einen oder anderen Teilnehmer das Leben kosten würde.

Als ich die sich aufbäumenden Schimmel des arabischen Gespannes betrachtete, fiel mir ein, was der einsame Fischer mir gesagt hatte, und ich fragte mich, ob ich wirklich an dieses Gespann Geld wagen sollte. Als ich mich erkundigte, erfuhr ich, daß es zu den aussichtsreichen Bewerbern gezählt hatte, daß aber jetzt wegen des schlimmen Vorzeichens niemand mehr darauf wetten wollte. In einem so harten Massenrennen konnten kräftige Pferde und geistesgegenwärtige Lenker bei einigem Glück auch raschere Gespanne besiegen.

Claudia Procula hob begeistert die Arme und rief: »Das Herodesgespann!« Die schimmernden Rappen und ihr dunkelhäutiger Lenker flößten tatsächlich Vertrauen ein. Die Farbe des Gespanns war übrigens rot, weil kein vernünftiger Mensch auf Schwarz gesetzt hätte. Claudia wandte sich zerstreut zu mir und sagte: »Ich nehme an, du hast genug Geld bei dir?«

Natürlich hätte ich gleich erraten können, warum sie solchen Wert darauf gelegt hatte, mich bei sich zu haben. Eine Frau wettet ja nie mit eigenem Geld. Wenn sie verliert, macht es ihr keine Mühe, das Darlehen zu vergessen und nur das Pech zu bedauern; gewinnt sie aber, so kann man froh sein, wenigstens den Einsatz zurückzubekommen.

»Hundert Drachmen«, schlug ich widerstrebend vor.

Claudia Procula drehte sich mit einem entgeisterten Blick zu mir herum. »Marcus Mezentius Manilianus«, rief sie, »willst du mich beleidigen? Oder bist du wirklich schon ein Jude geworden? Sage zumindest hundert Goldstücke – und auch das ist noch zu wenig für so herrliche Pferde!«

So viel Geld hatte ich nicht bei mir; aber alle Bankiers und

Geldwechsler von Tiberias gingen zwischen den Bänken der reichen Zuschauer umher und nahmen auch Wetten entgegen. Ich rief den Namen aus, den mir Aristainos in Jerusalem genannt hatte, und man zeigte mir einen Mann, der nach Gesichtszügen und Kleidung sein Zwillingsbruder hätte sein können. Ich erzählte ihm von meiner Verlegenheit. Er war bereit, mir Kredit zu geben, sagte aber, es würde schwerhalten, auf das Gespann des Herodes einen günstigen Gegeneinsatz zu finden. Tatsächlich war das Beste, was er schließlich vermitteln konnte, eine Eins-zu-Eins-Quote seitens eines hochgestellten Idumäers, der diese Wette, wie er sagte, nur aus Höflichkeit gegen die Gattin des Prokurators von Judäa abschloß.

»Denke an mich, wenn du nach dem Siege dein Geld zählst!« rief der Bankier lachend Claudia Procula zu, als hätte er ihr ein Geschenk gemacht; und er verzeichnete die Wette auf seiner Wachstafel.

Nochmals musterte ich die Gespanne, die nur mit großer Mühe zum Stillstehen gebändigt werden konnten. Daß so lange zugewartet wurde, lag zum Teil daran, daß man zum Abschluß der Wetten Zeit lassen wollte; zum Teil sollten dadurch auch die Pferde erregt und die Lenker nervös gemacht werden. Ich befürchtete, einige Wagen würden gleich nach dem Rennbeginn umstürzen. Das Schimmelgespann des arabischen Häuptlings war sichtlich die barbarische Massenbeteiligung nicht gewohnt; denn die Pferde schlugen nach dem Wagen aus und warfen, gegen die Zügelung aufbegehrend, die Köpfe derart hin und her, daß ihnen aus den Mundwinkeln der Speichel sprühte.

»Was bietest du mir auf das weiße Gespann?« fragte ich den Bankier.

Lächelnd erwiderte er: »Wenn du ernstlich dein Geld an mich verlieren willst, übernehme ich selbst die Wette, und zwar sieben zu eins. Wie hoch stellst du deinen Einsatz?«

»Notiere dir vierzig Goldstücke für Marcus auf das weiße Gespann, sieben zu eins!« entschied ich im letzten Augenblick, als Herodes schon seinen Speer hob. Der Bankier verzeichnete die Wette, und schon bohrte sich der bewimpelte Speer in den Sand. Die Wagenlenker schrien auf, und mit Getöse fuhren die Gespanne los. Die erfahreneren Lenker lehnten sich zurück und zügelten ihre Pferde mit aller Kraft, damit die tollkühnen Neulinge vorpreschen und sich vielleicht gleich das Genick brechen sollten. Aber es war fast unmöglich, die ungestümen Pferde zurückzuhalten. Zwei Gespanne sausten im Galopp davon; die Lenker beugten sich vor und gebrauchten die Peitsche, um einen möglichst großen Vorsprung zu gewinnen und den durch drei Steinkegel bezeichneten Wendepunkt der Bahn raschest zu erreichen. Nur so konnten sie ihr Leben retten und verhindern, daß sie von den dicht hinterherfolgenden Gespannen niedergetrampelt würden.

Unwillkürlich sprang ich auf und stellte mich auf die Bank; einen so stürmischen Start hatte ich nie erlebt. Das Rappengespann des Herodes bahnte sich geschickt einen Weg durch das Massengedränge, und der Fahrer ließ erbarmungslos seine schwere Peitsche sausen, um seine nächsten Rivalen abzuschütteln. Ich sah, wie die Peitschenschnur das linke Außenpferd des Schimmelgespanns in der Augengegend traf, und bildete mir ein, den Peitschenknall bis zu mir zu hören. Der Wagen des Arabers stieß so heftig gegen den Schutzsockel des Wendepunkts, daß die Funken stoben und das Rad nur wie durch ein Wunder heil blieb.

Beim zweiten Umlauf fuhr der schwere Wagen der Reiterei aus Cäsarea mit seinen braunen Pferden rücksichtslos den Idumäerwagen an, der dadurch umstürzte. Der idumäische Lenker wurde an den Zügeln über die Rennbahn geschleift, bis das Außenpferd niederbrach. Das Gespann der Braunen kam weit voran. Dann aber brach der Herodeswagen durch und nahm die Verfolgung auf. Der Idumäer erhob sich schwankend, mit blutüberronnenem Körper, griff dem gefallenen Pferd in die Nüstern und riß es hoch; es gelang ihm sogar, den Wagen aufzurichten und sich wieder in das Rennen einzureihen. Aber das gestürzte Pferd lahmte derart, daß sein Gespann für das Rennen nicht mehr zählte und nur die anderen behindern konnte. Ich vermutete, daß der Lenker den Kampf bloß wiederaufgenommen hatte, um sich an dem Römer zu rächen.

In einem derartigen Wettkampf, bei dem ziemlich gleichwertige Gespanne die Bahn durchrasen, ist es praktisch fast unmöglich, um mehr als eine Runde zu führen. Die Nachzügler der vorigen Runden versperren den Weg, und der Fahrer, der bis zu ihnen vorgedrungen ist, würde wider alle Vernunft das Schicksal herausfordern, wenn er sie überholen wollte. Das Schimmelgespann geriet jetzt völlig aus dem Takt, weil das gleich anfangs von einem Peitschenhieb getroffene Pferd ständig vor Schmerz den Kopf hin und her warf. Der Lenker war außer sich; er schlug mit der Peitsche ein, fluchte und schüttelte, als er an der Fürstenloge vorbeikam, die Faust zu Herodes hin. Aber das Rappengespann kam den Braunen mit ihrem schweren Wagen immer näher. Claudia Procula sprang auf, schrie gellend und stampfte mit ihren Goldsandalen.

Ich konnte weder die Runden zählen noch allen Einzelheiten des Rennens folgen. Aber plötzlich sah ich das syrische Gespann, Wagen und Pferd, wie von einer Wurfmaschine geschleudert, aus dem Haufen der Rennwagen in das Zirkusrund hinausfliegen. Die Pferde überschlugen sich, und der Fahrer, dem die Zügel noch an den Gürtel geknotet waren, sauste zwischen die wild strampelnden Hufe. Ich weiß nicht, was schrecklicher war, sein Todesschrei oder das letzte Aufwiehern eines der Pferde.

Kurz darauf preschte das Schimmelgespann an einem der Wendepunkte vor und drängte einen anderen Wagen gegen die Steinsockelung, so daß er umkippte. Das arabische Gespann kam unbeschädigt vorbei; vielleicht verdankte es das der Augenverletzung seines Außenpferdes, das wahrscheinlich bei erhaltenem Sehvermögen des linken Auges kaum so dicht an das Hindernis herangerast wäre. Der

Fahrer des umgestürzten Wagens brachte unter Lebensgefahr seine Pferde noch seitwärts aus der Rennbahn, knapp bevor das nächste Gespann hinter ihm herkam. Ich mußte die Geschicklichkeit der Wagenlenker bewundern. Dieser Mann sah die Stallknechte ihm entgegenlaufen, machte einige Schritte auf sie zu, fiel aber dann der Länge nach hin und konnte sich nicht mehr erheben.

Wieder begann man, mitten in der ungeheuren Aufregung, Wetten abzuschließen. Das braune Gespann der römischen Reiterkohorte schien jetzt eingeschätzt zu werden, und viele setzten darauf gegen den Herodeswagen, besonders Araber, die ihre Mäntel schwenkten und das Verhältnis ihrer Wetteinsätze mit den Fingern anzeigten. Nachdem sie ihrem nationalen Gespann keine Gewinnaussichten mehr gaben, zogen sie das römische dem herodianischen vor. Die Rappen hatten schon einigemal die Braunen zu überholen versucht; aber immer wieder verstellte der Römer kaltblütig durch Auswärtskurven den Weg und ließ seine Peitsche knallen. Herodes sprang in seiner Loge auf, stampfte mit den Füßen und forderte seinen Wagenlenker durch laute Zurufe auf, sich vorzukämpfen. Alle Pferde waren von schaumigem Schweiß bedeckt, und in der Luft schwebten große Staubwolken, obwohl man die Bahn vor dem Rennen reichlich mit Wasser besprengt hatte.

Das erstaunlichste aber war, daß die Schimmel sich trotz aller Rückschläge durch ihre Schnelligkeit an den dritten Platz vorgearbeitet hatten, obwohl ihr leichter Wagen dabei einige rauhe Stöße abbekam. Die prächtigen Pferde fanden sich langsam immer mehr und liefen nun wieder wunderbar. Das am Auge verletzte Tier hob den Kopf und wieherte laut. Der Fahrer beugte sich vor und redete ihm zu; es hörte dann tatsächlich auf, von seinen Gefährten wegzustreben.

Ein weiterer Wagen fiel durch Verlust eines Rades aus. Dem Lenker gelang eine Wendung, so daß der Wagen außerhalb der Rennstrecke einwärts umkippte und so den übrigen nicht den Weg verlegte. Aber das losgebrochene

Rad rollte geradeaus weiter, und das unmittelbar dahinter folgende braune Gespann mußte ihm ausweichen. Diese Gelegenheit benutzte der Fahrer des Herodes geschickt. Weit vorgebeugt schlug er auf seine Rosse ein und kam tatsächlich dem Römer zuvor. Unter Beifallsrufen und Gebrüll sprangen die Zuschauer auf, und Claudia Procula schrie vor Freude, obwohl es eigentlich recht würdelos von ihr war, über das Mißgeschick des römischen Gespanns zu frohlocken. Doch die in ihrer Nähe Sitzenden klatschten ihr Beifall, und viele andere lächelten ihr zu.

Die Zahl der im Rennen gebliebenen Wagen war zusammengeschmolzen; aber die letzten Nachzügler hinderten den Wagenlenker des Herodes daran, seinen Vorsprung auszunützen. Der blutüberströmte Idumäer, von dessen einer Gesichtshälfte die Haut abgeschunden war, blickte um sich, winkte und wich aus, um den Herodianer vorbeizulassen. Dann aber fuhr er absichtlich dem dahinterkommenden römischen Gespann in den Weg und verminderte dabei noch seine Geschwindigkeit. Das spielte sich mitten in der Renngeraden ab, nicht an einem der Wendepunkte, und der Römer fluchte wütend, weil dieses Manöver natürlich gegen alle Regeln war. Aber wie wollte man das nachweisen? Der Idumäer konnte für sein Tun immer irgendeine Rechtfertigung vorschützen. Jene Araber, die auf den Römer gewettet hatten, begannen zu brüllen und die Fäuste zu schütteln. In diesem Augenblick aber schoß das Schimmelgespann sowohl an dem Römer wie an dem Idumäer vorbei, kam vor ihnen zum Wendepunkt und schmiegte sich dicht an den Innenrand der Bahnkurve, wo es sich knapp hinter den Herodeswagen setzte. Dieser Anblick verschlug den Zuschauern den Atem, und für eine Weile verstummten alle Zurufe; so etwas hätte niemand für möglich gehalten.

Nach der Kurve nahm der Römer die äußere Fahrbahn und konnte unschwer mit dem Idumäer gleichziehen. Er hätte das in seiner Leistungsfähigkeit beeinträchtigte

Gespann leicht vor der nächsten Biegung überholen können; aber er hielt seine Pferde zurück und versetzte dem Idumäer mit Bedacht einen Peitschenhieb auf den Kopf, so daß der Mann im Wagen auf die Knie sank. Über diese Roheit brüllte die Menge. Manche klatschten Beifall; doch in anderen flammte der Haß gegen Rom auf, und ich sah auf den Bänken an vielen Stellen Handgemenge entbrennen.

Aber das dauerte nur einen Augenblick, so rasch folgten nun die Ereignisse aufeinander. Der Idumäer rappelte sich in seinem Wagen auf, holte aus seinen Pferden ein Letztes heraus, überflügelte das römische Gespann und bog wieder in die Bahn seines Gegners. Das war kein Rennen mehr, sondern glatter Mord. Die mächtigen Braunen prallten mit voller Wucht an den Idumäerwagen, und beide Gespanne wälzten sich auf dem Boden. Durch den plötzlichen Ruck flog der Römer kopfüber aus seinem Wagen, so daß er sich trotz Lederhaube und Sturzhelm an der steinernen Umrandung vor den Sitzreihen den Schädel zerschmetterte und leblos liegenblieb. Auch der Idumäer starb noch vor Beendigung des Rennens; er hatte von einem der Pferde einen schweren Hufschlag bekommen.

Das Freimachen der Bahn nach diesem Zusammenstoß hätte die übrigen Gespanne zur Verlangsamung ihrer Fahrt zwingen müssen. Der Wagenlenker des Herodes aber brüllte und schwang die Peitsche, so daß die Stallburschen, die den Römer wegtragen wollten, den Leichnam wieder fallen ließen und sich durch einen raschen Sprung in Sicherheit brachten. Der Herodianer versuchte, sein Gespann über den entseelten Körper des Römers zu treiben; aber die Rappen waren keine Soldatenpferde und weigerten sich, einen Menschen niederzutrampeln. Sie bäumten sich wild auf und rissen den Wagen zur Seite, so daß er beinahe umkippte.

Fast im Schritt lenkte nun der arabische Fahrer seine Schimmel an dem Herodesgespann vorbei. Ein Rad streifte die Steinumrandung und stieg an ihr hoch; aber der Wagen blieb aufrecht und erreichte den Wendepunkt, ehe der Herodianer den Leichnam umfahren und seine Pferde wieder zu geregeltem Ausgreifen gebracht hatte. So unglaublich es scheinen mochte, das Schimmelgespann lag jetzt, dem üblen Omen zum Trotz, in Führung, und es waren nur mehr wenige Runden ausständig. Nun war an mir die Reihe, aufzuspringen und Beifall zu rufen, und alle Araber stimmten mit ein. Aber die unbefestigte Bahn war jetzt so voll von Furchen und Höckern wie ein frischgepflügtes Feld und ebenso gefährlich zu befahren.

Zum erstenmal verlor der Rappenlenker die Selbstbeherrschung; er schlug auf seine Tiere ein und versuchte einigemal mit Gewalt, an dem Schimmelgespann vorbeizukommen. Doch die rasche und gleichmäßige Gangart der Araberpferde bewahrte sie vor dieser Gefahr, und da ihr Wagen leicht war, brauchte der Lenker die Wendepunkte nicht ganz knapp zu umfahren, sondern konnte, auf seine Geschwindigkeit vertrauend, einen etwas weiteren Bogen nehmen, ohne befürchten zu müssen, daß der Herodianer sich einschieben würde.

Nur drei andere Gespanne waren noch im Rennen geblieben. Der Schimmelfahrer versuchte sie regelrecht an der Außenseite zu überholen. Der Herodianer jedoch brüllte ihnen zu, sie sollten ihn vorbeilassen. Zwei ließen sich einschüchtern; der dritte indes, der ein kräftiges, aber langsames Gespann fuhr, dem niemand eine Chance gegeben hatte, weigerte sich, Platz zu machen. Wieder griff der Herodianer zur Peitsche, brachte sein Gespann absichtlich aus der Gangart und trieb die Nabe seines linken Rades in die rechten Radspeichen des gegnerischen Wagens, so daß er ihn mühelos, einfach durch Geschwindigkeit und Gewicht seines Fahrzeugs, umwarf. Der Lenker wurde arg zugerichtet und gab das Rennen auf. Die beiden anderen Nachzügler aber fuhren weiter in der Hoffnung, Glück zu haben und den beiden Siegesanwärtern den Weg verlegen zu können.

Doch dazu sollte es nicht mehr kommen. Die Flagge wurde geschwungen, und blitzschnell galoppierten die Schimmel in den Sieg. Die Zuschauer brachen in wildes Brüllen aus und jubelten auch dem Herodesgespann zu, das nur um ein paar Pferdelängen zurücklag. Die beiden Fahrer reihten ihre Wagen höflich Seite an Seite, hielten an, begrüßten sich mit gespielter Hochachtung und Dankbezeugungen für einen ehrenhaften Kampf. Der Araberhäuptling sprang über die Brüstung seiner Loge auf die Fahrbahn und lief mit wehendem Mantel zu seinen Pferden. Er sprach ihnen zu, klopfte sie ab und küßte aufschluchzend das geschwollene Auge des vom Peitschenhieb getroffenen Tieres. Auf den Zuschauerbänken kam es zu Raufereien; aber die Aufseher stellten die Ordnung bald wieder her. Die Wettverlierer suchten sich zumindest damit zu trösten, daß sie ein überaus spannendes Rennen genossen hatten.

Der Bankier kam heran, beglückwünschte mich ebenso wie den idumäischen Kaufmann und händigte ihm in meiner Gegenwart die hundert Goldstücke aus, die Claudia Procula verloren hatte. Mir zählte er hundertachtzig Goldstücke hin, so daß ich nach Abzug des Einsatzes hundertvierzig Goldstücke gewonnen hatte, einen Betrag, der für viele Leute ein kleines Vermögen bedeutet. Darum hegte ich keinen Groll mehr gegen Claudia Procula.

Wie seinerzeit berichtet, hatte ich in der Nacht nach dem Gewitter von einem Schimmel geträumt. Aus irgendeinem Grund war der Traum so lebhaft gewesen, daß ich davon mit Tränen in den Augen erwachte. Dieses Traumes mochte ich mich dunkel entsonnen und ihn unwillkürlich als Vorzeichen genommen haben, sobald ich das schöne Schimmelgespann erblickte. Vielleicht hätte ich auch aus eigenem Antrieb auf dieses Gespann gesetzt; das ist möglich, aber keineswegs sicher. Die Pferde waren beim Einzug gestolpert; und so mißtrauisch man gegen ein solches Omen sein mag, ganz in den Wind schlägt man es als vernünftiger Mensch nicht. Deshalb fühlte ich mich verpflichtet, nun jenes Mädchen zu suchen, dessen Bruder gestorben war, wobei ich allerdings keinen anderen Anhaltspunkt hatte als die Worte des einsamen Fischers, wonach die trauernde Schwester sich in dieser Nacht im griechischen Theater der Stadt aufhielt.

Claudia Procula forderte mich auf, sie zum Gastmahl des Herodes zu begleiten, obwohl ich nicht dazu eingeladen worden war. Offenbar meinte sie, dieser Gunstbeweis sei hundert Goldstücke wert. Aber ich hatte keine Lust, mich ungebeten unter die Menge der Gäste einzudrängen, die Herodes Antipas aus politischen Gründen zu bewirten für nötig erachtete. Claudia Procula war übrigens nicht böse, als ich mich verabschiedete; nur wird sie es wohl albern von mir gefunden haben, eine solche Gelegenheit ungenutzt zu lassen.

Während der Zirkus sich leerte, wimmelte es in den Straßen der Stadt von Menschen aller Rassen, und mir ahnte, daß trotz der überall zur Aufrechterhaltung der Ordnung aufgestellten Wächter und Legionäre eine unruhige Nacht bevorstand. Unschwer fand ich den Weg zu dem kleinen griechischen Theater. Aber hier war keine Vorstellung angekündigt. Trotzdem standen die Tore offen, und arme Stadtbesucher, die nirgends sonst untergekommen waren, schienen auf den Zuschauerbänken nächtigen zu wollen. Manche hatten sogar Feuer angezündet und kochten ihre Mahlzeiten; man konnte sich also vorstellen, wie dieses schöne Theater am nächsten Tag aussehen würde.

Ich ging zwischen Bühne und Sitzreihen hinunter, und niemand hinderte mich am Betreten der Kellerräume, wo Bühnendekorationen aufbewahrt werden und manchmal Wandertruppen die Nacht verbringen, wenn sie keinen Gönner haben, der ihnen Quartier böte. Alles war verlassen und leer und – wie jedesmal unter der Bühne eines Theaters, wenn die Schauspieler gegangen sind – ein bißchen gespenstig, als schwebten Gestalten und Worte aus allen Aufführungen noch unsichtbar in der Luft. Diese finsteren

Kellerräume eines Theaters haben mich immer an das Totenreich gemahnt, wie Dichter es beschrieben. Ich mochte nach einer Vorstellung noch so begeistert hinuntergeeilt sein, ein Geschenk für einen Schauspieler, der meine Seele aufgewühlt hatte, in der Hand, jedesmal überlief mich ein Frösteln, ein Gefühl der Unwirklichkeit. Ein Darsteller, der sein Bühnenkostüm abgelegt hat, ist nicht mehr die Person, die er auf der Szene war.

Während ich durch diese unterirdischen Räume schritt, spürte ich, wie weit ich mich in kurzer Zeit von meinem früheren Leben und von allem entfernt hatte, was mir einst Freude und Vergnügen bereitete. Alles Vergangene war nur mehr Erinnerung, und es gab mir einen Stich, als ich mir darüber klar wurde, daß ich diese Dinge nie mehr auf gleiche Art würde erleben können.

Ich glaubte, das Gespenst eines Toten zu erblicken, als durch den finsteren Korridor ein alter Grieche heranschlurfte. Er hatte einen Hängebauch, und seine Augen waren von unmäßigem Trinken verquollen. Er schwenkte seinen Stock gegen mich und fragte fluchend, was ich suchte und wie ich hierher unter die Bühne gekommen sei.

In beschwichtigendem Tone erkundigte ich mich, ob in den Kellerräumen jemand wohne. Er wurde noch wütender und brüllte: »Du meinst doch nicht diese Schurken, diese ägyptischen Landstreicher, die mich mit windigen Flausen hintergangen und mir Unglück gebracht haben, indem sie einen Leichnam ins Theater trugen? Ich wäre froher als du, wenn ich sie erwischen könnte.«

Ich sagte: »Man hat mir erzählt, ich könnte hier ein Mädchen finden, dem der Bruder gestorben ist. Ich habe etwas zu überbringen.«

Der Alte sah mich mißtrauisch an und fragte: »Du bist hoffentlich nicht auch so ein Flausenmacher, was? Das Mädchen halte ich als Pfand zurück. Ich habe der Gauklerin die Kleider und Schuhe weggenommen und gebe sie erst frei, wenn ihre Schuld bis zum letzten Groschen bezahlt ist.«

»Man hat mich geschickt, um sie auszulösen«, erklärte ich und klimperte mit meiner Geldbörse. »Bringe mich zu ihr, und es wird dich nicht reuen.«

Unschlüssig führte der argwöhnische Alte mich weiter durch den unterirdischen Gang und öffnete die Tür eines Gelasses, in das nur durch eine Mauerritze etwas Licht drang. In dieser Beleuchtung gewahrte ich ein mageres, nacktes Mädchen, das, wie versteinert vor Kummer, in einer Ecke kauerte und auch bei unserem Eintreten das von herabhängendem Haar bedeckte Gesicht nicht erhob. In dem Raum war nichts Eßbares, keine Schale Wasser, nicht einmal etwas zum Zudecken.

»Ist sie krank?« fragte ich.

»Störrisch ist sie! Sie hat mir den Bart gerauft, als ich sie am Tor tanzen lassen wollte«, erwiderte der Alte. »Die Stadt ist voll Fremde, und für das Tanzen hätte man der Gauklerin vielleicht ein bißchen Geld zugeworfen. Du mußt begreifen: Ich war gezwungen, das Begräbnis ihres Bruders zu bezahlen, damit niemand erfährt, daß im Theater ein Leichnam gelegen hat. Und das ist keineswegs alles, was diese ägyptischen Betrüger mir schulden.«

Ich berührte die Gefangene an der Schulter und warf meine Börse vor sie hin. »Man hat mich hergeschickt, um dir hundertvierzig Goldstücke zu überbringen«, sagte ich laut. »Zahle damit alle Schulden und verlange deine Kleider und Habseligkeiten zurück! Dann kannst du ungehindert hingehen, wohin du willst.« Aber das Mädchen regte sich nicht.

»Hundertvierzig Goldstücke!« rief der alte Grieche und machte eine Geste mit der rechten Hand, als wollte er Dämonen abwehren. »Das habe ich ja immer befürchtet. Der Wein ist zu Ende, und ich sehe Gespenster und höre Geisterstimmen.« Dann aber versuchte er doch, die Börse zu packen; ich nahm jedoch das Geld, da das Mädchen es nicht anrührte, wieder an mich und fragte den Alten, was er zu bekommen habe.

Er begann sich die Hände zu reiben, verdrehte scheinheilig die aufgequollenen Augen, rechnete und murmelte und sagte schließlich mit schlauer Miene: »Ich bin kein Ausbeuter und will es die Gauklerin nicht entgelten lassen, daß sie Unglück über mich gebracht hat. In einem runden Betrage macht die Schuld zehn Goldstücke aus. Ich hole gleich ihre Sachen; und ein bißchen Speise und Wein lasse ich dreingehen. Wahrscheinlich ist sie so von Hunger erschöpft, daß sie kein Wort herausbringt; und in dieser Verfassung hättest du kein Vergnügen an ihr.«

Dann klopfte er mir auf die Schulter und flüsterte mir ins Ohr: »Hundertvierzig Goldstücke ist ein Wahnsinnspreis für so eine Person. Du bist anscheinend von Sinnen. Es genügt, wenn du ihre Schulden bezahlst; dann kannst du sie nehmen und mit ihr tun, was du willst. Für ein einziges weiteres Goldstück stelle ich dir die nötigen Papiere aus, so daß du ihr als deiner Sklavin nach Recht und Gesetz dein Eigentümerzeichen auf das Hinterteil einbrennen lassen kannst. Sie hat nämlich keinen Beschützer.«

Ohne den Kopf zu heben, strich das Mädchen sich die Haare aus den Augen und zischte: »Zahl dem schäbigen alten Schuft fünf Goldstücke aus! Damit sind meine Schulden und die aller anderen mehrfach gedeckt. Und dann gib ihm noch für meine Rechnung einen Tritt zwischen die Schenkel!«

Ich öffnete meine Geldbörse und reichte dem Alten fünf Goldstücke. Er war so begeistert, daß er nicht einmal zu feilschen versuchte, sondern sofort die Kleider des Mädchen holen ging. Nachdem er das Bündel gebracht hatte, rief er beflissen, er werde gleich Essen und Wein besorgen. Als wir allein waren, warf ich dem Mädchen wieder die Börse hin und wandte mich zum Gehen. Aber die Unbekannte hielt mich zurück und fragte: »Was begehrst du von mir? So viel Vergnügen kann ich dir nicht bieten, daß es hundertvierzig Goldstücke wert wäre. Heute nacht wollte ich mich an meinen Haaren erhängen.«

»Ich begehre nichts von dir«, erwiderte ich. »Ich bin bloß mit dem Geld hergeschickt worden.«

»So etwas gibt es nicht«, meinte sie ungläubig. Zum erstenmal hob sie den Kopf und blickte mich an. Zu meiner größten Überraschung stellte ich fest, daß es Myrina war, die Tänzerin, die ich auf dem Schiff nach Joppe kennengelernt hatte. Aber sie erkannte mich nicht gleich, wegen meines Bartes und meiner jüdischen Kleidung.

»Myrina!« rief ich. »Ich hatte keine Ahnung, daß du es bist. Was ist mit dir geschehen? Warum bist du so unglücklich, daß du dir das Leben nehmen wolltest?«

Myrina zuckte vor Scham zusammen, verbarg ihre nackten Lenden mit den Haaren und beschwor mich: »Schau mich nicht an, so wie ich jetzt bin! Dreh dich wenigstens um, während ich mich anziehe!« Sie öffnete ihr Bündel, suchte einen Kamm hervor, kämmte sich das Haar und steckte es mit einem Band auf, legte eine kurze Tunika an und befestigte ein Paar bunte Sandalen an den Füßen. Dann aber begann sie bitterlich zu weinen, umarmte mich mit ihrem ganzen schmächtigen Körper, schmiegte ihr Gesicht an meine Brust und benetzte meinen Mantel mit ihren Tränen.

Ich streichelte ihr die Schultern, sprach ihr Trost zu und fragte: »Ist dein Bruder wirklich gestorben und weinst du seinetwegen?«

Stoßweise schluchzend brachte Myrina hervor: »Ihn habe ich schon beweint. Ich glaube, jetzt muß ich deshalb weinen, weil es noch jemanden auf der Welt gibt, der es gut mit mir meint. Noch eine Nacht, und ich wäre tot gewesen, ohne auch nur einen Obolus zu hinterlassen, den man mir für den Fährmann hätte in den Mund legen können.«

Sie preßte sich enge an mich und weinte noch bitterlicher. Ich konnte kaum ein vernünftiges Wort aus ihr herausbekommen. Endlich beruhigte sie sich so weit, daß sie mir von dem Mißgeschick erzählen konnte, das die Wandermimen seit unserer Meerfahrt betroffen hatte. Die Truppe war nach Peräa gereist und dort in der Urlaubersiedlung der Legion aufgetreten; dann jedoch waren alle Mitglieder an Fieber erkrankt. Auf dem Rückweg fristeten sie ihr Dasein durch Tänze auf den Dreschtennen der Bauernhäuser; zuletzt aber hatten die Juden sie gesteinigt. In Tiberias wollten sie im Zusammenhang mit dem Wagenrennen eine Aufführung veranstalten. Doch Myrinas Bruder ertrank beim Baden im See. Obwohl sie gleich nach ihm tauchten, ihn an Land zogen und Myrina ihm ihren Atem einzuhauchen versuchte, kam er nicht mehr ins Leben zurück. Sie trugen ihn verstohlen ins Theater, und schließlich half der alte Grieche mit, ihn nächtlicherweise zu begraben, damit nicht das Theater rituell gereinigt werden müßte, wie es bei Bekanntwerden der Einbringung eines Leichnams erforderlich gewesen wäre. Die anderen Mitglieder der Truppe flohen und ließen Myrina und ihre Habseligkeiten als Pfand zurück. Aber die durch ihren Tanz heraufbeschworene Steinigung hatte ihr derartigen Schreck eingejagt, daß sie nicht mehr zu tanzen vermochte.

Sie erklärte: »Solange mein Bruder lebte, haben wir eine Stütze aneinander gehabt, und ich war nicht ganz allein auf der Welt. Seit er jedoch tot und begraben ist, fühle ich mich schutzlos und bin überzeugt davon, daß mich überallhin ein Unheil und Bosheit verfolgen werden. Darum habe ich keinen Lebenswillen mehr. Ich kann nichts essen und trinken, meine Glieder sind wie gelähmt, und ich mag nichts mehr auf der Welt sehen, nichts mehr hören, nichts mehr schmecken und riechen. Ich habe genug von allem und trauere nur um meinen Bruder.«

»Und dich kann ich nicht verstehen«, fuhr sie nach einer Weile fort. »Dein Geld muß eine neue Art von Lug und Trug sein, damit ich mein zweckloses Leben weiterführe und in immer anderes Elend gerate. Nein, nein! Nimm dein Geld wieder und laß mich hier allein sterben! Ich mag keine weiteren Enttäuschungen erleben, jetzt, wo ich weiß, was für ein unsicherer, hoffnungsloser Aufenthalt diese Erde ist.«

Der alte Grieche kam mit Brot und Grützebrei zurück, goß mit zittrigen Händen Wein in eine Schale und reichte sie Myrina. »Kommt mit in das Beschließerzimmer!« sagte er. »Dort ist mehr Licht, und auch ein Bett. Ich mache es euch bequem.«

»Uns genügt, glaube ich, jeder Raum«, erwiderte ich. »Laß uns jetzt allein! Wir haben viel zu besprechen.«

Dienstfertig erklärte er, wir könnten nach Belieben bis zum Morgen bleiben; und auch frischen Wein würde er uns, wenn wir wollten, bringen. Mit dem Weinschlauch unter dem Arm ging er weg, und Myrina begann zu essen, zuerst widerstrebend, allmählich aber mit immer größerem Appetit, bis die Schüssel leer wurde und kein Krümchen Brot übrigblieb.

Dann fragte sie: »Was ist Böses an meinem Tanzen? Und warum liegt anscheinend ein Fluch auf mir, so daß ich meinen Gliedern nicht mehr traue und Angst habe? Du hast mich auf dem Schiff tanzen sehen – du weißt, daß ich es nicht tue, um Männer zu verführen, sondern, um die Leute zu unterhalten und durch meine Körperbeherrschung zu verblüffen. Was liegt schon daran, wenn ich nackt tanze? Flatternde Kleider behindern mich nur und bringen mich aus dem Gleichgewicht. Und an meinem mageren Leib ist nicht viel zu sehen; er besteht nur aus durchgearbeiteten Muskeln. Nicht einmal Brüste habe ich. Warum die Juden mich so erbarmungslos gesteinigt haben, ist mir unverständlich.«

Sie zeigte mir die blutunterlaufenen Flecke und eine schlecht verheilte Platzwunde am Kopf unter den Haaren und erzählte mir: »In einem Dorf haben wir ums Essen gebeten und wollten dafür die Leute nach besten Kräften mit Singen, Spielen und meinem Tanz erfreuen. Aber sie hätten mich, wenn unser nicht so viele gewesen wären, zu

Tode gesteinigt. Mich quält die Vorstellung, daß ich etwas Ungehöriges getan haben könnte, und ich werde bestimmt nie mehr so tanzen können wie früher.«

Ich überdachte ihren Bericht und sagte: »Ich glaube zu wissen, warum sie so wütend waren. Wie es heißt, hat die Fürstin Herodias ihre Tochter vor dem sittenlosen Herodes Antipas tanzen lassen, um ihm die Hinrichtung eines jüdischen Propheten, der schlecht von ihr gesprochen hatte, abzulisten. Deshalb verabscheuen fromme Juden in dieser Gegend alle heidnischen Tänze besonders.«

Myrina schüttelte den Kopf. »Ich war stolz auf meine Kunst und habe das freie, abwechslungsreiche Leben in einer Wandertruppe geliebt. Aber uns ist ein Unheil nach dem anderen zugestoßen, bis ich schließlich ganz verschreckt war und an jedem Morgen schon Angst vor dem kommenden Tage hatte. Der Tod meines Bruders war der größte Schlag für mich und hat mich völlig niedergeschmettert.«

Als sie mir jedoch so ihr Herz ausgeschüttet hatte, begann sie, sich über die letzte Wendung der Dinge zu wundern. Sie öffnete die Börse, befingerte die Goldstücke und fragte, weshalb ich ihr das Geld gegeben und wie ich sie überhaupt gefunden hätte. Ich erzählte ihr von dem einsamen Fischer und von meiner Rennwette und schloß mit den Worten: »Ich glaube, jener Mann muß dein Weinen über den ganzen See hinweg gehört haben. Aber wie das zuging und wieso er vom Tode deines Bruders wußte, dafür wage ich nicht einmal eine Erklärung zu suchen. Jedenfalls gehört das Geld dir, und du kannst jetzt tun und lassen, was dir beliebt.«

Myrina zog die Stirn nachdenklich in Falten und sagte: »Beschreibe mir den Mann! Sah er aus, als hätte er viel gelitten und wäre ganz erschöpft? War er würdevoll und gütig, so daß du sein Gesicht nicht vergessen kannst? Hatte er Narben an den Handgelenken und den Füßen?«

Lebhaft erwiderte ich: »Offenbar denkst du an den gleichen Mann wie ich. Du mußt ihn auch gesehen haben.«

Myrina berichtete mir: »Nachdem wir den wütenden Juden entkommen waren, hatten wir nichts zu essen als Kornähren, die wir von den Feldern pflückten. Schließlich gelangten wir zu einem Brunnen und beschlossen, dort über Nacht zu bleiben. Wir waren ganz verzagt. Da kam dieser Mann müde auf der Straße heran und bat: ›Laßt mich trinken!‹ Aber wir waren alle aufgebracht gegen die Juden. Die Männer ließen ihn nicht zum Brunnen, und mein Bruder lästerte: ›Und wenn du in eurer jüdischen Hölle wärest, würde ich nicht eine Fingerspitze in Wasser tauchen, um dich verfluchten Juden zu laben.‹ Mir aber tat er doch leid. Ich schöpfte Wasser, gab ihm zu trinken und wusch seine wunden Füße; er war nämlich so schwach, daß er es nicht selbst hätte tun können. Niemand hinderte mich daran. Mimen sind im Herzen freundliche Leute. Wahrscheinlich hat mein Bruder nur gescherzt und hätte ihn schließlich ohne weiteres zum Brunnen gelassen; wir waren nur gerade damals alle voll Groll gegen die Juden. Als der Mann getrunken und ich ihm die Füße reingespült hatte, warf er mir einen gütigen Blick zu, segnete mich und sagte: ›Was du mir getan hast, hast du dem getan, der mich gesandt hat. Wegen dieser einen guten Tat wird dir viel vergeben werden. Könige und Fürsten werden dich beneiden, weil du mir zu trinken reichtest, als ich durstig war.‹«

»Das hat er wirklich zu dir gesprochen, Myrina?« fragte ich erstaunt.

»Genau mit diesen Worten«, bekräftigte Myrina. »Sie sind mir im Gedächtnis geblieben, obwohl ich sie nicht verstand. Ich habe sie mir eingeprägt, weil er ein so merkwürdiger Mann war. Dann drehte ich mich für einen Augenblick zu meinen Gefährten um, und inzwischen verschwand er. Wir waren so hungrig, daß wir Rinde kauten, als wir uns beim Brunnen schlafen legten. Etwas später kam aber eine alte Frau die Straße entlang und schaute umher, als suchte sie etwas. Sie hatte Gerstenbrot und Hammelfleisch in einem Korb und bot es uns an. Wir gestanden ihr, daß wir keinen

Groschen Geld hatten. Doch sie sagte: ›Nehmet und esset! Mir ist verheißen worden, daß mir alles, was ich freiwillig wegschenke, vielfach wiedergegeben wird.‹ Wir nahmen Brot und Fleisch und aßen und wurden alle satt. Die Männer meinten, wahrscheinlich sei den Juden, nachdem sie uns so übel mitgespielt hatten, bange geworden, und sie versuchten nun, uns zu versöhnen. Aber die Frau sammelte die Überbleibsel unseres Mahles in ihren Korb und ging ihres Weges. Ich hatte die Empfindung, daß der müde Mann sie getroffen und ihr aufgetragen hatte, uns Essen zu bringen, weil ich freundlich zu ihm gewesen war. Wer kann das sein, wenn er tatsächlich der gleiche Mann war, mit dem du am anderen Ufer des Sees zusammengekommen bist?«

Ich wußte nicht recht, wieviel ich ihr sagen durfte, und erklärte deshalb: »Ich weiß es nicht und begreife das alles nicht. Jedenfalls hat er dich für einen Trunk Wasser fürstlich belohnt. Aber ich hätte nicht im Traum gedacht, daß ich hier dich, Myrina, wiedersehen würde oder daß du es sein solltest, der ich meinen Wettgewinn zu übergeben hatte. Ich kann das nur als Zeichen und als Mahnung betrachten, daß ich nicht ganz aus eigenem Entschluß jenes Schiff in Alexandria bestiegen habe. Doch jetzt Friede mit dir, Myrina! Und nütze das Geld, wie dir am besten scheint! Ich muß nun gehen, weil ich auf eine Nachricht warte.«

Myrina faßte mich am Arm, zog mich mit Gewalt wieder zu sich auf den Lehmboden hinab und rief: »Nein, du wirst nicht gehen! Das lasse ich nicht zu. Der Mann, von dem du mir erzählt hast, kann kein gewöhnlicher Mensch sein. So redet und handelt nicht ein Mensch.«

Aber ich gedachte nicht, das Geheimnis des Reiches mit einem wildfremden Mädchen anrüchigen Berufes zu erörtern und sagte schroff: »Du hast von ihm alles bekommen, was du dir erwarten konntest, und noch mehr. Setze mir nicht weiter zu!«

Erbost drückte Myrina mir die Börse in die Hand zurück

und fuhr mich an: »Behalte deine Goldstücke! Und mögen sie dir bis ans Ende deiner Tage auf der Seele brennen! Mit Geld kannst du dich von mir nicht loskaufen. Geld ist kein Heilmittel für meine Qual. Lieber erhänge ich mich. Erzähle mir sofort, was du von jenem Mann weißt, und dann führe mich zu ihm!«

Ich merkte, daß ich in eine Klemme geraten war, und rief, von Zorn übermannt: »Sein Tun ist nicht Menschentun, und mit meinem Menschenverstand begreife ich ihn nicht. Gibt es hier im Lande nicht genug jüdische Witwen und Waisen, die Gott verehren und das Reich suchen? Warum hat er sich ausgerechnet eine Ägypterin erwählt – ein Mädchen, das von Kind auf gesündigt hat?«

Myrina entgegnete gekränkt: »Ich bin keine niedrige Ägypterin. Ich wurde auf einer der Inseln geboren, von guten griechischen Eltern. Und was du mit dem ›Sündigen von Kind auf‹ meinst, weiß ich nicht. Meines Berufs brauche ich mich keineswegs zu schämen; ich schenke damit vielen Leuten Freude und Vergnügen. Ich will nicht behaupten, daß ich nie einem Mann gehört habe; aber zu einer solchen Sünde gehören zwei, und ich möchte wissen, wer sündiger war: ich oder der Mann, der meine Armut ausnützte, um mich zur Sünde zu verführen. Übrigens habe ich unter mein früheres Leben einen so dicken Strich gezogen, als hätte ich mich wirklich schon erhängt. Ich sehne mich nach einem neuen und besseren Dasein. Aber für Geld kann ich es mir nicht kaufen. Darum mußt du mir helfen, als wärest du mein Bruder.«

Am liebsten hätte ich heulen mögen. Kaum war ich Maria von Beeroth losgeworden, und schon klammerte sich ein anderes, noch fremderes, noch fragwürdigeres Mädchen an meine Mantelfalte. Aber ich mußte Rede und Antwort stehen. Ich dachte nach, was ich sagen sollte, und begann so: »Ich weiß nicht, wieviel du von dem allen verstehst; immerhin hast du die Welt gesehen und wahrscheinlich auch schon andere unerklärliche Dinge erlebt. Also höre! Ich habe Grund zur Annahme, daß der Mann, dem du am Brunnen Wasser gereicht hast und mit dem ich beim See gesprochen habe, ein gewisser Jesus von Nazareth ist.«

»Aber von ihm weiß ich ja!« unterbrach Myrina mich zu meinem Staunen. »In der Dekapolis haben die Legionäre kaum von etwas anderem geredet. Er hat Wunder gewirkt, Kranke geheilt und sogar Tote auferweckt; und er hat versprochen, den Juden ein Reich zu errichten. Deshalb wurde er in Jerusalem gekreuzigt, und seine Jünger haben seinen Leichnam vor der Nase des Pontius Pilatus aus dem Grab gestohlen, um dem Volke einzureden, er wäre von den Toten auferstanden. Oder glaubst du, daß er wirklich aus dem Grab gestiegen ist und daß er es war, dem ich am Brunnen begegnet bin?«

»Er ist von den Toten auferstanden«, bekräftigte ich. »Deshalb ist er der Sohn Gottes, und ich glaube, daß er alle Gewalt im Himmel und auf Erden besitzt. Etwas Derartiges hat sich bisher nie zugetragen. Nach seiner Auferstehung wanderte er hierher nach Galiläa und hat die Seinen ihm nachkommen geheißen. Während dieser Wanderung mußt du ihn getroffen haben. Er hat zugesagt, sich den Seinen nochmals auf einem Berg zu zeigen.«

»Aber«, wandte Myrina mit handfestem Menschenverstand ein, »wie kann er, wenn er wirklich Gottes Sohn war, durstig gewesen sein?«

»Woher soll ich das wissen?« entgegnete ich verdrossen. »Ich habe selbst die Geißelschwielen auf seinem Rücken gespürt, wenn es tatsächlich er gewesen ist. Daß er Fleisch und Blut war, kann ich bezeugen. Er ist ein Mensch unter Menschen und zugleich der Sohn Gottes. Frage mich nicht, wie das möglich und warum es so ist! Es wird wohl das größte Wunder an ihm sein, eben das ganz Einmalige, noch nie Dagewesene. Deshalb kann sein Reich nicht, wie die Juden es sich vorstellen, ein bloß irdisches Reich sein.«

Mit weit aufgerissenen Augen blickte Myrina um sich, sann lange über meine Worte nach und sagte dann: »Wenn dem so ist, dann hat er mir dich als Ersatz für meinen Bruder geschickt und nicht bloß als Überbringer des Geldes. Damit hat er uns zusammengebunden, wie man ein Paar Tauben an den Füßen zusammenbindet. Auch ich sehne mich nach seinem Reich, welcher Art es auch sein mag, wenn es nur nicht dem irdischen Leben gleicht; denn dieses Dasein hier habe ich gründlich satt bekommen. Gehen wir miteinander zu jenem Berg, werfen wir uns gemeinsam vor Jesus hin und bitten wir ihn, uns in sein Reich aufzunehmen, nachdem er mir dich zum Bruder und mich dir zur Schwester gegeben hat!«

»Myrina«, betonte ich entschieden, »ich wünsche mir keine Schwester und brauche keine. Wirklich nicht. Das ist ein großer Irrtum. Und zum Berge gedenke ich dich keinesfalls mitzunehmen, schon, weil ich nicht einmal sicher bin, ob ich selber ihn erreiche. Wer weiß, ob nicht seine Jünger mich erschlagen in der Meinung, ich spionierte ihre heiligen Geheimnisse aus? Du mußt wissen, daß sie sein Reich nur beschnittenen Juden vorbehalten wollen. Sie lassen keine Römer oder Griechen zu, nicht einmal Samariter – niemanden, der den Vorrang ihres Tempels nicht anerkennt. Die ganze Sache ist viel schwieriger und gefährlicher, als du denkst. Aber wenn du versprichst, dich ruhig zu verhalten und mich nicht zu bedrängen, werde ich dich nach meiner Rückkehr aufsuchen und dir von Jesus erzählen, falls er nicht vielleicht jene, die er als die Seinen anerkennt, gleich in das Reich aufnimmt. In diesem Falle komme ich nicht zurück. Aber ich hoffe, du wirst mir trotzdem ein freundliches Andenken bewahren.«

Mit einer heftigen Bewegung schleuderte Myrina mir die Börse an den Kopf. »Nun gut!« rief sie erbittert. »Ein Ertrinkender klammert sich an einen Strohhalm. Darum wollte ich mich an Jesus von Nazareth klammern und dich zum Bruder nehmen, obwohl du meinem Bruder nicht einmal nahekommst. Er und ich, wir haben uns mit halben Worten und mit Blicken verständigt. Wir haben über die gleichen

Dinge gelacht und uns über alles, auch über Hunger und Demütigungen, lustig gemacht, so daß wir das elende Dasein der wandernden Mimen ertragen konnten. Geh nur deines Weges, du hartherziger Mann, wenn du dir einbildest, Menschen für Geld kaufen zu können! Eile nur freudig zu deinem Berg! Aber ich weiß nicht, welche Art von Reich dich dort erwarten mag, wenn du mich hier der Verzweiflung und dem Tode überläßt. Ach, du reicher Mann, was weißt du von Schutzlosigkeit und Ausgesetztheit?«

Ich starrte sie an und erkannte an dem Blick ihrer funkelnden grünen Augen, daß sie in dieser Gemütsverfassung tatsächlich imstande sein konnte, sich aus Kummer und wildem Trotz zu erhängen, wenn auch vielleicht nur, um mir etwas anzutun. Sie hatte mit solcher Überzeugtheit gesprochen, daß Zweifel über meine Haltung mir am Herzen zu nagen begannen. Vielleicht hatte Jesus von Nazareth tatsächlich gewünscht, ich sollte mich fügen und Myrina, so unerhört es scheinen mochte, zur Schwester nehmen! Mir dämmerte, daß sein Reich nicht reines Wohlbehagen bedeutete, sondern schwer erfüllbare Anforderungen stellte.

»Myrina, meine Schwester«, sagte ich mit saurer Miene, »gehen wir also miteinander! Und trage mir meine Worte nicht nach!«

Aber damit gab Myrina sich nicht zufrieden. Sie rief: »Rede nicht so verdrossen zu mir! Wenn du mich mitnimmst, so tu es wie ein Bruder, bereitwillig und freudig! Sonst hat mein Mitkommen keinen Sinn.«

Mir blieb nichts übrig, als ihren schmächtigen Körper brüderlich zu umarmen, sie auf die Wangen zu küssen und mit freundlichen Worten zu besänftigen. Sie zerdrückte noch ein paar Tränen; dann aber machten wir uns davon. Der alte Grieche, der in seinem Pförtnerverschlag lallend über einem Kruge Wein saß, hielt uns nicht auf.

Eben war die Sonne hinter den Bergen untergegangen, und in der von Regsamkeit brodelnden Stadt wurden zahllose Lampen und Pechfackeln angezündet. Ich hatte es so eilig, in den Gasthof zu kommen, daß ich nicht daran dachte, in welchem Aufzug Myrina neben mir ging. Wegen ihrer kurzen Schauspielertunika und der bunten Sandalen riefen viele Passanten ihr unziemliche Worte zu, und es kostete mich einige Mühe, sie unbelästigt aus der Stadt und zu den Thermen zu bringen. Ich hatte das Vorgefühl, die Jünger Jesu würden sich schon in dieser Nacht auf den Weg machen. Einen besseren Zeitpunkt konnten sie sich ja nicht wünschen; am nächsten Tag verließen viele Leute Tiberias, und auf den Straßen fielen dann Wanderer, die zu dem Berge wollten, in keiner Weise auf. Deshalb beeilte ich mich.

Erst als ich atemlos und erhitzt unter den strahlenden Lampen des griechischen Gasthofs stand, wurde ich gewahr, daß ich eine Dummheit begangen hatte. Der würdevolle Gastwirt, der im allgemeinen gewohnt war, die Schrullen der reichen Kurgäste ohne Wimpernzucken mit anzusehen, trat auf uns zu, musterte Myrina von oben bis unten und rief vorwurfsvoll: »Römer, du bist ja ein Sack ohne Boden! Zuerst hattest du eine Jüdin zur Kurzweil bei dir; da habe ich nichts gesagt, weil du sie in deinem Zimmer hinter zugezogenen Vorhängen hieltest. Aber daß du in einer Festnacht mit einer liederlichen Gauklerin anrückst, die, sobald du einschläfst, dein Zimmer verläßt, sich für ein paar Drachmen anderen Gästen anbietest, Krach macht und Bettlaken stiehlt – das geht denn doch zu weit! Wir haben unsere Erfahrung mit solchen Weibspersonen.«

Ich warf einen Blick auf Myrina und sah, wie zerlumpt und besudelt ihre kurze Tanztunika war, wie abgescheuert ihre hübschen Sandalen und wie schmutzig ihre Knie waren. Nach ihrem noch vom Weinen ganz aufgedunsenen Gesicht konnte man wirklich annehmen, sie käme geradewegs von einer Orgie. Unter dem Arm trug sie die fünfrohrige Pansflöte ihres Bruders, und solche Musikinstrumente sind keine Empfehlung für jemanden, der in einem vornehmen Gasthof Quartier sucht. Ich verstand den Wirt, und

Myrina starrte zu Boden, weil sie spüren mochte, daß sie am besten den Mund hielt, obwohl sie bestimmt allerhand zu sagen gewußt hätte.

Immerhin ärgerte ich mich über die Worte des Gastwirts. Offenbar hatte er eine geringe Meinung von meinem – des vielgereisten römischen Bürgers! – Geschmack. Plötzlich kam mir die Unsinnigkeit meiner Lage voll zu Bewußtsein. Ich schlug die Hände über dem Kopf zusammen und erklärte: »Du verkennst mich vollkommen, guter Mann! Dieses Mädchen ist meine Schwester. Wir haben uns auf der Schiffsreise von Alexandrien nach Judäa zerstritten, und aus Trotz hat sie sich einer Truppe wandernder Komödianten angeschlossen. Jetzt habe ich sie im Theater von Tiberias aufgestöbert, und sie hat genug von ihrem Abenteuer. Warte nur, bis sie gebadet und frisiert und anständig gekleidet ist! Aber schweige ihrem Ruf zuliebe über alles, was du gesehen hast, und es soll dein Schade nicht sein.«

Der Gastwirt glaubte mir nicht recht und murmelte ärgerlich, noch nie sei ihm ein so betrunkener Gast untergekommen, daß er, um eine Dirne in sein Zimmer zu schmuggeln, darauf verfallen wäre, sie als seine Schwester auszugeben. Als er aber bemerkte, daß ich stocknüchtern war und Myrina anscheinend wirklich von früher kannte und nicht eben erst von der Straße aufgelesen hatte, ließ er uns ein und gab entsprechende Anweisungen. Eine Sklavin mußte Myrina ins Bad führen, der Barbier sich bereitmachen, um ihr das Haar zu locken, und der Garderobenverwalter in meinem Zimmer Kleider zur Auswahl und zum Kauf auslegen. Ich wollte für Myrina nur ein nettes, unauffälliges Reisekleid anschaffen. Als sie jedoch aus dem Bade kam, bestand sie darauf, verschiedene Gewänder zu probieren und sich von vorn und von hinten in dem Spiegel, den eine Sklavin ihr hielt, zu betrachten, bis ich das Getue satt hatte, mich ins Bett warf, das Gesicht in die Kissen vergrub und mir die

Ohren zuhielt, um das unerträgliche Geschnatter der beiden Frauenzimmer nicht länger mit anhören zu müssen.

Als Myrina merkte, daß ich ihr ernstlich zürnte, warf sie die Kleider beiseite, entließ die Sklavin, setzte sich neben mich, tippte mir auf die Schulter und sagte: »Die besten Heilmittel für Kummer und Verzweiflung einer Frau sind wohlriechende Salben und frisch gelegte Locken und hübsche Kleider. Aber glaube mir, daß die zerfetzte Tunika und die abgetragenen Sandalen mir unvergleichlich wertvoller wären, wenn ich sie noch in Gesellschaft meines leiblichen Bruders tragen und ein Stück Gerstenbrot mit ihm teilen könnte. Nachdem ich versuche, dich aufzuheitern und dir die trüben Gedanken aus dem Kopf zu scheuchen, könntest du wenigstens in mein Lachen einstimmen.«

Ich preßte die Hände an die Schläfen und sagte: »Ach, Schwester, ich freue mich, daß deine Trauer sich lindert. Aber dafür scheint deine Seelenqual auf mich übergegangen zu sein. Es ist schon tiefe Nacht, und meine Angst wächst mit jeder Stunde. Ich weiß nicht, was ich befürchte; aber im Herzen bete ich zu Jesus, er möge uns nicht im Stich lassen. Sprich mir nicht von Frisuren und Kleidern! Mir ist es gleichgültig, was ich anziehe oder esse und trinke, jetzt, da die Stunde der Erfüllung naht und Jesus sich bald den Seinen zeigen wird.«

Myrina schmiegte sich neben mich, schlang die Arme um mich, legte ihre magere Wange an meine Schulter und flüsterte: »Kam dir das vom Herzen, als du mich jetzt Schwester nanntest? Wenn ja, so wünsche ich mir nichts weiter. Genauso habe ich in den Armen meines Bruders geruht, den Kopf an seiner Schulter geborgen.«

Im Nu schlummerte sie in meinen Armen ein, noch im Schlaf ein paarmal leise aufschluchzend. Ich selber konnte jedoch vor Unruhe nicht richtig einschlafen. Dösend sah ich ein schreckliches Traumbild vor mir. Alt und grauhaarig wanderte ich auf einem endlosen Pfad durch die Wüste, barfuß, in zerlumptem Überwurf. Neben mir ging Myrina, hager und abgehärmt, mit einem Bündel auf dem Rücken. Hinter uns aber ritt auf einem zottigen Esel Maria von Beeroth, so dick und mit so scharfen Gramfalten um den Mund, daß ich sie nur an ihren Augen erkannte. Irgendwo weit vor uns schritt eine strahlende Gestalt, die sich von Zeit zu Zeit umsah und zurückblickte. Aber ich wußte, daß ich diese Gestalt, mochte ich mich auch noch so eilen, nie einholen würde.

In Schweiß gebadet, erwachte ich aus diesem Traum. Wenn das wirklich ein Bild meiner Zukunft war und wenn jenes Reich, das Jesus von Nazareth seinen Anhängern bot, so aussah, dann geriet mein Vorsatz, ihn zu suchen, ins Wanken. Mir fiel ein, daß er mir auch anderes Übel vorhergesagt hatte, in jener Nacht am See – falls der Fischer tatsächlich Jesus gewesen war. Eine Anfechtung übermannte mich, und mir schien, daß ein Dunkel, tiefer als das Dunkel der Nacht, körperliche Gestalt annahm und mich zu umschlingen suchte.

»Jesus von Nazareth, Sohn Gottes, erbarme dich meiner!« rief ich laut in meiner Qual. Das Dunkel wich. Ich preßte die Handflächen aneinander und wiederholte das Gebet, das Susanna mich gelehrt hatte. Als ich die letzten Worte: ». . . sondern erlöse uns von dem Bösen!«, gesprochen hatte, fiel ich in ruhigen Schlummer und schlief bis zum Morgengrauen.

Ich erwachte dadurch, daß Myrina an meiner Seite plötzlich auffuhr. Durch die Ritzen der Fensterläden sah ich den bleichen Morgen. Aber Myrina starrte mit leuchtenden Augen und lächelndem Gesicht vor sich hin und rief dann: »O mein Bruder Marcus, was für ein wunderbarer Traum!«

Und sie erzählte mir ihn: »Wir, du und ich und noch jemand, stiegen eine brennende Treppe hinauf. Aber das Feuer versengte uns nicht. Wir stiegen höher und höher, und es wurde lichter und lichter. Du wurdest müde und wolltest nicht mehr weiter. Aber ich nahm dich an der Hand und half dir von Stufe zu Stufe. Es war der schönste

Traum, den ich im Leben gehabt habe. Er kündet uns Gutes.«

»Auch ich habe geträumt«, sagte ich, und mich durchzuckte der Gedanke, beide Träume könnten dieselbe Bedeutung gehabt haben. Man kann ja die gleiche Sache von ganz verschiedenen Seiten betrachten.

In diesem Augenblick klopfte es an der Tür, und eine verschlafene Magd trat schüchtern mit den Worten ein: »Sei nicht böse, Herr, aber unten fragt jemand nach dir. Ich hätte mich nie getraut, dich zu wecken, wenn dieser Mann mit seinen beiden Eseln nicht so hartnäckig gewesen wäre. Er sagt, du mußt dich sofort auf den Weg machen.«

Ich warf meinen Mantel um und eilte hinunter. Die Sonne war noch nicht aufgegangen. Vor Kälte zitternd, erblickte ich Nathan und stieß einen Freudenschrei aus. Nathan war so aufgeregt, daß er seine Schweigsamkeit brach und mir berichtete: »Heute nacht haben sie Kapernaum verlassen. Alle wurden verständigt. Sie gingen in einzelnen Gruppen, jeder mit Familie und Verwandtschaft. Auch Susanna haben sie mitgenommen, und ich gab ihr einen der Esel. Einen zweiten habe ich Simon Petrus geliehen, dessen Schwiegermutter alt und krank ist. Er weiß zwar noch nicht, wessen Reittier er geborgt hat; aber ich dachte, es könnte nur nützen, wenn du bei ihm einen Stein im Brett hast. Allerdings glaube ich nicht, daß die Jünger irgendwen, der die Botschaft erhalten hat, wegschicken werden; denn heute ist ein Tag des Heils. Vielleicht wird in der kommenden Nacht in Israel das Reich errichtet werden.«

»Soll ich mein Schwert mitnehmen?« fragte ich rasch.

»Nein«, entgegnete Nathan. »Jesus hat gesagt: ›Alle, die das Schwert ergreifen, werden durch das Schwert umkommen.‹ Wenn es not tut, kann er eine Legion Engel zu Hilfe rufen. Aber jetzt wollen wir uns beeilen und zum Berge ziehen!«

Ich fragte ihn, ob es weit bis dorthin sei, und er antwortete, er kenne die Gegend und auch den Weg, und es sei eine lange Tagesreise. Seiner Meinung nach würde es klug sein, zur Vermeidung jeden Aufsehens nicht vor dem Abend dort einzulangen. Ich bat ihn, sich eine Weile zu gedulden; ich wolle mich ankleiden und auch meiner Begleiterin auftragen, sich fertigzumachen.

Erst als ich mit Myrina hinunterkam, fiel mir ein, daß Nathan mich noch in Gesellschaft Marias von Beeroth wähnte. Er warf Myrina einen verwunderten Blick zu und sah mich dann vorwurfsvoll an. Ich war schuldbewußt, als hätte ich sein Vertrauen mißbraucht; aber ich bemühte mich eifrig, den Sachverhalt aufzuklären: »Das ist Myrina, eine Ausländerin wie ich selbst. Ihr ist der Bruder gestorben, und ich habe sie an Schwester Statt angenommen. Hab Erbarmen mit ihr, um Jesu Willen! Wenn du sie nicht mitnimmst, kann auch ich nicht mit dir gehen, weil ich feierlich gelobt habe, sie zum Berge zu bringen.«

Ich sank in der Achtung des gestrengen Nathan, und er hielt mich wohl für einen Windbeutel. Aber er hob bloß die Hände und nahm meinen Entschluß widerspruchslos zur Kenntnis. Nach der langen Wartezeit fühlte er sich offenbar so erleichtert, das er mir notfalls und über inständiges Flehen sogar Herodes Antipas als Begleiter zugestanden hätte. Ich war frohen Mutes und hoffte, auch die Jünger würden in ihrer freudigen Erwartung es Jesus anheimstellen, wen er zulassen und wen er abweisen wollte.

Nathan führte uns auf einem Abkürzungspfad an der Stadt vorbei zu der Straße ins Landesinnere. Wie ich vermutet hatte, waren viele Leute unterwegs, hauptsächlich Besucher des Wagenrennens, die in Tiberias übernachtet hatten. Als wir höher hinauf in die Berge kamen, blickte ich zurück und genoß die prächtige Aussicht über den See und auf die Stadt mit ihren Säulenhallen. Die Straße hinter uns wimmelte von Menschen, und vor uns schwebten Staubwolken, die uns die Richtung wiesen.

In kurzen Abständen waren längs der Straße und bei jeder Brücke Legionäre aufgestellt. Augenscheinlich hatten die römischen Behörden beschlossen, an diesem Tage ein dichtes Netz von Ordnungshütern über das ganze Land zu legen; denn die Soldaten hielten alle Fahrzeuge, Esel, Kamele, Pferde und Ochsengespanne an und hoben Straßenzoll ein. Von den Fußgängern verlangten sie keine Abgabe, holten sich aber von Zeit zu Zeit einen Wanderer, der ihnen verdächtig vorkam, heraus, stellten ihm Fragen und untersuchten ihn auf Waffen.

Als wir jenseits einer Hügelkette gegen das Landesinnere abzusteigen begannen, schien mir ganz Galiläa ein einziger großer Garten zu sein, so dicht gedrängt lagen die Anpflanzungen beiderseits unseres Weges. Viele Wanderer verließen, wenn sie einen Wachtposten erblickten, aus Furcht vor den Römern die Straße und wollten querfeldein ziehen. Aber die Bauern liefen herbei und jagten mit Flüchen und Vorwürfen jene zurück, die bei ihrem Versuch, den Wachen auszuweichen, Felder zertrampelten oder ummauerte Weingärten beschädigten.

Wir selber hatten zwar wegen der beiden Esel dreimal Zoll zu zahlen, wurden aber weder befragt noch durchsucht. Zu Mittag machten wir bei einem Brunnen halt, aßen und ließen die Tiere ruhen. Plötzlich fiel mir etwas ein, was mich mit Sorge erfüllte. Ich fragte Nathan, ob Maria Magdalena bestimmt verständigt worden sei oder ob ich umkehren und sie aufsuchen sollte. Nathan beruhigte mich und erklärte, allen, die auf die Botschaft gewartet hätten, sei sie zweifellos zugegangen.

Während wir rasteten, beobachtete ich die Leute, die, ohne sich auch nur während der Mittagshitze einen Augenblick Ruhe zu gönnen, vorbeihasteten. Ich fragte mich, wie viele und welche von ihnen wohl auch zum Berge unterwegs waren. Es mochten jene sein, die vor freudiger Erwartung strahlten und offenbar weder Straßenstaub noch Müdigkeit verspürten. Die heimkehrenden Besucher des Wagenrennens dagegen schritten mit gesenkten Köpfen einher, und alles schien ihnen zuwider. Viele Wanderer hatten belaubte Äste abgebrochen und benutzten sie als Sonnenschirme; denn es war ein heißer Tag. Ein hübscher Jüngling kam vorbei, der einen blinden Greis führte.

Gerade als wir uns wieder auf den Weg machen wollten, hörten wir von weitem Räderrollen und Hufegetrappel und bald auch Warnungsrufe: ein Grauschimmelgespann vom gestrigen Rennen sauste vorbei. Der Wagenlenker hatte im Gedränge der Lastfuhrwerke beim Kontrollposten warten müssen und wollte jetzt ohne Rücksicht auf die Fußgänger die verlorene Zeit hereinbringen. Mir kam vor, bei diesem Tempo und diesem dichten Straßenverkehr könne es gar nicht ausbleiben, daß er jemanden niederrannte.

Als wir zur nächsten Straßenbiegung kamen, sahen wir, daß tatsächlich ein Unfall geschehen war. Menschen hatten sich angesammelt und schüttelten die Fäuste hinter dem in der Ferne verschwindenden Wagen her. Dem jungen Mann, der den Blinden geführt hatte, war es zwar gelungen, den Greis beiseitezureißen; er selbst aber war arg zugerichtet worden. Er blutete aus einer Stirnwunde und schien sich auch ein Bein gebrochen zu haben; denn als er sich aufzurichten versuchte, konnte er auf dem Bein nicht stehen. Der Blinde begriff nicht recht, was geschehen war, murmelte aber zornige Klageworte.

Als die Leute erkannten, daß Hilfe nötig war, verkrümelten sie sich rasch und setzten ihren Weg fort. Der junge Mann wischte sich das Blut vom Gesicht und befühlte vorsichtig seinen Fuß. Ich blickte ihn neugierig an und dachte mir, er könne von Glück reden, daß er noch am Leben war. Mit zusammengebissenen Zähnen begegnete er meinem Blick, wandte sich dann zu dem Blinden und beschwor ihn mit ein paar eindringlichen Worten, sich zu beruhigen. Auch wir wären weitergewandert, hätte nicht Myrina dem wie gewöhnlich schweigenden Nathan zugerufen, er möge haltmachen. Sie schwang sich behende vom Rücken ihres Esels, kniete neben den jungen Mann hin, betastete mit beiden Händen seinen Fuß und rief uns zu: »Er hat sich den Knöchel gebrochen.«

»Wenn deine Neugier befriedigt ist«, sagte ich scharf, »so komm! Wir haben es eilig!«

Der junge Mann flehte uns an: »Kinder Israels, erbarmt euch um Himmels willen meines blinden Vaters! Wir sind nicht sündhafte Leute; doch mein Vater hat das Augenlicht verloren. Jetzt aber wurde ihm versichert, jemand würde ihn heilen, wenn er bis heute abend bei diesem Heiler sei. Morgen ist es schon zu spät. Ob ich hinkomme, ist nicht wichtig. Meinen Vater aber nehmt, bitte, bis zur Ebene von Nazareth mit! Dort wird bestimmt jemand kommen, ihm helfen und ihn den rechten Weg führen.«

»Es gibt viele Wege und manche falsche Wegweiser«, warf Nathan ein. »Bist du selber deines Weges ganz sicher, junger Mann?«

Trotz seiner Schmerzen lächelte der Jüngling, und dieses Lächeln machte ihn, obwohl er mit blutüberrieseltem Gesicht auf dem Boden kauerte, ausgesprochen schön. »Es gibt nur einen Weg«, entgegnete er frohgemut.

»Dann gehen wir ja alle in die gleiche Richtung«, bemerkte Nathan und warf mir einen fragenden Blick zu. Widerstrebend stieg ich von meinem Esel und sagte: »Komm, blinder Mann! Ich helfe dir auf mein Reittier und gehe selber zu Fuß.«

Myrina meinte: »Wenn wir das gleiche Ziel haben – wenn also diese beiden auch zum Berge wollen –, warum sollten wir dann den jungen Mann seinem Schicksal überlassen? Wir können ihm doch die Wunden verbinden und ihn auf meinen Esel heben. Ich bin das Gehen gewohnt.«

Der junge Mann sagte: »Ich möchte euch nicht zur Last fallen. Aber wenn wir Kinder desselben Vaters sind, wird er euch bestimmt für eure Hilfe segnen.«

Ich konnte mich nur schwer in den Gedanken finden, daß ein armseliger Galiläer mit gebrochenem Knöchel und sein wütend vor sich hinbrüllender blinder Vater meinesgleichen sein und ebensolches Anrecht wie ich – wenn nicht größeres, da sie Juden waren – haben sollten, Jesus von Nazareth zu suchen. Als ich aber die Billigkeit dieser Betrachtungsweise erkannte, war ich Myrina dankbar dafür, daß ihre angeborene Herzensgüte meine Gedankenstumpfheit besiegt hatte. Gemeinsam wuschen wir dem jungen Mann das Gesicht, verbanden ihm den Kopf, schienten seinen Unterschenkel und schnitten einen festen Stock zurecht, mit dessen Hilfe er auf einem Bein bis zu meinem Esel humpeln konnte. Inzwischen war sein blinder Vater auf das andere Tier gestiegen und wäre gern schon losgeritten. Ungeduldig hatte er den Kopf gewandt und horchte, was wir redeten. Plötzlich rief er im Befehlston: »Wer ist diese junge Frau, deren Stimme ich höre und die nur ein paar Worte unserer Sprache kann? Laß dich nicht von ihr berühren, Sohn! Sprich nicht zu ihr und schau sie nicht einmal an, damit wir uns auf unserer frommen Reise nicht verunreinigen!«

Der junge Mann machte eine verlegene Miene und sagte: »Mein Vater kennt das Gesetz genau und hat es sein Leben lang peinlich befolgt. Nicht aus Mangel an Frömmigkeit ist ihm sein Unheil zugestoßen. Ihr müßt ihn verstehen. Er will sich nicht der Gefahr aussetzen, daß er unrein wird, ehe er vor den tritt, der ihn heilen soll.«

Trotz seiner Feindseligkeit klammerte der Blinde sich mit beiden Händen so fest an den Esel, daß man ihn auch unter Gewaltanwendung nur mit Mühe hätte herunterheben können. Meine wohlwollende Stimmung war verflogen, und ich schalt ihn barsch: »Deine eigenen Landsleute sind weitergezogen, ohne sich um dich zu kümmen. Das Mädchen ist Griechin, und ich selber trage zwar jüdische Kleidung, bin aber ein unbeschnittener Heide. Ich hoffe, daß wenigstens mein Esel, auf dem du so fest sitzt, dich nicht verunreinigen wird.«

Nathan sagte beschwichtigend: »Du brauchst die beiden nicht zu fürchten, blinder Mann. Ich bin ein Sohn Israels und einer der Stillen im Lande. Meine Begleiter suchen ebenso den Weg wie ich. Wisse, daß ich früher in der Wüste gelebt habe, in einem abgeschiedenen Hause, wo ich die Schriften lesen lernte. Ich habe meinen ganzen Besitz den Kindern des Lichtes hingegeben und am gleichen Tisch mit ihnen gegessen. Aber zum Schriftgelehrten eignete ich mich nicht, und so verließ ich die Wüste, um einen neuen Lehrer der Gerechtigkeit zu suchen, und schloß mich dem Propheten im Kamelhaargewand an, der verkündete, das Reich sei nahe. Ich ließ mich von ihm taufen. Dann wurde er hingerichtet, und ich habe ein Schweigegelübde abgelegt, um nicht in Versuchung zu kommen, von Dingen zu reden, die nur ein wahrer Lehrer der Gerechtigkeit wissen kann. Aber die Stunde ist gekommen, sie ist da. Und so löse ich mich von meinem Gelübde. Glaube mir, blinder Mann, in dieser Zeit und diesem Lande findet sich unter allen unseren Geschlechtern kein einziger Mensch, der ganz rein oder sündlos wäre. Waschungen und Opfer können niemanden reinigen, und nicht einmal der beste Lehrer kann es. Aber Gottes Weisheit hat sich verkörpert und hatte unter uns ihr Zelt aufgeschlagen; doch wir erkannten sie nicht. Jesus wurde gekreuzigt und ist von den Toten auferstanden, um uns von unseren Sünden zu befreien. Wenn du an ihn glaubst, wird er dir das Augenlicht wiedergeben. Aber falls du dich reiner dünkst als wir anderen, wird er dich, glaube ich, nicht heilen.«

Der blinde jammerte laut und tastete mit einer Hand nach den Nähten seines Mantels, um ihn zu zerreißen. Aber der Sohn hielt ihn zurück und sagte: »Die Reinen haben uns im Stich gelassen. Diese Fremdlinge aber erwiesen uns Gutes. Kränke sie nicht durch deine Hartherzigkeit. Unseres Vaters Sonne scheint über Gerechte und Ungerechte, über die Kinder Israels und über die Heiden. Bilde dir nicht ein, daß du strahlender leuchtest als seine Sonne – du, der schon mit Blindheit geschlagen wurde!«

Aber der Greis hieß ihn den Mund halten und befahl

Nathan, seinen Esel ein Stück vorauszuführen, damit wir ihm nicht zu nahe seien. Myrina und ich blieben zurück. Doch der junge Mann zügelte seinen Esel, so daß er an unserer Seite blieb, blickte uns treuherzig an und erklärte: »Die Alten hängen stets am Alten. Aber der Mann, der euch führt, hat recht. Es gibt auf der Welt niemanden, der ohne Fehl ist. Ich selber habe alles getan, um die Gebote und das Gesetz zu halten, bin aber deshalb keineswegs frei von Sünde. Ich dünke mich nicht besser als irgendein Heide und würde nie auf den Gedanken kommen, eure Barmherzigkeit könnte uns verunreinigen.«

Ich blickte ihn an. Sein Gesicht war fahl vor Schmerz; er biß die Zähne zusammen und versuchte, sich mit Gewalt auf seinem Esel aufrecht zu halten. Ich sagte: »Deine Stirn ist rein; deine Augen sind klar. Ich glaube nicht, daß du bewußt der Sünde Raum gibst.«

Er entgegnete: »Gott hat den Menschen als sein Ebenbild erschaffen. Aber durch den Sündenfall unserer Ureltern Adam und Eva wurde dieses Ebenbild in uns getrübt, und vor Gott fühlen wir uns nackt und schämen uns.«

»Davon habe ich gelesen und gehört«, antwortete ich. »Doch ich habe es nie verstanden. Übrigens hat mir ein jüdischer Gelehrter in Alexandria erklärt, diese Geschichte vom Sündenfall sei nur sinnbildlich aufzufassen.«

Der junge Mann versuchte zu lächeln. »Wie sollte ein ungebildeter Jüngling wie ich solche Dinge begreifen? Aber ich habe Jesus von Nazareth beim See gesehen. Er gab den Blinden das Augenlicht wieder und machte Lahme gehen. Er sagte, er sei das Brot des Lebens. Ich wäre ihm mit Freuden gefolgt; aber mein Vater ist sehr strenge. Einem sanften und gütigen Vater wäre ich vielleicht entlaufen. So jedoch sagte das Herz mir, ich würde, wenn ich mich dem Nazarener anschlösse, es nur tun, um mich der Härte meines Vaters zu entziehen. Er stand mehr auf Seite der Synagogenlehrer, die Jesus wegen seines Umgangs mit Sündern verdammten. Wiederholt hat er mich geschlagen, weil ich meine Alltagspflichten vernachlässigte, um dem neuen Lehrer zu lauschen. Mein Vater hielt ihn für einen Volksaufwiegler. Dann wurde er ganz plötzlich mit Blindheit geschlagen. Eines Abends sprach er sein Gebet und legte sich schlafen; morgens aber beim Erwachen sah er nichts und dachte zuerst, es sei noch Nacht.

Er wurde ganz verzweifelt, und niemand konnte ihn heilen. Da entschloß er sich, an den Nazarener zu glauben und ihn aufzusuchen. Inzwischen aber war Jesus nach Judäa gegangen und in Jerusalem gekreuzigt worden. So wandte mein Vater sich zu den Stillen im Lande, die ihm Jesu Auferstehung kundtaten; von ihnen erfuhren wir auch den Tag und die Stunde und die Straße, auf der wir nun ziehen. Der Vater glaubt fest daran, daß Jesus ihn zu heilen vermag, wenn wir nur rechtzeitig hinkommen. Auch ich glaube es. Doch mir wäre lieber, mein Vater würde das Reich begehren und nicht bloß sein Augenlicht.«

Myrina fragte mich neugierig, was der junge Mann gesagt habe, und ich erzählte es ihr. Sie wunderte sich sehr und meinte: »Dieser Jüngling hat einen so strahlenden Blick; sein Herz ist bestimmt rein. Ich hätte nie gedacht, daß es solche Menschen geben könnte. Warum mußte gerade ihn dieser Unfall treffen?«

»Wenn er selbst sein Mißgeschick ohne Murren trägt«, erwiderte ich, »so darfst du eine solche Frage nicht stellen. Er ist so erfüllt davon, seinem griesgrämigen Vater alles Gute zu wünschen, daß er den eigenen Schmerz vergißt. Die Juden haben ein Gebot, Vater und Mutter zu ehren.«

Nathan, der Griechisch verstand, hörte meine Worte, wandte sich um und sagte: »So war das Gebot. Aber Jesus von Nazareth soll gelehrt haben, um des Reiches willen müsse der Gatte sein Weib verlassen, der Sohn Eltern und Geschwister, der Begüterte Haus und Hof. Wenn Jesus rief, mußten die Fischer ihre Netze im See lassen und die Pflüger ihre Ochsen auf dem Felde; und einer, der zuerst seinen Vater begraben wollte, durfte ihm nicht folgen.«

Wieder begann der Blinde zu jammern und rief: »Ich bin unter Gotteslästerer gefallen, und Satan selbst führt meinen Esel. Kann man Gutes erwarten von einem Wege, auf dem Menschen wandern, die das Gesetz mit Füßen treten?«

Die Miene des Sohnes verfinsterte sich; aber er beschwichtigte den Vater: »So etwas habe ich Jesus nie sagen hören. Er hat die Sanftmütigen und die Friedensstifter selig genannt. Er hat uns verboten, Übles zu reden oder Böses mit Bösem zu vergelten. Er befahl uns, unsere Feinde zu lieben und für die zu beten, die uns verfolgen. Er sagte, sein Vater kenne alle unsere Bedürfnisse; er werde sie befriedigen, wenn wir, ohne uns um den morgigen Tag zu sorgen, nur das Reich suchen.«

Verwundert und erbittert rief ich: »Nun habe ich schon viel über ihn und seine Lehren gehört. Diese Berichte sind voll von Widersprüchen, offenbar je nachdem, wer den einen oder anderen Anspruch weitergegeben hat. Ich weiß nicht mehr, was ich glauben soll.«

Aber Myrina blickte uns erstaunt an und fragte: »Warum streitet ihr plötzlich über ihn, wo wir doch gerade unterwegs zu ihm sind? Mir kommt vor, ich bin am glücklichsten unter euch, weil ich wenig von ihm weiß und wie ein leeres Gefäß bin, das er nach Belieben füllen kann.«

Ihre Worte trafen mich ins Herz. Während ich hinter den Reittieren herging und in den Straßenstaub starrte, vergegenwärtigte ich mir der Reihe nach alles, was mir widerfahren war, und alle die verschiedenen Stimmungen, in denen ich meine Erlebnisse aufgenommen hatte. Ich fand nichts Gutes mehr in mir und nicht genug Liebe. Aber nochmals beteuerte ich vor mir selber, daß ich keineswegs bloß aus Neugier den Auferstandenen suchte. Innerlich betete ich im Namen Jesu und flehte, alle meine Eitelkeit und Selbstsucht mögen von mir abfallen, all mein Wissen und meine irdische Klugheit, ja selbst mein gesunder Menschenverstand, so daß auch ich nur ein leeres Gefäß würde, bereit, Jesu Wahrheit aufzunehmen, wenn er sie in mich ergießen wollte.

Nach diesem Gebet hob ich die Augen und sah einen Berg sich über die Ebene erheben, dessen gerundete Kuppe von der Nachmittagssonne vergoldet war. Sofort wußte ich: das war der Berg, zu dem wir wanderten. Hoch, ebenmäßig, wohlgeformt, beherrschte er die ganze Umgebung. Wir folgten der Straße noch ein Stück weit, bis über ein ausgetrocknetes Flußbett hinweg, und schlugen dann einen südwärts an den Berg geschmiegten Fußpfad ein, um eine Stadt zu vermeiden, die, wie Nathan uns erzählte, am Nordhang des Berges lag. Wir kamen an das Ende der Anpflanzungen. Nun verlief der Weg ansteigend durch Buschwerk, und wir wanderten im Bergschatten. Rings herrschte Schweigen. Wir hörten keine Tierstimmen und sahen keine Menschen. Alles war so still, daß ich mich zu fragen begann, ob wir den richtigen Weg gingen. Aber der Boden selbst, die Bäume und der schön geschwungene Hang sagten mir, daß der Berg heilig war. Friede senkte sich in meine Seele, und ich war nicht länger ungeduldig.

Auch Nathan eilte sich nicht. Ich glaube, er hatte diesen beschwerlichen Pfad nur gewählt, um den Menschen auf der Straße und überflüssigen Fragen zu entgehen. Nun richtete er die Augen zum Himmel und auf die tiefer werdenden Schatten und ließ die Esel zu einer Rast halten. Als Römer wunderte ich mich darüber, daß wir auf keine Wächter der Stillen gestoßen waren; wo es sich um eine so große geheime Zusammenkunft handelte, mußten doch Jesu Gefolgsleute auf alle zum Berge führenden Straßen Männer ausgesandt haben, um den Berufenen den Weg zu weisen, die Ungebetenen aber zurückzuschicken. Als drei Sterne am Himmel erschienen waren, setzten wir unsere Wanderung fort, und im Dunkel kamen wir an eine Stelle nahe dem Gipfel, wo eine große Menschenmenge in kleinen Gruppen wartend lagerte.

Alles war unglaublich ruhig. Die Leute flüsterten nur

miteinander, so daß eine sanfte Brise über den Berg hin zu wehen schien. Nathan band die Esel unter einer Baumgruppe an und half dem Blinden absteigen. Myrina und ich stützten den jungen Mann. So näherten wir uns der Menge und setzten uns an deren Rand hin, wenige Schritte von den nächsten Gruppen. Jenseits der Lagernden sahen wir immer neue Schatten, gegen den Nachthimmel abgehoben, heranschreiten. Ohne jemanden zu fragen, setzten die Ankömmlinge sich auf den Boden und warteten gleich den übrigen. Aus dem Klang des Flüsterns entnahm ich, daß viele Hunderte hier versammelt sein mußten, und ich hätte nie gedacht, daß eine so große Menge derart still sein könnte.

So verstrich die erste Nachtwache. Aber niemand wurde des Wartens müde, niemand stand auf oder ging weg. Es war mondlos; doch das Sternenlicht strahlte und übergoß die Erde mit Silber. Immer mehr wurde ich das Walten einer starken Macht gewahr; ich legte den Arm um Myrina und spürte, daß ihr magerer Leib vor Erwartung erstarrt war. So wie einst in meinem Zimmer in Jerusalem schienen schwere Regentropfen auf mich zu fallen; als ich jedoch mein Gesicht befühlte, war es nicht feucht.

Ich bemerkte, daß jetzt viele sich erhoben, wie, um besser zu sehen, und ich tat desgleichen. Mitten in der Menge stand eine mächtige Gestalt aufrecht unter dem Sternlicht und rief mit gewaltiger Stimme: »Leute! Brüder!«

Alle verstummten; rings herrschte völlige Stille. Der Mann fuhr fort: »Das Korn reift dem Schnitt entgegen, das Erntefest steht vor der Tür, und die vierzig Tage, die Jesus uns gab, neigen sich dem Ende zu. Die Stunde naht, und mit ihr der Abschied. Wo er hingeht, dahin können wir ihm nicht folgen. Er war das Brot, das vom Himmel kam. Wer von diesem Brote ißt, wird in Ewigkeit leben. Das Brot, das er uns reichte, war sein Fleisch, hingegeben für das Leben der Welt. Und wir streiten nicht, wie einst die feindlichen Juden untereinander, darüber, wie er uns sein Fleisch zu essen geben kann; denn wir Sendboten haben es erlebt und können es bezeugen. Uns hat er das Geheimnis des Reiches anvertraut. Wahrlich, wenn ihr das Fleisch des Menschensohnes nicht esset und sein Blut nicht trinket, so habt ihr das Leben nicht in euch. Wer aber sein Fleisch ißt und sein Blut trinkt, hat ewiges Leben und wird am Jüngsten Tage erweckt werden. Sein Fleisch ist die wahre Speise, und sein Blut ist der wahre Trank. Wer sein Fleisch ißt und sein Blut trinkt, bleibt in Jesus und Jesus in ihm. Wenn aber jemand unter euch ist, der daran Ärgernis nimmt und solche Worte abstoßend findet, so möge er aufstehen und gehen! Keiner wird ihn verdammen.«

Aber niemand erhob sich zum Gehen. Auch ich tat es nicht, obwohl mir dieses Geheimnis Schrecken einflößte. Selbst wenn ich gewollt hätte, wäre ich übrigens nicht imstande gewesen aufzustehen, weil die Beine mir den Dienst versagten. Ich wagte kaum zu atmen.

Lange schwieg der Sprecher und stand im Sternenlicht mitten in der lautlosen Volksmenge, unbewegt wie ein Fels. Dann hob er wieder an und erzählte so schlicht wie ein Kind und als wunderte er sich selbst darüber: »Wir aßen das Osterlamm mit ihm, in jener Nacht, da er verraten wurde. Er nahm das Brot, segnete und brach es, gab es uns und sprach: ›Dies ist mein Leib!‹ Dann nahm er den Kelch, sprach das Dankgebet, reichte ihn uns und sprach: ›Trinket alle daraus! Denn dies ist mein Blut, das vergossen wird für viele zur Vergebung der Sünden.‹«

Nachdem er das berichtet hatte, streckte er beide Arme empor und rief: »Tut also desgleichen! Eßt und trinkt, ihr alle, die ihr ihn liebt und daran glaubt, daß er der Christus ist und der Sohn Gottes! Segnet euer Brot in seinem Namen und brecht es und teilt es unter euch; segnet den Wein in seinem Namen und gebt einander davon zu trinken! Wer hat, der gebe dem, der nicht hat, damit niemand Hunger oder Durst leide! Wenn wir gegessen und getrunken haben, wollen wir wachen und auf ihn warten.«

Nach diesen Worten setzte er sich. Nun kam Leben und Bewegung in die Menge. Alle standen auf, um sich die Hände zu waschen oder sie sich gegenseitig hilfsbereit zu begießen. Wir hatten nur wenig Wasser; aber Nathan goß ein bißchen uns ebenso wie dem Blinden und seinem Sohne über die Hände. Dann nahm ich den Wasserschlauch und benetzte Nathans Finger; und er nahm keinen Anstoß daran. Wir hatten Speise und Trank für alle; der Blinde indes fing an zu zittern und bat flüsternd, er wolle sein eigenes Brot essen und seinen eigenen Wein trinken. Noch immer sprach niemand laut; doch das Murmeln der Menge war wie auffrischender Wind.

Ich nahm es dem Blinden nicht übel, daß er sich geweigert hatte, das Mahl mit uns zu teilen. Nathan segnete das Brot des Greises im Namen Jesu Christi, brach es in zwei Hälften und reichte sie ihm und seinem Sohn. Dann segnete er in gleicher Weise unser Brot, gab davon mir und Myrina und nahm selbst ein Stück. Zu mir sagte er: »Möge dieses Brot, wie es verheißen wurde, das Brot der Unsterblichkeit sein! Möge es auch dir zum Leben und nicht zum Tode gereichen!«

Demütig erwiderte ich: »Sein Wille geschehe; denn er ist der Sohn Gottes. Wenn er es mir, weil ich ein Fremdling bin, zum Tode gereichen lassen will, so sei es so!«

Als wir von dem Brote gegessen hatten, segnete Nathan das Getränk des Blinden und reichte es ihm und seinem Sohne. Uns mischte er Wasser in den Wein und sprach über den Becher das Dankgebet. Zuerst trank ich, dann er und schließlich Myrina. So hielten wir unser Mahl, wie es alle um uns, ihre Vorräte miteinander teilend, taten.

Aber der Blinde aß nur ein paar Bissen. Dann brach er in Tränen aus, wiegte den Kopf hin und her und klagte: »Ich habe vom Leibe des Gottessohnes gegessen und sein Blut getrunken. Ich bin überzeugt davon, daß bei ihm alles möglich ist. Möge er sich meines Unglaubens erbarmen!«

Von Myrina wanderte jetzt der Becher zu mir, dann zu

Nathan und wieder zu Myrina zurück. Wir tranken alle drei. Dann neigte Myrina den Becher, blickte verwundert hinein und flüsterte: »Der Wein wird nicht weniger.«

Ebenso verblüfft stellte ich fest: »Ich dachte, wir hätten das Brot aufgegessen. Aber neben mir liegt ein ganzer Laib. Hast du ihn hergelegt, Nathan?«

Er antwortete: »Nein. Aber vielleicht haben wir mehr Brot mit, als ich glaubte.«

Wieder tranken wir, und noch immer wurde der Becher nicht leer. Doch jetzt staunte ich über nichts mehr; denn alles schien wie ein lebhafter Traum, obwohl ich auf dem Boden saß und seine Kühle spürte, obwohl ich den Sternenhimmel über mir sah und das Murmeln der Menge wie ferne Brandung hörte. In mir war kein anderer Gedanke als die jubelnde Gewißheit, daß Jesus von Nazareth kommen und ich ihn sehen würde. Sein Brot war mir nicht in der Kehle steckengeblieben; sein Wein hatte mir nicht den Lebensodem benommen.

So verbrachten wir die zweite Nachtwache, und niemand schlief, glaube ich; alle warteten. dieses Warten hatte nichts von Ungeduld; es war wie eine Vorbereitung. Plötzlich hob der Blinde den Kopf und fragte: »Bricht schon der Morgen an? Ich sehe eine Helle.« Jählings drehte er sich um und starrte in die Volksmenge.

Auch wir reckten die Hälse und bemerkten, daß der Auferstandene erschienen war und mitten unter den Seinen stand. Wie und wann er sich ihren Blicken gezeigt hatte, vermag ich nicht zu sagen. Aber daß er es war, litt keinen Zweifel. Weiße Gewänder umhüllten ihn und warfen das Sternlicht zurück, so daß er selbst Licht auszustrahlen schien. Und auch sein Antlitz leuchtete. Sehr langsam schritt er durch die Menge, blieb da und dort stehen, wie, um die Seinen zu grüßen, und streckte ihnen segnend die Hände entgegen.

Allmählich hatten alle die Köpfe erhoben und blickten in die gleiche Richtung. Aber niemand wagte es, aufzuspringen und dem Herrn entgegenzueilen. Plötzlich hörten wir einen Schrei, unnatürlich laut, und eine Frau warf sich mit ungestümer Gebärde vor Jesus auf den Boden nieder und rief mit Tränen und Jubel in der Stimme: »Mein Herr und mein Gott!« Ein Schauder lief durch die Menge. Der Nazarener bückte sich und streichelte der Frau den Kopf, und mit einem Male wurde sie ganz ruhig. Wir hörten das stöhnende Atmen der Menge, und immer mehr Leute flüsterten: »Das ist er. Der Meister ist zu uns gekommen.«

Der Blinde reckte den Hals, kniete mit hoch erhobenen Armen hin und rief: »Ich sehe ihn nicht. Ich sehe nur ein Licht, als schiene die Sonne mir geradewegs in die Augen.«

Ich wüßte nicht zu sagen, wie lange der Auferstandene unter uns weilte; denn die Zeit schien stillzustehen. Doch ich lebte ein volles Menschenleben, während er durch die Menge ging und bei jedem der Seinen, ohne irgendwen zu vergessen, anhielt. Alles war einfach und natürlich und so selbstverständlich, daß kein Zweifel mich anwandelte. Über nichts, was geschah, erstaunte ich. Ich kann nur annehmen, daß ich in dieser Nacht, solange ich den Herrn sehen konnte, in seinem Reiche weilte.

Nun kam er näher zu uns; und als er heranschritt, bebte und schwankte alles in mir, gleich einer Wasserfläche, die sich kräuselt. Er schien zu denen, die er segnete, zu sprechen; aber man hörte keinen Laut, obwohl ich einige Männer, wie zur Antwort, eifrig nicken sah. Schließlich stand er vor uns und blickte uns an. Sein Antlitz war müde, aber strahlend, und aus seinen Augen leuchtete das Reich. Ich sah die Lippen des Blinden sich lautlos bewegen und fragte mich, ob ich vielleicht mit Taubheit geschlagen worden sei. Jesus strich mit den Fingern leicht über die Augen des Greises und legte seinem Sohn die Hände auf den Kopf. Beide sanken vor ihm zu Boden und lagen reglos da. Auch andere in der Nähe lagen so; auch sie waren berührt worden.

Dann blickte er mich fest an, und ich wußte, daß ich

sterben würde, wenn er mich berührte. Meine Lippen bewegten sich, und ich muß zu ihm gesprochen haben, obwohl ich die eigene Stimme nicht hörte. Ich glaube, ich flehte ihn an: »Herr, nimm mich in dein Reich auf!«

Er sprach: »Nicht jeder, der zu mir sagt: ›Herr, Herr!‹, wird in mein Reich eingehen, sondern nur, wer mein Wort hört und den Willen meines Vaters tut.«

Ich fragte: »Welches ist dein Wort? Und was ist deines Vaters Wille?«

Er antwortete: »Das weißt du schon. Was du einem jener Geringsten tust, das tust du mir.«

Ich muß noch etwas über sein Reich gefragt haben; denn er lächelte nachsichtig wie zu einem hartnäckigen Kinde und sagte: »Vom Himmelreich kann man nicht sagen, es sei hier oder dort. Das Reich liegt in dir und in allen, die mich kennen.«

Dann fügte er hinzu: »Ich verlasse niemanden, der mich anruft. Wo zwei oder drei in meinem Namen versammelt sind, da bin ich mitten unter ihnen. Ich bleibe bei euch alle Tage bis ans Ende der Welt. Und wenn du mich rufst, wirst du nie so allein sein, daß du ohne mich bist.«

Er wandte sich von mir ab und blickte Nathan an. Ich sah Nathan die Lippen bewegen, hörte aber kein Wort. Dann schaute Jesus auch Myrina freundlich an; doch ihre Lippen regten sich nicht. Schließlich kehrte er um und ging zu den Seinen zurück.

Der Blinde und sein Sohn lagen noch wie Tote da. Als aber Nathan bemerkte, daß ich beunruhigt war, schüttelte er den Kopf und flüsterte: »Sie sind nicht tot; sie schlafen. Rühre sie nicht an!«

Dann sah ich die Elf sich um Jesus scharen, und es war, als spräche er liebevoll zu ihnen und als antworteten sie ihm. Aber Tränen trübten meinen Blick, so daß ich den Auferstandenen nur als leuchtenden Schimmer mitten unter seinen Sendboten sah. Als ich mich ausgeweint hatte, war er verschwunden, und ich kann nicht sagen, wann und wie er uns verließ. Daß er nicht mehr da war, erfaßte ich eher in der Seele als mit den Augen; ich merkte es daran, daß mit ihm eine starke Kraft aus unserem Kreise gewichen war. Mir kam vor, als erwache ich aus einem Schlafe. Ich mußte niesen und konnte meine Glieder regen.

Die Zeit trat wieder ihre Herrschaft an. An den Sternen erkannte ich, daß die dritte Nachtwache gekommen war und der Morgen nahte. Die Leute standen auf und blickten forschend umher. Ich hörte Rufe und lebhafte Gespräche, als wetteiferten alle darin, sich gegenseitig zu erzählen, was der Auferstandene jedem von ihnen gesagt hatte.

Auch ich rief frohlockend: »Nathan, Nathan, ich sprach zu ihm, und er antwortete mir. Du kannst bezeugen, daß er mich nicht aus seinem Reiche ausschloß.«

Aber Nathan schüttelte verwundert den Kopf und erwiderte: »Das kann ich keineswegs bezeugen. Ich sah wohl deine Lippen sich bewegen, doch deine Zunge muß gelähmt gewesen sein; ich hörte keinen Laut. Aber dafür habe ich zu ihm gesprochen, und er hat mir geantwortet.«

Myrina umklammerte mit beiden Händen meine Arme und berichtete verzückt: »Ich wagte nicht, ihn anzureden. Aber er erkannte mich und lächelte und sagte mir, ich würde nie mehr im Leben durstig sein, weil ich ihm zu trinken gab, als ihn dürstete.«

Nathan geriet außer sich und rief erbost: »Ihr seid von Sinnen, ihr beide! Zu euch hat er nichts gesagt. Zu mir allein von uns dreien sprach er und hat mir den Weg gewiesen. Er belehrte mich, daß nicht, was in den Mund eingeht, den Menschen unrein macht, sondern, was aus dem Mund hervorgeht. In seinem Reiche sind viele Wohnungen. Mit dem Maße, mit dem jeder mißt, wird auch ihm zugemessen werden – dem einen mehr, dem anderen weniger –; aber niemandem, der innig um etwas bittet, wird es verweigert werden. Ich muß den Sendboten vertrauen, weil er sie zu Trägern seiner Botschaft erwählt hat. Sein Reich ist wie ein Senfkorn; es wächst langsam, aber eines Tages wird es zu einem Baum, so daß aus allen Himmelsrichtungen die Vögel kommen und in seinen Zweigen Nester bauen.«

Nathan verstummte und starrte wie lauschend vor sich hin. Schließlich sagte er unbeholfen: »Noch vieles andere hat er mich gelehrt; aber ich habe es vergessen. Doch sicherlich wird mir alles zur rechten Zeit wieder einfallen.«

Ich verwunderte mich sehr. Indes wohnte nun Jesu Reich, wie er es gesagt hatte, in mir, und meine Seele war befriedigt. »Sei mir nicht böse, Nathan«, sagte ich, »aber ich dachte wirklich, er hätte zu mir gesprochen. Und ich glaube es noch immer. Vielleicht redete er mit jedem nur über die Dinge, die gerade ihn angingen. Wenn ich alles, was er heute nacht zu den Seinen sprach, wüßte und niederschreiben könnte, würde es sicherlich in keinem noch so großen Buche Platz finden. Es mag so eingerichtet gewesen sein, daß wir gegenseitig nicht hören sollten, was er zu jedem von uns redete.«

Nathan beruhigte sich, legte mir seine Hand auf die Schulter und erklärte: »Zumindest habe ich ihn dich anblicken sehen, und kein Übel traf dich. So berühre ich dich jetzt, und für mich bist du nicht unrein.«

Wir berieten miteinander und kamen überein, daß wir am besten täten, den Berg vor dem Morgengrauen zu verlassen, damit niemand uns erkennen sollte. Aber der Blinde und sein Sohn schliefen noch immer wie Tote, und wir wagten nicht, sie zu wecken; im Stiche lassen aber konnten wir sie auch nicht. So blieben wir und warteten. Bei Tagesanbruch wurde die Hochstimmung und Begeisterung der Menge immer lauter. Viele stimmten gemeinsam Danklieder an. Andere liefen atemlos von Gruppe zu Gruppe, um ihre Freunde zu begrüßen und ihnen zu bekunden, daß sie den Auferstandenen mit eigenen Augen gesehen hatten. Rot vor Aufregung riefen sie einander zu: »Friede sei mit dir! Sind auch dir die Sünden vergeben worden? Hat er auch dir ewiges Leben verheißen? Wahrhaftig, wir, die ihn hier auf dem Berge sahen, werden den Tod nicht schmecken.«

Der Boden unter mir war hart, meine Glieder wurden steif, und ich mußte die Hände verschränken, um mich zu vergewissern, daß noch Leben in ihnen war. Als in der zunehmenden Helligkeit alle einander erkennen konnten, gingen die Sendboten zu zweien oder dreien durch die Menge. Ich sah, daß sie jene, die nach der Berührung durch den Auferstandenen wie ohnmächtig hingesunken waren, weckten und aufrichteten.

Drei von ihnen kamen auf uns zu, und den ersten erkannte ich als den Mann, der in der Nacht die Stimme erhoben und so erschreckende Worte zu der Menge gesprochen hatte. Ich erkannte ihn an dem runden Kopf und den breiten Schultern; und im matten Morgenlicht sah ich, daß sein bärtiges Gesicht leidenschaftlich und trotzig war. Er hatte den jungen Johannes bei sich. Johannes war blaß von der durchwachten Nacht; dennoch hatte ich nie an einem Jüngling ein so reines und strahlendes Gesicht gewahrt. Dieser Anblick allein schon machte mich froh. Den dritten Mann kannte ich nicht, wußte aber nach seinem Aussehen, daß auch er einer der Sendboten sein mußte. Ich kann es nicht anders ausdrücken als so: seine Züge hatten etwas von Jesu Antlitz, nur weniger ausgeprägt, wie durch einen Schleier gesehen.

Während ich ihn betrachtete, fiel mir der einsame Fischer ein, mit dem ich eines Nachts beim See sprach. Jetzt, nachdem ich den Auferstandenen von Angesicht zu Angesicht gesehen hatte, versuchte ich, mir auch die äußere Erscheinung jenes Fischers ins Gedächtnis zu rufen. Aber ich konnte noch immer nicht mit Gewißheit sagen, ob er wirklich Jesus gewesen war; immerhin glaube ich, dort am See mit ihm, ohne ihn zu erkennen, geredet zu haben. Warum er sich jedoch damals gerade mir gezeigt haben sollte, blieb mir unbegreiflich.

Je näher die drei Männer kamen, desto schuldbewußter

wurde mir zumute; ich versuchte mein Gesicht abzuwenden und es vor ihnen zu verbergen. Ohne mir Beachtung zu schenken, beugten sie sich zunächst über den Blinden, schüttelten ihn, richteten ihn auf und riefen: »Erwache, Schläfer!«

Der Greis rieb sich die Augen, starrte die Jünger an und sagte:

»Ich sehe euch. Ihr seid drei Männer. Aber ich kenne euch nicht.«

Der erste der drei erwiderte: »Wir sind Sendboten, die Jesus von Nazareth, der Sohn Gottes, erwählt hat. Ich bin Simon, den er Petrus nannte. Aber wer bist du? Wir kennen dich nicht.«

Der Greis strich sich über die Stirn, blickte sehenden Auges um sich und rief voll Freude: »In der Nacht habe ich ein starkes Licht gewahrt. In meinen Augen wirkte eine Macht, so schmerzhaft, daß ich ohnmächtig wurde. Aber jetzt bin ich wach und sehe mit beiden Augen, während ich doch blind hierherkam.«

Frohlockend beugte er sich über seinen Sohn, rüttelte ihn wach, half ihm auf die Beine, umarmte ihn und jubelte: »Der auferstandene Jesus von Nazareth hat mich in der Nacht geheilt! Gesegnet sei sein Name. Alle Tage meines Lebens will ich Gott preisen, der ihn gesandt hat.«

Im Halbschlaf streifte der junge Mann sich den Verband vom Kopf. Die Stirnwunde war geschlossen und vernarbt, und er stand, ohne Schmerzen zu spüren, auf beiden Beinen. Da er merkte, daß ihn noch etwas behinderte, bückte er sich und entfernte die Schienung, rieb sich die Wade und murmelte verwundert: »Mir scheint, mein Bein ist wieder in Ordnung!«

Simon Petrus erklärte: »In dieser Nacht hat Jesus alle geheilt, die er zu Zeugen seiner Auferstehung berufen hat, auf daß es viele solche Zeugen gebe. Wir alle haben ihn zur gleichen Zeit erblickt. Nicht nur hat er Blinden das Augenlicht, Tauben das Gehör und Lahmen die Beweglichkeit wiedergegeben; auch von unseren Sünden hat er uns geheilt und uns das Tor zum ewigen Leben geöffnet.«

Aber Johannes starrte mir ins Gesicht. Plötzlich stieß er Petrus an und sagte: »Die beiden kennen wir nicht und haben sie nicht gerufen; aber der Herr hat ihre Gebrechen geheilt. Auch andere sind ungeladen gekommen, und er hat diese Nacht niemanden weggeschickt.« Dann wies er anklagend mit dem Finger auf mich und fuhr fort: »Doch diesen hier kenne ich. Er hat sich uns schon in Jerusalem aufgedrängt, uns mit lästigen Fragen zugesetzt, die Frauen irregeleitet und Simon von Kyrene und Zachäus in Versuchung geführt, so daß Levi ihm schließlich einschärfen mußte, den Namen unseres Herrn nicht zu mißbrauchen. Es ist ein gewisser Marcus, ein Heide und Römer. Ich verstehe nicht, wie er hier sein kann.«

Simon Petrus fuhr auf, ballte die großen Fäuste und rief: »Haben wir sogar hier einen Verräter unter uns?«

Doch Johannes und der dritte Sendbote hielten ihn an den Armen zurück und warnten: »Wir müssen jedes Aufsehen vermeiden. Nimm ihn beiseite, sonst könnten die Leute in Erregung geraten und ihn steinigen. Dann würde man uns wegen des Blutvergießens zur Rechenschaft ziehen. Er ist ja römischer Bürger.«

Petrus atmete schwer, warf mir einen finsteren Blick zu und erklärte: »Es gibt Heißsporne genug hier in der Menge. Was würdest du sagen, Römer, wenn ich dich ihnen überantworten wollte? Man würde dich in eine Höhle schleppen, aus der du nicht mehr zurückkämest.«

»Ich fürchte weder dich noch sonst einen Menschen«, erwiderte ich. »Warum sollte ich Angst haben, wenn euer Herr mich in dieser Nacht nicht fortgewiesen hat? Sicherlich hatte er doch die Macht, mein Kommen zu verhindern, wenn er es gewollt hätte. Oder bezweifelt ihr das?«

Aufgeregt führten die drei Männer uns schließlich zu der etwas abgelegenen Baumgruppe, wo unsere Esel angebunden waren, und berieten miteinander, ob sie die anderen

Jünger verständigen sollten. Aus ihrem Gespräch entnahm ich, daß auch Nikodemus, Simon von Kyrene und Zachäus, die ich kannte, mit auf dem Berge waren. Aber Johannes meinte: »Je mehr Leute wir herbeirufen, desto größeres Aufsehen erregen wir. Der Römer hat recht: unser Meister hat ihn nicht weggeschickt. Wie das kommt, ist mir unverständlich. Aber der Diener soll sich nicht klüger dünken als der Herr.«

Nun, da wir allein waren, sprachen der Blinde und sein Sohn für uns und erzählten, was unterwegs geschehen war, wie ich mich ihrer erbarmt und sie zum Berge gebracht hatte. Aber Simon Petrus rief ergrimmt: »War es euch nicht Zeichen genug, daß die Pferde euch überrannten und dem jungen Mann den Knöchel brachen? Jesus hat euch nicht berufen und wollte nicht, daß ihr herkommt.«

Der junge Mann wurde traurig, warf sich vor Petrus auf die Knie und flehte: »Verzeiht mir, ihr heiligen Männer! Ich habe nichts Böses im Schilde geführt. Ich tat es nur um meines Vaters willen. Ich habe Jesus keineswegs gebeten, mein Bein gesund zu machen; daran dachte ich nicht einmal. Aber in siner Güte hat er mich berührt, und ich war geheilt. Vielleicht wollte er mir damit seine Vergebung kundtun. So vergebt auch ihr mir – mir und meinem Vater!«

Es fiel mir nicht schwer, mich vor den drei mich mißtrauisch anblickenden Jüngern gleichermaßen zu demütigen. »Auch ich bin bereit, vor euch hinzuknien, heilige Männer Gottes«, sagte ich. »Ich bitte euch um Verzeihung, da ihr seine Auserwählten seid und die Ersten in seinem Reich. Ich bin kein Verräter: ich will euch nicht übel. Wenn ihr es wünscht, werde ich über alles Geschehene schweigen. Aber ich bin, falls ihr es wollt, ebenso bereit, seine Auferstehung vor der ganzen Welt zu bezeugen – sogar vor Cäsar selbst.«

Ergrimmt fingerte Simon Petrus an seinem Gewande, als wollte er es zerreißen, und rief: »Schweig, du Tor! Was würden die Leute sagen, wenn ein Römer und Heide Zeugnis ablegen wollte über das Reich? Es wäre besser gewesen, du hättest nie vom Wege gehört. Heute nacht magst du der Unreinheit entronnen sein; aber du wirst wieder in ihren Bann geraten und zu deiner heidnischen Welt zurückkehren, wie der Hund zu seinem Brechsel. Für uns seid ihr Heiden nicht besser als Hundebrechsel.«

Zornig wandte er sich zu Nathan und sagte vorwurfsvoll: »Dich habe ich in Kapernaum gesehen und vertraue dir. Aber du hast uns hintergangen und einen Heiden zum Fest des ewigen Lebens geführt.«

Nathan rieb sich die Nase mit dem Zeigefinger und erwiderte: »Höre, Simon, du Menschenfischer! Habe ich dir nicht in Kapernaum einen Esel geborgt, damit du deine kranke Schwiegermutter hierherbringen kannst?«

Petrus wurde verlegen und sah seine beiden Gefährten schuldbewußt an. Aber er entgegnete hitzig: »Was soll das? Ich habe dir eben vertraut, und Susanna sprach für dich.«

»Dieser Esel gehört dem Römer hier«, stellte Nathan in gelassenem Tone fest. »Marcus ist sehr gutherzig. Aber wenn du ihn ärgerst, wird er, so mitleidig er sonst ist, vielleicht sein Reittier zurückverlangen. Dann kannst du mit deiner Schwiegermutter hier auf dem Berge bleiben. Allerdings wird dir wohl Susanna Gesellschaft leisten; sie ist nämlich auf einem anderen Esel dieses Römers geritten.«

Simon Petrus war verdutzt. Er scharrte mit dem Fuß auf dem Boden und meinte schließlich: »Meine Schwiegermutter hat einen sehr beredten Mund und ist seinerzeit sogar gegen Jesus ausfällig geworden, weil er mich veranlaßt hat, seinetwegen meine Netze zu lassen und, wie sie meinte, ein Faulenzerleben zu führen. Doch der Herr hat sie geheilt, als sie an einem Fieber erkrankt war und sterben zu müssen glaubte. Seither hütet sie ihre Zunge. Ich möchte sie nicht im Stich lassen. Wir Sendboten müssen aber jedenfalls sofort aufbrechen und Tag und Nacht wandern, wenn wir Jerusalem erreichen wollen, ehe die vierzig Tage um sind. Dann müssen wir nämlich dort bleiben und die Erfüllung der Verheißung abwarten. Wenn meine Schwiegermutter kein Reittier für die Heimkehr nach Kapernaum hat, weiß ich nicht, was ich tun soll.«

Beflissen versicherte ich ihm: »Ich vergelte nicht Böses mit Bösem. Behalte ruhig den Esel, auch wenn ich in deinen Augen nur Hundebrechsel bin. Nimm dazu noch diese beiden Tiere hier und lasse Frauen darauf reiten! Wir brauchen die Esel nicht mehr; wir können leicht zu Fuß wandern. Einigen wir uns also darauf, daß du vorläufig die Tiere behältst! Nathan wird sie dann in Kapernaum abholen. Ich gehe meines Weges, ohne jemandem lästig zu fallen. Aber verfluche mich nicht und hetze mir keine Fanatiker auf den Nacken; denn das würde, glaube ich, nicht in Einklang mit eurem Gesetz stehen.«

Nun mischte Johannes sich ins Gespräch und beschwor mich: »Römer, versuche uns zu verstehen! Vieles ist uns noch unklar, und die Verheißung wurde noch nicht erfüllt. Wir wissen nur, daß der Weg schmal und die Pforte eng ist; sie aus eigenem zu erweitern, wagen wir nicht.«

Der dritte Sendbote sagte: »Jesus hat uns aufgetragen, alle Völker zu Jüngern zu machen. Aber wann und wie das geschehen soll, ahnen wir nicht. Zuerst wollte Jesus sicherlich ein Reich für Israel gründen. Alles das werden wir in Jerusalem erfahren.«

Als ich die drei Männer so Hand in Hand, wie Brüder, dastehen und das Erbe erwägen sah, das Jesus ihrem Ermessen anvertraut hatte, beneidete und fürchtete ich sie plötzlich. Ich warf mich vor ihnen zu Boden und flehte sie nochmals an: »Euch und allen seinen Sendboten hat Jesus die Worte des ewigen Lebens hinterlassen. Ich füge mich widerspruchslos dieser Entscheidung, mögt ihr auch einfache Menschen sein. Wissenschaftlich geschulte Männer würden ja seine Lehre, jeder nach dem eigenen Kopfe, auslegen und ihr manches Persönliche hinzufügen. Ihr hingegen bemüht euch, seinen Absichten, so gut ihr könnt, gerecht zu werden. Er hat mein Kommen nicht verhindert und mich nicht von sich ferngehalten; ich durfte ihn sehen. In der Nacht war ich sogar überzeugt davon, daß er zu mir gesprochen hat; aber das will ich, wenn ihr es so wünscht, aus meinem Gedächtnis tilgen. Ich begehre auch keinen Unsterblichkeitstrank von euch. Nur laßt mich sein Reich in meinem Herzen bewahren und stoßt mich nicht ganz von euch! Ich will alles so glauben, wie ihr es darlegt, ohne etwas aus eigenem beizusetzen oder an irgendwelchem geheimen Wissen Anteil zu fordern. All mein Hab und Gut will ich zu eurer Unterstützung hingeben. Und falls man euch vor den Behörden zur Verantwortung zieht oder Jesu wegen verfolgt, mag ich als römischer Bürger euch von Nutzen sein.«

Simon Petrus hob abwehrend die Hände und sagte: »Nicht für Gold und Silber!«

Der dritte Sendbote fügte hinzu: »Ich, Jakobus, erinnere mich, daß er uns versichert hat, wir brauchten uns um unsere Verteidigung nicht zu sorgen, wenn wir vor die Richter geschleppt würden; in dieser Stunde werde er uns die nötige Rede und Weisheit in den Mund legen.«

Dem Johannes aber traten plötzlich Tränen in die Augen. Mit einem Blick voll Schönheit sah er mich an und sagte: »Römer, ich habe dich deiner Demut wegen liebgewonnen, und ich glaube dir, daß du uns nicht übelwillst. Jesus ist in die Unterwelt hinabgestiegen, hat ihre Tore gesprengt und die Toten befreit. Das habe ich von seiner Mutter gehört, die er mir unter dem Kreuz wie eine leibliche Mutter anvertraut hat. Warum sollte er dann nicht auch die Heiden befreien? Aber wie das geschehen soll, wissen wir noch nicht. Fasse dich in Geduld! Bete, faste und reinige dich! Aber sprich von Jesus nie zu anderen, damit du sie nicht durch Mißverständnisse in die Irre führst! Laß die Bezeugung unsere Sorge sein!«

Ich stand mit gesenktem Kopfe auf und bemühte mich nach Kräften, meines geistigen Hochmuts Herr zu werden. Indes quälte mich doch die Befürchtung, Jesu Erbe könnte, wenn diese ungebildeten Männer allein seine Hüter sein sollten, vertan und in alle Winde verstreut werden. Aber bestimmt – so tröstete ich mich – mußte Jesus selbst gewußt haben, wie es am besten war.

Zu Nathan sagte ich: »Nimm die Esel! Und sei unterwegs den Frauen behilflich, beschütze sie und geleite sie nach Kapernaum oder wohin sie sonst wollen. Dann raste nach deinen Mühsalen, und wenn du ausgeruht bist, so hole mich aus dem Badegasthof in Tiberias ab!«

»Es wird für dich nicht leicht sein, mit dem Mädchen als einziger Begleitung durch Galiläa zu wandern«, warnte Nathan. Und als ich mich umblickte, stellte ich fest, daß der von seiner Blindheit geheilte Mann die Gelegenheit ergriffen hatte, sich davonzustehlen und seinen Sohn mitzunehmen. Aber trotziger Wagemut überkam mich: sicherlich würde Jesus von Nazareth mich nicht im Stich lassen, auch wenn die Menschen es taten.

»Friede sei mit euch allen!« verabschiedete ich mich, nahm Myrina an der Hand und stieg den Berg hinab, auf dem gleichen Pfade, den wir im Dunkel hinaufgestiegen waren. Ich schaute mich nochmals um und sah, daß in die Menschenmenge Leben und Bewegung gekommen war; man suchte Bekannte und begrüßte sie mit lauten Zurufen. Viele allerdings hatten sich, von der durchwanderten Nacht müde, in ihre Mäntel gehüllt und nochmals auf den Boden hingestreckt, um vor ihrem Aufbruch eine Weile zu schlafen.

Unterwegs überdachte ich die Geschehnisse dieser Nacht. Daß der Blinde sein Augenlicht wiedererhalten oder daß seinem Sohn der gebrochene Knöchel – falls tatsächlich ein Bruch vorlag – heil geworden war, erstaunte mich gar nicht. Diese Wunder schienen mir völlig natürlich und das geringste an dem, was sich zugetragen hatte. So groß war Jesu Güte gewesen, daß er sich nicht nur den Seinen offenbarte, sondern auch jenen, die er nicht gerufen hatte, körperliche Gebrechen heilte.

Die vierzig Tage gingen zu Ende, und der Auferstandene sollte zu seinem Vater zurückkehren. Ich versuchte, mich an den Gedanken zu gewöhnen, daß er dennoch jederzeit, sobald ich ihn rief, zu mir kommen würde und ich nie mehr allein sein sollte. Es war eine seltsame Vorstellung, die mir, wenn jemand anderer sie mir dargelegt hätte, sinnlos vorgekommen wäre. Nun aber mußte ich daran glauben, so tief war der Eindruck gewesen, den Jesu Anblick auf mich gemacht hatte.

Mit diesen Gedankengängen beschäftigt, wanderte ich durch das Buschwerk bergab und führte Myrina an der Hand. Ein Fuchs huschte vor uns über den Weg. Myrina sah mich an und sagte: »Mir scheint, du hältst zwar meine Hand, hast aber ganz vergessen, daß du nicht allein bist.«

Verdutzt blickte ich sie, wie aus einem Traum erwachend, an, und mir wurde klar, daß Jesus offenbar, um sie vor dem Untergang zu bewahren, gerade mich ihr an Bruders Statt gegeben hatte. Einem Juden, der nur Verachtung für sie bezeugt hätte, konnte er sie nicht anvertrauen; deshalb war seine Wahl auf mich, einen Römer gefallen. Und alle diese Fürsorge für einen Trunk Wasser!

Aber ich, so dachte ich bestürzt, hatte dem Herrn nie etwas gegeben. Im Gegenteil, stets war er der Gebende gewesen, und zwar so weit, daß er – falls ich in dem einsamen Fischer wirklich Jesus erblicken durfte – am See Genezareth mich an seinem Feuer wärmen und die Kleider trocknen ließ und sein Mahl mit mir teilte. Meinem Dank dafür und meiner Dienstfertigkeit konnte ich jedoch dadurch Ausdruck geben, daß ich an Myrina Bruderstelle vertrat.

»Myrina«, sagte ich, »von dieser Stunde an bist du mir wie eine Schwester, und ich werde dich nie im Stich lassen. Was mein ist, ist auch dein. Übe Nachsicht mit meiner Überheblichkeit und meinen sonstigen Fehlern!«

Myrina drückte mir fest die Hand und entgegnete: »Marcus, mein Bruder, habe auch du mit mir Geduld! Vor allem aber erkläre mir, was uns eigentlich heute nacht wiederfahren ist und was diese drei Männer wollten und warum sie mich so unwillig ansahen!«

Da aber die Sendboten mir darüber zu sprechen verboten hatten, wagte ich nicht, Myrina etwas über Jesus und sein Reich, wie ich es verstand, zu erzählen. Ich erwiderte bloß: »Das waren heilige Männer, drei jener elf Jünger, denen Jesu das Geheimnis seines Reiches offenbart hat. Sie haben uns weggeschickt, weil wir nicht zu den Kindern Israels gehören, sondern Heiden und in ihren Augen unrein sind. Sie haben mir untersagt, über Jesus von Nazareth zu reden. Aber sage du mir, was nach deiner Auffassung die Geschehnisse dieser Nacht bedeuten!«

Myrina dachte nach und meinte dann: »Zuerst haben wir ein Opfermahl gegessen, wie man es auch in Syrien feiert, wenn Adonis begraben und wiedererweckt wird. Aber bei Jesus von Nazareth war es anders: er hat sich selbst als Opfer dargebracht und ist dann auferstanden. Seit heute nacht halte ich ihn für den Sohn Gottes. Unser Weinbecher wurde nie leer; und es ist uns Brot zugekommen, von nirgendsher. Aber nicht das hat mich überzeugt, sondern allein die Tatsache, daß ich Jesus, als er mich ansah, von Herzen liebgewann und daß es in diesem Augenblick nichts gab, was ich nicht ohne Zögern für ihn getan hätte. Darin liegt ein gewaltiges Mysterium, bestimmt gewaltiger als alle griechischen und sogar ägyptischen Mysterien. Offenbar ist sein Reich unsichtbar und doch gegenwärtig, so daß ich darin weile, während doch meine Füße auf diesem Wege auf dieser Erde schreiten. Nein, von seinem Reiche könnte ich mich, auch wenn ich wollte, nicht losreißen. Aber mir wird deshalb nicht bange; denn in diesem Reiche ist gut sein, und ich bin darin frei von Sünde.«

Verwundert blickte ich in Myrinas schmales Gesicht mit den grünen Augen und sagte neidvoll: »Bestimmt hat er dich auf dem Berge gesegnet, und du bist glücklicher als ich. Seine Wahrheit scheint wirklich so schlicht und zugänglich wie Brot oder Wein, so daß auch der Ärmste sie besitzen kann. In mir erhebt sich die Weltklugheit wie eine schwarze Mauer; das Wissen ist ein Netz, das mich zu umgarnen droht, und die Spitzfindigkeiten der Sophisten sind Fallstricke für meine Füße. Hilf mir, meine Schwester, damit ich es merke, wenn diese Lockungen mich bedrängen!«

In unser Gespräch versunken, kamen wir an den Fuß des Berges. Als ich umherblickte, erkannte ich, daß wir von dem gestern gegangenen Pfade abgekommen waren. Doch das beunruhigte mich nicht, weil ich die Richtung zur Hauptstraße nach der Sonne bestimmen konnte. Wir hatten es nicht eilig. Und in diesem Augenblick wurde mir bewußt: niemals mehr brauchte irgend etwas mir eilig zu sein, denn ich hatte ja in meinem Dasein schon alles erlangt, was mir erreichbar war. Ich besaß ein kleines Vermögen; bei sorgsamer Wirtschaft würde es mir und Myrinas für den Rest unserer Tage genügen.

Mit dieser Erkenntnis überkam mich plötzlich grenzenlose Mattigkeit, und ich hatte das Gefühl, nie im Leben so müde gewesen zu sein. »Myrina«, sagte ich, »ich kann keinen Schritt weiter. Von nun macht es mir nichts aus, wo ich mich befinde. Wir wollen hier bleiben und uns im Schatten dieses Feigenbaums schlafen legen. Wir haben unser ganzes Leben vor uns und werden es gemeinsam durchwandern. Solange Jesu Reich noch um uns ist und wir uns so zufrieden fühlen, ist es gut ruhen.«

Wir legten uns unter den Feigenbaum, und ich nahm Myrina in die Arme. Wir fielen beide in tiefen Schlaf. Als wir erwachten, waren die Schatten weitergerückt, und die Sonne hatte den Scheitelpunkt ihrer Bahn überschritten. Wir begannen wieder unsere Wanderung auf Fußwegen und entlang der Feldraine, zur Hauptstraße hin. Wir sprachen nichts; aber ich fühlte mich wie neugeboren und empfand Myrinas schwesterliche Gegenwart. Galiläas reifegelbe Felder, bläuliche Hügel und bräunliche Bergkämme boten sich in Schönheit meinem Blick. Die Luft atmete sich leicht, und ich grollte niemandem auf Erden.

Zu meiner maßlosen Verwunderung waren die ersten Menschen, die wir auf der Straße vor uns sahen, Maria Magdalena und Maria von Beeroth. Die Taubenzüchterin ritt einen Esel; die junge Frau schritt barfuß im Staube hinterdrein und trieb das Reittier mit einer Gerte an. Überrascht schlug ich die Hände zusammen, eilte den beiden Frauen nach und begrüßte sie. Aber Maria Magdalena warf mir einen kühlen Blick zu und zeigte sich keineswegs erfreut, mich zu sehen.

»Ach, du bist es? So, so! Und du kommst vom Berge?« fragte sie mürrisch. »Ich wäre schön in der Patsche gesessen, hätte ich mich bloß auf deine Verständigung verlassen wollen. Und nachdem du gerade einer Versuchung um Haaresbreite entgangen bist, hast du schon wieder eine andere Begleiterin! Wer ist denn das?«

Beide Frauen musterten Myrina, und ich erkannte, daß Maria Magdalena erwartet hatte, ich würde sie zum Berg begleiten. Aber sie hatte nie etwas dergleichen mit mir verabredet und mir auch keine Nachricht geschickt. Ohne Nathans treue Fürsorglichkeit wäre ich nie auf den Berg gelangt. Doch jetzt mit Gegenvorwürfen zu erwidern, hatte wenig Sinn.

»Da du keinen Mann als Beschützer hast, werde ich dich, wenn du gestattest, heimbegleiten und unterwegs für deine Sicherheit sorgen«, schlug ich vor. »Es wird bald Abend. Wir wollen einen Gasthof aufsuchen und dort nach einem gemeinsamen Essen die Nacht verbringen. Und morgen gehe ich mit dir bis zu deinem Haus.«

Aber Maria Magdalena war über mein Anerbieten schwer gekränkt. Hochmütig fuhr sie mich an: »Früher hatte ich viele Begleiter; man hat mir Sänften angeboten, und es fehlte mir nie an Beschützern. Aber seit ich den Herrn auf dem Berge gesehen habe, ist er mir Schutz genug, und du brauchst mich nicht durch die Bemerkung zu beleidigen, ich hätte keinen Mann zur Begleitung.«

Ich konnte nur annehmen, daß ihr bei ihrem Aufbruch zum Berge nicht alles nach Wunsch gegangen war. Noch größer aber wurde mein Staunen, als auch Maria von Beeroth mich sehr frostig begrüßte und sagte: »Mir scheint, du bist ein recht leichtfertiger und flatterhafter Mann und hast dich rasch getröstet. Ich freue mich deinetwegen darüber, weil du dir bei mir keine Hoffnungen mehr machen kannst. Mir sind die Sünden vergeben worden; ich bin gereinigt und wieder unberührt, so daß ich mit dir, einem Römer und Heiden, nichts mehr zu schaffen haben darf. Schau mich also nicht begehrlich an! Und deiner plattnäsigen Begleiterin verbiete gefälligst, mich derart unverschämt und krittlig mit ihren häßlichen Augen anzuglotzen!«

Zum Glück verstand Myrina nur wenig von diesen Worten; aber die Blicke der beiden Frauen verstand sie und senkte den Kopf. Sie tat mir leid, und ich fragte: »Was ist denn los mit euch? Warum redet ihr so unfreundlich zu mir?«

Maria von Beeroth erzählte nun: »Heute früh habe ich auf dem Berge einen jungen Mann gesehen. Seine Augen waren klar wie Quellwasser, und seine Wangen glichen Granatäpfeln, und sein Kinn war noch nicht von Bartwuchs struppig. Er hat mich angeblickt, und ich muß ihm gefallen haben; er versprach nämlich, er werde sofort seinen Freund zu Maria Magdalena schicken, um alles abzureden, damit er und ich miteinander den Weinbecher leeren können. Er kann es nicht aushalten vor Liebe, und auch ich beeile mich gern, solang ich noch rein bin. Sein Vater hat einen Acker und einen Weinberg, Ölbäume und Schafe, und ich wünsche mir nichts weiter als ein geruhsames Leben. Sein Vater ist auch mit mir einverstanden; weil Jesus von Nazareth ihm heute nacht das Augenlicht wiedergegeben hat, und weil er keinen Brautpreis für mich zu zahlen braucht, ist er bereit, an meine Unberührtheit zu glauben.«

Maria Magdalena unterbrach sie mit den Worten: »Das alles ist wahr. Kaum hatte ich sie einen Moment lang aus den Augen gelassen, fand sie schon einen Freier. Sonst hätte ich sie mit dir verheiraten müssen, und das wäre eine Sünde gewesen. In Israel sollen ja die Frauen mit Heiden keine Ehen schließen, während die Männer es leichter haben. Es war wirklich ein besonderer Glücksfall, daß der Vater des jungen Mannes sehend geworden ist und aus purer Freude darüber auch glauben will, daß Maria von allen ihren Sünden gereinigt wurde. Ein anderer Vater würde allerdings, selbst wenn er an diese Reinigung glaubte, kaum eine solche Schwiegertochter wünschen, wegen ihrer Vergangenheit.«

Ich musterte Maria Magdalenas marmorweißes Gesicht und erkannte, daß sie tatsächlich die Macht und die Kraft gehabt hätte, meine ehemalige Begleiterin, auch gegen meinen Willen, mit mir zu verheiraten. Erleichtert seufzte ich auf und meinte: »Ich kann bloß mein Glück preisen und auch deines, Maria von Beeroth. Immerhin verstehe ich die ganze Sache nicht recht. Ich erhielt nämlich im Schlaf ein Zeichen: mir träumte, daß ich mit diesem griechischen Mädchen durch die Wüste wanderte, und du warst dabei.«

Maria Magdalena wurde plötzlich neugierig und rief: »Erzähle den Traum ganz genau! Weißt du bestimmt, daß sie mit dir war?«

Ich schilderte getreulich meinen Traum; aber noch während ich sprach, verblaßte er in meinem Gedächtnis und wurde undeutlich. Doch ohne Zögern schloß ich: »Ganz bestimmt war auch sie dabei. Sie ritt einen Esel, war dick und aufgedunsen, und ich sah tiefe Kummerfalten um ihre Mundwinkel. Aber an ihren Augen erkannte ich sie sofort.«

Maria von Beeroth wurde zornig und rief: »Du hast kein Recht, so von mir zu träumen, und ich glaube dir nicht. Dick und aufgedunsen wirst du selber werden vor lauter Sünden; und dazu werden dir noch die Haare und die Zähne ausfallen!«

Ich hob die Hände und meinte: »Möge mein Traum nicht in Erfüllung gehen! Warum sollen wir uns gegenseitig beschimpfen, wo wir doch eben erst alle auf dem Berge waren und den Auferstandenen sahen? Niemanden von uns hat er weggeschickt, nicht einmal Myrina.«

Rasch berichtete ich ihnen, wie ich Myrina gefunden hatte und was ihr widerfahren und wie ihr Weinbecher voll geblieben war. Ich erzählte auch von dem Rennwagen, der den jungen Mann auf der Straße niedergestoßen hatte, und wie wir ihm und seinem blinden Vater halfen.

Maria Magdalena nickte verständnisvoll und sagte schließlich: »Bestimmt war das alles eine Fügung. So führt der Herr den Heiden mit der Heidin und den Juden mit der Jüdin zusammen. Aber die Schatten werden immer länger, und ich halte mich nicht gern in dieser einsamen Gegend auf, mit dem vielen Geld, das ich bei mir trage. Ich übergab es nicht den Sendboten, weil sie mich nicht nach Jerusalem mitnehmen wollten. Petrus befahl mir heimzukehren. Was sie in Jerusalem vorhaben, weiß ich nicht. Begleite mich also, und wir werden miteinander in einem Gasthof übernachten. Wenn du mich heil nach Hause gebracht hast, wollen wir uns als gute Freunde verabschieden.«

Wir setzten die Wanderung gemeinsam fort, und auf der Straße waren nicht mehr viele Leute. Während unseres Gespräches hatte Myrina mit gesenktem Blick geschwiegen, und das rechnete ich ihr hoch an. Nun fragte sie mich flüsternd, wer diese Frauen seien. Ich erklärte ihr, daß Maria Magdalena dem Herrn Gefolgschaft geleistet und als erste an seinem Grab geweilt und es leer gefunden hatte. Gleich empfand Myrina hohe Ehrfurcht für sie, ging zu ihr und bat sie, neben ihrem Esel einherschreitend, demütig: »Erzähle mir von dem Auferstandenen, o glücklichste der Frauen!«

Ihre Sanftmut gefiel Maria Magdalena so gut, daß sie Myrina freundlich ansah und ihr auf griechisch allerlei über Jesus zu erzählen begann. Auf dem Berge habe sie ein junges Ehepaar aus Kana kennengelernt, bei dessen Hochzeit der Herr sein erstes Wunder gewirkt und zur großen

Freude der Gäste Wasser in Wein verwandelt hatte. Dann sprach sie von Jesu Geburt, wie seiner Mutter Maria ein Engel erschien, wie sie auf übernatürliche Art schwanger geworden war und wie Joseph, ihr Verlobter, sie im stillen zu entlassen gedacht hatte, bis ihm durch ein Traumbild Aufklärung wurde. Während ich zuhörte, begann ich, die von Jesus zu Sendboten erwählten Männer besser zu verstehen, und begriff, warum sie Maria Magdalena als zu redselig bezeichnet hatten. Aber Myrina verschlang jedes Wort und lauschte mit verhaltenem Atem und leuchtenden Augen.

Schließlich konnte ich mich nicht enthalten zu bemerken: »Auch nach den griechischen und römischen Sagen haben die Götter sich mit den Töchtern der Sterblichen vermischt und mit ihnen Kinder gezeugt. Sogar der Stammvater der Römer soll ein Sohn der Aphrodite gewesen sein. Heutzutage betrachten aufgeklärte Menschen derartige Erzählungen nur als Gleichnisse, in derselben Art, wie die jüdischen Schriftgelehrten in Alexandria ihre heiligen Schriften ausdeuten. Ich glaube nicht, daß Jesus von Nazareth irgendwelcher Legenden bedarf, um ihn als Sohn Gottes auszuweisen.«

Maria Magdalena war gekränkt; sie legte Myrina die Hand auf die Schulter und meinte: »Wir Frauen empfinden auf gleiche Art, ob wir nun Griechinnen sind oder Kinder Israels. Die Männer werden uns nie verstehen. Und du, Römer, solltest keine Vergleiche ziehen mit erdgebundenen Göttern, die den Menschen an die Trugbilder des irdischen Daseins fesseln. Diese Götter haben jetzt, nachdem Jesus zum Messias der Welt geworden ist, keine Macht mehr über das Menschengeschlecht, außer, wenn die Menschen sich freiwillig ihrer Herrschaft unterwerfen und den Weg des Verderbens wählen. Aber was ich berichte, weiß ich bestimmt, und es ist die reine Wahrheit. Maria, Jesu Mutter, hat es selber mir und anderen Frauen erzählt, als wir gemeinsam in seinem Gefolge wanderten. Selbst Herodes, der alte, grausame, glaubte daran, daß in Israel ein König zur Welt gekommen war, und ließ, um ihn aus dem Wege zu räumen, in Bethlehem alle Knäblein bis zu zwei Jahren ermorden. Dafür gibt es noch unzählige Zeugen.«

Ihre Worte machten mich nachdenklich. Maria Magdalena selbst mochte zu viele Erscheinungen und Engel sehen und zu lebhaft träumen; aber von Jesu Mutter konnte ich das nicht annehmen. Ich hatte ihr trauererfülltes Gesicht unter dem Kreuz erblickt und den Eindruck gewonnen, daß sie nicht mitteilsam war, sondern lieber schwieg und andere sprechen ließ. Welchen Grund könnte sie gehabt haben, solche Dinge, wie Maria Magdalena sie mir berichtet hatte, zu erzählen, wenn sie nicht der Wahrheit entsprachen? Die von Jesus gewirkten Wunder legten hinreichend Zeugnis ab für ihn. Wenn ich an diese Machttaten glaubte – und nach meiner Unterredung mit Lazarus blieb mir wohl nichts anderes übrig –, weshalb sollte ich dann gerade jene eine Sache bezweifeln? Warum konnte nicht, wenn Gott auf Erden als Mensch geboren werden sollte, ein überirdischer Geist in eine Frau den Keim dazu legen? Verglichen mit jenem Wunder der Menschwerdung Gottes, verblaßten alle anderen Wundertaten.

Myrina stellte noch weitere Fragen über Jesus, und Maria Magdalena erklärte mit einem tadellosen Blick auf mich: »Oft sprach er von einem Sämann, der zu säen ausging. Einige von den Samen fielen auf steinigen Grund und fanden keine Erde, um zu verwurzeln. Etliches fiel unter Dornen, und die Dornen wuchsen auf und erstickten es. Anderes aber fiel auf guten Boden und brachte vielfache Frucht.«

Nach einer Pause fuhr sie fort: »Nicht jeder also, der Jesu Wort gehört hat und an ihn glaubt, taugt deshalb schon für sein Reich. Dein Herz ist nicht hart, Römer; es ist zu weich. Das macht dich anfällig. Wenn du zu deinem eigenen Volk zurückkehrst, werden rings um dich Dornen und Disteln üppig aufschießen und dir den Weg ins Reich verlegen.«

Ihre Warnung erfüllte mich mit Angst. Ich blickte um mich, auf die roten Berge Galiläas und auf die dunkelgrünen Weinpflanzungen, über denen die Schatten sich dehnten, und sagte: »Wie könnte ich je vergessen? Bis zu meinem Todestage werde ich an dieses Galiläa und an den Berg denken und an Jesus, den ich in der vergangenen Nacht sah. Und ich werde nie so einsam sein, daß nicht er, wenn ich ihn rufe, bei mir wäre.«

Nach einigem Sinnen fügte ich hinzu: »Ich bin ihm ein schlechter Diener, dem König, der sich jetzt, da die vierzig Tage zu Ende gehen, in ein fernes Land begeben wird. Ich weiß nicht, ob er auch mir ein Pfund oder ein Talent anvertraut hat; wenn ja, muß ich es auf Gebot seiner Jünger in der Erde vergraben. Das bedrückt mich. Aber mir ist eine Verheißung geworden, an die ich glaube; von ihr erzähle ich dir, weil du mich sonst auslachen würdest.«

Ich dachte daran, daß ich eines Tages zur Verherrlichung des Namens Jesu sterben sollte. Es erschien mir unglaublich; aber so hatte der Fischer es mir in jener Nacht am See verkündet. Meinem Körper zuliebe freue ich mich, daß ich römischer Bürger bin und durch das Schwert hingerichtet werden muß; die Qualen einer Kreuzigung würde ich nie ertragen. Sonst jedoch empfinde ich diese Vorhersage nicht länger als erschreckend. Ein solcher Tod ist ja das einzige, wodurch ich Jesus zeigen kann, daß ich zu ihm gehöre.

Vor Einbruch des Abends bogen wir von der Landstraße auf einen Eselspfad ab, der, wie Maria Magdalena uns sagte, über die Berge nach Magdala führte. Sie kannte einen Gasthof, wo wir die Nacht verbringen konnten. Wir erreichten ihn bald nach Sonnenuntergang, ehe es noch ganz dunkel wurde. Die Herberge war voll besetzt, und zu essen gab es nichts mehr; aber für Maria Magdalena und ihre Begleiterin machte man höflich in dem Gebäude Platz. Ich sah viele Gäste rund um ihre Feuer sitzen, mit leuchtenden Augen leise Gespräche führend; sogar vom Dach her hörte man lebhaftes Gemurmel. Daraus schloß ich, daß alle diese

Leute auch vom Berge kamen. Sie redeten freundlich miteinander, und wer Proviant besaß, teilte ihn mit solchen, die keinen hatten. So durften auch Myrina und ich unser Brot in eine gemeinsame Schüssel tauchen.

Dennoch spürte ich, daß ich inmitten dieser Galiläer ein Fremdling war. Sobald die Nachtkälte kam, hätte ich mir nichts sehnlicher gewünscht, als neben ihnen zu sitzen und gleich ihnen über Jesu Erscheinen zu reden, über sein Reich, über Sündenvergebung und ewiges Leben. Aber sie sahen mich nicht als ihren Bruder an, und aufdrängen konnte ich mich ihnen nicht. Immerhin führte der Wirt die Esel einiger Herbergsgäste in den Hof, fegte eine Stallecke aus und breitete reines Stroh hin, so daß Myrina und ich nicht unter freiem Himmel schlafen mußten.

Da alle anderen auch noch, im schwachen Schein einer einzigen Laterne, miteinander flüsterten, sprach ich Myrina das Gebet vor, das Susanna mich gelehrt hatte. Sie fand, es eigne sich gut für sie und gebe ihr ein Gefühl der Sicherheit. Es sei auch eine große Erleichterung, daß man, um beten zu können, nicht erst darauf achten müsse, ob zunehmender oder abnehmender Mond sei, daß man nicht Salz auszustreuen, unverständliche Beschwörungsformeln zu wiederholen und sich aus Rebholz Götterbilder zu schnitzen brauche. Bei solchen Riten wisse man nie, ob man nicht etwas falsch gemacht oder ein unrechtes Wort gesprochen habe, womit dann das ganze Gebet seine Wirkung verliere.

Als ich am Morgen erwachte, sah ich als erstes Maria von Beeroth neben mir im Stroh kauern und mir ins Gesicht starren. Als sie merkte, daß meine Augen offen waren, begann sie, den Kopf hin und her zu wiegen und die Hände zu ringen. Leise sagte sie:

»Mir war drinnen zu heiß, und ich konnte nicht schlafen. Ich wollte schauen, was du tust und wie du die Hände hältst, wenn du mit dieser Ausländerin schläfst. Lieber als mit Maria Magdalena zusammen in einem schmalen Bett zu schwitzen und von Ungeziefer gebissen zu werden, hätte ich hier im Stroh geschlafen, den Kopf auf deiner Schulter. So haben wir beide am Jordan geruht, auf dem Wege nach Tiberias. Nimm mir meine boshaften Worte von gestern abend nicht übel! Ich war ganz bestürzt, als du so unerwartet mit dieser Griechin des Weges kamst und habe unüberlegt dahergeredet. Ich wußte nicht, was ich denken sollte, und weiß es eigentlich auch jetzt noch nicht. Die ganze Nacht hatte ich schreckliche Gewissensbisse, weil ich mich derart plötzlich in diesen jungen Mann verliebt habe und seinen Freund in Magdala zu erwarten versprach. Vielleicht bereut er die Sache schon, und es wird nie ein Abgesandter von ihm hinkommen.«

Ich beeilte mich, ihr zu versichern: »Der junge Mann ist ohne Falsch. Er wird bestimmt seinen Freund schicken und dich dann nach galiläischer Sitte zum Brautbett führen. Die Musikanten werden aufspielen, die Dorfleute werden Wein trinken und zum Klang der Flöten mit den Füßen den Takt schlagen, und Freudenlieder werden dir zu Ehren erklingen.«

Maria wurde ungehalten. Sie hörte auf, die Hände zu ringen, und erhob die Stimme: »Du mißverstehst mich absichtlich. Die ganze Nacht habe ich mich mit dieser Sache abgequält und kaum ein Auge zugetan. Nach zwei schlaflosen Nächten hintereinander mußt du mich mit meinen roten Augen sehr häßlich finden. Immerhin weiß ich, daß meine Sünden mir vergeben wurden und daß ich so unberührt bin, als hätte ich nie einen Mann gekannt. Auch du weißt das, nachdem du Jesus von Auge zu Auge gesehen hast. Dem jungen Mann habe ich allerdings nicht viel von meiner Vergangenheit erzählt, nur das Notwendigste, um ihn nicht unnütz zu bekümmern. Und nun schreckt mich der Gedanke, daß seine Verwandten und alle Leute im Dorf am nächsten Morgen das Bettlaken ausbreiten werden und vielleicht kein Anzeichen meiner Unberührtheit finden. Dann würde man mir den Ring wegnehmen und mich mit Steinen und Stöcken schmachvoll davonjagen. Ihr Römer seid in solchen Dingen weniger heikel; aber ich kenne meine Landsleute, und in Galiläa ist man da nicht anders als in Beeroth.«

Ich sagte: »Maria Magdalena ist eine erfahrene Frau und eine Taubenzüchterin. Vertraue dich ihr an! Auch die Römer pflegen an ihrem Hochzeitstag der Venus zwei Tauben zu opfern – sicherheitshalber, damit der Braut Schande erspart bleibt.«

Maria rief noch lauter: »Geh nicht wie die Katze um den heißen Brei herum! Du wirst doch nicht leugnen wollen, daß du mich aus Jerusalem mitgenommen hast, damit ich rein werde und für dich tauge. Natürlich verletze ich das Gesetz, wenn ich einen Römer heirate; aber im Namen Jesu bin ich dazu bereit, um einen der Geringsten unter den Seinen zu retten.«

Mit einem abschätzigen Blick auf Myrina fuhr sie fort: »Gegen diese Kleine hier hege ich keinen Groll. Sie ist es nicht wert. Ich werde nicht einmal etwas einwenden, wenn du sie zur Nebenfrau nimmst. Das wird einem Mann nicht als schwere Sünde angerechnet, und selbst Pharisäer sind in dieser Beziehung nicht ganz untadelig. Ich werde allerdings die Griechin auf ihren Platz verweisen, damit sie so demütig bleibt wie jetzt.«

Myrina war schon lange wach geworden. Sie hatte uns durch ihre Wimpern hindurch beobachtet und sich bemüht, Marias Worte zu verstehen. Jetzt öffnete sie die Augen weit, setzte sich auf und sagte: »Beim Schlafengehen habe ich mich geborgen und glücklich gefühlt. Jetzt im blassen Morgenlicht fröstelt mich. Aber die Zeit der Wahrheit ist ja das Morgengrauen und keineswegs die Abendwärme. Ich habe nicht alles erfaßt, aber soviel ist mir klargeworden: diese Jüdin hat Rechte auf dich. Wenn ich ihr im Wege stehe oder dir als deine Schwester zur Last falle, will ich meines Weges gehen. Ich habe die Goldstücke und kann mir damit auf irgendeine Art ein gesichertes Dasein kaufen. Mach dir also meinetwegen keine Sorgen! Und du brauchst auch nicht

Rücksicht auf mich zu nehmen, wenn du mit diesem hübschen Judenmädchen deine Angelegenheiten besprechen willst.«

Maria verstand kein Wort Griechisch. Sie starrte Myrina argwöhnisch an und zeterte: »Glaube ihr nicht, glaube ihr kein Wort! Sie redet freundlich und wohlgesetzt. Aber ich weiß, wie verschlagen die Griechen sind. Und mit Frauen kennst du dich überhaupt wenig aus.«

Sie begann zu schluchzen, schlug die Hände vor das Gesicht und jammerte: »Schrecklich hartherzig bist du! Verstehst du denn nicht, daß ich dir zuliebe, um dich aus dem heidnischen Schmutz zu retten, alles verlassen und mit dir kommen will?«

Bestürzt sah Myrina sie mit ihren grünen Augen an, berührte meine Hand und fragte: »Warum läßt du sie weinen? Siehst du nicht, wie schön sie ist und wie ihre Augen leuchten und was für einen weichen, roten Mund sie hat? Schon gestern habe ich sie beneidet. Ich habe nicht einmal Brüste wie eine richtige Frau; meine Nase ist zu kurz, und meine Augen sind häßlich.«

Völlig aus der Fassung gebracht, schaute ich die beiden an und dachte mir, das sei es, was mein Traum bedeutet hatte. Maria zu heiraten, war mir nie in den Sinn gekommen. Ihr ganzes Leben lang würde sie sich als Tochter Israels mir überlegen dünken. Sie würde Myrina zu ihrer Dienerin machen und mich schließlich durch ewiges Nörgeln dazu bewegen, mich um des lieben Friedens willen beschneiden zu lassen. So ist es in Rom vielen schwachen Männern ergangen, obwohl sie alles Erdenkliche tun, um es geheimzuhalten.

Dann durchzuckte mich ein beklemmender Gedanke. Vielleicht führte der Weg zum Reich des Nazareners nur über den abbildlosen Gott der Juden. Vielleicht würden die Jünger mich nicht mehr von sich weisen, wenn ich dank Maria von Beeroth ein regelrechter Proselyt wurde. Ich hatte Rom verlassen und konnte mein Leben frei gestalten.

Wenn nur ein schmerzhafter kleiner Schnitt mit einem jüdischen Feuersteinmesser mich von der Gemeinschaft mit Jesu Anhängern trennte, war das Opfer gering. Ich habe ärgere Schmerzen durchgemacht. Und römische Offiziere in Wüstengarnisonen unterziehen sich oft genug aus rein praktischen Gründen dieser Operation, um die von dem feinen Sand verursachten ständigen Schwellungen loszuwerden. Die Araber und Ägypter üben den gleichen Brauch.

Dennoch lehnte ich mich innerlich gegen diese einfache Erwägung auf. Es waren die höchsten Vertreter dieser Religion, die Hohenpriester, Schriftgelehrten und Ältesten von Israel, gewesen, die Jesus von Nazareth zum Tode verurteilt hatten. Im Herzen fühlte ich, daß ich den Auferstandenen preisgeben und verraten würde, wenn ich den jüdischen Tempelbezirk, jenen prunkvollen Schlachthof, betrat und die Priester um Aufnahme in ihre Glaubensgemeinschaft bat. Lieber wollte ich schlicht und demütig im Herzen bleiben, statt mich unter falschem Vorwand beschneiden zu lassen, bloß, um vor den Augen der Jünger, die jetzt nichts mit mir zu tun haben wollten, Gnade zu finden.

Maria von Beeroth hatte zu weinen aufgehört und starrte mir erwartungsvoll ins Gesicht. Auch Myrina sah mich an, mit einem Blick, als hätte sie mich schon verloren. Wenn ich sie mit der zungenfertigen Maria verglich, spürte ich nur für Myrina Zärtlichkeit und wußte, daß sie mir immer näherstehen würde als Maria. Mein gesunder Menschenverstand gewann wieder die Oberhand, und ich erklärte entschieden: »Du brauchst mir kein Opfer zu bringen, Maria. Du würdest nur dich ins Verderben stürzen, wenn du dich mir, einem unreinen Heiden, zuliebe von Gottes auserwähltem Volke trennen wolltest. Denke daran, daß ich selber den jungen Mann, nachdem er sich den Knöchel gebrochen hatte, auf meinem Esel zum Berg brachte. Das ihm gegebene Versprechen darfst du nicht brechen. Ich muß auf dich verzichten, will dir aber gern ein so reiches Hochzeitsgeschenk geben, daß du nicht vollkommen von deinem Gatten abhängst.«

Maria mußte einsehen, daß mein Entschluß feststand. Sie hörte zu weinen auf und sagte bloß: »Undank ist der Welt Lohn, und jetzt glaube ich selber, daß die Römer, wie man sagt, Hunde sind. Aber vielleicht wirst du eines Tages, wenn du auf weichen Kissen hinter Vorhängen liegst und duftende Salben von dir träufeln, vergebens an mich denken. Vielleicht wirst du dich meiner zu Liebkosungen geschaffenen Hände erinnern, mit denen ich, krummrückig hingekauert, eine Handmühle drehen muß, und meiner Augen, die beim Brotbacken vor Rauch tränen.«

Ihre Worte rührten mich nicht, weil ich ihnen keineswegs Glauben schenkte. Ich vermutete, sie werde im Gegenteil ihren Gatten dazu antreiben, sich über seine Kräfte abzurakkern, und ihre Verwandschaft dazu, stets um sie herumzuscharwenzeln, und sie werde im Alter die Schwiegertöchter peinigen und die Schwiegersöhne ärgern. Aber natürlich konnte ich mich irren.

Nachdem sie sich redlich bemüht hatte, mich möglichst zu vergrämen, verzieh sie mir und meinte: »Von Rechts wegen sollte ich dir dein Angebot entrüstet an den Kopf werfen. Aber im eigenen Interesse muß ich wohl dein Hochzeitsgeschenk annehmen, um in der Achtung der Familie meines Mannes zu steigen. Ein Geschenk ist es übrigens nicht, sondern vielmehr die Abstattung einer Schuld, weil du alle deine Zusagen gebrochen hast.«

Es drängte mich, sie zu fragen, wann ich ihr je irgend etwas versprochen hätte; aber inzwischen war ich klüger geworden und schwieg. Während unseres Gespräches hatten die meisten anderen Herbergsgäste sich auf die Weiterreise gemacht. Jetzt kam Maria Magdalena mit strahlendem Gesicht zu uns und schalt:

»Was zankt ihr euch da? Schaut hinaus, wie herrlich jetzt, nachdem Jesu Reich auf die Erde gekommen ist, die Welt im

Glanz seiner Sonne leuchtet! Ich grolle niemandem mehr, nicht einmal dem Petrus. In der Nacht hatte ich einen Traum, der mir anzeigte, daß der Welt Gnade widerfahren ist. Weiße Tauben schwebten vom Himmel herab und setzten sich den Menschen auf die Köpfe. Auch auf deinem Kopf, Römer, ließ sich eine nieder. Ich kann keinen Menschen mehr verachten. Denn allen wird, nach Verdienst oder auch unverdient, eine solche Fülle von Liebe zuteil werden, daß niemand leer ausgeht. Ein Vater mag sein Kind, wenn es ungehorsam ist, bestrafen: aber nie wird er es ganz verstoßen. Darum sehe ich heute keinen Unterschied zwischen Römern und Hebräern, und alle Menschen unter dem blauen Firmament sind meine Geschwister. Nicht einmal die Samariter nehme ich aus, obwohl es ein samaritischer Zauberer war, der sich die in mir hausenden bösen Geister dienstbar gemacht hat.«

Sie schlang mir die Arme um den Hals und küßte mich auf beide Wangen, und ich fühlte ihr solche Kraft entströmen, daß alles vor meinen Augen sich wandelte und ich am liebsten wie ein Kind getanzt und gelacht hätte. Auch der Griechin gab sie einen Kuß; und Maria von Beeroth drückte sie zärtlich an sich und nannte sie ihre Tochter. So empfanden wir alle nur jubelnde Freude. Ohne an Essen und Trinken zu denken, machten wir uns auf den Weg – derart erfüllt waren wir von Jesu Reich. An diesem Tage wanderten wir, mochten wir auch noch auf Erden weilen, in Wahrheit durch sein Reich.

Nachmittags sahen wir wieder den See Genezareth und erreichten Maria Magdalenas Haus. Ihre Bedienten entboten ihr begeisterten Willkomm. Sie hatte nämlich, mit Maria von Beeroth als einziger Begleiterin, heimlich ihr Haus verlassen, ohne jemanden zu verständigen; so war man ihretwegen beunruhigt gewesen und hatte schon gefürchtet, die Dämonen könnten wieder von ihr Besitz ergriffen haben. Aber jetzt befahl sie:

»Nehmt euch aus meiner Kleiderkammer jeder ein neues

Gewand und bereitet für diesen Abend ein großes Festmahl! Tut euer Bestes! Die Tage der Freude und des Frohsinns sind gekommen. Unser Herr, Jesus von Nazareth, ist von den Toten auferstanden und hat sich den Seinen gezeigt. Wir waren unser mehr als fünfhundert, die das bezeugen können. Geht daher nach Magdala und ladet alle, die kommen wollen, zum Mahl, nur keine Pharisäer oder Synagogenvorsteher, keine Ältesten oder Reiche! Ladet die Armen und Elenden ein, die Zöllner und Steuereinnehmer, und auch Fremdlinge! Sagt ihnen allen: ›Maria Magdalena wünscht für diesen Abend nur Sünder als Gäste und keine Gerechten.‹ Auch der Herr hat ja nicht die Gerechten eingeladen, sondern die Sünder, und in seinen Augen war niemand unrein. Mit ihm ist die Vergebung der Sünden auf die Erde gekommen.«

So sprach sie wie in Verzückung zu ihren Bedienten, die kopfschüttelnd gehorchten. Mich führte sie beiseite, sah mir liebevoll in die Augen, legte mir die Hände auf die Schultern und sagte:

»Für uns ist die Zeit des Abschiednehmens gekommen. Aber zumindest ich betrachte dich als Kind des Reiches, mögen auch andere dich verwerfen. Böse Tage werden noch über dich kommen, und niemand ist ohne Sünde. Aber verhärte dein Herz nicht, trachte nicht nach dem Ruf der Frömmigkeit vor den Menschen und versprich nichts unbedacht! Wenn du in unvermeidbare Sünde fällst, so bekenne es und entschuldige dich nie mit der leeren Ausrede, du seiest nicht ärger als andre, die das gleiche tun! Sobald du aber an den begangenen Sünden so leidest, daß sie dir nur Verzweiflung und nicht Genüge bereiten, dann bist du reif zur Heilung. Und keine Sünde ist so furchtbar, daß Jesus sie dir nicht vergeben würde, wenn du ihn reuigen Herzen darum bittest. Nur Verstocktheit kann er nicht verzeihen; denn durch sie trennt der Mensch sich geflissentlich von Gott. Indes kann, glaube ich, niemand sich so weit von ihm entfernen, daß er den Rückweg nicht mehr finden könnte. Derart grenzenlos ist Gottes Gnade. Aber wenn du den Weg des Reiches gehst, wirst du dadurch allein viel Übel meiden. Und ich will dir eine wunderbare Erkenntnis anvertrauen, die mir in meinem Traum offenbart wurde: der Weg selbst ist schon das Reich.«

Mit Tränen in den Augen blickte sie mich an und fuhr fort: »Das ist meine Lehre, Maria Magdalenas Lehre. Sie muß wohl in mir gereift sein, als ich zu Jesu Füßen saß und ihm lauschte. Nach allen den großen Ereignissen, die sich zugetragen haben, wird der eine dies, der andere jenes über Jesus sagen, je nach seiner Urteilskraft. Mit meiner Auffassung treffe ich die Wahrheit nicht besser als irgendwer anderer – aber auch nicht schlechter, glaube ich.«

Nach einer Weile fügte sie noch hinzu: »Ich bin nur eine Frau. Die Jünger haben mir zu schweigen befohlen, und hinfort werde ich in ihrer Gegenwart demütig schweigen. Aber dir möchte ich sagen, daß Jesus deshalb als Mensch zur Welt gekommen ist und sich dem Elend der Körperlichkeit unterworfen hat, um die Welt zu erlösen. Er wußte, was ihm bevorstand, und hat oft klar und deutlich davon gesprochen. Er wollte als Menschensohn und Sohn Gottes die Sünden der Welt auf sich nehmen, sich für viele opfern und dadurch einen neuen Bund schließen. Mein Herz ist glückselig, wenn ich an ihn denke.«

So, von hinreißender Begeisterung erfüllt, belehrte sie mich, und ich nahm ihre Worte in mich auf, mochte ich auch manches nicht verstehen. Dann sprachen wir von Alltagsdingen und einigten uns über das Hochzeitsgeschenk, daß ich Maria von Beeroth schicken wollte, wenn wir nach Tiberias kamen. Sobald Maria Magdalena sie unter die Haube gebracht hätte, was sie auf Grund ihrer Kenntnis der Braut möglichst rasch zu tun gedachte, wollte sie nochmals nach Jerusalem reisen, um sich zu vergewissern, ob den Jüngern nichts abging; sie wußten ja selbst nicht, wie lange sie dort bleiben müßten. Thomas war der einzige, der gesagt hatte: »Wir bleiben dort und warten die Erfüllung seiner Verheißung ab, und wenn es zwölf Jahre dauern sollte.«

Schließlich begleitete sie mich zur Haustür, und beim Abschied weinte Maria von Beeroth so bitter, daß ihre Augen aufschwollen; und auch Myrina weinte, bloß aus Freundschaft für Maria. Mich aber erfüllte die tröstliche Gewißheit, daß ich, was auch immer mir zustoßen mochte, jederzeit, wenn ich meinen Seelenfrieden nirgends sonst zu finden imstande war, hierher zu Maria Magdalena kommen konnte. Ich hatte nicht die Absicht, es zu tun. Aber schon das Bewußtsein, in der Not eine Zuflucht zu haben, ist wohltuend.

Myrina und ich wanderten schweigend durch Magdala und bogen in die Straße nach Tiberias ein. Wir fühlten uns nicht müde und brauchten deshalb kein Boot zu mieten, was leicht möglich gewesen wäre. Als ich unterwegs um mich schaute und die reine Seeluft einatmete, dachte ich mir, ich hätte zwar in dem fremden Galiläa nichts mehr zu verrichten, aber auch anderswohin zu kommen eilte nicht. So tat es wohl, einfach an dem glitzernden Gewässer dahinzuschlendern. Und ich war nicht allein, ich hatte Myrina an meiner Seite.

Im roten Abendlicht kamen wir nach Tiberias, und ich wollte, ohne mich in der Stadt aufzuhalten, schon Myrinas wegen gleich weiter zu den Thermen jenseits des Ortes. Aber auf dem Forum des Herodes Antipas prallte ein tief in Gedanken versunkener Mann mit mir zusammen, ehe ich Zeit hatte auszuweichen, und ich mußte mich, um nicht zu fallen, an seinem Arm festhalten; denn er war groß und stark. Er fuhr wie aus dem Schlafe auf und blickte mich an. Zu meinem Erstaunen stellte ich fest, daß es Simon von Kyrene war.

»Friede sei mit dir!« grüßte ich befangen, in Sorge, er würde, wenn er mich erkannte, zornig werden. Aber er lächelte nur verlegen und antwortete: »Bist du es, Römer? Auch mit dir sei Friede!«

Ich ließ seinen Arm los, ging aber nicht weiter. Wir standen da und blickten einander an. Seit den Ereignissen in seinem Hause hatten wir uns nicht getroffen; mir schien, als wäre er in der kurzen, seither verstrichenen Zeit sehr gealtert. Seine Augen waren ganz trübe, und er hielt den Kopf beharrlich gesenkt. Es war, als freute ihn nichts mehr auf dieser Welt.

Ich hätte überhaupt kein Gespräch mit ihm beginnen müssen; aber mir kam in den Sinn, daß die Begegnung vielleicht nicht ganz zufällig sein mochte. So fragte ich fügsam: »Hast du mir verziehen, was bei dir zu Hause geschah? Ich fühle mich verantwortlich dafür, obwohl die Schuld, glaube ich, nicht ausschließlich mich trifft. Wenn du mir noch grollst, so vergib mir jetzt!«

Er entgegnete: »Ich zürne dir nicht. Was ich tue, verantworte ich schon selber. Ich habe dir ja sagen lassen, daß ich dir nicht böse bin.«

»Aber wohlgesinnt warst du mir auch nicht«, erwiderte ich. »Du wolltest nichts mit mir zu tun haben. Glaubst du jetzt schon, daß ich kein Zauberer bin? Was denkst du von den Dingen, die sich inzwischen zugetragen haben?«

Er blickte argwöhnisch um sich; doch zu dieser Tagesstunde war das Forum verlassen. Ich hob die Hand und rief: »Mißtraue mir nicht! Ich komme vom Berge, ebenso wie du. Was denkst du also darüber?«

Mit einem Stoßseufzer meinte er ausweichend: »Nun ja, es waren unser mehr als fünfhundert. Da ist es kein Wunder, daß ich dich in der Menge nicht sah. Aber wenn du dort warst, mußt du selbst wissen, wie mir ums Herz ist.«

Ohne meine Antwort abzuwarten, fuhr er fort: »Als ich erfuhr, daß Jesus vor uns nach Galiläa gegangen war, verließ ich Hals über Kopf Jerusalem. Viele andere taten das gleiche. Aber die Wartezeit war zermürbend, die Nachrichten widersprachen einander, und nicht alle glaubten, daß er wirklich den Jüngern am See erschienen war. Manche kehrten enttäuscht nach Jerusalem zurück. Doch ich habe im Leben Geduld gelernt; als Sklave lernt man sie. Übrigens hatte ich auch geschäftlich in Galiläa zu tun, und die Zeit war nicht verloren. Im Herzen hoffte ich schon, die Jünger hätten nur geflunkert. Mein vergebliches Warten beschwichtigte mich allmählich, und ich freute mich darauf, nach Jerusalem, zu meiner früheren Lebensführung, die mir zusagte, zurückkehren zu können. Ich wollte meinen beiden Söhnen das Beste bieten, was ich auf der Welt gefunden hatte: die Gläubigkeit Israels, die Kultur Griechenlands, den Frieden Roms und ein sorgsam angelegtes Vermögen. Aber dann erhielt ich die Kunde und wanderte zum Berg. Und dort sah ich Jesus.«

Seine Gesichtsmuskeln begannen zu zucken, und er konnte nur mit Mühe weiterreden. »Nun mußte ich daran glauben, daß er wirklich auferstanden ist. Ich mußte ihn als den Christus anerkennen. Und so bin ich gezwungen, jetzt alles wieder von vorn zu beginnen. Es gibt also auf Erden mehr, als die Augen sehen und die Hände tasten oder als Maße und Gewichte feststellen können. Diese Erkenntnis ist furchtbar. Ich könnte den Tag verfluchen, da ich Jesus traf und sein Kreuz auf den Rücken nahm. Er ist schuld daran, daß von dem, was ich für meine Söhne so umsichtig aufgebaut habe, nichts mehr Bestand hat.

Du fragst mich, was ich zu dem allen meine. Ich kann nur daran denken, was ich tun muß, um für sein Reich zu taugen und um auch meine Jungen zu würdigen Gliedern dieses Reiches zu machen. Jesu Forderungen entsprechen in keiner Weise unserem Gerechtigkeitsbegriff; sie sind erbarmungslos für jemanden, der sich aus der Sklaverei zu Freiheit und Wohlstand emporgearbeitet hat. Aber jetzt, da ich mich von seiner Auferstehung überzeugt habe, muß ich seinen Forderungen Rechnung tragen. Ich hoffte, ihm wenigstens etwas abhandeln zu können, wie es unter uns Menschen bei jedem vernünftigen Geschäft üblich ist. Aber er ist nicht einfach ein Mensch. Als ich ihn auf dem Berge sah, wußte ich plötzlich, daß es bei ihm kein Feilschen gibt. Ich muß sein Sklave werden, bin ihm mit Haut und Haaren verfallen. Mir bleibt nichts anderes übrig. Nachher liegt es an ihm, ob er mich zum Freigelassenen machen will oder nicht. Darauf steht mir kein Einfluß zu. Über alles das habe ich so angestrengt nachgegrübelt, daß ich geradewegs in dich hineingerannt bin, Römer.«

»Aber«, verwunderte ich mich, »hast du keine Bedenken, dich mir, einem Römer und Heiden, derart anzuvertrauen?«

Simon blickte mich überrascht an und erklärte: »Seit ich alles mit neuen Augen betrachte, kommt es mir undenkbar vor, daß vor Jesus ein Jude irgendwie besser sein sollte als ein Römer oder Grieche. Seine Sache allein ist, zwischen wahr und falsch zu unterscheiden. Ich wäre von Sinnen, wenn ich mir ein Urteil darüber anmaßen wollte, wer zu den Seinen gehört und wer nicht. Auch darin hält er sich in keiner Weise an menschliche Gerechtigkeitsbegriffe. Nein, durch Grübeln werde ich aus ihm nicht klug. Ich gehöre nicht zu den Leuten, die sich ihre Seligkeit davon erhoffen, daß sie sich in die Wildnis zurückziehen, fern von allen anderen. Ich bin ein Realist. Mir gelten Taten mehr als Worte. Ich muß mein Dasein unter Menschen verbringen, seien es Juden oder Römer. Übrigens habe ich für mein eigenes Volk böse Vorahnungen, falls durch Brot und Wein tatsächlich ein neuer Bund geschlossen wurde. Jesus selbst soll über Jerusalem geweint haben. Sollte sich der Tempel wirklich als unfähig erweisen, jemanden zu retten, so werde ich vielleicht einer zum Bankrott verurteilten Gemeinschaft mein Eigentum entziehen und mit meinen Söhnen in einem anderen Lande Zuflucht nehmen. Aber das weiß ich noch nicht sicher.«

Er sprach sehr schroff, und seine Gedanken schienen immer wieder Haken zu schlagen. Neugierig fragte ich: »Hast du mit Jesus auf dem Berge gesprochen?«

Simon starrte mich an, als hätte ich den Verstand verloren, und stieß hervor: »Wie hätte ich wagen können, ihn anzusprechen? Genug, daß ich ihn sah!«

Verzagt erzählte ich ihm: »Die Sendboten wollen nichts

mit mir zu tun haben. Petrus hat mir sogar verboten, von Jesus zu reden, weil ich Römer bin.«

Aber Simon nahm die Sache nicht so ernst. »Wenn diese Männer einmal meine Jahre und meine Lebenserfahrung haben, werden sie verständiger sein«, versicherte er mir. »Sie sind nur Menschen, und jeder Mensch hat seine Fehler. Aber bedächtige, einfache Leute wie sie werden in einer so verantwortungsvollen Lage weniger Unheil anrichten als wenige Ehrgeizlinge. Mir genügt es, wenn sie ihr Erbteil nicht völlig vertun. Weit werden wir ja nicht kommen, falls sie allein das Reich betreuen sollen. Aber es ist noch immer besser, als wenn Schriftgelehrte sich über das Erbe in die Haare geraten. Vielleicht werden die Sendboten an ihrer Aufgabe wachsen. Derlei ist schon vorgekommen.«

»Und woraus besteht eigentlich deiner Meinung nach dieses Erbe?« wagte ich zu fragen. »Sag es mir!«

Ohne es selbst zu merken, hatten wir begonnen, auf dem Forum mit langen Schritten hin und her zu gehen, wie Sophisten im Wortgefecht. Myrina hatte sich unterdessen auf den Mittelpunktstein der Stadt gesetzt, um ihren Füßen Ruhe zu gönnen. Plötzlich hielt Simon inne und warf mir einen finsteren Blick zu; der Arm, den er ausgestreckt hatte, fiel schlaff herab.

»Wüßte ich es nur selber!« klagte er gequält. »Während der Wartezeit habe ich viel von Jesu Botschaft gehört; aber je mehr ich erfuhr, desto inbrünstiger hoffte ich, alles sei nur das Gestammel eines verrückten Propheten. Übrigens hielten auch Jesu Mutter und seine Verwandten ihn für einen Sonderling und versuchten, ihn, nachdem er in Galiläa zu predigen angefangen hatte, wieder nach Hause zu bringen, allerdings vergebens. Er war den Rechtschaffenen gegenüber zu erbarmungslos und den Sündern gegenüber zu nachsichtig. Es gibt sehr urteilsfähige Leute, die der Meinung sind, er habe seine Wunder mit Hilfe Beelzebubs gewirkt – eines bösen Geistes, eines jener alten Götter, die, wie du vielleicht gehört hast, noch im Lande leben. Ich habe mir auch nicht alles genau eingeprägt, was Jesus gesagt haben soll; es scheint ja heute dies und morgen das gewesen zu sein. Sogar Leute, die ihm an genau dem gleichen Tage gelauscht haben, berichten ganz verschieden darüber. Du kannst dir vielleicht vorstellen, was für ein heilloser Schreck es für mich war, als ich ihn lebend vor mir sah, jenen Mann, dem ich selbst auf meinem Rücken das Kreuz zur Schädelstätte getragen hatte. Ich kann ihn nicht verleugnen, aber auch nicht verstehen.«

»Vergib uns unsere Schulden«, fuhr er nach einer kleinen Weile, die Handflächen aneinanderpressend, fort, »wie auch wir vergeben haben unseren Schuldigern. Das verstehe ich, obwohl es mir ganz gegen den Strich geht. Soll ich etwa auch dem Herodes Antipas nachsehen, was er mir schuldet? Jedesmal, wenn der Tetrarch Jerusalem besucht, kommt sein Kämmerer Chusa zu mir um Geld gelaufen. Ich rechne zwar ohnedies kaum damit, diese Beträge je zurückzubekommen; es handelt sich auch nicht um große Darlehnssummen, sondern eher um höflich verschleierte Bestechungsgelder, damit er mir bei gewissen Geschäften in Peräa und Galiläa keine Schwierigkeiten macht. Aber es wurmt mich, daß ich zum Fürsten gehen und, nicht nur mit den Lippen, sondern aus ganzem Herzen, seine Schulden für nichtig erklären soll. Dabei weiß ich, daß er Jesus vor der Kreuzigung verspottet hat.

Einigen armen Galiläern habe ich die Schulden gestrichen, statt, wie ich ursprünglich wollte, ihren Grundbesitz zu einem großen Landgut für meinen Sohn Rufus zu verschmelzen. Aber das sind Familienväter, die ohne eigenes Verschulden, durch die dreifachen Abgaben und die Heuschreckenplage, mit ihrer Darlehenstilgung in Rückstand gerieten. Ich erzähle dir das nicht, um damit zu prahlen; angeblich hat ja Jesus gesagt, bei einer Guttat dürfe die linke Hand nicht wissen, was die rechte tut, geschweige denn, daß jemand anderer es erfährt. Aber rate mir! Wäre es nicht in jeder Beziehung vernünftiger, beim Tetrarchen so viel wie möglich an Außenständen einzutreiben und den Betrag unter die Armen zu verteilen, als ihm seine Schulden zu erlassen?«

Er stellte mir die Frage ernstlich, und ich dachte darüber nach. »Ich glaube, du zerbrichst dir zu sehr den Kopf über dein Vermögen und deine Außenstände«, erklärte ich behutsam. »Ich bin auch wohlhabend, mache mir aber keine übertriebenen Sorgen mehr um meinen Besitz. Vielleicht kommt das daher, daß mir mein Reichtum ohne eigenes Zutun und auf eine vielfach als unrühmlich betrachtete Art in den Schoß gefallen ist. Jedenfalls aber würde ich dir empfehlen, zu warten und nichts zu übereilen. Ich habe gehört, daß sogar die Sendboten sich darauf gefaßt machen, nötigenfalls zwölf Jahre in Jerusalem darauf zu harren, daß eine bestimmte Verheißung sich erfüllt und ihnen ein klareres Verständnis aller Dinge zuteil wird. Warum solltest du ihnen mit deinen Entschlüssen vorgreifen?«

»Warum? Weil ich ein harter, schlechter Mensch bin«, erwiderte Simon ohne Zögern, als hätte er diese Frage schon lange erwogen. »Ich habe es eilig, damit mir meine eigene Schuld, die Herzlosigkeit, verziehen wird.«

»Jetzt denkst du auf deine altgewohnte Art, als Kaufmann«, hielt ich ihm vor. »Du willst für das, was du bietest, einen Gegenwert empfangen. Ich bezweifle, daß Jesus von Nazareth jemandem etwas bloß deshalb gibt, weil es ihm gebührt. Er wurde, glaube ich, als Mensch in diese Welt geboren, um, da niemand sich selbst entsühnen kann, für die Sünden aller Menschen zu büßen. Das ist eine widersinnige Vorstellung. Aber, wie du selbst sagst, es gibt in seiner Lehre noch viele andere Dinge, die in den Augen der Weisen Torheit sind.«

Simon griff sich an die Stirn und seufzte tief auf. »Ich verstehe nicht, was du sagst. Ich bekomme nur immer stärkeres Kopfweh davon. Glaubst du wirklich, daß es sich um eine Art von Sklaven- und Kaufmannsüberheblichkeit handelt, wenn ich mir auf dem einzigen mir offenstehenden

Wege die Vergebung meiner Sünden zu erkaufen trachte? Wer bist du, daß du mich belehren willst? Sagtest du nicht, man hätte dir verboten, von Jesus zu reden?«

Ich bereute bitter meine Unbedachtheit und bat: »Verzeih mir, Simon von Kyrene! Wer bin ich wirklich, daß ich dich belehren dürfte? Du hast mich zwar um Rat gefragt, aber ich hätte schweigen sollen. Von diesen Dingen verstehe ich ja bestimmt nicht mehr als du, wahrscheinlich sogar weniger, nachdem du älter und erfahrener bist. Suche also sein Reich auf deinem Wege, und ich will es auf meinem Wege tun.«

Wie geistesabwesend streckte Simon seine schwielige Hand aus und streichelte der noch immer auf dem Stein sitzenden Myrina die Wange. »Hätte ich doch eine Tochter!« klagte er. »Immer habe ich mir eine Tochter gewünscht. Vielleicht wäre ich verträglicher geworden, wenn ich außer meinen Buben noch ein Mädel hätte.«

Inzwischen war die Dunkelheit hereingebrochen, und vor den Häusern wurden Lampen angezündet. »Wieder haben wir viel miteinander gesprochen«, sagte Simon, »und je länger wir sprachen, desto unbehaglicher wurde mir zumute.« Dann starrte er verwundert auf seine Hand und fügte hinzu: »Kaum aber habe ich die Wange deiner Tochter berührt, so hat mein Kopfweh aufgehört, und ich fühle mich zufrieden und wohl!«

»Sie ist nicht meine Tochter. So alt bin ich noch nicht«, erklärte ich. »Es ist meine Schwester Myrina. Sie versteht deine Sprache nicht.«

»Sie muß mit dir auf dem Berge gewesen sein«, meinte Simon und starrte noch immer wie im Halbschlaf auf seine Hand. »Ich habe das gespürt, sobald ich sie berührte. Als du mit mir zusammenstießest und meinen Arm packtest, habe ich nichts dergleichen empfunden. Von ihr ist Friede auf mich herübergeströmt, und jetzt werde ich mich nicht länger um unnötige Dinge sorgen. Unsere Begegnung hat sich gefügt, nicht, damit ich mir deine Spitzfindigkeiten anhöre, sondern, damit ich die Wangen deiner Schwester berühre.«

Das war unbillig gesprochen, dachte ich mir. Aber ich wollte seinen Seelenfrieden, wenn er ihn tatsächlich durch die Berührung gefunden hatte, nicht mit Einwendungen stören. Indes fühlte ich mich plötzlich sehr müde; das Gespräch schien mich mehr erschöpft zu haben als die lange Tagereise. Ich setzte deshalb meinen Weg zu den Thermen fort. Simon begleitete uns, Myrina an der Hand haltend. So schritten wir alle drei, Hand in Hand, Myrina in der Mitte. Als wir zu einem beleuchteten Gasthof kamen, bestand Simon darauf, uns ein Mahl zu geben; es war nämlich eines jener Speisehäuser, wo freisinnige Juden und Heiden gemeinsam aus der gleichen Schüssel essen konnten.

So brachen wir miteinander das Brot, aßen Fisch und Salat, und niemand nahm Anstoß daran, daß Myrina mit uns teilte. Simon ließ sogar Wein für uns mischen, während er selbst Wasser trank. Myrinas Augen begannen zu glänzen, ihre schmalen Wangen röteten sich, und auch ich spürte, wie die guten Speisen und der Wein mich wohlig wärmten. Während des Mahles sprach Simon mit ganz anderer Stimme als bisher, viel umgänglicher. Um uns zu unterhalten, erzählte er uns in seinem kyrenäischen Griechisch eine Geschichte.

»Am anderen Ende der Welt liegt ein großes Reich, aus dem die Seide nach Rom kommt. So weit ist es dorthin, daß die Seidenstraße durch viele Länder verläuft, und es dauert zwei Jahre, bis die Ware Tyros erreicht. Im römichen Reich ist die Erde rot; aber im Seidenreich ist sie gelb, und auch die Einwohner haben gelbe Haut. Das ist kein Märchen. Ich selbst habe in Tyros einen gelbhäutigen Mann gesehen, und seine Hautfarbe war nicht Folge einer Krankheit. Der Mann hat mir beteuert, in seiner Heimat seien alle Leute am ganzen Körper gelb; sein Land sei mächtiger als Rom und habe eine so hohe Gesittung, daß die Griechen dagegen Barbaren seien. Ohne Zweifel übertrieb er die Vorzüge seines Vaterlandes, aus dem er hatte fliehen müssen. Er erzählte mir – und das gleiche habe ich auch von anderen weitgereisten Männern gehört –, daß dort vor einiger Zeit ein neuer König zur Macht gekommen sei, der den früheren Herrscher abgesetzt und sich Sohn des Himmels genannt habe. Er soll die bestehende Ordnung umgestürzt und den Boden zum gemeinsamen Eigentum aller erklärt haben. Seither durfte niemand mehr Land besitzen. Vielmehr mußten alle den Boden gemeinschaftlich bebauen, und der König sorgte angeblich dafür, daß jeder einzelne seinen Lebensunterhalt fand. Und das alles ist noch nicht sehr lange her. Der König hat nämlich zwanzig Jahre lang geherrscht, und erst vor wenigen Jahren drangen nach Tyros Nachrichten, wonach die Bauern sich erhoben und den König durch einen Aufruhr absetzten. Der neue Herrscher soll die ursprüngliche Ordnung wiederhergestellt haben. Der Flüchtling in Tyros rüstete sich gerade für die Rückkehr in seine Heimat, wo er vor der Zeit des verrückten Königs eine hohe Stellung eingenommen hatte.«

Nach einer kleinen Pause fuhr Simon fort: »Natürlich ist vieles nur Fabelei. Zum Beispiel hat der gelbe Mann erzählt, in seinem Lande werde die Seide von Würmern gesponnen und die Menschen hätten nichts zu tun, als die Fäden einzusammeln und zu Stoffen zu verweben. Aber über diesen Sohn des Himmels und seine tollen Neuerungen habe ich viel nachgedacht. So etwas könnte sich ja auch im römischen Reich zutragen, wo mehr und mehr Land in den Händen einzelner vereinigt wird, so daß schließlich alle anderen zu Taglöhnern oder zu Sklaven werden müssen. Für die große Mehrheit der Bevölkerung wäre es dann ganz gleichgültig, ob das Land im gemeinsamen Besitz aller stünde und von Staats wegen bewirtschaftet würde oder aber in den Händen einiger weniger bliebe. Und wenn ich an Jesus von Nazareth denke, fürchte ich manchmal, er könnte, falls er auf Erden König würde, eine ähnliche Ordnung einführen, bei der niemand etwas für sich besitzt, sondern alles gemeinsames Eigentum ist. Nur jemand, der wie ich Sklave war, kann ganz ermessen, wie gefährlich, ja wie unmöglich etwas Derartiges ist. Selbst ein Sklave muß, um leben zu können, etwas haben, was er sein eigen nennen kann, und sei es auch nur eine Kleinigkeit. In Kyrene war oft ein Sklave sogar auf seine Fußeisen stolz, weil sie größer und schwerer waren als die anderer. Jedenfalls ist es eine Beruhigung für mich, daß Jesu Reich nicht von dieser Welt ist. Wenn er solche Neuerungen vorgehabt hätte, wäre er als Kaiser von Rom und nicht als König der Juden zur Welt gekommen.«

Ich warnte: »Ist es klug, in einem öffentlichen Speisehaus zu politisieren? Im übrigen kam nach meiner Auffassung schon mit Jesu Geburt sein Reich auf die Erde und weilt noch bei uns, allerdings unsichtbar. Deshalb vermag kein Herrscher sich von außenher dieses Reiches zu bemächtigen. Man kann Jesu Anhänger verfolgen, nicht aber sein Reich stürzen, da es in uns ist – falls du verstehst, was ich meine; ich begreife es nämlich selber nicht recht.«

Traurig schüttelte Simon den Kopf und sagte: »Bist du aber unerfahren! Und Menschenkenntnis hast du auch wenig! Das Reich jenes Himmelssohnes ging nach zwanzig Jahren unter, obwohl es faßbare Wirklichkeit war. Wie soll dann ein unsichtbares Reich sich halten, wenn der Herrscher nicht mehr da ist? Glaube mir, sobald wir Augenzeugen seines Auftretens tot sind, wird sein Andenken auf Erden uns nicht um viele Jahre überleben. Wie sollte jemals ein Mensch, der sich nicht mit eigenen Augen von Jesu Gotteskindschaft überzeugt hat, zum Glauben an ein unsichtbares Reich bekehrt werden? Ein Jahrhundert lang hätte sich etwas von ihm erhalten können, wenn seine Lehre vernünftig und der menschlichen Natur gemäß wäre. Aber sie schlägt doch allem ins Gesicht, was je bestanden hat!«

Seine einleuchtenden Darlegungen betrübten mich. »Also glaubst du nicht, daß die Welt sich durch ihn und kraft seines Namens ändern wird?« fragte ich.

»Nein, wirklich nicht«, entgegnete Simon rundheraus.

»Nein. Diese Welt und die menschliche Natur kann jetzt nicht einmal Gott mehr ändern.«

Er hielt inne und fuhr dann fort: »Nach der Speisung der Fünftausend haben doch sogar diese Galiläer vorgehabt, Jesus zu entführen und zum König zu krönen. Wenn selbst sie ihn so völlig mißverstanden, wie sollen jene ihn begreifen, die ihn überhaupt nie gesehen haben? Denke nur daran, wie anfechtbar, wie gefährlich seine Lehre ist! Er hat Sünder um sich versammelt. Noch am Kreuze hat er, wie man mir erzählte, einem der Schächer neben ihm verheißen, er werde in sein Reich eingehen. Mit einem Worte, seiner Lehre kann nur der Pöbel, der nichts anderes zu erhoffen hat, Gehör schenken. Die Machthaber werden bestimmt alles tun, damit eine solche Lehre sich nicht zu sehr ausbreitet.«

Myrina hob lächelnd die Hand und streichelte Simons bärtige Wange. »Weshalb machst du dir so viele Sorge um die Verbreitung seiner Lehre?« fragte sie. »Diese Dinge brauchen dich nicht zu bekümmern, ebensowenig wie meinen Bruder Marcus oder mich. Freuen wir uns doch lieber über ihn und darüber, daß wir ihn auf dem Berge sahen! Er ist ein tröstliches Licht, und jetzt, nachdem ich ihn erblickt habe, werde ich mich nie mehr ganz schutzlos fühlen. Du aber redest immer nur von der bösen Finsternis.«

Die Griechin hatte bisher derart bescheiden und schweigsam dagesessen, daß wir beide über ihre Worte so erstaunten, als hätte ein lebloser Tisch plötzlich zu sprechen begonnen. Frohsinn kehrte von neuem in uns ein, und als wir in ihr strahlendes Gesicht blickten, schämten wir uns unserer törichten Reden. Wieder wohnte das Reich in uns, und mein Herz strömte über vor Liebe zu Myrina, und auch zu Simon von Kyrene. Lange saßen wir schweigend und blickten uns bloß gegenseitig an, ohne uns von dem Lärm der anderen Gäste stören zu lassen. Simon bezahlte freigebig die Zeche und begleitete uns noch bis zu dem griechischen Gasthof. Dort verabschiedeten wir uns von ihm.

Fast bis Mittag schliefen Myrina und ich in unserem Zimmer hinter zugezogenen Vorhängen, so erschöpft waren wir von der Wanderung und allen unseren Erlebnissen. Auch während des Schlafes schwand unser Glücksgefühl nicht; es war noch da, als wir die Augen wieder aufschlugen, und jeder von uns beiden freute sich, den anderen erwachen zu sehen.

Mein Frohsinn hielt an, bis mir Claudia Procula einfiel und meine Zusage, ihr zu berichten, was sich auf dem Berge ereignet hatte. Myrina fragte, was mich bedrückte. Als ich ihr von der Gattin des Statthalters und ihrer Krankheit erzählte, schlug sie treuherzig vor, wir sollten sie gemeinsam aufsuchen, um ihr die frohe Botschaft zu überbringen und zu bezeugen.

Aber vorerst hatte ich das Bedürfnis, die Spuren der Strapazen einer Wanderfahrt zu tilgen, die schon mit meiner Ankunft in Jerusalem begonnen zu haben schien. Mein jüdischer Mantel roch nach Schweiß, und mein Untergewand war schmutzig. Ich wollte frische Kleider anlegen und mir den Bart abnehmen lassen, da ich jetzt keine Ursache mehr sah, die Tatsache, daß ich Römer bin, zu verbergen. So ging ich in die Thermen und ließ mich rasieren und frisieren und mir die Körperhaare auszupfen. Nachdem man mir die Reisemüdigkeit aus den Gliedern massiert und meinen Leib mit Salben eingerieben hatte, zog ich neue Kleider an und schenkte die alten dem Badewärter. Jetzt, da ich wieder so aussah wie früher, schämte ich mich innerlich meines Bemühens, mich bei den Juden durch Bart und Mantelquasten in Gunst zu setzen. Als ich in mein Zimmer zurückkam, nahm ich sogar meinen Goldring aus der Börse und streifte ihn mir über den Daumen.

Auch Myrina kam aus dem Bade zurück; sie hatte sich, wie ich feststellte, ebenfalls das Haar behandeln und das Gesicht verschönern lassen. Nun trug sie ein weißes, mit Goldfäden durchwirktes Kleid. Wir blickten einander lange an, als kennten wir uns gegenseitig nicht. Ich hätte mich darüber freuen müssen, daß ich mich nun ihrer vor den reichen Kurgästen und vor Claudia Procula nicht zu schämen brauchte. Aber ich wurde ihrer Schönheit nicht froh. Ihr Gewand und ihr bemaltes Gesicht machten sie mir fremd. Mir wurde bewußt, daß ich lieber in ihr das Mädchen mit dem mageren Gesicht und den schlanken Gliedern sah, das, mit einem schmutzigen Mantel zugedeckt, auf einem Berg in Galiläa in meinen Armen geschlafen hatte.

Doch Myrina hatte sich bestimmt mir zuliebe besonders schön gemacht; darum durfte ich sie nicht bekritteln und ihr auch nicht gestehen, daß mir ihre Schauspielertunika und die abgetragenen Bühnensandalen lieber waren als feine Schuhe und Goldstickereien. Aber Myrina sah mich befremdet an und sagte: »So habe ich dich auf dem Schiff nach Joppe kennengelernt. So hast du ausgesehen, als du mir die schwere Silbermünze aus deiner Börse gabst. Natürlich tust du recht daran, mir ins Gedächtnis zu rufen, wer du bist und wer ich bin. Es war gedankenlos von mir, dir vorzuschlagen, du solltest mich zur Gattin des Prokurators mitnehmen.«

Ich erinnerte sie an die Freude, mit der wir beide unser Erwachen gesehen hatten, und fügte hinzu: »Du mußt begreifen, daß ich des schweißigen Wollmantels und meines Bartes überdrüssig war. Ich wollte mich wieder sauber fühlen. Wenn die rechtgläubigen Juden jetzt sogar meinem Schatten ausweichen, kann umgekehrt eines Tages ihren Nachkommen das gleiche widerfahren, und vielleicht werden dann die Völker der Erde ausspucken, sobald sie nur einen Juden erblicken. Ich dachte, du würdest froh sein, mich so zu sehen.«

Aber zwischen uns war eine Abkühlung eingetreten, und plötzlich überkam mich der Gedanke, es könnte wirklich unpassend sein, Myrina zu Claudia Procula mitzunehmen. Doch im Herzen wußte ich, daß ein solcher Gedanke Verrat an ihr war, ein Verrat, den ich ihr unter keinen Umständen antun wollte. Sie ließ sich lange zureden, ehe sie sich einverstanden erklärte mitzukommen, und im gleichen Augenblick erschien schon ein Bedienter mit der Nachricht, die Gattin des Statthalters sei bereit, mich zu empfangen.

Als wir uns dem Sommerpalast näherten, bemerkte ich, daß die Kurgäste nicht mehr neugierig das Gebäude umschwärmten und in den Garten zu spähen versuchten; auch von der rotmanteligen Ehrengarde des Herodes Antipas war nichts zu sehen. Ein syrischer Legionär aus Claudias eigenem Gefolge winkte lässig, zum Zeichen, daß ich eintreten könne. Alles zeigte, daß der Aufenthalt der Prokuratorsgattin in Tiberias schon zum Alltag gehörte; sie war nur mehr ein vornehmer Kurgast in der Menge der anderen Badegäste.

Claudia Procula ruhte in einem kühlen Zimmer hinter einem flatternden Vorhang. Sie hatte keine Mühe darauf verschwendet, sich für mich schön zu machen. Die Krähenfüße an ihren Augenwinkeln und die Unmutsfalten um ihren Mund verrieten mir, wie sehr sie gealtert war. Aber sie gab sich ruhig und aufgeschlossen. Sie zuckte nicht mehr bei jeder Kleinigkeit zusammen, und ihre Hände hatten aufgehört zu zittern. Aufmerksam musterte sie meine Begleiterin vom Kopf bis zum Fuße und hob die Augen mit einem fragenden Blick zu mir.

»Das ist meine Schwester Myrina«, stellte ich vor. »Sie war mit mir auf dem Berge. Deshalb habe ich sie mitgebracht, Claudia. So können wir drei allein, ohne Zuhörer, miteinander reden.«

Nach kurzem Zögern entließ Claudia Procula ihre Gesellschafterin, lud uns aber nicht zum Sitzen ein. Während sie immer wieder Myrina musterte, begann sie sehr lebhaft auf mich einzureden:

»Du weißt nicht, was du versäumt hast. Wenn du nach dem Rennen mit mir zum Bankett des Tetrarchen gekommen wärest, hättest du eine ganze Menge über die Lebensart dieses Landes erfahren. Ich muß zugeben, daß Herodias beträchtlich besser ist als ihr Ruf und selber an der Peinlichkeit ihrer Stellung leidet. Sie hat mir ein dreireihiges persisches Halsband geschenkt, und wir sprachen ganz offen miteinander über alles. Ihre Tochter Salome ist freilich ein schamloses Weibsstück und wickelt den Herodes um den kleinen Finger; aber das kommt nur ihrer Mutter zugute. Herodias ist nicht mehr die Jüngste. Und offenbar schrekken die Nachkommen Herodes' des Großen vor keiner Form von Blutschande zurück. Das scheint so eine Art Überlieferung bei ihnen zu sein, und wir Römer dürfen uns nicht zu Sittenrichtern über die Bräuche der Orientalen aufwerfen. Diese Leute können immerhin, wenn sie wollen, ganz bezaubernd sein.

Jedenfalls ist Herodias eine Persönlichkeit, und ihr Endziel scheint es zu sein, dem Gatten die Königswürde zu verschaffen. Auch darüber haben wir gesprochen. Für Pontius Pilatus ist es ja lebenswichtig, daß Herodes nicht, aus purem Mißmut, Brandbriefe an den Kaiser Tiberius richtet. Und Herodias ihrerseits versteht vollkommen, daß der Kaiser jetzt nur mehr ein kranker alter Mann ist. Sejanus stützt meinen Gatten, und ihm haben wir die Prokuratorstelle zu verdanken. Bei der gegenwärtigen Sachlage liegt es ebensosehr im Interesse des Herodes wie des Pilatus, gute gegenseitige Beziehungen zu pflegen. Eine Hand wäscht die andere. Das wurde zwischen Herodias und mir klargestellt. So war mein hiesiger Kuraufenthalt auch in dieser Beziehung von Nutzen, und ich gedenke, bald nach Cäsarea zurückzukehren.«

Eigentlich verriet ich damit keine Geheimnisse; all das war für jeden denkenden Menschen offenkundig. Der Kaiser ist ein gebrechlicher Greis, und der bloße Name Sejanus weckt solche Furcht, daß alle vernünftigen Leute im römischen Reich sich darauf beschränken, schweigend abzuwarten, wann er sich das Volkstribunat und damit die entscheidende Machtposition sichert.

Ich war der Meinung gewesen, daß Claudia mit ihren ständigen Seitenblicken auf Myrina nur herausbekommen wollte, ob meine Begleiterin die lateinische Sprache verstand; aber plötzlich zeigte Claudia erregt mit dem Finger auf sie und rief: »Bei der Hekate und ihren schwarzen Hunden – dieses Mädchen ist doch eine Doppelgängerin Tullias!«

Verdutzt starrte ich Myrina an, und einen Moment lang schien sie mich tatsächlich an Dich, Tullia, zu erinnern. Im gleichen Augenblick wußte ich, daß ich Dir nie einen meiner Briefe schicken würde, und mir ist nun auch klar, daß ich Dich nie mehr zu treffen wünsche. Denn solange ich Dich in Myrinas Gestalt vor mir stehen sah, fühlte ich nur Abneigung und Bangigkeit. Aber der Zauber löste sich, und als ich jeden Zug in Myrinas Gesicht prüfte, stellte ich fest, daß sie Dir in keiner Weise gleicht.

Trotzdem fuhr Claudia Procula boshaft fort: »In der Tat! Wären ihre Augen dunkel und leuchtend, wäre ihre Nase feiner geschnitten, ihr Haar schwarz und ihr Mund voll, so hätte sie wirklich einige Anklänge an Tullia.«

Ich wußte nicht recht, ob sie vielleicht nur Myrina necken wollte. Aber anscheinend meinte sie es im Ernst, und ich wunderte mich darüber, was sie an Dich, Tullia, erinnern konnte, da Du nicht die geringste Ähnlichkeit mit Myrina hast. Ärgerlich rief ich: »Laß Myrina in Frieden! Sie weiß schon selbst, daß sie nicht schön ist. Und an Tullia mag ich nicht denken. Sprechen wir griechisch! Willst du also erfahren, was auf dem Berg geschehen ist, oder nicht?«

»Natürlich will ich es erfahren«, entsann sich Claudia. »Nun, was gab es dort? Hast du Jesus gesehen?«

»Wir sahen ihn beide«, erklärte ich. »Er ist von den Toten auferstanden und lebt.«

Auch Myrina bestätigte stockend: »Ja, ja, er lebt.«

Nun stellte Claudia Procula eine merkwürdige Frage: »Woher weißt du, daß es wirklich Jesus von Nazareth war?«

Daran hatte ich nicht gedacht. Für einen Augenblick verlor ich die Fassung. Dann erwiderte ich: »Natürlich war er es. Wer hätte es sonst sein sollen? Mehr als fünfhundert

Menschen haben ihn erkannt.« Ich mußte lachen. »Ich sah ihn selbst; und sein Blick hat mich getroffen. Das genügt mir. Er ist kein gewöhnlicher Mensch.«

Und Myrina ergänzte: »Kein Mensch kann einen so anblicken.«

Claudia musterte uns scharf und verhörte uns wie ein Untersuchungsrichter: »Ihr saht ihn bei Nacht. War es nicht mondlos und sehr dunkel?«

»Dunkel war es«, gab ich zu. »Aber ich sah ihn deutlich genug. Ein Irrtum ist ausgeschlossen.«

Claudia Procula hob die Hände und sagte: »Nein, ich zweifle natürlich nicht daran, daß er es war. Aber der Leibarzt des Herodes, der mich weiter behandelt und von Zeit zu Zeit aufsucht, hat mir, ebenso wie auch Herodias selbst, im Vertrauen mitgeteilt, in Galiläa sei ein merkwürdiger Mann umhergewandert, den viele für Jesus hielten. Doch die Berichte darüber widersprächen einander, und niemand könne sein Aussehen genau beschreiben. Nach der Ansicht verschiedener Höflinge soll es sich um einen Verrückten oder Besessenen handeln, der sich absichtlich Hände und Füße verwundet hat. Andere wieder behaupten, seine Jünger hätten, nachdem sie den Leichnam aus dem Grabe stahlen, ihre Machenschaften fortgeführt, indem sie jemanden dazu verleiteten, Jesu Rolle zu spielen.«

Als Claudia meinen Blick sah, fügte sie entschuldigend hinzu: »Ich wiederhole nur, was ich gehört habe. Ich sage nicht, daß es meine Meinung ist. Aber es bestehen sehr viele Möglichkeiten. Der Arzt hat die Angelegenheit vollkommen sachlich mit anderen Gelehrten erörtert. Da gibt es zum Beispiel in der Wüste beim Salzmeer eine jüdische Sekte, deren Mitglieder in einem abgeschiedenen Hause leben und durch Beten, Fasten, Kasteiungen, gemeinsame Mähler und die Taufe so heilig wurden, daß sie nicht mehr gewöhnliche Menschen sind. Ihre weißen Kleider sollen im Finstern leuchten. Sie haben geheime Anhänger in Jerusalem und anderswo. Herodes der Große hat sie für so gefährlich erachtet, daß er sie verfolgte. Sie mußten nach Damaskus fliehen und kehrten erst nach seinem Tode in die Wüste zurück. Man weiß nicht viel von ihnen, weil sie keine Fremden zulassen; aber es mag sein, daß sie – oder zumindest die heiligsten unter ihnen – mehr wissen als andere Menschen. Bei ihnen werden verschiedene Grade der Heiligkeit unterschieden.

Gestern nun hat der Leibarzt, nachdem er mit anderen Gelehrten gesprochen hatte, auf die Möglichkeit hingewiesen, diese Wüstensekte könnte aus irgendwelchen Gründen Jesu Tätigkeit genau beobachtet und ihn, vielleicht sogar ohne sein Wissen, beschützt haben. Besonders auffällig ist ja, daß es zwei Mitglieder des Hohen Rates waren, die Jesus nach der Kreuzigung ins Grab legten. Maria Magdalena hat in der Gruft im Dämmerlicht eine leuchtend weiße Gestalt gesehen und sie für einen Engel gehalten. Jesu Jünger sind schlichte Leute und mögen zu verschreckt gewesen sein, um seinen Leichnam zu stehlen; aber für die Wüstenheiligen war das nicht schwierig. Vielleicht haben sie durch Magie den Körper wiederbelebt. Oder aber es spielt einer von ihnen unter dem einfachen Volk von Galiläa Jesu Rolle. Was sie dazu veranlassen mag, das Volk an die Auferstehung des Gekreuzigten glauben zu machen, ist schwer zu sagen. Unter Umständen könnten sie ein bestimmtes Interesse daran haben, das Ansehen des Tempels zu untergraben. Aber, wie der Arzt sagte, wer politisch zu denken gewohnt ist, wird alles politisch erklären wollen. Sie mögen ebensogut geheime religiöse Beweggründe haben. Jedenfalls sind sie zu klug, um die Täuschung endlos fortzusetzen. Mit dieser Erscheinung – oder was immer es gewesen sein mag – vor den zuverlässigsten Anhängern des Nazareners im Nachtdunkel auf dem Berge soll, soviel ich erfahren habe, die ganze Sache ein Ende finden.«

Da Claudia merkte, mit welcher Bestürzung ich diesen Deutungsversuchen folgte, hob sie nochmals die Hände und sagte: »Ich glaube das alles nicht. Ich gebe nur wieder, was andere mir hinterbracht haben. Seine eigenen vertrautesten Jünger können ihn bestimmt nicht verkannt haben, auch im Dunkel nicht – außer, sie hatten selbst bei der Täuschung die Hand im Spiele. Sag mir übrigens eines: Hast du zu ihm von mir gesprochen?«

Verlegen erwiderte ich: »Ich kann es dir nicht auf verständliche Art erklären; doch ich glaube, ich hätte auch, wenn ich dazu willens gewesen wäre, ihm gegenüber nichts von dir erwähnen können. Aber es kam mir nicht einmal in den Sinn; denn als ich Jesus sah, schwanden alle Gedanken aus meinem Kopf.«

Zu meiner Überraschung machte Claudia mir keine Vorwürfe. Im Gegenteil, sie sagte mit einer gewissen Genugtuung: »Johanna hat mir genau das gleiche erzählt. Und sie hat am Morgen von einer Stelle, auf der ihrer Erinnerung nach Jesus gestanden hatte, ein wenig Erde genommen, in ein Tuch gewickelt und mir gebracht. Diese Erde sollte ich in die Hand nehmen oder nachts auf die Stirn legen, um vielleicht Heilung zu finden. Aber derlei Dinge brauche ich nicht mehr.«

Sie warf mir einen rätselhaften Blick zu und erklärte zu meiner maßlosen Verblüffung: »Du mußt nämlich wissen, ich war selbst auf dem Berg, und Jesu hat mich geheilt.«

Als sie meine Verdutztheit sah, brach sie in fröhliches Lachen aus, klatschte in die Hände und rief: »Da staunst du, was? Setz dich neben mich, Marcus! Und du Mädchen, nimm auch Platz, wo du magst! Nein, ich will damit nicht sagen, daß ich körperlich dort war. Aber ich hatte in dieser Nacht einen wunderbaren Traum, den ersten guten seit langer Zeit. Du weißt, ich bin eine empfindsame, leicht beeinflußbare Frau. Ich träume oft, daß man mir ins Gesicht schlägt, mich kneift oder an den Haaren zieht. Das alles spüre ich leibhaft, als Wirklichkeit, und kann trotz aller Anstrengungen keinen Finger rühren, bis es mir schließlich gelingt, einen Schrei auszustoßen. Dann erwache ich von dem eigenen Kreischen, in Schweiß gebadet und so verängstigt, daß ich nicht mehr einzuschlafen wage.«

Nach einer kleinen Pause fuhr sie in ernstem Tone fort: »Ja, also, wir sprachen vom Berge. An ihn habe ich in den letzten Tagen sehr viel gedacht, und so ist es nicht verwunderlich, daß mich – empfindsam wie ich bin – in dieser Nacht der Traum dorthin versetzt hat. Es war so finster, daß ich die vielen reglosen Gestalten, die wartend um mich her auf dem Boden knieten, mehr spürte als sah. Und im Traum hatte ich nicht die geringste Furcht. Dann stand plötzlich eine leuchtende Erscheinung vor mir, und ich wagte nicht, den Blick zu heben – keineswegs aus Angst, sondern aus dem starken Gefühl, es sei besser, der Lichtgestalt nicht ins Antlitz zu schauen. Die Erscheinung sprach zu mir in gütigem Tone und fragte: ›Claudia Procula, hörst du meine Stimme?‹ Ich antwortete: ›Ich höre deine Stimme.‹ Die Gestalt sprach: ›Ich bin Jesus von Nazareth, der Judenkönig, den dein Gatte Pontius Pilatus in Jerusalem kreuzigen ließ.‹ Ich erwiderte: ›Ja, der bist du.‹ Dann sagte Jesus etwas von Lämmern, was ich, in der Schafzucht unbewandert, nicht verstand und vergessen habe. Aber es klang wie Tadel, als er schließlich erklärte: ›Ich bin die Tür für die Schafe. Ich lasse meine Lämmer nicht von Dieben und Räubern töten.‹ Ich wußte sofort, daß er mit den Dieben und Räubern auf Pontius Pilatus anspielte und erklärte rasch: ›Er wird bestimmt deine Lämmer nicht mehr verfolgen. Und auch dir hätte er nichts zuleide getan, wäre er nicht durch politische Erwägungen dazu gezwungen worden.‹

Aber er achtete nicht auf meine Erklärungen; und so nahm ich an, die ganze Sache sei für ihn völlig belanglos geworden und er hegte keinen Groll gegen Pilatus. Er sprach weiter über Schafe und sagte: ›Ich habe auch noch andere Lämmer.‹ Da ich nicht wußte, was ich antworten sollte, bemerkte ich, um freundlich zu sein: ›Ich bin überzeugt, daß du ein guter Hirte bist.‹ Diese Worte schienen ihn zu freuen; denn er entgegnete gleich: ›Du sagst es. Ich bin der gute Hirte. Ein guter Hirte gibt das Leben hin für seine Schafe.‹ Im Traum kamen mir fast die Tränen, und es drängte mich, ihn zu fragen, ob auch ich in seine Herde aufgenommen werden könnte. Doch ich wagte die Frage nicht. Ich fühlte nur, wie er mir die Hand auf den Kopf legte. Und davon erwachte ich, spürte aber auch nach dem Erwachen noch die Hand auf dem Kopfe. Es war ein schöner Traum – der schönste, den ich je gehabt habe. Als ich ihn mir so eingeprägt hatte, daß ich nichts davon vergessen konnte, schlummerte ich wieder ein und schlief lange. Seitdem habe ich keine Schreckträume mehr. Ich verstehe es so: Jesus hat mich geheilt, unter der Bedingung, daß seine Anhänger nicht verfolgt werden.«

Claudia Procula kicherte wie ein Backfisch und hielt sich dann beschämt die Hand an den Mund. »Diese Bedingung ist leicht zu erfüllen«, meinte sie. »Pontius hat keine Veranlassung, die Jünger des Nazareners zu verfolgen. Im Gegenteil. Wenn aus ihnen eine Partei wird, so führt das zu einer weiteren Zersplitterung unter den Juden, und das ist Wasser auf die Mühlen der Römer. Träume sind Schäume, sagt man; und wenn Jesus zu mir von Lämmern geredet hat, so wohl deshalb, weil ich gehört habe, daß er bei seinen Unterweisungen oft dieses Gleichnis verwendete. Immerhin war es ein besonders lebhafter Traum, und ich hatte ihn zur gleichen Zeit, als du und dieses Mädchen Jesus auf dem Berge sahen. Und vor allem bin ich dadurch von meinen nächtlichen Angstzuständen geheilt worden.«

»Natürlich«, fuhr sie nach einer Weile fort, »behauptet der Leibarzt des Herodes, die Genesung sei auf die Schwefelbäder und auf seine Behandlung zurückzuführen. Ich mag ihn selbstverständlich nicht kränken, und er bekommt die üblichen Geschenke. Dennoch glaube ich – du kannst mich auslachen, wenn du willst –, daß Jesus von Nazareth sich meiner erbarmt und mich durch das

Traumbild geheilt hat, weil ich so oft an ihn gedacht und so viele böse Träume seinetwegen hatte.«

Dann fügte sie triumphierend hinzu: »Es mag also fraglich bleiben, wen ihr auf dem Berge gesehen habt; ich habe jedenfalls in meinem Traum Jesus von Nazareth erblickt. Allerdings ist Johanna davon überzeugt, daß sie auf dem Berge wirklich Jesus sah, und ich bezweifle es nicht.«

Ich überdachte Claudia Proculas Bericht. Plötzlich begann ich vor Freude zu zittern und fragte ungestüm: »Sagte er wirklich, er habe auch andere Lämmer? Dann hat er ja auch für sie sein Leben hingegeben! Hast du gehört, Myrina? Dann sind wir nicht aus seiner Gemeinschaft ausgeschlossen!«

Claudia Procula brach in Lachen aus und rief: »Nein, nein, diese Lämmerfabelei geht entschieden zu weit! Ich kenne Jesus und glaube ziemlich fest daran, daß er von den Toten auferstanden und der Sohn Gottes ist. Johanna hat mich unterwiesen, so daß ich im Notfall beten kann. Und einige seiner Gebote gedenke ich zu befolgen, soweit ich es insgeheim und ohne mir in meiner Stellung etwas zu vergeben, tun kann. Dem Genius Cäsars muß ich auf jeden Fall opfern, auch wenn ich mich um die anderen Götter Roms nicht mehr schere. Aber das heikelste Problem bei dem allen ist die Frage, wieviel ich meinem Gatten sagen soll. Er ist ein Tatsachenmensch, hat Rechtswissenschaften studiert und hält nicht viel von Wundern.«

»Ich meine«, sagte ich zögernd, »du tätest gut, ihm so wenig wie möglich über Jesus zu erzählen. Diese ganze Angelegenheit ist ein rotes Tuch für ihn, weil sein Gerechtigkeitssinn verletzt wurde. Er wird sich ärgern, wenn du ihn daran erinnerst.«

»Aus ihm wird man nie recht klug«, erklärte Claudia. »Als römischer Beamter ist er so gewöhnt, seine Gefühle zu verbergen, daß ich mich manchmal frage, ob er überhaupt welche hat. Er ist kein böser Mensch. Judäa hätte einen schlechteren Statthalter bekommen können. Ihn einen Dieb und einen Räuber zu nennen, war ganz unangebracht; aber ich führe das auf die übliche jüdische Hitzköpfigkeit zurück. Vielleicht hast du recht. Wenn er nicht selbst fragt, schweige ich einfach von der Sache.«

»Na, und jetzt von etwas anderem!« lenkte sie ab und musterte mich. »Ich bin froh, dich wieder rasiert und anständig gekleidet zu sehen. Deine Begegnung mit Jesus auf dem Berge scheint dir gut getan zu haben. Ich habe mir schon Sorgen über dich gemacht und befürchtet, die Juden hätten dir den Verstand vernebelt. Du hast so krankhaft erregt ausgesehen, daß der Leibarzt, mit dem du seinerzeit sprachst, mich nachher fragte, was dir fehlt. Solltest du nicht demnächst nach Rom zurückkehren? In Baiae werden jetzt bald wieder die Rosen blühen. Und von dort ist es nicht weit nach Capreae. Manche deiner hier im Osten weilenden Freunde werden sich vielleicht für gelegentliche eingehende und wahrheitsgetreue Nachrichten über Cäsars Gesundheitszustand erkenntlich zeigen. Natürlich müßte man dafür vorher eine Art Geheimsprache verabreden, weil es lebensgefährlich wäre, anders über das Befinden des Kaisers zu schreiben.«

Sie neigte den Kopf zur Seite und musterte Myrina. Offenbar behagte ihr nicht, was sie sah; denn sie zuckte die Achseln und sagte schonungslos: »Ein Jahr der Verbannung dürfte genügt haben, um einen allzu glühenden Liebhaber abzukühlen, so daß du jetzt deiner Tullia wohl wieder recht sein wirst. Ich glaube, sie hat sich in der Zwischenzeit scheiden lassen und neu vermählt; ihr könnt also eure Beziehungen gut und gern wieder aufnehmen. Niemand trachtet dir in Rom nach dem Leben, falls sie dir das einzureden versucht hat.«

Offenbar sprach Claudia die Wahrheit. In Rom hat mich also nie Gefahr bedroht! Mir gab es einen Stich. Nicht Deinetwegen, Tullia, sondern wegen meiner albernen Selbstgefälligkeit, die es Dir ermöglichte, mir vorzugaukeln, Du würdest mir nach Alexandria nachkommen.

»Ich glaube nicht, daß ich je mehr nach Rom zurückkehren werde«, erklärte ich verbittert. »Und beim bloßen Gedanken an Rosen wird mir übel.«

»Dann komm wenigstens nach Cäsarea!« lud Claudia Procula mich ein. »Das ist eine moderne, verfeinerte Stadt, unvergleichlich prächtiger als das Tiberias des Herodes Antipas. Von dort aus kannst du dich überallhin nach Belieben einschiffen. Dort kannst du auch Ratschläge einholen, die dir helfen werden, etwas aus deinem Leben zu machen. Schöne Jüdinnen und magere Griechinnen können doch auf die Dauer einem Römer nicht genügen.«

Zu meiner Überraschung beendete Myrina selbst das Gespräch, indem sie gelassen aufstand und Claudia Procula höflich für die ihr erwiesene Ehre dankte. Dann schlug sie mich ebenso gelassen mit der flachen Hand zuerst auf die eine, dann auf die andere Wange, nahm mich am Arm und führte mich zur Tür. Dort wandte sie sich um und sagte: »Hochgeschätzte Claudia Procula, zerbrich dir nicht den Kopf darüber, wohin Marcus gehen und was er aus seinem Leben machen wird! Ich, Myrina, werde darauf sehen, daß dieses Lamm sich nicht verläuft.«

11

Marcus Mezentius Manilianus grüßt den einstigen Marcus.

Mein letzter Brief ist unbeendet geblieben, und ich will es dabei bewenden lassen. Dieses Schreiben leite ich nicht mit einem Gruß an Tullia ein; er hätte keinen Sinn mehr. Die früheren Briefe waren ja, das wußte ich im Herzen, ebensowenig für sie bestimmt. Schon ihr Name ist jetzt eine Qual für mich und vergällt mir die Erinnerung an mein früheres Dasein. Auch Myrina zuliebe mag ich diese Zeilen nicht mehr an Tullia richten.

Darum grüße ich nur mein einstiges Selbst, damit ich mir eines Tages, nach vielen Jahren, alles, was mir in dieser Zeit widerfahren ist, vergegenwärtigen kann, genauso, wie es sich zutrug. Raum und Zeit rücken ja das Erlebte in die Ferne, die Erinnerung verblaßt, und beim besten Willen entsinnt man sich vergangener Dinge nur undeutlich. Schon während der Abfassung dieser Briefe hat mich stets der Gedanke beunruhigt, daß ich die Ereignisse verfälschen könnte, daß ich vielleicht übertreibe oder dieses und jenes hinzudichte. Aber wenn das zutrifft, so geschah es unabsichtlich. Sogar sehr verläßliche Zeugen, die vor Gericht unter Eid aussagen, können ja Darstellungen liefern, die von dem Gesehenen und Erlebten abweichen.

Es ist um so wichtiger für mich zu schreiben, weil mir zu sprechen verboten wurde. Bezeugen kann ich übrigens vom Reiche nur, daß ich Jesu Tod und später einen über jeden Zweifel erhabenen Beweis seiner Auferstehung sah. Aber selbst darüber muß ich als Nichtjude schweigen.

Wenn daher jemand anderer, der das Geheimnis des Reiches besser kennt, diese Dinge ganz anders darstellen sollte, so will ich gern zugeben, daß er recht hat und mehr darüber weiß als ich. Mein Bericht ist bloß für mich selbst bestimmt, damit mir noch im Greisenalter – wenn ich es erreiche – alles ebenso frisch in Erinnerung tritt wie jetzt. Darum habe ich vieles niedergeschrieben, was für jeden anderen außer mir überflüssig und belanglos ist. Und ich will es auch weiterhin so halten. Wenn einmal viele Jahre verflossen sind, werden diese Briefe mir sagen: Mag ich auch manche gleichgültige und nebensächliche Dinge sorgfältig festgehalten haben, ich habe ebenso getreulich vieles Bedeutsame aufgezeichnet.

Während des Schreibens versuche ich auch, meine eigene Seele bloßzulegen. Meinem prüfenden Blick entgeht es dabei nicht, daß ich wankelmütig und allem Neuen zugewandt und oft innerlich haltlos bin. Eitel und ichbezogen und ein Sklave des eigenen Körpers bin ich, wie Myrina sagt, und habe nichts, worauf ich stolz sein könnte. Auch deshalb sind diese Briefe heilsam für mich, weil sie mir, sobald ich jemals wieder in Überheblichkeit verfallen sollte, einen Spiegel vorhalten werden.

Man hat mir Schweigen auferlegt. Ich füge mich und gestehe offen, daß dieses Gebot gerechtfertigt ist. Mir fehlt die nötige Charakterfestigkeit. Ich bin wie Wasser, das, von Gefäß zu Gefäß gegossen, immer die Gestalt des jeweiligen Behältnisses annimmt. Könnte ich zumindest klar und lauter bleiben! Aber alles Wasser trübt sich im Lauf der Zeit und wird faulig. Eines Tages, wenn ich nur mehr ein versumpfender Tümpel bin, werde ich all das wieder lesen und mich daran erinnern, daß mir einst vergönnt war, Jesu Reich zu schauen.

Wie kommt es, daß ich, ein Fremdling, Zeuge für seine Auferstehung werden und sein Reich erleben durfte? Ich kenne die Gründe nicht. Noch immer bin ich überzeugt, daß es keineswegs ohne Absicht geschah. Mich selbst jedoch kenne ich und weiß, daß meine Überzeugung im Laufe der Jahre zerbröckeln wird.

Aber mag ich in unserer trostlosen Zeit der Zweifelsucht und Triebhaftigkeit noch so sehr durch die eigene Schwäche entarten, stets wird mir die Prophezeiung jenes einsamen Fischers am Strande teuer und wertvoll bleiben. Wie sich diese Vorhersage je erfüllen sollte, wüßte ich allerdings nicht zu sagen; sie ist nicht mehr als der Schimmer einer Hoffnung. Doch ohne Hoffnung vermag der Mensch kaum zu leben. Jene anderen Männer sind unermeßlich reich, und im Vergleich mit ihnen bin ich arm. Doch ich habe Myrina. Vielleicht wurde sie mir gegeben, damit ich an sie meine Hoffnungen knüpfe. Sie besitzt die Charakterstärke, die mir fehlt.

In der Tat hat Myrina gesagt, ich sei, mangels eines besseren Hirten, ihr zur Behütung anvertraut worden, und das erfordere große Geduld. Ich schreibe diese Zeilen in Jerusalem, wohin sie mich unversehens gebracht hat. Aber ihretwegen muß ich zunächst in diesem Bericht zu den Thermen von Tiberias zurückkehren.

Ich kann mir jetzt nicht mehr erklären, wieso wir, nachdem uns so hohe Freude erfüllt hatte, plötzlich in Zwietracht gerieten. Es muß Claudia Proculas wegen gewesen sein. Jedenfalls verlor Myrina ihre Selbstbeherrschung, versetzte mir zwei Backenstreiche und schleppte mich aus Claudias Hause.

Ich entsinne mich, daß sie, als wir wieder in unserem Zimmer waren, mir sagte, je mehr feine Damen sie kennenlerne, desto selbstsicherer fühle sie sich, wenn sie einfach das bleibe, was sie sei, ohne zu versuchen, etwas anderes zu werden. Sie durchstöberte alles nach ihren alten Kleidern, da sie mich unverzüglich verlassen wollte. Ich tat nichts, um sie zurückzuhalten, weil ich gegen sie aufgebracht war und weil sie so verletzende Worte zu mir sprach, daß nur Tullia in ihren ärgsten Augenblicken es ihr hätte gleichtun können.

Mit meiner Selbstgefälligkeit räumte sie gründlich auf. Sie behauptete sogar, ich hätte dadurch, daß ich mir Claudia Proculas leeres Geschwätz anhörte, Jesus von Nazareth verraten. Sie bezweifelte, ob Claudia überhaupt etwas geträumt habe. Ich konnte mich vor Staunen kaum fassen. In diesem Tone redete sie, die bisher immer derart fügsam und still gewesen war! Offenbar hatte ich mich in ihr getäuscht, und sie zeigte sich jetzt in ihrer wahren Gestalt.

So erbarmungslos und treffsicher legte sie alle meine Fehler bloß, daß ich meinte, ein Dämon müßte von ihr Besitz ergriffen haben. Wie hätte sie sonst mit solchem Scharfblick vieles erwähnen können, was sie keinesfalls von mir erfahren hatte? Kurz, sie ließ kein gutes Haar an mir. Und alles, was sie sagte, war gerade in solchem Ausmaße wahr, daß ich sie anhören mußte, obwohl ich schon beschlossen hatte, nie mehr im Leben ein Wort mit ihr zu reden.

Schließlich beruhigte sie sich so weit, daß sie sich hinsetzte, den Kopf in die Hände stützte und vor sich hinstarrte, ehe sie sagte: »Jetzt weißt du, wie du wirklich bist! Ich wollte weggehen und dich deinem Schicksal überlassen; du hättest es nicht besser verdient. Aber um Jesu willen darf ich mich nicht von dir lossagen, er hat mir dich ja auf die Schultern geladen. Du bist tatsächlich wie ein Schaf unter Wölfen in dieser Welt. Du verstehst dir niemanden vom Leibe zu halten. Jeder kann dich an der Hand nehmen und ins Verderben führen. Ich ertrage es einfach nicht, mit anzusehen, wie du dir beim Gedanken an diese Tullia und an alle deine vergangenen Ausschweifungen die Lippen leckst. Zieh dir diesen Goldring vom Daumen!«

Sie sprang auf, schnupperte an mir und zeterte: »Wie ein alexandrinischer Lustknabe riechst du! Und dein Haar hat mir voll von Kletten besser gefallen als jetzt in Locken geschniegelt. Wahrhaftig, ich würde dich auf der Stelle verlassen, wäre ich nicht mit dir auf den galiläischen Bergwegen gewandert und hätte ich nicht dabei gesehen, daß du Staub schlucken, dir den Schweiß von der Stirn wischen und ohne Jammern mit wunden Füßen weiterlaufen kannst.«

So zog sie über mich her, bis ihr die Worte ausgingen. Ich

würdigte sie keiner Antwort. Übrigens konnte ich ihr nicht einmal in die Augen sehen, da viele ihrer Anschuldigungen zutrafen. Ich will sie nicht alle niederschreiben; meine mir bisher nicht bewußt gewesenen Schwächen werden ja ohnedies in meinen Briefen offenbar.

Schließlich rief Myrina: »Und jetzt bleib einmal allein mit dir selber und denke darüber nach, ob ich die Wahrheit gesprochen oder übertrieben habe! Ich will nicht mehr im gleichen Raume mit dir wohnen.«

Sie ging und schlug die Tür hinter sich so heftig zu, daß es im ganzen Haus widerhallte. Bald kam eine Magd sehr verlegen herein und holte die Sachen meiner Begleiterin. Aber ich machte mir Myrinas wegen keine Sorgen; nachdem sie von Claudia Procula empfangen worden war, würde der Inhaber des Gasthofs ihr schon ein anderes Zimmer geben.

Als ich alle ihre Anwürfe überdachte, war ich tatsächlich niedergeschmettert. Ich setzte mich hin, um die letzten Geschehnisse aufzuzeichnen. Ich schilderte Myrina so sachlich wie möglich und bemühte mich, in den Bericht meine eigene Erbitterung nicht einfließen zu lassen. Tagelang schrieb ich so hinter zugezogenen Vorhängen und ließ mir die Mahlzeiten auf das Zimmer bringen. Myrina kam einmal, um mir zu sagen, sie gehe nach Tiberias, um einen griechischen Grabstein für ihren Bruder zu bestellen. Ein anderes Mal meldete sie mir, Nathan sei mit den Eseln zurückgekommen und wolle mich sprechen. Aber ich blieb verstockt und antwortete nicht, sondern gab nur durch Gesten zu verstehen, daß ich beim Schreiben nicht gestört zu werden wünschte.

Von nun an kam Myrina nicht mehr nachfragen, ob sie weggehen dürfe, und erst später erfuhr ich, daß sie Maria Magdalena besucht hatte. Auch nach Kapernaum war sie gegangen, mit Nathan zusammen.

Ich zählte nicht die Tage, die ich schreibend verbrachte. Zeit bedeutete mir so wenig, daß ich auch nachts, wenn ich nicht schlafen konnte, schrieb. Schließlich schwand die

Bitternis in mir, und beim Einschlafen und Erwachen dachte ich wieder an Myrina und an ihre Strafpredigt. Ich fand, es sei hoch an der Zeit gewesen, daß jemand mir die Augen über mich selbst öffnete. Ich konnte zwar manchmal still und demütig im Herzen sein; aber bald begann ich, mich wieder aufzublähen, und dünkte mich besser als andere.

Schließlich hörte ich eines Morgens Myrina in mein Zimmer treten. Ich fühlte, daß sie mich, in der Meinung, ich schliefe, betrachtete; und im nächsten Augenblick spürte ich, wie sie mein Haar sanft streichelte. Schon durch diese leise Berührung kehrte wieder Freude in mich zurück, und ich schämte mich, so lange mein Herz verhärtet zu haben. Aber ich wollte wissen, wie sie sich weiter mir gegenüber verhalten würde; darum drehte ich mich im Bett herum und tat, als erwachte ich eben erst langsam. Sobald ich die Augen öffnete, wich sie ein wenig zurück und sagte eher barsch zu mir: »Du tatest sicher gut daran, dich eine Zeitlang auszuschweigen, Marcus. So hast du nur viel Tinte auf deine Rollen verschwendet, aber keine Dummheiten geredet und niemanden gekränkt. Aber jetzt mach dich auf die Beine! Die vierzig Tage sind um, und wir müssen sofort nach Jerusalem zurück. Nathan wartet unten mit den Eseln. Packe also deine Sachen, zahle die Rechnung und komm! Schmollen kannst du ebensogut auf der Straße wie im Zimmer hinter deinen Vorhängen.«

»Myrina«, sagte ich, »verzeih mir, daß ich so bin, wie ich eben bin! Vergib mir auch alle Bosheiten, die ich in diesen Tagen des Schweigens über dich dachte! Aber was habe ich in Jerusalem zu tun? Es geht doch schließlich nicht an, daß du nach eigenem Belieben über mein Kommen und Gehen entscheidest.«

»Auch das können wir unterwegs besprechen«, erklärte Myrina. »Das jüdische Wochenfest des Webeopfers ist nahe, und viele Leute reisen nach Jerusalem. Beeile dich!«

Eigentlich überraschte ihre Aufforderung mich nicht. In den letzten Tagen war in mir selber der Wunsch aufgetaucht, zu erkunden, was Jesu Jüngern in Jerusalem widerfahren würde. Ich hatte nichts gegen eine sofortige Abreise, da ich des Schreibens und Schweigens müde war. Als ich Myrina anblickte, konnte ich meine Freude nicht länger bezwingen; ich umarmte sie, drückte sie an mich, küßte sie auf die Wangen und rief: »Du kannst noch so mürrisch mit mir reden, ich glaube doch, daß du mir wohlwillst. Ich bin in dem Augenblick wieder froh geworden, als du mir, in der Meinung, ich schliefe, das Haar gestreichelt hast.«

Zuerst wollte Myrina mir einreden, ich hätte bloß geträumt. Dann gab sie ihre Ruppigkeit auf, küßte mich und erklärte: »Ich habe böse Worte zu dir gesprochen, aber ich mußte dir einmal offen meine Meinung sagen. Ich mag dich genau so, wie du bist, wenn du nur einsiehst, daß du so bist und nicht anders. Anders würde ich mir dich gar nicht wünschen. Und ich wäre nie derart grausam gewesen, wenn ich dich nicht so gern hätte. Natürlich entscheidest du selber über dein Kommen und Gehen; nur entscheide jetzt, sofort mit mir nach Jerusalem zu kommen!«

»Mich zieht es ja selber nach Jerusalem«, erklärte ich eifrig. »Lange ahnt mir schon, daß dort noch etwas Besonderes zu erwarten ist. Wohin sonst sollte ich mich jetzt wenden? Ich habe nirgends einen Ort, den ich Heimat nennen könnte, und bin so sehr ein Fremdling auf der Erde geworden, daß alle Länder mir gleich sind.«

Myrina berührte mir Stirn und Brust und sagte: »Auch ich bin ein Fremdling auf Erden. Meine einzige Heimat ist Jesu Reich, obwohl ich nur sehr wenig von ihm weiß. Er hat dich mir anvertraut. Deshalb wünsche ich, dir in deiner Schwachheit Stütze zu sein, deine Freundin, deine Schwester – was du willst – und deine Heimat, in guten wie in bösen Tagen.«

Auch ich berührte ihr Stirn und Brust und küßte sie wieder. Dann packten wir rasch unsere Sachen, und ich legte mein Reisegewand an. Erst beim Bezahlen der Rechnung stellte ich fest, wie hoch mein griechischer Wirt sein

Haus einschätzte. Er hätte mir mein ganzes Geld samt der Börse abgenommen und sich auch damit noch nicht zufriedengegeben, wäre Myrina mir nicht zu Hilfe gekommen und hätte ihm seine Rechenfehler nachgewiesen. Ich freute mich, als ich im Hof Nathan und die vertrauten Reittiere sah, und wir machten uns ohne überflüssiges Reden auf den Weg.

Über die Reise brauche ich nichts weiter zu erzählen, als daß wir diesmal durch Samaria zogen, um die Hitze im Jordantal zu vermeiden und auch den Galiläern auszuweichen, die sich zum pfingstfestlichen Webeopfer in die Hauptstadt begaben. Knapp vor dem Fest erreichten wir Jerusalem von Sichem her.

Beim Anblick des Tempels und der Stadt und des Kreuzigungshügels befiel mich so heftiges Zittern, daß ich fast von meinem Esel gefallen wäre. Ich stieg ab, bebte aber noch immer an allen Gliedern, so daß ich einen Anfall von Schüttelfrost befürchtete. Mir wurde schwarz vor den Augen, und die Zähne klapperten mir. Ich konnte nicht sprechen, nur stammeln, und hatte das Gefühl, als wälzte sich über mir eine gewaltige Wolke hinweg, aus der jeden Augenblick Blitz und Donner losbrechen könnten. Aber der Himmel war klar.

Die Anwandlung ging bald vorbei, und als Myrina mir Stirn und Wangen befühlte, waren sie kühl. Doch ich wagte nicht, meinen Esel wieder zu besteigen, und ging lieber zu Fuß weiter. Wir betraten die Stadt durch das stinkende Fischtor. Als die Legionäre mein mit Bedacht umgegürtetes Schwert sahen und hörten, daß ich römischer Bürger bin, ließen sie uns unbehelligt passieren. Durch die Stadttore gingen so viele Menschen ein und aus, daß man nicht jeden überprüfen konnte.

Der Syrer Karanthes begrüßte mich freudig, und auch ich sah sein bärtiges Gesicht und seine schlauen Augen gerne wieder. Als er jedoch Myrina erblickte, blinzelte er einigemal, riß die Augen auf und rief: »Bist du aber von den

Reisestrapazen abgemagert, Maria von Beeroth! Und deine Augen haben sich verfärbt, und auch die Haare! Und deine Nase ist kürzer geworden! Galiläa ist wirklich ein Zauberland, und ich fange an zu glauben, was man von dort erzählt.«

Er sagte das sicherlich nur, um mich gutmütig zu hänseln; aber Myrina mochte solche Scherze nicht.

Jetzt mußten wir uns von Nathan verabschieden und ihn seines Weges ziehen lassen. Er kratzte sich den Kopf und begann, über den ihm übergebenen Geldbeutel Rechnung zu legen. Während ich im Badegasthof krank lag, hatte er die Esel für mich in Kapernaum arbeiten lassen; den so verdienten Betrag legte er nun hin und verlangte für sich nicht mehr als seinen Tagelohn. Ihm zu Gefallen nahm ich die Verrechnung widerspruchslos zur Kenntnis. Dann jedoch sagte ich: »Du hast mir treu gedient, du guter Knecht. Ich möchte dich nicht dadurch kränken, daß ich dir Geld aufdränge; aber nimm wenigstens diese vier Reittiere, als Erinnerung an mich!«

Nathan blickte die Esel verlangend an, wand sich verlegen hin und her und erklärte: »Ich darf nichts annehmen, was ich nicht zu meinem Lebensunterhalt brauche. Ich freue mich darauf, den Armen ihren Anteil an dem zu geben, was ich bei dir verdient habe. Damit lege ich mir einen Schatz in Jesu Reich an. Aber vier Esel sind ein Vermögen für einen Mann meines Standes. Ich hätte nur Sorgen mit ihnen, weil ich fürchten müßte, der eine oder andere könnte gestohlen werden oder erkranken. Dadurch würden meine Gedanken von bedeutsamen zu weniger wichtigen Dingen abgezogen werden; und je mehr Anhänglichkeit ich den Tieren schenkte, desto mehr würde ich mich selbst verlieren.«

Seine Worte rührten mich. Ich sagte: »Nimm nur die Tiere, Nathan! Sie haben uns brav auf einer frommen Reise gedient, und die Vorstellung, sie einem Fremden verkaufen zu sollen, ist mir zuwider. Jetzt sind viele Pilger zu Fuß aus

Galiläa hierhergekommen, darunter Sieche und Frauen. Übergib die Esel den Sendboten Jesu, als dein eigenes Geschenk! Diese heiligen Männer werden am besten wissen, wie man die Tiere zur Hilfe für schwache Menschen verwenden kann. Darüber werden sie sicherlich nicht miteinander in Streit geraten.«

Nathan billigte meinen Vorschlag und erwiderte lächelnd: »Ja, diese Grautiere sollen denen dienen, die dem Herrn am nächsten standen. So ist es gut.«

Aber noch zögerte er und fragte: »Soll ich dich verständigen, wenn ich höre, daß sich bei den Jüngern etwas Wichtiges zugetragen hat?«

Ich schüttelte den Kopf und entgegnete: »Nein, Nathan. Ich habe es aufgegeben, Dingen nachzuforschen, von denen man mich ausgeschlossen hat. Wenn es mir bestimmt ist, von etwas zu erfahren, wird es geschehen. Sorge dich nicht um mich! Trachte nur du selbst, dir Schätze in Jesu Reich anzusammeln!«

Wir schieden voneinander. Der Sonnenuntergang wandelte den Himmel zu Purpur, und mein Herz war schwer, obwohl Myrina an meiner Seite stand. Ich wollte nicht einmal die Augen zu dem herrlichen Tempel der Juden heben, und als das Abenddunkel niedersank, überkam mich das gleiche gespenstige Einsamkeitsgefühl, wie ich es vor der Reise nach Galiläa empfunden hatte. Wieder war die große Stadt voller Menschen, nicht bloß aus Galiläa und Judäa, sondern aus allen Ländern, wo Juden in der Zerstreuung leben.

Dennoch wurde mir in meinem Zimmer unheimlich zumute. Eine gewaltige Macht schien über der Stadt zu dräuen, und mir war, als könnte sie mich jetzt und jetzt in einem Wirbelwind von der Erde fegen und wie einen Funken im Sturm auslöschen. Im Bann dieser Empfindung faßte ich Myrinas Hand. Sie schlang mir den Arm um den Nacken, und wir saßen eng aneinandergeschmiegt in dem dunkler werdenden Zimmer. Ich war nicht mehr allein und wünschte auch nicht, es zu sein.

Dann trat Karanthes ein und brachte eine Lampe. Als er uns so nahe beisammensitzen sah, bewegte er sich auf den Zehenspitzen. Ohne mit seinem üblichen Redeschwall loszulegen erkundigte er sich nur mit leiser Stimme, ob wir essen wollten. Aber wir schüttelten beide die Köpfe; ich spürte, daß ich in dieser Stimmung keinen Bissen hinuntergebracht hätte. Der Syrer drängte uns nicht, sondern nahm unsere Weigerung einfach zur Kenntnis.

Er kauerte sich vor uns hin und sah uns mit Augen, die im Lampenlicht glitzerten, an; und in diesem Blick lag nicht der mindeste Spott, sondern eher Scheu und Ehrerbietung. Bescheiden fragte er: »Wie steht es mit dir, Marcus, mein Herr? Was ist geschehen? Was bewegt euch beide? Wenn ich euch anschaue, spüre ich ein Zucken in den Gliedern. In der Luft liegt Gewitterstimmung, obwohl der Himmel ausgestirnt ist. Als ich eintrat, schienen eure Gesichter im Finstern zu leuchten.«

Aber ich konnte ihm nicht antworten; auch Myrina vermochte es nicht. Nach einer Weile stand er auf und ging mit gesenktem Kopfe hinaus.

In dieser Nacht schliefen wir Seite an Seite. Ich erwachte einigemal, und immer wieder spürte ich Myrinas Nähe und hatte keine Angst. Selbst im Schlaf blieb ich stets ihrer Berührung gewahr und wußte, daß auch sie sich bei mir sicher fühlte und nichts fürchtete.

Am nächsten Tag war jüdischer Sabbat. Wir sahen große Menschenmengen zum Tempel strömen, rührten uns aber selbst nicht aus dem Zimmer. Wir hätten ohne weiteres ausgehen und durch die Stadt schlendern können; uns band ja nicht das jüdische Verbot, mehr als den Sabbatweg zurückzulegen. Doch wir hatten beide keine Lust dazu. Dann und wann sprachen wir – nur, um des anderen Stimme zu vernehmen. Myrina erzählte mir von ihrer Kindheit, und wir riefen uns beim Namen. Aus Myrinas Munde klang mir mein Name schön, und sie freute sich, den ihren von meinen Lippen zu hören.

So verschmolzen an diesem stillen Tage in Jerusalem Myrinas und mein Leben zur Einheit. Für mich bedeutete das wahrhaft eine Begnadung; denn allein weiterzuleben wäre mir sehr schwergefallen. Aber noch immer ermaß ich nicht ganz, welch wertvolle Gabe der unbekannte Fischer mir beschert hatte, als er mir auftrug, im Theater von Tiberias ein Mädchen aufzusuchen. Während dieses Tages sprachen wir kein unfreundliches Wort zueinander. Gemeinsam aßen wir unser Mahl an dem Abend, der das jüdische Pfingstfest einleitete.

Sobald ich am nächsten Morgen erwachte, verspürte ich eine starke Unrast. Ich mußte im Zimmer auf und ab gehen, meine Glieder zitterten, und mich fröstelte, obwohl der Tag heiß zu werden versprach. Nicht einmal, als Myrina mir über die Stirn strich und die Wange streichelte, beruhigte ich mich. Vorwurfsvoll sagte ich: »Wozu sind wir eigentlich nach Jerusalem gekommen? Was haben wir hier zu suchen? Diese Stadt gehört nicht zu uns; sie ist eine Stadt der Juden. Und auch, was heute gefeiert wird, ist nicht unser, sondern ein jüdisches Fest.«

Aber Myrina rügte: »Ist deine Geduld so rasch erschöpft? Du wurdest als Fremdling dazu berufen, die Auferstehung zu bezeugen. Kannst du nicht auf die Erfüllung der Verheißung warten, die den Jüngern gegeben wurde, damit du auch davon Zeugnis ablegen kannst? Die Sendboten sind bereit, zwölf Jahre zu harren, und dir wird ein Tag zu viel.«

»Ich weiß nicht, was ihnen verheißen worden ist, und ich habe keinen Teil daran«, erklärte ich ungeduldig. »Für das, was mir beschieden wurde, bin ich dankbar, und ich habe mein Leben lang daran zu zehren. Warum sollte ich mehr verlangen, nachdem ich Dinge erlebt habe, um die mich Könige und Fürsten beneiden würden?«

Doch Myrina beharrte eigensinnig: »Da sich in dieser Stadt Jesu Leiden und Kreuzigung, sein Tod und seine Auferstehung begeben haben, fühle ich mich hier zufrieden, und wenn ich zwölf Jahre warten müßte.«

Indes steigerte sich meine Unruhe derart, daß es mich nicht länger im Zimmer hielt. Unentschlossen fragte ich mich, ob ich den Zenturio Adenabar in der Burg Antonia oder Simon von Kyrene oder den gelehrten Nikodemus besuchen sollte. Schließlich schlug ich vor: »Verlassen wir auf jeden Fall einmal diesen beengenden Raum! Ich muß zu dem Bankier Aristainos gehen und meine Verrechnung mit ihm ordnen. Er wird sicher zu Hause sein; ein solcher Festtag ist für ihn die beste Geschäftszeit.«

Myrina hatte nichts dagegen einzuwenden. Wir verließen das Haus. Als wir an das Ende der Gasse kamen, wo sie auf einen offenen Platz mündete, wurden meine Erregung und Verstörung so heftig, daß mir war, als lösten sich die Rippen von meinem Körper und als zerberste mein Brustkorb. Ich mußte stehenbleiben und, Myrina fest an der Hand haltend, nach Atem ringen.

Ich blickte zum Himmel auf; er war wolkenlos und nur von leichtem Dunst verhangen, der das Sonnenlicht rötlich färbte. Nichts deutete auf ein Gewitter, und der Tag war nicht heißer, als es der Jahreszeit, dem Abschluß der Getreideernte, entsprach. Ich konnte mir meine Unrast und Beklemmung nicht erklären.

Mit aller Kraft bezwang ich mich. Um Myrina Freude zu machen, zeigte ich ihr im Tempel den Vorhof der Heiden und die Säulenhalle, wo trotz der frühen Stunde Handel und Geldwechsel in vollem Gange waren. Wir schritten Hand in Hand, und beim Verlassen des Tempelbezirks führte ich Myrina an die Ostmauer, um ihr noch die ›Schöne Pforte‹ zu zeigen, das große Tor aus korinthischem Erz, das die Juden als eines der Weltwunder betrachten. Aber an der Mauer drang jetzt zu uns der Unratgestank aus dem Kidrontal, das, als ich unmittelbar nach dem Passahfeste dort wanderte, von den Winterregen reingespült gewesen war. So kehrten wir um und machten uns auf den Weg zum Hause des Aristainos.

Kaum hatten wir das Forum erreicht, da hörten wir auf

einmal ein Brausen, das einem heftigen Windstoß glich. Der Lärm war so laut, daß viele Menschen aufblickten und zur Oberstadt schauten. Man sah kein Gewitter, keine Wolke. Einige Leute allerdings zeigten in eine bestimmte Richtung und behaupteten, sie hätten dort auf die Oberstadt einen Blitzstrahl niederzucken sehen. Aber es war kein Donnerschlag zu hören gewesen. Das mächtige Windesbrausen klang so übernatürlich, daß mir plötzlich das große Haus einfiel, dessen Obergemach ich besucht hatte. So rasch ich konnte, eilte ich hin, Myrina mit mir ziehend. Viele andere Leute schienen voll Neugier in die gleiche Richtung zu laufen; das seltsame Geräusch hatte man ja in der ganzen Stadt vernommen.

Eine derart große Menschenmenge war unterwegs, daß an dem Tore in der alten Mauer ein beängstigendes Gedränge herrschte. Die Leute stießen sich gegenseitig in fieberhafter Hast durch das Stadttor und fragten in verschiedenen Sprachen, was denn los sei. Einige schrien, in der Oberstadt sei ein Gebäude eingestürzt; andere wieder meinten, ein Erdbeben habe das Dröhnen verursacht.

Aber das große Haus war nicht zusammengefallen. Stumm standen seine Mauern und umschlossen ihr Geheimnis. Hunderte Menschen hatten sich davor angesammelt, und immer mehr strömten herbei. Das Eingangstor stand offen. Ich sah Jesu Sendboten schwankenden Schrittes aus dem Haus taumeln, mit funkelnden Augen und geröteten Gesichtern, als wären sie trunken oder entrückt. Sie mischten sich in die Menge und sprachen erregt auf jeden, dem sie begegneten, ein; die Leute machten ihnen scheu Platz.

Man hörte die Sendboten laut in vielen Zungen reden, zu jedem in seiner Muttersprache. Das weckte solches Staunen, daß die Nächststehenden ungeduldig der übrigen Menge Schweigen geboten. Für eine Weile herrschte völlige Stille, und nur die leidenschaftlichen Worte der Jünger tönten in den verschiedensten Sprachen rings um das Haus.

Einer der Sendboten, dessen Namen ich nicht kannte, kam auf Myrina und mich zu. Ich sah die erschreckende Hingerissenheit in seiner verzerrten Miene und spürte die Gewalt, die ihm entströmte. Mir kam vor, als flackerte über seinem Kopf eine schmale Feuerzunge in der Luft. Er wandte mir sein Gesicht zu und sprach zu mir auf lateinisch. Aber in seiner Entrückung blickte er nicht mich an; seine Augen starrten offenbar geradewegs in das Reich und nicht in diese Welt. Doch er redete zweifellos meine Muttersprache, allerdings so rasch, daß ich die einzelnen Worte kaum unterschied und ihren Sinn nicht erfassen konnte. Dann kehrte er sich Myrina zu und begann griechisch zu sprechen; er schrie derart, und die Worte strömten ihm in so unaufhaltsamer Flut von den Lippen, daß man ihnen umöglich folgen konnte. Es war mir unbegreiflich, wie dieser stämmige, sonngebräunte, schlichte Mann vom Lande so rasch und fließend Latein und Griechisch zu sprechen vermochte.

Er eilte weiter, und die Kraft, die von ihm ausging, fegte uns ihm aus dem Wege, wie dürres Laub im Wind. Die gleiche Kraft öffnete ihm eine Gasse durch das Menschengewühl; immer wieder blieb er stehen und sprach andere Leute in Sprachen an, die ich nie gehört hatte. Auf gleiche Weise gingen die übrigen Sendboten durch die Menge, die sie umdrängte und umwogte. Elamiter und Meder, Araber und Kreter, und fromme Juden aus fernen Ländern hoben verblüfft die Hände und fragten einander, wieso diese ungeschulten Galiläer zu jedem in seiner Muttersprache reden konnten. Sie verstanden, daß die aufs höchste erregten Männer ihnen die Großtaten Gottes verkündeten; aber Einzelheiten konnten sie dem reißenden Redestrom nicht entnehmen.

Ich sagte zu Myrina: »Sie reden nicht aus eigener Kraft, sondern der Geist spricht aus ihnen.«

Die Menge wuchs auf Tausende an, und die Zuletztgekommenen unterhielten sich lebhaft miteinander darüber, was dies alles wohl bedeuten mochte. Einige Spötter lachten sich gegenseitig zu und riefen, diese Galiläer seien schon am frühen Morgen voll des süßen Weines. Aber selbst die Spötter gaben den Sendboten den Weg frei.

Während so die Jünger weiter mit unverminderter Gewalt in einem ganzen Sprachengewirr redeten, überkam mich plötzlich ein Schwächegefühl. Der Boden wankte mir unter den Füßen, und ich mußte mich an Myrina festhalten, um nicht zu fallen. Als sie sah, daß ich ganz blaß war und der Schweiß mir auf der Stirn stand, führte sie mich kurz entschlossen durch das Tor in den Hof. Niemand hielt uns auf, obwohl dort eine Schar Frauen und aufgeregter Bedienter stand und auf die Straße hinausspähte. Im Hof mußte ich mich auf Myrinas Weisung in den Schatten eines Baumes legen, und sie bettete meinen Kopf in ihren Schoß. Die Gemütserschütterung raubte mir die Besinnung; als ich wieder zu mir kam, wußte ich zuerst nicht, wo ich war und wie lange ich leblos dagelegen hatte.

Aber meine Glieder waren kühl, und in meiner Seele herrschte Frieden, als hätte ich mich von aller Mühsal ausgeruht. Mein Kopf lag auf Myrinas Knien. Ich wandte die Augen und sah neben uns eine Gruppe Frauen auf dem Boden sitzen. Ich erkannte Maria, die Schwester des Lazarus, dann Maria Magdalena und auch Maria, die Mutter Jesu. Ihre Gesichter leuchteten in solcher Verzückung, daß ich sie im ersten Augenblick nicht für irdische Wesen, sondern für Engel in Frauengestalt hielt.

Vom Tor her drang das Murmeln einer großen Menschenmenge. Ich sah, daß Simon Petrus draußen die anderen Jünger um sich versammelt hatte, und hörte ihn mit mächtiger Stimme furchtlos zum Volke reden. Und das war nun kein schwärmerischer Erguß in einer fremden Zunge, sondern Petrus redete eindringlich in seiner galiläischen Mundart und zitierte die Propheten. Er sprach von dem Herrn und seiner Auferstehung, von der Verheißung, die Jesus durch seinen Vater über die Ausgießung des Heiligen Geistes empfangen hatte, und davon, daß die Anwesenden selbst diese Herabkunft des Geistes gesehen hätten und bezeugen könnten. Aber bei all dem redete er nur als Jude zu Juden. Ich war so enttäuscht, daß ich nicht weiter zuhörte und flehentlich die heiligen Frauen ansah.

Maria Magdalena bemerkte meinen Blick und erbarmte sich meiner. Sie erhob sich, kam zu mir und begrüßte mich mit Namen, als wollte sie allen zeigen, daß zumindest sie mich nicht ablehnte. Ich fragte sie mit kraftloser Stimme, was denn geschehen sei. Sie setzte sich neben mich auf den Boden, ergriff meine Hand und erzählte:

»Sie waren alle im Obergemach versammelt, wo sie seit Tagen immer zusammenkamen: die Elf und Matthias, den sie durch das Los als Zwölften in ihren Kreis aufgenommen haben. Plötzlich entstand ein Brausen vom Himmel her, wie von einem gewaltigen Sturm, und erfüllte das ganze Gemach, in dem sie saßen. Sie sahen etwas wie Zungen von Feuer sich teilen und auf jeden von ihnen sich niederlassen. Da wurden alle voll des Heiligen Geistes und fingen an, in fremden Sprachen zu reden, wie du ja gehört hast.«

Ich fragte: »War es das, was Jesus ihnen verheißen hatte und was sie erwarteten?«

Maria Magdalena nickte und erwiderte: »Zumindest hörst du, wie Petrus nun in unverhüllten Worten allen verkündet, daß Jesus von Nazareth der Christus ist, und du siehst die elf anderen ohne Angst neben ihm stehen. Woher käme ihnen solcher Mut und solche Gewalt, wenn nicht durch den Geist?«

»Aber Petrus redet noch immer bloß zum Volke Israel«, beklagte ich mich wie ein Kind, dem man ein Spielzeug genommen hat.

Und tatsächlich vernahm ich im nächsten Augenblick, gleichsam zum Erweis meiner Behauptung, die Stimme des Petrus: »So möge denn das ganze Haus Israel mit Sicherheit erkennen, daß Gott ihn zum Herrn und Messias gemacht hat, eben diesen Jesus, den ihr gekreuzigt habt!«

Bei diesen Worten vergaß ich meinen Groll und begann für Petrus zu fürchten. Ich stützte mich auf die Ellbogen und rief: »Jetzt wird der Pöbel über sie herfallen und sie steinigen!«

Aber nichts dergleichen geschah. Im Gegenteil, die Leute verstummten und standen regungslos da, als hätte die Anklage sie mitten ins Herz getroffen. Dann wurden einige zögernde Stimmen laut, und man fragte die Sendboten: »Was sollen wir tun, Männer, Brüder?«

Mit einer Stimme, die in ganz Jerusalem wie aus Himmelshöhen zu vernehmen sein mochte, rief Simon Petrus: »Bekehret euch, und jeder von euch lasse sich auf den Namen Jesu Christi taufen zur Vergebung eurer Sünden, und ihr werdet den Heiligen Geist als Gabe empfangen. Denn euch gilt die Verheißung und euren Kindern und allen jenen, die fern sind, so viele der Herr, unser Gott, berufen wird.«

So verkündete er laut das Geheimnis des Reiches. Und ich senkte traurig den Kopf; denn auch jetzt, im Banne des Geistes, war der Sendbote mir nicht gnädig gewesen, sondern hatte sich nur an die Juden gewandt und die Verheißung bloß jenen hier und in der Zerstreuung zugedacht, die beschnitten waren, das Gesetz befolgten und dem Gotte Israels dienten. Damit schwand – soweit ich noch im stillen gehofft hatte – auch meine letzte Hoffnung, in die Gemeinschaft einbezogen zu werden. Doch daß ich von Jesus und seiner Auferstehung durch eigenen Augenschein wußte, konnte Petrus mir nicht nehmen.

Als Maria Magdalena meine Niedergeschlagenheit sah, tröstete sie mich: »Er ist ein schwerfälliger, halsstarriger Mann. Aber sein Glaube ist wie ein Fels, und er wird sicherlich an seiner Aufgabe wachsen. Eben vorhin berief er sich auf einen Ausspruch des Propheten Joel und tat kund, daß die Endzeit nahe sei. Aber das glaube ich nicht, nein. Denn als unser Herr auf dem Ölberg von seinen Jüngern Abschied nahm, da ermahnte er sie und sagte, es sei nicht ihre Sache, Zeit und Stunde zu wissen, wie der Vater in seiner Machtfülle festgesetzt habe. Aber sie begriffen so wenig davon, daß sie noch im letzten Augenblick, ehe die Wolke kam und Jesus aufnahm, ihn mit der Frage quälten: ›Herr, richtest du in dieser Zeit das Königtum für Israel wieder auf?‹ Deshalb darfst du die Hoffnung nicht aufgeben, Marcus.«

Das war mir neu. Ich nahm Maria Magdalenas Worte gierig in mich auf und fragte: »Halten die Sendboten die Geschehnisse nicht mehr vor den Frauen geheim? Und was für eine Wolke hat den Herrn davongetragen?«

»Sie verbergen uns nichts mehr«, versicherte Maria Magdalena mir mit Befriedigung. »Das Geheimnis der Verwandlung von Brot und Wein in Fleisch und Blut wurde uns auf dem Berge enthüllt. Die Schar der Gläubigen zählt schon hundertzwanzig Menschen. Am vierzigsten Tage nach seiner Auferstehung begab Jesus sich mit den Sendboten auf den Ölberg, bis in die Nähe von Bethanien, und gebot ihnen, sich nicht von Jerusalem zu entfernen, sondern die Verheißung des Vaters zu erwarten. Er sprach zu ihnen: ›Johannes hat mit Wasser getauft; ihr aber werdet mit dem Heiligen Geiste getauft werden, und zwar schon nach wenigen Tagen.‹ Diese Taufe ist ihnen heute zuteil geworden; das unterliegt keinem Zweifel, denn nun wohnt Macht in ihnen. Von der Wolke aber weiß ich nur, daß Jesus auf dem Ölberg sich vor den Augen der Jünger vom Boden erhob und daß eine Wolke ihn ihren Blicken entzog. Daraus erkannten sie, daß er ihnen nicht mehr erscheinen würde. Ich möchte nicht mit ihnen streiten; aber wenigstens ein bißchen lächeln darf ich wohl, wenn ich höre, wie sie jetzt so matt und plump alles das in Worte zu kleiden versuchen, was ich schon bei Jesu Lebzeiten im Herzen als die Wahrheit empfunden habe.«

Während sie sprach, blickte ich um mich auf die Bäume im Hof mit ihrem silberschimmernden Laub, auf die Treppe zum Dach und auf die schwere Holztür des Obergemachs, um mir all das unauslöschlich einzuprägen. In meiner Erschöpfung war ich wieder still und demütig und fand es genug für mich, daß ich den Ort, wo das Reich Wirklichkeit geworden war, mit eigenen Augen gesehen hatte.

Knieschlotternd stand ich auf und sagte: »Ich muß jetzt gehen, um nicht unter die heiligen Männer Zwist und Unfrieden zu bringen. Die Macht jenes Geistes hat mich zu Boden geworfen, und sie würden das zweifellos als Zeichen dafür ansehen, daß ich von den Toren des Reiches gewiesen werden müsse.«

Von Herzen gern hätte ich Maria Magdalena für ihre Güte gesegnet; aber ich fühlte mich zu gering, als daß ich jemanden segnen dürfte. Vielleicht las sie aus meiner Miene die gute Absicht; denn sie berührte mir die Stirn und sagte: »Vergiß nicht, daß du einem der verlorenen Kinder Israels geholfen hast, den Weg zu Jesus zu finden! Maria von Beeroth hat inzwischen beglückt Hochzeit gefeiert und ihr neues Heim bezogen. Ich glaube nicht, daß einer jener Männer so viel für sie getan hätte. Und unter den Frauen segnet auch Susanna deine Gutherzigkeit. Wisse deshalb, daß dir, magst du auch ein Fremdling sein, aus unserer Mitte überallhin, wohin du gehst, heimlich ein Gebet folgen wird!«

Ich widersprach: »Nein, nein. Alles, was ich tat, war selbstsüchtig und unlauter. Ich glaube, keine einzige meiner Taten könnte mir zum Verdienst gereichen. In mir ist nichts Gutes als mein Wissen, daß Jesus der Christus und der Sohn Gottes ist. Aber dieses Wissen wird mir nicht hoch anzurechnen sein, weil ich mich ja mit eigenen Augen von diesen Wahrheiten überzeugen durfte.«

Myrina warf ein: »Marcus hat kein anderes Verdienst als seine Schwäche. Vielleicht wird er sich eines Tages, wenn das Reich bis an die Grenzen der Erde ausbreitet, zur Stärke durchringen. Bis dahin werde ich ihm Stärkung sein. In mir ist ja ein Quell lebendigen Wassers, der nicht nur mich zeitlebens vor Durst bewahren, sondern auch für ihn reichen wird.«

Ich blickte sie mit neuen Augen an. In meinem Entkräftungszustand täuschten mich die Sinne; sie schien mir verwandelt, kein menschliches Wesen mehr, sondern ein fleischgewordener Schutzengel, mir gesandt, damit ich nicht vom Wege des Reiches abirre. Das war eine seltsame Vorstellung, da ich ja von ihrer Vergangenheit sehr wohl wußte, und sie schon auf dem Schiff nach Joppe kennengelernt hatte.

Aber es waren menschliche Hände, mit denen Myrina mich nun am Arm faßte und aus dem Hof führte, durch die aufgeregt murmelnde Menge hindurch. Immer mehr Leute fragten bange, was sie tun sollten; manche hatten sich aus Kummer über ihre Sünden die Gewänder zerrissen. Der Reumütigen waren so viele, daß die zwölf Sendboten, Petrus an der Spitze, sie durch die engen Gassen hinunter und aus der Stadt ins Freie geleiteten, um jene, die sich bekehren und ihrer Sünden ledig werden wollten, auf den Namen Jesu Christi zu taufen. Myrina fürchtete für mich wegen meiner Ermattung, fand sich aber dann doch bereit, mich hinter der Menge herzuführen, damit wir sehen könnten, was weiter geschah.

So kam es, daß ich die Sendboten an einem Teich außerhalb der Stadtmauer stehen sah, wo sie jeden Israeliten, der es wünschte, tauften und ihm zur Vergebung der Sünden und zur Herabrufung des Geistes die Hände auf den Kopf legten. Auch Frauen tauften sie. Und je mehr die Menge derer wuchs, denen sie Geist von ihrem Geiste spendeten, desto inniger wurde die Freude in der Volksmenge und desto williger drängten sich immer andere zur Taufe vor. Die Leute sangen fromme Jubelhymnen und umarmten einander. Das ging so bis zum Abend, und ich hörte später, daß die Zahl der Getauften an diesem Tage auf dreitausend stieg.

Und die Sendboten wiesen keines der Kinder Israels ab, sondern nahmen Arme und Reiche auf, Krüppel und Bettler, sogar Sklaven, ohne Unterschied. Und ihre Kraft schwand nicht, sondern reichte für alle, mit denen sie den Geist teilten.

Ich wurde sehr traurig und kehrte noch vor Abend in die Stadt und unsere Behausung zurück. Betrübt dachte ich daran, wie leicht selbst jenen, die vor dem Hause des Pilatus: »Kreuzige ihn! Kreuzige ihn!« gerufen hatten, nun die Sünden vergeben worden waren. Denn viele solche waren zweifellos unter den verschreckten, reuigen Juden, die sich nun zur Taufe drängten.

Vielleicht hätte ich mich an diesem Tage der Entrückung verstohlen unter die Juden mischen und mit den übrigen taufen lassen können. Doch ich wollte die Sendboten nicht hintergehen; und selbst wenn sie versehentlich auch mir die Hände auf den Kopf gelegt hätten, wäre eine solche Taufe für mich wertlos gewesen. Vielleicht aber hätte ihnen der auf sie herabgekommene Geist entdeckt, daß ich Römer bin, und ich wäre fortgeschickt worden. Das mußte offenbleiben; denn eine solche Täuschung zu versuchen, lag mir nicht.

Am nächsten Tage fühlte ich mich noch immer so benommen, daß Myrina, während sie im Zimmer umherging und mich betreute, mir wie ein Engel zu leuchten schien. Während ich mich erholte, begann ich, mich selbst zu beobachten, und fand, es müsse, während ich gestern bewußtlos im Hofe des Sendbotenhauses lag, mit mir etwas Besonderes geschehen sein. Meine Seele lag so bloß wie noch nie, und ich dachte viel weniger an unnötige Dinge.

Eines Tages trat Karanthes in mein Zimmer, sah mich prüfend an und sagte: »Du hast mir noch gar nichts von deiner Reise nach Galiläa erzählt. Warum bist du so schweigsam geworden? Du mußt wissen, hier in der Stadt geschehen wiederum Wunder, im Namen jenes gekreuzigten Nazareners, über den du Erkundigungen eingezogen hast. Seine Jünger sind zurückgekehrt und verkünden, ihr Lehrer habe ihnen die Macht der Magie verliehen. Sie verdrehen den Leuten derart den Kopf, daß Eltern ihre

Kinder und Kinder ihre Eltern verlassen, um ihnen zu folgen. Viele geben sogar ihr ganzes Hab und Gut hin; und das spricht wohl deutlich genug dafür, welch schreckliche Hexenkünste hier am Werke sind. Tag für Tag stehen die Jünger in den Tempelarkaden und halten Strafpredigten, ohne den Hohen Rat zu fürchten. Die Anhänger der neuen Lehre haben alles gemeinsam und versammeln sich in den einzelnen Häusern zu ihren fragwürdigen Mysterien. Sogar hochangesehene Juden, von denen niemand etwas Derartiges erwartet hätte, werden von dieser Nazarenerseuche erfaßt und bezeugen den Gekreuzigten als König von Israel.«

Ich konnte ihm nicht erwidern. Wer war ich, daß ich ihn hätte belehren dürfen? Er konnte ja ungehindert hingehen und selbst den Sendboten lauschen. Als er keine Antwort erhielt, wurde er niedergeschlagen. Er schüttelte den Kopf und fragte: »Was ist mit dir? Du liegst da und starrst tagaus tagein vor dich hin! Wohin soll das führen?«

Ich überlegte die Frage, lächelte traurig und entgegnete: »Vielleicht werde ich deinen seinerzeitigen Rat befolgen: mir ein Haus zu bauen und Bäume zu pflanzen. Das ist kein übler Vorschlag für jemanden, der eine lange Zeit geduldigen Wartens vor sich sieht.« Und mit einem Seufzer fügte ich hinzu: »Nur auf eines muß ich achten. Mein Herz darf sich an nichts in dieser Welt zu stark hängen; nichts darf so sehr ein Teil meiner selbst und mir derart teuer werden, daß mir der Verzicht darauf, wenn er nötig würde, schwerfiele.«

Karanthes seufzte auch und erwiderte trocken: »Sobald jener gewisse Tag kommt, muß jeder auf alles verzichten. Aber möge der Tag für uns beide fern sein!« Er dachte ein wenig nach und sagte dann scheu: »Angeblich haben diese galiläischen Hexenmeister einen Unsterblichkeitstrank.«

Aber auch dazu wagte ich keine Ansicht zu äußern; mein Syrer konnte sich ja bei Jesu eigenen Gefolgsleuten erkundigen. Karanthes stand auf, stöhnte ein paarmal und meinte: »Du hast dich sehr verändert, Römer Marcus! Du bist nicht mehr der gleiche Mann, der von hier nach Galiläa aufbrach. Ob du dich zu deinem Vorteil oder deinem Nachteil gewandelt hast, kann ich nicht sagen; aber ich muß seufzen deinetwegen. Nur eines weiß ich: Myrina, die du mitgebracht hast, ist ein friedsames Mädchen, und ihre Nähe tut wohl. Seit sie ins Haus gekommen ist, geht das Geschäft gut, und meine Frau schlägt mir nicht mehr ein paarmal im Tag mit einer Sandale hinter die Ohren. Wenn deine Myrina etwas dicker wäre, würde sie ausgesprochen schön sein.«

Ich mußte unwillkürlich lachen, schalt aber: »Karanthes, kümmere dich nicht darum, ob Myrina besser dick oder mager wäre! Mir gefällt sie so, wie sie ist. Auch als grauhaarige und zahnlose Alte werde ich sie wahrscheinlich, wenn wir so lange leben, noch schön finden.«

Nachem es Karanthes endlich gelungen war, mich zum Lachen zu bringen, ging er befriedigt. Ich sann über seine letzte Bemerkung nach, und mir kam zum Bewußtsein, daß Myrina tatsächlich in meinen Augen mit jedem Tag schöner wurde. Seit sie das Leben der Wandermimen aufgegeben hatte und immer genug zu essen bekam, war sie fast unmerklich, aber ansprechend rundlicher geworden, und ihre Wangen waren weniger schmal als früher. Der Gedanke daran weckte Zärtlichkeit in mir und erquickte mich wunderlich. Diese Tatsache bewies, daß sie kein Engel war, sondern eine Frau, ein Wesen meiner Art.

Myrina hatte sich zum Tempel begeben, wo täglich zwei oder drei der Sendboten in den Säulengängen standen, eine Schar von Zuhörern, Getaufte und bloß Neugierige, unterwiesen, die Auferstehung verkündeten und Jesus als den Christus bezeugten. Plötzlich fühlte ich mich neubelebt, kämmte mir das Haar, kleidete mich sorgfältig und besuchte meinen Bankier Aristainos, um Vorbereitungen für meine Abreise aus Jerusalem zu treffen. Er empfing mich freundlich und meinte sehr aufgeräumt:

»Die Thermen von Tiberias haben dir sichtlich wohlgetan; jedenfalls bist du nicht mehr so verbissen wie seinerzeit. Du trittst wieder als Römer auf. Das fügt sich gut; denn ich muß dich, falls die Sache dir nicht schon zu Ohren gekommen ist, gleich warnen. Die Galiläer sind wieder in der Stadt und stiften viel Verwirrung. Obwohl jeder Eingeweihte den wahren Sachverhalt kennt, verkünden sie öffentlich, Jesus von Nazareth wäre von den Toten auferstanden. Sie nennen ihn Messias und biegen die Schriftworte für ihre Zwecke zurecht. Sie behaupten sogar, von ihm die Macht zur Sündenvergebung erhalten zu haben.

Als Sadduzäer anerkenne ich die Schriften, lasse aber weder die mündliche Überlieferung noch die unleidlichen Auslegungen der Pharisäer gelten. Dieses Gerede von einer Auferstehung ist Tollheit, mögen auch die Pharisäer zu solchen verführerischen Irrwegen neigen. Man pflegt uns Juden der Unduldsamkeit in Glaubenssachen zu zeihen; wie duldsam wir aber in Wirklichkeit sind, beweist am besten die Tatsache, daß wir verschiedene Sekten sich frei miteinander messen lassen. Auch Jesus von Nazareth wäre höchstwahrscheinlich nicht gekreuzigt worden, wenn er nicht Gott gelästert hätte. Das ist nämlich das einzige, was wir nicht dulden.

Jetzt indes scheint sich in seinem Namen eine neue Kluft in unserem Volke aufzureißen. Die Zeit wird lehren, ob wir zusehen dürfen, wie diese Kluft sich erweitert, oder ob wir die Anhänger Jesu verjagen müssen. Sie taufen; aber das geschah schon früher und wurde nie mißbilligt. Sie sollen Kranke heilen; aber das tat ihr Lehrer auch und wurde nicht deshalb angeklagt, obwohl die Pharisäer ihm Krankenheilungen am Sabbat als ungehörig verwiesen. Jedoch das Verderbliche an ihrer Lehre ist die Forderung, alles Eigentum müsse gemeinsam sein. Bisher vernünftige Leute verkaufen ihre Felder und legen den Erlös den Jüngern zu Füßen, die jedem das zuteilen, was er braucht. Ein solches Gebaren ist bloß eine Umgehung des Zehnten und eine sehr geschickte Form der Steuervereitelung. Unter Jesu Anhängern gibt es weder Arme noch Reiche.

Über diese Wendung sind unsere Oberen bestürzt; wir hatten ja angenommen, mit der Kreuzigung des Nazareners sei alles wieder ins Lot gebracht. Wir wünschen niemanden zu verfolgen; aber wir begreifen nicht, wieso diese Jünger plötzlich derart dreist geworden sind. Vielleicht deshalb, weil sie gehört haben, daß Pontius Pilatus keine Behelligung der Galiläer dulden will? Das hat er nämlich in verschleierter Form den Hohen Rat wissen lassen. Ein weiteres Beispiel der unausstehlichen Römerpolitik! Du verzeihst doch, daß ich offen mit dir rede, nachdem du mein Freund und mit unseren Landeseigenheiten vertraut bist. Jetzt kann der Prokurator erst recht seine Hände in Unschuld waschen und uns höhnisch vorhalten, der letzte Betrug sei tatsächlich noch ärger geworden als der erste. Die Jünger haben das leichtgläubige Volk auf ihrer Seite, und deshalb wäre es unklug, sie zu belästigen. Würden sie verfolgt, so wären alle Leute nur noch geneigter, die von diesen Galiläern aufgetischten Fischermärchen zu glauben.«

Ohne sich recht zum Atemholen Zeit zu gönnen, hatte er schließlich fast in einem Zuge gesprochen. Ich konnte mir die Bemerkung nicht versagen: »Du scheinst dich über Jesus von Nazareth viel mehr aufzuregen als ich. Beruhige dich, Aristainos, und denke an die Schriften! Wenn das Wirken der Galiläer menschlichen Ursprungs ist, wird es im Sand verlaufen, und du brauchst dir darüber keine Sorge zu machen. Leitet es sich aber von Gott her, dann kann niemand diesen Männern standhalten, weder du noch der Hohe Rat noch irgendeine Macht auf dieser Erde.«

Schwer atmend, überlegte er meine Worte. Dann fing er zu lachen an, hob versöhnlich die Hand und rief: »Soll ein Römer mich lehren, die Schriften zu erkunden? Nein, von Gott kann das Tun dieser unwissenden Fischer nicht herstammen. Das ist einfach unmöglich; da wäre das Leben nicht mehr lebenswert, und der Tempel würde zusammenstürzen. Natürlich wird ihr Unternehmen im Sand verlaufen. Wie oft sind schon früher Männer aufgetreten mit dem

Anspruch, große Persönlichkeiten zu sein! Und alle verschwanden wieder spurlos. Überdies kommen ungeschulte Leute mit der Berufung auf Prophezeiungen nicht weit, weil sie sich schließlich in ihre eigenen Worte verstricken und in die selbst gegrabenen Gruben fallen.«

Damit beruhigte er sich und fragte nach meinen Wünschen. Er ließ seinen Buchhalter gleich meine Verrechnung abschließen und sagte dazu einen für seine Tasche vorteilhaften Wechselkurs an. Ich erzählte ihm, wie gut sein Geschäftsfreund in Tiberias mir eine Geldangelegenheit geordnet hatte, und er nickte zufrieden, eine schmale Briefrolle schwenkend, die er mir nun mit den Worten reichte: »Fast hätte ich vergessen. Dieser Brief wurde deinem Bankier in Alexandria übergeben, und er hat ihn hierher weitergesandt. Ich wollte ihn dir nicht nach Tiberias nachschikken, da ich nicht wußte, wie lange du dort bleibst, und gefürchtet habe, die Rolle könnte verlorengehen.«

Während ich das Siegel aufbrach und den kurzen Brief entrollte, überlief es mich kalt vor Bangen. Auf den ersten Blick erkannte ich Tullias fahrige, flüchtige Handschrift und las:

»Tullia grüßt den falschen Marcus Mezentius.
Kann man sich denn nicht mehr auf ein Versprechen verlassen? Gibt es keine Treue mehr auf der Welt? Hast Du mir nicht geschworen, mich in Alexandria zu erwarten, bis ich meine Angelegenheiten in Rom geordnet habe und ganz Dein sein kann? Nach Deiner Abreise war Rom nicht mehr Rom; aber durch kluges Handeln konnte ich meine Stellung sichern. Und jetzt, da ich, nach einer stürmischen Überfahrt krank und schwach, in Alexandria ankomme, was muß ich erfahren? Daß Du Dein Wort leichtfertig gebrochen hast und in das jüdische Jerusalem gereist bist. Komm unverzüglich zurück, sobald Du diesen Brief erhältst! Ich wohne in Daphnes Gasthof beim Hafen. Ich werde mich freuen, Dich wiederzusehen. Aber endlos gedenke ich nicht zu warten.

Ich habe Freunde hier. Wenn Du jedoch Dein Studium der jüdischen Philosophie, mit dem Du Dich anscheinend jetzt befaßt, fortsetzen willst, so schicke Nachricht, und ich reise zu Dir nach Jerusalem. Ich glaube, ich werde es bald zuwege bringen, daß Du Dir die jüdische Weisheit aus dem Kopf schlägst. Komm also, so rasch Du kannst! Ich bin ungeduldig. Ich brenne vor vergeblicher Erwartung.«

Jedes dieser Worte jagte mir einen Schauder der Bestürzung über den Rücken. Als ich mich ein wenig gefaßt hatte, las ich das Schreiben nochmals durch und fragte mit unsicherer Stimme: »Wie lange liegt der Brief schon hier?«

Aristainos zählte an den Fingern und erwiderte: »Vielleicht zwei Wochen. Du mußt entschuldigen, aber ich hätte nicht gedacht, daß du so lange in Tiberias bleiben würdest.«

Ich rollte den Brief zusammen, schob ihn in die Brustfalte meiner Tunika und sagte mit einer müden Handbewegung: »Lassen wir die Abrechnung für später! Augenblicklich bin ich nicht in der Stimmung für Ziffern.«

Von eisiger Angst erfüllt, verließ ich das Haus des Bankiers und eilte wie gehetzt, ohne einen Blick um mich zu werfen, in meine Wohnung zurück. Tullias Brief kam wie ein Blitz aus heiterem Himmel, gerade, als ich schon gemeint hatte, Frieden gewonnen und mich mit meinem Schicksal ausgesöhnt zu haben.

Zum Glück war Myrina noch nicht zurück. Einen Augenblick lang verzehrte mich gleich einer Flamme die furchtbare Versuchung, meinen Geldbeutel bei Karanthes für Myrina zurückzulassen, aus Jerusalem zu fliehen und auf dem kürzesten Wege nach Alexandria zu reisen, um Tullia wieder in die Arme zu schließen. Ich zog ihr Schreiben hervor und streichelte es. Jeder fiebrig hingekritzelte Buchstabe bannte mir Tullia selbst vor Augen, und bei dem bloßen Gedanken an sie erglühte mein ganzer Körper.

Aber zur gleichen Zeit vermochte ich, sie nüchtern zu beurteilen. Wie bezeichnend war es doch für sie, daß sie gleich mit den ersten Worten den Spieß umdrehte und mir die Schuld zuschob! Ein ganzes Jahr lang hatte ich in Alexandria geduldig auf sie gewartet, ohne das geringste Lebenszeichen von ihr zu erhalten. Und was meinte sie mit der Wendung: ›Ich konnte meine Stellung sichern‹? Offenbar die Scheidung und Wiederverheiratung. Wirklich verlassen durfte man sich ja auf nichts von dem, was sie schrieb. So krank und schwach sie nach der Seereise tatsächlich gewesen sein mochte, versäumte sie es doch nicht, ihre Krallen zu zeigen und anzudeuten, sie hätte Freunde in Alexandria. In wessen Armen würde ich sie finden, wenn ich hinkäme? Tullia hatte reiche Auswahl. Ich war nur eine Marotte ihrer Begehrlichkeit. Bestimmt war sie nicht bloß meinetwegen nach Alexandria gereist; sie mußte wohl eine Anzahl von Gründen dafür gehabt haben.

In Tullia schien mir mein früheres Leben verkörpert, mit seinen Genüssen und seiner Leere. Jetzt konnte ich frei wählen. Wenn ich mich für Tullia entschied, verzichtete ich endgültig auf meine Suche nach dem Reich; ich wußte ja ebensogut wie sie selbst, daß es ihr, wenn ich zu ihren seelentötenden Lüsten zurückkehrte, mühelos gelingen würde, mir alle anderen Gedanken aus dem Kopf zu scheuchen.

Während ich so überlegte, übermannte mich plötzlich Ekel vor mir selber und meiner Schwäche; nie zuvor hatte mich, glaube ich, solche Selbstverachtung erfüllt. Nicht deswegen, weil Tullia noch meine Sinne reizte, sondern, weil ich noch immer erwog, ob ich nicht doch zu ihr reisen und mich wieder von ihr quälen lassen sollte. Das war die tiefste Erniedrigung, die ich mir selber antat; denn bei der geringsten Charakterfestigkeit hätte ich keinen Augenblick lang gezaudert. Nach all meinen Erfahrungen und Erlebnissen hätte die Entscheidung klar sein müssen: Hände weg von Tullia! Hände weg von meiner ganzen Vergangenheit! So schwach war ich noch immer, so leicht verführbar, daß ich vor dem heißen Anhauch der Erinnerungen wie ein Rohr im Winde schwankte!

Mit schweißtriefender Stirn stemmte ich mich gegen die Anfechtung und verdammte mich selbst. Ich schämte mich derart in Grund und Boden, daß ich Jesus nicht zum Zeugen meiner Schmach machen wollte. Dennoch mußte ich schließlich, das Gesicht in den Händen bergend, beten: »Führe mich nicht in Versuchung, sondern erlöse mich von dem Bösen! Dein Reich komme zu mir!« Das war alles, was ich zu tun vermochte.

Im gleichen Augenblick hörte ich Schritte auf der Treppe. Die Tür öffnete sich, und Myrina trat rasch ein, mit ausgestreckten Armen, als brächte sie wichtige Neuigkeiten. »Petrus und Johannes . . .«, begann sie. »Petrus und Johannes . . .« Dann sah sie meine Miene. Ihre Arme sanken herab, ihr Gesicht verlor den Glanz und schien mir plötzlich häßlich.

»Sprich mir nicht von diesen Männern!« wehrte ich aufgebracht ab. »Ich will nichts von ihnen hören.«

Zögernd tat Myrina einen Schritt auf mich zu, wagte aber nicht, mich zu berühren. Ich hätte jetzt auch keine Vertrautheit gewünscht; ich wich bis zur Wand zurück.

»Eben haben die beiden Sendboten durch ihre Macht einen Mann, der von Geburt an gelähmt war, geheilt, an der Schönen Pforte des Tempels . . .«, versuchte Myrina zu berichten. Aber die Worte erstarben ihr auf den Lippen, und sie starrte mich ängstlich an.

»Nun, wenn schon!« entgegnete ich. »Ich zweifle nicht daran, daß sie die Macht dazu haben. Aber was geht das mich an? Wunder habe ich genug gesehen. Diese Dinge lassen mich kalt.«

»Aber Petrus hat ihn an der Hand gefaßt und ihn aufgerichtet«, stammelte Myrina. »Und seine Füße trugen ihn. Alle Leute im Tempel liefen zur Halle Salomos. Dort ist jetzt der Lahmgeborene, springt umher und lobt Gott. Mißtrauische Menschen betasten seine Beine, und Petrus verkündet die Vergebung der Sünden.«

»Ein herrliches Schauspiel für die Juden!« spottete ich.

Myrina konnte nicht länger an sich halten, faßte mich an beiden Armen, schüttelte mich und fragte mit Tränen in den Augen: »Was hast du denn nur? Was ist geschehen, Marcus?«

Ich verhärtete mein Herz und sagte: »Weine nur, Myrina! Es werden nicht die letzten Tränen sein, die du meinetwegen vergießt. Das weiß ich.«

Myrina ließ mich unvermittelt los, trocknete sich rasch die Augen und warf den Kopf zurück. Sie wurde rot vor Zorn, stampfte auf und rief: »Rede nicht herum! Was gibt es?«

Kühl und erbittert musterte ich sie, prüfte jeden ihrer Züge, die mir heute früh noch so teuer gewesen waren, und versuchte herauszubekommen, was ich an ihnen gefunden hatte. Durch ihr Gesicht hindurch sah ich Tullias glänzende Augen, Tullias stolzen, begehrlichen Mund. Ich zeigte Myrina den Brief mit den Worten: »Tullia hat geschrieben. Sie erwartet mich in Alexandria.«

Myrina blickte mich lange an. Ihr Gesicht fiel ein und wurde ganz schmal. Dann sank sie auf die Knie und beugte den Kopf; ich hatte die Empfindung, daß sie betete, obwohl die Lippen unbewegt schienen. Mein Denken war wie eingefroren. Ich schaute nur auf ihren goldblonden Kopf; und plötzlich tauchte die Vorstellung in mir auf, ein einziger blitzschneller Schwertstreich könnte diesen Kopf von den Schultern trennen und mich frei machen. Der Gedanke dünkte mich so belustigend, daß ich lachen mußte.

Endlich stand Myrina auf und begann, ohne mich anzusehen, meine Sachen zu packen und meine Kleider zurechtzulegen. Zuerst war ich überrascht, dann bestürzt, und schließlich fragte ich fast unwillkürlich: »Was tust du denn? Warum legst du meine Sachen zusammen?«

Sie zählte zerstreut an ihren Fingern ab: »Eine Tunika und ein Reisemantel sind in der Wäsche . . .« Dann erwiderte sie: »Du verläßt die Stadt, nicht wahr? Du gehst zu deiner Tullia. Ich bereite deine Sachen vor. Dazu bin ich da.«

»Wer sagt dir, daß ich verreise?« rief ich hitzig. Ich faßte sie an den Handgelenken und zwang sie, alles fallen zu lassen, was sie gerade hielt. »Ich habe nichts dergleichen erwähnt. Ich habe dir einfach von dem Briefe erzählt, damit wir gemeinsam besprechen, was geschehen soll.«

Aber Myrina schüttelte den Kopf. »Nein, nein«, erklärte sie. »In deinem Herzen hast du dich schon entschlossen. Wenn ich dich umstimmen wollte, würdest du mir später nur grollen. Du bist zwar schwach, und vielleicht könnte ich dich zum Bleiben bewegen, indem ich dich an das Reich mahne; doch du würdest mir das dein ganzes Leben lang nicht verzeihen. Immer würde in dir der Gedanke bohren, du hättest meinetwegen deine unersetzliche Tullia aufgegeben. Darum ist es besser, du gehst. Du darfst sie nicht enttäuschen, nachdem sie nun einmal auf dich wartet.«

Ich traute meinen Ohren nicht. Offenbar entglitt mir Myrina, und ich verlor den einzigen Freund, an den ich mich auf dieser Erde halten konnte! »Aber . . .«, stotterte ich. »Aber . . .« Mehr brachte ich nicht heraus.

Schließlich erbarmte Myrina sich meiner und erklärte: »In dieser Sache kann ich dir nicht helfen. Da mußt du selbst entscheiden und deine Entscheidung selber verantworten.« Mit einem traurigen Lächeln blickte sie mich an und fügte hinzu: »Ich möchte dir den Entschluß doch nur erleichtern. Geh nur zu deiner Tullia, laß dich von ihr versengen und mit rotglühenden Nadeln stechen und langsam zugrunde richten! Du hast mir genug von ihr erzählt; ich kann mir vorstellen, wie sie ist. Aber natürlich komme ich dir eines Tages nach. Und sobald die Zeit reif ist und deine Tullia sich aus dem Staube gemacht hat, werde ich das, was von dir übriggeblieben ist, in meine Obhut nehmen. Du brauchst keine Angst zu haben, mich zu verlieren. Jesus von Nazareth hat dich mir anvertraut. Geh also, wenn du der Versuchung nicht widerstehen kannst! Sicherlich wird Jesus dir verzeihen, wie ich dir im Herzen verzeihe, weil ich dich kenne.«

Während sie so gefaßt sprach, stieg in mir immer stärkerer Widerwille gegen Tullia auf, und ich vergegenwärtigte mir im Geiste alle Erniedrigungen und Qualen, denen sie mich zur Würzung ihres Genusses aussetzen würde. Schließlich rief ich: »Still, Myrina, du verrücktes Ding! Willst du mich einem grausamen, lüsternen Frauenzimmer ausliefern? Das hätte ich dir nicht zugetraut. Solltest du nicht eher meiner Schwäche deine Willenskraft entgegensetzen? Ich erkenne dich nicht wieder. Wie kannst du mich so behandeln?«

Entrüstet fuhr ich fort: »Übrigens habe ich mich noch gar nicht entschlossen, zu ihr zu reisen. Das redest du mir nur ein. Dabei hoffte ich, du würdest mir helfen. Ich gehe nicht nach Alexandria, verstanden? Ich weiß bloß nicht, wie ich ihr das alles erklären soll. Wenigstens ein paar Worte schreiben müßte ich; sonst glaubt sie vielleicht, ich wäre unterwegs umgekommen.«

»Und was liegt daran, wenn sie das glaubt?« fragte Myrina behutsam. »Oder verlangt dein männlicher Stolz unbedingt, daß du sie demütigst, indem du es ihr schriftlich gibst, daß du nichts mehr von ihr wissen willst?«

»Tullia hat mich tausendmal gedemütigt«, wandte ich ärgerlich ein.

»Willst du Böses mit Bösem vergelten?« fragte Myrina. »Laß sie lieber glauben, du wärest spurlos verschwunden! So kränkst du nicht die Frau in ihr. Sie hat bestimmt andere Freunde und wird sich bald trösten.«

Ihre Vermutung stimmte derart genau, daß es mir einen Stich gab. Aber dieses Zucken tat nicht ärger weh, als wenn man mit der Zunge über die Stelle fährt, wo einem eben ein schmerzender Zahn gezogen worden ist. Unsagbare Erleichterung erfüllte mich, als wäre ich nach langem Siechtum genesen. »Myrina«, sagte ich, »du hast mir jetzt vor Augen geführt, daß ich nicht einmal den Gedanken an eine Trennung von dir ertragen kann. Myrina, du bist nicht bloß eine Schwester für mich. Myrina, ich fürchte, ich liebe dich, wie man eine Frau liebt.«

Myrinas Gesicht begann wieder, mir wie ein Engelsantlitz zu leuchten. In meinen Augen war sie schön, als sie entgegnete: »Myrina und Marcus – wir beide! Im Herzen weißt du es ja: ich will dir alles sein, was du mir zudenkst. Aber jetzt müssen wir überlegen, wie wir unser Leben gestalten werden.«

Sie nahm meine Hand, zog mich sanft neben sich auf eine Bank und fing an zu sprechen, als hätte sie über all das schon lange nachgedacht: »Ich habe innige Sehnsucht, mich von Jesu Jüngern taufen und mir von ihnen in seinem Namen die Hände auf den Kopf legen zu lassen. Vielleicht gewinne ich so Kraft von ihrer Kraft, um dieses Leben zu ertragen und um teilzuhaben an dem Geist, der in Gestalt feuriger Zungen auf sie herabkam. Zwar gehöre ich ebensowenig wie du dem jüdischen Volke an. Aber die Jünger taufen ohne Bedenken auch redliche Proselyten aus anderen Ländern, Männer, die sich beschneiden lassen und dem Gesetz in vollem Umfang gehorchen. Außerdem habe ich von sogenannten Tor-Proselyten gehört: gottesfürchtigen Männern, die, ohne sich der Beschneidung zu unterziehen, den Götzendienst meiden und Gott nicht lästern. Blutschande, Mord, Diebstahl und blutige Nahrung sind ihnen verboten, und sie müssen ein frommes Leben führen. Vielleicht würden die Jünger, wenn wir sie inständig darum bitten, uns als solche Tor-Proselyten taufen wollen.«

Ich schüttelte den Kopf und sagte: »Von diesen Dingen weiß ich und habe oft daran gedacht. Seit mir Jesus von Nazareth, der Sohn Gottes, begegnet ist, habe ich keine anderen Götter. Es ist wohl auch nicht so besonders schwer, jene Gebote zu halten. Warum sollte ich etwa nicht das Fleisch auf jüdische Art geschlachteter Tiere essen? Fleisch ist Fleisch. Doch ich sehe nicht ein, wie mich das gottgefälliger machen sollte. Zu einem frommen Leben aber kann ich mich nicht verpflichten, weil ich, so sehr ich auch das Gute wünsche, nicht fromm bin. Das ist einer der wenigen Punkte, in denen ich mich genau kenne. Übrigens irrst du sehr, wenn du glaubst, die Jünger würden einen bloßen Tor-Proselyten taufen; da könnte ich noch so laut an das Tor pochen. Sie sind weniger barmherzig als ihr Meister.«

Myrina nickte, drückte meine Hand fest und erklärte willfährig: »Gewiß, das war ein kindischer Wunsch von mir. Ich glaube nicht, daß ich unter den Seinen mehr sein würde als jetzt, wenn sie mich tauften und mir die Hände auflegten. Wir wollen also dieser Hoffnung entsagen und Jesu Weg gehen, wie er selbst ihn uns gewiesen hat. Wir wollen beten, daß sein Wille geschehe und sein Reich komme. Er ist die Wahrheit und die Gnade. Ich glaube, uns genügt es, daß wir ihn gesehen haben.«

»Sein Reich . . .«, wiederholte ich. »Wir können nur warten. Aber wir sind zwei. Zu zweien muß es leichter sein, den Weg zu gehen, als allein. Das ist Jesu Gnadengeschenk für uns.«

Indes verließen wir Jerusalem nicht sofort. Zuerst wollte ich ja all dies zur Stütze des Gedächtnisses niederschreiben. Die letzten Ereignisse waren zwar kaum ungewöhnlicher als die vorangegangenen. Aber daß der Geist als Windesbrausen kam und sich in feurigen Zungen auf die zwölf Sendboten Jesu niederließ, wünschte ich genau festzuhalten, damit ich nie mehr an ihnen zweifeln oder ihre Handlungen nach dem eigenen Verstande beurteilen sollte.

Während dieser Zeit setzten die jüdischen Behörden Petrus und Johannes in Gewahrsam, mußten die beiden aber mit Rücksicht auf das Volk schon am nächsten Tage wieder freilassen. Und die Sendboten ließen sich durch Drohungen nicht einschüchtern. Mutig setzten sie ihre Predigt fort. Ich glaube, seit sie durch ihre Kraft den Lahmen an der Schönen Pforte des Tempels geheilt hatten, haben sich ihnen wieder etwa zweitausend Menschen angeschlossen. Und auch alle diese neuen Anhänger begannen, in ihren Häusern im Namen Jesu Christi das Brot zu brechen und den Wein als Unsterblichkeitstrank zu segnen. Niemand unter ihnen leidet Not. Denn die Reichen verkaufen ihre

Häuser und Felder, und jeder erhält, was er braucht. Ich glaube, sie tun es, weil sie noch alles wie in einem Spiegel sehen und damit rechnen, das Reich könnte jeden Tag kommen. Daß Simon von Kyrene seinen Landbesitz verkauft hätte, habe ich allerdings nicht gehört.

Nachdem ich alles niedergeschrieben hatte, erhielt ich aus der Burg Antonia einen Hinweis, wonach Pontius Pilatus wünschte, ich möge sofort Jerusalem und überhaupt seinen Verwaltungsbezirk Judäa verlassen. Täte ich es nicht freiwillig, so würde ich von Legionären festgenommen und dem Statthalter in Cäsarea vorgeführt werden. Warum er so gegen mich vorgeht, weiß ich nicht; offenbar hält er aus irgendeinem Grunde meine weitere Anwesenheit in Judäa vom römischen Standpunkt aus für unerwünscht. Aber ich möchte dem Manne nicht mehr begegnen, und so haben Myrina und ich beschlossen, nach Damaskus zu übersiedeln. Wir wählten diese Stadt wegen eines Traumes, den Myrina hatte. Ich habe gegen Damaskus nichts einzuwenden; zumindest liegt es in einer Richtung, die der nach Alexandria entgegengesetzt ist.

Ehe wir abreisten, führte ich Myrina auf den Hügel außerhalb des Stadttores, wo ich bei meiner ersten Ankunft in Jerusalem Jesus von Nazareth zwischen zwei Verbrechern auf dem Kreuze hatte hängen sehen. Ich zeigte ihr auch den nahen Garten und die Gruft, in die Jesus nach seinem Tode gelegt worden war und aus der er auferstand, während die Erde bebte. Aber sein Reich war nicht mehr dort.